ARMADILHAS DO *amor*

BYA CAMPISTA

PandorgA

ARMADILHAS DO *amor*

BYA CAMPISTA

1ª IMPRESSÃO
2019

PandorgA

Direção Editorial
Silvia Vasconcelos
Produção Editorial
Equipe Editoral Pandorga
Preparação
Equipe Editoral Pandorga
Revisão
Marta Fagundes (CS EDIÇÕES)
Diagramação
Cristiane Saavedra (CS EDIÇÕES)
Capa
Gisely Fernandes (CS EDIÇÕES)

Texto de acordo com as normas do Novo Acordo Ortográfico da Língua Portuguesa (Decreto Legislativo nº 54, de 1995)

Dados Internacionais de Catalogação na Publicação (CIP)
Ficha elaborada por: Aline Graziele Benitez CRB-1/3129

C197 Campista, Bya
1.ed. Armadilhas do amor / Bya Campista. – 1.ed.
São Paulo: Pandorga, 2019.

464 p.; 16 x 23 cm.

ISBN: 978-85-8442-384-2

1. Literatura brasileira. 2. Ficção. 3. Romance.
4. Erótico. I. Título.

CDD 869.93

Índice para catálogo sistemático:
1. Literatura brasileira: ficção
2. Romance: erótico

2019
IMPRESSO NO BRASIL
PRINTED IN BRAZIL
DIREITOS CEDIDOS PARA ESTA EDIÇÃO À
EDITORA PANDORGA
RODOVIA RAPOSO TAVARES, KM 22
GRANJA VIANA – COTIA – SP
Tel. (11) 4612-6404
WWW.EDITORAPANDORGA.COM.BR

PRÓLOGO

Milena

♡ 2014 ♡

Finalmente havia chegado o grande momento: a tão esperada formatura. Eu estava tão eufórica, tão feliz por mim e por Leandro, aquele que pensei ser o homem da minha vida.

A gente se conheceu na faculdade, e estivemos juntos até aquele fatídico dia, que deveria ter sido o mais importante da minha vida.

Sem que soubesse, fiz uma cópia da chave de seu apartamento. Embora fôssemos noivos e estivéssemos juntos há cinco anos, ele nunca me deu uma. Como nunca reparei isso?

Eu pretendia lhe fazer uma surpresa, então, girei a chave e entrei. Ouvi alguns sons estranhos. Seriam gemidos? A televisão, talvez? Assim que abri a porta de seu quarto, o que vi ficaria gravado na minha mente para sempre. Vívian, minha prima, também conhecida pelos pseudônimos de "piranha", "vaca", "vagabunda", e derivados, estava ajoelhada na cama enquanto Leandro investia pesado nela por trás. Eles estavam tão entretidos um no outro que não perceberam minha presença.

Permaneci estática, olhando aquela cena grotesca. Era como se eu tivesse saído do meu próprio corpo e visse tudo de cima. Vívian gemia sem parar, enquanto Leandro a fodia de forma primitiva, dizendo as mais perversas obscenidades que nunca disse a mim. Aliás, eu só tinha visto aquela posição nos vídeos pornôs que Alessandra, minha melhor amiga, me enviava pelo WhatsApp. Leandro sempre fora "certinho" demais. Comigo, provavelmente.

Não sei por quanto tempo fiquei ali, mas o fato é que vi tudo. Com todos os sórdidos detalhes.

— Ora, ora, vejam quem está aí! Gostaria de participar da festa? — Vívian perguntou petulante, enquanto Leandro tirava o preservativo. — Pensando bem, acho que não. Você é puritana demais e não faz esse tipo de coisa.

Pisquei incrédula, e Leandro, que também atende pelos pseudônimos de "filho da puta", "canalha" etc. e tal, concluiu de forma humilhante:

— Não faz mesmo! É mais fria que o inverno no Canadá!

Aquilo foi uma punhalada forte em meu peito. Eu não podia acreditar no que estava ouvindo! *Cinco anos... cinco malditos anos dedicados a esta merda de homem!*

O que aconteceu em seguida foi cruel demais para ser reproduzido, e após passar por humilhações inimagináveis, saí daquele lugar da forma menos degradante que consegui.

Entrei no carro e girei a chave, acionando automaticamente o ar-condicionado e o som. Eu suava. Frio, é claro. Não me lembro da música que tocou, apenas de que segurei o volante com força e desabei.

Por quanto tempo fiquei daquela forma humilhante? Minutos? Horas? Não sei. Para mim pareceram dias ou mesmo uma eternidade. O fato é que chorei, chorei. E chorei.

Eu precisava deixar de sentir pena de mim mesma, mas onde encontrar forças? O que era *força*, afinal? Numa tentativa desesperada de sair daquele pesadelo, peguei o celular e acessei o *Spotify*, escolhendo a música de Zé Ramalho.

Eu desço dessa solidão.
Espalho coisas sobre um chão de giz.

Chão de giz. Cresci ouvindo essa música, o meu pai adora e o filho da puta do Leandro detesta. Aumentei o som o mais alto que pude e me juntei ao Zé, que sabia das coisas.

Queria usar, quem sabe
uma camisa de força
Ou de vênus

Eu cantava alto, enquanto dirigia sem rumo.

Nem vou lhe beijar
gastando assim o meu batom

Eu chorei, chorei. E chorei.

Pra sempre fui acorrentado
no seu calcanhar
meus vinte anos de boy
that's over, baby!

Quem era Milena Andrade, afinal, se não uma sombra idiota de Leandro Costa?

Freud explica!

— Não, Zé, nem Freud explicaria esta merda!

Eu chorei, chorei. E chorei.

No mais estou indo embora!

Eu precisava ir embora, me libertar de tudo aquilo. A música ecoava em minha mente, *estou indo embora.*

Realmente não me lembro de como consegui chegar à minha casa.

O fim do nosso tosco noivado veio à tona no dia de minha formatura, que foi o pior dia da minha vida. Desde então soube que havia morrido ali. Milena Andrade era somente um corpo que vivia seus dias de forma automática, tentando sobreviver: casa, trabalho. Trabalho, casa.

Estou indo embora... Eu ouvia o Zé todos os dias, várias vezes, cantando junto com ele: *estou indo embora...*

Casa, trabalho. Trabalho, casa.

Por falar em trabalho, mergulhei nele como quem encontra um bote salva-vidas quando se afoga no mar. Tornei-me uma advogada criminalista respeitada e temida por muitos. Coração? Não tinha, e não me importava! *Metamorfose* passou a ser a palavra de ordem.

Se antes eu era idiota, passei a ser exatamente o que devo ser.

UM

Milena

2016

Era uma manhã ensolarada de domingo, quente como o típico verão carioca. Dei uma boa colherada na tigela de iogurte e cereais, enquanto acessava o ZAP Imóveis à procura de um novo lugar para morar. Isso ainda era segredo, finalmente eu tomaria uma decisão sozinha.

Há tempos vinha pensando no assunto, afinal, já havia passado da hora de dar um verdadeiro rumo à minha insossa vida. Desde sempre morando na casa de meus pais, precisava caminhar com as próprias pernas.

Selecionei três imóveis que me agradaram e liguei para o primeiro. Estava alugado. *Já?* Pensei, partindo para o segundo: ligação ocupada. *Merda!* Parti, então, para o terceiro.

— Alô, só um minuto, por favor.

Ouvi a voz confusa do outro lado da linha e pareceu que a ligação ficou ligeiramente abafada até o homem retornar a falar:

— Desculpe, estou dirigindo.

— O senhor gostaria que eu ligasse mais tarde? — perguntei sem saber ao certo o que dizer.

— Não! Pode falar, coloquei o fone.

O homem parecia ligeiramente atrapalhado e, pigarreando, comecei:

— É sobre o apartamento no Flamengo para alugar.

— Sim.

Fiquei esperando, mas como não deu continuidade na conversa, prossegui lendo as informações do anúncio.

— É um quarto e sala, de frente, com uma vaga de garagem, na Rua Marquês de Abrantes. Sol da manhã.

— Sim.

Este homem é monossilábico ou o quê?

— Fica próximo ao metrô? — indaguei um pouco sem paciência e ele assentiu com um sonoro "sim" mais uma vez.

— Quando posso vê-lo?

— Uau! Eu não esperava que fosse tão rápido. — Pareceu confuso. — Ainda estou com as chaves, tudo bem se for amanhã?

Fiz um muxoxo, afinal, queria vê-lo o quanto antes. Assenti um tanto desapontada, e ele continuou dizendo que poderia deixar as chaves com o zelador na parte da manhã. Mas, eu tinha um problema.

— Amanhã o meu dia está tomado e só estarei livre no final da tarde. Podemos marcar às cinco? — sondei.

— Ótimo! Te vejo lá.

— Você não quer saber meu nome — perguntei sem jeito, olhando o anúncio —, doutor Queiroz?

Tive a ligeira impressão de que ele grunhiu.

— Sim.

Lá estava aquele maldito "*sim*" de novo. Ainda que não pudesse ver, fiz uma careta, dizendo meu nome.

— Ok, Milena, nos vemos às cinco. Até amanhã.

Desliguei, e quando ia retornar para o tal número ocupado, o celular tocou me fazendo revirar os olhos.

— Fala, Alê!

— Já colocou o biquíni? — perguntou com voz rouca, e logo percebi que estava virada.

— Você dormiu?

— Dormir é para os fracos! Responda minha pergunta. Estou passando aí em cinco minutos.

Outra careta! Desse jeito eu acabaria cheia de rugas!

— Não vou à praia!

— *What*?! É claro que vai! Aliás, isso não foi um convite. Pelo amor de Buda, olhe lá fora! Um sol da porra e você ficará em casa? Nem fodendo! — Alessandra era a única mulher capaz de combinar Buda e palavrões na mesma frase. — Estou saindo da casa do Edu e estaremos aí em dez minutos. Acho bom você estar pronta, se não quiser um belo escândalo na sua janela.

Céus! Eu precisava *mesmo* me arrumar! Conhecia aquela louca o suficiente para saber que se eu não estivesse lá embaixo, decerto teríamos um espetáculo matinal em pleno domingo. Dei-me por vencida.

— Te vejo em vinte, mandona!

— Acho bom!

Que garota abusada!

— Aquele ali é o meu número! — Edu exclamou ao ver o loiro sarado saindo do mar. — Adoro um corpo molhado!

— Estou confusa! — Divertida, peguei a latinha de cerveja. — Você não disse que aquele *lá* era o seu número? — Apontei para o moreno que bebia água de coco onde se lia *Posto 9*.

— Gata, você sabe o quanto sou eclético! — respondeu em seu tom mais descarado e gargalhei.

— Como é que pode um homem daquele não gostar de mulher? Que injusto! — Alessandra disparou.

— Eu não acho! — Edu rebateu e ela olhou em sua direção.

— Injusto, inclusive, é *você* não gostar! — ralhou apertando sua bochecha. — Se gostasse, não escaparia de minhas investidas nas baladas por aí.

Olhei meus amigos, eles até que fariam um lindo casal. Alessandra com seu cabelo loiro, olhos verdes e um corpo curvilíneo de fazer inveja a qualquer mulher. Apesar de sua estatura baixa, chamava atenção. Por outro lado, Edu dispensava comentários: cabelo e olhos claros, alto, forte e atlético. Eu realmente era a morena do trio.

— Vocês fariam um belo casal — observei, divertida, e Edu se benzeu.

— Credo! Sem comentários, dona Milena Andrade! Vou pegar meu sol que é melhor.

Preciso dizer que caímos na gargalhada?

Sol, mar, calor, praia cheia, com muita gente bonita. Curtimos muito! Eram quase três da tarde quando me deixaram em casa, ordenando que eu tirasse um bom cochilo.

— Estaremos aqui às dez em ponto. Esteja maravilhosa!

— Céus, Alê, hoje é domingo!

Eu não podia acreditar que ela ainda estava com aquela ideia maluca de sair à noite.

— E daí? Vamos dançar!

Revirei os olhos, mas antes que pudesse fazer qualquer comentário, ela continuou dizendo que não chegaríamos tarde. Espere um minuto: eles passariam para me buscar às dez, e ela queria me convencer de que não chegaríamos tarde? *Mas, dez já não é tarde?* Pensei confusa.

— É só uma esticadinha! Estaremos de volta até duas, prometo.

Duas? Isso sim é tarde! Pensei, mas não disse. Não queria parecer uma velha reclamona.

Há algumas semanas havia começado a sair mais, e isso também fazia parte do plano para dar um rumo à minha vida. Aquela seria a primeira vez em uma boate após longo tempo de luto. Eu realmente precisava começar a viver como uma verdadeira garota de vinte e nove anos, e não como uma velha de noventa, como Edu dizia. E ele tinha razão.

Murmurei um ok, enquanto abria a porta do carro para sair.

— Algo me diz que esta noite será a grande virada da sua vida!

A voz da minha amiga ecoou pela janela do carro, enquanto eu entrava no prédio. *A grande virada da minha vida realmente está prestes a acontecer, mas não há nenhuma relação com as baladas noturnas cariocas.*

Foi o que pensei.

DOIS

Rafael

Após deixar as belíssimas morenas, de cujos nomes não me lembrava, no táxi, entrei no carro rumo à minha casa. A trepada foi boa. Elas eram quentes, gostosas, e a noite foi interessante. Tudo ia bem, não fosse aquela maldita sensação estranha de novo.

Eu não sabia exatamente o que era, mas há tempos me sentia esquisito. Saía pelas noites cariocas, comia as mulheres mais maravilhosas do planeta, e depois... nada! Nada além de um grande vazio. Eu tinha uma vida movimentada, mas me sentia como se não saísse do lugar, pior, como se eu fosse um maldito *hamster*, correndo desesperadamente sem ir a parte alguma.

Será que estou ficando velho? Será que terei uma crise de identidade em meus trinta anos? Pensamentos estranhos rondavam minha cabeça e me questionei se não seria a quantidade de álcool. Meu celular tocou tirando dos meus devaneios, e me dando um baita susto. Olhei no visor a combinação do número desconhecido.

— Saco! Será alguma piranha? Ou cliente?

No momento em que atendi me lembrei de que não poderia mais levar nenhuma multa. As recebidas por excesso de velocidade já deixavam minha habilitação para lá de suja. O meu carro ia de zero a cem em pouco mais de sete segundos, e velocidade sempre foi algo que me atraiu.

— Alô, só um minuto, por favor.

Onde está a porra do fone de ouvido? Sim, eu estava ligeiramente enrolado. Eu o procurava na minha zona generalizada, quando o vi largado em algum canto. Conhecendo os amigos que tenho, desabilitei a comunicação direta do meu carro com o celular, para que as morenas não pudessem escutar as merdas que eles diriam, caso resolvessem ligar.

— Oi, desculpe, estou dirigindo — disse após conectar o fone ao aparelho.

— O senhor gostaria que eu ligasse mais tarde? — A voz soou do outro lado. *Senhor? Fala sério!*

Informei à *senhora* que poderia falar, e ela começou com um papo sobre o apartamento no Flamengo, me deixando confuso. Porra, eu estava virado e cheio de cachaça na cara, o que me fez lembrar os pontos na carteira. Se eu fosse parado na Lei Seca, estaria fodido! Enfim, demorei um pouco para entender sobre a que se referia, exatamente.

O apê! Pensei. Morei num quarto e sala no Flamengo, mas há algumas semanas havia me mudado para uma cobertura na Avenida Delfim Moreira, no Leblon. Além de ser em frente à praia que eu frequentava, precisava de um espaço maior. Eu gostava do quarto e sala, mas tudo na vida precisa evoluir.

—Sim — respondi.

Então a voz começou a ditar o anúncio que eu havia pedido à Cris, minha secretária, fazer. *Blá-blá-blá, eu sei o que tem na merda do anúncio, garota!*

—Sim — disse mais uma vez e ela me perguntou se ficava próximo ao metrô. O número do prédio também estava no tal anúncio, se não me falha a memória. *Google, querida!* Pensei, mas para não ser rude me limitei ao "sim" novamente.

Foi então que a voz determinada do outro lado da linha pediu para vê-lo. Uau! Não esperava que fosse tão rápido. Eu ainda estava com as chaves, não acreditava que alguém pudesse ligar no dia em que o anúncio fosse publicado.

Propus o dia seguinte, e ela concordou um pouco desapontada, acho, então, sugeri amanhã de manhã. Eu deixaria as chaves com o Ed antes de ir para o trabalho e estaria tudo resolvido. Aí a garota veio com um papo de dia cheio, blá-blá-blá...

Ah, caralho! Decida-se, mulher!

— Podemos marcar às cinco? — perguntou de repente e concordei de imediato.

Vai que ela começa a falar de novo? Pensei. Eu só precisava dormir! Ia desligar, quando a doce voz ecoou em meu ouvido mais uma vez perguntando se eu não queria saber seu nome. *Caralho! Não me lembrei de perguntar o nome da menina! Como você é estúpido, Rafael!*

— Doutor Queiroz? — concluiu.

Fiz uma careta. Eu vou matar a Cristiane! Ela não colocou *doutor Queiroz* no anúncio! Colocou?

Concordei e ela me disse seu nome.

— Ok, Milena, nos vemos às cinco. Até amanhã.

Encerrei a conversa sem dar muita importância. Eu só queria ir para casa, tomar banho e "matar" uma boa xícara de café para tirar aquele maldito gosto de cachaça da boca. E dormir! Sim, eu precisava dormir.

— *Ace*! — gritei ao marcar o último ponto de saque, e selar, de vez por todas, a nossa vitória. A terceira da tarde.

—Porra! — César exclamou, deixando-se cair na areia.

— Mais uma? — indaguei me sentando ao seu lado, e ele me olhou surpreso, mantendo um olho aberto e outro fechado por causa do sol.

— Tá de sacanagem, né? — Dei de ombros. Eu não estava. — Cacete, Rafael, essa foi nossa terceira rodada!

— Rafael traíra! Joga com a concorrência e ainda ganha três partidas!

Leonardo exclamou zombeteiro, jogando duas garrafas d'água supergeladas em nossa direção. Nós sempre jogávamos vôlei de praia nas tardes dos finais de semana e formávamos boas duplas, eu, César, Léo e Marcelão.

Eu e César nos conhecemos desde criança. Nossos pais se formaram juntos e, assim como nós, construíram uma grande amizade. Infelizmente, há dez anos um acidente de carro fatal fez com que meu amigo ficasse órfão aos 21 anos.

Quando estudávamos tínhamos planos para uma sociedade: montaríamos nosso próprio escritório de advocacia. Ocorre que César conheceu Stella durante a faculdade e as coisas acabaram tomando outro rumo.

Quando abri meu próprio escritório, Léo e Marcelão vieram trabalhar comigo, cada um na sua especialidade. A minha é criminal, principalmente crimes virtuais.

— Estou morto! — César exclamou.

— Vocês virão à comemoração do meu aniversário hoje, não é? — Léo intimou e César fez uma careta.

— Léo, o seu aniversário foi ontem!

Então ele veio com aquele papo esquisito de que estava com a Elga e que não poderia comemorar com os amigos.

— Eu não entendo por que você namora — falei tomando um gole d'água. — Deixa a mulher em casa e vai curtir a noite. Qual é o propósito?

— Quando você morava com os seus pais, você jantava fora?

Franzi o cenho, não entendendo a pergunta.

— O que essa porra tem a ver? — bradei.

— Responde! — Balancei a cabeça e ele concluiu. — Pois é, você sempre teve sua comidinha de casa, nem por isso deixou de comer fora. É isso aí.

Olhei-o incrédulo.

— Você é uma porra de um galinhão filho da puta, sabia?

Ele deu de ombros, e César informou que não poderia ir à comemoração, o que eu já desconfiava. É claro que Stella estava enchendo o saco. Sinceramente, não sei como aguenta! Ele, sim, merecia comer "fora de casa"!

César tentou se desculpar; quanto a mim, é claro que iria a essa festa! Não perderia essa oportunidade por nada nesse mundo!

Passava das onze da noite quando estacionei meu *Range Rover* Evoque dentro do Planetário da Gávea e me dirigi à *00*, a boate escolhida por Léo aquela noite. O lugar estava lotado e a pista fervia. Segui para o restaurante e os encontrei em uma mesa.

— O irresistível doutor Queiroz! Se eu fosse mulher, já tinha pulado no seu pescoço e rasgado esse seu blusão azul! Ui! — Marcelão exclamou zombeteiro e, acreditem, essa era sua forma de me elogiar.

Aproximei-me, dando um tapinha em suas costas.

— Impressionante você ainda estar aqui e não em alguma garota.

— Acabamos de chegar, ainda estou analisando o ambiente.

Deu de ombros, me estendendo um copo com uísque. Então era essa a bebida da noite? Eu topava qualquer tipo de bebida alcoólica, porém, uma de cada vez. A regra sempre será a de não misturar. A noite anterior foi regada à vodca, e aquela, o bom e o velho *scotch*.

— Como está o ambiente? — perguntei levando o copo à boca.

— Ainda é cedo pra relatar.

Horas depois eu estava no bar analisando a pista de dança, quando uma loira se aproximou, tentando chamar o garçom. Ela era gostosa: tinha boas pernas e peitos apetitosos. Eu sabia que era loira por que seu cabelo estava dentro do decote provocador. Ela levantou o braço, mas certamente não seria vista e não conseguiria obter a bebida que desejava. Que sorte eu estar ali! Afinal de contas, *realizar desejos* sempre foi minha especialidade.

Delicadamente toquei sua mão, envolvendo-a com a minha, e ela me olhou surpresa. Antes que pudesse dizer qualquer coisa, puxei-a em minha direção, então, pude ver seu rosto. Ela não era tão bonita, infelizmente, mas seus peitos valiam a pena.

— Se você ficar aqui conseguirá o que tanto deseja — sussurrei em sua orelha, fazendo questão de roçar minha língua.

Ela se derreteu, é claro, e em poucos segundos estávamos na pista de dança. Eu poderia tê-la levado embora daquele lugar de uma vez, mas sou um cara que precisa de contato. Eu *gosto* de preliminares e para mim elas começam cedo, nos lugares onde a maioria das pessoas sequer imagina.

O DJ era bom e o lugar pareceu ir abaixo quando a voz de Frejat cantando "*Puro Êxtase*" tocou.

Foi, então, que eu a vi.

A pista estava lotada! Corpos e braços balançavam por todos os lados e entre um movimento e outro, ela apareceu. Vestida com uma espécie de blusa branca rendada e calça jeans, o cabelo escuro caía ao longo de seu corpo, que se movimentava sensualmente ao ritmo da música. Seus braços estavam acima da cabeça e os olhos, fechados.

A sua roupa montada parece divertir
os olhos gulosos de quem quer lhe despir
Ela é puro êxtase
Êcstasy!

Senti-me ligeiramente confuso no momento em que corpos e braços invadiram meu campo de visão aleatoriamente, para então darem lugar ao clarão mais uma vez. O anjo abriu os olhos e juro que senti uma apunhalada em meu peito. Que olhar era aquele? E desde quando eu fixaria em outra coisa que não fossem seus peitos? *Que porra é essa que colocaram na merda do meu uísque?*

Algo envolveu meu pescoço. *Céus, a loira do bar!* Esqueci-me completamente dela. Lancei-lhe Dei um sorriso amarelo, abraçando-a apenas para ter a visão da morena, mas a única coisa que vi foi um brutamontes em seu lugar.

Teria sido miragem? *Será que estou bêbado? Não, juro que vi!* Pensei no momento em que seu cabelo balançou e seu lindo rosto entrou em foco mais uma vez. Porra, ela estava sorrindo!

Olhos, sorrisos... nunca fui de prestar atenção a esses detalhes, os meus, na verdade, ficavam mais ao Sul, se é que vocês me entendem.

A loira falou alguma coisa, virando meu rosto em sua direção. Assenti, sem saber o que disse e foquei na morena de novo. Lembram-se do tal brutamontes? Pois é, o sortudo filho da mãe estava praticamente em cima dela, e para meu azar, com seu total consentimento.

Foi um maldito chute na porra do meu saco.

— O que acha de sairmos dessa barulhada toda e irmos para um lugar mais silencioso? — a voz da loira soou melosa em meu ouvido e devolvi-lhe um sorriso sedutor.

— Por que não?

Fodam-se as preliminares! Pensei quando fui embora daquela merda, deixando o anjo de olhos brilhantes para trás.

TRÊS

Milena

Aquela noite contemplei a imagem refletida no espelho e o que vi foi uma mulher estonteante, vestida numa calça jeans e bata branca rendada. Usava brincos de pedras e um delicado cordão que descia pelo pescoço, por dentro do decote, de forma sensual.

Meu cabelo castanho caía pelos ombros, com algumas mechas queimadas pelo sol, o mesmo que havia bronzeado a pele e destacado meus olhos incrivelmente verdes, levemente maquiados. Sim, eu estava linda! Perfeita, de fato. A casca, pelo menos, mas o que dizer sobre o interior? Ainda era uma incógnita para mim.

O telefone bipou indicando o sinal de mensagem. Era Alessandra no WhatsApp:

Cinco minutos, na porta. Bj.

Completei o visual com uma sandália dourada e *clutch* da mesma cor, antes de abrir a porta do quarto em busca da felicidade.

— Aonde minha filhinha vai assim tão linda?

Abracei minha mãe com carinho. Ela estava no sofá com sua segunda companhia inseparável: um livro. A primeira era meu pai, lógico!

— Dona Marta, darei uma saidinha com a Alê e o Edu. Não pretendo chegar tarde, mas não precisa me esperar.

Beijei-a carinhosamente, sabendo que estaria acordada do mesmo jeito.

— Fico muito feliz por isso, minha filha. Finalmente! Você é jovem, bonita e precisa se divertir.

Embora mamãe acariciasse meu rosto com ternura, me afastei rapidamente, afinal, não queria chorar. Eu sabia que ela não havia se recuperado do choque daquela tragédia e o quanto ainda doía, afinal, Vívian era filha de sua irmã Virgínia, minha tia. Duas piranhas vagabundas! Ainda que minha mãe não conseguisse enxergar isso.

Mal cheguei à portaria, Alessandra buzinou. Entrei em seu Picanto vermelho (ainda não consigo acreditar que a maluca escolheu o carro pelo nome!), me sentando no banco do carona. Joguei os braços para trás, cumprimentando Edu, e beijei o rosto de minha amiga, linda em seu vestido azul transpassado.

— Bem-vinda ao Picanto, gata! Que você encontre um bem grosso hoje, afinal, está fodástica! — Edu exclamou, zombeteiro e lindo em uma camisa branca gola em V e calça jeans.

— Fodástica? Não exagere!

— Ele não está exagerando! Escolhemos um puta lugar pra você fazer sua estreia nas noites cariocas: a 00.

Que diferença fazia? Eu não conhecia nada mesmo!

— O bom de lá é que há vários ambientes: bar, restaurante, pista de dança e até um jardim com sofás e pufes para relaxar.

— Ou não! — Edu bradou.

— Ei, seu pervertido! É um local público, nem pense em transar ali!

— Gata, *hello*! Estamos indo a uma boate hétero, não haverá nada pra mim, além da música. Espero que seja realmente boa.

Quando saíam, os loucos alternavam entre locais héteros e homos, desta forma, havia o "momento para dançar" e o "momento para encontrar o picanto", como Edu dizia.

— Hoje, definitivamente, não é o seu momento para encontrar o picanto, Edu.

Mandei brincalhona e ele deu de ombros.

— Verdade, gata, mas estou muito feliz por você estar aqui. Quem sabe você não encontra um belo, grande e grosso picanto? — Gargalhei. — Alê, coloca o hino da noite aí!

— Uhu! Quero ouvir todo mundo cantando, inclusive você, dona Milena!

Eu?

A voz dos Tribalistas tocou alto *Já sei namorar* e gritamos a plenos pulmões.

Já sei namorar
Já sei beijar de língua
Agora só me resta sonhar
Já sei aonde ir
Já sei onde ficar
Agora só me falta sair

Não tenho paciência pra televisão
Eu não sou audiência para a solidão
Eu sou de ninguém
Eu sou de todo mundo
E todo mundo me quer bem
Eu sou de ninguém
Eu sou de todo mundo
E todo mundo é meu também

E a noite estava só começando...

— Pra cima, pra baixo, ao centro, adentro! — gritamos ao tomar a terceira rodada de tequila.

— Você sabia que dirigir alcoolizada provoca uma senhora multa, recolhimento da habilitação, retenção do veículo, além de suspensão do direito de dirigir pelo período de um ano? E antes que tente se defender de alguma forma, ninguém aqui está habilitado para conduzir seu carro. — Arqueei a sobrancelha.

— Ok, senhora advogada, sendo assim, preciso encontrar um cara que além de ser gostoso, ter um belo picanto e saber usá-lo magistralmente, o filho da puta tem que saber dirigir, e não pode ter ingerido nenhuma gota de álcool. Cacete! Já está foda pra arrumar homem, com tantas exigências assim! Aliás, alguns requisitos sendo preenchidos ali. Duas horas, marujo. — Apontou a cabeça indicando a direção a Edu.

— Meu número, gata! — Ela franziu o cenho e ele levantou as mãos em defesa. — Ops, sua noite hoje, marinheira, eu só vim dançar.

— Vocês dois são completamente perturbados, vocês sabem disso, não é?

Alessandra deu de ombros.

— Outra rodada de tequila! Uhu!

Algumas horas se passaram, assim como outras rodadas de tequila e petiscos deliciosos. Eu ainda tentava me adaptar, confesso que estava gostando. O lugar era sensacional, bem transado, com muita gente bonita. Sou jovem e era incrível aquilo ser novidade para mim. *Por que não aproveitei tudo antes, inclusive na época em que vivi enclausurada com o canalha?*

Só para lembrar, um dos pseudônimos do Leandro.

— Que tal se a gente dançar? — Alê perguntou, interrompendo meus pensamentos, e eu fui a primeira a levantar.

— Fechado!

Ela bateu a mão na minha.

— Vamos pra festa!

Seguimos rumo à pista de dança, quando Edu me puxou delicadamente pelo braço.

— Se precisar dizer que é comprometida, pode contar comigo. Não é sempre que eu dou na pinta.

Sorri. Como não amá-lo? Acariciei seu rosto e agradeci, antes de seguirmos para a pista.

Dançar era uma das coisas que eu mais adorava, mas há anos não fazia, especificamente desde quando comecei a me relacionar com Leandro. Impressionante as coisas que deixei de fazer enquanto estive com ele. Por que diabos fiz isso?

Dançamos por horas e fatalmente alguns homens flertaram comigo.

— Olha aquele moreno! Parece ter pegada — Alê avaliou.

— Ih... pode esquecer, gata! — Edu alertou e ela abriu a boca chocada.

— Mentira? Não me diga que aquele cara não gosta de mulher!

— Tanto quanto eu! — respondeu sarcástico e gargalhei, me divertindo como nunca.

Barão Vermelho começou a tocar levando a boate abaixo. Fomos os primeiros a pular, fazendo coreografia juntos.

Toda brincadeira não devia ter hora pra acabar

Ainda mais com esses loucos! Pensei, divertida.

Esmalte vermelho
tinta no cabelo
os pés num salto alto
cheios de desejo
Edu cantou para Alê, antes de se dirigir a mim:

Vontade de dançar até o amanhecer
Ela está suada, pronta pra se derreter
Ela é puro êxtase
Êcstasy!

— Vocês duas são puro êxtase!

Barbies
Betty Boop

A música continuou a tocar e ele nos fez gargalhar quando disse que Frejat se referia a ele quando falava sobre *Barbies* e *Betty Boops*.

Em algum momento, deixei o ritmo da música me levar e fechei os olhos, me entregando completamente. Levantei os braços, me embalando naquela batida quente e deliciosa. Meus pensamentos foram bloqueados, eu só ouvia o som, curtindo. *Céus! Por que demorei tanto para fazer isso?*

— Eu não sabia que essa música poderia ser mais sensual.

Ouvi a voz grave em meu ouvido e abri os olhos, deparando com um homem enorme. Ele era exótico: moreno, olhos escuros e forte. Muito forte para o meu gosto, na verdade. Senti suas mãos em minha cintura, me puxando em sua direção sem o menor esforço. Imediatamente, posicionei as em seu peito, não para acariciá-lo, mas para fazê-lo parar.

— Meu nome é Milena, muito prazer. — Olhou-me confuso e, devido ao seu silêncio, continuei: — E o seu?

— E desde quando isso importa?

Como é? Não se pergunta mais os nomes das pessoas? Mal pensei, sua boca grudou na minha.

Há quanto tempo eu não era beijada?

Abri os lábios para tentar retribuir, mas o homem tinha mau hálito! Além disso, provavelmente era fumante! Puta merda, ele não fechava a boca, e sua língua asquerosa me lambuzava de forma horrenda. Que nojo! Era como se minha boca estivesse sendo sugada por algum tipo de aspirador de pó.

Socorro! Que beijo horrível!

Tentei afastá-lo, mas era forte demais, parecia que eu empurrava uma pedra. Era como se estivesse presa em um pesadelo.

Pelo amor de Deus!

Só havia uma saída, e sem pensar duas vezes, cravei os dentes naquela língua maldita e a mordi com toda a força e raiva que senti. Ninguém merece! Depois de um luto filho da puta ser beijada assim!

— Que porra é essa? Você é maluca? — urrou irritado, levando as mãos à boca e constatando que a língua sangrava.

Imediatamente, Edu se pôs à minha frente, enquanto o homem esbravejou, certamente xingando todas as gerações da minha família. Devido ao som, não ouvimos, até que o filho da mãe se aproximou de mim.

— Sua vadia louca! Frígida do caralho!

No momento em que sua voz ecoou em meus ouvidos, tudo congelou a minha volta. Encarei o maldito enquanto se afastava, levando toda a esperança de uma noite divertida junto com ele.

Frígida do caralho! É mais fria que o inverno do Canadá!

As palavras ainda gritavam em minha mente, me deixando num total mal-estar. Edu me envolveu em meus braços e sua voz soou preocupada quando quis saber como eu estava. Não consegui responder, apenas levantei a mão na tentativa de acalmá-lo. Eu só queria sair dali, precisava respirar.

Entrei correndo no banheiro feminino que milagrosamente estava vazio, e me apoiei em algum lugar, olhando o reflexo no espelho. *Frígida! Mais fria que o inverno do Canadá!* Balancei a cabeça sentindo os olhos arderem com as lágrimas que insistiram em chegar, como se uma barreira tivesse sido rompida. A música ficou mais alta e Alê entrou como uma flecha, me abraçando.

— Não estou preparada — sussurrei.

Lágrimas caíram com força.

— Não desista de virar borboleta, Mila.

Eu ainda soluçava, envolvida em seu abraço. Ela ficou em silêncio respeitando o tempo que eu precisava. Quando, enfim, me acalmei, quebrou o silêncio perguntando o que eu fiz para o homem ter ficado tão irritado.

— Mordi a língua dele com toda força e raiva que senti! — Olhou-me incrédula. — Ele beijava mal, porra! Parecia a merda de um *Roto-Rooter* na minha boca!

Senti que ela segurou o riso.

— E você mordeu a língua do filho da puta? Bem feito!

Sem conseguir controlar, gargalhamos.

— Duas loucas, completamente suadas, entre choros e risos no banheiro feminino de uma boate *top* na Zona Sul do Rio de Janeiro — disse em algum momento, enquanto estávamos sentadas no chão. — Que decadência!

Assenti, no momento em que a porta abriu e algumas mulheres entraram, nos olhando com desdém. Alessandra arqueou a sobrancelha, pronta para a guerra, mas, sabiamente, elas entraram nas cabines desocupadas, fechando a porta.

—Acho que esta noite já deu.

— Com certeza, Mila, o cara que eu queria era gay. — Olhei-a surpresa e ela completou: — Só pode! O filho da puta não quis nada comigo!

Alê levantou o dedo do meio para a porta, e quando pensei em dizer alguma coisa, pôs-se de pé rapidamente. Embora arrasadas, saímos da boate como duas rainhas.

— Não ficarei em casa, podem me deixar na Le Boy, por favor?

Seguimos em silêncio o curto caminho até a boate que ficava no bairro de Copacabana, também na Zona Sul.

— Divirta-se! — dissemos em uníssono.

— Vocês têm certeza de que não querem aproveitar, pelo menos, pra dançar? — Edu indagou com todo seu charme, encostando-se à janela do carro, mas aquela noite já tinha dado para mim. Tudo de que eu precisava era ir para casa.

Assim que ele entrou na boate, Alê largou com o carro.

— Que noite! — exclamou quando paramos no sinal.

— Apesar de tudo, foi divertido.

Tranquilizei-a. Não queria deixá-la frustrada por causa de um problema que era meu. Minha amiga deu um sorriso que teve vida curta, antes de acelerar. No som, *Daniel na Cova dos Leões*, de Legião Urbana.

Teu corpo é meu espelho e em ti navego
eu sei que a tua correnteza não tem direção

— Essa música me faz lembrar o César, aliás, é impressionante como tudo me remete a esse homem!

Senti um aperto no peito por não saber o que dizer à minha amiga que há minutos prontamente me ajudou.

— É tão difícil saber que você ama alguém que nunca poderá ser seu — falou com pesar, estacionando o carro em frente ao meu prédio. — Como diz o "filósofo" Jagger:

— Você não pode ter tudo aquilo que deseja — dissemos juntas o verso da canção *You can´t Always get what you want* dos Rolling Stones.

Com cuidado, resolvi arriscar perguntando como conseguia se envolver com outros homens amando o César. Ela me olhou seriamente antes de responder:

— Por que eu não posso parar minha vida por alguém que não me quer. Sou jovem, interessante, e não é justo que eu fique sofrendo por um homem casado que sequer olha pra mim.

Alessandra era uma mulher forte e não pude deixar de admirá-la ainda mais por sua determinação. Abracei-a com carinho, agradecendo pela noite.

— O que seria de nós se não fossem as tequilas? — rebateu divertida. — Pelo menos o Edu vai arrumar um picanto.

Saí do carro e entrei no prédio, enquanto ela seguiu rumo à sua casa. Naquela noite, dormi ao som de *You can´t Always get what you want. De fato,* você não pode ter tudo que deseja, mas não desistiria, afinal, como *Sir* Mick Jagger diz: "se você tentar algumas vezes, você pode conseguir encontrar o que precisa".

QUATRO

Rafael

Eram nove da manhã de segunda-feira quando cheguei a*Queiroz Advogados*, que ocupa todo o andar na cobertura daquele que é o primeiro edifício de uma das ruas mais importantes do Centro do Rio de Janeiro: o *RB1*, na Avenida Rio Branco.

Entrei na sala e Cris, minha secretária, veio logo atrás com meu café. Poucas são as mulheres que sabem fazê-lo do jeito que eu gosto: expresso duplo e forte, com uma pitada de canela. Além dela, só minha mãe é capaz.

A Cristiane é perfeita e está comigo há muito tempo. Não, eu não comi minha secretária. Não que ela não fosse uma gata: cabelos e olhos escuros e morena, e com pernas capazes de fazer qualquer homem ficar de pau duro em plena manhã de segunda-feira. Embora eu não a tenha comido, nada impede que eu dê uma boa olhada em suas pernas.

Cris, como eu disse, é perfeita, mas há dois bons motivos (essenciais, eu diria) para eu não ter entrado em sua calcinha. O primeiro, é que sua calcinha já tem dono. Sim, Cris é casada, aliás, muito bem casada, diga-se de passagem. O outro? Bom, ela é minha secretária, e onde se ganha o pão não se come a carne, certo?

Eu sou o tipo de cara que dispensa mulheres em três situações: se for comprometida (não quero dor de cabeça), se for minha mãe, e se for a Cris. O resto...

Aposto que você pensou que eu dispensaria mulher feia, não é? Garotas, permitam que eu desmistifique uma coisa a vocês: beleza é um quesito totalmente subjetivo, além disso, hum, será um pouco grosseiro o que direi, mas bocetas são bocetas.

Ok, vamos voltar à manhã de segunda-feira. Estava em meu trono (minha cadeira de couro é mais confortável que a do Presidente dos Estados Unidos da América), prestes a degustar meu expresso enquanto contemplava a manhã ensolarada da janela. Dali era possível ver as obras do Porto Maravilha e todo o preparo para as Olimpíadas que aconteceriam na Cidade Maravilhosa.

— Seus processos estão organizados e ordenados — Cris começou, colocando a xícara à minha frente. — Você tem duas audiências hoje à tarde, a primeira começa às duas.

— Certo.

— Para o almoço com seu pai, fiz uma reserva ao meio-dia naquele japonês que você gosta.

Viram como ela é perfeita? Agradeci e ela perguntou sobre o anúncio da venda do apartamento. *Putz! Esqueci da porra da menina! Como é mesmo o nome dela?* Pensei enquanto coçava a testa e Cris quis saber qual era o problema. Informei que tinha esquecido de deixar as chaves com o Ed.

— Uma mulher ligou, aliás, *doutor Queiroz*? — indaguei enfatizando as palavras e ela deu de ombros.

— Achei que daria mais seriedade ao anúncio. — Fiz uma careta e ela estendeu a mão. — A chave.

Tirei-a do bolso.

— Peça ao portador para avisar ao Ed que uma mulher chegará às cinco da tarde para ver o apê. Ela me disse seu nome, mas esqueci. Se der, apareço, senão, pode deixá-la subir.

Cris assentiu e saiu da sala me deixando com meu café, meus processos e minha vista da Cidade Maravilhosa. Mergulhei no trabalho e entre um processo e outro, o rosto misterioso do anjo de olhos brilhantes me vinha à mente. O mais estranho é que não era a primeira vez.

Na noite anterior, algo totalmente inusitado aconteceu: a tal loira que não tinha o rosto bonito, mas era dotada de uma boca espetacular, se é que me entendem, era quente. Ainda assim, várias vezes me peguei pensando no tal anjo de olhos brilhantes e isso era totalmente atípico.

Talvez eu tenha ficado frustrado por não poder desfrutar daqueles peitos que... balancei a cabeça, confuso, quando me dei conta de que não olhei para eles, nem para suas pernas ou sua bunda, apenas...

— Seus olhos! — exclamei surpreso.

A única coisa que me lembrava era de seus olhos e de seus movimentos graciosos enquanto balançava de um lado para o outro. Remexi-me desconfortavelmente quando me dei conta de que não havia focado em qualquer outro detalhe específico que não fosse seu rosto.

— Desde quando, Rafael Queiroz?

Um tanto incomodado, peguei o próximo processo para analisá-lo. *Vamos trabalhar!* Pensei. Eu só precisava trabalhar.

À mesa, segurei o *hashi* no momento em que meu pai chegou do Buffet com dois pratos, um só com Hot Filadélfia. Ele sempre fazia isso.

— Como foi o final de semana? — perguntou enquanto levava um *sashimi* à boca.

Contei-lhe o de sempre: noitada boa, mulheres gostosas, cachaça na cabeça e o vôlei de praia.

Ele deu de ombros e engatamos um papo sobre trabalho. Meu pai, o doutor Bruno Queiroz, era um grande e respeitado advogado, o maior tributarista que já existiu! Aposentado, prestava consultoria, e muitas das pessoas que vocês conheçam talvez precisem trabalhar o ano inteiro para conseguir pagar por meia hora com ele.

Tenho muito orgulho do meu pai. Como ele, sou verdadeiramente apaixonado por minha profissão, mas devo confessar que esta escolha está intimamente ligada à admiração e ao respeito que tenho por este homem.

— Não lhe convidei para conversarmos sobre Direito — disse seriamente e franzi o cenho, preocupado. — Calma, não há nenhum problema, pelo contrário! Estou organizando as bodas de ouro do meu casamento com sua mãe.

Meu queixo caiu. Doutor Bruno Queiroz organizando bodas de casamento?

— Quero fazer uma grande surpresa, mas não sei por onde começar. Quero algo grandioso, incrível, afinal, sua mãe me deu os melhores anos da minha vida! — Olhei-o emocionado e ele concluiu de forma nervosa: — Você precisa me prometer que não contará nada para ela, Rafael, pelo amor de Deus!

— Fique tranquilo, doutor Bruno. — *Céus, dona Daiane vai surtar!*

Então, algo muito esquisito aconteceu: fiquei com uma baita vontade de chorar. Será que eu estava ficando doente? Eu não esperava essa atitude do meu velho e estava realmente emocionado, mas chorar era demais! Meu pai engatou um papo de como minha mãe era especial e o fazia feliz, de como se conheceram e a forma incrível como tudo começou. Eu já não ouvia nada do que dizia, pois uma pergunta estranha começou a martelar minha cabeça, me fazendo pensar alto demais.

— Como vocês conseguem?

Olhou-me confuso.

— Conseguimos o quê?

— Isso! Como é possível ficar com alguém durante cinquenta anos?

— Meu filho, nós não contamos o tempo, apenas o vivemos. *Juntos.* Não são *cinquenta anos vivendo uma vida com sua mãe*, mas sua mãe *sendo* minha própria vida. Por que, embora possa parecer muito tempo, cada dia com ela é diferente do outro e, mesmo com os problemas que surgiram e ainda surgirão, nossa vida é uma surpresa e uma benção para mim.

Ou eu estava realmente ficando muito doente ou entrando numa crise fodida de identidade. Que aperto era aquele que eu sentia em meu peito?

Não foi a forma como meu pai se referiu à minha mãe, afinal, seu amor e veneração por ela não eram novidades para ninguém, muito menos para mim. O problema foi a dúvida que me incomodou: será que um dia serei capaz de sentir algo parecido?

— É desta forma, todos os dias, a cada dia...

As frases vinham "soltas" para mim, quando uma me chamou atenção, me trazendo imediatamente de volta à conversa.

— No sexo, inclusive, nós...

Arregalei os olhos.

— Wow! Pode parar! — pedi tenso, e meu velho franziu o cenho.

— Como você acha que nasceu, Rafael?

Revirei os olhos. É claro que sabia como havia nascido, mas pensar na minha doce mãe era outra história! Céus, não! Talvez fosse a visão promíscua que sempre tive sobre o sexo. Se minha mãe fizesse o que as mulheres que andam trepando comigo fazem...

Jesus Cristo!

— Falarei com a Cris pra cuidar das bodas de ouro, ok? Ela é ótima pra assuntos deste tipo.

— Maravilha! Olha, sua mãe não pode saber de nada, pelo amor de Deus! — pediu mais uma vez e tranquilizei meu velho, garantindo que dona Daiane teria a melhor festa de Bodas de Ouro do mundo.

Só não revelei o quanto fiquei ansioso por isso.

Eram quatro e meia da tarde quando saí da última audiência no Fórum, com mais uma vitória. Segui rapidamente ao Edifício Garagem Menezes Côrtes para pegar meu carro e "voar" para o bairro do Flamengo. Quem sabe eu conseguisse chegar a tempo para mostrar o apartamento à minha possível inquilina?

É claro que eu poderia ter deixado tudo a cargo de uma imobiliária, mas aquele era o *meu* apartamento, o primeiro que consegui comprar com o suor do meu trabalho. Era algo realmente sentimental para mim. Além disso, quando o comprei tratei com uma imobiliária e, sinceramente, não gostei nada da experiência. Se você tem algo a fazer, faça *você* mesmo. A não ser que você tenha a Cris, é claro! Ainda assim, era o *meu* apartamento.

Estacionei em frente ao prédio às cinco e vinte da tarde. Larguei o paletó no banco traseiro e corri para a portaria, onde encontrei Ed, que me informou que a moça já havia subido.

Droga! Pensei, perguntando se havia chegado há muito tempo.

— Há vinte minutos. O senhor me desculpe não subir com ela, seu Rafael, mas não pude deixar a portaria sozinha.

Assenti, correndo para pegar o elevador. No andar, deparei com a porta aberta, e ao olhar para dentro foi inútil conter o sorriso ao ver o lugar onde vivi por tanto tempo.

Dei uma leve batida para anunciar minha chegada, quando a vi de costas, em frente ao arco que dividia a sala do quarto. É exatamente aqui onde tudo começa; exatamente no apartamento onde passei boa parte da minha vida. Ou teria sido no domingo à noite?

Assim que bati na porta ela se virou em minha direção. Tudo aconteceu em câmera lenta. Primeiro, o balançar de seu cabelo, preso no alto da cabeça com alguns fios caídos em seu rosto; em seguida, seus olhos, *aqueles olhos* que ocuparam meus pensamentos desde o momento em que os vi pela primeira vez.

Inacreditável! Era o anjo de olhos brilhantes que apareceu naquela boate dançando de forma doce e sensual, com seu sorriso meigo e encantador. *Ela.* Pisquei várias vezes, confuso.

Mas, que porra é essa?

CINCO

Milena

Não levei muito tempo para chegar à Rua Marquês de Abrantes, no Flamengo. Eu estava no Centro, e de metrô foram apenas cinco estações. Eu tinha um *Citröen* C3, carro que Leandro me ajudou a escolher e que foi vendido com o fim do nosso relacionamento. Eu gostava do C3, fomos muito companheiros, mas ele me trazia lembranças das quais eu ainda tentava esquecer.

— Sou Milena Andrade e vim ver o apartamento 505. Estou agendada — falei ao interfone.

Ouvi um bipe e o portão abriu. Gostei do edifício. Não era tão luxuoso quanto o nosso na Rua Prudente de Moraes, mas era aconchegante e seguro.

— A senhorita veio ver o apartamento do seu Rafael? — Olhei confusa para o homem à frente.

— Doutor Queiroz?

— Ih, dona, ele não gosta que o chamem assim, embora seja um doutor e tanto! — Pisquei e o homem desandou a falar, enquanto me conduzia para dentro da portaria. — Ele deve estar a caminho, provavelmente está preso nesse trânsito infernal. A senhorita sabia que o Rio de Janeiro é a quarta cidade com o maior trânsito do mundo?

Eu não sabia e ele continuou me perguntando qual era a primeira. Resolvi arriscar:

— Nova York?

— Péééén! Resposta errada! Essa nem aparece na lista!

Como é? Ele continuou:

— Estamos em quarto e só perdemos para a Cidade do México, Bangoc e Istambul. Dá para imaginar? Somos a cidade com o maior trânsito no país!

Abri a boca chocada e ele continuou animado.

— Também fiquei pasmo! Depois que conheci esse tal Google minha vida mudou. Eu digito qualquer coisa e encontro a resposta, é incrível! — Abriu a gaveta e retirou um envelope pardo, rasgando-o. — E vejo tudo pelo celular! A propósito, me chamo Ed.

Ed? Pensei enquanto pegava a chave que me oferecia.

— Mas não é Ed de *Ed Murphy* e sim de Edicleiton.

Porra! Ele continuou:

— Foi seu Rafael que me arrumou esse apelido, já que sempre esquecia meu nome. — Deu de ombros, me conduzindo ao elevador e apertando o botão do quinto andar. — A senhorita me desculpe não acompanhá-la, mas não posso deixar a portaria sozinha.

— Sem problema, Ed. — Tentei tranquilizá-lo.

A sensação que tive quando entrei no apartamento foi indescritível. Embora não soubesse se de fato moraria ali, emoção e orgulho me invadiram.

Finalmente estava em busca da minha tão almejada felicidade, e estar ali naquele lugar à procura de um lugar para chamar de *meu*, ainda que de aluguel, era um grande passo.

Após tanto tempo vivendo à sombra de um homem que no fim das contas me trocou pela vagabunda da minha prima... Divaguei, ainda na porta, me perguntando por quanto tempo Leandro continuaria me enganando?

Embora tenha sido um período muito difícil, eu estava melhor a cada dia. Nunca mais fui beijada, a não ser por aquele "aspirador de pó" horrível na noite passada, mas isso não contava, certo? Sexo? Nada além de vibradores e os vídeos que Alê me enviava pelo WhatsApp. Nunca em minha vida consumi tanta pornografia! O Leandro supostamente detestava e não fazia esse tipo de coisa. Comigo, certamente.

Aprendi a viver sozinha e descobri que eu era a melhor pessoa do mundo. Repetia o mantra todos os dias: *ninguém, além de mim,* poderia ser *é responsável pela minha felicidade.*

Inspirei profundamente e caminhei, olhando o espaço. O apartamento estava conservado, embora as paredes precisassem de retoques. Havia algumas marcas do que pareciam ser quadros que algum dia decoraram aquele lugar.

Segui à janela e a abri olhando a vista da rua, e ao virar para o lado oposto fiquei encantada com a pequena cozinha estilo americana, com aquele janelão unindo os ambientes, dando a sensação de amplitude. Contudo, foi o arco que dividia sutilmente a sala com o corredor que levava ao quarto que me deixou apaixonada. Ali, naquele mesmo corredor, ficava o banheiro.

O local era pequeno, mas daria para fazer uma bela decoração. Eu observava o arco, imaginando mil possibilidades, quando ouvi a batida na porta que me fez girar o corpo para trás.

Jesus, Maria e José! À minha frente estava um homem alto, vestido numa camisa branca, com os botões de cima abertos. Seu cabelo escuro era liso e ligeiramente desordenado. Seus olhos eram castanhos e sua pele bronzeada pelo sol. Sua boca estava entreaberta, a língua molhando os lábios grossos e convidativos.

— Desculpe o atraso, peguei um trânsito infernal do Centro pra cá.

Ouvi sua voz grave, bem empostada e sexy. O homem era realmente atraente, e eu precisava manter o foco.

— O senhor não está muito atrasado na verdade, doutor Queiroz — respondi profissionalmente.

— Rafael. Meu nome é Rafael — rebateu me estendendo a mão e uma carga de duzentos e vinte mil volts se espalhou pelo meu corpo no momento em que eu a toquei. Seu aperto era firme e seguro, e seus olhos encontraram os meus.

— Sim, Rafael. — Desvencilhei-me de seu toque, olhando o arco mais uma vez.

— E então, o que achou do apartamento?

Dei um sorriso sincero.

— Na verdade, gostei muito. Sempre curti esse visual de cozinha americana.

Rafael sorriu e fiquei encantada, ele realmente era um homem lindo. E perigoso, certamente.

— Foi a primeira coisa que vi quando entrei aqui. O arco foi a segunda. Já conhece o quarto?

O jeito que me olhou fez meu rosto corar. Ou teriam sido somente meus pensamentos pervertidos? Um pequeno desconforto se instalou e desandei a falar, informando que estava indo justamente para lá. Enquanto seguíamos pelo pequeno corredor, falei sobre a vista da rua e até da entrada do prédio, tudo na esperança de nos livrar da situação embaraçosa que talvez pudesse surgir. Pareceu funcionar.

Entrei no quarto, que tinha um espaço agradável, apesar de pequeno. Abri a janela, contemplando a rua lá fora, antes de dar uma boa olhada em volta.

— E aí? — perguntou em expectativa.

— Gostei — respondi decidida. O apartamento era muito agradável.

Rafael sorriu mais uma vez e precisei conter um gemido. Ele não foi o primeiro homem bonito que vi após meu período de luto, mas certamente foi o primeiro que me atraiu e despertou sensações em mim até então adormecidas.

— Foi gostoso ficar aqui. — Pisquei confusa. — Morei neste apartamento.

Ah...

— E este era o seu quarto?

— Sim. Minha cama ficava exatamente onde você está agora.

Cama? Puta merda! Engoli em seco e segui em direção à sala, desandando a falar mais uma vez, não me lembro sobre o quê. Sempre tive essa mania irritante de falar feito uma matraca perante uma situação desconfortável.

Havia, porém, uma questão importante que eu deveria ter perguntado quando liguei e só não o fiz porque ele pareceu ansioso demais para se livrar de mim: a forma de negociação do aluguel.

A maioria optava por fiador, a questão é que eu não tinha um e estava ligeiramente tensa por isso. Quer dizer, é claro que meus pais poderiam ser meus fiadores, tranquilamente, o problema é que eu não havia dito que sairia de casa.

Oi, pai, oi, mãe, estou saindo de casa para morar sozinha e gostaria de saber se vocês podem ser meus fiadores. Imaginem a cena? Definitivamente, não era boa ideia.

Havia a opção do seguro-fiança, mas era uma boa grana. Embora eu tivesse alguma guardada, principalmente por causa da venda do carro e das causas que ganhei ao longo do ano, a melhor opção seria realmente o depósito.

— Preciso saber... — comecei, mas não concluí a frase.

Rafael ficou à minha frente e o cheiro do seu perfume penetrou meus sentidos. Era uma mistura refrescante e cítrica, com notas de cedro e musgo. Sou muito sensível a cheiros e o aroma daquele homem fez algumas de minhas células entrarem em um estado de total ebulição. Balancei a cabeça mais uma vez, procurando me concentrar.

— Preciso saber como será a negociação do aluguel. Você aceita fiador, seguro-fiança ou depósito?

Olhou-me seriamente e por alguns instantes me senti totalmente exposta, cruzando os braços à frente do corpo.

— Qual é a melhor forma pra você?

Aquilo me pegou de surpresa, e ele me olhou impassível, aguardando a resposta. Minha experiência com aluguéis era modesta e não passava das teorias que aprendi na faculdade, mas eu sabia que não era daquele jeito que as coisas aconteciam. Eu ainda o encarava, confusa, quando resolveu quebrar o silêncio:

— Qualquer opção é válida pra mim. Como deseja fazer?

Senti-me um pouco atordoada com a presença daquele homem, ele estava tão perto. O que estava acontecendo comigo? Aquele seria meu locador, provavelmente, e eu precisava manter o foco. *Milena Andrade lembre-se de quem você é!* Forcei-me a pensar.

— Depósito seria a melhor opção para mim — respondi determinada e ele estendeu a mão.

— Seja bem-vinda a sua nova casa... — Fitou-me sem jeito, como quem procura por alguma coisa.

Retribuí o cumprimento, olhando-o fixamente. O filho da mãe havia esquecido meu nome, certamente.

— Milena Andrade.

Rafael molhou os lábios, cravando seus olhos em mim. Levando minha mão à boca, beijou-a.

— Perdoe-me, Milena.

Senhor, me ajude! Eu estava ficando excitada. Tirei a mão rapidamente e segui em direção ao arco, desandando a falar mais uma vez. Conversamos sobre os valores do aluguel, condomínio e IPTU e ele os discutiu de maneira totalmente profissional.

— Quando gostaria de mudar?

— O quanto antes!

Rafael pareceu ligeiramente surpreendido, e me informou que havia detalhes a serem feitos no apartamento, como a pintura, por exemplo, que ele acreditava levar mais duas semanas, no máximo.

— Anunciei antes porque não esperava que fosse alugar tão rápido. — Deu de ombros.

Sugeri arcar com a pintura que poderia ser descontada do aluguel, deixando-o surpreso.

— A não ser que você já tenha tudo esquematizado, é claro — concluí sem jeito, não queria pressioná-lo.

— Na verdade tenho, mas se você preferir fazer, para mim é indiferente. — Deu de ombros mais uma vez e eu o olhei por instantes.

— Posso ser sincera?

— Sempre! — Sua resposta foi imediata e ficamos presos no olhar do outro.

— Não tenho nada esquematizado, não conheço nenhum pintor e, muito menos marcas de tintas, mas gostaria de tocar isso.

Ele balançou a cabeça e continuei de forma agitada:

— Prometo devolver o apartamento do jeito que você quiser, pode colocar esta cláusula no contrato, mas gostaria de mudar algumas coisas enquanto estiver aqui, se você não se importar.

— Milena. — Aproximou-se, ficando rente a mim. Mais uma vez seu cheiro inebriante se espalhou no ar, me deixando ligeiramente desnorteada. — Pode fazer do jeito que quiser. Você vai morar aqui, eu quero que se sinta bem neste lugar como me senti. Quero que seja tão feliz como eu fui. Faça do *seu* jeito.

Senti-me completamente entorpecida, ele estava tão perto. Meus olhos me traíram, olhando para sua maldita boca, antes de fitar seus olhos mais uma vez. Ensaiei um agradecimento, me afastando rapidamente, em direção à janela.

— Não precisa agradecer. Se quiser, posso te indicar o pintor.

— Por favor — pedi, ainda ofegante, olhando a rua.

— Você pode enviar seus dados para meu e-mail. — Entregou-me um cartão e nossos dedos se tocaram levemente quando eu o peguei.

Meu Deus! Olhei o relógio.

— Preciso ir. Temos um acordo?

— Sim, Milena. Temos um acordo — respondeu estendendo a mão mais uma vez.

Foco, cacete! Disse a mim mesma e, estrategicamente, pensei no homem horrendo da noite passada, na esperança de que o aperto de mão não me afetasse. Não funcionou, é claro.

Fechamos as janelas e descemos. A tensão no elevador era palpável, mas assim são os elevadores. Ou não?

— Seu Rafael! Senhorita Milena! — Ed nos cumprimentou, animado, e agradeci por sua gentileza.

— Enviarei o e-mail amanhã com todos os documentos necessários — falei profissionalmente e ele quis saber se eu estava de carro.

— Pegarei um táxi.

Após saber para onde eu estava indo, gentilmente me ofereceu carona. É claro que recusei, eu mal o conhecia! Além disso, se estar no apartamento com aquele homem foi perturbador, imagine dentro de um carro!

— Isso não foi um convite — respondeu sedutor. — Nada de táxi, agora você tem um aluguel pra pagar!

Não pude deixar de rir, o homem tinha bom humor. Ele abriu a porta e entrei. Que mal haveria nisso, afinal? Era só uma carona. Nada de mais.

SEIS

Rafael

Eu dirigia tentando prestar atenção no trânsito, mas o par de pernas ao meu lado não permitia que eu me concentrasse. *O anjo de olhos brilhantes!* Eu não podia acreditar!

Liguei o som e a voz de *Bono Vox* ecoou em nossos ouvidos.

— U2! — reagiu com animação. Ponto pra mim?

Perguntei se gostava e o sorriso que ela me deu foi um soco na boca do estômago. Aquela mulher era realmente linda.

No apartamento, enquanto seguíamos para o quarto que um dia foi meu, dei uma boa olhada nela. Desta vez, não pude resistir à sua bunda, e esta mesma bunda estava sentada ao meu lado, no meu carro, me dando aquele sorriso que fez meu estômago se encolher e a porra do meu pau crescer.

Remexi-me desconfortavelmente, tentando não pensar no par de pernas naquela sedutora meia-calça preta, aliás, ela estava muito bem vestida: saia preta e uma blusa branca. Clássica e linda. Provavelmente estaria vindo do trabalho.

— Por quanto tempo você morou lá? — Sua voz interrompeu meus pensamentos.

— Pouco mais de cinco anos. Foi um período maravilhoso.

A lembrança provocou um sorriso meu, mas Milena pareceu um tanto melancólica.

— Se foi maravilhoso, por que mudar?

— Porque acredito que sempre pode melhorar.

— Então, você é um homem positivo? — Assenti e ela me olhou seriamente. — Ou insaciável?

Caralho! Engoli em seco e ela continuou petulante.

— Talvez você nunca esteja satisfeito e sempre procure por mais.

O sinal fechou e fui obrigado a parar o carro. Aproveitando o momento, girei o corpo lentamente em sua direção, mantendo uma das mãos ao volante e a outra em minha coxa, para onde seus olhos foram atraídos.

— E você, Milena? É insaciável?

Ficamos presos nos olhos do outro e juro que fui consumido pela vontade enlouquecedora de arrancar sua roupa, colocá-la de quatro e fodê-la até ela desmaiar.

Ouvimos as buzinas atrás de nós. O sinal havia aberto e eu precisava me movimentar.

— Totalmente insaciável — respondeu de repente.

Quase bati a porra do carro!

Seguimos o restante do trajeto enquanto U2 continuou a tocar. Ela cantarolava algumas músicas e eu a acompanhava, até que tocou *I still haven´t found what I´m looking for*.

Mas eu ainda não encontrei o que estou procurando

Definitivamente era um refrão que te colocava para pensar. Fitei-a por instantes e ela sorriu para mim. Eu não sabia, mas seu sorriso me acompanharia por toda a minha vida.

— É naquele prédio ali. — Apontou para o edifício luxuoso. — Obrigada pela carona, não precisava se preocupar, eu poderia ter vindo de táxi.

— Nossa! Foi tão ruim assim? — retruquei zombeteiro e ela enrubesceu. — Puxa, você me disse que gostava de U2!

Ela sorriu de forma encantadora, dizendo que não se tratava daquilo, que apenas não queria me causar trabalho, blá-blá-blá. *De novo esse papo?*

— E eu já lhe disse que não é trabalho nenhum, moro aqui perto e você não me desviou do caminho.

Enquanto desatava o cinto, informou que enviaria os documentos na manhã seguinte, no momento em que U2 foi interrompido pelo toque do celular, integrado ao sistema de som do carro. Olhei o painel que exibia a combinação de números desconhecidos.

Atendi a chamada. Era alguém em busca de informações sobre o apartamento.

— Já está alugado, senhor — respondi olhando nos olhos da linda mulher.

Talvez não tenha sido a forma mais educada de falar com a pessoa do outro lado da linha, talvez eu devesse dizer que sentia muito, porém, não estaria sendo nada sincero.

O homem balbuciou um agradecimento e desligou. Eu ainda a olhava fixamente, quando ela sorriu mais uma vez, causando uma sensação completamente estranha em mim.

— Seja bem-vinda ao meu apartamento, senhorita Milena.

Ela agradeceu e saiu, me deixando sozinho, de pau duro. Se antes eu era o dono do mundo, passei a ser totalmente dependente daquele sorriso.

Cheguei ao escritório às nove em ponto, quando senti o celular vibrar no bolso do paletó. Peguei o aparelho, vendo o envelope que indicava o recebimento de um novo e-mail. Reli-o várias vezes. Que porra de formalidade era aquela?

> Prezado doutor Queiroz,
>
> Em anexo, os documentos para a realização do contrato de locação referente ao apto da Rua Marquês de Abrantes.
>
> Estou à disposição para quaisquer esclarecimentos.
>
> Atenciosamente.
>
> Milena Andrade.

Prezado Doutor Queiroz? *Atenciosamente*? Que merda era aquela? Cliquei em responder, e comecei a digitar o texto.

> Olá, Milena.
>
> Obrigado pelos dados.
>
> Como faremos com a assinatura do contrato?
>
> Um beijo.
>
> Rafael Queiroz.

Merda! Não é nada disso! Apaguei tudo e comecei a digitar novamente, quando Cris entrou na sala. Rapidamente coloquei o telefone em cima da mesa e dei um sorriso amarelo em sua direção. Ela me presenteou com meu delicioso expresso e me passou a agenda do dia.

— Está tudo bem? — perguntou me analisando e dei de ombros.

— Um pouco cansado. — Balançou a cabeça e percebi que continuava me analisando. Pigarreei. — Ah, Cris, por favor, retire o anúncio. O apartamento foi alugado.

— Ah! Que maravilha! Foi a tal mulher?

— Aaii! — dei um grito, largando a xícara, quando queimei a língua. *Porra!*

Preciso dizer que senti os olhos inquisitivos de Cris cravados em mim? Além de bonita e inteligente, minha secretária me conhecia o suficiente para saber que havia algo estranho no ar.

— Você está bem? — indagou me estendendo um lenço que nem sei de onde saiu!

Era impressionante como sempre estava pronta para toda e qualquer situação. Balbuciei um agradecimento, dizendo que estava bem e que só havia queimado a língua. *Só?*

— Então, foi a tal mulher que foi ver o apartamento ontem? — Pois é, ela não desistiria! Assenti despretensiosamente. — Certo, mandarei retirar o anúncio. Para onde devo enviar o contrato?

Merda!

— Eu ainda pegarei os dados dela. — Cris me olhou incrédula, certamente tentando entender o porquê do "eu" na frase. — Quer dizer, ela enviará por e-mail.

— Ah...

Cris era terrível, pegava as coisas no ar e aquela merda não estava indo nada bem.

— Vou trabalhar. Qualquer coisa lhe chamo. Obrigado.

Despachei-a da melhor forma que consegui e ela saiu, com a pulga atrás da orelha. Voltei ao celular, relendo o que escrevi. Estava uma bela merda! Apaguei e digitei de outra forma:

Milena.
Recebi os dados, obrigado.
Como faremos para assinar o contrato?
Beijo.
Rafael Queiroz.

Ainda não estava bom. Digitei, pelo menos, cinco textos diferentes.

Como faremos para eu te entregar o contrato?
Não precisa me chamar de doutor.
Recebi seus dados e meu nome é Rafael.
Por favor, me chame de Rafael.
Você é gostosa pra caralho!

Cristo! Eu estava perdendo os sentidos? Por fim, digitei outro texto e enviei a porra da mensagem. *Seja o que Deus quiser!*

SETE

Milena

Na manhã seguinte, cheguei ao escritório totalmente eufórica. Ainda não acreditava que teria meu próprio canto! Era como se "a ficha ainda não tivesse caído". Providenciei as cópias dos documentos necessários à locação e digitei um e-mail formal para o doutor Queiroz.

Rafael...

Aquele homem era lindo! E perigoso, certamente. Lembrei-me da forma como me olhou. *Seja bem-vinda ao meu apartamento, senhorita Milena.* O pensamento provocou um sorriso meu. Ele era o perfeito Dom Juan, mas eu não era uma mulher ingênua. Não mais.

Olhei em volta, para o ambiente calmo, vazio e silencioso. Comecei na empresa como estagiária, mas fui efetivada, por mérito, assim que me formei, e passei a compor o quadro de advogados de um dos maiores escritórios de advocacia da cidade. Éramos vinte profissionais atuando em várias especialidades, alguns sócios, além de assistentes e secretárias. Lideramos causas nas áreas de Direito Bancário, Financeiro, Imobiliário, Empresarial, Tributária, Cível e Criminal, minha especialidade.

Dentre as regalias, ter uma sala exclusiva fazia parte do contrato, o que recusei veemente, com a desculpa esfarrapada de que trabalharia melhor "em equipe", com Alessandra e Eduardo na retaguarda.

O fato é que após a separação, "ficar sozinha" passou a ser algo traumático para mim, ainda que fosse por momentos, e a sala exclusiva passou a ser usada para reuniões com os clientes mais exigentes. Com o tempo fui melhorando e aprendi, finalmente, a conviver comigo mesma, porém, ficar perto daqueles dois deixava meus dias mais alegres e divertidos.

Ficávamos na chamada Ala Leste da *Monteiros Advogados*, que ocupava o último andar no edifício *Manhattan Tower*, na avenida Rio Branco. O piso acarpetado em marrom e móveis em madeira escura contrastavam com as paredes em tom pastel e quadros Renascentistas, dando um ar de sobriedade ao ambiente. As janelas que iam do chão ao teto mostravam a vista do Centro da cidade e a loucura que eram as obras para as Olimpíadas.

Minha mesa ficava entre Edu e Alessandra. Na mesma ala, porém um pouco afastada de nós, a sala do Diretor e, ao lado, a mesa de Laira, sua secretária.

César Monteiro era especialista em Direito Imobiliário e detentor de cinquenta por cento daquele império. A outra metade era de sua mulher, Stella, um poço de futilidade. Também com formação em Direito e uma conta bancária mais gorda que o Rei Momo, ela e César se conheceram na faculdade, namoraram, se formaram e montaram o escritório juntos. Por que César Monteiro está com Stella Monteiro? É a pergunta de um milhão de dólares.

Ouvi o barulho da porta e os loucos entraram, dando bom-dia em uníssono.

— Estou morrendo de sono! — Edu emendou.

— Mesmo com este balde de cafeína? — indaguei olhando o copão de café em sua mão e ele deu de ombros.

— Mesmo implicando com minhas doses matinais de café, lhe trouxe um *muffin* de provolone, sua mal-agradecida!

Animada, bati as mãos, dando um gritinho, enquanto Alê emendou.

— E um suco de laranja.

— Amo vocês!

Conversamos amenidades enquanto comíamos nossas guloseimas, quando ouvimos o barulho da porta.

— Bom dia, doutora Milena.

Céus! Era o charmoso doutor César. Pigarreei.

— Bom dia, doutor.

Soturno, balançou a cabeça antes de se dirigir à minha amiga.

— Alessandra, venha à minha sala. — E sem nada dizer, entrou e fechou a porta.

Ficamos mudos. Eu com o canudo entre os dentes, Edu com a boca cheia de *muffin*, e Alê pálida.

— Precisarei passar numa loja de lingerie na hora do almoço, pois acabei de perder uma calcinha.

Olhei-a incrédula, quase engasgando com o suco, enquanto ela seguia calmamente rumo ao seu destino.

— Estou bege! O que será que o doutor invocadinho quer com ela?

— Alguém aí não estava morrendo de sono?

— Gata, pelo amor de Deus! Você viu a autoridade? *Venha à minha sala.* Cacete! Alessandra deve estar trêmula lá dentro e eu queria ser uma mosquinha pra saber o que está rolando — disse fazendo gestos com as mãos e não pude deixar de dar razão a ele. *Eu* queria saber o que estava acontecendo lá dentro! — Ele parece irritado. A vaca da Laira Boquete não veio ontem, será que é por isso?

Laira *Borguese* era a secretária insossa de César, que Edu cismava em apelidar de "Laira Boquete". Não poderia culpá-lo, afinal Laira era realmente antipática e campeã em fazer fofoca e criar intrigas. Alê tinha razão quando dizia que César tinha o dedo podre para escolher mulheres, ainda que houvesse certa frustração em seu comentário.

No dia anterior, eu havia ficado praticamente fora o dia inteiro e não sabia que Laira não tinha vindo.

— Aquela sala tinha que ter escuta, droga!

Abri a boca chocada.

— Hora de trabalhar, senhor Eduardo Lopes!

Girei a cadeira e vi o celular piscando em cima da mesa, indicando o recebimento de e-mail. Engoli em seco e cliquei no envelope. Mesmo após ler algumas vezes, eu ainda não sabia que tipo de resposta daria para aquela pergunta. Para as duas, na verdade.

> Bom dia, Milena.
> Seus dados foram recebidos, obrigado por enviar. Podemos marcar um almoço para assinarmos o contrato.
> Grande abraço e bom dia pra você. Rafael.

Almoço? Sei...

Passei grande parte da minha vida à sombra de um homem e a última coisa que eu queria naquele momento era outro, ainda que fosse lindo. Delicioso. Charmoso. Encantador. E sexy.

Balancei a cabeça, antes de digitar a resposta.

> Bom dia, Rafael.
> Obrigada pelo convite do almoço, mas estou com a semana cheia. De qualquer forma, posso pedir ao portador para buscar o contrato. Por favor, envie o endereço.
> Obrigada. Milena Andrade.

A resposta veio em seguida.

Milena, que sejam dez minutos! Serão suficientes para discutirmos as cláusulas do contrato. Desejo que seja bom para nós dois: o almoço e o contrato. É só marcar. Rafael.

— Que cara de pau!

O que eu faria? Bom, precisava resolver logo a situação do apartamento, desta forma, o correto seria aceitar o almoço, não é? Não exatamente...

Cinco da tarde na Confeitaria Colombo. E você realmente terá dez minutos. Milena.

A resposta veio imediatamente.

Te vejo às cinco.

Mal terminei de ler, escutei o barulho da porta. Alessandra caminhou em nossa direção, apoiando-se na tela do meu Mac. Edu veio correndo.

— O que houve? — perguntou esbaforido, Alessandra, contudo, manteve-se calada. — Diga logo, mulher! Você está nos matando aqui!

— Eu... — Pigarreou. — Não sou mais assistente na Monteiros Advogados. — Meu queixo caiu, assim como o de Edu. Ela continuou, arqueando a sobrancelha: — Agora sou secretária direta do doutor César Monteiro.

Edu levou as mãos à boca, contendo um gritinho, enquanto a minha estava aberta em forma de um grande "O".

— Secretária? — indaguei surpresa.

Sem nos dar muitos detalhes, nos informou que Laira não trabalhava mais no nosso setor.

— Então, fui promovida como sua nova secretária. Vocês podem imaginar como estou me sentindo?

Céus! É claro! Afinal, sabíamos da paixão secreta que nutria por ele desde que o viu pela primeira vez. Além disso, sabíamos o quanto dava duro na empresa e almejava uma promoção.

Alessandra já havia trabalhado como secretária, e falava quatro idiomas, além do português. Tudo que precisava era de uma chance, e parece que César finalmente a ofereceu.

— Isso é fantástico! Estou tão feliz por você, maluquinha! — Edu exclamou e a abracei com carinho. — Precisamos comemorar hoje à noite! Abro mão da boate gay se você quiser!

Alê o abraçou com ternura, aproximando o rosto do dele.

— A comemoração será dupla. Você também será promovido, mas finja que não sabe de nada. César queria contratar outra assistente, mas sugeri que conversasse com você primeiro. Acredito que você terá um bom aumento de salário.

Edu abriu um largo e emocionado sorriso.

— Não acredito que você fez isso!

— Eu sei que precisa de grana pro curso de comissário de bordo, e talvez isso possa ajudar. Vamos comemorar hoje à noite e *você* virá conosco! — ordenou com o indicador em riste, em minha direção.

Sobrou pra mim! Revirei os olhos alegando que já tínhamos saído na noite anterior.

— Na noite anterior eu não havia sido promovida, nem o Edu. Mila, por favor!

Observei-a por instantes. Sua alegria era contagiante e jamais poderia deixar de estar ao seu lado naquele momento.

— Tenho audiência agora pela manhã, depois irei ao presídio, e atenderei um cliente na parte da tarde — disse, sentindo uma sensação estranha ao me lembrar de Rafael.

— O canalha? — Pisquei, confusa. — O crápula assassino!

Ah... Assenti, um pouco sem graça, ao pensar que se referia a Rafael. Mas o que havia de errado comigo? Nem o conhecia e já o achava canalha. Todos são, afinal...

Peguei a bolsa e me dirigi à porta, pedindo para Alê enviar o horário e local da grande comemoração pelo WhatsApp.

— A gente se vê mais tarde.

Ouvi sua voz autoritária do tipo "não falte por nada ou será uma mulher morta" e quase respondi: "sim, senhora!".

OITO

Milena

A audiência da tarde, embora tensa, foi um sucesso. De lá, segui para o complexo penitenciário de Gericinó, em Bangu, para confrontar meu novo oponente, provavelmente "o crápula assassino", como Edu se referiu. Era o que eu descobriria em instantes. Meus métodos poderiam não ser os mais indicados, mas eram eficientes.

— Boa tarde, sou a doutora Milena Andrade e estou aqui para ver meu cliente, o senhor Guilherme Thomaz — disse ao me identificar, sentindo a bile subir pela garganta.

O guarda abriu a porta da pequena sala para que eu entrasse. O acusado, preso preventivamente, estava sentado, com a cabeça baixa e os olhos fechados. Ele tinha justamente a idade que aparentava: quarenta e dois anos. Era alto, corpulento, e seu cabelo, escuro. Observei-o durante instantes, enquanto minha mente trabalhava.

João Nogueira Thomaz, uma criança cheia de vida que fora brutalmente assassinada, e cujo principal suspeito era o homem à minha frente. O caso, porém, ainda era confuso e havia lacunas a serem preenchidas.

Este era o principal motivo para eu estar ali.

— Boa tarde — cumprimentei-o de maneira firme. O homem, contudo, não movimentou um músculo sequer.

Apoiei a bolsa na cadeira e sentei de frente para ele, posicionando as mãos na mesa, tentando contato mais uma vez.

— Senhor Guilherme, sou Milena Andrade e estou aqui para ouvi-lo. O senhor é o principal acusado de um crime hediondo, o caso é complicado e o senhor precisa de um advogado de defesa. Gostaria de conversar a respeito?

Ele levantou a cabeça lentamente e abriu os olhos, me analisando. Seu olhar era frio e naquele exato momento suspeitei que podia estar lidando com um possível psicopata.

— Não me diga que uma mulher vestida com roupas caras, usando perfume importado e uma bolsa *Louis Vuitton* irá me defender.

Olhei-o seriamente antes de responder:

— Não é este tipo de mulher que está aqui agora, senhor Guilherme. O que tem a dizer sobre o caso?

—Sou inocente — ralhou cínico e precisei me conter para manter as mãos em cima da mesa e não em seu pescoço, apertando até que morresse asfixiado. Pensando bem, esta seria uma forma branda para aquele filho da puta morrer.

— Não é o que parece — retruquei pegando o processo na bolsa. — Eu li o caso e posso lhe garantir que é bastante complicado. — Olhei-o gravemente após colocar o processo em cima da mesa. —Teremos que trabalhar juntos se quiser sair dessa e, para isso, *preciso* saber a verdade. — Tentei soar doce e confiável, aproximando-me de seu rosto. — Sempre há um jeito, sempre há uma brecha, senhor Guilherme, por mais complicado que o caso possa parecer — concluí com uma piscadinha antes de voltar ao encosto da cadeira.

Ganhar a confiança daquele idiota. Era somente disso que eu precisava naquele momento. Abri o processo aleatoriamente.

— Foram encontradas manchas de sangue em sua calça e no quarto onde o corpo do menino João foi encontrado sem vida. Além disso, laudos do Instituto Médico Legal apontaram indícios de asfixia, marcas de violência pelo corpo, principalmente na cabeça, e manchas no pulmão da vítima – disse friamente, mas tremendo por dentro. Era seu próprio filho, uma criança de cinco anos, pelo amor de Deus!

O homem me olhava de forma impassível e continuei:

— Embora sua camisa tenha sido lavada, também foram encontrados indícios de sangue nela, além disso, sua ex-esposa afirma que o senhor apresentava um comportamento um tanto violento nos últimos tempos.

— E ainda assim vivia comigo, inclusive deixando o menino sob meus cuidados — rebateu com um sorriso perverso, me analisando. — Não é estranho, doutora?

Remexi-me desconfortavelmente na cadeira.

— O senhor está insinuando que sua ex-esposa possa ter sido conivente com o crime, senhor Guilherme?

— Quem está insinuando alguma coisa aqui é a senhora. Não eu. — Engoli em seco e ele concluiu: — Não estou falando nada.

— Então é bom começar a falar! — soei impaciente.

O homem continuou me analisando, sem nada dizer. Enquanto eu olhava a criatura asquerosa à minha frente, a raiva foi me consumindo cada vez mais. Eu não perderia aquela batalha, disso tinha certeza. Num movimento brusco, fechei o processo guardando-o de qualquer jeito na bolsa.

— Pelo visto o senhor não precisa de advogado, decerto trabalhará na própria defesa. — Arqueei a sobrancelha. — Desejo-lhe boa sorte neste presídio. Os detentos adoram abusadores de crianças!

Girei o corpo a tempo de ver sua expressão assustada, e segui rumo à porta a passos largos e decididos.

— Espere! — Sua voz macabra cortou o ambiente e sorri satisfeita, antes de me virar em sua direção.

— Meu tempo é precioso, então deixe que eu esclareça alguns pontos. — Larguei a bolsa em cima da mesa com um estrondo, assustando-o mais uma vez. Aproximando-me dele, minha voz cortou o ar, fria como o aço.

— Preciso saber se você vai abrir a porra da boca ou não. Entenda que estou disposta a defendê-lo, mas não estou aqui fazendo um favor a você, muito menos a mim. Eu *não* preciso disso! Eu *sei* que você é culpado de toda essa merda, e não perca seu tempo tentando me provar o contrário! — Arregalou os olhos e continuei antes que pudesse sequer esboçar qualquer resposta: — Você é culpado, *sim*, e meu maior desafio será provar justamente o contrário, mas para isso *preciso* saber exatamente o que aconteceu. Se quiser sair dessa, é melhor trabalhar comigo ou então procure outro advogado. Não estou aqui para perder, entende o que estou dizendo? Milena Andrade *nunca* perde uma causa e a sua não será a primeira.

Ele estava visivelmente chocado e, aproximando-me mais ainda de seu rosto, rosnei.

— Nós temos um acordo? Sim ou não?

Após me analisar por instantes, abriu a boca a ponto de eu sentir seu hálito fétido.

— Se quer realmente saber o que aconteceu, doutora, sugiro que sente. A história é longa — e com uma expressão que fez meu estômago se embrulhar, concluiu —, e muito divertida.

Sem me deixar abalar, recostei na cadeira, lançando um sorriso frio em sua direção.

— Sou toda ouvidos.

Após uma hora ouvindo a confissão daquele homem, embora eu não movesse um músculo sequer, tremia por dentro tamanha atrocidade do caso. Minha vontade era usar tudo que estrategicamente gravei como prova, porém, infelizmente nada poderia ser usado em Juízo por se tratar de uma escuta ilegal.

Escolhi esta profissão movida por pura paixão. Desde pequena eu queria consertar as coisas, "mudar o mundo" e fazer justiça. Sempre acreditei que como advogada e, consequentemente, defensora da Lei, conseguiria fazer isso. Ledo engano...

Logo no primeiro dia de faculdade descobri que a lei é cega, surda e muda, principalmente quando lhe é conveniente; ainda assim, não desisti e luto por um mundo melhor e mais justo. Como disse, meus métodos podem não ser os mais indicados, mas são eficientes. Posso até não conseguir mudar o mundo, mas acredito piamente que morrerei tentando.

Olhei a criatura asquerosa por instantes, antes de sutilmente apertar o botão do microgravador que se encontrava preso em minha liga, encerrando a gravação. É claro que o idiota não desconfiou de nada, eles nunca desconfiavam! Quando se trata do meu trabalho sou extremamente profissional. Fechei o processo e o coloquei na bolsa, pegando-a antes de me levantar e dizer com a voz mais doce que qualquer mulher poderia ter.

— No que depender de mim, você apodrecerá na cadeia, e pode apostar que farei de tudo para garantir que isso aconteça. — O homem me olhou com fúria, mas a última coisa que senti foi medo. — Olhe bem para mim, seu filho da puta! Aqui está a mulher que veste roupas caras, usa perfume importado, carrega uma *Louis Vuitton* e que não medirá esforços para garantir que suas malditas bolas sejam entregues ao bandido mais fodido do pior presídio deste país! Você está me ouvindo? Todo o horror que você fez com seu próprio filho não será nada comparado ao que farão a você. Dê adeus à sua paz porque *você está fodido!*

Fiz questão de enfatizar minhas últimas palavras e o homem piscou várias vezes, claramente perdido. Não esperava por essa, eles nunca esperam, na verdade. Antes que pudesse esboçar qualquer tipo de reação, caminhei até a porta.

— Eu fui enganado... — constatou perdido.

Oh... não diga! Pensei.

— Sua piranha filha da puta! Você está me ameaçando! — exclamou visivelmente descontrolado.

— Ameaça é crime, sabia? Denuncie-me e tente me pegar — respondi com uma piscadinha, antes de abrir a porta e sair daquela sala horrenda, deixando aquele monstro para trás.

Assim que a fechei, pude ouvir seus gritos e imediatamente os guardas se posicionaram.

— Este nem o diabo salva — disse a um deles, antes de caminhar a passos largos, sem esperar para ver no que ia dar. Eu já sabia.

Corri para o primeiro banheiro que vi, quase não dando tempo de chegar ao vaso sanitário. Vomitei por um bom tempo. Como alguém tinha coragem de fazer uma atrocidade daquelas? Uma criança de cinco anos! Seu próprio filho! Um menino que tinha a vida inteira pela frente. Tentei me recompor, mas as imagens das cenas retratadas por aquele psicopata assassino invadiram minha mente mais uma vez.

Papai, não faça isso! O que está fazendo?

Balancei a cabeça, antes de abrir a porta da cabine em que estava e me dirigir aos lavatórios. Após bochechar e jogar água em meu rosto, pensei no quanto seria reconfortante ir para casa, tomar um banho relaxante e me jogar na cama. Meu celular bipou, era lembrete da agenda.

Encontro com o doutor Queiroz na Confeitaria Colombo em quarenta e cinco minutos.

Rafael... Suspirei quando meus pensamentos se voltaram para seu sorriso e sua forma de me olhar. *Seja bem-vinda ao meu apartamento, senhorita Milena.* Guardei o celular na bolsa, com o pensamento estranho de que aquele encontro seria muito mais reconfortante que o banho relaxante e minha tão desejada cama, não sabendo exatamente como deveria me sentir a respeito disso.

NOVE

Rafael

Apesar de termos marcado às cinco da tarde, cheguei à Confeitaria Colombo meia hora antes. Como vivia sempre lotada, eu não poderia correr o risco de passar os tais dez minutos com aquela mulher na fila da confeitaria mais tradicional do Rio de Janeiro.

O lugar era realmente lindo e mágico, cuja decoração nos levava para o ano de sua inauguração: 1894. Eu estava no Bar Jardim, que fica no térreo, com suas mesas centenárias e os grandes espelhos que vão do chão ao teto, rodeando todo o ambiente e dando a sensação de amplitude do local. As louças antigas em porcelana e folheadas a ouro, os talheres de prata, onde são servidas as iguarias deliciosas do local, são como uma agradável viagem no tempo. Um pouco recuado havia um grande piano de cauda, negro.

Eu estava ansioso e devo confessar que esta era uma sensação completamente estranha para mim. Desde quando me sentiria nervoso por causa de um encontro? Eu só teria dez minutos com ela e algo me dizia que não foi "força de expressão" quando me informou isso.

Milena Andrade... que mulher misteriosa! Era impressionante como eu não a afetava de forma alguma, e isso era realmente esquisito, além de atípico, afinal, sempre fui sedutor e irresistível. Não me culpem por pensar assim, pois foram vocês mulheres que acabaram me convencendo disso!

Chego a pensar que se nos esbarrássemos no meio da rua, decerto, ela passaria por mim sem ao menos me enxergar! O que fatalmente não aconteceria se fosse eu a vê-la. O que poderia ter acontecido se tivéssemos nos conhecido naquela noite, na boate? Será que eu levaria um fora? Remexi-me desconfortavelmente na cadeira ao pensar nesta possibilidade ridícula.

O lugar estava lotado, havia fila de espera para as mesas, conforme havia previsto, ainda assim, pude vê-la quando entrou. Foi como um clarão no meio de toda aquela gente e não era a primeira vez que eu me sentia assim a respeito dela.

Ela girou a cabeça, provavelmente me procurando em meio a todas aquelas pessoas, quando nossos olhos se encontraram. Ficamos presos um no outro por instantes, exatamente quando o pianista começou a tocar *She*, de Elvis Costello. Céus! Foi como se o mundo tivesse parado ali.

Ela pode ser o rosto que eu não posso esquecer
Um traço de prazer ou arrependimento
Pode ser meu tesouro ou o preço que eu tenho que pagar
Ela pode ser a música que o verão canta
Pode ser o rio que o outono traz
Pode ser cem coisas diferentes dentro da medida de um dia

Eu conhecia a letra daquela canção, que começou a martelar minha cabeça conforme o músico a tocava. Milena se movimentou num gingado sensual, não que fizesse qualquer esforço para isso. Era fato: ela não tentava me seduzir, mas eu já estava seduzido, afinal. De fato, parecia vir armada e eu quase podia ver o campo de força em volta de si.

— Doutor Queiroz — cumprimentou-me, estendendo a mão.

Apertos de mão não fazem parte dos meus truques de sedução, querida.

Ainda segurando sua pequena mão, contornei a mesa e a puxei delicadamente para mim, colando seu corpo junto ao meu e, antes que pudesse sequer pensar, meus lábios tocaram seu rosto e eu a beijei. Imediatamente senti seu perfume: 212, Carolina Herrera, o tradicional. Se há uma coisa que conheço, é perfume de mulher.

— Por favor, sem formalidades — sussurrei em sua orelha, molhando os lábios ao olhar em sua direção.

Como um perfeito cavalheiro que sou, afastei a cadeira para que se sentasse. Notei que ficou um pouco desnorteada, ou isso seria apenas fantasia de minha parte?

Ela estava linda! Elegante em um vestido de tom claro, desses que só vocês mulheres identificam a cor: branco? Gelo? É sério que isso é cor? Seu cabelo estava preso no alto da cabeça e usava pequenos brincos dourados. Seu rosto estava levemente maquiado e seus olhos brilhavam como duas esmeraldas em minha direção.

— O que vai beber? — Quis saber e ela optou por um suco de laranja. — E para comer?

— Só o suco, por favor. Só temos dez minutos, doutor Queiroz.

Revirei os olhos.

— Meu nome é Rafael.

— Dez minutos, Rafael. — Deu de ombros.

Certo, era oficial: eu estava sendo esnobado! Esta constatação me deixou completamente desconfortável e ela continuou:

— Desculpe, tenho um compromisso mais tarde.

— Tudo bem — respondi sem jeito.

Essa merda não estava indo bem. Milena mal chegou e parecia querer se livrar de mim, alegando a merda de um compromisso! Será que era um encontro? Será que tinha namorado? Provavelmente sim, afinal, uma mulher como ela fatalmente teria um namorado. *Merda!*

Após solicitar ao garçom seu suco e um Cappuccino Colombo para mim, abri a pasta e fui direto ao ponto.

— É um contrato formal, fique à vontade para alterar qualquer cláusula que achar necessária — informei estendendo o documento em sua direção.

Ela inclinou o tronco para frente e ao pegar os papéis nossos dedos se tocaram. Assim como aconteceu no apartamento, quando lhe entreguei meu cartão, senti uma descarga elétrica atravessar meu corpo de ponta a ponta, e no momento em que passou a língua nos lábios, a corrente chegou ao meu pau.

Caralho! Remexi-me desconfortavelmente na cadeira antes de continuar:

— É um contrato simples e ainda há algumas informações a serem preenchidas.

Ela começou a ler e seu jeito concentrado e compenetrado me deixou mais excitado ainda. Que merda era aquela? Eu parecia um maldito adolescente de quinze anos!

O garçom trouxe as bebidas e quando se retirou a voz doce de Milena soou confusa.

— O dia do pagamento do aluguel não está definido?

Dei de ombros perguntando qual seria a melhor opção para ela e notei o quanto ficou surpresa, o rosto ligeiramente corado.

— Para mim tanto faz — falei despretensiosamente deliciando-me com o café e sua expressão pasma.

— Não é o locador quem decide?

Olhei-a por instantes antes de me aproximar de seu rosto.

— Sim, e estou decidindo que deixarei você escolher — concluí com uma piscadinha.

— Pode ser dia cinco — gaguejou.

Levantei a xícara propondo um brinde.

— Ao dia cinco, doutora. — Ela sorriu dando um leve balançar de cabeça, antes de voltar ao contrato. *Vou te derrubar, garota!* Pensei. — Coloquei depósito na forma de pagamento, conforme combinamos.

Milena levantou seus olhos de gato por cima do papel e fiquei literalmente na merda. Quem derrubaria quem ali, afinal? Ela agradeceu, retornando à leitura e discretamente olhei o relógio. Era ridículo, mas eu realmente estava preocupado com os tais dez minutos.

— Não há nenhuma cláusula quanto à falta ou o atraso no pagamento — constatou surpresa.

De fato, o contrato que Cris redigiu me cercava de todas as possibilidades de fraude, mas o adaptado por mim – este, que estava nas adoráveis mãos da doutora Milena Andrade e que Cris jamais poderia sonhar em saber de sua existência – não. Dei de ombros, mas ela insistiu.

— É preciso ter uma cláusula quanto a isso. Desculpe, quem redigiu este contrato?

Imediatamente apertei as coxas na cadeira na tentativa infantil de me proteger. Cris era minha subordinada, mas fatalmente arrancaria minhas bolas se soubesse que mexi em seu trabalho.

— Eu adaptei — respondi e ela me olhou por instantes antes de pegar uma caneta na bolsa.

— Certo, marcarei a inclusão desta cláusula — informou decidida, marcando a página.

Pensei em argumentar que não seria necessário, mas decidi não fazê-lo; de alguma forma eu sabia que estava lidando com uma pessoa honesta. Ou será que minha capacidade de discernimento estava prejudicada?

Ela me devolveu o contrato e bebeu o suco, enquanto eu me deliciava com o cappuccino, e disfarçadamente olhava o relógio mais uma vez. Eu devia ter menos de cinco minutos. *Droga!*

— Vi que é advogada também — sondei. — Você trabalha aqui no Centro? — Assentiu não me fornecendo nenhuma informação. — Meu escritório fica no RB1. — Tentei soar informal e, finalmente, ela se abriu.

— Eu também trabalho na Rio Branco, mas no número oitenta e nove.

Opa! No prédio onde fica o escritório do César, que, aliás, fazia um bom tempo que não visitava. O quê? Uns dois anos, talvez? Sinto-me surpreso ao constatar que, estranhamente, não temos o costume de visitar o escritório do outro.

— No Manhattan Tower. — Olhou-me surpresa e concluí dizendo que possuo um grande amigo que tem escritório lá.

— Há vários escritórios naquele prédio, de advocacia, inclusive! — Deu de ombros, me fazendo sorrir. Ela tinha razão.

— Amanhã o contrato estará pronto, como faremos para eu entregar a você?

— Pedirei ao portador para buscar.

Porra! Outro fora! Ela realmente não queria mais me ver!

— Você se importa de me entregar as vias assinadas, com firma reconhecida? Assim agilizaremos o processo.

Uau! A mulher realmente estava ansiosa para mudar! Assenti e o sorriso que recebi foi um soco na boca do estômago. Deixei a xícara sobre a mesa e tirei um cartão do paletó.

— Aqui está o telefone do pintor que lhe prometi. — Entreguei-lhe, tomando o devido cuidado para não tocá-la, a fim de não causar outra revolução por dentro da calça.

Milena agradeceu, dizendo que pretendia marcar para o próximo fim de semana e, ansiosa demais, perguntou se conseguiria ter as chaves até lá. Fitei-a por instantes, sentindo um desejo estranho de lhe dar qualquer coisa que me pedisse.

Ignorando completamente a revolução que há segundos tentei evitar, toquei sua mão que pousava sobre a mesa.

— As chaves estarão com você amanhã. — Olhei-a fixamente. — Seja bem-vinda ao meu apartamento, doutora.

Verificou as horas de forma tensa e agradeceu, comunicando que precisava ir embora. Perguntei se estava de carro e informei que o meu estava no Menezes Côrtes e que poderia lhe dar uma carona, se quisesse. Foi apenas uma tentativa de ficar um pouco mais em sua companhia. Inútil, infelizmente, pois ela negou veementemente minha oferta. Um tanto frustrado, levantei a fim de me despedir, dizendo que ficaria para comer alguma coisa.

— Você não quis nada, mas estou morrendo de fome. — Levei as mãos à barriga e ela sorriu, pegando a carteira.

— O que pensa que está fazendo? — Minhas mãos tocaram a sua mais uma vez e lá estava aquela maldita descarga elétrica. — Você é minha convidada, doutora, e ainda temos um almoço pela frente. Não pense que esqueci — disse sedutor, segurando seu queixo para beijar-lhe o rosto.

— Peça ao portador para buscar o contrato a partir das dez da manhã. — Ela balbuciou um agradecimento e concluí um tanto amargurado. — Bom compromisso hoje à noite.

Milena me olhou por instantes e por um segundo me perguntei se diria alguma coisa, mas apenas girou nos calcanhares, rumo à saída.

Naquela noite, fui o último cliente a sair da Confeitaria Colombo com meus pensamentos em uma única mulher. O que eu não contava era que aqueles pensamentos me acompanhariam por um longo e torturante tempo.

DEZ

Milena

Os dias passaram voando e me perdi entre processos, detalhes do apartamento, e os loucos dos meus amigos. Era impressionante a energia daqueles dois! Se dependesse deles, sairíamos todas as noites.

Fiz questão de enviar um portador ao escritório do doutor Queiroz para buscar o contrato, a fim de que não houvesse qualquer chance de um suposto almoço ou qualquer outro tipo de encontro. Sim, *doutor Queiroz*. Quanto mais formalidade, menos ideias insanas na minha cabeça!

O fato é que Rafael rondava meus pensamentos e isso era, no mínimo, absurdo! Há quanto tempo eu sabia o que era estar sozinha? E já tinha me acostumado a ser assim, pelo menos era o que eu me forçava a pensar todos os dias. E noites também.

— Você não vai me contar o que está acontecendo?

Olhei à frente e me deparei com Alessandra, elegantemente vestida em um *tailleur* claro, cabelo preso num coque clássico e pequenos brincos de pérola legítimos. Sorri.

— Você realmente está com cara de secretária.

— Não mude de assunto, Milena!

Merda! Pensei.

— O que está acontecendo? Você anda tensa, agitada... fale comigo.

Embora tenha tocado minha mão com carinho, me senti desconfortável. Ela tinha razão, eu estava tensa demais.

— Que tal um chá? — sugeri.

Na cafeteria, coloquei o saquinho de maçã com canela na água enquanto minha amiga bebia uma generosa xícara de café.

— Desembucha! — Pisquei e ela concluiu: — É claro que tem alguma coisa te incomodando! O que é?

Tentei soar de forma despretensiosa quando falei que não havia nada de mais, que era apenas trabalho. A questão é que, além de ser minha amiga e me conhecer muito bem, Alessandra não é nada boba. Ela arqueou a sobrancelha bem feita, me analisando. E eu não gostava nadinha daquele olhar.

— Certo... você precisa transar!

Abri a boca chocada com sua ousadia.

— Porra! *Eu* preciso transar, mas você? Puta merda! Você precisa *muito* transar! Quando foi a última vez? Com aquele idiota do Leandro? Ah! Tenha dó!

Levantou as mãos e fiquei sem saber o que dizer. Ela tinha razão. Mais uma vez!

— Aquele idiota, filho da puta, diga-se de passagem! — concluiu.

Sim, ela tinha *muita* razão!

— Fique sabendo que eu não preciso disso! — respondi de qualquer jeito e ela arregalou seus lindos e expressivos olhos verdes.

— Que porra é essa? Virou freira e eu não fiquei sabendo? Ou você agora é um ser assexuado?

Revirei os olhos.

— Tenho meus métodos, você sabe! — disse enfaticamente, afinal ela conhecia muito bem minha coleção de vibradores, inclusive foi ela mesma que me incentivou a comprá-los.

Alessandra fitou por instantes, e com muita calma pousou a xícara em cima da mesa, antes de tocar minha mão.

— Vibradores não beijam, nem fazem carinho, Mila.

Foi um puta soco na boca do estômago. Olhei para os lados de forma agitada, quando ela apertou minha mão mais uma vez, fazendo com que eu a encarasse de volta.

— Mas nos dão belos orgasmos! Oh!

Balançou a mão, se abanando, e seus lábios se esticaram num divertido sorriso. Foi o suficiente para cairmos na gargalhada. Quando finalmente nos recuperamos, me olhou seriamente.

— Mas, além de belos orgasmos, você merece beijos e carinhos, minha amiga.

Contemplei-a por instantes. Sabia o quanto me amava, sempre fomos como irmãs. Subitamente a imagem de Rafael me invadiu e precisei conter um gemido. Peguei a xícara com as mãos ligeiramente trêmulas, bebendo o chá com muita calma, antes de colocá-la de volta sobre a mesa.

— Estou alugando um apartamento, vou morar sozinha. Já estou com as chaves e você é a primeira pessoa a saber.

Ela me olhou como se tivessem surgindo oito cabeças em mim.

— Como assim morar sozinha? Você já está com as chaves?

Sua voz saiu tão aguda que foi impossível não notar seu choque.

— Eu precisava fazer isso sozinha. Durante toda minha vida só tomei decisões no que diz respeito ao meu trabalho, mas nunca em minha vida pessoal. Antes era o filho da puta, depois meus pais. Você sabe o quanto amo minha família, mas já passou da hora de sair do casulo, e preciso fazer isso do *meu* jeito.

Um arrepio atravessou meu corpo quando a imagem de Rafael invadiu meus pensamentos mais uma vez.

Pode fazer do jeito que quiser. Você vai morar aqui, eu quero que se sinta bem neste lugar como me senti. Quero que seja tão feliz como eu fui. Faça do seu *jeito.* Ele dissera.

Do meu jeito... como será o jeito dele? Não queria admitir que pensava nele mais do que gostaria e deveria. Alê teria razão? Eu realmente precisava transar?

— Ei! Ei! — Sacudi a cabeça enquanto ela estalava os dedos. — Planeta Terra chamando Milena! *Hello*! — Estreitou os olhos. — Qual foi a viagem?

— Pensando no apartamento. — Dei de ombros e ela me encarou de forma inquisitiva, até abrir a boca em forma de "O".

— Sua filha da puta, você terá um vizinho gostoso! Rá! Eu sabia, porra! Por que não me contou? — Bateu as mãos na mesa, fazendo com que eu revirasse os olhos.

— Não há nenhum vizinho gostoso! Não que eu saiba. Não conheci ninguém, além do zelador e do proprietário.

— Hum... e o zelador é gatinho? — perguntou zombeteira e sorri. — Ou o proprietário?

Imediatamente senti um calor subir pelo meu rosto. Engoli em seco e ela levou as mãos à boca.

— Céus, é o proprietário? Ele não é um velhote gagá?

Ah, por favor! Era só o que faltava!

— Não é nada disso! — Tentei disfarçar, mas ela continuou com seu olhar desafiador e, finalmente, cedi. — Ok, ele é um gato.

A louca bateu a mão na outra, animada.

— Puta merda! Conta tudo!

— Não há nada pra contar! Ele é gato, simpático, charmoso, educado, um perfeito cavalheiro, nada de mais.

— Claro, gato, simpático, charmoso, educado, um perfeito cavalheiro, mas nada de mais, imagine! — rebateu sarcasticamente me fazendo revirar os olhos outra vez.

— O que quero dizer é que realmente não estou interessada! Pela primeira vez em minha vida consigo resolver tudo sozinha. Estou dando um rumo à minha história, do *meu* jeito. Estou focada nisso e mais nada.

— Sempre soube que você é plenamente capaz de fazer *tudo* que quiser. Nunca duvidei disso!

Desta vez fui eu quem tocou sua mão, agradecendo com carinho. Seu telefone tocou e, pela forma como olhou o visor, eu soube exatamente quem era.

— Sim, doutor César. — Ouviu com atenção, dando um sorriso orgulhoso. — Providenciei que buscassem seu terno e entregassem na sua casa, não precisa se preocupar.

Alê era terrível. Provavelmente estava muito à frente do seu chefe, sempre teve essa natureza pró-ativa. Foi então que seu rosto mudou de cor.

— Mas, e dona Stella? — Parou de falar, ouvindo com atenção, olhos arregalados em minha direção. — Sim, senhor.

— O que houve? — perguntei assim que desligou.

— César terá um *cocktail* hoje à noite. — Limpou a garganta enquanto eu a olhava em expectativa. — Ele quer que eu o acompanhe.

Abri a boca chocada.

— E a siliconada da Stella?

Minha amiga me olhou seriamente, impostando a voz.

— *Alessandra, você me acompanhará hoje à noite, tire a tarde de folga para isso. Esteja pronta às nove, estarei na sua porta. Não se atrase.* Foram suas ordens antes de desligar.

Olhei o relógio, eram exatamente duas da tarde.

— Acho melhor você se apressar. — Engoli o restante do chá rapidamente.

— Este homem está me enlouquecendo!

Ouvi-a sussurrar, mas antes que eu pudesse fazer qualquer tipo de comentário, ela já estava longe, e tudo o que pude fazer foi correr para alcançá-la.

ONZE

Milena

Era uma ensolarada manhã de sábado quando o celular bipou, indicando o recebimento de mensagem. Era seu Antônio, o pintor, que já havia começado a trabalhar no apartamento. Desanimada, li o texto que informava que ele não poderia comparecer naquele dia para finalizar a pintura, devido a um "problema particular". Isso atrasaria a mudança em mais duas semanas, já que só trabalhava aos sábados.

Estou com um serviço grande, dona Milena, que me ocupa todos os dias da semana, mas tenho os sábados para a senhorita. Ele dissera quando acertamos o serviço.

— Que enrolão, filho da mãe! Duas semanas! — constatei desanimada, mas sem me dar por vencida. — Como diz o ditado, quando quiser alguma coisa, faça você mesmo!

Após um banho rápido, vesti um short jeans, camiseta básica branca, meu *All Star* amarelo, e segui rumo ao meu novo lar. No caminho, parei no mercado para comprar algumas cervejas, água e pacotes de *snacks.*

O apartamento estava praticamente pronto, a maioria dos eletrodomésticos e dos móveis havia chegado, e eu me sentia orgulhosa pra caramba por tudo isso.

Abri a porta, sentindo o cheiro de tinta e do novo. Deixei os *snacks* na mesa da sala, guardei água e cervejas na geladeira, abri uma *long neck* e propus um brinde.

— À minha nova e vitoriosa fase — disse em alto e bom som.

Era um brinde à tão sonhada felicidade.

Após beber um gole, abri as janelas do apartamento, coloquei o celular no janelão "americano", que dividia a sala e a cozinha, selecionei uma boa *playlist* no *Spotify*, e parti para o trabalho.

Da pintura, só faltava a sala, que era pequena. Apesar da grande ideia de colocar textura colorida no arco, eu tinha plena convicção de que seria capaz de fazer tudo aquilo sozinha.

Meu caminho é cada manhã
não procure saber onde estou
Meu destino não é de ninguém
e eu não deixo os meus passos no chão

Minha voz se juntou a de Dinho Ouro Preto, na canção "Primeiros Erros" do Capital Inicial, no momento em que dei as primeiras pinceladas, dando cor à minha própria vida.

Se um dia eu pudesse ver meu passado inteiro
e fizesse parar de chover nos primeiros erros
meu corpo viraria sol
minha mente viraria sol
mas só chove, chove
chove, chove

Não mais! Pensei. Eu não queria mais chuvas e dias cinzentos, definitivamente, essa fase havia acabado.

Por volta de uma da tarde recebi mensagem no WhatsApp. Acessei o aplicativo, me deparando com a combinação de números, e a pequena foto do perfil que me provocou arrepios.

Doutor Queiroz. Pensei abrindo a mensagem com as mãos trêmulas.

Olá! Como estão os preparativos?
Hj é o último dia do Antônio, né?
Pronta pra sua nova casa? Bjs.

Um vinco se formou entre minhas sobrancelhas. Como ele sabia que seria o último dia do pintor? Passei as costas da mão na testa e bebi mais um gole da sexta *long neck*. Ou seria a sétima?

Ok por aqui, mas seu Antônio não veio.
Quase tudo pronto, faltam apenas alguns detalhes.
Obrigada.

Mal enviei, o aparelho bipou mais uma vez.

Como assim não veio?

Não veio, de 'não apareceu!'

Enviei resposta e acessei o aplicativo *iFood* para solicitar o almoço: comida chinesa.

Mais uma vez, deixei o celular no janelão, antes de retornar às atividades. Eu já estava no final da parede, e após o *yakisoba* partiria para o arco colorido. Precisaria de um relaxante muscular no fim do dia, mas quem se importava?

A voz rouca e animada de James Brown cantando *I got you. Feel good* ecoou pelo ambiente e me pus a dançar com o pincel em uma das mãos e, na outra, a *long neck,* que serviu de microfone.

So good
so good
I got you!

Mexi o quadril de um lado para o outro, dando um giro completo com a garrafa na mão. E foi neste clima que finalizei a parede: cantando, dançando e me sentindo a mulher mais feliz do mundo, afinal, estava na *minha* casa, tomando as rédeas da *minha* vida.

O interfone tocou; era Ed avisando que o entregador do *China in Box* estava subindo. Um bom *yakisoba* e alguns *harumakis* eram tudo do que eu precisava para repor as energias e tirar aquela sensação de estar ligeiramente "altinha" devido ao álcool. Mal abri a embalagem, a campainha tocou mais uma vez. Não havia verificado tudo ainda, será que faltou alguma coisa?

Abri a porta e congelei quando a imagem de Rafael se materializou na minha frente. Ele estava, digamos, mais gostoso que o *yakisoba* que aguardava para ser devorado. Vestia uma calça jeans clara e camisa de manga preta, com gola em "V". Passei a língua nos lábios quando vi parte do tribal tatuado em seu perfeito bíceps queimado de sol.

— Achei que estivesse precisando de ajuda.

Sua voz me trouxe de volta à realidade. Céus! Eu estava babando? Ele moveu a cabeça para ver o interior da sala, que estava uma perfeita bagunça.

— Acho que não me enganei — concluiu com um sorriso torto.

Jesus, Maria e José. Respire, Milena, respire!

— Não consegui falar com o Antônio. — Entrou no apartamento. — Mas, vou descobrir o que aconteceu.

— Não se preocupe.

— É claro que me preocupo, fui eu que o indiquei. — Olhou em volta, para as tintas e os pincéis espalhados, os jornais pelo chão. — Não é *você* que deve fazer essas coisas. Por que não me ligou?

Como é? Antes, porém, que eu pudesse dizer qualquer coisa, concluiu de forma doce:

— Eu poderia ter te ajudado desde o início.

— Você não tem obrigação.

Fechei a porta, sem exatamente me dar conta de que fazia isso.

— Não se trata de obrigação, mas de prazer — respondeu sedutor e engoli em seco, quando se aproximou de mim. — É um prazer, doutora.

Prazer...

— Bela sequência! — referiu-se à playlist que tocava *You know I'm no good*. — Amy Winehouse. Era uma voz e tanto!

— Gosto desta música, é sexy — mandei sem avaliar e ele logo emendou.

— *Muito* sexy.

Merda!

Ofereci-lhe cerveja, pegando uma na geladeira antes mesmo de ele aceitar. Rafael sorriu e, enquanto eu pegava outra, abriu a garrafa, estendendo-a para mim, e tomou a que estava em minha mão. Seus dedos tocaram levemente os meus e uma revolução aconteceu em meu corpo.

Cristo!

— Você gosta de comida chinesa? Acabei de pedir.

Ocupei-me das sacolas, tentando me desvencilhar daquele homem que me deixava confusa em sensações.

— Por favor, não se preocupe comigo — pediu, sem jeito, e respondi que era apenas reciprocidade.

Rafael abriu um largo sorriso, propondo um brinde.

— Ao nosso primeiro almoço. — Olhei-o surpresa. — Sou persistente, doutora.

Tremi.

Enquanto comíamos, conversamos amenidades, e Rafael me contou que sua primeira refeição naquele apartamento havia sido um sanduíche de peito de peru com requeijão.

— Foi o melhor sanduíche da minha vida! Desejo que seja o seu melhor *yakisoba* também.

Sorri, pensando se sua decisão de morar sozinho teve tanto significado quanto a minha. Cada um de nós tem sua própria história, não é? Quantas histórias perdidas existem por aí!

Enquanto comíamos e bebíamos cerveja, me dei conta do quanto era encantador. Há quanto tempo um homem não me fazia dar boas risadas? Há quanto tempo eu não me sentia tão bem conversando despretensiosamente com alguém? Ok, talvez não tão despretensiosamente assim, contudo, precisava manter o foco, afinal, eu tinha trabalho a fazer.

— O papo está ótimo, mas tenho um arco para pintar.

Seu sorriso ficou mais largo.

— Então, mãos à obra doutora!

Em um segundo levantou e recolheu as embalagens, despejando-as nas sacolas plásticas, e recolheu as garrafas, deixando tudo no canto da cozinha.

— Quando formos embora levarei tudo para a lixeira — informou enquanto eu olhava assustada a quantidade de garrafas recolhidas.

Céus! Bebi tanto assim? Seria por isso que me sentia ligeiramente tonta e "soltinha"?

Rafael partiu para o galão de tinta, me olhando divertido.

— Amarelo?

— Com textura. Este arco é perfeito demais para ser igual ao restante do apartamento. — Dei uma piscadinha.

— Existe alguma cor chamada Milena?

Juro que o ouvi dizer, enquanto pegava o pincel, ou será que eu estava bêbada, ouvindo coisas?

A voz de *Bono Vox* ecoou pela sala e imediatamente senti seus olhos cravados em mim. Não ousei olhar de volta.

— Certamente você gosta de U2.

Dei de ombros e começamos a pintar o arco com os pincéis de textura fazendo desenhos aleatoriamente, queria algo mais despojado e diferente naquele lugar.

Sou obrigada a reconhecer que Rafael me divertiu bastante enquanto pintávamos. Ele contou piadas que me fizeram rir até as bochechas doerem. Em outro momento, cantamos as músicas da *playlist*, que variava entre o nacional e internacional.

Ele também falou sobre sua infância no Leblon, bairro onde nasceu, suas aventuras no colégio e faculdade, e viagens para lugares exóticos. Em sua adolescência, pegou onda e chegou a viajar para a Indonésia.

O fato é que Rafael despejou tudo sobre si, pelo menos, o que *ele queria* que eu soubesse. Quanto a mim, nada além das informações constantes do contrato de locação que fizemos.

— Precisamos de mais água.

Rafael caminhou à cozinha, e instintivamente olhei seu traseiro, sentindo uma vontade absurda de apertá-lo. *Pare de beber imediatamente!* Meu inconsciente gritou.

Ele voltou com um copo d'água estupidamente gelado. Enquanto bebia percebi algumas gotas de suor em sua testa, e quando dei por mim, estava divagando com pensamentos para lá de obscenos. *Certo, você precisa transar.* A frase da louca da Alê me veio à cabeça no momento em que ouvi a voz de Maria Rita cantando *A Festa*.

Rafael se aproximou para encher meu copo mais uma vez. Havia pequenas manchas de tinta em nossos corpos, e tremi ao ver o amarelo em seu braço bem malhado.

— Há tinta no seu nariz. — Tocou-me com delicadeza na tentativa de limpá-lo.

— Há tinta por todo meu corpo — respondi de supetão, e sua forma de olhar me inflamou.

O teu corpo moreno
vai abrindo caminhos
acelera meu peito
nem acredito no sonho que vejo

Maria Rita seguiu me torturando. Realmente, eu não deveria ter bebido tanto! Antes que eu pudesse me afastar de seu toque, porém, sua voz saiu rouca.

— Posso tirar todas, se desejar.

Por favor! Instintivamente abri a boca, não sei se em busca de ar ou para me preparar para o beijo que tanto ansiava. Aquele homem era meu locador, mas eu não estava nem um pouco preocupada com isso naquele momento.

A mão que antes estava em meu nariz, acariciava meu rosto com os nós dos dedos, enquanto a outra apertava a minha cintura com força. *Muita* força.

Onde estava a *long neck*?

Me abraça
me aperta
me prende em tuas pernas
me prende
me força
me roda
me encanta
me enfeita num beijo

Foda-se que ele é meu locador!

Rafael jogou o pincel longe quando fiz exatamente o que a canção dizia: abracei-o, apertando seu corpo contra o meu, e quando ele me puxou em sua direção, me levantando em seu colo, envolvi as pernas em sua cintura, beijando sua boca desesperadamente.

Há quanto tempo eu não era beijada?

Rafael me beijou duro, sua boca engoliu a minha de maneira insana. Uma das mãos estava em meu rosto, afastando meu cabelo, enquanto a outra se enfiava por entre meu short, apertando minha bunda.

Céus!

Ele gemia e mordia meu lábio. Seu cheiro era másculo: uma mistura de suor e perfume, uma fragrância amadeirada e forte.

Parece magia
e é pura beleza
e essa música, sente
e parece que a gente se enrola corrente
e, tão de repente, você tem a mim

Rafael parou o beijo e me olhou intensamente, a mão ainda em meu rosto.

— Estou com uma vontade louca de te jogar contra essa parede. — Arfei ante suas palavras. — Mas, não vamos estragar nossa obra de arte, doutora.

Carregando-me no colo, foi até a cozinha, que era o único cômodo totalmente mobiliado. Alguns armários, geladeira, micro-ondas, filtro, cafeteira e aquilo que eu chamava de "peça decorativa", pois raramente o usaria: o fogão. Além disso, uma pequena mesa que ficava na direção do janelão.

O espaço era pequeno, e o homem me sentou ali, afastando minhas coxas com as mãos, de forma bruta. Subitamente me senti tensa. O que eu estava fazendo? Aquele era meu locador e eu mal o conhecia. Balancei a cabeça ligeiramente, quando senti o toque mais uma vez em meu rosto, olhos no meu.

— Linda! — disse antes de grudar seus lábios nos meus.

Foda-se! Pensei mais uma vez. Talvez eu tivesse bebido demais, não sei, o fato é que me permiti ser conduzida por seu beijo, por seu toque e por tudo mais que Rafael exercia sobre mim naquele momento, o único em toda minha vida em que realmente me senti plenamente desejada.

Com uma das mãos, abriu meu short, e com a outra beliscou meu seio, e não foi nada sutil. Gemi em sua boca.

— Gostosa pra caralho!

Nossa! Sempre desejei um homem "boca suja"!

Senti seus dedos em minha carne enquanto tirava o short deliciosamente devagar. Joguei a cabeça para trás ao sentir a língua em meu joelho, mordendo-o.

— Porra!

Ouvi sua voz rouca no momento em que senti a mão quente em minha virilha. De longe minha lingerie era perfeita para a ocasião (para os meus padrões, é claro). Sou uma verdadeira aficionada por elas, e a azul rendada, embora linda, certamente não seria minha escolha.

Rafael explorou meu corpo com os dedos, roçando meu clitóris por cima do tecido rendado, fazendo com que eu praticamente enlouquecesse ali. Lentamente, tirou minha camiseta sem romper o contato visual, seus dedos em minha pele mais uma vez.

Levantei os braços no momento em que passou o tecido pela cabeça e, antes que eu pudesse abaixá-los, segurou um deles e sua língua contornou meu cotovelo, subindo pelo antebraço, dando leves mordidas.

Meu Deus! O que era aquilo? Eu sentia como se estivesse conhecendo o primeiro homem, no verdadeiro sentido da palavra. Com Leandro o ato já teria acabado antes mesmo de começar! Ejaculação precoce sempre foi um problema que ele tinha, pelo menos comigo, é claro.

Rafael puxou meu cabelo para baixo tendo acesso direto ao pescoço, onde mordeu levemente até chegar ao lóbulo da orelha, e então invadiu minha boca com fúria mais uma vez.

Seu beijo era urgente, e senti sua ereção em minha virilha. Ele puxou meu cabelo com força, prendendo-me ao seu corpo, tocando meu clitóris mais uma vez. Cristo! Daquele jeito enlouqueceria de verdade! Mordeu meu lábio, me olhando nos olhos. Fogo, desejo e luxúria emanaram dos seus.

— Milena... — sussurrou, acelerando a fricção, ainda por cima do tecido da calcinha. — Aqui.

Rafael me tocou em um ponto onde ninguém, além de mim, havia feito. Ali estava o homem que sabia como dar prazer a uma mulher. Com a outra mão, apertou minha nuca com força, boca na minha mais uma vez.

— Deliciosa e molhada. — A mão que antes estava em minha nuca, apertou minha mandíbula com força. — Gostosa pra caralho!

Eu estava por um triz e ele *sabia* disso. Apertou mais forte, de forma que minha boca fez um bico, no momento em que seus dentes cravaram em meus lábios. Seu dedo torturante roçou meu clitóris com mais intensidade me fazendo sentir os primeiros tremores.

Então, para me destruir de vez, o doutor Queiroz me tocou de verdade, por dentro da calcinha. Seu dedo em mim, pele contra pele, ali, exatamente naquele ponto de que tanto gosto, e que me fez perder completamente a sanidade.

— Deliciosa pra caralho — sussurrou antes de cravar seus dentes em meus lábios mais uma vez, me levando à loucura num orgasmo intenso, forte e arrebatador.

Eu ainda tentava me recuperar quando tirou seu dedo de mim, levando-o ao lábio, contornando-o. Puxando-me violentamente, beijou minha boca como se não houvesse amanhã.

— Caralho! — rosnou, segurando em ambos os lados o fio da calcinha rendada, tirando-a.

Levando o pequeno tecido ao rosto, inalou em êxtase enquanto seu olhar queimava em mim. Era impressionante a forma que me contemplava, como se eu fosse a única mulher do mundo. Nunca em toda minha vida um homem me olhou daquela forma, e nunca me senti tão desejada como naquele momento.

Após jogar a calcinha longe, tocou o botão da frente do sutiã, revelando minha nudez.

— Perfeita — sussurrou, envolvendo meus seios com as mãos, antes de levá-los à boca. Primeiro um, depois o outro.

Senti sua língua quente em cada um deles, seus dedos apertando meus mamilos intumescidos, me acendendo mais uma vez. Segurei seu cabelo, puxando-o de encontro a mim. Beijei-lhe o topo da cabeça e ele olhou em minha direção.

— Por que ainda está vestido?

Com rapidez, começou a tirar o cinto, enquanto eu me livrava da camisa, passando-a por cima da cabeça. Jesus, Maria e José! O que era aquilo? Rafael era lindo, seu corpo perfeitamente esculpido, e em seu bíceps, o tal tribal tatuado que começava em suas costas.

Em segundos, livrou-se da calça, ficando somente com a *boxer* branca e sua iminente ereção.

— Caralho! — foi minha vez de dizer, surpreendendo-o.

Sim, doutor Queiroz, também sou boca suja! Pensei.

Abaixei rapidamente, levando a cueca junto, para então colocá-lo inteiro na boca. Ele gemeu.

— Cristo!

Era impressionante seu gosto. Eu o tinha quase todo, dando leves mordidas em sua extensão, passando a língua em suas bolas, voltando à ponta, sugando a cabeça.

— Porra! — rosnou de olhos fechados. Era exatamente o que eu queria.

Fiquei nele por longo e delicioso tempo, e quando senti que estava prestes a perder o controle de tudo, apertei-o em minha mão, levantando-me rapidamente. Segurei sua mandíbula, exatamente da forma que fez comigo anteriormente.

— Me fode, caralho! — mandei! E, apesar de todo o teor alcoólico que deveria existir dentro de mim, e que fatalmente foi o fator encorajador da situação, devo confessar que era algo que sempre tive vontade de dizer.

Rafael estreitou os olhos, me olhando de forma sacana, antes de apertar minha mandíbula com força também.

— E *de que jeito* você gostaria de ser fodida, doutora?

Ainda que me segurasse com força, mordi seu lábio com vontade, antes de responder com a voz ligeiramente rouca:

— Do seu!

Sem romper o contato visual, passou a língua nos lábios, segurando-a entre os dentes, enquanto pegava a carteira no bolso da calça, revelando o preservativo. Após livrar-se dela, rasgou o envelope com os dentes, e cuspiu o pedaço de papel, rolando a camisinha por seu delicioso comprimento.

Sem aviso, girou meu corpo, me mantendo apoiada na mesa, traseiro para o alto. De forma rude, desferiu um tapa em minha carne, antes de puxar meu cabelo com força, a voz sedutoramente rouca em meu ouvido.

— *Meu* jeito, doutora.

Penetrou-me rudemente. Nada de movimentos lentos ou carinhosos, Rafael fez exatamente o que eu havia pedido: me fodeu. Com força, como um verdadeiro homem, estocando rapidamente. Seus movimentos eram crus e ele investiu pesado em mim, enquanto puxava meu cabelo em sua direção. Senti seus dedos em meu clitóris, torturando-o, a voz rouca em meu ouvido.

— Gosta do meu jeito, doutora?

Caralho!

— Responde, porra!

— Sim! — arfei.

— Vou fazer você gozar assim?

Céus! Eu sentia seu pau implacável dentro de mim e suas bolas batendo em minha carne.

— Você gosta de ouvir palavras sujas, não é?

Como ele poderia saber?

— Responde, caralho! — ordenou, me puxando com mais força. Impressionante como não me machucava. — Quando eu fizer uma pergunta, quero que responda!

— Gosto — arfei mais uma vez.

— E você também gosta de ser fodida deste jeito primitivo, não é, doutora? Como se fôssemos dois animais desesperados!

Puta merda!

— Eu juro que posso te comer de todas as formas que você sequer imagina!

A essa altura eu já beirava a insanidade. Soltei um grito agudo, apertando a madeira embaixo de mim com força, até meus dedos ficarem brancos.

— Caralho! Caralho! — eu não conseguia parar de gritar.

Rafael soltou um palavrão quando se perdeu em mim, apertando meus seios, cravando seus dentes em meu ombro.

Silêncio. Para mim não havia vozes, nem música, nada... apenas o som de nossas respirações ofegantes, o peso do seu corpo no meu, a satisfação dentro de mim, e a terrível sensação de que eu jamais seria tão deliciosamente fodida assim por outro homem.

DOZE

Rafael

Meus batimentos cardíacos pareciam uma banda de *punk* rock. Céus! Eu ainda estava dentro dela, tentando conter a respiração. Milena Andrade, o anjo de olhos brilhantes. Inacreditável! E de anjo, a cachorra não tinha nada! *Caralho, que mulher!* Pensei completamente alucinado.

Lentamente, saí de seu corpo, acariciando-lhe as costas. Ouvi quando gemeu e precisei controlar a maldita vontade de agarrá-la e começar tudo de novo.

— Acho que precisamos de um banho. — Virou-se em minha direção.

Acho que precisamos de um segundo round. Pensei, mas não disse. Olhei-a por instantes: linda, absurdamente linda, suada e satisfeita. Fui atraído por sua boca, sentindo uma vontade louca de beijá-la, mas me contive, puxando-a pela mão.

— Vamos tomar banho.

— Não temos toalhas! — disse divertida, enquanto caminhávamos pelo corredor a caminho do banheiro.

Puxei-a, grudando nossos corpos e espalmando as mãos em sua bunda deliciosa.

— Vamos nos secar naturalmente.

Não é que a sacana gostou?

Assim que abri o chuveiro, Milena deixou a água cair em sua cabeça, fechando os olhos, relaxando. Impressionante como era linda e não fazia nada, absolutamente nada para me impressionar. Ela era naturalmente sexy.

Minhas mãos passearam por seu corpo, envolvendo sua cintura, apertando sua pele. Afastei o cabelo encharcado de seu rosto perfeito e beijei sua boca com urgência. De forma rude, encostei-a na parede e meus joelhos separaram suas pernas, no momento em que meti meu dedo nela. Impressionante como meu pau estava duro de novo, e mais impressionante ainda era o desejo que eu sentia naquele momento.

Mordi seu lábio, puxando o cabelo para baixo, forçando seu rosto para cima. Milena sorriu em êxtase, estava tão excitada quanto eu. Soltou um gemido ajoelhando-se a minha frente, pegando-me de surpresa, e antes que eu pudesse dizer qualquer coisa, sua boca quente engoliu meu pau. Porra! Era o segundo boquete que me dava!

Milena trabalhou em mim durante longo tempo, e realmente me deixou fodido. Sua boca era uma loucura! Ela passeou por toda a extensão, apertando a cabeça, a língua em minha carne. Era um misto de sensações: a água fria escorrendo por nossos corpos e a língua quente daquela mulher me tirando do sério.

— Céus, eu vou... — rosnei, mas ela acelerou os movimentos, prendendo meu pau em sua mão, apertando-o.

Foi a resposta de que eu precisava, e sem conseguir me controlar, soltei um palavrão no momento em que derramei todo meu prazer em sua boca espetacular. Eu havia acabado de comer aquela mulher, e em menos de dez minutos lá estava eu de novo, como um maldito adolescente! Como ela conseguiu isso, não sei dizer.

Olhei para baixo e deparei com seu olhar lascivo, um par de esmeraldas a me encarar. Para completar, a filha da mãe passou a língua nos lábios de forma sexy.

— Hora de retribuir a gentileza, doutora.

Peguei-a pelo braço, levantando-a e encostando seu corpo no boxe mais uma vez. Apertei sua mandíbula com força, e meti a mão no meio das suas coxas, desferindo um tapa em sua boceta. Ela gemeu.

— Você gosta de sacanagem, não é?

A sacana sorriu. Tomei seus seios, levando-os à boca, dando a devida atenção a cada um deles. Explorei seu corpo com a língua, competindo com a água que caía do chuveiro.

De joelhos, contemplei-a por instantes, nua, totalmente exposta para mim. Involuntariamente, seu quadril se movimentou para frente, sedenta e enlouquecida por mim. Linda, absurdamente linda!

Com as mãos espalmadas em sua pele, toquei-a por instantes, brincando com seu sexo, apertando virilha e coxas. Sem aviso, virei-a de costas para mim, surpreendendo-a com meu gesto. Espalmei as mãos em sua bunda deliciosa, apertando-a, passando a língua de baixo para cima. Ela gemeu e continuei, de cima para baixo, mordendo, chupando e sugando.

Eu quero essa bunda! Pensei alucinado e, no momento em que minha língua a estimulou naquele ponto tão delicado, eu a toquei pela frente. Foram longos minutos torturando-a e sendo torturado, e quando senti que estava perto, parei, virando-a de frente mais uma vez.

— Na minha boca. Quero te provar mais uma vez e sentir o quão deliciosa você é!

Disse antes de invadi-la e finalmente ela se perdeu em mim mais uma vez; seus gemidos misturados aos meus, seu gosto em minha saliva, a água em nossas peles.

Milena Andrade. Essa mulher seria a minha perdição.

Deixamos nossos corpos secarem naturalmente, ainda tínhamos uma sala para terminar e foi o que fizemos. Completamente nus. Em nenhum momento ela tentou esconder seu corpo de mim. Não havia vergonha, era como se nos conhecêssemos há anos.

De minha parte também não houve qualquer constrangimento, embora várias vezes precisei fazer um esforço descomunal para controlar meu maldito pau.

— Alguém precisando de um balde de gelo por aí? Parece que o banho frio não ajudou muito — disse zombeteira.

— *Ajudaria muito* se você parasse de empinar essa bunda pra mim.

— Oh, desculpe, mas preciso pegar a tinta. — Deu de ombros abaixando-se mais uma vez para molhar o pincel no balde que estava no chão.

— Doutora, você é muito cara de pau!

Ela gargalhou.

Era fim de tarde quando ao som de muita música acabamos de pintar a sala e com o estoque de cervejas da geladeira. Então um raio pareceu atingir o ambiente, mudando tudo ao redor.

— Podemos ir para outro lugar agora. Prometo que teremos toalhas limpas, uma bela e confortável cama, ar-condicionado...

— Podemos — respondeu me cortando. — Você na sua casa e eu na minha. Obrigada pela ajuda.

Porra! Eu estava sendo dispensado ou será que fui grosseiro? *Droga! Fui grosseiro!* Dei um sorriso nervoso.

— Desculpe, não foi isso que eu quis dizer, podemos jantar, quem sabe...

— Rafael, não me leve a mal... — cortou-me de novo.

Pela primeira vez durante todo aquele tempo posicionou os braços à frente do corpo, escondendo-o. Balançou a cabeça, recolhendo as roupas do chão.

— Merda! O que estou fazendo? — Pude jurar que a ouvi dizer. Ela vestiu camiseta e short, dispensando a lingerie. — Nada disso era para ter acontecido.

Como é?

— O que exatamente não era para ter acontecido?

— Acho que bebi demais.

— E você só percebeu isso agora? — perguntei furioso. Que porra era aquela?

— Você é o dono deste apartamento e...

— E daí? — desta vez a interrompi. — O que uma coisa tem a ver com a outra?

— Sou sua inquilina e sinceramente não acho que eu deva trepar com o proprietário do apartamento que estou alugando — disse desconfortável. — Não me leve a mal.

Não me leve a mal? Ela estava de sacanagem?

Milena estava vestida e pareceu bastante decidida, enquanto eu estava nu e completamente na merda. Nunca em minha vida levei um fora de qualquer mulher! Nunca! Ainda mais numa situação daquela. Peguei a roupa e comecei a me vestir.

— Então, tudo se resume a uma boa trepada? — perguntei grosseiro e ela tremeu.

Quando achei que talvez pudesse reconsiderar, arqueou a sobrancelha como quem diz "*Vai dizer que não sabia disso?*" Merda, eu sabia melhor que ninguém!

Passei a mão pelo cabelo, tentando esconder minha frustração. Por que estava frustrado, afinal? Seria o fato de estar sendo solenemente dispensado? Durante toda minha vida era a primeira vez que eu me sentia *usado*, e confesso que a sensação não foi nada boa.

— Espero ter sido útil de alguma forma — respondi petulante e ela abriu a boca chocada, eu acho. Certo, foi grosseiro de minha parte. — Quero dizer, pela pintura.

Tentei consertar, mas seu olhar faiscou em minha direção, antes de marchar decidida até a porta. Abriu-a com delicadeza e elegância; seus movimentos eram crus, confusos, e eu não conseguia saber exatamente o que se passava por sua cabeça. Mas, uma coisa era certa: eu estava sendo literalmente expulso!

Caminhei em sua direção mais devagar do que deveria, e dei um leve aceno de cabeça para cumprimentá-la. Milena permaneceu imóvel, olhar no meu. Será que estava furiosa? Decepcionada? Arrependida? Satisfeita? O que se passava na porra da cabeça daquela mulher?

Segui para o elevador, cenho franzido, quando sua voz doce e calma, cortou o silêncio:

— Enviarei seu pagamento no dia combinado.

Olhei-a confuso. *Pagamento?*

— Do aluguel, doutor Queiroz. Ou você também quer receber por outros serviços prestados? — indagou triunfante, antes de bater a porta na minha cara.

Fechei os olhos com força, tentando controlar minha ira. *Filha de oitocentas mil putas!* Pensei furioso rumo ao elevador, contendo a vontade de socar a parede.

— Quer saber? Foda-se! Foi só uma trepada, nada de mais! — repeti abrindo a porta. — Nada de mais!

TREZE

Milena

O cheiro do café invadiu minhas narinas quando entrei na sala simples, mas bem mobiliada da senhora Paula. Moradora do bairro do Méier, antes da tragédia que praticamente acabou com sua vida, morava com o filho e o monstro do ex-marido. Tinha quarenta e cinco anos e era uma mulher bonita, entretanto, os últimos acontecimentos a fizeram envelhecer dez.

— Doutora Milena.

— Obrigada por me receber — disse e ela me olhou surpresa.

— Eu que agradeço pela senhora ter vindo, doutora! Sente-se, por favor. Gostaria de uma xícara de café? Acabei de passar.

Devolvi-lhe um sorriso acolhedor. Apesar de reconhecer o cheiro delicioso da bebida, não bebia café. Agradeci, mas educadamente recusei.

— A senhora prefere chá?

— Por favor, não se incomode — falei. Não queria dar trabalho.

— Não é incômodo, doutora — informou-me a caminho da cozinha. De onde eu estava, era possível vê-la abrir o armário. — Erva doce, erva cidreira, preto ou camomila?

Optei por camomila, e enquanto ela o preparava dei uma boa olhada ao redor. O ambiente era claro e bem dividido. De um lado, a pequena mesa de jantar com quatro cadeiras e uma cristaleira; do outro, onde eu estava, o sofá, a pequena mesa de centro e uma grande estante com a televisão, algumas peças decorativas e porta-retratos. Fotos dela com seu filho e outras pessoas as quais não identifiquei. Não havia nenhuma do monstro psicopata.

— João tinha oito meses nessa foto.

Olhei em direção à voz, colocando o porta-retratos novamente em seu lugar. Dona Paula pôs a bandeja na mesinha de centro, serviu meu chá e me estendeu a xícara com as mãos trêmulas.

— Ele sempre foi uma criança esperta! Sentou e engatinhou rápido, mas o que ele queria mesmo era andar! — Dei um singelo sorriso, tomando um gole da bebida. — Essa casa é pequena, mas fiz uma verdadeira maratona correndo atrás dele!

Senti um aperto no peito quando vi seus olhos marejados.

— Meus familiares querem que eu venda tudo e me mude para outro lugar, mas esta é a minha casa. Foi aqui que meu filho nasceu e... — Sua voz ficou embargada e ela tomou um gole do café. — A justiça será feita, doutora. Acredito nisso.

Balancei levemente a cabeça, mas não consegui dizer absolutamente nada àquela mulher. Não havia qualquer palavra no mundo que acabasse ou sequer diminuísse sua dor e seu sofrimento.

— Nada trará meu filho de volta, mas a justiça será feita e aquele monstro terá o que merece. Não vou sossegar até vê-lo apodrecer na cadeia! — concluiu determinada, torcendo a camisa que trazia a imagem de seu filho e seu sorriso contagiante, que nunca mais seria visto.

Em minha mente habitava o pensamento de que a cadeia seria pouco para aquele assassino. Era seu próprio filho, pelo amor de Deus!

— Não adianta me ameaçarem, não vou desistir! Eu sei o que aconteceu. — Fechou os olhos por instantes. — Eu vi as mãos daquele crápula no pescoço do meu filho! — desabou.

Meu Deus, como aquela mulher sofria! Imediatamente larguei a xícara em cima da mesa. Havia uma garrafa d'água na bandeja e enchi um copo, oferecendo-o a ela, que agradeceu emocionada.

— Lamento trazer tudo isso de volta, mas o quanto antes começarmos...

— Trazer de volta? — interrompeu-me sutilmente. — Isso nunca saiu de mim e creio que nunca sairá. A dor que sinto não se compara a nada que eu tenha vivido, mas não vou desistir de procurar por justiça! Nunca!

Não era a primeira vez que falava naquele tom e aquilo me intrigou.

— O que quer dizer exatamente? Você falou em ameaças, em não desistir. Há algo que eu deva saber?

Dona Paula engoliu em seco.

— Estou sendo ameaçada a abandonar tudo, doutora, a desistir do processo.

Meu queixo caiu.

— E quem faria uma coisa dessas?

— O doutorzinho!

Como??? O advogado daquele psicopata assassino estava ameaçando minha cliente? Controlei a ira e garanti à dona Paula que não precisaria se preocupar, pois *eu* resolveria tudo pessoalmente. Além disso, pedi que me avisasse imediatamente, caso recebesse qualquer tipo de contato do tal doutorzinho idiota, seja lá quem fosse o imbecil.

Descobrir quem era esse filho da puta! Esse seria meu próximo passo.

Eram quatro da tarde quando saí de lá. Ao acessar o aplicativo do Uber, inseri a rota da Zona Sul, mas não do caminho de casa, afinal, havia ainda outro assunto pendente a resolver.

Cheguei à Concessionária e logo fui recebida por um simpático e lindo vendedor.

— Boa tarde! Em que posso ajudá-la?

Uau! Sua voz era sexy e seu jeito sedutor fez com que me lembrasse de Rafael, não que ele precisasse de qualquer pretexto para invadir meus pensamentos.

O fato é que eu pensava nele mais do que deveria ou queria. Amaldiçoei a mim mesma quando me lembrei do quanto fui indelicada, mas não era o momento para pensar naquilo. *Foco, Milena!*

— Gostaria de ver uma moto, por favor.

— Pois não. Para o namorado?

Encarei-o por instantes, pensando se estava me cantando ou duvidando da minha capacidade de pilotar uma. Será que eu deveria esfregar minha habilitação categoria "A" naquela linda cara?

— Pra mim — respondi arqueando a sobrancelha.

— Ah... alguma em mente? — Puxou a cadeira para mim, sentando do lado oposto.

— É minha primeira moto, quem sabe você não pode me ajudar? — Dei de ombros, sem revelar que já tinha pesquisado bastante sobre o assunto e sabia exatamente o que queria. Eu e essa mania de testar as pessoas...

O homem deu um sorriso torto, perguntando meu nome e revelando o seu, fazendo com que eu quase caísse da cadeira. *Deus me odeia! O universo conspira contra mim! A mãe natureza não me considera merecedora da paz! Fui abduzida por ET's para algum tipo de experimento estranho!* Com tantos nomes na face da Terra, o filho da puta precisava se chamar *Rafael*? Que sacanagem era aquela?

— ... o que você acha, Milena?

Balancei a cabeça quando percebi que falava comigo. *Merda!*

— Desculpe, o que disse? — indaguei remexendo-me desconfortavelmente na cadeira, ainda tentando digerir o *Rafael*. Isso só podia ser piada de muito mau gosto!

O homem girou a tela revelando a fantástica imagem da moto que eu tinha em mente, a *Kawasaki Ninja*, em sua versão mais conhecida: preta e verde.

— Para quem está começando, a de trezentas cilindradas é uma ótima pedida.

Então começou a discorrer sobre as características da moto: freios ABS de série, design agressivo e moderno, motor bicilíndrico de trinta e nove cavalos. *Oi?* E eu achando que tinha pesquisado tudo sobre o assunto.

— A suspensão traseira proporciona uma dirigibilidade mais estável, e na suspensão dianteira, o ajuste do amortecedor foi alterado para proporcionar melhor conforto e segurança na condução, inclusive proporcionando maior firmeza nas curvas.

— Ah, isso é muito importante! — Cruzei e descruzei as pernas sem ter a menor ideia do que estava falando. Ele apontou para a tela e meus olhos seguiram seu dedo longo.

— O design moderno do painel de instrumentos mostra as seções em transparência retroiluminadas, proporcionando maior visibilidade durante a noite.

— Bonito! — exclamei ao me deparar com o painel colorido.

— Sem contar o design da moto como um todo, que é superesportivo — completou com uma piscadinha e... Céus! Era realmente um gato!

Embora não entendesse nada sobre as características técnicas, eu tinha lido o suficiente para saber que esta era uma moto segura, além, de linda. Toda a parte técnica, na verdade, havia sido encarregada a Edu, que fez um excelente trabalho me passando o modelo exato daquela que eu deveria comprar, e que estava na tela do computador do lindo vendedor à minha frente, cujo nome era o mesmo do homem que habitava meus pensamentos há dias.

Abri um largo sorriso.

— Você tem toda preta?

Saí da concessionária, ao mesmo tempo, feliz e bastante ansiosa. O modelo que escolhi não tinha em estoque e levaria algumas semanas para chegar, mas eu receberia a moto com seguro e emplacamento feito, o que significava que eu poderia pilotar sem medo de ser feliz.

Mais uma vez acessei o aplicativo do Uber para solicitar um carro, que chegou rapidamente, e dentro o veículo Rafael invadiu meus pensamentos novamente. Não o vendedor, claro, mas meu locador que fodia bem pra cacete.

Galinha, cafajeste, safado! Pela milésima vez, repeti mentalmente meu mantra na tentativa de justificar a atitude tosca que tive com ele, mas, novamente, não funcionou. Aliás, me aguçou! *Safado...* Sim, ele era realmente safado.

Carinhoso. Doce. Divertido.

— Chega! — gritei, assustando o motorista. *Merda!* Pigarreei. — Desculpe, estou no WhatsApp — tentei consertar.

Mais uma vez a ideia de entrar em contato e acertar as coisas passou pela minha cabeça. Fazia uma semana que não nos falávamos desde aquele fatídico dia em que... remexi-me desconfortavelmente no banco do carro. *É melhor deixar as coisas como estão.* Pensei, mas as palavras de Alessandra insistiam em martelar minha cabeça:

Não acredito que você fez isso! Que grosseria! Ele não tem culpa nenhuma do que aconteceu com você!

Fechei os olhos com força. Maldita hora em que resolvi contar tudo pra ela! Como se eu tivesse outra saída...

— Você vai me contar o que está acontecendo ou terei de adivinhar? — Alê perguntou quando almoçamos juntas, certo dia.

Costumávamos almoçar durante a semana, mas depois que passou a ser secretária do doutor César nossos encontros ficaram menos frequentes.

— Não há o que contar! — Dei de ombros, Alessandra, porém, não era boba e me conhecia melhor que ninguém.

— Teu cu que não há nada pra contar! Achei que fôssemos amigas.

Revirei os olhos, mas ela me olhava sério. Não tive escapatória, senão contar a verdade. O problema é que ela insistia em defender Rafael!

— Só para lembrá-la, sua amiga sou eu!

— Milena, não há nenhuma guerra aqui! A não ser a que *você* está criando! Dê uma chance ao cara, cacete!

— Você nem o conhece!

— É verdade, mas pelo que contou... — rebateu pegando uma pedra de gelo em seu copo e passando na testa, para meu total horror.

— Sua louca, estamos no restaurante!

Ela deu de ombros e amaldiçoei a mim mesma por ter dado tantos detalhes, mas que atire a primeira pedra quem nunca o fez com uma grande amiga!

— Dê uma chance ao doutor tarado! — Olhei-a incrédula e ela sorriu bebendo a água.

Balancei a cabeça na tentativa de afastar esses pensamentos. Rafael arrumou uma aliada sem ao menos conhecê-la! A convivência de longa data com esta louca só me fazia ter certeza de que insistiria nessa história. Quando Alessandra Mendes cismava com alguma coisa ia até o fim, e ela cismou que eu deveria dar uma chance a Rafael.

Procurei focar no apartamento. Estava tudo acertado e dentro de uma semana poderia me mudar, o problema é que ainda não havia falado com meus pais.

Estava protelando porque sabia que não seria nada fácil, principalmente por causa de mamãe que sempre sonhou em ver a filha casando de véu, grinalda e toda pompa na igreja. *Sinto muito por isso, mãe.* Pensei, soltando um longo suspiro.

Casar realmente não era para mim, e foi preciso a vida dar um chute em meu belo rabo para que eu finalmente entendesse isso! Eu que sempre acreditei que encontraria o "príncipe encantado" tal qual mamãe encontrou.

Olhei pela janela não conseguindo impedir o sorriso carinhoso que brotou em meus lábios ao pensar em meu pai: Mauro Andrade, um belo senhor de meia-idade, charmoso e educado. Um perfeito cavalheiro que poderia ter qualquer mulher aos seus pés, se não fosse tão apaixonado por minha mãe. Eles estavam casados há anos e durante todo este tempo o companheirismo que tinham era impressionante. Impossível não me sentir orgulhosa por isso.

Durante os anos em que vivi com o "filho da puta", era o que eu esperava, desejava e acreditava que teria, mas a cruel verdade se revelou: nada disso existiu! Não com ele.

— Nem com ele, nem com ninguém — sussurrei, sabendo que só poderia contar com uma pessoa quando se tratava da minha felicidade: comigo mesma. Recostei-me no banco e fechei os olhos.

QUATORZE

Milena

Na manhã seguinte, cheguei ao escritório determinada a descobrir quem era o advogadinho advogadozinho que estava ameaçando minha cliente. Acessei o site do Tribunal de Justiça, digitei o número do processo e cliquei em "Partes", ficando estarrecida com o que vi.

Autor: Paula Celestino Thomaz - advogados: Milena Andrade.
Réu: Guilherme Thomaz - advogados: Leandro Costa.

Pisquei, me aproximando da tela para ler melhor. *Leandro Costa?*

— Alguém precisando de óculos por aí? — Edu me estendeu um processo. — Sua petição está pronta e... O que houve? Parece que viu um fantasma.

De fato eu tinha visto.

— O filho da puta!

Ele piscou algumas vezes, confuso, contornando a mesa para olhar o monitor. Abriu a boca em forma de um grande "O" quando terminou de ler.

— Minha Nossa Senhora Desatadora dos Nós, é isso mesmo que estou vendo?

— O que você está vendo? — Alessandra, que tinha acabado de chegar, aproximou-se falando baixo para que ninguém pudesse ouvir. — O pau do Rafael, o novo projeto verão da Milena?

Fiz uma careta.

— Quem é Rafael? — Edu quis saber.

Era só o que faltava!

— Minha Senhora Desatadora dos Nós digo eu! Alessandra, pelo amor de Deus! — falei mais ríspida do que pretendia. Eu estava furiosa, não com ela, claro, mas com o que tinha acabado de ler. — Acabei de acessar o site do TJ e vi que Leandro será o advogado de defesa daquele assassino!

Desta vez foi Alessandra que abriu a boca, chocada.

— Você não pode estar falando sério!

Contornou a mesa, posicionando-se ao lado de Edu. Olhando o monitor, levou as mãos à boca.

— Minha Nossa Senhora Desatadora dos Nós!

Recostei-me na cadeira.

— Sempre desconfiei de que esse filho da puta fosse advogadozinho de porta de cadeia. E ele está ameaçando minha cliente para desistir da ação!

— O quê? — perguntaram em uníssono.

— Ontem estive com a dona Paula, que me contou que recebeu visita do *doutorzinho sugerindo* que ela mudasse o teor de seu depoimento — respondi enfatizando as palavras para mostrar minha indignação. — Este medíocre *sugeriu* que ela dissesse que se confundiu ao ver as mãos do crápula no pescoço do filho. Segundo ela, seu tom foi totalmente ameaçador, e conhecendo a peça, não duvido nada!

— Estou chocada! — Edu exclamou.

— Advogadozinho de merda! Filho da puta! — rosnei possessa.

— Agora você sabe com quem está lidando, Mila — Alê disse e ponderei.

— Quem é Rafael?

Revirei os olhos.

— Ah, não comecem vocês dois!

— Você ligou para ele?

— Não liguei, nem vou ligar! Alessandra, por favor, quando você vai tirar essa história maluca da cabeça?

— Quem é Rafael??? — Edu insistiu e, irritada, acabei falando demais.

— O dono do apartamento que estou alugando, e com quem trepei enquanto pintávamos a sala de estar e enchíamos o rabo de cerveja!

Edu arregalou os olhos.

— Apartamento? Você vai se mudar? Meu Deus, você transou? Jesus amado, é muita informação para minha cabecinha! Você transou e vai se mudar? Calma, uma coisa de cada vez! Vamos à trepada, por enquanto. — Puxou a cadeira, sentando-se ao meu lado. — Por que você está tão nervosa! Não foi bom?

Fechei os olhos por instantes, amaldiçoando a mim mesma.

— Pelo que ela me contou, foi ótimo! *Essa* é a questão!

— Gata, não estou acompanhando...

— Parece que o cara é *O* cara, entende? — Edu abriu a boca mais uma vez perante o gesto nada singelo de Alessandra ao indicar o tamanho do "documento" de Rafael. — A questão é que nossa amiga está surtando, e estou quase me candidatando para tomar seu lugar na trepada.

Eu estava mesmo ouvindo aquilo?

— Alessandra, na minha sala! Agora!

Puta merda, doutor César! Desde quando estava ali? Alessandra ficou lívida e fechou os olhos por instantes, antes de sair dali, trêmula.

Fuzilei Edu com o olhar. A porta bateu com tanta força que quase pulamos das nossas cadeiras.

— Satisfeito agora?

— Eu??? O que eu fiz???

Apoiei os cotovelos na mesa, levando a cabeça entre as mãos. Ele continuou:

— Só eu que acho que Alessandra está fodida? Você ouviu o tom dele? Coitada! O doutor César anda tão sisudo ultimamente, será que a Laira Boquete deixou algum rombo ou uma pica muito grande? — desandou a falar enquanto andava de um lado para o outro, mordendo o indicador.

Fui obrigada a considerar, afinal ele tinha razão numa coisa: César andava muito estranho ultimamente.

— Será que é a Stella? Vai ver está de saco cheio dela — sondei.

— Se for, antes tarde do que nunca! — Revirei os olhos e ele se dirigiu a mim mais uma vez: — E então, quem é esse Rafael, exatamente?

— Você não vai desistir, não é?

Ele sentou-se ao meu lado mais uma vez.

— O que você acha?

Levei um bom tempo lhe contando toda a história, mas omitindo os detalhes sórdidos, claro.

— Você é louca ou o quê? Trepa com o cara, sensualiza pintando o apê toda nua e depois dá uma de bipolar "não te quero mais"? — perguntou fazendo sinal com as mãos indicando aspas. — Que porra é essa, Milena? Você expulsou o cara do nada! Ele deve ter ficado arrasado!

— Para a sua informação, eu não estava sensualizando!

— Ah, não? E quem pinta um apartamento nua com um cara que acabou de conhecer?

Merda!

— Edu, deixe de ser inocente! Homens não ficam arrasados! — Tentei desconversar e ele me olhou seriamente.

— Não me leve a mal, mas acho que Alessandra tem razão. Esse cara não tem nada a ver com o que aconteceu com você. Ele pode até ser cafajeste, ou não! Você só vai saber se deixar as coisas acontecerem.

Eu não queria saber daquilo, na verdade, não queria ter aquela conversa com nenhum dos dois. Talvez porque me conhecessem muito bem e, de certa forma, soubessem que Rafael mexia comigo. Ou talvez porque, no fundo, eu sabia que tinham razão.

— Vamos falar do que realmente interessa? Estou me mudando e vou morar sozinha.

Meu amigo me abraçou com ternura, afastando-se o suficiente para me olhar nos olhos.

— Estou tão orgulhoso de você! E muito feliz também.

Meus olhos ficaram marejados, mas eu não queria chorar.

— Farei um *open house* e quero a presença de vocês. Será algo íntimo, apenas para comemorarmos esta nova fase da minha vida — disse, sentindo um frio na barriga ao me lembrar de que seria naquela noite que conversaria com meus pais.

— Uau! O que devo levar?

— Sua incrível presença!

Edu bateu as mãos, animado.

— Adoro *open house*!

Escutamos o barulho da porta e César saiu da sala, acompanhado por Alessandra, que parou em sua mesa para pegar a bolsa.

— Estaremos no fórum, doutora Milena.

Ele comunicou com voz grave. Sua feição não era nada boa, seu cenho estava franzido formando um vinco entre os olhos. Assenti com um leve aceno de cabeça, olhando minha amiga que, sem dizer nada, seguiu em direção à saída sem esperar por seu chefe. O clima estava pesado. O que teria acontecido, afinal?

— Melhor eu trabalhar antes que sobre pra mim. — Edu seguiu em direção a sua mesa, detendo-se por instantes. — Embora você tenha me distraído com o *open house*, comunico que sua tentativa perversa de me fazer esquecer o assunto "Rafael projeto pau-verão" foi totalmente frustrada. Assim como Alessandra, também acho que você lhe deve um belo pedido de desculpa.

Recostei-me na cadeira. Era só o que faltava!

Minha Nossa Senhora Desatadora dos Nós!

QUINZE

Milena

Para mim a casa de meus pais era um verdadeiro santuário. Foi lá que nasci e cresci. Foi naquele lugar que vivi os melhores dias de minha vida, e foi no meu quarto, cujas paredes mamãe pintou quando estava grávida, que chorei noite após noite a traição de Vívian e Leandro, que culminou no fim da farsa do noivado.

O apartamento era um por andar, e a sala maior que todo aquele em que eu moraria. Ainda assim, ansiava por isso. Nada poderia ser maior do que a sensação de liberdade que eu sentia por estar prestes a dar este passo.

Após o jantar, chamei meus pais na sala. Não sabia ao certo por onde começar, mas não poderia protelar aquele assunto. Nunca fui boa para conversas ou para dar notícias importantes. Exemplo foi aquele dia fatídico, quando fui curta e grossa:

Eu e o filho da puta do Leandro não estamos mais juntos porque durante todos esses malditos anos ele me traiu com a vagabunda da Vívian, disse de supetão e minha mãe quase enfartou. Se não fosse papai controlar a situação, não sei o que poderia ter acontecido.

Seu Mauro nunca os perdoou, mamãe, no entanto, foi um pouco diferente. Não que os tenha defendido, de forma alguma! Dona Marta ficou sem chão, mas não proibiu Vívian de frequentar nossa casa. Era uma situação delicada e complicada para ela, pois a vagabunda é filha de sua irmã, ou seja, sua verdadeira sobrinha; e mamãe morreria acreditando que minha tia era boa pessoa.

Sua tia é bondosa, tem alguns problemas, reconheço, mas não é uma pessoa ruim. Mamãe sempre dizia.

Ela não é bondosa, Marta, pelo amor de Deus! Papai bradava e a discussão começava. Este, inclusive, era um dos únicos motivos pelo qual discutiam, e era justamente por isso que ele lhe deixava com a última palavra, encerrando o assunto de vez.

Jamais brigarei com sua mãe por causa de Virgínia. Dizia, e a sensação era de que sabia algo muito podre sobre minha tia. O que seria?

Sentei no enorme sofá em "L", procurando pela melhor forma de começar.

— Vocês sabem o que passei no último ano, mas graças a vocês consegui superar tudo, pela força e apoio que me deram e continuam dando.

Seus olhos ficaram marejados e eu mesma precisei me segurar para não desabar. Sabia o quanto me amavam, e eu a eles, mas estava na hora de *virar borboleta,* como Alê sempre me disse. Limpei a garganta, antes de mandar curta e grossa, como sempre:

— Vou morar sozinha.

Se minha mãe não estivesse sentada, decerto cairia no chão. Ela ficou lívida. Papai, contudo, permaneceu impassível. O silêncio deles estava me matando. Pigarreei.

— Vou me mudar na semana que vem.

— Semana que vem?! — Mamãe bradou, chocada, acho. Reconheço que era muita informação.

— Já aluguei o apartamento...

— Alugou? Você vai morar de aluguel?! Nós temos esse apartamento e você vai sair daqui para *morar de aluguel*?! Onde?

— No Flamengo e...

— Flamengo? — cortou-me de novo. — Isso não tem cabimento! Por que alguém trocaria um apartamento em Ipanema, na quadra da praia, com toda mordomia, pra pagar aluguel no Flamengo? Quem vai cozinhar pra você?

— Marta...

Papai, que estava calado até então, tentou se manifestar; mamãe, porém, não deu brecha.

— Quem vai arrumar sua casa? Você trabalha o dia inteiro! Sinceramente não consigo entender!

— Marta... — Meu pai tentou mais uma vez.

— Pagar aluguel tendo uma casa toda estruturada não faz o menor sentido! Está faltando alguma coisa pra você?

— Não é nada disso! — apressei-me a responder, mas não acredito que tenha ouvido.

— Porque se tiver faltando me diga que providenciarei imediatamente pra você, filha!

— Marta, me escute! — Papai tocou sutilmente seu ombro e ela, finalmente, parou de falar.

— Não é nada conosco e sim com ela. Não há qualquer insatisfação, Milena vive com todo conforto e amor do mundo. Você sabe disso, eu sei e ela também. Tem a ver com *liberdade*, amadurecimento, com o fato de ela resolver os próprios problemas, realizar seus sonhos e tocar a vida sozinha.

Naquele momento eram os meus olhos que estavam úmidos, tamanha emoção que eu sentia. Como meu pai me conhecia bem! Era impressionante sua sensibilidade.

— Nossa filha cresceu e está saindo desta casa, não de nossas vidas.

Mamãe engoliu em seco, balançando levemente a cabeça como se entendesse tudo, enfim. Com a mão trêmula, tocou a de meu pai, que pousava em seu ombro; não para reconfortá-lo, mas para tentar fazê-lo a si própria. Uma lágrima solitária rolou por sua face e foi inevitável tentar controlar a minha.

— Você disse que mudará na semana que vem, por que não nos falou? Nós poderíamos ter lhe ajudado — disse emocionada.

Sequei o rosto com as costas das mãos, olhando-a com carinho antes de responder que eu precisava fazer aquilo sozinha. Olharam-me por instantes e os lábios de mamãe tremeram. Meu pai apertou seus ombros um pouco mais, trazendo-a para perto de si, amparando-a. Ela estava muito emocionada e ele a conhecia melhor que ninguém. A nós duas, na verdade.

Os lábios de dona Marta se esticaram em um sorriso tímido.

— Temos certeza de que você fez um belo trabalho.

Olhei-a com amor e completamente emocionada, corri ao encontro deles, recebendo seus abraços reconfortantes. Eu sabia que não conseguiria dar um passo se não tivesse o total apoio deles. Éramos choros, risos e soluços, e eu não poderia me sentir mais agradecida e abençoada pelos pais que tinha.

— Amo vocês! Obrigada. Muito obrigada!

DEZESSEIS

Rafael

— Aqui não, seu mané!

César gritou, fazendo uma defesa incrível e levantando a melhor bola do jogo para minha cortada, que foi terrivelmente bloqueada por Marcelão, encerrando de vez por todas a partida. Outra surra!

— Aaaahhhhhh, Brasiiiiiiiiiiiil! Sil! Sil! Sil! — Marcelão gritou, correndo pela areia de braços abertos.

— Não acredito, Rafael! Porra, o que há com você? Quatro a zero pra esses caras? — César estava realmente furioso e não poderia culpá-lo. *Eu* estava!

— A duplinha caiu de quatro! — Léo mandou zombeteiro e César desabou na areia.

— Inacreditável!

Enquanto Marcelão ainda corria pela areia feito um retardado, Léo seguiu para o *cooler* tirando duas garrafas d'água, jogando-as para mim e César.

— A revanche ficará pro outro final de semana.

— Estou pensando seriamente em mudar de equipe!

César respondeu irritado ao comentário do Léo. Sempre encaramos nossas partidas de vôlei como diversão, não como competição, a questão, porém, é que não vencíamos há dois finais de semana, e tudo por culpa minha!

— O que há de errado com você, Rafael?

— Trepada ruim! — Marcelão chegou dizendo e quase engasguei com a água. César me olhou de esguelha.

— Sério?

— Claro que não! — respondi irritado e mandei Marcelão se foder. O filho da mãe gargalhou.

— Gente, deixe o cara! — Léo supostamente começou a me defender. Eu disse, *supostamente*. — Ou é uma trepada mal dada ou *muito bem dada*! — enfatizou as palavras e fiz uma careta.

— É sério que serei o assunto hoje?

— Tá certo. Qual será a boa de hoje à noite?

Engoli em seco. Eu não estava com vontade de sair. Minhas últimas noites foram frustrantes e tudo de que eu precisava era ficar em casa.

— Que tal a Palaphita? — Marcelão sugeriu se referindo à boate do Jóquei, e Léo concordou na hora.

Informei que não iria e todos me olharam como se eu tivesse oito cabeças e três olhos no lugar do nariz. *Merda!*

— Meus pais farão um jantar hoje — menti.

— Fala sério! Sábado à noite? — Léo indagou incrédulo e dei de ombros.

— Se eu não for, dona Daiane me mata.

— Ugh! — Fez uma careta.

Todos conheciam minha mãe o suficiente para saber que certamente nos mataria, caso fosse verdade. Marcelão olhou o relógio.

— Preciso repor as energias para hoje à noite. Vou dormir.

— Vou ficar por aqui — rebati.

Não estava com a mínima vontade de ir para casa, aliás, não estava com a mínima vontade de fazer porra nenhuma! O que estava acontecendo comigo? Que prostração era aquela?

César, que até então se manteve calado, informou que também ficaria mais um pouco. Léo e Marcelão se despediram, não sem antes de me darem outra sacaneada, claro.

— Pode começar a falar — César mandou assim que saíram.

— Falar o quê?

— Que porra é essa que está acontecendo!

— Não há nada acontecendo, cara!

— Vou ter que adivinhar? — Revirei os olhos e ele continuou: — Léo tem razão: ou é uma fase de péssimas trepadas ou você arrumou uma trepada muito boa.

— Não estou ouvindo isso — grunhi tentando me levantar, mas ele me deteve.

— Cara, somos amigos desde quando éramos moleques, você realmente acha que pode me enganar? Há dias você está estranho. O que está acontecendo, caralho?

Olhei-o por instantes. Talvez fosse bom conversar, éramos como irmãos e sempre contamos um com o outro. Além disso, César me conhecia muito bem e há tempos vinha me sentindo realmente esquisito.

— Chope? — sugeri.

Após uma chuveirada, seguimos em direção ao Bracarense, na Rua José Linhares. Por ser perto da praia, chegamos ao bar em menos de cinco minutos.

O lugar estava lotado, claro, mas logo conseguimos mesa. Conhecer o garçom faz toda diferença nessas horas! Ele serviu nossos chopes e César solicitou uma porção de bolinhos de aipim com camarão e catupiry, um dos carros chefes da casa.

— E aí, foi uma boa ou péssima trepada? — mandou de vez e fiz uma careta.

— Não é bem assim!

— Então é como? — Pegou a tulipa e tomou um gole do chope. — Caralho! Tá descendo igual água!

Seu comentário me fez rir. Estava um calor absurdo no Rio de Janeiro e o chope realmente era refrescante.

Comecei a falar sobre a suposta crise de identidade que se abateu sobre mim, sobre o vazio que eu sentia ao ir para casa de manhã, após longas noitadas comendo as melhores mulheres da cidade.

— Parece que temos tudo, mas o fato é que não temos nada, entende? Quer dizer, fico com as mais lindas e gostosas mulheres e depois... o quê? Nada!

César me analisava enquanto eu tentava organizar as palavras.

— Sabe, isso nunca me incomodou, aliás, eu *sempre quis* desta forma! Era cômodo e melhor para mim: *eu vou te comer, a gente vai se divertir e depois suma e nunca mais apareça para me encher a porra do saco!* — grosseiro, me referi às mulheres com quem eu trepava.

— Vai ver você cansou de tudo isso. É como você falou: parece que temos tudo, mas não temos nada, e é preciso ter alguma coisa, algo com o que se preocupar, alguém que realmente importa — refletiu, me fazendo questionar se aquilo era para mim ou para ele.

O garçom trouxe a porção dos bolinhos e, enquanto César mordia um, mandei "na lata":

— Foi uma trepada do caralho! Deliciosa e quente! — César tossiu, engasgando, quase cuspindo o que havia comido. Continuei metralhando: — E a filha da puta me expulsou tal qual sempre fiz: *Você vai me comer, a gente vai se divertir e depois suma e nunca mais apareça para me encher a porra do saco!* Simples assim.

César parou de mastigar, segurando o bolinho perto da boca, olhos espantados em minha direção.

— É isso aí, cara, seu amigo levou um fora! Não fui eu que saí, mas a filha da puta que me expulsou! Fui chutado e descartado tal qual uma camisinha usada!

— Caralho! — disse de repente, com a boca cheia.

Largando o bolinho de qualquer jeito no prato, pegou um guardanapo, limpou a boca e tomou um longo gole do chope.

— Desculpe, precisava me recompor — justificou-se meio sem jeito, e lhe apontei o dedo.

— Essa merda não sai daqui!

César franziu o cenho.

— Vai se foder! Até parece que não me conhece, porra!

Quase pedi desculpa. Eu não estava falando com Léo ou Marcelão, afinal. A seu pedido, contei-lhe exatamente como tudo aconteceu, desde o primeiro telefonema.

— Ela está morando no apê? — Assenti e ele balançou a cabeça. — Vocês nunca mais se falaram?

Neguei, movimentando a mão enquanto revelava que havia pensado em ligar para tentar conversar.

— E por que não ligou?

Olhei-o com cara de poucos amigos.

— Qual foi a parte do *eu fui chutado* você não entendeu?

— E ainda assim, pensou em tentar acertar as coisas. — M*erda!* — Cara, ela é sua inquilina, o mínimo de que vocês precisam é conversar!

— O mínimo de que precisamos é que ela deposite a porra do aluguel se não quiser ser despejada! — respondi amargurado.

—Tá certo. — Deu de ombros.

Peguei um bolinho e mordi um pedaço. Estava delicioso, uma perfeita combinação com o chope naquele dia calorento.

— Ou você fala com essa mulher ou segue em frente, ficar com essa apatia não vai resolver nada. Jantar de família? Foi uma bela desculpa, mas a mim você não engana. Vai resolver essa merda! Se você realmente está pensando nessa garota, corra e diga isso pra ela.

Olhei-o incrédulo.

— Você está usando drogas? — *Que porra era aquela?*

César passou a mão pelo cabelo de forma tensa.

— Às vezes, precisamos reconhecer e assumir quando estamos interessados em alguém. Não há nenhum mal nisso.

Mais uma vez a dúvida pairou em minha cabeça: meu amigo estava falando comigo ou com ele?

— Que merda é essa agora? Algo que queira conversar, doutor César?

— Nós já estamos conversando, doutor Rafael.

— Sobre mim, refiro-me a você — rebati arqueando a sobrancelha e ele deu um longo gole no chope.

— Hoje foi o seu dia, meu amigo.

Respondeu e percebi que a conversa havia terminado.

Em casa, tomei um banho gelado, liguei o ar- condicionado e deitei na cama. Imediatamente o anjo de olhos brilhantes invadiu meus pensamentos. Anjo? Porra nenhuma! Era o demônio, aquela mulher! Não saía da porra da minha cabeça!

Eu pensava nela mais do que deveria, mas sabia que era pelo fato de ter sido chutado. Ou não? Droga! Será que César tinha razão? Será que eu deveria colocar toda aquela merda para fora?

— Foda-se!

Levantei-me num pulo, vesti calça jeans e camisa gola em "V" branca. Passei os dedos pelo cabelo molhado, penteando-o de qualquer jeito, e passei meu perfume habitual: *Kenzo Pour Home*.

Peguei carteira, celular e chave da Evoque, e bati a porta sem olhar para trás. Eu não sabia ao certo se César tinha falado comigo ou com ele, mas aquilo me serviu.

Cheguei à Rua Marquês de Abrantes rapidamente e encontrei Ed na portaria. Eu não queria ser anunciado, não gostaria que Milena tivesse tempo para pensar numa reação ao saber que eu estava ali.

— Seu Rafael!

— Fala, Ed!

— Nossa senhora, o senhor está queimado, hein! Não me diga que não passou protetor! — falou em tom acusatório, discursando sobre sol e câncer de pele.

Tranquilizei-o dizendo que havia passado protetor solar, o que era a mais pura verdade.

— Estou indo para o apartamento da Milena — disse despretensiosamente.

— Ah, o senhor também foi convidado pra festinha!

Festinha? Que porra é essa? Será que está rolando uma suruba no apartamento? Filha da puta! Isso explica o fora que me deu! Vai ver é uma vadia, e eu achando que tinha sido dispensado! Que piranha!

— ... fazendo isso. Seu Rafael? — Sua voz interrompeu meus pensamentos insanos, me trazendo de volta à realidade. — O senhor não concorda?

— Você tem razão, Ed!

Não tinha a menor ideia sobre a que se referia, e não tinha o menor interesse em saber. Eu estava puto! Estava rolando uma *festinha* no apartamento daquela vagabunda, e eu queria pegá-la no flagra. Abri a porta do elevador, entrando rapidamente no cubículo.

— Não precisa anunciar, ela está me esperando.

A porta fechou e, embora o elevador fosse ligeiro, levou uma eternidade para chegar ao quinto andar.

Filha da puta! Filha da puta! Repeti feito louco. A porta abriu e corri em direção ao apartamento 505, largando meu dedo na campainha. Lá de fora, era possível ouvir a música. Cássia Eller?

A porta abriu e achei que algo fosse saltar de dentro de mim. Milena estava na minha frente com um vestido verde, como as esmeraldas de seus olhos, e o cabelo escuro caído por seus ombros. Estupidamente linda e sensual.

— O que está fazendo aqui? — rangeu entre os dentes.

Ela estava furiosa, mas eu também. Instintivamente olhei para dentro do apartamento e deparei com algumas pessoas: um casal de senhores, uma senhora, um homem e duas mulheres. Não era exatamente o que eu esperava encontrar, aquelas não pareciam pessoas que participavam de surubas. Uma loira bonita esticou a cabeça para olhar a porta e se levantou do sofá.

— Então você é o famoso Rafael? — ouvi-a perguntar. *Famoso?*

— Quem é Rafael?

— Dona Marta, a senhora não sabe? É o namorado da Milena! — uma voz afetada respondeu, e olhei a mulher à minha frente apoiada no batente da porta. Lívida.

Namorado? Ora, ora, isso estava ficando realmente interessante!

DEZESSETE

Milena

Finalmente o sábado! Dia do *open house*! Eu estava eufórica e havia acordado cedo para ir ao supermercado Zona Sul comprar os ingredientes para o "Queijos e Vinhos". Nunca fui o tipo de mulher com dotes culinários, mas sempre dei meu jeito.

Os loucos insistiram em chegar mais cedo para me ajudar com os preparativos e devo confessar que amei a ideia. Embora quisesse fazer tudo do meu jeito, estava um pouco nervosa, e a ajuda deles seria bem-vinda.

Duas horas da tarde, em ponto, a campainha tocou e corri para atender. Pisquei ao ver a grande travessa nas mãos de Edu e algumas sacolas nas de Alê.

— Eu falei que não precisava trazer absolutamente nada!

— Shh! — Edu grunhiu, invadindo meu apartamento. — Uau! Então *esse* é o arco do pecado?

Revirei os olhos, fechando a porta e abrindo a boca, surpresa ao ver a travessa descoberta. O cheiro divino impregnou o ambiente e instintivamente passei a língua nos lábios.

— Brownie de chocolate! — apresentou com um floreio e Alê completou, entrando na cozinha como se vivesse ali.

— E aqui está o sorvete!

Agradeci emocionada, ficando surpresa quando revelou que ele mesmo havia feito.

— Diferente de você, meu bem, *eu* tenho dotes culinários.

— Bom saber, talvez lhe contrate — mandei irônica, pegando a travessa de suas mãos e ele me mostrou o dedo do meio.

Levei a travessa para a cozinha e ele deu uma boa olhada em volta, exclamando que o apartamento estava um luxo. Agradeci com sinceridade, me sentindo muito orgulhosa.

— Também adorei! — Alê fechou a porta do congelador. — Principalmente o arco do pecado.

Eles gargalharam e fui obrigada a acompanhá-los.

— Vocês nunca me deixarão em paz com essa história, não é?

— Lógico que não! — responderam em uníssono e dei de ombros. Já imaginava.

Peguei os dois pela mão a fim de lhes mostrar o apartamento. Estava eufórica, orgulhosa e emocionada, eles eram as primeiras pessoas a serem oficialmente apresentadas à minha nova casa.

As paredes possuíam tons pastéis, exceção do "arco do pecado" que era pintado de amarelo. O piso era branco, assim como os móveis: o sofá, o grande módulo na parede, onde pendiam a TV, algumas peças decorativas e porta-retratos. Um felpudo tapete amarelo, onde ficava a pequena mesa de centro, compunha o ambiente.

No extremo oposto, a mesa de jantar de vidro com quatro cadeiras brancas ficava em frente ao janelão que dava para cozinha, perfeitamente arejada e mobiliada. Como o cômodo era pequeno, utilizei bastante o espaço aéreo, com armários e prateleiras. Impossível não comentar sobre mesa de madeira, claro.

— Uau! Que luxo! — Edu exclamou ao ver o quadro na parede assim que entramos no pequeno corredor: Marilyn Monroe jogando sinuca com Elvis Presley, James Dean e Humphrey Bogart. — Os homens em preto e branco e Marilyn, a poderosa, colorida em seu vestido vermelho arrasador!

— Foi exatamente por este motivo que escolhi este quadro dentre tantos outros. — Meus amigos me olharam profundamente, certamente entendendo muito bem o que eu queria dizer. Naquela fase da minha vida, somente *eu* importava. — Além de ter achado o máximo, claro!

— *Eu* achei o máximo! — Edu bradou. — Quem não queria ser Marilyn numa cena dessas?

Rimos, caminhando à frente e Edu deteve-se no banheiro, acendendo a luz e sorrindo ao ver o ambiente. Os azulejos em creme contrastavam com o amarelo do tapete e das toalhas. Velas aromatizadas, essências, cremes e perfumes ocupavam a bancada que ficava ao lado do box.

— Aconchegante — opinou.

Seguimos até meu quarto e ambos levaram as mãos à boca, encantados. As paredes também possuíam tons pastéis, exceção de uma que, assim como o arco da sala, era pintada num amarelo vivo, em textura. A cama box, encostada na parede, ficava no centro de uma grande bancada embutida que envolvia todo o quarto. Ali ficavam notebook, alguns porta-retratos, livros e outros acessórios. Na parede, um grande quadro com uma foto minha que provocou sorrisos nos dois.

— Onde está o seu armário? — Alê indagou e arqueei a sobrancelha, abrindo uma pequena porta recuada. Acendi a luz e ambos abriram a boca em forma de "O".

— Aqui era a dependência de empregada. Inutilizei a porta que dava para a cozinha, aqui ao lado, e abri esta, comunicando este quarto pra cá. O banheiro permaneceu lá, mas o quarto uso como *closet*.

— Estou bege! Você fez um *closet*! — Edu exclamou, entrando no pequeno cômodo.

Cada coisa estava em seu lugar: roupas, sapatos e lingeries, tudo perfeitamente arrumado e organizado.

— Hum... gostei disso! — Alê apontou para um dos muitos espartilhos. — Vermelho!

— Pelo visto esse arco do pecado terá muitas histórias para contar, Alê!

Revirei os olhos.

— Vocês querem fazer o favor de parar com isso! Você sabe o quanto sou apaixonada por lingeries! — Tentei me defender, apontando o dedo para Alê.

— Que graça tem possuir as lingeries mais belas do mundo se não temos com quem usá-las?

— Para sua informação, há alguns vibradores naquela caixa.

Edu levou as mãos à boca.

— Uau! Quero ver!

— *Para sua informação*, vibradores não curtem lingeries! — retrucou. *Merda!*

Após mostrar toda coleção de apetrechos sexuais aos loucos, e rirmos até as bochechas doerem, voltamos à sala a fim de começarmos os preparativos para o *open house*. Eu e Alê cuidamos da "decoração", arrumando a mesa e separando as louças, enquanto Edu cortava os frios. Ele abriu a geladeira.

— Você fez um belo trabalho por aqui: Gorgonzola, Emmental, Gruyère, Roquefort, Provolone, Parmesão, Muçarela de Búfala, Brie, Grana Padano! — exclamou retirando os queijos da geladeira. — Uau! Presunto de Parma, Salaminho, Peito de peru, Blanquet e Carpaccio.

— E para acompanhar esta orgia gastronômica, nada melhor do que um bom vinho francês! — respondi orgulhosa.

— Estou chocada! — gritou afetado. — Onde encontro uma tábua para cortar essas maravilhas?

— Neste armário embaixo tem uma de madeira. Você encontrará uma boa faca na primeira gaveta à direita.

Coloquei a toalha de linho branco na mesa, abri a geladeira, peguei algumas cervejas e liguei o som. Uma bela coletânea de MPB começou a tocar, enquanto arrumávamos tudo e colocávamos o papo em dia. Edu nos contou como aprendeu a cozinhar.

— Meu pai quase enfartou quando fiz meu primeiro prato. A desculpa era que eu ajudava mamãe, mas a verdade era que eu realmente *queria* aprender a fazer as coisas. Na casa do Coronel Arthur Lopes os homens não cozinham. Na verdade, não lavam um prato, sequer o tiram da mesa! — concluiu ríspido colocando um grande pedaço de gorgonzola na tábua para cortar.

— Ele é militar, você sabe, daqueles autoritários, machistas, que acreditam que as mulheres nasceram para servi-los.

Eu conhecia o senhor Arthur: um homem extremamente rude e autoritário. Do pai, Edu só puxou as feições, o jeito meigo era todo de dona Shirley, sua mãe, uma senhora doce e amável.

— E seu pai sequer deve desconfiar de sua orientação sexual.

— Deus me livre! Estou vivo, não é? Ele não pode sonhar com uma coisa dessas! Já foi um parto conseguir cursar a faculdade de psicologia. Se não fosse mamãe...

Seu Arthur sempre desejou que o filho o seguisse na carreira militar. Como Edu não aceitou, seu pai se recusou a ajudá-lo em sua formação acadêmica. Dona Shirley, que dependia financeiramente do marido, ajudou o filho no início com as economias que tinha na poupança, até Edu começar a trabalhar na Monteiros Advogados, antes de nós, e pagar a própria faculdade. Foi ele, inclusive, que indicou Alessandra para o cargo de assistente, quando surgiu a vaga. Posteriormente, me indicaram para o estágio.

— Nem sei se ele irá à formatura no final do ano.

— É claro que irá! E quando vir que você conseguiu, ficará orgulhoso!

— Não acredito nisso, Alê! Você conhece o Coronel — respondeu amargurado, depositando o gorgonzola cortado na travessa. — Quero ver quando eu começar o curso para comissário de bordo...

— Tenho certeza de que você conseguirá — enfatizei, confiante e ele me devolveu seu lindo sorriso.

— Eu também!

DEZOITO

Milena

O relógio marcou dezenove horas quando a campainha tocou. Corri para abrir a porta, recebendo meus pais com um sorriso emocionado, mas franzindo o cenho ao ver tia Virgínia e Vívian.

Eu sabia que a vagabunda viria com minha tia. Durante todo esse tempo após a tragédia, ela utilizou-se de toda sua falsidade para "se desculpar" pelo ocorrido, informando que o acontecido "foi mais forte do que ela".

Sou sua prima e jamais quis magoá-la. O que aconteceu entre mim e Leandro foi errado, porém, mais forte do que nós. Nos apaixonamos, mas jamais quis magoá-la. Por favor, me perdoa.

A vaca fazia seu "emocionado" discurso na frente da minha mãe, e sei o quanto dona Marta sofreu com toda a história. Após um ano, finalmente, resolvi "ceder". É claro que não confiava na piranha, mas infelizmente ela fazia parte da família, e foi somente por minha mãe que resolvi aceitar convivermos civilizadamente.

O fato de as duas estarem presentes no *open house* era uma espécie de "trégua", embora meu pai não concordasse. Este, inclusive, era um segredo nosso, para que não houvesse discussões entre ele e mamãe.

Cuidado, filha, Vívian é tão perigosa quanto Virgínia. Infelizmente sua mãe não vê isso.

— Uau! Que apartamento lindo, prima!

A voz irritante da vagabunda interrompeu meus pensamentos. Agradeci como pude, enquanto os acomodava na sala. Ao som de Cássia Eller, que cantava *Por enquanto*, de Renato Russo, ofereci bebida a todos. Alê me ofereceu ajuda e seguimos para a cozinha.

— Que filha da puta! Qual é a gaveta das facas mesmo? Eu juro que vou pegar uma bem afiada para rasgar a cara dessa vagabunda!

Sorri, mas não respondi. Alessandra era corajosa o suficiente para retalhar o rosto de Vívian, caso fizesse qualquer tipo de gracinha. E a filha da puta provavelmente faria.

— Fique tranquila, está tudo bem — respondi com sinceridade. — É maravilhoso saber que após um ano estou infinitamente melhor do que ela.

Minha amiga me deu um abraço carinhoso.

— É isso aí! Mas se essa vagabunda rameira fizer qualquer tipo de gracinha, eu...

— Eu sei.

Retornamos à sala com as bebidas: vinho para papai e a vagabunda, e refrigerante para mamãe e Virgínia.

— Mamãe e tia Marta não bebem. — Vívian quis ser simpática, mas meu pai mudou de assunto, ignorando-a solenemente.

— Filha, você fez um belo trabalho neste apartamento.

— Verdade, prima! Não vai mostrá-lo?

— Depois, Vívian, vamos relaxar um pouco. Para quê tanta pressa, querida? — Papai a cortou com sarcasmo e ela engoliu em seco.

Preciso dizer que adorei?

Conversávamos amenidades, quando a campainha tocou. Quem seria àquela hora? Levantei-me para atender e congelei ao ver Rafael na minha frente.

— O que está fazendo aqui? — rosnei. Que merda era aquela? Como ele subiu?

Eu o encarava, tentando entender o que fazia no *meu* apartamento, quando, de repente...

— Então, você é o famoso Rafael!

Que porra é essa, Alê??? Pensei perplexa. Eu conhecia a louca muito bem para saber que estava aprontando das suas!

— Quem é Rafael? — mamãe perguntou confusa.

— Dona Marta, a senhora não sabe? É o namorado da Milena! — Edu completou.

Certamente perdi a cor, pois senti como se todo meu sangue tivesse sido drenado de uma só vez. Rafael parecia chocado, não mais que eu, claro. Encarei-o por instantes, sem saber o que dizer, quando o filho da mãe deu um sorriso torto, entrando no apartamento.

— Boa noite a todos.

Fechei a porta, completamente atônita. Alessandra se dirigiu a ele, apresentando-se com um aperto de mão firme.

— Ah, você é a famosa Alessandra? — repetiu tal qual a louca havia dito segundos antes.

Ela abriu um largo sorriso, e Edu continuou com aquele teatro grotesco.

— Muito prazer, sou Edu, nos falamos outro dia por telefone, não sei se lembra...

— Claro que sim! Como vai?

Pude jurar que teria um AVC. Rafael se dirigiu a minha mãe usando de todo seu charme. *Filho da puta!*

— A senhora deve ser a mãe da Milena. Muito prazer, Rafael.

Beijou-lhe a mão como um perfeito cavalheiro, me deixando assombrada.

— O prazer é todo meu. Marta. Este é meu marido, Mauro.

Papai o cumprimentou com um aperto de mão firme, seu cenho, porém, estava franzido. Deus do céu, meu pai estava preparado para conhecer meu apartamento, não um novo namorado! Eu juro que ia matar aquele trio maldito!

— Sou Vívian, prima da Milena. — A vagabunda se dirigiu a ele e imediatamente a fuzilei com o olhar. — Não sabia que ela estava namorando!

— Provavelmente por que não é da sua conta! — mandei e minha mãe ficou lívida. *Merda!* Pigarreei, resolvendo entrar no jogo do trio maldito. Que escolha eu tinha, afinal?

— Vejam que maravilha, vocês estão conhecendo tudo de uma vez: meu namorado e o apartamento. — Dei um sorriso amarelo e minha tia logo interveio:

— Sou Virgínia, tia da Milena. Muito prazer.

— O prazer é todo meu, senhora.

— Ah, querido, pode me chamar de Vivi!

Acariciou seu braço. Eu juro que ia vomitar.

— Amor, que tal uma bebida? — ofereci na tentativa de tirá-lo daquela situação ridícula.

— Antes de qualquer coisa, quero meu beijo. Cumprimentei a todos, menos a você, *amor* — disse enfatizando a palavra, e sem esperar por minha resposta, suas mãos varreram meu rosto, e ele me beijou. Foi um beijo rápido, mas profundo e urgente. — Agora sim, aceito a bebida.

— Cla-claro — gaguejei, caminhando à cozinha.

Ainda trêmula, abri a porta do armário para pegar a taça, quando o senti atrás de mim, a voz em meu ouvido.

— Hora de me explicar o que está acontecendo.

— Hora de *você* me explicar o que está fazendo aqui! — Virei em sua direção. — Como subiu? Por que o Ed não interfonou?

Ele engoliu em seco.

— Por favor, não o culpe. Eu menti, disse que você estava me esperando. — Abri a boca chocada e ele continuou: — Eu precisava falar com você! Mas, agora não é o momento adequado, afinal, sou seu *namorado*.

Fiz uma careta.

— Eu vou matar aqueles dois! Aliás, *famosa Alê?* E quando você e Edu se falaram por telefone?

Rafael deu um sorriso sedutor, pegando a taça de minhas mãos.

— Sou bom ator, doutora.

— E você costuma fingir sempre, *doutor*?

Cruzei os braços à frente do corpo e imediatamente seu sorrisinho sedutor desapareceu.

— Ei, vocês dois! Não vão voltar?

A voz estridente da vagabunda ecoou pela sala e exalei com força. Pelo visto a noite seria longa.

— Vamos para sala, *namorado*.

Peguei-o pela mão e ao sair da cozinha, ele se deteve à mesa elegantemente arrumada.

— Uau!

— A Mila fez tudo sozinha! Não é fantástico? — Edu mentiu, eufórico demais para meu gosto.

— Queijos e vinhos não são tão difíceis de fazer — a puta da minha tia soltou seu veneno e imediatamente Rafael rebateu.

— Queijos e vinhos de *qualidade,* sim. — Olhou-me profundamente, concluindo de forma sincera: — Você fez um excelente trabalho. Parabéns!

Não pude conter o sorriso ao agradecê-lo, antes de pegar sua mão mais uma vez e conduzi-lo ao sofá. Rafael serviu-se do vinho, enchendo também minha taça, no momento em que meu pai perguntou sobre sua atividade profissional.

— Possuo um escritório de advocacia, no Centro.

— Hum... doutor! — minha tia soltou. — Parece que advogados namoram advogados!

— Nem sempre — respondi, fuzilando Vívian com olhar.

— Comecei a faculdade de Direito, prima! — a vagabunda respondeu, me surpreendendo. — Oh, não lhe contei? Leandro insistiu tanto — concluiu arrogante.

— Que bom. Você já estava ficando velha para se formar em alguma coisa — rebati e ela engasgou com a bebida.

— Nunca é tarde, prima.

Vaca! Pensei sentindo uma vontade enlouquecedora de lhe apertar o pescoço.

— Em que parte do Centro fica seu escritório, Rafael? Quem sabe Vívian não consegue um estágio por lá?

Como é? O que a puta da tia Virgínia estava fazendo? Remexi-me desconfortavelmente no sofá, me dirigindo à Vívian mais ríspida do que deveria.

— Você pode começar como o seu namorado, sendo advogada de porta de cadeia!

Ela arregalou os olhos. *Sua filha da puta!* Pensei, mas não disse. Senti a mão de Rafael em minha coxa, apertando-a sutilmente.

— Dona Virgínia, infelizmente nosso programa de estágios está suspenso. — E, de forma educada, dirigiu-se à vagabunda: — Milena lhe avisará quando retomarmos.

Olhei para Alê, que disse sem produzir nenhum som:

— Vou abrir a gaveta das facas.

Precisei segurar o riso.

— Quer dizer que o seu namorado está defendendo bandido? Que desagradável! — Edu comentou cínico, bebendo o vinho, e Vívian o fuzilou com o olhar.

— Todo mundo é inocente até que se prove o contrário!

— Oh... vejo que não precisa de estágio, querida. De fato, já está fazendo com o seu *amor* — concluiu sarcástico.

— Defendendo bandido? — papai indagou confuso, e aproveitei para encher a boca.

— Assassino propriamente dito! Leandro é o advogado de defesa do caso João Thomaz.

O queixo do meu pai caiu, assim como o de todos ali presentes; exceção, é claro, das vagabundas.

— O menino de cinco anos que foi assassinado pelo próprio pai? — Rafael perguntou surpreso.

— Por enquanto ele é *suspeito*! — Vívian tentou defender, mas ninguém lhe deu atenção, provavelmente devido ao que Edu disse em seguida:

— E a advogada de acusação é a doutora Milena Andrade!

Rafael me olhou impressionado e enrubesci.

— O Ministério Público perdeu o prazo e acabei assumindo. — Dei de ombros.

— Meu Deus, você está neste caso?

— Ué, você não sabia? — Vívian perguntou desconfiada. *Merda!*

— Estamos tão ocupados com outras coisas que não costumamos conversar sobre trabalho, Virgínia. — Rafael respondeu, e me perguntei se a troca de nomes foi proposital.

— Vívian!

— Oh, me desculpe — rebateu cínico.

Sim, foi *muito proposital!* Ele se dirigiu à minha mãe, encerrando o assunto de vez:

—A senhora não acha que esse arco ficou fantástico?

Mamãe olhou para trás, respondendo que havia ficado lindo.

— Foi o Rafa e a Mila que pintaram, tia!

Senti os olhos de Rafael cravados em mim, mas não ousei retribuí-los. *Eu vou te matar, Alessandra!*

Mamãe se rendeu a vários elogios e ele agradeceu, ainda com os o-lhos em mim.

— Aquele foi um dia muito especial.

— Vamos comer? — Mudei de assunto, me levantando rapidamente, pensando em como faria para acabar com aquele teatro grotesco.

O "queijos e vinhos" foi ótimo. Conversamos amenidades, e por incrível que pareça, as vacas não fizeram qualquer tipo de comentário esdrúxulo.

Eram dez da noite quando me despedi de todos. Abracei meus pais com amor e, embora, ainda estivessem um pouco confusos com a história do namorado, vi que ficaram felizes e orgulhosos com minha nova fase.

— Foi ótimo, querida. Parabéns pelo apartamento. — Virgínia me abraçou "carinhosamente" e agradeci como pude, antes de me despedir de Vívian de forma seca.

— Vamos indo também, não é, Edu?

— Vocês podem ficar!

— Não! Não podemos! — Edu rebateu me abraçando apertado. — Aproveite o pau-verão e vê se não surta! — sussurrou em meu ouvido, antes de se dirigir a Rafael.

Alê veio a mim e, assim como nosso amigo, também fez seu comentário sacana. Rafael se despediu de meus pais e acenou levemente para as vacas. Quando acreditei que nada mais pudesse acontecer, Vívian chocou a todos quando o abraçou apertado demais, grudando os lábios em seu rosto num beijo estalado.

— Foi um imenso prazer, Rafael!

Aquela mulher era inacreditável! Ele ficou completamente sem ação. Quanto a mim, juro que cogitei a gaveta das facas!

— Quantos anos de cadeia pegarei se eu jogar essa galinha no meio da Avenida Presidente Vargas? — Alê perguntou quando a vaca saiu.

— Fique tranquila, defenderei você — Rafael respondeu e o olhei surpresa.

— Acho que temos um acordo, doutor. — A louca abriu um largo sorriso, estendendo-lhe a mão.

— Bom saber que posso contar com você — rebateu. Que merda era aquela?

Minha amiga deu uma piscadinha e junto com Edu, seguiram para o elevador, desaparecendo de vez. Rafael fechou a porta e me olhou profundamente.

— Enfim sós, meu *amor*.

Puta merda!

DEZENOVE

Rafael

A música ainda tocava quando fechei a porta e olhei a mulher assustada à minha frente. Quando cheguei, estava repleto de dúvidas e naquele momento muitas outras surgiram. Ainda não entendia o porquê de seus amigos dizerem que *eu* era seu namorado, mas de uma coisa tive certeza: era algo relacionado à tal prima.

Conheço o suficiente sobre mulheres para saber quando estou lidando com uma vagabunda, e uma coisa era certa: a tal Vívian era *muito* vagabunda, daquelas bem perigosas.

— Temos uma longa conversa pela frente. — Meu tom foi mais sério do que eu pretendia.

— Sim, você pode começar me dizendo o que veio fazer aqui. — Cruzou os braços à frente corpo, mostrando que estava na defensiva.

— Ou você pode começar me explicando que história é essa de namorado — rebati, caminhando em sua direção.

Milena arregalou os olhos, andando para trás à medida que eu me aproximava. Fiz questão de manter o olhar cravado no dela, mesmo sentindo o quão nervosa estava.

— Não há mais para onde ir, doutora — disse petulante quando esbarrou no sofá.

Eu não quero ver você cuspindo ódio
eu não quero ver você fumando ópio pra sarar a dor
eu não quero ver você chorar veneno
não quero beber o teu café pequeno
eu não quero isso seja lá o que isso for

Era Zeca Baleiro cantando *Bandeira*, e estava certo: Milena parecia cuspir ódio, mas eu não saberia dizer ao certo de quem ou de quê: de mim, da sua prima, dos seus amigos, da situação ou de tudo um pouco?

Em algum momento seu olhar recaiu sobre minha boca e ela arfou. Foi sutil, mas o suficiente para eu perceber. Eu não estava mentindo quando disse que entendo sobre mulheres.

— Nervosa? — Seus olhos encontraram os meus. — Ou excitada?

Ela me encarou num misto de surpresa e fúria.

— Se for a segunda estamos empatados.

— Isso não vai acontecer de novo, doutor Queiroz.

Embora parecesse decidida, sua voz falhou no final.

— É mesmo?

Caminhei em sua direção mais uma vez. A diferença era que ela não tinha aonde ir. Baixei os olhos, que até então estavam cravados nos seus, para seus peitos e o fino tecido do vestido revelou o quanto estava inflamada. Sem aviso, segurei-a, roçando o polegar em seu mamilo, me aproximando de sua boca.

— Você me parece tão ou mais excitada que eu. — Esfreguei a ereção em seu ventre, apertando-a cada vez mais. — O que você acha, *doutora*? — perguntei rude.

Separei suas pernas com o joelho e ela mordeu o lábio quando me encaixei no meio dela. Deitei-a no sofá, de tal forma que ficou arqueada, e belisquei seu mamilo antes de tocá-la por dentro do vestido.

— Molhada. O que me diz disso? — Ela tentava falar, mas não conseguia. Apertei sua mandíbula com força. — Quer dizer que isso não vai acontecer de novo?

Num movimento brusco, rasguei sua calcinha, chocando-a.

— Desconte do aluguel! —Ríspido, joguei a peça longe.

Ainda apertando sua mandíbula, peguei o preservativo no bolso da calça.

— Sim, eu vim preparado. Ao contrário de você, não me escondo, doutora. — Rasguei o envelope e cuspi o papel.

Soltei-a num segundo, o suficiente para abrir a braguilha, e quando Milena tentou dizer alguma coisa a silenciei.

— Shhh! — Levei à sua boca o dedo que antes estivera dentro dela. — Sinta... apenas sinta o quanto você está excitada.

Ela fechou os olhos quando sua língua envolveu minha pele, e meu pau doeu em resposta. Não havia como negar, ela queria aquilo tanto quanto eu.

— Agora sinta o quão *eu* estou! — ralhei antes de penetrá-la com força. *Caralho!* Não me contive e encarei-a por instantes. — Você *sabe* que isso vai acontecer, sim!

```
O maior desejo da boca é o beijo
eu não quero ter o Tejo escorrendo das mãos
```

Arranquei seu vestido como um selvagem, e foi preciso um puta controle para não fazer com ele o que havia feito anteriormente com a calcinha.

```
Quero a Guanabara
Quero o Rio Nilo
Quero tudo ter
Estrela, flor, estilo
```

Ela estava sem sutiã e minha boca faminta devorou seus peitos de uma vez, minha língua em seu mamilo, tal qual Zeca sugeria.

```
Tua língua em meu mamilo água e sal
```

Mordi com vontade e ela arqueou o quadril em resposta. Levantei seu rosto, obrigando-a a olhar para mim.

— Por que me dispensou? Por que sumiu? Por que está fugindo de mim?

Sua cabeça pendeu para trás mais uma vez, em êxtase, e eu deixei. Céus! Ela estava diabolicamente linda!

Segurei-a firme, levantando seu quadril e ela enlaçou as pernas em minha cintura, as costas ainda apoiadas no sofá. Desferi um forte tapa em sua bunda, antes de apertar sua carne. Eu estava com uma raiva maldita daquela mulher! E muito excitado também.

— Não pense que fugirá de mim de novo. *Isso* — ressaltei quando a penetrei mais fundo, batendo em sua coxa —, vai acontecer, *sim*! Muitas e muitas vezes!

Milena estava perto, eu sabia. Apertei-a contra mim e ela cravou seu olhar felino no meu, fazendo minha pulsação acelerar.

— Sinto sua boceta apertar meu pau. Você gosta disso tanto quanto eu! Como pode me dizer que não acontecerá mais?

Em êxtase, mordeu o lábio e fechou os olhos por instantes, mas não era o que eu queria.

— Olhe pra mim, porra! — ordenei, apertando sutilmente seu pescoço. — Talvez você tenha desaparecido porque se esqueceu de mim, então quero que me veja para que isso não se repita, *doutora.*

Beijei sua boca com urgência e uma fúria desenfreada, parecia que eu estava possuído! Como era possível alguém sentir raiva e desejo ao mesmo tempo?

— Rafael...

Ela iria gozar. Era fato. Segurei seu quadril, levantando seu corpo, penetrando-a mais fundo. Foi o suficiente.

— Olhe para mim!

Apertei sua bunda com força, tendo a certeza de que a marca da minha mão ficaria em sua pele durante tempo suficiente para que se lembrasse de mim quando se sentasse.

Milena se perdeu em meus braços de forma plena e tão profunda, que eu mesmo não resisti, deixando que o gozo me invadisse de forma insana.

Se é assim quero sim
acho que vim pra te ver

A música cessou. Na sala nada além de nossas respirações ofegantes. Olhei a mulher abaixo de mim: olhos fechados e boca entreaberta. Senti uma vontade absurda de beijá-la, mas precisava manter o controle, afinal, eu havia sido chutado.

Afastei-me e ela abriu os olhos. Em silêncio, tirei o preservativo, dei um nó e fui ao banheiro para descartá-lo na lixeira. Quando voltei já estava vestido, assim como ela, que pegava o pequeno pedaço de pano destruído, no chão.

— Eu falei sério, pode descontar do aluguel.

Milena abriu a boca, mas antes que dissesse qualquer coisa, continuei petulante:

— Vamos ao que realmente interessa. Hora de me explicar o que está acontecendo.

Ela me olhou chocada.

— Você vem ao meu apartamento sem avisar, engana o porteiro subindo sem ser anunciado, e eu lhe devo explicações? Você invadiu minha privacidade!

— A que privacidade, exatamente, você se refere, doutora? — perguntei cínico, voz carregada de sarcasmo, e ela me fuzilou com o olhar.

— Vai se foder! — *Uau!* — Eu estava com a minha família!

— Pelo que me consta sou seu namorado — rebati e ela fez uma careta. — Aliás, desde quando começamos a namorar? Fiquei um pouco receoso de que me fizessem essa pergunta.

Milena fechou os olhos por instantes e me senti momentaneamente culpado. Ela parecia viver um inferno e eu estava ali, garantindo que aquela merda piorasse. A ideia parecia não ter sido dela, afinal.

— Fale comigo. O que está havendo? — Toquei seu ombro e ela balançou a cabeça.

— Aqueles dois são loucos!

— Loucos que sabem perfeitamente sobre mim. Sobre nós.

Ela engoliu em seco, me olhando profundamente, mas seus olhos vacilaram, atraídos para minha boca mais uma vez. Afastou-se de meu toque. Ela me queria, mas era evidente que estava lutando contra isso. Por quê?

— Você deseja tanto quanto eu!

— Eu não desejo!

— É sério? Será que preciso lhe mostrar de novo?

— Eu sou sua inquilina!

— Qual é a lei que impede o relacionamento entre proprietário e inquilina? — Olhou-me incrédula e continuei lhe apontando o dedo. — Isso é desculpa e você sabe disso!

— Eu não quero relacionamento com ninguém! Estou bem sozinha e você também deve estar!

Nesse momento, fui eu quem cruzou os braços à frente do corpo.

— Como você pode saber?

Ela me olhou por instantes antes de balançar a cabeça.

— Não sei... mas, sei sobre mim.

Desde o início Milena pareceu ser forte e decidida, mas não era esta mulher que estava à minha frente: seus lábios tremiam e ela ainda segurava com força o pequeno e destroçado tecido verde em suas mãos também trêmulas.

Eu sabia que havia algo errado, e faria qualquer coisa para descobrir o que era. Mais uma vez, caminhei em sua direção, e toquei sutilmente seu cotovelo, beijando-lhe a testa.

— Tudo bem.

Ela pareceu surpresa. Acariciei seu rosto e seus olhos se fecharam em resposta. Eu queria beijar sua boca, arrancar sua roupa e mostrar-lhe o quanto deveria ser minha, mas não podia fazer nada daquilo. *Ainda não.* Pensei.

Algo muito cruel havia quebrado aquela mulher, e mesmo eu nunca tendo sido bom em consertar as coisas, ali eu soube que tentaria; soube que faria tudo por isso. Ali, naquele momento, naquele apartamento que um dia foi meu, prometi a mim mesmo que descobriria o que de fato fechou Milena Andrade para o mundo; e não importa o que tivesse sido, uma porta ou uma janela, eu a abriria e a traria de volta.

VINTE

Milena

Cheguei antes das nove da manhã ao escritório na segunda-feira, e logo meu celular tocou. Franzi o cenho ao ver o nome de minha mãe na tela. O que teria acontecido para ligar tão cedo?

— Mãe? — atendi preocupada.

— Filha!

— Tudo bem? Aconteceu alguma coisa?

— Como foi o domingo com o Rafael? Quis ligar ontem, mas pensei que você pudesse estar bastante ocupada. Ah, filha, ele é tão encantador! Bonitão, hein! Lembrou seu pai quando eu o conheci.

Eu não estava ouvindo aquilo. Eu preocupada e ela falando sobre Rafael?

— Mãe, você bebeu?

— Você deveria ter nos contado. Seu pai levou um baita susto quando soubemos que era seu namorado! — continuou sem me dar brecha. — Confesso que eu também, mas quando o vi... Oh! Ele é tão educado, simpático, um perfeito cavalheiro!

Chega!

— Mãe, escute...

— Queremos fazer um jantar aqui em casa para conhecê-lo melhor.

Jesus, Maria e José!

— Por favor, me escute! — Finalmente parou de falar. — Não haverá jantar nenhum!

— Por que não? — Fechei os olhos por instantes. — Nós nem sabíamos que você estava namorando! Estamos muito felizes, filha, você estava sozinha há tanto tempo! Doía ver seu luto todos os dias, a cada dia. Você é jovem, bonita, inteligente, e *merece* um amor digno!

Senti um aperto no peito ao ver o quanto mamãe sofreu com toda aquela história, por outro lado, naquele momento, quis matar aqueles loucos. Que encrenca haviam me metido!

Quis revelar toda farsa, mas como poderia? Como lhe dizer que Rafael não era nada, além do proprietário do apartamento que eu havia acabado de alugar?

— Venha com ele à nossa casa! Que tal no próximo fim de semana?

— Não! — respondi mais agitada do que pretendia e, pigarreando, tentei consertar: — Quer dizer, não sei, Rafael está trabalhando num caso complicado de um cliente fora do Rio, e tem viajado com frequência alguns fins de semana — menti.

— Ah... veja com ele e me fale. Nós ficaremos muito felizes em recebê-lo aqui em casa.

Ainda que tenha feito menção ao papai, eu sabia que ele não tinha qualquer conhecimento sobre este jantar, embora eu soubesse que receberia *meu namorado* cordialmente. Por outro lado, ver a animação de mamãe com toda essa história fez meu coração se aquecer.

Apertando com o indicador e o polegar a área entre as sobrancelhas, informei que falaria com Rafael, e ela pareceu ganhar o dia. Conversamos mais um pouco até eu ouvir o barulho da porta do escritório. Era Edu.

— Preciso ir.

Ela assentiu e após nos despedirmos carinhosamente, desliguei.

— Vou matar vocês dois! — Apontei o indicador em riste para seu "balde" de café. Ele deu um pulo.

— Ai, credo! Sua maluca! Bom dia pra você também!

— Vocês dois me meteram numa encrenca sem tamanho! — Piscou confuso. — Aquela porcaria de história de namorado!

— Ah, para! Nós lhe fizemos um grande favor! Não entendo por que está dispensando! Eu hein! Bem que eu gostaria de estar no seu lugar, linda, loira e bela! O problema é que Rafael é muito macho, alfa e totalmente dominante! Será que ele tem um amigo que possa gostar de mim? Estou tão carente e...

— Estou falando sério!

— E quem disse que eu não, gata? Aliás, se você não quiser, Alê também se candidatou! — Revirei os olhos no momento em que ela entrou nos dando bom-dia.

— Graças a Deus você chegou! Estou me sentindo ameaçada! Nem com Laira Boquete corri tanto perigo! Nossa amiga aqui está dando chilique por causa do pau-verão e o arco do pecado! Hum... isso parece nome de livro erótico: O pau-verão e o arco do pecado — disse afetado e Alê gargalhou.

— Vocês não batem bem!

— Tanto tempo de convivência conosco e só agora que percebeu?

Após largar a bolsa de qualquer jeito em sua mesa e perguntar por seu chefe, que ainda não havia chegado, Alessandra deu um selinho em nosso amigo e um abraço apertado em mim, antes de puxar a cadeira e sentar-se ao meu lado.

— Desembucha! Conta tudo, desde o momento em que saímos da sua casa.

Olhei-a incrédula e Edu bateu palmas.

— Atenção! Atenção! Segundo capítulo de "O pau-verão e o arco do pecado"!

— Eu estou perdida com vocês!

VINTE E UM

Milena

Após me desvencilhar das perguntas embaraçosas daqueles dois e ser "salva" pela chegada do doutor César, consegui, finalmente, começar a trabalhar. Sentia-me agitada e não havia qualquer relação com o tal jantar na casa de meus pais, mas com a Audiência de Instrução do caso "João Thomaz", marcada àquela tarde.

O relógio marcou quatorze horas quando entrei no Tribunal de Justiça do Rio de Janeiro. Posicionei a bolsa e a pasta da *Louis Vuitton* na esteira para detector de metais, e segui em frente.

Eu vestia um *tailleur* claro, meias e saltos; meu cabelo estava preso num coque, com poucos fios caídos no rosto. Em minhas orelhas, brincos de pérolas, e em meu pescoço, um discreto colar. Eu não sorria, estava séria e compenetrada.

Ali estava Milena Andrade, a advogada respeitada e temida por muitos, prestes a encontrar, após tanto tempo, o homem que arruinou sua vida.

Fiz uma longa caminhada até a sala onde se realizaria a Audiência de Instrução. O Fórum estava lotado, como sempre. Vi rostos conhecidos que me cumprimentaram, alguns de forma calorosa, outros receosos. Virei à direita, subi a rampa de acesso à Lâmina II e segui à sala de audiência. Foi então que o vi.

Leandro estava de costas, e mesmo depois de tanto tempo fui capaz de reconhecê-lo. Seu cabelo escuro e batido na nuca estava arrumadinho, os mesmos ombros largos, visíveis ainda que em seu terno cinza. Ele virou-se em minha direção e seus olhos castanhos me encararam friamente. Era um homem bonito, mas que não me atraiu em nada naquele momento.

— Ora, ora, vejam quem está aqui, a doutora Milena Andrade! Quem diria que depois de tanto tempo nos encontraríamos nestas circunstâncias?

Impressão ou estava falando com *minha* cliente? Caminhei a passos largos passando direto por ele, em direção à dona Paula que parecia ligeiramente assustada, mas garantiu que estava tudo bem.

— Você era mais educada. É sério que não vai falar comigo? Teremos tanto para conversar no Tribunal!

Ouvi sua voz medonha e o fuzilei com o olhar. Meu tom, porém, saiu doce e sereno.

— Como vai, doutor Leandro?

Ele piscou ante a mão estendida, e com um sorrisinho falso, estendeu a sua para me cumprimentar. Seu sorriso, entretanto, desapareceu diante do aperto forte que dei.

— Ai! Você quase esmagou minha mão! — protestou quando a soltei.

— É o que farei com você diante dos Tribunais, doutorzinho de merda!

Sem esperar por sua resposta, voltei à minha cliente. Leandro, porém, puxou meu braço, mantendo-me rente a ele.

— Depois de tanto tempo, ainda ressentida? Desculpe te trocar por sua prima, mas você é... como direi? Frígida!

A palavra girou em minha cabeça e subitamente, Rafael invadiu meus pensamentos. Ele e tudo que fizemos, nosso sexo selvagem na cozinha, no chuveiro, no sofá...

Sem me dar conta, mordi o lábio. Embora Leandro desandasse a falar, eu não ouvia nada do que dizia. Somente Rafael dominava minha mente.

— E eu aguentei essa merda por muito tempo!

A voz repugnante me trouxe de volta à realidade.

— Eu sou frígida ou você que não sabe comer uma mulher direito? Vocês se merecem! Me fizeram um favor, na verdade. Demorou, mas finalmente entendi que o problema não era eu, e sim você. *Você* é um merda! Pau pequeno do caralho!

Ele abriu a boca, chocado, e continuei colocando toda a merda para fora.

— Só uma mulher como Vívian para se contentar com tão pouco. Você é tão ruim que nem sabe quando uma mulher finge orgasmo, porque você é incapaz de dar um. Seu merda! Vão se foder vocês dois! — Leandro piscou várias vezes, pasmo. — Eu vou te esmagar como se faz com uma mosca, nesta porcaria de Tribunal. Não tenho medo de você, advogadozinho de merda, mas você deveria ter medo de mim! E, antes que eu me esqueça, pare de ameaçar a minha cliente!

Afastei-me de sua expressão patética, em direção à dona Paula, que nos olhava pálida.

— Como tem passado, querida? — perguntei com um sorriso terno, me sentando ao seu lado.

Sentia-me leve. Dizer aquelas coisas àquele imbecil me fez muito bem. Minha cliente, porém, olhava assustada para o idiota que nos encarava.

— Não se preocupe, este senhor não causará mais problema, mas quero que me avise se algo ou *alguém* a incomodar. — Fuzilei-o com o olhar e o idiota bufou, ajeitando o paletó, antes de se afastar de nós.

Logo a vizinha de minha cliente e testemunha do crime chegou. A troca do abraço afetuoso aqueceu meu coração, me fazendo ver o quanto era especial. A amizade era de longa data. Dona Geane era a única a saber que dona Paula pretendia se divorciar de Guilherme.

— Obrigada por estar aqui — Paula agradeceu, emocionada.

— Eu não poderia jamais estar em outro lugar, minha amiga — respondeu com carinho antes de se dirigir a mim. — Doutora, é hoje que esse homem será condenado?

Informei que aquela seria a primeira audiência e que havia uma longa estrada a percorrer. Contudo, estava fazendo de tudo para que a justiça fosse feita.

— Confio demais na senhora, doutora, mas sinto medo — minha cliente confessou. — Pelo doutorzinho, pelo processo, por tudo! Esta será a primeira vez que verei aquele monstro depois de...

Sua voz ficou embargada e seus lábios tremeram. Senti um aperto no peito e toquei suas mãos, envolvendo-as nas minhas.

— Estou aqui com você.

— Audiência de Instrução: Senhora Paula Nogueira versus Senhor Guilherme Thomaz.

O pregoeiro anunciou e instruí dona Geane a esperar ali. Toquei levemente as costas de minha cliente para conduzi-la à sala, quando seu corpo estacou. Olhei à frente, deparando-me com seu ex-marido. Seu olhar frio e sombrio me encarou e ele franziu o cenho, formando um vinco profundo em sua testa. Cochichou algo no ouvido de seu advogadozinho de merda, que me fuzilou com o olhar.

— Fique firme — sussurrei no ouvido de dona Paula e ela inspirou profundamente, antes de entrarmos na sala.

— Vossa Excelência — cumprimentei a juíza responsável pelo caso.

Doutora Andreza Villas Boas, mulher forte e decidida, que não media esforços para que a justiça fosse feita. *Excelente!* Pensei. O idiota também a cumprimentou e ela ordenou que nos acomodássemos.

Havia uma grande mesa retangular à frente da magistrada. Eu e minha cliente nos acomodamos de um lado, o filho da puta com o psicopata do outro, de forma que a juíza ficou no centro.

Mais uma vez, Leandro me fuzilou com o olhar e retribuí. Ele queria guerra e eu ansiava por justiça. Entretanto, não me oporia a realizar sua vontade: se ele queria guerra, ela seria feita.

VINTE E DOIS

Milena

Movimentei o pescoço de um lado para o outro, antes de encarar as figuras à frente. O filho da puta e o psicopata cochichavam entre si e eu estava pouco me fodendo para eles. Eu esmagaria um após o outro, sem dó nem piedade.

Dirigi um olhar encorajador à minha cliente, meneando a cabeça na tentativa de lhe passar confiança e tranquilidade. A juíza procedeu com a leitura do processo e dona Paula fechou os olhos. Sutilmente, toquei sua mão.

— Visto os autos da acusação, como se declara o réu?

A doutora Andreza, em sua imponente posição, indagou e o acusado, que durante toda a leitura se manteve de cabeça baixa, ergueu o olhar sombrio em nossa direção, antes de dirigir à magistrada.

— Sou inocente.

Meus olhos estavam cravados nos dele e minha vontade era de esganar seu pescoço até que o sangue parasse de circular em seu cérebro. Eu sabia que era culpado, tinha conhecimento de toda crueldade do caso. Durante semanas sonhei com a confissão que ouvi quando o visitei na prisão como sua suposta "futura advogada".

Seria justo se eu pudesse acabar com aquele show grotesco em questão de segundos e mandar aquele assassino e o idiota de seu advogado de merda para o quinto dos infernos. Era só mostrar a gravação de quase meia hora de sua confissão, que incluía todo o requinte de crueldade.

Lamentavelmente não seria possível, não neste tipo de justiça. Minha prova era ilícita e, embora fosse verdadeira, não surtiria nenhum efeito jurídico no caso.

Inspirei profundamente, me preparando para o próximo passo, que seria a audição de minha cliente. Olhei-a por instantes, encorajando-a a começar seu depoimento. Ela falou um pouco sobre o filho e sua infância confusa, ele que fora uma criança agitada, "cheia de energia", conforme se referiu. O fato é que seu filho era uma criança hiperativa.

Os problemas com o marido começaram na gravidez, indesejada por parte de Guilherme. Ela não abortou, conforme fora coagida por ele inúmeras vezes, e seu período de gestação foi muito conturbado. Dona Paula teve depressão pós-parto e o casamento desandou de vez, mas como dependia financeiramente do marido, optou por sofrer calada.

— Ele nunca aceitou João, nunca o tratou como filho. Quando completou cinco anos, decidi me separar, mas Guilherme nunca quis.

Ela o encarou com fúria e ele lhe devolveu um olhar impassível. Dona Paula fechou os olhos por instantes, antes de continuar.

— Naquele dia horrível tivemos uma briga grande, e isso deixou João muito agitado. Eu estava realmente decidida a ir embora, então comecei a fazer as malas. Abri o armário e peguei a primeira roupa que vi, ele ficou possesso e me jogou contra a cama.

Ela passou as mãos trêmulas pelo cabelo, olhando na direção da juíza. A voz por um fio.

— Pela primeira vez ele me bateu. Segurei o vestido com força, enquanto me surrava. Eu precisava segurar alguma coisa, parecia que eu ia morrer! Ouvi os gritos do meu filho e fui invadida por uma força que não sabia que eu tinha. Eu não poderia jamais permitir que João passasse por uma situação daquelas.

— Quando finalmente consegui me desvencilhar, peguei meu filho no colo e saí correndo, mas Guilherme veio atrás de mim novamente. Eu não sei como, mas ele tirou meu filho de mim! Foi uma guerra, e como não consegui pegá-lo de volta, decidi pedir ajuda.

Ela fechou os olhos com força e um soluço sofrido lhe escapou. Quase não consegui controlar o meu. Sua confissão a seguir foi chocante, e um bolo se formou em minha garganta ao me lembrar da confissão do psicopata assassino.

Dona Paula gritou por socorro, mas como não foi ouvida, correu à casa da amiga Geane, que largou tudo para atendê-la. Contudo, era tarde demais.

Quando chegaram, encontraram o corpo sem vida estirado no chão. João apanhou muito mais que sua mãe. O vestido, que antes estivera esquecido em algum canto, foi enrolado em seu pescoço pelas mãos de seu assassino.

Um silêncio sepulcral se instalou na sala, antes que a voz medonha de Leandro fosse ouvida:

— Vejo que a colega instruiu muito bem sua cliente ou sua cliente é uma incrível contadora de histórias. — Fuzilei-o com o olhar e ele continuou, dirigindo-se à juíza: — Vossa Excelência, peço clemência, mas preciso me opor a este terrível absurdo!

— Doutor Leandro, eu ainda não dei permissão para qualquer pessoa se pronunciar.

— Eu sou inocente, nada disso faz sentido!

— Você matou meu filho!

— Dona Paula... — Toquei seu ombro, balançando a cabeça, no momento em que a juíza pediu ordem.

— Doutores, controlem seus clientes! — Dirigindo o olhar feroz a Leandro, continuou: — E seus *ânimos*. Exijo ordem no meu Tribunal!

Os olhos de Leandro faiscaram em minha direção antes de se voltarem à magistrada.

— Vossa Excelência, peço clemência mais uma vez, mas a injustiça me desconcerta totalmente.

Que filho da puta!

— Vossa Excelência, me desculpe — Dona Paula pediu.

A doutora Andreza meneou a cabeça, e como não havia nada mais a ser dito ou questionado, solicitou que a primeira testemunha de acusação entrasse. Após a qualificação e a prestação de seu juramento, dona Geane começou o depoimento.

Ela narrou a complicada relação entre dona Paula e o marido, na época da gravidez quando a amiga passava mal após severas discussões, e das vezes em que a levou às pressas às emergências médicas. Relatou também o dia em que Paula lhe contou sobre a decisão de se divorciar.

— No dia em que contou para este... — Geane olhou Guilherme por instantes, antes de continuar —, este senhor, parecia que a terceira guerra mundial iria acontecer.

O psicopata não moveu um músculo sequer, mas seu olhar frio a encarou com tanto ódio, como jamais vi em toda vida.

— Naquele fatídico dia, Paula chegou aos prantos à minha casa. Sua roupa estava rasgada e seu corpo com marcas de violência. Assustada, larguei tudo para socorrê-la. — Balançou a cabeça antes de continuar: — Quando chegamos lá, encontramos João no chão. Não havia nenhum sinal do crápula assassino.

— Objeção, Vossa Excelência! *Ninguém será considerado culpado até o trânsito em julgado de sentença penal condenatória.* Meu cliente está sendo insultado e injustamente acusado por esta senhora neste respeitoso Tribunal!

— Objeção aceita, doutor, embora desnecessário citar o artigo quinto da Constituição Federal. Conheço-o tão bem quanto o senhor. — Dirigindo-se a mim, ordenou: — Doutora, peço que instrua melhor a testemunha, o acusado ainda é réu neste processo.

— Vossa Excelência, por favor, queira me desculpar.

Dona Geane me olhou assustada e lhe devolvi um sorriso reconfortante, encorajando-a a continuar. Eu também tinha ciência da culpa daquele homem, mas, de acordo com a lei, ele ainda era réu. Cabia a mim, fazer de tudo para que a verdade fosse revelada.

— Corremos para socorrê-lo e assim que nos aproximamos, vi que estava morto. — Engoliu em seco e sua voz ficou embargada. — Enquanto eu ligava para a ambulância, minha amiga abraçou o filho, tentando trazê-lo de volta.

— Foi quando notei que havia sangue espalhado pelo quarto, as marcas de violência no pequeno João, e o pano enrolado em seu pescoço. Imediatamente tentei afastar Paula dali, mas ela estava tomada pelo desespero por ver o filho morto.

Dona Geane calou-se e pegou o copo d'água com as mãos trêmulas.

— Os advogados gostariam de fazer alguma pergunta à testemunha?

— Por favor, Vossa Excelência.

Leandro prontamente se levantou, abotoando o paletó, e se dirigiu à dona Geane, embora tal procedimento não fosse necessário. Estávamos na sala de audiência e não no Tribunal propriamente dito! Mas, eu o conhecia muito bem para saber que sua intenção era intimidar minha cliente.

— Isso é realmente necessário? — indaguei apontando em sua direção.

— Não, doutora, mas estou no meu direito. — *Merda!* — Vossa Excelência? — solicitou aprovação e a magistrada meneou a cabeça, autorizando-o a continuar. O canalha dirigiu o olhar cínico em minha direção com uma piscadinha, fazendo meu sangue ferver.

— A senhora injustamente, e perante este tribunal, após prestar juramento, acusou meu cliente chamando-o de *crápula assassino*. Contudo, disse que não havia nenhum sinal dele quando chegaram à casa de dona Paula, cliente da *ilustríssima doutora Milena Andrade.* — Olhou-a fixamente. — Como a senhora pode afirmar, lembrando, mais uma vez, que prestou juramento, que meu cliente é o assassino, se ele não estava na cena do crime? Como pode afirmar, prezada senhora, se não havia qualquer impressão digital do meu cliente na roupa enrolada no pescoço da vítima, além das impressões da *sua amiga*?

Seu rosto estava rente ao dela e me senti na obrigação de interferir.

— Objeção! Isso é coação! Afaste-se da testemunha!

— Eu só fiz uma pergunta, *doutora* — respondeu cínico.

— O senhor a está coagindo!

— Ainda aguardo sua resposta, dona Geane. Difícil, não é? Entendo. Nada a declarar, Vossa Excelência.

— Ele estava na casa, apareceu logo depois.

— Depois? E quem lhe contou que ele estava lá na hora do crime? Sua amiga? O seu depoimento se baseia no que lhe contaram, não no que a senhora presenciou?

— Objeção! — bradei mais uma vez.

— Eu o vi. Ninguém me contou! Ele acusou a Paula de ter matado o próprio filho!

— Oh... assim como sua amiga o fez dizendo que foi *meu* cliente que o matou?

— Doutor Leandro! — A juíza o repreendeu, mas ele a ignorou solenemente, partindo pra cima da testemunha mais uma vez.

— Dona Geane, a senhora está acusando um inocente perante este tribunal!

— Doutor! — A magistrada repreendeu mais uma vez.

— Vejo que está sendo muito bem instruída — concluiu, me fuzilando com o olhar, antes de retornar ao seu lugar.

Meu sangue ferveu. Eu estava possessa! O filho da puta conseguiu desestabilizar minha testemunha! Dona Geane tremia da cabeça aos pés. A juíza dispensou-a, anunciando o recesso da audiência por quinze minutos.

— Doutores, na minha sala.

Merda!

Todos se retiraram e acompanhei dona Geane ao lado de fora.

— Doutora, me perdoe, eu não queria... Deus! Prejudiquei o processo?

Devido ao seu nervosismo, dona Paula quis saber o que aconteceu e procurei tranquilizá-las da melhor forma que pude.

— O que vocês precisam saber é que estamos lidando com pessoas que não jogam limpo, mas lhes garanto que não serão páreo para nós.

Eu e Leandro fomos conduzidos a uma espécie de antessala, acoplada à sala principal, onde eram realizadas as audiências.

— Sentem-se. — A doutora Andreza indicou as cadeiras à frente. Mal nos acomodamos, rosnou: — Onde pensam que estão?

Sua pergunta nos deixou confusos, e ela continuou dura:

— Senhores, não quero saber se há uma guerra acontecendo entre vocês lá fora, mas devo informar que aqui dentro NÃO! Não façam do *meu* Tribunal palco para a bizarrice, seja ela qual for, que estiver acontecendo. Se vocês são palhaços, informo que aqui não é nenhum circo! Se não forem capazes de lidarem com isso, sejam profissionais e passem o caso para outro colega. Fui clara?

Assentimos em uníssono e um silêncio desconfortável se instalou. Ela recostou-se em sua grande cadeira de couro, com o olhar severo cravado em nós.

— A audiência será retomada em dez minutos.

O procedimento durou o restante da tarde e cheguei destroçada à minha casa. Leandro jogou pesado, apesar de ser um péssimo advogado. Não seria difícil destruí-lo, estava claro que estava totalmente perdido no caso. A impressão era de que não tentava defender seu cliente, mas destruir a mim e a minha carreira. Embora morresse tentando, isso poderia ser um problema.

Apesar do calor, tomei um banho quente que durou mais de uma hora. Deixei a água escorrer por meu corpo tenso: ombros, nuca e costas, na tentativa de relaxar os músculos.

Estava sem fome e tomei apenas um copo de leite. Meu estômago estava embrulhado devido às imagens da confissão do assassinato que voltaram a me assombrar. Decerto seria mais uma noite daquelas: longa, desesperadora e repleta de pesadelos.

Deitei na cama, mas não consegui dormir. Subitamente, as imagens ruins foram substituídas por outras deliciosas, e Rafael com seu brilho intenso ofuscou tudo de ruim que tentava me aterrorizar naquele instante.

Fechei os olhos e permiti que aqueles pensamentos me levassem para onde quisessem. Eu só queria ir para bem longe dali. *Seria bom tê-lo aqui.* Pensei.

Precisava tirá-lo da cabeça, mas, naquele momento, ele era um oásis em todo o deserto sombrio que habitava em mim.

— Pode ficar por aqui agora, doutor Queiroz. Por favor, fique comigo, Rafael.

VINTE E TRÊS

Rafael

As semanas passaram sem que houvesse qualquer notícia de Milena. Nenhum telefonema, mensagem... nada! E ela não saía da porra da minha cabeça! Ocupava meus pensamentos de forma cíclica e isso era extremamente irritante! Parecia que eu tinha sido infectado por um vírus maldito!

Quis lhe dar um pouco de espaço, por outro lado, queria estar ao seu lado, mas não sabia *como* fazer isso sem sufocá-la. Ela era tão misteriosa! Pronto! Lá estava eu de novo pensando na maldita! Era melhor voltar ao trabalho se quisesse ter um pouco de paz.

A quantidade de serviço era tanta que eu só podia fazer uma coisa, ou melhor, duas: agradecer e cair dentro! Afinal, como diz o doutor Bruno Queiroz: *"Escolha um trabalho de que gostes, e não terás que trabalhar nem um dia na tua vida"*.

Você poderia dizer que esta máxima é de Confúcio, mas lhe digo que estás confusa, com o perdão do trocadilho. Tenho certeza de que foi meu sábio pai que falou isso.

A batida na porta me tirou de meus devaneios e Cris entrou.

— Doutor Rafael, você não me entregou o contrato do apartamento do Flamengo.

Olha a doutora maldita de novo!

Eu havia escondido o contrato de Cris inúmeras vezes durante as muitas em que perguntou sobre ele.

— Me esqueci. — Dei de ombros.

Ela caminhou em minha direção e estendeu a mão com um sorrisinho irônico, desses em que a pessoa te fuzila com o olhar e diz: *Me dá essa merda agora!*

Não tinha jeito! Tinha inventado desculpas demais, não me restava alternativa sc não entregar aquela porcaria de uma vez. Abri a gaveta e lhe entreguei o envelope, sentindo um arrepio ao ler "Milena Andrade" escrito nele. Cris leu o contrato com determinação, franzindo o cenho, instantes depois.

Fo-deu!

— Este documento foi adulterado!

Puta merda, minhas bolas! Pigarreei, escorregando pela cadeira.

— Eu não diria adulterado, mas mudei algumas coisas.

Apesar de ser minha subordinada, Cris era uma das maiores profissionais do universo! Ninguém poderia ousar mexer em seu trabalho e, caso o fizesse, certamente teria suas bolas esmagadas. Ainda que fosse eu.

— Algumas coisas? — questionou e tive a ligeira impressão de que apertou o papel.

Minhas bolas...

— A inquilina é amiga de longa data, este contrato é pró-forma.

— Amiga de longa data, de cujo nome você não se lembrou quando me deu as chaves para serem entregues ao Ed? — *Merda!* — Entendo... ainda que seja *pró-forma,* acredito que seja viável arquivarmos o contrato. O que acha, doutor?

Assenti e ela mudou de assunto com o maior profissionalismo. Entretanto, conheço minha secretária para saber que estava apenas retirando seu time de campo. *Momentaneamente.*

Cris é estrategista, discípula de Sun Tsu, e fatalmente voltaria a "me atacar". De qualquer forma, minhas bolas foram salvas, pelo menos, naquele momento.

— Sobre as bodas de ouro dos seus pais, conversei com o doutor Bruno e estou em contato com três empresas, as *tops* do Rio de Janeiro. Estou fazendo cotações, estudos e testes para escolhermos a melhor. — Sorri satisfeito. — Comentei com seu pai que uma festa no salão nobre do Copacabana Palace surpreenderia sua mãe. O que acha?

Meu queixo caiu.

— Você só pode estar brincando! É sério?

Cris arqueou a sobrancelha.

— Eu falhei alguma vez?

Abri um largo sorriso. Cris era foda! Não é à toa que esteve comigo desde sempre. Minha mãe ia surtar!

Passavam das duas da tarde e eu precisava almoçar. Peguei o paletó e caminhei até a porta.

— Só para lembrá-lo, doutor, está quarenta graus lá fora.

— Talvez eu devesse ter sido surfista. — Brinquei, dando uma piscadinha, rumo ao elevador.

As obras na Avenida Rio Branco devido às Olimpíadas transformaram o Centro do Rio em um verdadeiro caos, mais do que já era. E Cris estava certa, a sensação térmica era de quarenta graus.

— Rio quarenta graus, cidade maravilha, purgatório da beleza e do caos.

Cantarolei a canção de Fernanda Abreu sobre a Cidade Maravilhosa, enquanto andava pela rua. Foi inevitável! Andei alguns quarteirões até o número 36 da Rua da Assembleia e entrei no restaurante Delírio Tropical. Estava mesmo a fim de comer algo leve e um salmão cairia muito bem. Fiz o pedido e fui à caça de um lugar para sentar.

Olhei à frente, para as paredes coloridas enfeitadas com quadros de frutas, saladas e vegetações; as várias mesas distribuídas pelo grande salão, os funcionários circulando de um lado para o outro em seus uniformes verdes, carregando bandejas para todos os lados.

Mesmo naquele horário era difícil encontrar mesa. Estava ficando desanimado, quando de repente... *Deus me ama!* Foi o primeiro pensamento que tive ao ver Alessandra naquele lugar. Caminhei até ela, que abriu um largo sorriso assim que me viu.

— Rafael!

Precisamos conversar. Pensei enlouquecido. Quem sabe ela não me daria pistas sobre o grande enigma chamado Milena Andrade? Cumprimentou-me com dois beijos no rosto. Além de ser uma mulher bonita, era extremamente simpática.

— Você também é desses que faz do almoço praticamente um jantar?

— Nem vi o dia passar e acabei perdendo o horário — respondi olhando ao redor. — Apesar de tudo, está difícil encontrar lugar. Aqui é sempre cheio.

Ela assentiu e quando fez menção em dizer alguma coisa, uma voz grave atrás de mim a cortou secamente. E eu conhecia aquela voz... Virei a cabeça, surpreso.

— César?

— Rafael??? O que faz aqui?

— O mesmo que você! Vim almoçar.

Ele alternou o olhar entre mim e Alessandra.

— Sente-se conosco, Rafael! O restaurante está cheio e será difícil encontrar mesa — disse determinada, oferecendo a cadeira ao lado do meu amigo, sentando-se à sua frente.

De onde eles se conhecem? Era a pergunta que girava em minha cabeça.

— Aquele dia foi divertido — comentou e não pude deixar de concordar com ela.

— De onde vocês se conhecem? — César quis saber.

— Milena nos apresentou — Alessandra limitou-se a dizer e aproveitei a deixa.

— E de onde vocês se conhecem? — perguntei a ele.

— Ela é minha secretária.

Pisquei.

— Não sabia que Laira não estava mais com você — respondi me referindo à ex-secretária de longa data.

— E de onde *vocês* se conhecem?

— Estudamos juntos na faculdade.

— Isso quando você estudava, não é, Rafael? Ele vivia nas festas, acho que pegou todas as mulheres do *campus*.

Que merda era aquela?

— Você sempre foi galinhão! — concluiu zombeteiro, mas não parecia estar brincando, parecia estar em guerra!

— Nem todas as mulheres, a sua esposa eu não peguei — respondi com um sorriso sarcástico e ele franziu o cenho. Dei um tapinha em suas costas. — Somos velhos amigos.

— Que coincidência.

— Por que coincidência? — César a questionou, ao mesmo tempo em que perguntei como havia conhecido Milena e Eduardo. Alessandra ignorou o chefe solenemente, respondendo a mim:

— Trabalhamos na Monteiros: eu como secretária dele, como você já sabe, Edu como um dos assistentes do escritório, e a Mila como advogada da empresa.

Meu queixo caiu. Quer dizer que o maior enigma da minha vida trabalhava no escritório do meu amigo? Puta merda! Remexi-me na cadeira, estava tenso.

— Faz um bom tempo que não frequentamos os escritórios do outro, hein! Desde quando? A inauguração? — perguntei divertido, mas César não respondeu. Ainda me olhava sério.

Alessandra bebeu um gole do suco, antes de continuar:

— Aquela noite foi muito divertida, podemos repetir a dose. — César engasgou. — Doutor, o senhor está bem?

Ofereceu-lhe um guardanapo, e sua atitude fez com que me lembrasse de minha própria secretária. Se Alessandra fosse tão boa no que faz quanto Cris, meu amigo estaria feito. Não me lembrava exatamente de Laira, por outro lado, também não me lembro de nenhuma reclamação, ela, que foi sua secretária durante tanto tempo. Será que havia se aposentado?

— Estou ótimo.

Seu tom seco e rude me trouxe de volta à situação. Por que estava daquele jeito? César andava muito ranzinza ultimamente.

— O salmão daqui é delicioso, assim como esse filé.

Alessandra comentou, tecendo elogios ao cardápio tão bem elaborado do Delírio, e engatamos um papo sobre suas iguarias e combinações perfeitas.

— Gosto de vir aqui com a Mila.

Opa! Ela listou os vários restaurantes de que gostavam de almoçar, e não pude deixar de agradecê-la mentalmente, perguntando se Edu também participava dos almoços.

— Quando conseguimos encaixar nossos horários, sim, geralmente sextas-feiras.

Fiz uma anotação mental para avisar à Cris para deixar meus almoços das sextas, livres. Alessandra sugeriu marcarmos nós quatro na semana seguinte e assenti animado, pensando que se um dia eu me casasse com Milena, ela seria a madrinha.

Que pensamento besta foi esse? Pigarreei.

— César está tão calado! — Tentei puxar assunto.

— Só estou deixando vocês conversarem à vontade — respondeu ríspido.

Que merda ele tinha, afinal? Tive vontade de perguntar se Stella não estava dando conta, mas optei por ficar quieto. Não estávamos sozinhos, aquilo não era um almoço entre homens. Ele se levantou, dizendo que ia embora.

— Você nem terminou seu prato, cara!

— Perdi a fome! Além disso, preciso trabalhar. — Alessandra pegou a bolsa, ele, contudo, interveio. — Pode ficar com seu *amigo*, você ainda tem hora de almoço pra tirar.

Sem se despedir, César saiu do restaurante tão rápido como a passagem de um cometa. Ele realmente estava muito estranho, e desconfiei do que pudesse ser: Stella! Só podia ser ela! Alessandra pareceu desconfortável de repente, e tentei quebrar o gelo.

— Não me diga que como chefe, meu amigo é um carrasco?

— Cé, o doutor César — corrigiu —, está preocupado com um caso importante. Ele não é carrasco, é boa pessoa e um bom chefe também. — Remexeu a comida com o garfo, parecendo um tanto melancólica.

Eu sabia disso, como também sabia que um caso importante não o deixaria tão sisudo assim. Seu verdadeiro problema era coisa antiga: alta, morena, um belo corpo e um rosto perfeito, mas com uma cabeça tão fútil que era impossível não se sentir irritado. Atendia pelo nome de Stella, e não era nada fácil de lidar.

— Você tem falado com a Milena? — A voz curiosa interrompeu meus pensamentos.

— Bem que eu gostaria.

— E por que não fala?

O que eu poderia dizer? Milena me dispensou nas duas vezes em que tentei ficar com ela. Era notório que não queria falar comigo.

— Você pareceu ser o tipo de homem que faz as coisas acontecerem.

— E sou! Mas, é preciso o mínimo interesse da outra parte também. Não sou o tipo de cara que gosta de forçar. Se ela não quer, o que posso fazer? — indaguei amargurado.

— E você quer?

Engoli em seco. O que eu queria exatamente? Será que estava preparado para assumir um relacionamento? Seria *isso* que eu queria?

— Por que disseram que somos namorados?

— Por favor, não responda a minha pergunta com outra.

Olhei-a por instantes, antes de dizer com sinceridade. Sem máscaras ou jogos, apenas a verdade.

— Não sei se quero exatamente um namoro, não sei se estou preparado para este tipo de coisa. Nos conhecemos há pouco tempo, quer dizer... — Procurei pelas palavras, eu estava nervoso. — Penso nela, quero ficar com ela, chego a sentir falta dela! Isso faz algum sentido pra você? Não pra mim!

Alessandra mantinha seus olhos brilhantes atentos a cada palavra.

— De qualquer forma, não acredito que Milena queira qualquer tipo de relacionamento comigo — constatei decepcionado.

Calmamente, pegou a faca e começou a cortar o filé em seu prato.

— Você sabia que esta é a direção correta para o corte da carne? — Franzi o cenho, tentando entender a mudança brusca do assunto.

Ela espetou o garfo no bife, levantando-o e deixando o pedaço suculento em meu campo de visão.

— Sabe por quê? A carne fica macia e mais saborosa. Você sabia disso? — Aquiesci, sem saber exatamente aonde queria chegar.

Ela saboreou a carne antes de pegar a faca mais uma vez.

— Entendo de cortes de carne.

— Percebi — respondi divertido, mas ela não sorriu.

— Esta faca é muito afiada, mas não tanto como as que tenho em minha casa. Não sei se suas bolas são tão saborosas como este filé, mas juro que sou capaz de cortá-las em pedacinhos e comê-las no almoço, como estou fazendo agora. — Abri a boca, chocado, e Alessandra apontou a faca afiada em minha direção. — Se você sacanear minha amiga, juro que vou cortar suas bolas com todo requinte de crueldade, e estou pouco me fodendo se você é amigo do meu chefe!

Engoli em seco. Era a segunda vez que minhas bolas eram ameaçadas naquele dia. Disse que tinha muito amor a elas e seu olhar faiscou em minha direção, deixando bem claro que não estava para brincadeiras. Com muita calma, posicionei os talheres na mesa e a encarei seriamente.

— Eu não tenho a menor intenção ou vontade de sacanear sua amiga. De verdade. Não sei exatamente como, mas eu a quero. Você a conhece melhor do que eu, e se acredita que essa minha incerteza possa machucá-la de alguma forma, me avise e irei embora. Acredite, não estou lhe dizendo essas coisas porque estou preocupado com minhas bolas.

Eu estava sendo sincero. A última coisa que eu queria era ver Milena infeliz. Alessandra abriu um largo sorriso.

— A missão será complicada, doutor. Você gosta de desafios?

Arqueei a sobrancelha, recostando-me na cadeira.

— Quem não gosta?

VINTE E QUATRO

Milena

Cheguei cedo ao escritório e encontrei Alessandra compenetrada em sua mesa rodeada de papéis. Vestia um elegante *tailleur* vinho e joias em pérolas. Seu cabelo estava preso no alto da cabeça, lhe conferindo um verdadeiro ar de secretária.

Não eram nove horas e ela já trabalhava feito louca. Certamente seu fluxo de atividades havia triplicado. Perguntei por seu chefe e me informou que chegaria tarde.

— Stella teve médico e ele precisou acompanhá-la — disse um tanto enciumada.

— Ela está doente? — *Ou grávida?* Pensei, mas não perguntei.

— É só mais uma cirurgia, algum tipo de silicone. — Deu de ombros.

— Ah...

— Ela deveria enxertar massa encefálica, isso sim!

Não me contive e soltei uma gargalhada. Ela tinha razão, Stella era um poço de futilidade e não combinava em nada com o marido.

— Como você está lidando com tudo isso? — perguntei com cuidado e ela largou os papéis, me olhando seriamente.

— Exatamente do jeito que devo: César é casado, meu chefe, e não sou nada além de sua secretária.

— É impressão minha ou há enorme decepção na sua voz?

Ela fechou os olhos por instantes.

— Decepção comigo mesma porque não consigo tirá-lo da cabeça!

— E trabalhando diretamente com ele... — Deixei as palavras no ar, pensando em como deveria ser difícil.

Quis saber se sua fama de carrasco procedia e ela deu um sorriso que teve vida curta.

— César é um doce e ao mesmo tempo, sombrio. É tão misterioso que não consigo decifrá-lo, sequer entendê-lo! Ele suga minhas energias, me liga o tempo todo! Às vezes me pergunto se faz isso para encher o saco ou porque quer falar comigo, mas isso certamente é coisa da minha cabeça.

Minha amiga estava completamente perdida e me senti péssima por não saber o que lhe dizer. Eu não tinha nenhuma intimidade com César a ponto de saber algo mais, aliás, ninguém tinha! Ele sempre foi muito fechado e nunca deu qualquer brecha para quem quer que fosse. Nem mesmo Laira conseguiu, durante todos os anos em que trabalharam juntos, conhecê-lo a fundo.

Alessandra mudou de assunto, me convidando para almoçar e informei que mamãe viria ao Centro fazer exames. Mediante sua preocupação, informei que era apenas rotina, e que deveria chegar por volta de uma da tarde.

— A questão é que não sei como sair da encrenca em que me meteram!

— Do que está falando?

— Não seja cara de pau! — rebati lhe apontando o dedo. — Aquela ideia maluca de dizer que Rafael é meu namorado!

— Ei! Nós lhe fizemos um favor! Ele é um cara bacana e você está taradinha por ele.

— Eu não estou taradinha! — respondi furiosa. — Vocês me meteram numa enrascada! Agora, dona Marta quer fazer um jantar para ele e quero que me diga como vou sair dessa!

— Simples, só marcar a data.

— Estou falando sério — soei ríspida e ela me olhou por instantes, cruzando os braços à frente do corpo.

— Sério mesmo? De verdade? Você realmente não quer nada, *absolutamente nada* com ele?

Engoli em seco. Em minha mente, um turbilhão de sentimentos. Estávamos falando sobre o homem que há tempos ocupava meus pensamentos, contra minha vontade. Eu estava sozinha e muito bem! Será que estava mesmo? Então, porque este homem sedutor resolveu fazer morada dentro de mim?

— Desculpe por lhe arrumar um namorado tão bacana, é que às vezes eu surto sabe...

Revirei os olhos.

— Ele é proprietário do apartamento que estou alugando!

— Foda-se!

— Essa conversa de novo?

— Certo, vamos desfazer esta farsa toda.

— Não! — bradei e ela me olhou confusa. *Merda!* — Você sabe o quanto meus pais ficaram destruídos com a sujeira que Leandro e Vívian fizeram. Agora, com essa história do Rafael... — Balancei as mãos, procurando a melhor forma de dizer. — Embora assustados, parecem felizes com a ideia do *namorado*, e eu não quero tirar isso deles, entende?

A verdade era que eu não queria me sentir fracassada e não poderia existir nada pior do que um namorado de mentira, "arrumado" por seus amigos. Alessandra veio até mim, me abraçando tal qual uma irmã.

— Não são somente seus pais que estão felizes com isso e seria maravilhoso se você ficasse também. Rafael parece ser um cara bacana.

Fiz uma careta.

— Ele deve ser um cafajeste, do tipo sedutor, que tem toda e qualquer mulher que quiser! — respondi um tanto amargurada.

— E ele quer você!

— Não seja ridícula! Faz tempos que não nos falamos!

— Ok, e se ele for realmente um cafajeste, qual é o problema? Ele só quer te comer? Ótimo, você só quer dar! Olha que maravilha!

Precisei conter a vontade de gargalhar. Ela continuou como se contasse uma história qualquer.

— Você dá, ele te come e todos vivem felizes para sempre! *O pau-verão e o arco do pecado*, o conto de fadas moderno!

— Você *realmente* não bate bem.

— De nada, disponha sempre — respondeu sarcástica.

Abri a boca para rebater, quando Edu entrou como uma flecha, lindamente vestido numa calça jeans escura, All Star e camisa branca, bolsa de couro preta atravessada, e milagrosamente sem seu "balde" de café. Ensaiou um bom-dia contido e seguiu direto para sua mesa. Droga, havia algo errado!

— O que foi? — indagou assustado ao nos ver em frente a ele.

— Nós quem perguntamos! O que houve para você chegar com essa cara de bunda? — Alê apontou o indicador em sua direção.

Seus olhos estavam vermelhos e inchados, como se não tivesse dormido a noite toda. Será que sofria por alguém?

— Se fosse isso eu estaria bem — respondeu amargurado ao meu comentário, revelando, em seguida, que seu pai havia descoberto sobre o curso de Comissário de Bordo.

— Como?

Não me contive, e ele revelou que entrou em contato com a escola de aviação para solicitar informações sobre o curso.

— Eu fiquei tão empolgado, que contei pra mamãe. O Coronel não estava em casa, mas chegou tão sorrateiramente que a gente não percebeu. Resultado: ouviu tudo.

— Meu Deus... — sussurrei.

— Foi a maior confusão, quase sobrou pra mamãe! Ele falou um monte de merda! Disse que *ser comissário de bordo é coisa de viado!* — imitou-o amargurado. — Vê se pode? Preconceito idiota! Tive vontade de falar: *sou viado mesmo, e daí? Vai me bater? Prender? Me expulsar de casa?* Estou farto de toda essa merda!

Levou a cabeça às mãos e senti meu coração dilacerar. Imediatamente fomos para seu lado e o abraçamos, aninhando-o a nós.

— Seu Arthur é muito autoritário... — Tentei argumentar, mas não consegui. A situação era tão absurda e bizarra, que eu não soube o que dizer.

— Isso não é autoritarismo, é preconceito puro! — rebateu com raiva, e tinha razão. — O coronel é frustrado porque não segui a carreira militar. Na cabeça dele, ser militar é sinônimo de masculinidade. Se ele soubesse o que vi lá dentro...

Olhei Alessandra de esguelha, que continuou:

— Não se deixe abater por isso. Faça esse curso e mostre a ele o grande profissional que é.

— Estou de saco cheio de tudo isso! — repetiu, e mais uma vez trocamos olhares preocupados. — Vamos deixar essa merda pra lá! Nada que uma boa xícara de café não resolva! Ainda faltam quinze minutos para as nove, vamos fazer um *pit stop* na cafeteria?

Ainda que estivesse atolada de processos, não consegui deixar de pensar em Edu. Seu Arthur era um homem rude e muito autoritário, ao passo que meu amigo era um doce. Eu sabia que estava sofrendo, era seu próprio pai, e o fato de não aceitá-lo do jeito que era o fazia sofrer absurdamente.

Fernanda, a recepcionista, entrou com minha mãe a tiracolo, e Edu correu para recebê-la. Ao vê-la, me senti profundamente emocionada. Eu sabia que, embora apoiasse minha decisão de morar sozinha, seu coração estava apertado, afinal, eu ainda era "sua menininha". Corri em sua direção, lhe dando um abraço tão apertado que ela quase ficou sem ar.

— Como foi o exame?

— A máquina da mamografia não me apertou tanto quanto você, mas sobrevivi — respondeu divertida, garantindo que estava bem.

Olhou-me com alegria, tecendo elogios ao meu tubinho preto, levantando meus braços e me fazendo rodopiar na sala.

— Doutora Milena Andrade. Respeitada, temida e *desejada* por muitos!

— Edu! — repreendi e o filho da mãe caiu na gargalhada, levando mamãe junto. — Alê deixou um beijo. Ela não pode esperar porque o doutor César a requisitou às pressas.

Ela piscou confusa e bati em minha própria testa. Tanta coisa aconteceu que me esqueci completamente de lhe contar sobre as mudanças no escritório.

— Secretária do doutor César? Que notícia maravilhosa!

Mais vozes foram ouvidas e senti meu sangue se esvair quando reconheci aquela que tirava o centro do meu universo.

— Boa tarde a todos.

Olhei à frente e foi como se a Terra tivesse parado de girar. Ali estava Rafael, lindamente vestido em um terno cor de chumbo, camisa branca e gravata cinza. Perfeito e sexy. E seu perfume? Era impressionante o que o cheiro daquele homem provocava em mim.

— Que surpresa agradável, não sabia que viria almoçar conosco! — mamãe praticamente gritou de felicidade.

Almoçar conosco? Rafael me olhou inquisitivo e balancei levemente a cabeça. *Por favor, não faça isso!*

— Dona Marta, que prazer encontrá-la aqui — respondeu sedutor, beijando-lhe a mão.

Olhou-me profundamente, antes de segurar meu cotovelo e beijar o canto dos meus lábios.

Jesus, Maria e José!

— Na verdade, vim a um cliente aqui perto e aproveitei para falar com César.

Pisquei confusa. Como sabia sobre o César?

— Oh, que pena, ele não está! —Edu comentou e Rafael fez um muxoxo.

— Pelo menos, não perdi a viagem. — Olhou-me intensamente e tremi.

— Milena comentou sobre o jantar?

Puta merda!

—Não tive oportunidade, Rafael está muito ocupado por causa daquele cliente que lhe falei.

— Então você também não estará no Rio neste fim de semana?

A expressão de Rafael foi impagável e levei as mãos à testa, nervosa.

— Estará sim! Mila comentou comigo que ele estará fora só no outro final de semana. Não é, Rafael?

Que porra é essa, Edu? Olhei-o incrédula e Rafael engasgou. Cristo! Que confusão! *Juro que vou te matar!* Pensei fuzilando Edu com o olhar, mas o cara de pau deu de ombros.

Não tive escapatória, senão marcar aquela merda de jantar! A coisa estava ficando complicada, e eu não queria que minha mãe ficasse decepcionada.

— Desculpe, me esqueci de comentar. Meus pais querem fazer um jantar pra você. — Rafael deu um sorriso amarelo. — Sei que há aquele cliente de São Paulo, e como não sabia se você estaria aqui neste fim de semana...

— Meu amor — interrompeu-me, acariciando meu rosto, antes de se dirigir à minha mãe. — Estou totalmente livre neste fim de semana, e será um prazer imenso jantar com vocês.

Dona Marta abriu um largo sorriso e eu só queria um buraco onde eu pudesse enterrar a cabeça. Ela sugeriu a noite seguinte, às oito da noite, o qual Rafael concordou prontamente.

Mais uma vez, fuzilei Edu com o olhar, mas ele se dirigiu a Rafael, perguntando se havia algum recado para César.

— Ligarei para o celular dele.

Celular?

— Venha almoçar conosco! — mamãe pediu e fiquei lívida. Rafael me fitou por instantes, antes de se dirigir a ela.

— Este será um almoço entre mãe e filha, não quero incomodar. Além do mais, minha tarde está conturbada hoje. — Deu um sorriso encantador e ela se derreteu. E não foi a única.

— Nos encontraremos amanhã então. Há algo que você não coma?

Ah, por favor! Era só o que faltava! Nem com o filho da puta mamãe foi tão receptiva!

— Não se preocupe. — E me olhando profundamente, concluiu: — Sou bom comedor.

Quase engasguei.

— Maravilha! Vou surpreendê-lo, você vai ver!

Eu estava chocada!

— Mãe, o Rafael precisa trabalhar. Vamos almoçar.

Ele se despediu de Edu e nos acompanhou até a recepção, com uma conversa pra lá de animada com mamãe no elevador. Ao chegarmos ao lobby, puxou-me pela cintura e me deu um beijo de cinema.

— Até à noite, querida.

Seu tom de promessa me deixou desnorteada. Despediu-se de minha mãe beijando-lhe a mão mais uma vez, antes de marchar para longe, deixando o rastro de seu perfume no ar e minha mente em total confusão.

— Ele é tão encantador! Estou tão ansiosa! Louca pra chegar amanhã. Será um jantar e tanto!

Revirei os olhos.

— Vamos almoçar, dona Marta.

VINTE E CINCO

Rafael

Estava saindo de uma audiência, quando senti o celular vibrar no bolso do paletó. Cliquei no ícone do WhatsApp para abrir a mensagem.

Só pra você saber, dona Marta virá hoje ao escritório por volta de uma da tarde.Acho que uma visitinha ao seu amigo César (que não estará aqui) cairia muito bem.

Abri um largo sorriso. Alessandra era parceira!

Fico te devendo essa!

Recebi um *emoticon* piscando como resposta. Naquele momento, me senti totalmente eufórico, afinal veria a mulher que tanto ocupava meus pensamentos, mais uma vez.

Entretanto, assim que a deixei com sua mãe no lobby do Manhattan Tower, um grande ponto de interrogação pairou sob minha cabeça: eu teria um jantar na casa dos pais da "minha namorada" e não sabia absolutamente nada sobre ela. Era fato: precisávamos acertar alguns pontos.

Peguei o aparelho e abri o aplicativo de mensagem, mesmo sabendo que provavelmente não me responderia naquele momento.

Precisamos conversar e alinhar algumas coisas.
Passarei na sua casa às nove. Beijos.

Mal dei dois passos, para minha surpresa, o telefone vibrou.

Por favor, defina "passarei na sua casa às nove". Obrigada.

Soltei uma gargalhada. *Milena Andrade... Que mulher durona!*

Às nove para levá-la para jantar. Beijos do seu namorado.

Cliquei em enviar e aguardei ansiosamente. Embora conhecesse tão pouco aquela mulher, sabia que ela ia bufar ao ler a mensagem, e eu só queria ser uma mosquinha para vê-la ficar vermelha de raiva. Meu telefone vibrou.

Quem você pensa que é, doutor Queiroz?

Rá! Dito e feito! Digitei a resposta sem pensar duas vezes.

"Seu namorado, doutora. Te vejo às nove.
PS: Dê atenção à minha sogra e pare de me mandar mensagens!"

Não houve resposta. Com um largo sorriso, cliquei no contato de Alessandra.

Levarei "minha namorada" para jantar hoje à noite.
Estou lhe devendo duas, vai anotando.

Sua dívida comigo ficará maior que a do país!

Sua resposta me fez gargalhar. Será que minha suposta namorada era tão difícil assim?

A tarde foi um inferno! Embora tivesse muito trabalho, o jantar não saía da minha cabeça. Tive de minimizar a tela do computador algumas vezes quando Cris entrou na sala com alguns papéis importantes.

— Está tudo bem? — perguntou atrás de seus óculos de aro preto e assenti despretensiosamente. Ela continuou: — Enviei a petição do caso Peixoto para seu e-mail, mas estamos com problemas na rede. Poderia verificar se chegou, por favor?

— Claro — respondi pensando o quão absurdo era eu não saber a resposta.

Cris posicionou-se ao meu lado enquanto eu atualizava a página. De fato, o e-mail não havia chegado. Franzi o cenho.

— O pessoal da TI já foi informado?

— Sim, senhor, mas passarei ramal mais uma vez.

— Faça isso.

Ela pigarreou.

— Restaurantes românticos, doutor Rafael?

Engasguei, olhando-a incrédulo. Cris apenas apontou a caneta dourada para a tela minimizada do Google, onde se lia "restaurantes românticos no RJ".

Sua expressão foi impagável. *Merda!* Restaurantes deste tipo não eram minha especialidade, mas boates. Uma ajudinha do Google cairia muito bem, porra!

— Zazá Bistrô Tropical, na Lagoa. Não tem como errar. — Deu uma piscadinha, enquanto se afastava. — Vou lhe trazer um café.

Cris fechou a porta, deixando o idiota olhando a tela. Rapidamente digitei o nome do restaurante e fiquei impressionado. Eu ainda navegava pelo site, quando ela entrou, me pegando no flagra. Estava tão compenetrado, que não ouvi a batida na porta.

— Mesa pra dois, doutor?

Quase queimei a língua!

Ela aguardava a resposta, impassível. Quer saber? Foda-se! Eu era mesmo um desastre naquilo tudo e não havia melhor pessoa no mundo para resolver aquele tipo de situação. Não foi à toa que a encarreguei de providenciar as bodas de ouro dos meus pais.

— Por favor. — Ela girou nos calcanhares, mas antes que chegasse à porta chamei-a mais uma vez.

— Capricha!

— Deixe comigo, chefinho!

A noite chegou e eu estava praticamente pronto. Vestia uma calça jeans escura, sapato e cinto preto. De frente para o espelho, dei uma passada de mãos pelo cabelo e segui em direção à cama para pegar o blusão preto.

A televisão estava ligada no Jornal Nacional, mas eu não prestava a menor atenção, até a voz de William Bonner me fazer parar antes mesmo de tocar o tecido da camisa, e não foi devido ao seu "boa noite".

...contudo, a advogada de acusação, Milena Andrade, se posicionou sobre o caso, conforme mostra nossa repórter Lília Teles.

Eu não piscava, olhando a TV.

A matéria era sobre o caso "João Thomaz" e a repórter dizia qualquer coisa sobre a tentativa do advogado de defesa em alterar o processo, virando o jogo ao acusar a mãe da criança pelo assassinato. O rosto de Milena preencheu a tela e foi como a porra de um soco no meu peito.

— Esta atitude do advogado de defesa só revela desespero por parte deles. Todas as provas afirmam o que já sabemos: o senhor Guilherme Thomaz matou cruelmente seu filho João; e, consequentemente, deve responder por seus atos. Farei de tudo para garantir que isso aconteça.

Milena saiu de foco e a repórter falou sobre a tentativa do pedido de *habeas corpus* pelo advogado de defesa, mas não ouvi mais nada.

— Ela é mesmo durona! — disse orgulhoso.

Eu sabia o quanto aquele caso era importante. Aparentemente não havia mistérios a serem revelados, pois todas as provas realmente apontavam para o pai da criança, mas isso poderia ser uma armadilha que muitos colegas experientes caíam: a do suposto "caso resolvido". Milena, porém, não parecia ser o tipo de mulher que cairia numa armadilha como essa. Ou seria?

Vesti a camisa, absorto em pensamentos, antes de desligar a televisão. Peguei carteira, celular, chave do carro e bati a porta sem olhar para trás.

Em poucos minutos cheguei à Praia de Botafogo e, conforme havíamos combinado lhe enviei mensagem. Logo cheguei à sua rua, e assim que encostei o carro ela surgiu.

Seu vestido vermelho tinha um discreto, porém provocante decote, num tecido fino e gracioso que se movia conforme ela andava. A cada passo que dava, sua coxa aparecia, graças a uma abertura que possuía. Engoli em seco, tentando me recompor daquela visão, antes de sair do carro.

— Seu Rafael!

Ed me cumprimentou, fazendo com que o plano de Milena de não sermos vistos fosse totalmente por água abaixo. Sim, esta era a única razão para estar pronta na recepção quando eu chegasse, ao invés de eu tocar o interfone para chamá-la.

O que ela não contava, era com o fato de Ed vir pessoalmente até o portão em vez de utilizar o automático. Curioso como ele...

— Tudo certo?

Ele apenas acenou, fechando o portão enquanto ela saía. *Sim, Ed, sou eu de novo! Estranho, não é, cara?*

Milena parou na minha frente e seu aroma me invadiu, me deixando maluco. Seu cabelo solto caía pelos ombros e o lindo rosto estava levemente maquiado. Suas esmeraldas me fitaram profundamente quando os lábios brilhantes se esticaram num sorriso.

— Você está linda. — Não me contive.

— Você também.

Porra! Confesso que sua resposta me surpreendeu. Pude jurar que ficaria corada e me devolveria um sorriso tímido. Em vez disso, inspirou profundamente.

— Gosto do seu cheiro — sussurrou muito perto, e meu pau deu sinal de vida.

Seus olhos a traíram, focando meus lábios e, sem controlar a vontade animal que me invadiu, segurei seu rosto com força, trazendo-a para mim. Minha boca grudou na dela e girei seu corpo, encostando-a em meu carro.

Ela tentou respirar, mas não permiti que se desvencilhasse, apertando-a ainda mais, mordendo os lábio. Meu joelho separou suas pernas apenas o necessário para que sentisse o quanto eu estava duro por ela. Era impressionante a vontade que eu tinha de arrancar sua roupa e entrar com força naquela mulher.

— Estamos na rua.

— Foda-se!

Mordi o lábio na tentativa de controlar o desejo insano que me dominava e apertei seu maxilar com força, olhos cravados nos dela. Ali eu soube que estava fodido. Nunca em minha vida senti um desejo tão louco por uma mulher, e meu desespero só não foi maior porque nunca me senti tão desejado também.

Milena me encarava assustada. Merda! O que eu estava fazendo? Nós tínhamos uma reserva, eu precisava me recompor. Acariciei seu rosto, colocando uma mecha de seu cabelo atrás da orelha, antes de beijar-lhe a testa.

— Vamos jantar, minha namorada.

O carro estava gelado, a temperatura, a mínima possível, mas eu continuava fervendo. Olhei de esguelha para a pele nua de sua coxa. A filha da mãe só pode ter feito aquilo para me provocar! O som tocava no modo aleatório, mas a seleção de músicas foi cuidadosamente escolhida por mim, é claro.

— A temperatura está boa? — Estiquei a mão à saída de ar e ela assentiu com voz rouca. — Não está frio?

— Estava muito quente lá fora, não acha, doutor Queiroz?

Senti um espasmo em minha calça. Merda, meu pau de novo! Que porra era aquela? Eu parecia um maldito adolescente! Remexi-me desconfortavelmente no banco, minha calça começava a apertar.

— Fervendo, doutora.

Ela recostou-se deixando o corpo escorregar pelo banco. Tocou a coxa, apertando-a sutilmente com suas lindas unhas vermelhas. *Pare com essa porra, garota!* Pensei alucinado. Se fosse qualquer mulher, eu teria acionado a seta e seguido para o primeiro motel da região, mas Milena *não* era *qualquer mulher*. Eu disse que a levaria para jantar e era exatamente o que faria.

— Vou levar minha namorada pra jantar — pensei alto demais e ela me olhou confusa. — Estou gostando disso.

Dirigi-lhe um sorriso e o que recebi de volta valeu a noite.

A voz de Rita Lee invadiu nossos ouvidos e nada além dela foi ouvido, nem mesmo o som das buzinas do lado de fora.

Amor é cristão
sexo é pagão
amor é latifúndio
sexo é invasão
amor é divino
sexo é animal
amor é bossa nova
sexo é carnaval

— Rita Lee sabe das coisas — disse de repente, me divertindo.

Amor sem sexo é amizade
sexo sem amor é vontade

Senti seus olhos cravados em mim, mas não ousei retribuir. Precisava prestar atenção no trânsito ou bateria o carro. *Vontade...* Sim, era uma vontade animal, como não havia sentido antes, não com toda aquela intensidade. Isso era tão intrigante!

Eu sabia que era recíproco, embora tivesse sido dispensado duas vezes. Balancei a cabeça, afastando os pensamentos indesejáveis, afinal, estávamos ali como um verdadeiro casal de namorados. *Namorados*. Este era um assunto que eu precisava urgentemente tirar a limpo. Tanta coisa nos reservava àquela noite!

É doutora, você não escapará de mim hoje. Em todos os sentidos.

VINTE E SEIS

Milena

Embora o carro estivesse gelado, eu fervia como se estivesse com febre. Aquele homem me desestruturou completamente quando me beijou. Céus, como estava duro! E como fiquei excitada! *Milena, lembre-se de quem você é! Não caia na lábia deste sedutor!* Pensei justamente quando Rita Lee tocou, falando sobre amor e sexo. Era algum complô contra mim?

Sexo é escolha
Amor é sorte

Rita estava certa, mas eu sabia que tal *sorte* não era para mim.

Você dá, ele te come e todos vivem felizes para sempre! O pau-verão e o arco do pecado, o conto de fadas moderno!

Lembrei-me da "sabedoria" de Alessandra e tive o disparate de achar que a louca estava certa! Olhei Rafael de esguelha, suas mãos apertavam o volante com força, parecia compenetrado no trânsito. Sua camisa escura estava dobrada acima dos cotovelos, os músculos de seus braços acentuados, sua pele queimada de sol. No carro, seu cheiro dominava, anulando o meu completamente.

— Filho da puta! — rosnou ao receber a fechada. — Você viu isso?

Não tinha visto. Era impressionante como não enxergava nada além daquele homem. Eu precisava transar urgentemente e acabar de vez por todas com aquela *vontade.* Sim, *sexo sem amor é vontade, Rita, apenas vontade...*

— A rua está cheia de barbeiros — respondi e ele quis saber se eu dirigia.

— Habilitações B e A.

Eu não tinha e menor ideia se a noite seria boa, mas valeu apenas por aquele momento. Ver sua expressão foi sensacional.

— Sim, doutor Queiroz, possuo habilitação para moto.

Contive um suspiro ao me lembrar da *Kawasaki* Ninja e no quanto ainda demoraria a chegar.

— Posso imaginá-la pilotando uma com este vestido.

— Quem sabe um dia lhe dou carona?

— Vamos tirar "quem sabe um dia" de sua frase. Estamos combinados.

— Você teria coragem? — indaguei arqueando a sobrancelha.

O sinal fechou e Rafael me olhou intensamente antes de responder que não duvidava de nada que eu pudesse fazer. Engoli em seco, ele estava tão perto!

Não sei por quanto tempo ficamos perdidos no outro, o fato é que quando as buzinas ficaram mais altas, ele acionou a marcha Drive e seguiu caminho.

Conversamos mais um pouco e ele contou sobre a época em que viveu no apartamento do Flamengo.

— Quando o comprei, vendi o carro que tinha pra ter grana para a entrada, mas não precisei vendê-lo para comprar o do Leblon, onde moro agora. Como a vida muda!

— Sim, a vida muda... — sussurrei quando o passado invadiu meus pensamentos, e eu não queria lembrar daquilo. — Talvez a gente nunca tivesse se conhecido se você precisasse vender o apartamento — disse sem pensar.

Merda, Milena! Boca fechada e perna aberta, porra! Pensei.

— Acredito que teríamos nos conhecido, sim.

— O que quer dizer?

— Destino. Talvez você esteja destinada a mim.

Engoli em seco e, sem dizer mais nada, Rafael olhou à frente, acionando a seta para fazer uma curva à esquerda. O carro diminuiu velocidade até parar em frente a uma casa azul enfeitada.

— Chegamos — disse com um sorriso encantador.

O manobrista abriu a porta e quando desci, Rafael me segurou pela cintura. Seu toque em minha pele me deixou arrepiada, como se uma descarga elétrica atravessasse meu corpo.

—Boa noite. Tenho uma reserva, Rafael Queiroz.

A *hostess,* uma ruiva, alta, magra, supermaquiada e extremamente bem-vestida, verificou a lista, antes de abrir um largo sorriso (eu diria largo demais) para Rafael.

— Por favor, queiram me acompanhar.

O lugar era incrivelmente lindo, aconchegante e charmoso; flores ornamentadas, mesas, cadeiras, tapetes e almofadas coloridas preenchiam o ambiente. Na parede, os mais variados e diferentes quadros, cujos artistas eu não poderia identificar. A ruiva nos conduziu a uma mulher exótica e muito simpática, nos apresentando, antes de nos deixar a sós com ela.

— Boa noite, senhores — cumprimentou-nos com um sorriso encantador. — Sou Winnie Wong, *maître* da casa. Sejam bem-vindos.

Ao piano, *Corcovado* de Tom Jobim, enquanto ela nos conduzia à escada. Sorri ao ver a descrição na parede: *Aqui se come sem culpa.* Que lugar encantador!

Chegamos ao segundo andar e fomos conduzidos a uma área reservada. Havia um grande sofá baixo, colorido, e algumas mesas em volta, dispostas separadamente, oferecendo certa privacidade a cada uma delas, além de um grande e felpudo tapete verde. Winnie Wong apontou à frente.

— A mesa do senhor está nesta área reservada, a mais concorrida da casa! Pedirei para os senhores deixarem seus sapatos aqui — indicou a pequena estante de madeira rústica em pátina, onde pousavam alguns calçados. — Para maior conforto de nossos clientes, só é permitido pisar no tapete descalço, ele também foi feito para vocês deitarem e relaxarem.

Olhei surpresa e Rafael abriu um largo sorriso.

— Gostei disso!

Ela soltou uma gargalhada, antes de tirar seus próprios sapatos e nos conduzir à mesa reservada no canto da sala, longe de todas. Pigarreei ao ler a descrição do local: *Lust* ou Luxúria, em português.

— Gostei disso também. — Ouvi sua voz sacana e revirei os olhos.

Assim que nos acomodamos, a *maître* nos apresentou o cardápio e nos indicou algumas bebidas exóticas, não antes de fazer uma pequena pesquisa sobre nossos gostos.

Foi um papo animado, divertido e diferente de tudo que vi. Aos poucos, comecei a relaxar, e pude perceber o quanto Rafael era encantador, divertido, despojado, simpático e muito engraçado.

Ficamos surpresos quando Winnie Wong nos avisou que o primeiro drink, oferecido pela casa, seria escolhido por ela baseado no que dissemos.

— Espero acertar. Fiquem à vontade e aproveitem a noite.

— Estou encantada!

— Então a noite já valeu para mim.

Rafael se acomodou, recostando-se no sofá e olhei em volta. Pessoas se divertiam, rindo com seus *drinks* coloridos, enquanto casais apaixonados se declaravam em seu mundo particular, como se não houvesse ninguém ali. Conversamos um pouco até Winnie Wong voltar com os *drinks*.

— Aqui está, Preta Pretinha! — Ofereceu-me a taça que continha uma bebida vermelha. — Este drink especial é composto por Absolut vodka, morango, suco de *cranberry*, hortelã, suco de limão tahiti e uma especial borda de chocolate picante.

— Chocolate? Você acertou em cheio!! — Molhei os lábios e ela arqueou a sobrancelha, orgulhosa.

— E para o senhor, Zazá Love. — Quase engasguei. — Absolut Citron, suco de laranja, soda, cubos de gelo de melancia e gotas de limão siciliano — apresentou com um floreio, oferecendo a taça a Rafael.

— Sou um homem romântico, realmente. Obrigado.

Ela girou nos calcanhares, nos deixando a sós. Rafael elevou sua taça, batendo-a levemente na minha, propondo um brinde.

— A esta noite — sussurrou sedutor.

— A esta noite.

O *drink* era perfeito! Uma completa mistura de sabores: levemente picante, com o doce do chocolate.

Rafael fez questão que eu provasse o dele. Um tanto cítrico, provavelmente devido ao limão siciliano, mas deliciosamente envolvente.

— Quer dizer que teremos um jantar de família amanhã?

Enrubesci e ele soltou uma gargalhada.

— Qual é a graça?

— Relaxe, doutora! — Bebeu um gole da bebida e subitamente me senti muito chata, desculpando-me.

— Você deve ter um motivo muito sério para fazer tudo isso.

De fato eu tinha, embora nada daquilo tivesse partido de mim.

— E você provavelmente quer saber que motivo é esse.

— Só se você quiser me contar. — Deu de ombros e o fitei por instantes.

— Por que alguém embarcaria numa ideia maluca sem saber o motivo?

— Porque é divertido — disse simplesmente.

Divertido como? Pensei, mas antes que pudesse dizer qualquer coisa, ele perguntou como nos conhecemos.

— Caso alguém pergunte. — Deu de ombros mais uma vez.

Merda! Eu já havia pensado naquilo e não queria que meus pais soubessem que ele era proprietário do apartamento que eu estava alugando.

— Podemos dizer que nos conhecemos numa boate — arriscou, perante meu silêncio.

Não era a melhor ideia, mas por não pensar em outra melhor, acatei. Ele continuou, querendo saber se eu tinha irmãos.

— Sou filha única, mas Alessandra e Edu são como irmãos para mim. — *Embora tenham me metido nesta enrascada!*

— Também sou filho único, 30 anos, carioca, filho de dona Daiane e do doutor Bruno Queiroz; moro sozinho, na Rua Delfim Moreira, no Leblon, e possuo um escritório de advocacia no RB1, no Centro da cidade. Viu? Não sou nenhum psicopata e agora você tem minha ficha completa.

— Doutor Bruno Queiroz, o grande tributarista?

Ele sorriu orgulhoso, querendo saber se eu havia conhecido o seu pai. Quem não? Era um senhor muito bonito e charmoso, que arrancou suspiros de alunas e professoras da faculdade quando ministrou a palestra titulada "O Direito Tributário no Brasil".

— Ah, se dona Daiane souber desses suspiros...

Sorri, perguntando se sua mãe era ciumenta.

— Ela sabe que não precisa, meu pai é louco por ela.

Entendi perfeitamente o que quis dizer, afinal, não era diferente com meus pais. Rafael ficou em silêncio por instantes, antes de dizer que as relações eram mais duráveis antigamente.

— *Tudo* era mais durável antigamente! Desde os aparelhos domésticos às relações pessoais. — Olhou-me surpreso e fiz uma careta. — Desculpe, nada de papo filosófico hoje.

— Por favor, doutora, prossiga. Estou muito interessado neste *papo filosófico.* — Recostou-se no sofá.

— Está zombando de mim, doutor?

— Só se isso lhe divertir, doutora. — Deu uma piscadinha que fez meu ventre se contrair. Impressionante como era sedutor.

Atendendo ao seu "pedido", mergulhamos num papo muito agradável sobre filosofia e relações pessoais. Entre um *drink* e outro, e alguns aperitivos, ele me contou sobre sua infância e juventude. Era filho único, muito ligado à família e aos amigos, que eram poucos, mas verdadeiros.

— Sua vez, doutora. Viemos aqui para falar sobre você e desandei a falar sobre mim. Você realmente é uma advogada e tanto! — gargalhei perante seu comentário, e ele me acompanhou.

O que eu poderia lhe dizer? Minha infância não foi diferente da sua, a adolescência, porém... Logo nos primeiros anos de faculdade conheci Leandro. Começamos a namorar, e durante todo esse período, vivi para ele, em função *dele*. Até seus trabalhos eu fazia! Céus! Lamentável, eu sei.

Balancei a cabeça, contando um pouco sobre minha infância, somente. Rafael, contudo, estava sedento por informações e queria mais.

— Depois fui para a faculdade, me formei e comecei a trabalhar. Nada de mais. — Dei de ombros, aproveitando para mudar de assunto. — Minha mãe convidou Alessandra e mãe para o jantar. Elas são como se fossem da família, espero que não se importe.

— Alessandra, aquela sua amiga? — Assenti e ele disse que se estava bom para mim, estava bom para ele também.

Uau! Eu precisava manter os pés no chão, era somente uma brincadeira. O problema era que Rafael era muito encantador e totalmente sedutor. *Cuidado, Milena*! *Cuidado*!

Após aperitivos e mais *drinks*, resolvemos pedir nossos pratos. Ele optou por Camarões VG Flambados, enquanto escolhi Curry de Frango Orgânico. É claro que ele fez questão que eu provasse seu prato, fazendo aquela cena romântica ao levar o garfo à minha boca. Por que ele tinha que ser tão encantador e divertido? Além de lindo e cheiroso? Deus do céu, isso não era justo! Eu parecia uma retardada, repetindo para mim mesma: *cuidado, este homem é um cafajeste!*

Durante o jantar, Rafael perguntou sobre o caso "João Thomaz", me fazendo revirar os olhos ao dizer que havia me visto no Jornal Nacional.

A mídia...

— O caso foi noticiado e houve comoção pública. O mais interessante é que o Ministério Público, que antes não estava nem aí, subitamente está interessado. Quer dizer, eles perderam o prazo e agora que o mundo está de olho, resolveram assumir o caso — cuspi.

— E isso parece ter te irritado bastante.

— João tinha cinco anos quando foi brutalmente assassinado pelo próprio pai! — Mesmo com o gosto delicioso da comida, senti a bile subir pela garganta. Aquela história ainda me fazia mal. — Dá pra imaginar o sofrimento daquele menino? O que se passou por sua cabeça naquele momento? A questão é que casos como esse, embora sejam apavorantes, acontecem todos os dias, e isso não deveria ser comum! Entende o que quero dizer?

— Perfeitamente.

— Como o MP perde o prazo da denúncia? — indaguei possessa, pegando a taça e bebendo um gole do *drink*. — Estive com aquele homem, o conheci muito bem. É o verdadeiro psicopata!

Deixei escapar e Rafael piscou. Ainda não conhecia meus *métodos. Merda!* Resolvi encerrar o assunto.

— Este assassino será condenado de qualquer forma.

Ele me olhou profundamente, tocando minha mão.

— Vi que o *habeas corpus* foi negado, o caso parece realmente controlado, mas cuidado, pode ser uma armadilha, ele pode ter algum trunfo nas mãos.

— *Eu* tenho um trunfo nas mãos! O assassino é tão amador quanto seu advogado de merda! — Amaldiçoei a mim mesma por ter falado demais. — Talvez eu esteja bastante envolvida com o caso — tentei justificar.

— Isso pode ser um problema.

— Não será.

Terminamos o jantar em silêncio e fiquei absorta em pensamentos. Em alguns momentos, porém, senti seu olhar cravado em mim. O que estaria pensando?

— Meu Deus, se gula realmente for pecado, estou ferrado! — Pôs a mão na barriga, se recostando na almofada.

— Somos dois!

— Sobremesa?

Olhei-o incrédula. Ele só podia estar brincando! Prontamente abriu o cardápio e solicitou um *Carpaccio de Banana Brûlée* ao garçom.

— Será divertido! — garantiu.

— Isso é uma orgia gastronômica!

— Orgia...

Jesus, Maria e José.

— Amanhã, às oito da noite? — desconversei e ele assentiu me olhando intensamente.

Isso vai dar merda!

O garçom trouxe a sobremesa num grande e saboroso prato, com duas colheres. Romântico, eu sei. Estava delicioso, e o filho da mãe usou de todo seu charme para me seduzir. E conseguiu! Em algum momento, tocou minha coxa, na fenda do vestido e congelei.

— O que está fazendo?

— O que estou com vontade de fazer desde o momento em que te vi.

Largou a colher de qualquer jeito e sua mão varreu meu rosto quando sua boca grudou na minha. Seu beijo me levou ao limite e me senti à beira de um precipício, prestes a pular. Deitou-me no sofá e senti seu peso contra mim. A essa altura, havia somente mais um casal além de nós, que estavam tão entretidos um no outro quanto nós.

Ele apertou minha coxa com força, à medida que intensificou o beijo. Eu ia surtar! Como era possível um homem enlouquecer uma mulher com apenas um beijo?

Rafael roçou a barba cerrada em meu rosto e traçou uma linha fina com a língua, antes de soprar minha pele e invadir minha boca mais uma vez. Sua mão estava na minha virilha e ele roçou o dedo por cima da renda da calcinha, na altura do clitóris.

— Acho que devemos sair daqui — sussurrei e ele mordeu meu lábio, intensificando a pressão em meu clitóris.

— Só depois que você gozar pra mim. — Ele estava falando sério? — Não se preocupe com o outro casal, provavelmente estão fazendo o mesmo que nós. Não me darei o trabalho de olhar, prefiro ver você se perder em meus braços.

Mordeu meu queixo, aumentando a pressão.

— Farei você gozar assim, doutora?

Puta merda!

— Goze pra mim — pediu fazendo a pressão certa.

Abri a boca e sua língua me invadiu, me beijando com urgência enquanto eu me perdia em seus braços, meus gemidos abafados por seu beijo insano.

Ele levou o dedo ao rosto, inalando-o, antes de levá-lo à boca. Com delicadeza, arrumou meu vestido e beijou suavemente minha testa, antes de selar minha boca com um beijo casto.

— Foi o melhor banquete da noite. — Mordeu o dedo que antes estivera dentro de mim. — Por enquanto.

Molhei os lábios ao ouvir seu tom de promessa. Rafael era um perfeito príncipe e eu me permitiria viver o conto de fadas moderno, afinal, não merecia nada menos que isso.

VINTE E SETE

Milena

Ainda me sentia entorpecida quando saímos do restaurante. O manobrista entregou a chave do carro a Rafael, que abriu a porta para que eu entrasse e sem nenhum pudor me beijou, mordendo meu lábio.

— Ainda excitada? — perguntou rente ao meu rosto sem me dar chance de resposta. — Não espero outra coisa de você.

Eu estava tonta. Não sabia se devido ao beijo, seu toque, à quantidade de *drinks* ou, simplesmente, a *ele*.

Seguimos pelas ruas de Ipanema e embora percebesse que o caminho não tinha nenhuma relação com o bairro do Flamengo, não fiz nenhuma objeção. Para onde me levaria, não queria saber. Fechei os olhos por instantes, me dando conta de que não queria teorizar ou questionar. Se o fizesse minha racionalidade me mandaria descer daquele carro, pegar um táxi e acabar de vez por todas com aquela história maluca.

Maldita racionalidade! Você não sabe não de nada! Pensei. Será que estava bêbada? Dane-se!

— Tudo bem?

— Perfeitamente, doutor Queiroz.

— Porque me chama de doutor Queiroz?

— Porque te irrita.

Ele soltou uma bela gargalhada. Homens como Rafael não deveriam ter aquele tipo de gargalhada, seria mais uma merda martelando na minha cabeça.

Ele fez uma curva pegando a Rua Delfim Moreira e entrou num dos condomínios mais lindos que já vi. Após estacionar na garagem, desligou o carro, desatou seu cinto e em seguida, o meu. Tudo com a maior calma, totalmente seguro de si.

— Não se mexa! — ordenou.

O que teria em mente? Será que me tomaria em seu carro? Mordi o lábio ante a possibilidade, mas ele deu a volta e abriu a porta, segurando minha mão.

— Você tem certeza de que está bem? — Olhei-o confusa e ele insistiu: — Acho que você bebeu demais.

Ah... então é esse o problema?

— Doutor Queiroz, estou ótima! — garanti um pouco tonta, confesso.

Com um sorriso torto, afagou-me antes de me conduzir ao elevador. Reparei o lugar que era escuro e repleto de carros incríveis e altos o suficiente para se tornarem belos esconderijos.

— Não vou te foder nesta garagem. — Abri a boca chocada, e ele imprensou meu corpo na parede. — Não agora.

Como ele sabia?

Com carinho, pôs uma mecha do meu cabelo atrás da orelha.

— Seus lindos olhos me dizem o que sua boca tenta calar.

Fitei seus malditos lábios grossos, antes de encará-lo.

— E o que eles estão lhe dizendo agora?

Seu olhar invadiu minha alma, e sua mão varreu meu rosto quando sua boca grudou na minha. Aí estava um homem de verdade! Era exatamente isso que eu desejava: que me beijasse com fúria e vontade, e foi exatamente o que fez.

O elevador chegou e Rafael abriu a porta sem deixar de me beijar, empurrando nossos corpos para dentro do cubículo. Sua mão espalmou no painel, selecionando seu andar o qual não vi, mas que identificaria assim que chegássemos.

Ele me engolia! Boca na minha, sugando minhas forças e meus sentidos, a ereção na minha virilha, me torturando.

Suas mãos reivindicaram meu corpo de forma urgente, insana e desesperada. Quando fui tocada daquela forma? Quando fui beijada daquele jeito? Quando alguém me desejou como Rafael naquele momento?

Ouvimos o bipe anunciando o seu andar. No hall de entrada, me jogou contra a parede e suas mãos varreram o meu cabelo mais uma vez, apertando-me. Por fim, parou de me beijar, encostando a testa na minha.

— Caralho!

— É...

Foi tudo que consegui dizer. Eu tremia. Tonta, febril. Lábios inchados, calcinha molhada e totalmente entregue àquele homem. Acariciou-me com ternura.

— Bem-vinda à minha casa.

Pegou-me pela mão, me conduzindo pelo luxuoso ambiente e percebi que seu apartamento era o único naquele andar.

Era um duplex amplamente arejado e lindamente decorado. O branco se misturava ao preto e ao cinza que davam um toque másculo ao ambiente. A sala era bem dividida entre os espaços de estar e jantar. Sorri ao ver a cozinha americana.

— Certas coisas não mudam — comentei apontando para o grande janelão e ele assentiu divertido.

Deixou chave, carteira e celular em uma bancada branca onde havia algumas esculturas e porta-retratos, e acionou o controle do som. A voz grave e rouca de Mark Knofler ecoou pelo ambiente, me fazendo sorrir. *Why worry? Muito sugestivo*. Pensei.

Sedutor, conduziu-me a um dos luxuosos bancos negros em frente ao janelão.

— Sente-se. — A voz em meu ouvido fez com que minhas células entrassem em ebulição.

Com delicadeza, afastou meu cabelo para ter acesso direto à minha nuca, onde senti sua respiração e a língua quente em minha pele. Fechei os olhos em êxtase, enquanto ele me torturava.

Querida, eu vejo que o mundo lhe deixou triste
algumas pessoas podem ser más
nas coisas que elas fazem,
nas coisas que elas dizem
mas querida eu limparei essas lágrimas amargas
eu afugentarei esses medos inquietos
que fizeram seu céu azul se tornar cinza
por que se preocupar?

— Por que se preocupar, Milena? — sussurrou rente ao meu ouvido e arfei.

Rafael não sabia sobre o meu passado, do que exatamente aconteceu, entretanto, naquele momento, ele estava certo. Ou Mark Knofler estaria? *Por que me preocupar?* Pensei.

Ele deu a volta, posicionando-se do lado oposto, de frente para mim, na bancada. Olhei a cozinha em inox com detalhes em preto, bem equipada, limpa e espaçosa. *Máscula*. Era impressionante como *tudo* naquele homem era *másculo*.

Tocou a lateral do grande janelão escuro, revelando uma espécie de "armário escondido" quando abriu a pequena janela embutida. Lá dentro, perfeitamente ordenadas, cápsulas coloridas dispostas em fileiras.

— Escolha uma cor — pediu sedutor.

Ao ver as opções, mordi o lábio e ele gemeu. Sim, foi *muito* proposital.

— Não bebo café, doutor Queiroz. — Pareceu surpreso e encolhi os ombros, ensaiando um pedido de desculpa.

— Nada de cafeína, doutora?

Balancei a cabeça e ele me devolveu um sorriso torto. Seu dedo longo percorreu a vasta fileira colorida enquanto me olhava sedutoramente.

— Descafeinado. — Desviou o olhar apenas o suficiente para pegar a cápsula certa. Segurando-a entre os dedos, aproximou-a de meu rosto. — Problema resolvido.

Perante minha surpresa, levantou meu queixo com o indicador.

— Algum outro *problema* que eu possa ajudá-la a resolver? — enfatizou a palavra, mas antes que eu pudesse responder, concluiu: — Seja qual for, resolverei.

— Há problemas que simplesmente não têm solução — disse de supetão e ele aproximou seu rosto do meu.

— Tente. Quem sabe não a surpreendo?

Pisquei desnorteada e ele beijou meus lábios docemente, antes de estender duas cápsulas douradas em minha direção.

— *Volluto*. Acompanhado por doces notas de biscoito e frutas suaves. Esta é a sua: descafeinada — indicou o ponto vermelho acima da cápsula. — E esta a minha.

Após ligar a máquina, pegou duas xícaras de vidro com a inscrição *Nespresso* gravada nelas. Inseriu a cápsula na máquina e ao apertar o botão, o cheiro divino da bebida tomou conta do ambiente. O que eu estava fazendo? Apesar de gostar do cheiro, eu não bebia café!

— Não quero ser estraga-prazeres, mas acho que não conseguirei beber isso.

— É descafeinado, por favor, gostaria que tentasse. Você bebeu além da conta, nós bebemos! Isso neutralizará os efeitos do álcool dentro da gente.

— Sério?

Fitou-me por instantes.

— Não, mas esta será a sensação. Acredite, vai melhorar bastante.

— Não estou bêbada!

Rafael posicionou a outra xícara na máquina, inseriu a cápsula e apertou o botão, antes de se dirigir a mim mais uma vez.

— Eu sei, mas está um pouco tonta e eu a quero sóbria. Não quero que se arrependa de nada amanhã.

Aquilo foi um soco na boca do estômago.

— Açúcar ou adoçante?

— Adoçante — sussurrei, quase sem voz. Ele estava pensando *em mim*, não nele. — E se eu decidir ir embora?

Ele apertou a boca e seus lábios formaram uma linha fina e retesada, mas respondeu de forma branda:

— Não é o que tenho em mente, muito menos o que desejo. — Olhou-me intensamente. — Eu *quero* você aqui, mas não há nada que eu possa fazer para impedir, caso queira partir. Ainda que tivesse, eu não faria. Eu quero que você *deseje* isso tanto quanto eu, mas, se não for assim, levarei você pra casa.

Rafael não temperou o café.

— E isso não mudará nada. Amanhã à noite estarei na casa de seus pais como seu namorado, conforme combinamos.

Bateu sua xícara levemente na minha, propondo um brinde, antes de levá-la à boca. Completamente entorpecida, provei da bebida com a mente num turbilhão.

— O que achou?

— Não é tão ruim — respondi zombeteira e ele abriu um largo sorriso.

— A grande e durona doutora Milena Andrade.

— O que quer dizer?

— Você está bebendo um *Nespresso*, doutora. — Deu de ombros.

Terminamos nossas bebidas em silêncio. Na sala, Djavan nos presenteava com sua voz. Rafael parecia ter o gosto bem eclético e eu gostava disso. Pegou nossas xícaras e as levou à pia.

— Não quero ir embora.

Mesmo estando de costas, percebi que sorriu. Ou eu ainda estava "alegre"? Rafael virou-se para mim com um sorriso sedutor, cheio de promessas.

— Farei de tudo para garantir que você não se arrependa de sua decisão.

Jesus, Maria e José.

VINTE E OITO

Rafael

Eu contemplava a dama de vermelho em seu vestido elegante e sexy, com aquela abertura que deixava à mostra a pele nua de sua coxa. O cabelo estava caído por seus ombros, com alguns fios no decote, destacando seus peitos que se moviam conforme sua agitada respiração.

Seus olhos, aquelas esmeraldas que tinham facilmente o poder de me deixar perdido num simples olhar, estavam arregalados; e sua boca entreaberta.

Dei um sorriso torto, lhe estendendo a mão. Ela caminhou em minha direção, mas antes que chegasse, puxei-a de encontro a mim e a beijei. Foi um beijo delicado, molhado e, ao mesmo tempo, urgente. Eu queria aquela boca, aquele corpo, *aquela* mulher! Sim, eu a queria, e não havia nada mais no mundo que pudesse mudar isso.

Nem mesmo eu.

Amar pode doer
amar pode doer ás vezes
é a única coisa que eu sei quando fica difícil
você sabe que pode ficar difícil algumas vezes
é a única coisa que nos faz sentir vivos

Eu havia preparado uma seleção de músicas especiais, canções que pudessem expressar algumas coisas que gostaria de lhe dizer. Pode parecer patético, mas fiquei algumas horas selecionando cada uma delas, dentro do repertório que eu tinha.

Amar pode curar
amar pode remendar sua alma
e é a única coisa que eu sei
eu juro que fica mais fácil

lembre-se disso em cada pedaço seu
e é a única coisa que levamos com a gente
quando morremos

Interrompi o beijo, fitando-a. Eu não havia programado essa música especificamente para aquela ocasião, mas *Photograph* de *Ed Sheeran* traduzia literalmente o que passava por minha cabeça naquele momento: que eu só queria uma chance para tentar consertar o que tivesse quebrado aquela mulher.

A verdade é que eu nem sabia se tinha esse poder, mas eu queria pelo menos tentar, ainda que nunca tivesse sido bom em consertar as coisas. Encostei a testa na dela por instantes, antes de beijá-la mais uma vez.

Então você pode me guardar
no bolso do seu jeans rasgado
me abraçando perto até nossos olhos se encontrarem
você nunca estará sozinha
e se você me machucar, tudo bem, querida,
apenas as palavras sangram
dentro destas páginas você me abraça
e eu nunca vou te deixar ir
espere-me para voltar pra casa

Eu a beijava sentindo um aperto no peito ao ouvir a letra daquela canção. Ali eu soube que correria o risco, ainda que me fodesse todo. Não queria saber se eu ia me machucar ou sair destruído daquela relação, contanto que ela ficasse bem. Ali soube que jamais a deixaria ir, a menos que realmente quisesse.

Senti suas mãos em minhas costas, me apertando, no momento em que mordeu meu lábio. Gemi. Tal qual Milena, estava muito excitado; meu pau doía, mas não a tomaria ali. Já havíamos nos divertido numa cozinha antes e, embora tivesse sido sensacional, eu tinha outros planos para ela.

— Venha comigo.

Sem esperar pela resposta, puxei-a pela mão rumo à escada. Meu apartamento era exatamente do jeito que imaginei, cada detalhe, desde a escolha do porcelanato às fotos dos porta-retratos; a combinação do preto e cinza em contraste com o branco; a divisão dos ambientes das salas, o andar de cima onde ficava meu quarto e, certamente, a escolha da cozinha americana. Tudo arquitetado e projetado por mim.

Enquanto subíamos, segurei firme sua mão como quem quisesse garantir que ela não pudesse ir embora. Toquei o aço frio da maçaneta e abri a porta. Devido ao sistema integrado de som que havia pela casa, minha sequência musical ainda estava presente.

Milena abriu a boca, surpresa, e sorri orgulhoso. Sabia o quanto meu quarto era *diferente.* O ambiente era enorme e decorado numa mistura de marrom e branco.

De um lado, a grande cama *king*; na parede, um grande módulo onde pendiam algumas peças decorativas e porta-retratos. Ao lado da cama, uma elegante luminária negra em Murano, presente de meus pais em sua última viagem à Cidade, que fica em Veneza.

No extremo oposto, a grande surpresa: de frente para a cama, um pequeno *deck* que levava à grande hidro, junto à enorme janela de vidro que ia do chão ao teto e mostrava toda a vista do mar.

Eu morava na cobertura que ficava no décimo andar, contando com o duplex, os andares de garagem e a área de lazer do condomínio, estava alto o suficiente para me garantir total privacidade.

Milena sorriu e apontou para o monitor de 49 polegadas preso à parede.

— Minha cara deve ter ficado gorda nesta televisão.

— Deu para ver todas as suas rugas. — Ela me mostrou a língua. — Faça isso de novo e a porei na boca.

Seus lábios se esticaram num sorriso malicioso e antes que sua língua aparecesse, minha boca já estava na sua. Beijei-a com fúria, enquanto minhas mãos exploraram o tecido fino de seu vestido com urgência. Segurei seu seio estimulando-o, envolvendo-o em minha mão.

Ela apertou minha bunda com vontade, antes de contornar a calça e segurar meu pau por cima do *jeans*. Gemi em resposta e imediatamente começou a abrir o cinto.

Abaixei a alça de seu vestido, revelando seus peitos deliciosos, tomando-os em minha boca. Ela arfou quando mordi seus mamilos, enquanto o tecido escorria por seu corpo. Olhei para baixo e...

— Caralho! — exclamei ao ver a calcinha: um minúsculo tecido vermelho com tiras na parte de cima. Sexy pra caramba!

Com um sorriso sacana, enganchei o indicador em uma das tiras, puxando-a de encontro a mim. Seu corpo grudou no meu e percorri a tira até sua bunda.

Apertei a carne deliciosa e Milena fechou os olhos em resposta. Com cuidado, introduzi o indicador naquela área tão delicada e embora tenha gemido, seu corpo se retesou. Acariciei, estimulando-a enquanto a beijava, antes de fazer o caminho de volta, tocando-a pela frente, intensificando o beijo. Milena estava encharcada e eu excitado pra caralho!

Observei-a por inteiro. A linda mulher vestia somente um pequeno pedaço de pano que cobria seu sexo e um sapato alto o bastante para me deixar maluco. Quando tirei a camisa, Kleiton e Kledir deram o ar da graça para falar sobre *Paixão*.

Amo tua voz e tua cor
e teu jeito de fazer amor

Tirei o cinto, que graças às suas mãos ávidas estava aberto, e comecei a tirar a calça. Divertido, cantei junto com a dupla de irmãos.

Ser feliz é tudo que se quer!
Ah! Esse maldito fecho éclair!

Milena caiu na gargalhada e senti um aperto no peito quando a estranha sensação de que eu poderia ouvir aquela risada para o resto de meus dias me invadiu.

Não quero ficar na tua vida
como uma paixão mal resolvida

Completamente nu, segurei seu rosto em minhas mãos e a beijei, antes de imprensar seu corpo na parede, levantando seus braços acima da cabeça, esfregando minha ereção em seu sexo. O atrito do meu pau com o tecido da calcinha me deixou mais duro, era excitante para caralho! Mais uma vez, tomei seus seios na boca e me perdi neles.

Vou ficar até o fim do dia
decorando tua geografia

Sim, eu poderia me perder naquele corpo durante horas, dias, meses... Anos!

Tens um não sei que de paraíso
e o corpo mais preciso
que o mais lindo dos mortais
tens uma beleza infinita
e a boca mais bonita
que a minha já tocou

Acariciei seu rosto com os nós dos dedos, olhos cravados nos dela, e tive a impressão de que os seus ficaram levemente úmidos. Quanto a mim, vivia um turbilhão de sensações, um profundo desespero por não saber explicar como, nem por que, mas eu *sabia* que aquilo entre nós não era só sexo.

De alguma forma eu sabia que Milena Andrade era a mulher que eu queria para minha vida. No fundo, eu queria que toda a farsa do namorado fosse real.

— A boca mais bonita que a minha já tocou — sussurrei contornando seus lábios com os dedos. — Ah, Milena...

Beijei-a mais uma vez. Céus! Quantas vezes beijei esta mulher? Segurei-a em minhas mãos, apertando seu corpo contra o meu, imprensando-a mais ainda na parede como se pudesse invadi-la a qualquer momento. Sem aviso, me abaixei e a devorei inteira. Durante longo tempo.

Torturei seu clitóris, antes de morder levemente os lábios, passando a língua mais uma vez. Com força, segurei sua bunda, apertando a carne, trazendo-a mais para mim. Ela gemia descontroladamente, dizendo meu nome de maneira insana. Meu nome em sua boca era música para meus ouvidos e nenhuma canção do belíssimo repertório que escolhi exclusivamente para aquela noite poderia ser mais perfeita.

Esfreguei o rosto em seu sexo, deliciando-me com aquela mulher. O atrito da barba cerrada com sua pele delicadamente depilada me deixou louco!

— Rafael...

— O que foi, doutora? Você gosta quando esfrego minha cara na sua boceta?

Ela arfou, era safada e se excitava completamente quando eu abria minha boca para lá de suja.

— Vou fazer você gozar assim?

— Por favor...

— Por favor? — perguntei, apertando sua carne no momento em que suguei seu clitóris.

Milena soltou um grito agudo e aproveitei para posicionar minha língua no ponto certo. Foi o suficiente. Ela explodiu, gemendo e dizendo meu nome, fazendo com que eu me sentisse a porra do homem mais poderoso do mundo.

Ela ainda arfava quando olhei para cima, encontrando suas esmeraldas. Estava entorpecida. Num movimento rápido, levantei e apertei sua mandíbula.

— Cansada, doutora?

Sorriu maliciosamente.

— Você acha que estou?

Contive um gemido. Era impressionante como eu estava excitado e me segurando desesperadamente, mas eu não queria acabar com a festa, pelo contrário! Eu queria aquela mulher a noite inteira, não queria parar! Ainda apertando-a, mordi seu lábio.

— Seu gosto... gostosa pra caralho, porra! — rosnei antes de beijá-la rudemente.

Milena retribuiu o beijo apertando meu pau enquanto me masturbava. Eu gemia enlouquecido, sua mão era maravilhosa, mas se ela continuasse daquele jeito...

— Tsc tsc tsc... nada disso. — Puxei seu cabelo para baixo, forçando seu rosto para cima. — Será do *meu* jeito, doutora.

Como se fosse um selvagem, puxei-a pelo braço rumo à hidro, mas passando direto para a janela. No caminho, peguei o pacote de preservativo estrategicamente posicionado e ela abriu um largo sorriso.

— Não sei se percebeu, mas há vários espalhados pelo quarto. Vamos nos divertir *muito* esta noite — disse petulante.

— Percebi.

Encarei-a por segundos, antes de encostar seu corpo no vidro de forma bruta.

— Abra! — ordenei estendendo o preservativo e a safada sorriu.

Mordendo o lábio, pegou o envelope de minha mão, fazendo questão de roçar suas unhas perfeitas na minha palma. Gemi excitado.

Sem desviar dos meus olhos, rasgou o envelope com os dentes, cuspindo o papel. Habilmente, manuseou a camisinha levando-a à minha incrível ereção. Era impressionante como eu estava duro! Eu não aguentaria por muito tempo.

Milena me torturou ao colocar o preservativo, me masturbando e apertando meu pau quando eu dava sinais de que não aguentaria.

— Eu preciso foder você.

— Por favor, doutor Queiroz — respondeu incrivelmente cínica.

Mais uma vez segurei seu braço, e não fui nada delicado. Girei seu corpo de encontro à janela, sua pele quente em contraste com o frio do vidro, seus olhos encarando a noite estrelada e a lua que iluminava a suíte.

— Como você gosta de ser fodida, doutora? — repeti a pergunta que fiz em nossa primeira vez e ela gemeu.

— De verdade? Do *seu*!

Juro que enlouqueci ali. Puxei seu cabelo, forçando o rosto para cima. Ela estava de costas para mim e beijei sua testa, antes de passar a língua em sua orelha, sussurrando palavras sujas, mordendo-a levemente enquanto esfregava meu pau em sua bunda.

— Você está me enlouquecendo! — rosnei antes de penetrá-la com força.

Milena espalmou as mãos no vidro. Envolvi as minhas por seu corpo, segurando seus peitos, estimulando os mamilos, enquanto metia nela com brutalidade. Ela gemia descontroladamente, enquanto eu os apertava com força, passando a língua em sua pele, traçando uma linha fina do ombro à nuca.

— Sou seu namorado!

Mordi-a com vontade e ela gritou mais ainda. Apertei seu pescoço sutilmente, enquanto estimulava seu mamilo endurecido e foi o suficiente para ela. Fui à loucura quando senti meu pau ser apertado e eu mesmo não consegui me conter.

— Milena! — clamei por seu nome num sussurro desesperado quando explodi junto com ela, mordendo-a mais forte.

Não consigo me lembrar da música que tocava naquele momento, somente de seu corpo nu no meu, nossas respirações alteradas, e de seu sussurro desesperado. O que disse foi uma apunhalada em meu peito, e tenho certeza de que não era para eu ter ouvido; talvez não tivesse dito, se aquilo não lhe tivesse escapado.

— Deus me ajude! Estou perdida com este homem!

Senti meu coração acelerado. Ela ainda tentava se apoiar no vidro da janela, respiração descompassada, olhos fechados. Girei seu corpo, deixando-a de frente para mim e aquelas duas esmeraldas me fitaram assustadas quando os abriu. Acariciei seu rosto com os nós dos dedos e beijei seus lábios com paixão.

— Tudo ficará bem, garanto a você. Tudo ficará bem.

Apertei-a contra meu corpo, trazendo-a para junto de mim, acariciando seu cabelo, beijando-lhe o topo da cabeça. Abracei-a tão forte, que provavelmente ficou sem ar. Eu queria protegê-la, ampará-la, garantir que nada, nem ninguém pudesse lhe fazer mal. Era exatamente em meus braços que ela deveria estar. Ali era o seu lugar.

VINTE E NOVE

Rafael

Estiquei o braço e encontrei o vazio. Apalpei o lençol de algodão egípcio de "oitocentos e cinquenta mil" fios, especialmente escolhido para aquela noite. Nada.

Abri os olhos assustado, sentando-me na cama. O quarto estava escuro como a noite, mas o digital do celular marcava onze e meia da manhã. *Será que ela foi ao banheiro?*

Acionei o controle e a cortina abriu lentamente, permitindo que a luz do sol iluminasse tudo. O dia estava lindo, o céu azul sem uma única nuvem. A praia deveria estar lotada, certamente. Vi meu "amigo" e abri um largo sorriso.

— Meu pau está esfolado! Puta que pariu! — grunhi feliz.

Não sei que horas fomos dormir, parecíamos dois adolescentes! Minha casa ficou pequena para nós dois. Olhei a hidro e *flashes* dela se movimentando em cima de mim, entrando e saindo como se estivesse dançando em meu corpo me deixaram excitado de novo.

Estava distraído quando vi um pequeno papel no travesseiro. Imediatamente meu corpo se retesou. Engoli em seco, pegando o bilhete.

Meu nome escrito em sua grafia cursiva perfeita fez meu estômago se revirar. Seria mais uma despedida? Seria possível eu ser dispensado novamente? Soltei o ar com força antes de ler.

> *Rafael,*
>
> *Obrigada pela noite, foi realmente divertida. Preciso resolver alguns assuntos. Não quis acordá-lo, preferi deixar este bilhete. A gente se fala durante o dia para marcarmos o horário de hoje à noite.*
>
> *Beijos. Milena.*

— Divertida?

O som ainda tocava, aquela merda ficou ligada a noite inteira!

```
Um dia frio
um bom lugar pra ler um livro
e o pensamento lá em você
eu sem você não vivo.
```

Franzi o cenho e peguei o controle, deixando o quarto num silêncio sepulcral.

— Vai se foder, Djavan! — exclamei puto da vida! Nem um dia? Vê se era música para se tocar num momento como aquele?! Fiz uma careta, o pobre Djavan não tinha culpa nenhuma!

Olhei o bilhete em minha mão mais uma vez. Bom, pelo menos eu não estava levando outro fora. Eu acho.

— Oh, mulher complicada!

Caminhei até a ducha, que ficava recuada, atrás da parede onde estivemos horas antes, e permiti-me alguns instantes para tocá-la. Nenhuma mulher esteve ali, eu não levava mulheres para minha casa. Milena, porém, não era como as vagabundas que eu trepava na noite, ela era especial. Complicada, mas especial.

— Complicada e perfeitinha, você me apareceu...

Enquanto tomava uma boa chuveirada, cantei a canção de Raimundos e sua mulher de fases. Com a toalha na cintura, desci para preparar o café. Rosa, minha governanta, não trabalhava nos finais de semana, o que era justo.

Cheguei ao janelão, e ao abrir a coleção da Nespresso não pude evitar lembrar-me da noite anterior.

— O que beber hoje? — percorri as cápsulas coloridas até meu dedo encostar-se à dourada com um pequeno ponto vermelho acima. — Em sua homenagem, doutora.

Preparei o café, dei um gole e fiz uma careta.

— Sem cafeína, qual é a graça? — reclamei em direção à varanda.

Apreciei a bebida olhando a incrível paisagem que se estendia à frente: o imponente azul do mar e sua intrigante linha do horizonte. Ondas quebravam na areia, revelando o branco do sal na água. A brisa era morna e fechei os olhos deixando que minha energia fosse recarregada. Eu sempre me permitia momentos como esses, todas as manhãs. Era algo místico, incrivelmente mágico o poder que a natureza tinha de me renovar.

Não sei por quanto tempo fiquei ali pensando se deveria lhe enviar um WhatsApp.

— Não!

Levantei-me para preparar um delicioso café da manhã. Se a doutora Milena Andrade foi embora, azar o dela! Perdeu a chance de tomar o melhor café da manhã do planeta!

Abri a geladeira um tanto decepcionado, vendo as iguarias deliciosas e as louças cuidadosamente separadas. Eu também tinha tomado o devido zelo ao selecionar tudo aquilo, mas infelizmente ela não estava lá. Um tanto frustrado, peguei o controle e liguei a TV para ouvir o jornal. Inteirar-me sobre o que acontecia no mundo enquanto preparava o *waffle,* pareceu ser boa ideia.

Eu estava à frente de um verdadeiro banquete! Havia frutas frescas, frios, iogurtes e cereais, além de pães, torradas, chás e sucos. Tudo de que ela gostava. Não preciso dizer que estas informações vieram de Alessandra, claro. A maior surpresa era o delicioso bolo de cenoura com chocolate preparado por Rosa, a melhor doceira do mundo!

— Tudo para ela me deixar a porra de um bilhete e ir embora — constatei amargurado, mordendo um pedaço do *waffle* com geleia de amora.

Olhei tudo aquilo e lamentei, não estava certo. Mais uma vez, cogitei enviar mensagem e balancei a cabeça. Eu precisava me exercitar e colocar aquela raiva para fora antes que fizesse alguma merda!

Após passar protetor solar, vesti sunga, short e camiseta, e calcei o tênis. Peguei celular e suporte, luvas, chave, óculos escuros e desci para a academia do condomínio. Seria bom um pequeno aquecimento antes da corrida na praia.

O espaço não era tão grande, ainda assim, estava cheio. Sem o menor interesse em ver quem exatamente estava lá, coloquei as luvas, indo direto para o saco de pancadas.

Apliquei alguns golpes e, à medida que batia, *flashes* espocaram em minha mente: Milena me dando o fora quando me dispensou solenemente em sua casa, que um dia foi minha; o fato de não ter me procurado, mas *eu* a ela. Aliás, eu estava um perfeito cachorrinho idiota correndo atrás daquela mulher.

Punch! A primeira porrada bem dada naquele saco de merda!

Milena foi embora e me deixou a porra de um bilhete!

Punch! Punch! Direita! Esquerda! Direita! Esquerda!

— Filha da mãe! Poderia ao menos ter se despedido! — disse ofegante. Direita! Esquerda! Direita! Esquerda!

— Aaahhh! — gritei a plenos pulmões, segurando o saco quando retornou. Foi quando percebi um garoto me encarando.

— O quê? — perguntei mais ríspido do que pretendia e o moleque deu um pulo.

— Tudo bem se a gente revezar? — piou com sua voz adolescente.

Merda!

— Tudo bem.

A contragosto larguei o saco. Eu só queria ficar ali descarregando minha ira sem ninguém para me torrar a paciência!

O garoto bateu no saco como se fosse mulherzinha, e quase revirei os olhos. Hidratei-me com água, enquanto o observava. Mais imagens invadiram minha mente, dessa vez, todo o sexo que fizemos. Balancei a cabeça, não queria pensar nela daquela forma.

— Sua vez. — O moleque cedeu-me o lugar novamente e posicionei-me de frente para o saco de pancadas.

Eu juro que eu não queria te desejar tanto assim! Pensei alucinado.

Punch! Direita! Esquerda!

Você não tinha que ter ido embora, porra!

Até as vagabundas com quem eu trepava na noite, eu levava para suas casas! E ela foi embora sem me dar bom-dia!

Punch! Punch! Direita! Esquerda!

Direita! Esquerda!

Golpes mais rápidos e fortes.

Direita! Esquerda!

Direita! Esquerda!

— Aaaahhhhh! — gritei antes de dar um *Jab* direto levando o saco ao chão.

Exausto, levei as mãos aos joelhos, olhando à frente. Todos me encaravam. Qual era o problema deles?

— É... hum... pensando bem, acho que vou pra esteira.

Antes que eu pudesse fazer qualquer comentário, o moleque já tinha ido embora. Foda-se! Peguei o saco de pancadas no chão para colocá-lo no lugar, constatando que havia apenas se soltado. *Povo de merda! O nome disso é saco de pancadas!* Pensei irritado, decidindo correr na praia. Seríamos somente eu, minhas músicas e meus sombrios pensamentos. Ninguém poderia interferir.

Assim que saí do prédio os raios solares penetraram minha pele e me permiti sentir renovado mais uma vez. Atravessei a rua, chegando à areia, na rede onde jogávamos nosso vôlei, eu, César, Léo e Marcelão.

— Fala, Zé!

— Seu Rafael? Caiu da cama ou ainda não dormiu? — perguntou divertido, afinal, nunca fui o primeiro a chegar.

Zé era o faz-tudo que tomava conta da nossa rede de vôlei. Nascido e criado no Morro do Vidigal, estava na casa dos cinquenta anos e frequentava a praia, conforme dizia, "desde que nasceu".

Dei um sorriso amarelo, enquanto tirava roupa e tênis e os deixava em cima do banco, com a chave de casa e carteira.

— Cuide disso! — Apontei o indicador em sua direção e não pude deixar de sorrir quando assentiu fazendo uma saudação militar.

Contemplei o grande mar que se estendia. A água estava limpa e um bom mergulho me deixaria renovado. Após algumas braçadas, saí do mar mirando à frente, para a faixa de areia, no grande monumento onde se lia *Posto 11*.

Coloquei o *Rayban*, prendi o suporte para celular no braço e selecionei a *playlist*. Seria bom começar com *Feel Good*. Sim, me sentir bem era tudo que eu desejava.

Coloquei os fones e logo a batida eletrizante de *Gorilaz* invadiu meus ouvidos, e me pus a correr na areia, primeiro devagar até ganhar força e alcançar o ritmo acelerado. Corri do Posto Onze ao Arpoador e fiz todo o caminho de volta. Quando retornei, Léo e Marcelão estavam lá.

— Fala, viado! — Léo me cumprimentou jogando uma garrafa d'água.

Agradeci, abrindo-a e bebendo todo o líquido refrescante de uma vez. Eu precisava me hidratar.

— Cadê o César?

— Serve aquele ali? — Marcelão apontou e olhei para trás, vendo meu amigo ao telefone, cenho franzido. — Parece não estar no seu melhor dia.

Observei-o e realmente parecia irritado. Desligou e se dirigiu a nós dando um bom-dia contido.

— E aí cara, tudo certo? — perguntei despretensiosamente e ele apenas sacudiu a cabeça, se dirigindo ao Marcelão.

— Dupla? Estou louco para jogar! — Marcelão piscou, indagando se ele não jogaria comigo.

— Não *com*, mas *contra!* — Fuzilou-me com o olhar, o indicador em riste. — E lhe darei uma bela surra hoje!

Ele estava falando sério?

— Opa! Adoro um desafio! Vamos lá!

Léo respondeu animado, me dando um tapinha nas costas, mas eu ainda olhava a cara amarrada do César. A ligação realmente não deve ter sido nada boa.

Zé, que já tinha armado a rede na areia, trouxe a bola. Dei uma reforçada no protetor, bebi mais água e parti para a quadra. Não tive mais oportunidade de falar com César. Embora desejasse, não o faria na frente dos caras.

O jogo começou quente. Logo na primeira jogada César deu uma cortada direta na minha direção. A bola foi tão forte e indefensável, que minha tentativa de bloqueá-la me levou ao chão.

Porra!

— Um! — exclamou animado, apontando para mim, antes de cumprimentar um eufórico Marcelão.

Peguei a mão que Léo me estendia para me ajudar a levantar.

— O cara está inspirado hoje! — constatou.

Ou puto e resolveu descontar em mim! Pensei.

César foi para o saque e mandou outra bomba indefensável, me levando ao chão mais uma vez.

— Porra! Dois!

Pisquei várias vezes. Nos fins de semana jogávamos nosso vôlei por diversão, para extravasarmos o estresse da semana. Não havia competição, mas naquele dia César parecia determinado a ganhar. *Será que realmente ficou chateado pelo longo período sem vitórias?* Isso não fazia o menor sentido! Mais uma vez peguei a mão que Léo me estendeu.

— Valeu, cara — agradeci batendo na sunga para sacudir a areia. — Se ele quer jogar sério, vamos jogar sério.

César voltou para o saque e, mais uma vez, mandou um foguete. Desta vez, porém, eu estava ligado e a defendi perfeitamente, mandando a bola para Léo que fez uma excelente levantada para minha cortada. Marcelão não estava tão ligado quanto eu ou talvez não esperasse uma bola tão forte. De qualquer forma, ponto para nós e Léo gritou eufórico.

— Vamos virar essa porra!

— Que vacilo! — Marcelão ralhou comigo, zombeteiro. César, contudo, parecia ter sangue nos olhos.

Se a temperatura na praia estava quente, dentro da quadra estava fervendo. César vinha com tudo! Ele sempre jogou bem, desde novo. Não sei por que não seguiu carreira, seria um excelente jogador. É claro que nos deu uma surra e o primeiro *set* terminou em 21x16.

— Caralhoooo!

Marcelão fez sua habitual comemoração, correndo pela praia com os braços abertos, enquanto Léo se deixou cair na areia, assim como eu. Estávamos exaustos! O sol parecia nos abraçar de tão quente. César jogou duas garrafas d'água em nossa direção e, não sei se foi impressão minha, mas para mim pareceu vir como um morteiro.

— Devagar aí, cara! Está acelerado hoje, hein!

Ele não me respondeu. Mal acabamos de beber, sugeriu partirmos para o segundo *set*.

— Já? Nem deu tempo pra hidratar! — brinquei.

— Está cansado? Noite agitada ontem? — provocou-me.

— Opa! Ainda quero saber se foi uma boa ou má trepada! — Marcelão continuou e revidei.

— Excelente trepada, em todos os cômodos e em todas as posições.

— Puta que pariuuuu! — Marcelão correu pela areia mais uma vez, de braços abertos feito um retardado.

— Ah, porra! Então vê se joga direito, caralho! — Léo mandou. Era só o que me faltava!

Voltamos à quadra e a partida começou quente. César não perdoava, mas eu estava atento, e o *set* terminou empatado. A diferença dos dois pontos que garantiram a nossa vitória foi marcada por mim com jogadas em cima do Marcelão.

— Merda! — César bradou. — Você precisa estar mais atento, cara!

— E você menos estressado! Isso não é um jogo profissional, porra! Qual é o seu problema?

César franziu o cenho, seguindo em direção ao *cooler* para pegar as garrafas d'água.

— Não é um jogo profissional, mas quero ganhar. Isso é algum problema pra você? — perguntou ríspido, jogando a garrafa para Marcelão.

— Nenhum, se você não se estressar com essa porra e não me estressar também. Estou aqui para curtir! Quer competir? Vai para equipe do Bernardinho!

Léo soltou uma gargalhada.

— Bernardinho treina mulheres, seu retardado!

— Não mais. Ele voltou para a equipe masculina de vôlei. Você não entende porra nenhuma de esportes, hein!

Léo deu de ombros, bebendo água.

— Bom, de qualquer forma, estamos aqui para nos divertirmos, não é? — tentei apaziguar.

— Diz isso pro seu amigo! — Marcelão grunhiu.

Olhei César seriamente, enquanto ele bebia água concentrado. Seu cenho estava franzido, formando vincos visíveis, ainda que estivesse de óculos escuros. O que estaria acontecendo com ele? Aproximei-me.

— Dia ruim?

— Para você ficará pior, ganharei o outro *set*. Sorte no amor, azar no jogo, não é, doutor? — respondeu petulante e saiu sem me dar chance de resposta. Comecei a achar que o problema era comigo.

Mas que porra é essa, caralho?

A partida começou e César estava mais concentrado do que nunca, parecia que realmente estava numa competição importante, valendo o título de sua carreira.

Quanto a mim e Léo, estávamos cansados; eu principalmente por ter praticado algumas atividades físicas antes do jogo, dentre elas, corrido pouco mais de seis quilômetros na areia; tudo isso após uma deliciosa noite de sexo quente. Esse pensamento me levou de volta à Milena e me distraiu por um segundo. Foi o suficiente para o cara transformar a bola num "torpedo fotônico", como daqueles da série *Star Trek*, em minha direção e marcar outro ponto.

Merda!

Léo estendeu a mão mais uma vez, me ajudando a levantar.

— Não me leve a mal, mas acho que o problema é com você. Vocês brigaram? — Neguei e ele concluiu sério: — Seja como for, acho que está muito puto contigo! Ele só joga em você, cara!

Franzi o cenho, eu já havia percebido.

— O que vamos fazer? Partir pra cima? Vamos jogar à vera? — indagou ansioso.

Observei César por instantes. Ele me olhava com cara de poucos amigos e eu realmente queria entender o que estava acontecendo. Foi quando me lembrei da última vez em que nos vimos, no Delírio Tropical. Desde aquele dia estava estranho.

— Vocês vão ficar cochichando ou vão jogar? — Escutei sua voz petulante e o encarei. — Rafael está cansado ou está ficando velho demais para isso? — continuou me alfinetando.

Eu trepei e você não! Pensei, mas não disse, embora ele estivesse conseguindo me irritar.

— Certo, vamos partir pra cima! — Léo constatou animado, mas o detive.

— Se por algum motivo César quer guerra comigo preciso entender o porquê. — Mais uma vez o observei por trás das lentes do *Rayban*, voltando ao Léo. — Ele é meu amigo, cara.

Léo deu um sorriso torto, tirando a bola de minhas mãos.

— Acho que vamos perder a última partida — analisou, antes de devolver a bola para eles.

O *set* não demorou a acabar e, conforme previsto, César e Marcelão levaram a melhor. A cada bola que César atacava, mandava diretamente para mim, e eu precisava de uma vez por todas acabar com aquela merda.

Enquanto nos hidratávamos, segui até ele.

— Que porra é essa?

— Do que está falando?

— Você sabe exatamente do que estou falando!

— Rafael!

César ficou roxo. Olhei para trás me deparando com Alessandra, Edu e... Cristo! Foi como uma maldita apunhalada em meu peito: *Milena!*

Vestia uma saída de praia verde, como seus olhos, cabelo solto ao vento. Linda! E pensar que há algumas horas esteve nua em meus braços. Ela e Edu acenaram de longe, enquanto Alê se aproximou me dando um caloroso abraço.

— Que surpresa agradável te ver aqui! — exclamou alegre. — Olá, doutor César, como vai?

Ele abriu a boca para responder, mas ela voltou a mim, próxima ao meu rosto.

— Tudo certo pra hoje à noite? — perguntou em relação ao jantar e sorri animado. — Não vejo a hora!

— Confesso que estou um pouco nervoso.

— Estaremos juntos!

— Rapazes!

— Grande Edu!

Dei-lhe um forte abraço, cravando meus olhos em Milena que estava atrás dele.

— Aquele ali é Leonardo Villar? — indagou surpreso e assenti, informando que trabalhava comigo. — Que mundo pequeno!

— Dormiu comigo, doutor Queiroz?

Céus! Quase engasguei. Antes que eu pudesse responder, Milena quis saber se eu não a cumprimentaria. Pensei em lhe dar uma boa resposta do tipo *você foi embora me deixando a porra de um bilhete,* mas, apenas segurei sua mão e a beijei, roçando a língua por sua pele discretamente. Tenho certeza de que a desconcertei.

— Olá, César. — Desvencilhou-se de mim.

Edu se dirigiu ao Leonardo, que pareceu estranhamente desconfortável, cumprimentando-o de maneira contida. Perguntei de onde se conheciam e Léo limitou-se a dizer que Edu e Tiago estudaram juntos.

Edu pigarreou, perguntando se seu irmão estava bem, e Léo assentiu, mudando de assunto ao sugerir mais um *round.*

— Você está louco? — indaguei incrédulo.

— Por que não? Talvez as meninas gostem de ver você levando uma surra na quadra. — A voz de César soou petulante. — Eles levaram uma coça! — Dirigiu-se à Alessandra, que deu de ombros.

— Talvez eles tenham ganhado em outros aspectos.

— Creio que sim — rebateu antes de se dirigir a mim, desaforado. — Estou disposto a lhe dar outra surra.

É impressão minha ou o sentido não foi figurado?

— Não está, não! Aliás, preciso falar com você. — Arrastei-o dali.

Alguns metros à frente, o encarei seriamente.

— Que porra é essa? — Ele tirou os óculos, me encarando furiosamente. — Eu sou seu amigo, caralho!

Subitamente, pareceu arrependido. Pálido, fechou os olhos por instantes, abrindo-os na direção onde estava o grupo. Balançou a cabeça, envergonhado.

— Eu sou um merda! — Levou as mãos aos olhos, antes de passá-las pelo cabelo, desolado. — Desculpe, cara.

Eu não estava entendendo merda nenhuma, e ele continuou amargurado.

— Você é meu amigo, na verdade, o único que eu tenho. Eu te conheço, sei que é um cara do bem. Eu... — Balançou as mãos, perdido. — Só peço que não a machuque, por favor. Eu lhe imploro!

Então César sabia sobre mim e Milena? *Puta merda!* Abri a boca e fechei novamente, antes de, finalmente, conseguir falar.

— Como você sabe sobre...

— Sempre desconfiei de alguém, mas não sabia quem era. No dia do almoço tive a certeza.

Almoço?

— Se você realmente não quiser nada sério... quer dizer, sei que não tenho nada com a vida de vocês, nem o direito de me meter, mas ela é especial, cara. *Muito* especial.

— Então, você sabe o que aconteceu com ela? — perguntei ansioso. Finalmente alguém para revelar o mistério que envolvia o passado daquela mulher!

— Como assim? — perguntou confuso.

— Eu sei que alguma coisa muito séria aconteceu com a Milena, só preciso saber o que é.

— Milena?

— Tá maluco, cara? Você estava falando... — Abri a boca, chocado quando, finalmente, entendi.

Não era sobre a Milena que César se referia.

— Alessandra??? Você acha que estou tendo um caso com sua secretária?

Ele ficou lívido, e subitamente tudo ficou claro para mim. Meu amigo dispensou sua secretária de anos, promovendo Alessandra para o cargo.

Desde aquele dia em que nos encontramos no Delírio Tropical ele tem estado estranho comigo, parecendo estar em guerra. Abri a boca, pasmo.

— Nem pense! — advertiu-me apontando o indicador.

— César Monteiro você está apaixonado por sua secretária!

Ele fechou os olhos, dizendo um palavrão baixo. Puta que pariu! E eu achando que quem tinha problemas era eu!

Toquei seu ombro.

— Cara, precisamos conversar.

Meu amigo estava fodido.

TRINTA

Milena

Acordei deliciosamente dolorida, com braços fortes me envolvendo em um lençol macio. Estava escuro, mas ainda se ouvia uma deliciosa batida instrumental. O celular marcava cinco da manhã e o quarto cheirava a sexo e a Rafael, aquele cheiro inebriante que me fazia ter vontade de virar para o lado e acordá-lo para começarmos tudo de novo.

A noite foi intensa. Ele era insaciável e cada vez mais eu me via assim também. Era como se fossemos dois viciados. Eu sabia que precisava tomar cuidado com o turbilhão de emoções que passei a sentir desde o momento em que aquele homem entrou em minha vida. Fechei os olhos por instantes na tentativa de repetir meu mantra estúpido.

Se antes eu era idiota... Não consegui completar a maldita frase! O que havia de errado comigo?

— Passei a ser exatamente o que devo ser!

Forcei-me a dizer, me lembrando de como me senti vulnerável em seus braços, e ao mesmo tempo, protegida. Era um paradoxo. Movimentei-me, na tentativa de levantar. Rafael grunhiu, mas consegui sair sem acordá-lo. O ideal seria tomar banho, mas não quis despertá-lo, tão pouco tirar seu cheiro que estava impregnado em mim.

Com cuidado, toquei a tela do celular para iluminar parte do quarto, apenas o suficiente para encontrar minha roupa. Vesti-me na sala e peguei a bolsa, mas ao tocar o aço frio da maçaneta, me contive. Eu não poderia sair daquele jeito, não era elegante. Na verdade, Rafael não merecia aquilo.

Merda!

Olhei em volta em busca de papel e caneta, e silenciosamente retornei ao quarto, deixando um bilhete em cima da cama. Meus dedos tatearam o travesseiro que antes apertei com força, enquanto aquele lindo homem me proporcionava um dos muitos orgasmos da noite.

Fechei a porta com cuidado e desci as escadas correndo, indo embora sem olhar para trás. Acessei o aplicativo Uber para solicitar um carro e não demorei a chegar à minha casa.

Adormeci com os pensamentos na noite anterior e acordei com o barulho estridente do celular. Quem poderia ser àquela hora da manhã? *Rafael?* Atendi com um olho aberto e outro fechado.

— Hora de acordar, bela adormecida! Ou está esperando ser beijada pelo príncipe encantado?

— Prefiro ser comida pelo lobo mau!

Alessandra gargalhou do outro lado da linha.

— Assim que se fala, bebê!

— Que horas são?

— Hora de acordar. Bora pra praia! — Pisquei ainda desnorteada pelo sono, afastando o aparelho para ver a hora: uma da tarde. — Preciso de ajuda: soube que o César joga vôlei de praia nas tardes de sábado, no Leblon. Ouvi uma conversa por telefone.

— Certo...

— Sei que é absurdo, mas *preciso* ir lá! *Preciso* ver este homem de sunga jogando aquela merda de vôlei! Eu só o vejo de terno! Não posso ir sozinha, por favor, venha comigo! Já chamei o Edu também e...

— Que horas vocês passarão aqui?

— Então você vai? — perguntou radiante.

— Como não? Até eu quero ver o doutor César de sunga, porra!

— Ei! Você já tem o gostosão do Rafael! Deixe o meu invocadinho só para mim!

Fiz uma careta.

— Eu não o tenho coisa nenhuma! Espere aí, invocadinho?

— Coisa do Edu!

Caímos na gargalhada até eu falar seriamente.

— Você sabe que estarei com você em todas as maluquices que fizer, não é? Não estou indo por ele estar de sunga, embora, devo confessar que é um grande estímulo!

Rimos mais uma vez, antes de combinarmos o horário. Eles chegariam dentro de uma hora, eu precisava me apressar.

Após um banho, devorei uma boa tigela de iogurte com cereais enquanto ligava para minha mãe, que estava eufórica com o jantar.

Será que eu deveria enviar mensagem a Rafael? Será que viu o bilhete?

— Estamos preparando tudo, tomara que ele goste! Odaísa está se superando hoje!

A voz animada de mamãe interrompeu meus pensamentos. Odaísa era uma cozinheira de mão cheia e trabalhava em nossa família desde sempre.

— Você realmente deveria levá-la para sua casa!

Revirei os olhos. De novo essa história? Dona Marta cismou que deveria abrir mão de Odaísa para que trabalhasse para mim, inclusive este só não foi o tema principal do nosso almoço porque Rafael ocupou o topo no tópico "assuntos importantes".

— Odaísa trabalha pra *vocês*! Já disse que não preciso de alguém aqui todos os dias, pois fico fora o dia inteiro. À noite faço um lanche antes de ir pra academia.

— Estive pensando nisso. Que tal se ela fosse duas vezes na semana? Ela poderia arrumar a casa, lavar, passar e fazer uma comidinha gostosa pra você no final da semana — retrucou com carinho. Como não amá-la?

— Podemos conversar sobre isso no jantar?

Mamãe pareceu ganhar o dia.

— Nos vemos às oito, filha. Mande um beijo pro Rafael!

Ele não está aqui, mãe!

— E meu beijo?

— Um beijo pra minha menininha também!

— Pelo amor de Deus, segurem o meu coração! Juro que vou enfartar! — Edu exclamou assim que chegamos à praia. — Essa quadra é melhor que toda a Farme de Amoedo junta, minha Nossa Senhora Desatadora dos Nós!

— Só que esta quadra não te quer! — Alê retrucou e ele lhe mostrou o dedo do meio. Não é que a maluca pegou e o chupou?

— Sua puta!

— Com orgulho! — rebateu.

— Vocês são doidos! — gargalhei.

Ao caminharmos à quadra, parei subitamente. Parecia que meu coração saltaria pela boca! A poucos metros, vestido com uma sunga branca, pele dourada e molhada, estava Rafael. Reconheci-o de costas e juro que tive vontade de lamber cada gotinha que escorria por sua pele.

— Feche a boca, gata, não pega bem ficar dando na pinta. — Edu levantou meu queixo, e enrubesci.

Que vergonha! Eu realmente estava babando, mas não era a única ali. Alê não piscava, embora seu deus grego fosse outro. Toquei seu ombro, perguntando se estava tudo bem. Ela deu um longo suspiro, enquanto a olhávamos em expectativa. Só nós dois sabíamos o quanto era apaixonada por César, e vê-lo daquele jeito sem poder tocá-lo deveria ser, no mínimo, desesperador. Era difícil quando o desejo falava mais alto.

— É possível eu me apaixonar ainda mais por este homem?

Fechou os olhos por instantes e me questionei se ter ido àquela praia havia sido boa ideia. À frente, vi os dois homens conversando e me lembrei de quando Rafael foi ao escritório. Então realmente se conheciam? *Céus, qual é o tamanho do planeta Terra?* Alê se dirigiu a eles, surpreendendo-me quando não cumprimentou César, mas o homem que vinha abalando minhas estruturas.

— Leonardo aqui? — Edu engasgou parecendo ver um fantasma.

Pisquei. Quem era Leonardo? Edu, porém, não me deu chances para perguntar, disparando para lá feito um foguete. Não me restou alternativa senão me juntar ao grupo.

Ao vê-lo, Rafael abriu um sorriso que fez meu peito doer.

— Grande Edu!

Seus olhos cravaram em mim tão profundamente, que senti meu rosto queimar. Foi daquela forma que ele me olhou quando esteve dentro de mim horas antes.

— Aquele ali é Leonardo Villar? — Ouvi quando Edu perguntou.

Pelo que entendi, o tal Leonardo trabalhava no escritório do Rafael, mas eu não estava interessada no assunto naquele momento, só queria saber o porquê ele ainda não tinha falado comigo. Será que não viu o bilhete? Ou será que tinha ficado aborrecido?

— Dormiu comigo, doutor Queiroz? — *Cristo! Eu disse mesmo isso?*

Olhou-me surpreso, sem nada responder. Seu silêncio estava me matando! Não consegui decifrar suas emoções, não sabia se estava feliz ou irritado por me ver ali. Subitamente, caminhou até mim. Senti sua mão na minha, seus lábios em minha pele, a língua rodeando-a. Contive um gemido, mas o arrepio foi inevitável, assim como a excitação que me invadiu. Precisava me desvencilhar de seu toque ou enlouqueceria em segundos.

Dirigi-me a César, enquanto Edu cumprimentava o tal Léo, que me surpreendeu ao revelar que seu irmão e ele estudaram juntos. Não sabia que Edu tinha outra formação e pisquei confusa para Alessandra, que estranhamente pareceu tão admirada quanto eu.

Os homens entraram num papo sobre o jogo e cogitaram outra partida, quando Rafael e César se afastaram.

— Não sabia que você tinha outra faculdade. Por que nunca me contou? — A voz de Alessandra atraiu minha atenção.

— Porque não tenho! Que filho da puta!

Perante nossa confusão, continuou.

— Vocês se lembram do carinha que falei outro dia?

— Aquele que você conheceu na boate?

Edu assentiu para mim, apontando para a quadra.

— É ele. — Meu queixo caiu. — Leonardo Villar, pelo visto outro filho da puta!

Abri a boca e fechei-a novamente algumas vezes até conseguir me pronunciar.

— Espere aí, você está dizendo que aquele gostosão ali é gay?

— Pelo visto enrustido!

Abri a boca mais uma vez. Foi inevitável.

— Jesus!

— Maria e José! — Alê completou.

Edu nos contou que eles se conheceram na noite, numa das boates gays que ele frequentava.

— A gente teve uma noite e tanto, vocês nem imaginam! O cara é louco, do tipo topa tudo! — assenti sem entender exatamente o que quis dizer. — Desconfiei de que tivesse alguém, mas quando sugeriu de nos encontrarmos de novo, não pensei duas vezes!

— Espere aí, vocês *continuam* saindo? — indaguei surpresa, afinal o cara fez pouco caso do meu amigo!

— Mais ou menos...

— Como assim *mais ou* menos?

— Não é nada sério. Ele é noivo de uma garota.

— O quê? — perguntamos em uníssono.

— O Léo é bissexual, mas, pelo jeito, não assume. Por mim tudo bem, não quero compromisso com ninguém, estou realmente focado nos estudos e na carreira. — Soltou um longo suspiro antes de continuar: — O problema é que ele tem mexido comigo. Mas, jamais pensei que fosse me tratar *deste* jeito, como se eu fosse um nada! Amigo do seu irmão? Fala sério, nem sabia que o filho da puta tinha irmão!

— Meu Deus, Edu... — Alê tentou articular as palavras. — Há quanto tempo vocês estão saindo?

— Uns quatro meses.

Olhei a quadra mais uma vez, mas o tal Léo não estava lá. Os únicos presentes eram César e Rafael, que vinham em nossa direção, nos fazendo encerrar o assunto imediatamente.

— Meninas e menino — Rafael cumprimentou e Edu revirou os olhos.

— Pare de palhaçada, macho alfa dominante! Meninas está ótimo!

Eles gargalharam.

— Eu e César precisamos ir. Pena não podermos ficar com vocês. — Olhou-me sedutoramente.

Após a troca de abraços entre os rapazes, César se despediu de mim, antes de sua voz soar um tanto rude.

— Até segunda, Alessandra.

— Doutor César.

Mais uma vez, Rafael me dirigiu seu olhar penetrante, e sua mão varreu meu rosto. Estaquei, e por um segundo parei de respirar, abrindo a boca. Aquele homem ia me beijar na frente de todos!

Não. Ele não me beijou. Apenas segurou firme minha nuca, rosto rente ao meu.

— Nos vemos à noite. — Seu polegar roçou meus lábios e não pude deixar de fechar os olhos por instantes. — Aguardo a mensagem com os detalhes.

Eu estava entorpecida. Ele ainda me olhava tão intensamente que estremeci. Apertou minha nuca mais uma vez.

— O que você está fazendo comigo?

Rafael não me deu chance de resposta. Seus lábios grudaram nos meus e ele me beijou. Na praia, na frente de todos! César, Edu, Alê e de quem mais estivesse ali. Eu ainda tentava racionalizar, mas aquele homem me desestruturava completamente, derrubando todas as minhas barreiras.

Sem conseguir resistir, retribuí seu beijo, apertando-o contra mim. Seu corpo quente e molhado, suas mãos em minhas costas, me apertando. Ele tinha gosto de sal e de Rafael, um gosto peculiar que eu poderia sentir pelo resto de meus dias.

Ele diminuiu o ritmo, mordendo levemente meu lábio, antes de encostar sua testa na minha.

— Aguardo sua mensagem, minha namorada. Até a noite. — Roçou meu lábio mais uma vez e se foi, levando toda minha sanidade com ele.

— Puta que pariu! — Edu exclamou.

— Você está bem?

— É claro que ela não está bem! — Edu se postou à minha frente. — Gata, só digo uma coisa: este homem está louco por você e você por ele! Olha, eu juro que te darei uma surra se você não parar com essa palhaçada de negação, defesa ou sei lá que merda é essa!

— O Edu está certo, o Rafael é louco por você!

— Lá vêm vocês...

— O quê? Porra, que beijo foi esse? — Engoli em seco. — Você conviveu cinco anos com um moleque de merda que fodeu sua vida, e agora que tem a chance de ser realmente feliz, o que você faz? Joga tudo fora?

Tremi. Alê estava certa e apontou o indicador em minha direção.

— Eu sou apaixonada por um homem casado que não quer porra nenhuma comigo. Sofro dia e noite por ele há mais de dois anos! Dois malditos anos! *Isso* é sofrimento, desgosto e motivo suficiente para eu conviver diariamente com o medo, porque, sinceramente, acho que nunca deixarei de amá-lo, tamanha a força que ele exerce sobre mim, tamanha forma que me consome!

Meus olhos se encheram de lágrimas e foi inevitável controlá-las. Minha amiga segurou meus ombros.

— O Rafael *gosta* de você e você dele. Dê uma chance a vocês de serem felizes. Quem me dera se eu tivesse algo assim! Juro, mesmo sendo completamente louca pelo César, se me aparecesse uma chance de tirar todo esse vazio que ele deixa em mim por sequer me olhar, eu agarraria com unhas e dentes.

Eu estava assustada quando Edu se aproximou.

— Que tal dar uma chance à sua felicidade, hein? O Rafael *não* é o Leandro.

— Ah, não é mesmo! — Alê bradou.

— Nossa amiga está fazendo um puta *up grade*, não acha, gata?

Eles se abanaram e meus lábios se esticaram num sorriso misturando-se às lágrimas que ainda caíam. Abri os braços acolhendo-os.

— Amo vocês! Vocês são os melhores amigos do mundo!

TRINTA E UM

Rafael

Embora a vontade de ficar fosse enorme, fui embora. Meu amigo estava lascado e precisava de mim naquele momento. Decidimos almoçar ali perto, na Pizzaria Guanabara. Após olharmos o cardápio, optamos por uma boa Picanha à Brasileira. Ele fez o pedido, solicitou dois chopes e um silêncio mortal se instalou até que eu tomasse a iniciativa de quebrá-lo.

— Você quase acertou minhas bolas com aquela merda de saque.

Sem jeito, ensaiou um pedido de desculpa.

— Se você fez isso comigo que sou seu amigo, imagino quando encontrar o filho da puta que a está comendo.

César franziu o cenho e amaldiçoei a mim mesmo, levantando as mãos em sinal de rendição.

— Desculpe — pedi. Nunca fui bom com esse tipo de coisa. Balancei a cabeça, procurando pelas palavras. — Ela deve ser muito importante pra você.

Meu amigo manteve a cabeça baixa olhando para o nada, sem nada dizer. O garçom trouxe os chopes e agradeci. Quando se retirou, concentrei-me em César novamente, estendendo a tulipa em sua direção.

— Não há o que brindar — disse amargurado, pegando o copo. — Eu sou um merda! Quase briguei com o único amigo que tenho por causa de uma mulher.

Dei um sorriso que teve vida curta.

— Não foi por causa de *uma* mulher, Alessandra não é qualquer mulher — retruquei, batendo o copo levemente no dele. — Além do mais, você não levaria isso até o fim.

Bebi um gole do chope e finalmente ele sorriu. No fundo sabia que eu tinha razão .

— Mas você está realmente fodido!

— Não sei o que fazer — sussurrou perdido.

— Que tal começar me contando toda essa loucura?

Após tomar um longo gole, deixou o copo na mesa, soltando o ar com força.

— Faz tempo que meu casamento está uma merda. — Assenti com um leve aceno de cabeça, sem interrompê-lo. No fundo, eu já desconfiava. — Na época da faculdade Stella era um vulcão e eu testosterona pura! Ela me deu a porra de um chá de boceta!

Seu comentário me fez rir. Naquela época, não eram tão novos para não assumirem um romance, mas eram totalmente imaturos para um casamento, que acabou acontecendo logo que nos formamos.

— Sempre soube que ela é uma mulher fútil, mas nunca quis assumir isso nem pra mim mesmo! Stella vem de família muito rica e só fez faculdade por exigência do pai, só pra ter um diploma — desdenhou, tomando outro gole da bebida.

— A gente transava nos lugares onde você menos imagina! Você se lembra do dia do casamento, quando nos atrasamos?

Como não me lembraria?

— Todo mundo pensou que você tivesse desistido! — comentei zombeteiro.

— Porra nenhuma! A gente estava no jardim nos fundos da igreja dando umazinha antes do casamento. — Meu queixo caiu. — Aí cheguei como se nada tivesse acontecido e, quinze minutos depois conforme combinamos, a noiva imaculada, vestida de branco entrou. Esse era o clima do nosso relacionamento.

César fez uma pausa, passando a mão pelo cabelo.

— Mas... — arrisquei e ele me olhou seriamente.

— Sexo é maravilhoso, mas se não há nada além disso... — Deu de ombros. — Não havia nada entre mim e Stella e sua futilidade começou a me irritar, da mesma forma que minha seriedade e dedicação ao trabalho a irritavam também. As brigas começaram até enchermos o saco de tudo. Não discutíamos mais, nem sequer conversávamos! Acabamos ligando o foda-se um pro outro.

— Aí você começou a ter seus casos extraconjugais — constatei tomando um gole do chope, quando ele me surpreendeu.

— Eu nunca a traí! Quando a necessidade fala mais alto a gente trepa, mas é mecânico, puramente fisiológico. Nem me lembro da última vez! Se eu comesse uma boneca inflável, seria mais emocionante.

Porra! Engasguei com a bebida. Jamais pensei que meu amigo passasse por uma situação dessas. Abri a boca para tentar dizer alguma coisa, mas fui salvo pelo garçom que chegou com os pratos.

Ele nos serviu e se retirou. Começamos a comer em silêncio, mas eu havia perdido a fome. Que porra de vida era aquela que meu amigo tinha?

— Sinto muito. — Juro que foi o melhor que consegui dizer.

César terminou de mastigar e, mais uma vez, tomou outro gole do chope.

— Eu sempre vivi para o trabalho. Fiz aquele escritório crescer, expandi clientes, contratei os melhores advogados do Rio de Janeiro para atuarem lá, quer dizer, quase todos, não é?

Devolvi-lhe um sorriso sincero. Sabia que se referia a mim.

— Foi o trabalho que me salvou. Não traí a Stella por princípios, acho... na verdade não sei, pode ser covardia de minha parte também.

Franzi o cenho. *Covardia?*

— Na verdade, acho que nunca a traí por devoção e gratidão ao Ângelo — referiu-se ao sogro. — Como dizia *Jean de La Bruyère*: *Não há no mundo exagero mais belo que a gratidão*. E sou grato demais ao Ângelo por tudo que fez e faz por mim. Você sabe que nada substitui nossos pais, mas ele conseguiu diminuir o vazio que senti por ter perdido o meu.

Engoli em seco e ele continuou:

— Eu me transformei num *workaholic* filho da puta e foi isso que me salvou. Era o trabalho que me dava prazer, única e exclusivamente ele.

César degustou da bebida por longo tempo, até posicionar o copo com cuidado em cima da mesa.

— Sempre foi assim, até eu ver aquele maldito sorriso pela primeira vez.

Remexi-me na cadeira, a partir dali Alessandra entraria na história. Ele continuou, apertando o copo que ainda estava na mesa.

— Eu estava na minha sala, Laira me passava a agenda do dia. Por algum motivo que não me lembro, a porta estava aberta e eu a vi. Seu vestido era preto, colado em seu corpo perfeito, e ela usava uma meia calça brilhante que abraçava suas pernas torneadas. Cristo! Como desejei ser aquela meia!

Soube exatamente como era a sensação. Por uma fração de segundo, visualizei Milena em seu vestido vermelho que usou na noite anterior, aquela maldita fenda indicando o caminho que eu desejava desesperadamente seguir.

— Como se fosse um maldito tarado, contemplei aquele par de pernas até a barra do vestido, subindo cada vez mais. Laira continuava a falar, mas eu não ouvia mais nada, sentindo um aperto no peito.

Olhou-me seriamente.

— Ela sorriu e descobri que toda minha existência foi em preto e branco. Alessandra deu cor à minha vida quando sorriu daquele jeito, ainda que aquele lindo sorriso não tivesse sido pra mim.

Comecei a me sentir incomodado, não por ele, mas por mim. Ouvi-lo falar sobre Alessandra estava me remetendo à Milena, e isso não fazia nenhuma merda de sentido. Meu amigo estava apaixonado. Eu não!

— A partir daquele dia, minha vida se tornou um paradoxo: eu vivia o céu e o inferno. Alessandra preenchia minha vida com sua alegria contagiante, seu sorriso encantador, sua garra invejável e sua presença marcante onde quer que estivesse. Por outro lado, me deixava num vazio insuportável quando estava longe de mim. Cada vez mais eu sentia vontade de ir para o escritório só para vê-la e ficar perto dela, ainda que tivéssemos pouco contato. Eu parecia um maldito moleque que queria ir para a escola porque tinha tara na professora, a diferença era que meus pensamentos em relação a ela não eram puramente sexuais.

Ele tomou outro gole do chope. Talvez precisasse de tempo para se recompor.

— Quando percebi que não era só sexo, descobri que estava fodido. Eu gostava de estar perto, queria conversar com ela, tocá-la, trazê-la para perto de mim e deixá-la comigo o tempo todo.

César exalou com força, pegando o garfo e revirando a comida. Parecia ter perdido a fome, mas insistiu levando uma garfada à boca. Pigarreei, antes de fazer o mesmo. A Picanha estava deliciosa.

— Como ela veio trabalhar pra você? — Quis saber.

— Foram malditos dois anos contemplando aquela mulher dia a dia, até que Ronaldo precisou de uma secretária — começou, referindo-se a um dos sócios da Monteiros. — Sheila passou num concurso público e ele ficou refém, e é tão exigente quanto eu.

Meu amigo se calou por instantes, remexendo a comida mais uma vez e eu lhe dei o tempo de que precisava. Dois anos? Puta merda! Não sei se aguentaria tanto!

— Um dia fomos almoçar e acabei oferecendo Laira com a condição de que ela ganhasse, pelo menos, o dobro de seu salário atual comigo. Ele topou na hora.

— Como teria o salário dobrado com praticamente o mesmo trabalho, Laira não teve como recusar — constatei e ele assentiu. Pigarreei, falando com cuidado. — Você poderia ter indicado Alessandra para o cargo.

Ele me olhou seriamente, entendendo aonde eu queria chegar.

— Alessandra era assistente e foi promovida a minha secretária!

— Ah...

Essa eu não sabia, achava que era secretária de alguém. Peguei o copo.

— Ela ganha três vezes mais que a Laira.

Porra! Quase cuspi a bebida.

— E como você justificou este salário perante o Conselho?

— Alessandra é poliglota. Além do português, fala inglês, francês, alemão, espanhol e mandarim. Você sabia que ela trabalhou em Multinacionais como secretária direta da presidência? — Não sabia. — O currículo desta mulher é impressionante! Eu me perguntei o que esta mulher estava fazendo atendendo telefonemas e tirando fotocópias na minha empresa.

Eu estava chocado.

— Cheguei a cogitar a possibilidade de ela ser uma criminosa, uma super *hacker* procurada pela Polícia Federal ou o FBI, sei lá!

Soltei uma gargalhada e ele me acompanhou, ficando sério de repente.

— Alessandra é muito mais do que um rosto bonito — aquiesci. — Há um *gap* em seu currículo de três anos antes de trabalhar na Monteiros.

Quis saber o que ela fez durante este tempo, mas ele deu de ombros. Não tinha a menor ideia. Larguei os talheres e o olhei seriamente.

— Foi uma bela jogada. Você ficou bem com o Conselho ao indicar a Laira, fez um "up grade" em sua secretária — fiz sinal com as mãos indicando aspas —, justificou muito bem o aumento dos salários, e ainda promoveu duas funcionárias.

— Três funcionários! — corrigiu, me surpreendendo ao revelar que havia promovido Edu também, ao invés de contratar outro assistente para o setor. — Foi justo, já que trabalharia por dois. Na verdade, foi um pedido pessoal da Alessandra.

Porra!

— Ela me disse que ele precisava de aumento e que era capaz de desempenhar as duas funções. De fato, o cara é fantástico! Inteligente, prestativo e muito pró-ativo. Eu lhe dei o aumento e contratei uma recepcionista para não sobrecarregá-lo tanto e, no final das contas, foi melhor pra mim também. — Deu de ombros.

— O mais importante disso tudo não foi dito. — Fitei-o em expectativa. — Consegui manter Alessandra perto de mim o tempo todo.

Recostei-me na cadeira, analisando-o.

— E agora, doutor César? O que pretende fazer com tudo isso? — Olhou-me perdido e continuei animado, perguntando quando se separaria da Stella para viver com Alessandra.

— Você enlouqueceu? Ela nem olha pra mim! Eu sou o chefe arrogante pra todos naquele escritório, pensam que eu não sei! — replicou amargurado.

— E você parece não fazer nada para mudar isso, aliás, *até segunda, Alessandra?* Que merda foi aquela? — Apontei o indicador em sua direção. — Outro dia me incentivou a ir atrás da mulher que eu queria, o que houve agora? Cadê aquele César que falou comigo?

— Faça o que eu digo, mas não o que eu faço.

— Vai se foder! Eu sabia que sua vida com a Stella era ruim, mas não imaginava que fosse tão insossa! Pelo amor de Deus, cara! Como você consegue viver assim?

— Alessandra está saindo com alguém e...

— Foda-se! Descubra quem é esse filho da puta e o coloque pra correr de uma vez! É a mulher que você ama, porra! — Bati na mesa e ele revirou os olhos.

— Não exagere, eu não a amo!

— Ah, não? Você simplesmente remanejou grande parte do quadro de funcionários da sua empresa, mudando sua secretária de confiança que estava com você há anos por causa dela, inclusive, promovendo-a como sua secretária particular, e vem dizer pra mim que não a ama?

— Eu fiz um favor às duas! Aos três, na verdade. Todos foram promovidos, foi um reconhecimento por seus trabalhos.

— Vai se foder! — mandei de novo. — É sério que estou ouvindo isso?

Ele levou os dedos à testa, na altura das têmporas.

— É o que repito todos os dias na tentativa de justificar a loucura que fiz por causa dela. Nunca, em minha vida pensei que pudesse fazer algo deste tipo só para manter uma mulher perto de mim. — Balançou a cabeça. — Minha vida está uma bagunça! Antes eu tinha o controle de tudo. Agora a porra do controle foi para o inferno!

— Eu não entendo por que você não luta por ela, depois de tudo que fez...

— Porque sou covarde! Um frouxo por não conseguir me divorciar da Stella. Sabe por quê? — eu aguardava em expectativa. — Porque finalmente consegui ter de volta a boa vida que tanto sonhei e lutei anos para conseguir, e se eu me divorciar estará tudo acabado pra mim.

Seu comentário me deixou confuso. Eu sabia que não tinha se casado com Stella por interesse, ainda assim, sua vida melhorou bastante. César sempre teve uma vida confortável, mas com a morte dos pais quando ainda éramos jovens, tudo mudou. Desde cedo ele assumiu responsabilidade e ficou adulto muito antes de todos nós.

Ele revelou que quando se casaram, seu sogro os presenteou com o escritório e alguns de seus principais clientes. Eu sabia disso, inclusive este foi o motivo principal para não abrimos nosso próprio escritório juntos como havíamos planejado.

— Embora leve meu nome, a empresa pertence à Stella, não a mim.

— Entendi. Você perderia metade de tudo, caso se divorciasse dela.

Ele deu um sorriso nervoso.

— Você não entendeu. Eu não perderia metade, perderia tudo!

— Como assim? Vocês são casados!

— Pelo regime da separação de bens! — Meu queixo caiu. — Se nos divorciarmos, só me restarão a conta bancária, meu carro e o apartamento do Leblon, que está alugado. São os únicos bens que tenho. Nada das mansões na Barra ou na Região dos Lagos, os apartamentos em Nova York, Miami, Paris, enfim...

Puta merda! Senti a bile subir pela garganta. Não era justo, afinal César trabalhou duro durante tantos anos para transformar aquele escritório num dos maiores do Estado. E tudo ficaria para a insossa da Stella?

— Você faz parte do Conselho...

— Sim, mas minha participação nas ações é mínima. — Eu não podia acreditar naquilo! — Está tudo no nome dela.

— Que não faz porra nenhuma além de torrar o dinheiro em lojas e cirurgias plásticas! — respondi ríspido, me desculpando em seguida. Realmente fiquei furioso com aquela história.

— Não precisa se desculpar. — Balancei a cabeça, ainda pasmo. — Além de tudo isso, Ângelo foi como um pai pra mim, não apenas profissionalmente, mas por tudo! Você sabe disso.

Sim, eu sabia. *Merda!* Passei a mão pelo cabelo, tenso. Que enrascada meu amigo se meteu!

— Apesar disso, sinto uma vontade absurda de jogar tudo pro alto e começar do zero. Sei lá, tenho nome, sou um excelente advogado, tenho os melhores clientes...

— E por que não tenta?

— Já disse que sou covarde.

— E eu te digo que isso é besteira! Resolva sua vida! Se não fizer isso por você, faça por Alessandra, por vocês.

Ele me olhou incrédulo.

— Eu nunca a poria numa situação dessas! Ela nasceu pra ter todo o conforto do mundo, tudo de melhor que a vida tem para oferecer! Alessandra nasceu para o César endinheirado que está na sua frente, não para um cara que terá apenas uma conta bancária razoável e uma vida toda pra reconstruir — concluiu amargurado, virando o copo de uma vez. — Pensando bem, é melhor que ela se envolva com alguém.

— Pensando bem, este chope lhe subiu à cabeça e você está falando merda!

Ele deu de ombros.

— Não acredito que Alessandra se importaria com o César "não endinheirado". — Sarcástico, fiz sinal com as mãos indicando aspas. — Além disso, um cara que tem um *Jaguar,* um apartamento de dois quartos no Leblon e uma conta bancária razoável não parece nada pobre pra mim. Vai se foder, César! Muita gente gostaria de ser pobre como você! Isso é desculpa!

— Já disse que sou covarde.

— Não mete essa! — mandei irritado, sorvendo um gole do chope que desceu amargo demais.

Eu o conhecia muito bem, nunca foi o tipo de pessoa que desiste fácil. Eu sabia que havia algo mais. Ele largou os talheres de forma tensa.

— De fato sou um covarde filho da puta! O que tenho verdadeiro pavor é da recusa dela. — Fechou os olhos com força, como se fosse difícil pronunciar as palavras. — No fundo, Alessandra me odeia; como todos naquele escritório. Eu sou o chefe carrasco que todos provavelmente desejam que morra!

— E você parece fazer questão de contribuir pra isso, não é, doutor?

Eu conhecia o "César chefe", que era totalmente o oposto do "César pessoa". Nunca concordei com este tipo de comportamento, inclusive essa sempre foi uma de nossas maiores diferenças.

— Já recebi muito não nessa vida, você sabe, e suporto recebê-lo de qualquer pessoa, menos dela. Foda-se que o mundo me odeia, mas ela... — Balançou a cabeça, perdido. — Suporto até perder uma causa, mas ser negado por Alessandra me deixa... apavorado!

Porra! Depois diz que não a ama! Pensei, mas não disse. Não queria tornar a vida do meu amigo mais miserável.

— Estou farto disso! — desabou.

— Então mude!

Remexeu a fria comida, perdido em pensamentos; parecia viver um inferno. Meu amigo precisava de ajuda, e eu sabia exatamente o que fazer.

— Vou descobrir quem é esse mané que está tendo um caso com ela.

— De quem você está falando?

Revirei os olhos.

— Do meu pau! De quem estou falando, caralho?

Ele fez uma careta.

— Deixa esta história pra lá!

— Porra nenhuma! Alessandra é minha amiga, darei um jeito nisso.

Ele se remexeu desconfortavelmente na cadeira.

— Pelo amor de Deus, vê lá o que vai fazer!

— Relaxe, doutor César. — Peguei o copo. — Por enquanto, peço que repense sua vida, independente de qualquer coisa.

— É o que tenho feito desde sempre.

— Ótimo.

Dei uma garfada em meu prato.

— E a doutora Milena?

— Hoje foi o seu dia, meu amigo — respondi tal qual o fez no Bracarense. — Hoje foi o seu dia.

TRINTA E DOIS

Rafael

Saí do restaurante decidido a ajudar meu amigo descobrindo quem era o mané com quem Alessandra estava envolvida. *César apaixonado pela secretária!* Eu ainda não podia acreditar!

Assim que entrei no quarteirão do condomínio, o celular tocou indicando sinal de mensagem.

Boa tarde, doutor Queiroz. Confirmado hoje, às 8h da noite?

Que porra era aquela?

Se somos namorados, precisamos acabar com este tipo de formalidade, não acha?

Cliquei em enviar, e no momento em que entrei no prédio a resposta chegou.

Digamos que eu goste de irritar meu namorado. Você não me disse se estamos confirmados.

Eu gargalhava, quando o telefone tocou. Era Léo querendo notícias sobre César. Tranquilizei-o, sem dar detalhes sobre seu problema.

— Então, não é nada contigo? — Assenti. — Melhor assim.

Ele mudou de assunto, perguntando de onde eu conhecia o Edu. Respondi que trabalhava com o César e ele ficou surpreso.

— Que mundo pequeno! — comentou despretensiosamente, se transformando quando eu quis saber o porquê da pergunta.

— Esse cara é um pé no saco! Você sabe que ele é viado, né?

Fiz uma careta.

— Homossexual!

— Viado, caralho! Gosta de... você sabe!

— E o que essa porra tem a ver? — Irritado, entrei no apartamento. — Isso não o faz pior do que ninguém. Que preconceito estúpido é esse?

— Esse cara não é o que parece. Ele estudou com o Tiago e vinha aqui em casa algumas vezes. Esse viado dava em cima de mim direto! Eu já namorava a Elga nessa época.

— Eu nem era nascido e você namorava a Elga! — respondi ríspido, referindo-me ao seu longo tempo de namoro e às coisas que fazia com ela.

Nunca fui santo, mas nunca enganei ninguém, e jamais concordei com as sacanagens que ele fazia. Mas isso não era problema meu, certo?

— Sem graça! Só estou te avisando pra tomar cuidado. Esse cara é insistente e gosta de contar histórias. Eu alertei o Tiago, mas, assim como você, não me ouviu. Veio com o mesmo papinho de preconceito, blá-blá-blá. Deu no que deu.

Aonde queria chegar, exatamente?

— Como assim, Léo? — perguntei impaciente e ele exalou com força.

— Esse Edu espalhou que estava tendo um caso secreto com meu irmão e o Tiago ficou com fama de viado na faculdade. — Pisquei. — Cuidado, ele pode espalhar que tem um caso com você... ou com *qualquer* pessoa.

Qualquer pessoa? Fiquei surpreso. Se fosse outro me contando aquilo... mas, era o Léo, porra! Por outro lado, Edu me ajudava com a Milena. Alguma coisa parecia estranha nessa história.

— Só estou dando um toque, faça como quiser.

Ouvi um bipe e afastei o aparelho do ouvido para ver a chamada em espera, sentindo um frio na espinha.

— Preciso desligar. — Assentiu, querendo saber qual era a boa da noite e desconversei, dizendo que não poderia sair.

— De novo? Você se amarrou com alguém? Que porra de trepada foi aquela? Tá escondendo o jogo?

Apertei os lábios, irritado. Estava recebendo a ligação que queria desesperadamente atender, mas Léo não calava a porra da boca. Inventei uma desculpa esfarrapada, conseguindo despachá-lo para, finalmente, conseguir atender a ligação que tanto queria.

— A poderosa doutora Milena Andrade!

— Acho que precisamos parar com este tipo de formalidade, doutor Queiroz — respondeu me imitando de forma afetada.

— Doutor Queiroz? — perguntei sarcástico e ela sorriu.

— Isso te irrita.

— E, pelo visto, você adora me irritar.

— Digamos que seja divertido.

— Divertido, doutora?

— Doutora poderosa? — perguntou direta e reta.

Sentei-me no banco onde ela esteve horas antes, de frente para a bancada da cozinha.

— Sim, poderosa.

— Sinto-me lisonjeada. Oito horas?

— Ansiosa?

— Perdão?

— Você me ligou... — Ouvi a respiração descompassada do outro lado. Decerto tinha ficado irritada e estava pronta para me dizer meia dúzia de desaforos, mas eu não permitiria que isso acontecesse. — E eu teria feito o mesmo porque sim, estou *muito ansioso*. Confirmado às oito, a não ser que prefira mais cedo.

Silêncio, e tive a certeza de que a desarmei.

— Oito horas, na porta do prédio — gaguejou.

— Estarei lá. Um beijo, doutora.

— Dois, doutor Queiroz.

Milena desligou, me deixando perdido. Eu a tinha desarmado, tinha certeza. Quanto a mim? Eu já estava desarmado há muito tempo! Merda! Não era somente meu amigo César que estava fodido.

TRINTA E TRÊS

Rafael

O relógio marcou oito em ponto quando estacionei em frente ao prédio do Flamengo. Milena surgiu elegantemente despojada em uma calça jeans clara, blusa verde e sandálias da mesma cor. Seu cabelo se movia ao sabor do vento, conforme seu gingado sensual. Sua pele bronzeada de sol aguçou meus sentidos.

— Boa noite, doutor Queiroz.

Eu estava encostado no carro com os braços cruzados à frente do corpo, como se assistisse de camarote a sua chegada. Assim como ela, também optei por um visual esporte: calça jeans escura, camisa *slimfit* branca com detalhes azuis e sapatênis azul escuro.

— Você fica bonito de branco.

Puxei-a em minha direção.

— E você fica linda com qualquer cor. Ou nenhuma delas — sussurrei antes de beijar sua boca como se não houvesse amanhã.

Beijei-a com vontade! Era o que eu mais desejava desde o momento em que a deixei na praia. Não sei por quanto tempo ficamos ali, ela parecia tão sedenta quanto eu. Devorou-me com urgência, me puxando para si.

A contragosto interrompi o beijo, fitando sua boca vermelha. Ela estava tão ou mais ofegante do que eu.

— O que está acontecendo com a gente?

Encostei a testa na dela, acariciando seu rosto. Ela parecia apavorada. Do que poderia ter tanto medo? Toquei seus lábios delicadamente, beijando-a mais uma vez. Foi um beijo terno, carinhoso, como se dissesse a ela que tudo ficaria bem.

— O fofoqueiro do Ed está olhando — comentei brincalhão e ela revirou os olhos. — O bom é que poderá confirmar nosso plano aos meus sogros.

— Nosso plano? — indagou surpresa.

— Por que não? Pode ter partido de você, doutora, mas agora é o *nosso* plano.

Antes que dissesse qualquer coisa, abri a porta do carro. Ela entrou e contornei o veículo, acenando para Ed que pateticamente tentou se esconder atrás do vidro.

— Eu te vi, seu intrometido! — grunhi baixo o suficiente para ele não ouvir.

Seguimos em direção à Ipanema em silêncio, no carro apenas as vozes dos Tribalistas. Eu queria conversar, saber o porquê foi embora me deixando um bilhete, mas não quis pressioná-la e deixá-la desconfortável.

Tudo ao seu tempo. Pensei.

— A praia estava boa hoje — comentei despretensiosamente e ela assentiu, dizendo que foi coincidência nos encontrarmos lá.

— Geralmente ficamos no Posto Nove.

Seu comentário me fez lembrar da conversa com Léo, ao telefone. Posto Nove era onde ficava a Rua Farme de Amoedo, um dos maiores *points gays* da cidade. Ela quis saber de onde eu e César nos conhecíamos.

— Fizemos faculdade juntos. Mundo pequeno, não é? Eu disse que você estava destinada a mim. Nós teríamos nos conhecido de qualquer jeito.

Milena passou a língua nos lábios, mordendo-os e precisei conter um gemido. *Pare com essa porra, mulher!*

Não levou muito tempo para chegarmos à casa de seus pais. Ela indicou o luxuoso condomínio e imediatamente a garagem foi liberada. Peguei a garrafa de vinho e a delicada orquídea no banco traseiro, deixando-a surpresa.

— Para meus sogros. — Dei de ombros.

— Muito sedutor, doutor Queiroz.

— Espere até ver o que reservei pra você.

Não é que a danada sorriu?

— Boa noite, Francisco.

— Dona Milena! — saudou educado, abrindo a porta do elevador para entrarmos, enquanto me cumprimentava cordialmente.

Não pude deixar de encará-la faminto enquanto estávamos naquele cubículo. Deus, como eu desejava aquela mulher!

— Por favor, pare com isso.

— Isso o quê?

— Me olhar deste jeito. Simplesmente pare.

— É inevitável. Não sou eu, mas *você*. Eu me sinto desesperadamente atraído por você, é como se você tivesse um maldito ímã!

Ela mordeu o lábio, também me desejava, era fato, estávamos totalmente envolvidos ali. O elevador bipou e precisei me recompor. Inspirei profundamente antes de pegá-la pela mão.

— Hora do show, doutora.

Caminhamos para o apartamento, de onde a música podia ser ouvida do lado de fora. Ela levou o dedo trêmulo à campainha, me fazendo constatar o quanto estava tremendo por dentro também.

— Minha querida!

A voz de dona Marta, "minha sogra", me desviou dos pensamentos e contemplei emocionado o abraço carinhoso que deu na filha.

— Seja bem-vindo à nossa casa, Rafael.

Cumprimentei-a carinhosamente, lhe estendendo o delicado arranjo com a orquídea amarela. Foi a forma que encontrei para expressar minha gratidão e o profundo desejo de felicidade àquela família.

— Pai!

— Minha querida!

Milena abriu um largo sorriso, me fazendo sentir um aperto no peito.

— Boa noite, Rafael — "meu sogro" cumprimentou-me cordialmente, com um aperto de mão firme.

— Um pequeno agradecimento pelo convite: *Blason D'Issan Margaux*. — Orgulhoso, lhe entreguei o vinho francês e ele agradeceu cordialmente.

— Fique à vontade como se estivesse em sua própria casa!

Dona Marta se adiantou e não pude deixar de pensar no quanto era encantadora. Seu Mauro, entretanto, era mais contido. Não poderia culpá-lo, afinal, estávamos falando sobre sua filha.

Cumprimentei Alessandra que estava ao lado de uma bela senhora: sua mãe.

— Muito prazer, Ana.

A futura sogra do César. Pensei.

— Não há como negar que seja a sua mãe! — disse a Alessandra. De fato, as duas eram muito parecidas.

— Alessandra puxou a mim, graças a Deus!

— Mãe! — repreendeu-a, me fazendo sorrir.

Dona Marta nos acomodou na sala e ofereceu bebidas. Como estava dirigindo, recusei. Não que nunca tenha feito isso antes, mas realmente estava decidido a fazer a coisa certa. Foi quando meu sogro me surpreendeu.

— Beba à vontade! O motorista os levará para casa.

Uau!

— Imagine, não precisa se incomodar.

Confesso que fiquei sem graça, não esperava por isso.

— Não é incômodo nenhum. Vinho? Champanhe? Cerveja? Uísque?

Porra! Pigarreei.

— Acompanharei o senhor.

Ele arqueou a sobrancelha.

— Então bebe de tudo um pouco? Interessante.

Ele estava me analisando?

— A praia estava boa hoje — Alessandra comentou e engatamos um papo animado sobre as praias da cidade.

Meu sogro me ofereceu a taça de vinho. Era o que todos bebiam, menos dona Marta, que optou por suco de laranja. Alessandra perguntou sobre o vôlei e respondi que eu e César jogávamos desde moleque, sorrindo com a lembrança.

— Imagine você jogando vôlei de praia! — Dona Ana comentou animada, fazendo gestos como se estivesse se abanando, me deixando um pouco sem jeito.

— Mãe!

— O que é, menina? Eu, hein! Minha sobrinha está de parabéns! Seu namorado é um pedaço de mau caminho!

Dona Marta soltou uma risadinha cúmplice, assim como Milena. Alessandra, no entanto, estava visivelmente sem graça.

— Desculpe por minha mãe — pediu.

— Ela me fez um elogio, por mim tudo bem. — Dei de ombros, tentando soar divertido e dona Ana me devolveu uma piscadinha.

— Quer dizer que Leandro está jogando sujo?

— Típico, não é, pai? Ele entrou com o pedido de *habeas corpus*, mas é claro que a justiça negou.

— Cuidado, minha filha — disse pensativo.

— Leandro é um péssimo advogado, pai! Aliás, é péssimo em tudo!

De novo esse Leandro? Olhei inquisitivo para Alessandra que deu de ombros, bebendo o vinho. Uma jovem senhora entrou na sala e Milena a abraçou com carinho.

— Odaísa! Sentindo minha falta?

— Muita! Esta casa fica tão vazia sem você!

— Sou obrigada a concordar! — Dona Marta apressou-se em responder. A senhora deixou duas bandejas repletas com canapés deliciosos.— Por que não aproveita e conversa com ela? — minha sogra perguntou assim que a moça se retirou.

— De novo essa história, mãe?

— É mais seguro do que contratar outra pessoa e Odaísa é de extrema confiança!

— Eu sei, mas ela trabalha aqui e você precisa dela *todos os dias*!

— Deixe de besteira! Eu posso abrir mão dela dois dias na semana.

— Podemos conversar sobre isso depois?

— Não! Não podemos porque é sempre esta resposta que você me dá. Rafael, por favor, me ajuda?

Milena a olhou incrédula e pisquei.

— Marta, deixe o rapaz fora disso, você o está deixando numa situação desconfortável — meu sogro interveio. Eu realmente não sabia o que dizer.

— Mãe, é lógico que prefiro Odaísa a qualquer outra! Ela faz parte da família, veio pra cá muito antes de eu nascer, mas ela trabalha aqui. Não quero causar problema.

— Duas vezes na semana não me causará problema nenhum! Problema será ver uma pessoa estranha dentro da sua casa!

Milena me olhou por instantes e sutilmente balancei a cabeça. Sua mãe tinha razão. Pensou um pouco, antes de assentir.

— Tudo bem, vou conversar com ela.

Dona Marta pareceu ganhar a noite. Devo confessar que também não me sentiria nada confortável sabendo que uma pessoa estranha estaria na casa da minha namorada.

Minha namorada... Pensei, me surpreendendo quando percebi que aquilo estava soando muito natural para mim.

Foi ao som de Bossa Nova – Insensatez, Wave, Corcovado, Garota de Ipanema e tantas canções maravilhosas, em meio a canapés deliciosos e um vinho de excelente qualidade que engatamos um papo agradável, que durou grande parte da noite.

— Como vocês se conheceram? — A fogosa dona Ana quis saber.

Lancei um olhar cúmplice a Milena. Eu sabia que essa pergunta seria inevitável.

— Na noite — apressou-se em responder. — Numa boate.

Dona Ana pareceu surpresa e continuei:

— Me lembro como se fosse hoje, Milena estava linda. Vestia uma calça jeans clara e uma blusa rendada branca que parecia flutuar quando se movimentava. Seus olhos. — Apontei em sua direção. — Esses lindos olhos foram a primeira coisa que vi, misteriosos e brilhantes em minha direção.

Disse de forma sincera, recordando a primeira vez que a vi. Senti um gosto amargo na boca ao me lembrar de que não foi a mim que beijou naquela noite. Balancei a cabeça, não queria pensar naquilo, ela estava *comigo*, afinal. Ela me olhava assustada, quando dona Marta comentou:

— Ah, foi naquela noite em que vocês saíram com o Edu! Minha filha estava realmente linda!

Milena estava sem palavras e Alessandra me olhou incrédula.

— Você estava na 00?

Olhei-a confuso e seu Mauro perguntou desconfiado:

— Você não o viu, Alessandra?

Merda!

— Eu e sua filha nos encontramos praticamente na hora de irmos embora. Trocamos telefones e só saímos depois. — Tentei consertar da melhor forma que pude.

— Entendo... — Levou a taça à boca, enquanto Milena ainda parecia perdida em pensamentos.

— Meu Deus, o homem se lembra da roupa que você vestia! Você está mesmo apaixonado, hein, garoto!

— Mãe! — Alessandra repreendeu mais uma vez e fiquei totalmente sem ação. Milena estava lívida. Apaixonado? Aquilo era absurdo! Eu mal a conhecia! Desejo sim, mas paixão? — Desculpe, minha mãe é uma romântica incorrigível!

— E neste ponto você deveria ter puxado a mim!

Alessandra revirou os olhos e pediu licença para ir ao toalete. Milena aproveitou a oportunidade para mudar de assunto, perguntando ao pai sobre o andamento da consultoria para as obras do Veículo Leve sobre Trilhos, o famoso VLT. Seu Mauro era um renomado engenheiro e prestava consultoria neste projeto. Ele balançou a cabeça.

— Nada neste país é tão simples, minha filha...

Ela franziu o cenho, preocupada, no momento em que senti o celular vibrar no bolso da calça. Era mensagem no WhatsApp. *Alessandra?*

Não me diga que você estava na OO naquela noite? Você nos viu?

Discretamente, digitei a resposta.

Sim.

Esta era uma informação que eu deveria saber!
Por que não me contou?

Como eu ia saber? Pensei.

— Desculpem, preciso responder um cliente.

Achei deselegante ficar no WhatsApp enquanto estava na casa dos meus supostos sogros.

— Aquele seu cliente importante de São Paulo? — Dona Marta arriscou e assenti.

Milena me encarou desconfiada. *Merda!* Ela sabia que não havia nenhum cliente de São Paulo, mas eu precisava responder Alessandra, algo me dizia que ela tinha novos planos.

— Será rápido.

— Use o tempo de que precisar, meu amor. É o *seu trabalho.*

Ela estava sendo sarcástica? Dei um sorriso amarelo, antes de me afastar um pouco para responder.

Não tivemos oportunidade,
mas podemos conversar sobre isso depois.

Ok, tentarei controlar minha ansiedade.
Seus finais de semana são muito concorridos
ao ponto de você não poder fazer algum tipo de viagem?

Rá! Eu sabia que estava aprontando alguma!

Quando se trata da sua amiga, faço qualquer coisa!

Digitei e cliquei em enviar, surpreendendo a mim mesmo.

Verei o que posso fazer.

Assim que recebi a mensagem, Alessandra ficou *offline.* Decidi ficar ali, como se realmente estivesse em algum tipo de reunião. Ela voltou do banheiro e, instantes depois, retornei ao meu lugar.

— O jantar está servido — Dona Marta informou e me senti envergonhado, pedindo desculpas por estar ao telefone. — Imagine, querido, é seu trabalho!

Senti os olhos de Milena cravados em mim enquanto nos dirigíamos à grande mesa de jantar. Molhei os lábios ao ver o *menu* delicioso: Lagosta ao Thermidor com purê de batatas. Minha sogra realmente caprichou!

— Uau! — Não me contive.

— É bom aproveitar a comida da sogra, Milena não frita um ovo! Dona Ana disse divertida.

— Não enganarei ninguém, sou mesmo um desastre na cozinha!

— É, doutora? Não acredito nisso! — respondi sarcástico e vê-la corar até o fio de cabelo me fez ver que tinha entendido a piada. Eu sabia o quanto ela podia ser boa numa cozinha, especificamente em cima da mesa. — De qualquer forma, eu sei cozinhar.

— Oh, que perfeito! — Dona Ana suspirou.

Sentamos à mesa na seguinte ordem: de um lado eu, Milena e dona Ana; do outro seu Mauro, dona Marta e Alessandra. É claro que ele ficaria de frente para mim!

— Um delicioso prato pede um delicioso vinho. — Meu sogro pegou a garrafa que lhe presenteei, tecendo elogios à bebida.

— Os franceses são sempre os melhores.

— Pelo menos nisso! — rebateu divertido.

— Em perfumes também! — Milena completou e todos riram.

Seu Mauro serviu a todos e propôs um brinde.

— Aos novos tempos.

Sem entender muito bem, brindei e começamos a comer em silêncio.

— Delicioso!

Não consegui me conter por muito tempo, estava realmente perfeito. Dona Marta sorriu orgulhosa.

— E a casa de Angra, tio?

Alessandra perguntou e imediatamente fiquei em alerta.

— Faz tempo que não vamos lá.

— Que desperdício! Podemos marcar um final de semana, hein, Mila?

Alessandra, você não existe! Pensei. César escolheu a mulher certa e eu faria tudo por esses dois, da mesma forma que ela estava fazendo por mim e Milena.

TRINTA E QUATRO

Milena

O daísa era uma cozinheira de mão cheia e com mamãe formava uma dupla e tanto! Dona Marta com suas ideias mirabolantes, e ela com seus dotes inimagináveis.

Enquanto saboreava a suculenta Lagosta ao Thermidor, pensava no quanto minha mãe estava encantada com Rafael e em como se empenhou para agradá-lo. Nem Leandro teve tanta reciprocidade, aliás, quando tivemos um jantar assim, em *família*?

Levei mais um pedaço à boca lembrando-me da tal mensagem que Rafael recebeu. Com quem estaria conversando? Certamente não era com o cliente de São Paulo, afinal ele não existia. Era sábado à noite, quem sabe não falava com alguma garota? E por que eu estava preocupada com isso?

— Delicioso! — Sua voz me tirou dos meus devaneios.

Alê perguntou sobre a casa de Angra e papai respondeu que fazia tempo que não íamos lá.

— Que desperdício! Podemos marcar um final de semana, hein, Mila?

Quase engasguei com a comida. *Que porra é essa, Alê?* Céus! Ela aprontaria mais uma das suas!

— Acho fantástico, assim o Rafael conhece a casa! — Mamãe se precipitou, como sempre.

Puta merda!

— Os finais de semana são complicados pro Rafael, por causa do trabalho. Vocês viram como ele estava compenetrado no celular! — Encarei-o sarcástica.

— Nada que não possa ser programado — rebateu.

— Você vai adorar a casa! Foi tio Mauro que projetou — Alê continuou orgulhosa. — Lembra quando éramos crianças e íamos pra lá?

Sua pergunta aqueceu meu coração. Acompanhamos toda a obra de perto, embora fôssemos novas demais para entendermos o que estava acontecendo. Meu pai era meu orgulho e minha inspiração. Sempre foi e sempre seria.

— Podemos chamar o Edu também!

— Alessandra vive grudada no Edu! Adoro este menino, mas deste jeito nunca arrumará um namorado! — Dona Ana a repreendeu e ela arqueou a sobrancelha perfeita.

— Quem disse? — respondeu bebendo o vinho. Como ela conseguia fingir tão bem sua paixão secreta, eu não saberia dizer.

O jantar transcorreu maravilhosamente bem, embora estivesse vivendo um turbilhão de sentimentos e sensações. Rafael mexia demais comigo e isso era tão assustador! Não queria passar por toda aquela merda de novo. *O Rafael não é o Leandro!* A voz de Edu invadiu meus pensamentos. Ele tinha razão.

Após a sobremesa, um delicioso creme brûlée, voltamos à sala de estar onde papai ofereceu licor a todos.

— Frangelico ou Amarula? — perguntou a Rafael e ele optou pelo segundo. — O preferido da Milena. Vocês realmente combinam.

Até aquele momento meu pai esteve atento, analisando meu suposto namorado completamente. Seria possível ele estar baixando a guarda?

— Isso é fundamental! Eu e meu ex-marido, pai da Alessandra, que Deus o tenha — Minha tia fez o sinal da cruz —, éramos muito parecidos, sabe, Rafael?

Alê revirou os olhos e durante bom tempo dona Ana desandou a falar sobre seu Raul e a época em que namoraram para um atento e divertido Rafael. Suas histórias eram realmente hilárias e era inútil controlarmos o riso.

— Tio, porque não toca um pouco? — Alê pediu e papai enrubesceu.

— Verdade, Mauro, toque um pouco. Raul ficaria feliz!

Meu pai deu um sorriso singelo, certamente lembrando-se do saudoso amigo e das noites quentes em Angra, quando ficavam até altas horas na varanda enquanto eu e Alê aprontávamos todas pela casa. Não percebi quando mamãe caminhou à biblioteca, trazendo seu violão. Rafael me encarou surpreso.

— Meu pai toca — disse orgulhosa e ele sorriu.

— Eu também. — *Porra!* — Violão e gaita.

Meu pai pareceu impressionado.

— Acho tão sexy homem que toca gaita! — Dona Ana exclamou, se abanando, arrancando risos de todos. — Você não é nada fácil, hein, rapazinho! Minha sobrinha está bem arrumada!

— Mããäe! — Alê rangeu entre os dentes e sorri. Dona Ana estava para lá de alta.

— Eu era muito novo quando comecei a tocar, era uma espécie de terapia. Sempre gostei de música. Na verdade, queria ser cantor de rock.

Que revelação! Sorri quando a imagem do *bad boy* com cabelão, cantando no palco perante menininhas histéricas invadiu meus pensamentos. Fatalmente eu seria uma delas.

— Não me diga que você queria ser como Axl Rose? — indaguei divertida e ele gargalhou.

— Exatamente, doutora! — respondeu com uma piscadinha que me deixou em maus lençóis.

Depois de trabalhar toda semana
meu sábado não vou desperdiçar

Papai começou os primeiros acordes de *Sábado em Copacabana*, de Dorival Caymmi, interrompendo a música o suficiente para se dirigir a Rafael.

— Acho que você não conhece essa, filho.

Já fiz o meu programa para esta noite
e já sei por onde começar

Foi quando Rafael surpreendeu a todos, sentando-se ao lado de meu pai e sua voz sexy e extremamente afinada juntou-se a dele.

Um bom lugar para encontrar
Copacabana
pra passear á beira-mar
Copacabana
depois num bar á meia-luz
Copacabana
eu esperei por essa noite uma semana

Rafael cantou a última estrofe me olhando profundamente e senti um aperto no peito. *Por Deus, você precisa ter um defeito!* Pensei desesperada. Eu estava mergulhando num abismo e por mais que soubesse que deveria sair dali imediatamente não conseguia.

— Minha nossa senhora das calcinhas molhadas! — A voz de dona Ana em meu ouvido me fez olhá-la chocada. — Onde você arrumou este homem? Não quer me apresentar ao pai dele?

— Tia, o pai dele é casado!

Ela fez uma careta.

— Ah, merda! Um irmão? Primo?

Revirei os olhos, divertida.

— Bravo! — Mamãe aplaudiu. — Que coisa linda!

— Você canta muito bem.

Rafael corou, sem jeito, agradecendo ao elogio de papai.

— Posso? — perguntou referindo-se ao violão.

— Vai cantar *Patience*?

Meu pai perguntou zombeteiro, lhe entregando o instrumento, e Rafael soltou uma gargalhada.

— Paciência. Isso é importante. — Fitou-me, antes de voltar a ele. — Mas, não sei assobiar.

Ele dedilhou os primeiros acordes e sua voz soou ligeiramente rouca.

Me deixe sim
mas só se for pra ir ali e pra voltar
Me deixe sim, meu grão de amor
mas nunca deixe de me amar

Cantou me olhando intensamente, como se quisesse dizer tudo aquilo para mim.

Agora as noites são tão longas
no escuro eu penso em te encontrar
Me deixe só até a hora de voltar

— Grão de amor dos Tribalistas! Conheço essa música!

— Cante comigo, então, dona Ana!

Rapidamente ela se postou ao seu lado, cantando junto com ele.

Me esqueça sim pra não sofrer
pra não chorar, pra não sentir
Me esqueça sim, que eu quero ver
você tentar sem conseguir

Filho da mãe presunçoso! Não é que ele deu um sorrisinho sacana pra mim? E não é que tinha razão? Ali eu soube que jamais conseguiria esquecê-lo, por mais que tentasse.

A cama agora está tão fria
ainda sinto seu calor
Me esqueça sim
mas nunca esqueça o meu amor
É só você que vem
no meu cantar, meu bem
É só pensar que vem

lararara
Me cobre mil telefonemas
depois me cubra de paixão
Me pegue bem
misture alma e coração

Precisei segurar a emoção, meus olhos estavam úmidos. Em toda minha vida nunca me senti tão feliz. E tão apavorada. Vê-lo interagir com minha família daquele jeito, como se fizesse parte dela há anos foi uma apunhalada em meu peito. Nem Leandro foi tão *íntimo* assim.

O problema é que Rafael era meu namorado *de mentira* e um medo absurdo me invadiu quando percebi que, do fundo do meu coração, eu queria que fosse tudo verdade.

Eu queria Rafael. Queria que fosse meu namorado.

Queria que fosse *meu.*

TRINTA E CINCO

Rafael

Há quanto tempo eu não tocava violão? Aliás, há quanto tempo não tinha uma noite tão agradável e divertida? Dona Ana gargalhava; alegre pela quantidade de vinho que ingeriu. Dona Marta estava feliz, Alessandra satisfeita, seu Mauro em alerta, como sempre, e Milena parecia viver um conflito interno. Quanto a mim, me sentia realizado, ainda que apreensivo.

Eu estava na casa da família da minha suposta namorada, vivendo um dos momentos mais prazerosos da minha vida. Ocorre que tudo não passava de uma grande mentira. Milena não era minha namorada e aqueles não eram os meus sogros. Subitamente me senti frustrado. Eu queria que tudo fosse verdade.

— Está ficando tarde, precisamos ir.

Alessandra falou, para desgosto de sua mãe. Se dependesse de dona Ana, ficaríamos a noite inteira lá. Devolvi o violão a seu Mauro, que comunicou que iria guardá-lo.

— Por que não vem comigo? Gostaria de lhe mostrar a biblioteca.

Engoli em seco, olhando Milena de esguelha, antes de acompanhá-lo.

O apartamento era amplo e ao sairmos da sala vi um grande corredor com algumas portas.

— Este é o quarto da Milena — informou sem abri-lo. — Está da mesma forma de quando morava aqui, nenhuma almofada fora de lugar.

Havia emoção em sua voz e foi inevitável não me lembrar de dona Daiane.

— Minha mãe fez o mesmo com o meu.

Seu Mauro abriu um largo sorriso.

— Mães!

Quando chegamos ao final do corredor, abriu uma porta, relevando um cômodo espaçoso e bem decorado. Havia um grande tapete Persa vermelho, um enorme e confortável sofá marrom e uma elegante mesa em carvalho. Nela, um grande porta-retratos com a foto da família, um notebook e uma pequena e elegante caixa de madeira. Abri um sorriso curioso ao ver a caneta tinteiro ao lado de um bloco.

— Funciona? — indaguei apontando o objeto.

— Perfeitamente — respondeu divertido.

À volta, estantes com os mais variados livros. Olhei encantado o grande acervo.

— Uau! — Não me contive.

Os livros estavam perfeitamente catalogados, havia de tudo um pouco: Dante Alighieri, Jane Austen, Agatha Christie, Julia Quinn, Stephen King, Arthur Schopenhauer, Arthur Conan Doyle, Dan Brown; além de autores da literatura nacional como Paulo Coelho, Clarice Lispector, Tatiana Amaral, M.S. Fayes, Camila Moreira, Evy Maciel, Sue Hecker, Kacau Tiamo, Bya Campista...

Que acervo! Pensei. Havia também obras técnicas de Direito e Arquitetura.

— Foi Milena quem cuidadosamente ordenou tudo isso — indicou toda a extensão do cômodo.

— *Tudo isso* é um verdadeiro tesouro!

Ele se dirigiu aos fundos, em direção a um grande e luxuoso suporte para guardar seu instrumento. Em seguida, abriu a pequena e elegante caixa de madeira.

— Charutos? — Ofereceu-me um legítimo cubano, o qual não pude recusar.

Peguei o objeto, sentindo-o em meus dedos e aproximei-o para cheirá-lo. Ele me entregou o cortador e o usei habilmente.

— Você já fumou charutos, prevejo — constatou enquanto cortava o seu de forma rápida e completa.

Aquiesci, me recordando do dia em que eu e César fumamos nosso primeiro charuto.

— Meu pai me presenteou quando me formei. Disse que bons momentos valem um bom charuto.

Ele sorriu.

— Seu pai é um homem sábio.

Seu Mauro acendeu seu charuto com tranquilidade, e após fazer o mesmo com o meu, continuei.

— A segunda vez foi quando inaugurei o escritório. Foi uma grande vitória pra mim.

Ele apreciou seu charuto, me observando atentamente.

— Você parece ser um homem batalhador — disse ainda me analisando —, e boa pessoa também, mas ainda estou lhe conhecendo.

O que eu poderia lhe dizer? Então, ele me fez uma pergunta que quase me fez engolir o charuto.

— Você *realmente* está namorando minha filha?

Puta merda! Por que aquela pergunta? Ele me observava seriamente, aguardando a resposta enquanto segurava o charuto entre os dedos. O que eu deveria responder? A verdade ou mentir para o homem que me acolhia em sua casa?

— Sim, claro.

Apesar de me sentir totalmente desconfortável com a mentira, eu não poderia, jamais, trair a confiança de Milena.

— E você *realmente* gosta dela? — Olhei-o assustado, e ele continuou: — Não perguntei se você a ama, não acredito que tenham tido tempo suficiente pra isso, mas você *realmente* gosta da Milena, digo, como mulher?

Olhei-o por instantes enquanto uma enxurrada de pensamentos me invadiu. A primeira vez em que a vi na boate e depois no apartamento. A primeira vez que esteve em meus braços, sua boca na minha, seu corpo no meu. Seus olhos, seu sorriso, seu jeito petulante, debochado, implicante e desafiador. E essa história louca de namorados. Todos esses pensamentos numa fração de segundos antes de eu responder decidido:

— Sim.

Não havia como negar, ela mexia comigo e com meus sentidos. Sim, eu gostava dela. Céus! Eu gostava daquela mulher! Seu Mauro levou o charuto à boca, saboreando-o mais uma vez.

— Interessante como seu segundo *sim* foi mais convincente que o primeiro. — Tremi. O que quis dizer? — Aliás, você mente tão mal, como diz a verdade de maneira firme, e isso o torna mais interessante, rapaz.

Eu estava ficando meio tonto e não era por causa do charuto.

— Algo me diz que vocês não são namorados. Por outro lado, estão fazendo essa coisa toda. *Você* aceitou embarcar nesta loucura e, desde aquele dia do jantar na casa dela eu me perguntei o porquê alguém faria uma coisa dessas. Hoje eu vi.

Eu estava lívido e ele apontou seu charuto em minha direção.

— Eu lhe fiz perguntas de cujas respostas já sabia. Você realmente *gosta* da Milena. Bom, não posso culpá-lo. — Deu de ombros com um sorriso torto.

Mas, eu não sorria. Estava apavorado! Ele sabia de toda a farsa desde o início e, no entanto, me acolheu em sua casa.

— Parafraseando seu pai, bons momentos valem um bom charuto. — Sua voz interrompeu meus pensamentos. — Finalmente um homem de verdade para minha filha.

Remexi-me desconfortavelmente na cadeira.

— Por mais adulta que seja, Milena ainda é minha menina.

Seu Mauro levou o charuto à boca mais uma vez, fumando em silêncio. Eu precisava saber o que tinha acontecido com ela, e finalmente tive coragem de lhe perguntar. Encarou-me enquanto fumava.

— Se ela não lhe disse, não sou eu quem farei.

Um pouco frustrado, pousei o charuto no cinzeiro, exalando com força.

— Por favor, não a culpe. Não sei o porquê disso tudo, mas ela realmente deve ter uma razão muito forte para inventar essa história toda.

— E você embarcou nisso tudo sem saber o motivo?

— Louco, não é?

Ele me olhava atentamente. *Você deve fazer melhor que isso, Rafael.* Pensei.

— Eu realmente gosto da sua filha. De verdade. Quero ficar com ela e se para conquistá-la eu tenho que fazer essa loucura toda, eu aceito!

Eu estava nervoso, minhas mãos suavam. Nunca em minha vida tive uma conversa daquela ou vivi algo parecido com aquilo. Ele balançou a cabeça, pousando o charuto no cinzeiro.

— Vou providenciar o motorista para levá-los de volta. Esta conversa termina aqui.

— O senhor está pedindo para eu mentir pra sua filha?

— Você mentiu pra mim — rebateu e olhei-o seriamente antes de responder:

— Eu minto *por* ela, não pra ela. — Encarou-me por instantes, e embora tenha conseguido me deixar incomodado, não recuei. — Sinto muito.

Seu Mauro balançou a cabeça, pensativo, antes de dizer que gostaria que Milena lhe contasse a verdade por livre e espontânea vontade, não pelo fato de ele saber de tudo. Havia sinceridade em sua voz e me senti tocado.

— Posso sugerir que lhe conte a verdade. — Foi o melhor que pude fazer. Ele sorriu.

— Centrado. Aí está outra qualidade, doutor. — Estendeu-me a mão. — Seja bem-vindo a esta família, meu genro.

TRINTA E SEIS

Rafael

No momento em que seu Mauro abriu a porta da biblioteca ouvimos as risadas das mulheres, provavelmente devido a alguma peripécia de dona Ana. Quando chegamos à sala, seus olhos lacrimejavam de tanto de rir.

— O que há de tão engraçado? Queremos rir também!

— Assuntos femininos, querido amigo, que você não acharia a menor graça! — retrucou divertida para meu sogro.

Milena parecia nervosa, me olhando apreensiva, decerto preocupada com o fato de seu pai ter me chamado para a biblioteca. Dei uma piscadinha, na tentativa de acalmá-la e dizer que estava tudo bem.

— Vocês têm certeza de que precisamos ir embora? Hoje é sábado e a noite é uma criança!

Alessandra respondeu categórica e Milena tentou amenizar, dizendo que realmente precisávamos ir embora. Dona Ana cerrou os olhos, divertida.

— Entendi! Vocês dois querem ficar sozinhos! Hum... espertinha!

Alessandra fez uma careta no momento em que a campainha tocou.

— Rodolfo chegou para levá-los.

Meu sogro informou e momentaneamente me senti sem jeito, me desculpando pelo incômodo. Ele deu de ombros dizendo que era um prazer.

— O prazer foi meu — respondi com sinceridade, lhe dando um aperto de mão firme, quando ele me surpreendeu com um abraço.

— Cuide da minha menina — sussurrou me olhando seriamente. — Ou lhe mato.

Fiquei chocado, ele, contudo, me cumprimentou como se tivesse acabado de me fazer um elogio.

Após as despedidas calorosas, toquei as costas nuas da "minha namorada" com carinho para conduzi-la à saída, quando senti um beliscão na minha bunda! *Dona Ana?!* Ela apenas sorriu e deu uma piscadinha.

Entramos na SUV onde a melodia suave e profunda de Beethoven tocava. O motorista entrou e, após constatar que a temperatura estava boa, conduziu-nos à minha casa.

— Seus pais são muito agradáveis — disse de forma sincera e ela sorriu.
— Dona Ana é hilária! Você acredita que ela beliscou minha bunda?

O queixo dela caiu, antes de soltar uma gargalhada deliciosa e dizer que ela sempre foi divertida, desde quando eram pequenas. Curioso, pedi que contasse um pouco sobre a época de sua infância, e o curto trajeto até minha casa foi repleto de boas risadas devido às histórias incríveis de sua família. Senti-me encantado e ligeiramente assustado quando percebi que gostaria de fazer parte de tudo aquilo.

Quando chegamos, mal fechei a porta do apartamento Milena disparou.

— O que houve na biblioteca?

Olhei-a por instantes, antes de deixar chave, celular e carteira na bancada perto do hall. Tudo para ganhar tempo e pensar na resposta que eu poderia lhe dar.

— Seu pai me mostrou o incrível acervo de livros que vocês têm, aliás, excelente organização, doutora! Qualquer bibliotecário ficaria orgulhoso!

Tentei soar divertido, mas não surtiu efeito. Ela ainda estava apreensiva.

— E depois?

Merda!

— Que tal um café?

— Estou sóbria, não preciso de café! — soou um pouco ríspida, parecendo arrependida quando concluiu de forma branda: — Mas fique à vontade se quiser tomar o seu.

Segui para o janelão e ela veio atrás, sentando-se no banquinho onde estivera na noite passada. Abri o pequeno armário e peguei a cápsula marrom com pequenas listras, aproximando-a de seu rosto.

— Caramelito. Aroma adocicado do caramelo suavizando com notas do Grand Cru Livanto.

— Você sempre apresenta as cápsulas que escolhe?

Dei de ombros, inserindo-a na máquina.

— Se isso a divertir, por que não?

Ela me olhou por instantes.

— Conte o que você e meu pai conversaram na biblioteca.

Não. A grande e durona doutora Milena Andrade não ia desistir! O café ficou pronto e peguei a xícara pensando no que diria àquela mulher. Eu não poderia trair a confiança do meu suposto sogro e não queria mentir para ela. Levei-a à boca, saboreando a bebida.

— Hummm, é sempre mais gostoso do que espero.

Ela ainda me olhava seriamente e me perguntei até quando se manteria paciente. Contornei o janelão sentando ao seu lado. Mais uma vez, peguei a xícara saboreando o café.

— Você deveria conversar com seu pai e lhe contar a verdade.

Ela ficou lívida e prossegui rapidamente.

— É apenas minha opinião. Seu pai é um homem bom. — Pousei a xícara em cima da bancada. — Ele guardou o violão e me ofereceu um charuto.

Seu queixo caiu, o que me fez pensar que aquela talvez não fosse o tipo de atitude que pudesse ter normalmente. Eram legítimos charutos cubanos, porra!

— Seu pai a ama e só está preocupado com você.

Ela se remexeu desconfortavelmente no pequeno banco.

— O que quer dizer exatamente?

Resolvi ser sincero, quer dizer, *parcialmente sincero*.

— Ele me perguntou se realmente gosto de você. Como mulher.

Milena engoliu em seco, querendo saber minha resposta. Olhei-a por instantes.

— A verdade. — Fitou-me assustada. — Respondi que sim.

Ela estava surpresa? Ou seria chocada? Seus olhos brilhavam, esbugalhados. Sua boca estava aberta em forma de um grande "O" e a respiração descompassada: seu peito subia e descia rapidamente.

Quanto a mim, estava apavorado! Eu estava de peito aberto me entregando àquela mulher. Era um caminho sem volta, eu já estava exposto e totalmente envolvido. Segurei seu rosto em minhas mãos.

— A incrível verdade eu não disse a ele: que realmente desejo que tudo que estamos vivendo seja real. Durante todo o tempo em que estive com sua família como se fosse seu namorado, me senti totalmente frustrado por saber que tudo não passava de mentira. E eu *quero* que seja verdade.

Acariciei seu rosto, encostando minha testa na sua.

— Eu realmente *quero* que você seja minha namorada.

Assustada e perdida. Era assim que ela estava. Eu sabia que não era o único envolvido naquela história, mas havia uma grande diferença entre nós: Milena parecia disposta a lutar contra seus sentimentos, enquanto eu desejava lutar *por* eles.

— Eu *quero* você e estou disposto a fazer qualquer coisa para tê-la ao meu lado.

Beijei-a com fúria, a língua em sua boca, por todos os lados. Segurei seu cabelo, puxando-a para mim, como se pudesse mantê-la em meus braços e não deixá-la fugir. Eu a engolia! Em parte porque estava faminto por ela, outra porque não queria que falasse. E se decidisse ir embora? Se resolvesse desistir de tudo? De mim? De nós? Não! Simplesmente não permitiria, nem que eu a beijasse pelo resto de meus dias!

Ela segurou meu cabelo com força, puxando-me para si, me deixando maluco. Mordeu meu lábio, antes de contorná-lo com a língua, distraindo-me.

— Rafael... — Não queria que ela falasse, não queria ouvi-la teorizar. — Me fode!

Opa! Falando assim, tudo bem.

Ela estava entorpecida, seus olhos, famintos, e sua boca vermelha e inchada. Alucinado, cravei meus dentes naqueles malditos lábios e enganchei os dedos em sua calça, puxando-a para mais perto, mordendo seu queixo. Abri os botões e ela gemeu.

— Dois? — perguntei divertido e ela sorriu, abrindo minha camisa.

— Há muito mais aqui.

— Justo, doutora.

Beijei-a mais uma vez enquanto ela tentava me deixar nu.

— Gostei da sua cozinha.

Sua voz rouca em meu ouvido fez meu pau ficar mais duro do que já estava.

— Isso é um convite? — perguntei praticamente arrancando o tecido do seu corpo.

— Uma ideia.

Ideia... Olhei-a sedutoramente enquanto uma fantástica invadiu minha mente. Abaixei sua calça e soltei um palavrão baixo. A cachorra estava sem sutiã, mas tinha caprichado na calcinha. O pequeno pedaço de tecido rendado era verde como as esmeraldas em seus olhos, com pequenas pedras brilhantes nas laterais.

— Você é *muito* safada! Já veio mal-intencionada, não é?

Ela enganchou seus dedos delicados na *boxer* branca.

— Eu diria *muito bem intencionada*.

Que filha da mãe! Peguei seu braço rudemente.

— Vamos à cozinha — rosnei.

Coloquei-a sentada na cadeira. Na mesa, apenas a elegante fruteira que tomei o devido cuidado de tirar de lá. Para o que eu tinha em mente, ela realmente não poderia ficar ali se eu desejasse que continuasse intacta.

Segui em direção à geladeira para pegar o pote de doce de leite. Ao retornar, a visão que tive me deixou ligeiramente tonto: suas longas pernas estavam em cima da mesa. Sexy pra caralho!

Ela lambeu os lábios ao ver o pote em minhas mãos.

— Espero que goste de doce de leite, doutora.

A filha da mãe lançou seu olhar travesso, e um sorriso sedutor brotou em seus lábios sensuais antes de dar uma cruzada de pernas que me deixou fodido. Lentamente, caminhou em minha direção, olhos nos meus. Tirou o pote de minha mão, deixando-o sobre a mesa.

— Vou lhe mostrar o quanto gosto de doce de leite, doutor Queiroz. — Levou a *boxer* ao chão, me deixando completamente nu e gemeu, me empurrando para que eu me sentasse na mesa.

— Tenho algo em mente... — tentei dizer, mas seu indicador me silenciou.

— Você me fez um questionamento, doutor. Preciso respondê-lo.

Completamente chocado, vi a safada deliberadamente enfiar o dedo no pote e tirar uma quantidade obscena de doce de leite. Sem me dar qualquer brecha para reação, segurou meu pau e começou a lambuzá-lo, masturbando-o com a mão cheia.

— Aahhh, Caralho!

A mistura do gelado do doce e os movimentos de sua mão quente me deixaram maluco.

— Sim, eu *gosto muito* de doce de leite, doutor Queiroz.

Joguei a cabeça para trás, sentindo uma das mãos no meu pau e a outra em minhas bolas. Ela me apertava, subia, descia. Seus movimentos me deixaram alucinado. Quando roçou a cabeça com o dedo, quase fui à loucura!

Milena exalava sexo e estava absurdamente linda. Seus olhos ficaram momentaneamente presos nos meus e senti uma sensação estranha. Era fato: eu estava *muito fodido*! Mais do que poderia supor.

Seus lábios se esticaram num sorriso perverso quando levou a outra mão ao pote pegando outra quantidade generosa do doce. Ela me masturbava agora com as duas mãos, fazendo a pressão certa. Porra, como eu estava duro!

— Preciso que você segure meu cabelo. — E antes que eu pudesse responder, concluiu: — Eu *realmente* gosto de doce de leite.

Milena abaixou a cabeça e, sem aviso, abocanhou meu pau com vontade.

— Porra! — rosnei segurando seu cabelo no alto da cabeça com uma das mãos, enquanto com a outra, tentava me manter sentado.

Ela subia e descia, lambuzando-se com o doce e com minha excitação, seus gemidos me deixaram louco. Eu queria surpreender aquela mulher e, no entanto foi ela quem o fez. Céus, como eu estava ferrado! Milena Andrade estava me dando uma surra!

— Aaahh...

Senti seus dentes no topo da cabeça, antes de contorná-la com a língua e engoli-lo de uma vez.

— Céus!

Eu segurava seu cabelo, apertando com mais força conforme meu tesão aumentava. Ela pareceu gostar. Sua boca subia e descia no meu pau enquanto ela o sugava e o masturbava ao mesmo tempo.

— Estou entregue, Milena — ofeguei, no limite.

Ela, no entanto, pareceu gostar. De fato, parecia que era exatamente o que desejava: que eu me perdesse em sua boca e foi justamente o que aconteceu. Soltei um palavrão baixo e um grunhido no momento em que cheguei ao ápice do prazer proporcionado por aquela boca espetacular.

Eu ainda estava em êxtase quando se afastou, me olhando com aquela cara de safada, toda lambuzada.

— Até a última gota, doutor Queiroz. — Limpou o canto dos lábios.

Porra!

— Você é *muito* safada, mulher! — rosnei trazendo-a para mim, beijando-a como se não houvesse amanhã. Ela tinha gosto de doce de leite e de minha excitação. Gostosa pra caralho! — O que eu faço com você?

— O que quiser. E, por favor, seja criativo.

Abri um largo sorriso.

— Doutora... Você não vale porra nenhuma! Já para o banho!

TRINTA E SETE

Milena

Apesar de termos nos divertido no carro com as histórias da minha tia, o fato de meu pai ter levado Rafael para a biblioteca não saía da minha cabeça, e sem conseguir conter a ansiedade, soltei a pergunta de qualquer jeito...— *Seu pai me perguntou se eu realmente gosto de você. Como mulher.*

— E o que você respondeu?

— A verdade. Respondi que sim.

Minha cabeça girou. *Respondi que sim...*

A incrível verdade eu não disse a ele: que realmente desejo que tudo que estamos vivendo seja real. Durante todo o tempo em que estive com sua família como se fosse seu namorado me senti totalmente frustrado por saber que tudo não passava de mentira. E eu quero que seja verdade.

Não sei como sobrevivi àquelas palavras. Sentia-me apavorada! Rafael revelou justamente o que eu vinha tentando esconder e negar todos os dias: eu o desejava muito além do sexo. Vê-lo interagir com minha família daquele jeito fez meu coração encolher dentro do peito.

Ainda que meu relacionamento com Leandro tenha durado cinco anos, nunca tivemos nada parecido, nunca houve momentos agradáveis em família como o que tivemos naquela noite. E o que me apavorava era o fato de um completo "estranho" entrar na minha vida de repente e dominá-la daquele jeito, tomando conta de tudo daquela forma.

Após longo tempo vivendo meu luto, prometi a mim mesma que seria forte. Vivi trancada em meu casulo, moldando minha casca para que se tornasse mais dura, mais forte, mais *insensível*. Consegui! Era a temida doutora Milena

Andrade, mas com aquele homem tudo caía por terra. Ele me desarmava completamente.

A grande pergunta de um milhão de dólares era *por que não me sentia ameaçada por ele?* Afinal, certamente era um sedutor que deveria trocar de mulher como quem troca de roupa.

Eu quero você e estou disposto a fazer qualquer coisa para tê-la ao meu lado. Suas palavras fizeram tudo a minha volta congelar. Foi como se o tempo parasse. *Qualquer coisa para tê-la ao meu lado.*

Rafael me beijou, mandando o que restava da minha sanidade para o quinto dos infernos. Não consegui resistir e ali estávamos após o sexo delicioso na cozinha indo para o chuveiro para o segundo *round.*

Nunca me senti tão mulher. Era impressionante o poder que exercia sobre mim e, mais impressionante ainda era o poder que *eu* exercia sobre ele; logo eu que era considerada frígida pelo filho da puta.

Eu não queria me enganar, ser ingênua e sofrer de amores por alguém que sequer se lembraria do meu nome na manhã seguinte, mas de fato me *sentia* poderosa em seus braços. Aquele homem era diferente de tudo.

Girou-me de frente para si. Seus olhos escuros me fitaram tão intensamente que me partiram em mil pedaços. Senti seu toque em minha pele: áspero, rude e, ao mesmo tempo, doce, quente e absurdamente sedutor. Sua boca encontrou a minha e ele me beijou. Foi um beijo quente, urgente e, de certa forma, desesperado.

Senti o frio do azulejo quando minhas costas foram projetadas contra a parede e o quente da água que jorrou por nossos corpos quando abriu a ducha. Seu joelho separou minhas pernas e ele roçou a coxa em minha entrada. Pele contra pele, carne contra carne. Eu estava extasiada!

Segurou meu queixo com força, dedos em meus lábios. Estávamos em baixo d'água e meu cabelo, encharcado, caía nos olhos. Eu mal podia abri-los e Rafael me afagou, beijando-me a testa, sua boca se misturando com a água em mim.

— Você realmente gosta de doce de leite. Preciso providenciar um bom estoque.

Quebrou o silêncio, me fazendo sorrir. Era impressionante a facilidade que tinha de provocar risos espontâneos em mim.

— E você, gosta de doce de leite?

Passou a língua nos lábios antes de responder com voz rouca:

— Agora mais do que nunca.

Fitei-o por instantes. Onde eu estava me metendo? Talvez aquele fosse um caminho sem volta, mas era tarde demais. Ele era um redemoinho que me sugava com uma força absurda. Voltou a me beijar, imprensando-me na parede, mergulhando em mim. Senti sua língua roçar meu clitóris e em poucos minutos estava me perdendo em sua boca.

Tomamos banho em silêncio. Ele me lavou minuciosamente, acariciando minha pele com carinho, limpando-me com cuidado. Resolvi retribuir o gesto. Foi um momento único, totalmente íntimo e inesquecível. *Nosso.* Por fim, enrolou-me em um roupão branco felpudo e limpo e levou-me para seu quarto.

— Preciso providenciar um secador, não acho que seu cabelo esteja seco o suficiente. Não quero que pegue um resfriado.

— E você pretende fazer isso agora?

Ele soltou uma gargalhada, caminhando em minha direção.

— Se eu realmente encontrasse um lugar que entregasse agora, esteja certa de que o faria. — Desamarrou o nó, deixando que meu roupão caísse no chão. — Amanhã mesmo providenciarei um. Esta não foi a primeira, e, muito menos a última noite que você passará em minha casa.

Completamente entorpecida, observei-o abrir seu próprio roupão, despindo-se, antes de me pegar pela mão e me conduzir à cama. Fiquei surpresa quando acionou um pequeno controle para fechamento das cortinas. Braços fortes me envolveram e ele me beijou, antes de me aninhar em seu peito. Acariciando meu cabelo, sussurrou:

— Por favor, não vá embora. — Apertou-me mais forte. — Não vá embora, Milena.

Fechei os olhos na tentativa de controlar as lágrimas. Rafael pediu para que eu não fosse embora aquela noite. Senti-me apavorada, pois, a verdade era que eu não queria ir embora nunca mais. Queria ficar pelo resto dos meus dias em sua vida.

Acordei de manhã com o cheiro delicioso vindo da cozinha, não contendo o sorriso idiota.

— Pelo menos ele me faz sorrir assim que acordo — refleti enquanto me levantava.

Após uma boa passada no banheiro, segui ao *closet* e vesti uma boxer e camiseta preta, e desci, me deparando com um verdadeiro banquete.

— Uau! — Não me contive.

Rafael abriu um largo sorriso assim que me viu. Também vestia uma boxer, mas estava sem camisa.

Jesus, Maria e José!

— Bom dia! — cumprimentou-me divertido, apontando a escumadeira em minha direção. — Gostei!

— Espero que não se importe, embora isto — enganchei o dedo na *boxer* que eu vestia —, fique *muito* melhor em você do que em mim. — Caminhei em sua direção como se a casa fosse minha, dando uma boa espiada no que estava fazendo. — Hum... omelete?

— Eu disse que sabia cozinhar. — Deu uma piscadinha, antes de largar a escumadeira de qualquer jeito.

— Bom dia. E você fica linda com qualquer coisa, de qualquer jeito — sussurrou antes de me beijar.

Eu estava ligeiramente tonta. Ele pegou o objeto mais uma vez, voltando a trabalhar na omelete como se tivesse nascido para aquilo. Balançou a cabeça indicando a mesa.

— Há iogurte e cereais, sirva-se à vontade! Há frutas também, manga, principalmente, todas já devidamente cortadas.

Pisquei. Como ele sabia que eu gostava de manga? Iogurte com cereais?

— Como...

— Sei muitas coisas sobre você — interrompeu-me.

Caminhei até a mesa para preparar o iogurte. De repente, me lembrei de outro detalhe.

— Aquela noite, na 00. Você estava lá?

Rafael manteve-se de costas, em silêncio. Com incrível habilidade, segurou o cabo da frigideira e lançou a omelete no alto, fazendo com que caísse no mesmo lugar. Virou-se em minha direção, assentindo seriamente, fazendo com que eu quase engasgasse com o cereal.

— Você me viu? — Aquiesceu, me deixando pasma. — Então não nos conhecemos no apartamento? Quer dizer...

Senti-me momentaneamente confusa.

— Na verdade, sim.

Ele desligou o fogo e colocou a omelete em um grande prato branco quadrado, antes de salpicar algumas folhas verdes em volta. Após incluí-lo no grande banquete que se estendia à mesa, sentou-se à minha frente e começou a cortar um pedaço de pão quente.

— Eu te vi naquela noite, você estava linda. Exatamente da forma que falei.

Continuou a trabalhar no sanduíche.

— Pensei em falar com você, mas você estava acompanhada.

Tentei me lembrar daquela noite e fiz uma careta ao me recordar do "aspirador de pó" que me beijou.

— Então fui embora.

— Acompanhado, certamente. — *Merda!*

Balancei a cabeça e ensaiei um pedido de desculpas, eu não deveria ter dito aquilo. Rafael me olhou seriamente.

— Sim, naquela noite saí acompanhado.

Por que eu estava decepcionada? Subitamente me senti trêmula. O que estava acontecendo? Eu não tinha nada a ver com aquilo, pelo amor de Deus!

— Desculpe, não é da minha conta.

Ele ficou em silêncio, terminando de preparar o sanduíche. Quando terminou colocou-o em um prato junto com um pedaço generoso da omelete e estendeu-o em minha direção, me surpreendendo. Não sabia que era para mim.

— Me senti frustrado por não ficarmos juntos naquela noite. Só de imaginar você nos braços de outro... — Seus lábios formaram uma linha fina e retesada. — Isso faz algum sentido pra você? A gente nem se conhecia! Muitas coisas não têm feito qualquer sentido ultimamente, só sei que me sinto feliz por tê-la aqui comigo.

Não pude conter o sorriso. Eu mesma me sentia feliz, embora estivesse apavorada. Era impressionante a complexidade de sentimentos que aquele homem me trazia. Rafael era um grande paradoxo em minha vida.

— Quando te vi no apartamento não acreditei! — Pegou outro pão para preparar seu sanduíche. — Pensei: céus, o anjo de olhos brilhantes!

Pisquei e ele continuou docemente:

— Você pareceu um anjo naquela noite, e de fato acho que é.

Anjo? Aquele homem não sabia nada sobre mim. Eu não era mais dócil assim.

— Talvez eu seja uma armadilha — disse de supetão, me arrependendo imediatamente. O que eu estava fazendo?

— Isso é o que vou descobrir.

Observei-o, pensativa.

— E você se arriscaria?

Fitou-me seriamente.

— Na verdade, não. Por isso acredito que você seja um anjo ou uma feiticeira, sei lá!

— Feiticeira?

Ele abriu um largo sorriso, terminando de montar o sanduíche, voltando a ficar sério.

— Desde que te conheci, algo mudou em mim. — Deixou o pão de lado e tocou minha mão. — Eu sei o quanto está confusa, também estou, pode apostar! Você pode ser um anjo ou uma armadilha e eu me foder todo, mas sinceramente? Quero arriscar! Quero mesmo que tudo isso dê certo.

Eu não piscava. Aquele homem estava se abrindo para mim e eu sem saber o que dizer. Subitamente se levantou, contornou a mesa e sentou-se ao meu lado. Envolveu as mãos nas minhas, me olhando profundamente.

— Seja minha namorada de verdade. — *Ooiii???* Achei que teria um infarto. — Estou disposto a tentar, se você também estiver.

Embora suas ações fossem firmes, ele estava claramente nervoso. Suas mãos ainda envolviam as minhas e pude sentir o quanto estavam suadas.

Aquele homem vinha me enlouquecendo e me deixando desnorteada. Justo quando acreditei que só dependeria única e exclusivamente de mim para ser feliz, ele entrou na minha vida mandando toda a teoria para o quinto dos infernos. Rafael me amedrontava, tamanha forma como me consumia. Eu tinha medo, estava apavorada, na verdade! E se eu sofresse de novo? Entregar-me a alguém para depois me despedaçar? Não foi fácil juntar os cacos.

O Rafael não é o Leandro, ouvi a voz de Edu em minha mente e ele tinha razão. Toda razão! Meu medo de me machucar era enorme, mas eu queria tentar. Desesperadamente eu queria nos dar a chance de sermos felizes.

— Não sei exatamente como fazer isso. — Pensei alto demais.

— Eu sei que algo muito grave aconteceu com você e estou disposto a saber de tudo. — *Não! Não! Não!* Eu não queria falar sobre o meu passado! — Quando você estiver disposta a me contar.

Será que percebeu meu desconforto? Seus longos dedos passearam pelo meu rosto, acariciando minha pele, me deixando entorpecida.

— Apenas tenha em mente uma coisa: você não está olhando para seu passado, mas para seu presente e, se nos permitir, quem sabe para seu futuro? Eu *quero* você e estou disposto a lutar por isso, mas preciso saber se *você* também está.

Rafael me olhava tão profundamente, que fui tomada pela emoção. Eu tremia, respiração completamente descompassada. Céus, eu queria aquele homem! Como queria! Meu presente, meu futuro... só dependeria de nós!

Leandro foi o verdadeiro responsável pela ruína do meu passado e eu não poderia permitir, jamais, que continuasse ditando a derrota em minha vida. Contemplei aquele lindo homem à minha frente, em expectativa, olhos cravados nos meus.

Ele também estava nervoso, seu peito subia e descia e algo dentro de mim dizia que estava sendo sincero. Libertei-me de suas mãos, me sentando em seu colo, de frente para ele, de forma que minhas pernas caíram ao lado da cadeira. Imediatamente seu corpo respondeu ao meu, e senti sua ereção.

— Sua namorada gosta de sexo pela manhã, não toma café, mas de vez em quando pode abrir mão para um descafeinado. Gosta de iogurtes com cereais, frutas, principalmente manga, todas cortadas. — Arqueei a sobrancelha. — Mas, parece que meu namorado tem pleno conhecimento disso. Algo intrigante, diga-se de passagem.

Ele abriu um largo sorriso. Acariciando seu cabelo cheio, continuei:

— Quanto ao sexo, na parte da tarde também é delicioso, principalmente debaixo das cobertas, comendo pipoca e assistindo a um bom filme. Você pode escolher o título, pra mim pouco importa, só estou interessada na parte das cobertas.

Ele gargalhou, me apertando contra seu corpo.

— Ah, sim, pode providenciar um belo estoque de doce de leite! Ouvi dizer que os mineiros são os melhores.

— Tarefa do dia: descobrir um grande fornecedor mineiro! — respondeu-me prontamente, segurando meu rosto em suas mãos. — Esse foi o melhor *sim* que vi na vida!

Sem me dar chance de resposta me beijou, apertando meu corpo contra o seu, a ereção me torturando, fazendo tudo em volta desaparecer.

Foi o melhor domingo da minha vida!

TRINTA E OITO

Rafael

As partidas de vôlei de praia são sagradas para mim, mas naquele fim de semana, pela primeira vez, não joguei. Sequer apareci! Ainda assim, cheguei eufórico ao escritório na manhã de segunda-feira. Na verdade, meu esporte foi outro: eu e Milena transamos feitos loucos! Meu pau estava esfolado e eu não poderia me sentir mais eufórico por isso (coisas de homem, vocês não entenderiam).

Nada daquele tipo de cara que abandona os amigos quando começa a namorar; tão pouco Milena mudou sua rotina. O fato é que estávamos famintos e não havia nada que quiséssemos fazer além de ficarmos um dentro do outro.

— Minha namorada de verdade — sussurrei com um sorriso idiota.

A mesa estava repleta de papéis. Léo havia deixado o cartão do cliente que comentara comigo e que eu tentava garfar há tempos. Balancei a cabeça, recordando a conversa sobre Edu e cocei o queixo pensativo. A barba cerrada arranhou levemente meus dedos. *Será que também arranhou Milena quando me enfiei no meio de suas pernas e...*

A batida na porta me tirou de meus devaneios e Cris entrou antes mesmo de ser autorizada. Seu cenho estava franzido, o que era sinal de problema. Ela ajeitou os óculos de aro preto.

— Há uma mulher lá fora querendo falar com você. — Olhei-a impassível, esperando que revelasse quem era a criatura que fez com que entrasse direto na minha sala ao invés de passar um ramal. Ela pigarreou. — Disse que é prima da sua *namorada*.

Merda! Cris enfatizou a palavra, decerto pensando *quem* seria essa namorada, mas esse não era o problema. O que Vívian estava fazendo no meu escritório, àquela hora e sem avisar? Fiquei estarrecido quando a cadela escancarou a porta, surgindo de repente.

— Rafael, querido, que prazer incrível! Seu escritório é um luxo!

Com um vestido justo, branco e transparente; cabelo preso em um coque impecável, Vívian entrou na sala como se estivesse em sua própria casa. Seu perfume extremamente doce embrulhou meu estômago completamente.

— Você deveria avisar a sua secretária que pessoas da família não precisam ser anunciadas — piou com voz melosa, sentando-se na cadeira à frente.

Tive a ligeira impressão de que Cris voaria no pescoço da cadela em segundos. Se havia algo que realmente detestava era que falassem dela como se não estivesse presente. Não poderia culpá-la, eu mesmo queria enxotar aquela cachorra do meu escritório, mas ainda necessitava de informações valiosas que provavelmente a vadia poderia me dar. Acenei levemente para minha secretária.

— Está tudo bem, qualquer coisa lhe chamo.

Cris engoliu em seco, mas retirou-se profissionalmente.

— A que devo a visita? — Minha sala cheirava a café, e a xícara vazia ainda estava em cima da mesa, entretanto, não fiz a mínima questão de ser educado e lhe oferecer qualquer bebida. — Veio resolver algum assunto por perto?

Vívian me olhou fixamente. Era uma mulher bonita e poderia ser muito sensual, se não fosse tão vagabunda. Existe uma linha tênue entre o sexy e o vulgar, e ela se encaixava única e exclusivamente na segunda categoria.

— O único assunto que tenho para tratar aqui é *você* — respondeu com voz melosa.

Eu não disse que era vulgar? Abriu a pasta branca da *Victor Hugo* e me entregou uma folha. No momento em que a peguei, a cadela fez questão de roçar suas longas unhas vermelhas na minha mão. Seu toque me causou náuseas. Era seu currículo, que deixei em cima da mesa, na direção da lata de lixo, para onde iria assim que saísse dali.

— Não vai ler?

Dei de ombros.

— Como informei, meu programa de estágios está suspenso. — Seu olhar faiscou em minha direção. — Assim que retornar, você será a primeira indicada — menti.

Vívian fechou a pasta, deixando-a na cadeira ao lado.

— Sua secretária está com você há muito tempo?

— Cris está comigo desde sempre.

— E você não costuma mudar? Será que você é tão conservador assim? Hum... você não parece ser do tipo conservador, embora sua "namorada" — fez sinal com as mãos indicando aspas —, não seja algo de tão moderno assim, não é?

Pisquei. Aonde queria chegar?

— Posso ser uma excelente secretária!

Ela estava mesmo dizendo aquilo?

— Não entendi o seu "namorada" — rebati imitando seu gesto com as mãos, ignorando totalmente o comentário enfadonho em relação à Cris.

— Responda a minha pergunta. Você nunca troca? Digo de secretária, de amiga, de roupa? — Contornou os lábios com a língua lentamente antes de concluir: — De namorada?

Filha da puta! A cadela estava deliberadamente dando em cima de mim, eu que era namorado da sua prima! Então, um clarão se abriu quando *flashes* invadiram minha mente: na casa da Milena e na de seus pais, quando falaram sobre o tal Leandro, pelo que entendi, namorado da cadela. Lembrei-me também da forma como Milena se referiu a ele no dia em que jantamos, quando a vi na tv..

Era fato: o tal Leandro era namorado da Milena, mas estava com Vívian, e a forma como a vagabunda falou comigo naquele momento esclareceu tudo para mim. Se eu estivesse certo, o babaca aceitou suas investidas e os canalhas a traíram! Subitamente, fui invadido pelo nojo, por uma total sensação de desprezo por aquela mulher.

— Não quando estou plenamente satisfeito.

— Você está falando sobre sua secretária ou sua namorada? — perguntou petulante e tive vontade de vomitar. Nunca em minha vida senti repulsa por uma mulher.

— O que deseja exatamente?

Fitou-me por instantes e quando achei que nada pudesse ficar pior, a vagabunda mostrou a que veio. A cadela, em seu vestido branco extremamente curto e transparente o suficiente para mostrar seus peitos, deu uma cruzada de pernas no maior estilo Sharon Stone em *Instinto Selvagem*! Exatamente! Ela estava sem calcinha e cruzou as pernas em câmera lenta, na minha frente, falando com voz melosa.

— O que quero exatamente é lhe mostrar *tudo* que sou capaz de fazer. E posso lhe mostrar agora mesmo se você quiser!

Meu olhar foi gélido.

— Milena é sua prima, sangue do seu sangue.

— Sabe, Rafael, sinceramente não estou nem um pouco preocupada com ela.

— Decerto não é a primeira vez que você faz esse tipo de coisa. — Fechei os punhos por baixo da mesa.

Pela primeira vez em toda minha vida senti vontade de dar uma surra em uma mulher. Vívian soltou uma gargalhada macabra.

— Milena é uma idiota, fala sério! Eu *sempre* fui melhor, desde quando éramos crianças! Embora ela sempre tenha ganhado os melhores brinquedos, era *comigo* que eles ficavam! Suas amiguinhas de escola? A *mim* que preferiam! Suas paquerinhas de festinhas? *Comigo* que terminavam! Com Leandro não foi diferente, aliás, ele foi o objeto mais fácil de pegar daquela imbecil!

Meu sangue ferveu.

— Eu sei que a história de vocês é uma farsa. — Engoli em seco. — Eu *sei* que vocês não são namorados, isso é coisa daquela loira maldita! Sempre espertinha essa tal Alessandra, uma verdadeira pedra no meu sapato! Milena não tem capacidade pra se relacionar com um homem como você.

Então a piranha percebeu a farsa? Foda-se! Não era mais uma farsa, afinal, e vê-la se referir à Milena daquele jeito me deixou furioso.

— Cuidado ao falar sobre *minha namorada.*

Ela soltou uma gargalhada medonha.

— Duvido que seja sua namorada! — disse aos risos, mas eu a encarava seriamente. Estava puto! Ela parou de rir, abismada. — Céus, você está apaixonado por ela!

Pisquei. *Apaixonado?* Eu *gostava* dela, mas apaixonado? Vívian prosseguiu com sua voz esganiçada.

— É tudo uma farsa, mas você se apaixonou por ela! Como??? — gritou incrédula, totalmente consumida pela cólera. — Você está apaixonado por aquela insossa?

Dei um soco na mesa e levantei, o indicador em riste.

— Cale a boca, maldita! Não ouse falar da *minha namorada*! — gritei a plenos pulmões e tive a certeza de que Cris ouviu lá de fora. Vívian ficou lívida.

— Pegue a porra do seu currículo, deste seu vestidinho de merda e suma daqui! Você *nunca* terá nada de mim além de desprezo, garota! Ainda que você fosse a última mulher na face da Terra eu nunca ficaria com você! Eu não gosto de resto e é isso que você é, de tão rodada! Por isso que o cachorro do seu namorado está contigo! Porque se contenta com resto e é tão merda quanto você! Vocês se merecem!

Consumido pela raiva, contornei a mesa e a puxei pelo braço, rumo à saída. Abri a porta da sala praticamente arrastando a cadela pelo braço, como se fosse um pedaço de carne podre.

— Suma daqui, sua vagabunda! — gritei soltando-a perto do elevador. — Se eu souber que você anda difamando *minha namorada*, você terá de acertar contas comigo! Está entendendo?

A vaca não piscava, me encarando com olhos lacrimejantes de ódio. O elevador chegou e, mais uma vez, a peguei pelo braço, jogando-a dentro do cubículo, apertando o botão do térreo.

— Jamais ouse pisar neste edifício novamente!

Antes de a porta do elevador fechar, ouvi sua voz esganiçada.

— Eu vou acabar com você e com aquela insossa! Vou acabar com vocês!!!

Dei meia-volta, parando bruscamente no meio da recepção. Apontei o dedo para Cris, lívida em sua mesa.

— Telefone pra segurança *agora* e garanta que essa cadela jamais entre neste edifício. Fui claro?

— Si-sim, doutor Rafael.

Retornei à sala, quase levando o escritório abaixo quando bati a porta. Sentei em minha cadeira, inspirando e exalando, procurando me acalmar. *Que filha da puta!* Pensei.

Peguei o celular para enviar mensagem à Milena, desistindo imediatamente. Eu não queria mensagem, queria falar com ela! Disquei o número, tocou a primeira, a segunda, a terceira e quando pensei em desligar, sua voz ecoou em meu ouvido, me trazendo paz.

— Doutor Queiroz.

— Seu namorado. — Sorri.

— Sim, namorado, bom dia!

Perguntei como estava e se tinha chegado bem ao escritório. Apesar de termos passado o domingo inteiro juntos, ela dormiu em sua casa, mesmo eu insistindo para que ficasse na minha.

— Cheguei bem e você? Dormiu bem?

Deixei o corpo escorregar pela cadeira, relaxando um pouco.

— Cheguei bem, mas poderia ter dormido melhor. Ninguém para me acordar com um sexo matinal.

Ela soltou uma gargalhada deliciosa.

— Sou obrigada a concordar, doutor. — Fez uma pausa. — Está tudo bem?

Assenti sem mencionar que a vagabunda da sua prima acabara de sair do meu escritório, não quis conversar sobre aquilo por telefone.

— Liguei pra te desejar bom-dia.

— Hum... romântico?

— Surpreende, não é?

— Eu gosto.

— Eu também.

— Bom dia pra você.

— Bom dia pra você também.

Deixou-me um beijo, e quando estava prestes a desligar ouvi minha própria voz rouca, sem que eu pudesse controlar:

— Milena... — Fechei os olhos. Céus, como eu estava fodido! — Obrigado por não ter ido embora.

Do outro lado da linha ouvi a respiração acelerada. Ela ficou em silêncio por instantes.

— Obrigada por me fazer querer ficar muito mais que uma noite.

Absorvi suas palavras antes de desligarmos. Vívian era filha da puta, cadela, vagabunda de marca maior, mas numa coisa tinha razão: eu realmente estava total e completamente apaixonado por Milena.

TRINTA E NOVE

Milena

Eu mantinha o telefone no ouvido, ainda que a ligação estivesse encerrada. Céus! Falei aquilo mesmo? *Obrigada por me fazer querer ficar muito mais que uma noite.*

Ouvi o barulho da porta e imediatamente larguei o aparelho, ligando o computador. O sorriso idiota, entretanto, não consegui disfarçar. Alessandra entrou graciosamente vestida num *tailleur* azul. Livrou-se de suas coisas e correu em minha direção.

— Como foi o restante do final de semana?

— Bom dia pra você também! Eu vou bem, aliás, obrigada por perguntar.

— Lógico que você está bem, afinal passou a noite com o pau-verão! — Revirei os olhos, quando ouvimos a porta abrir mais uma vez. — Opa! Chegou na hora certa!

Edu entrou na sala, lindo em seu visual elegantemente despojado: calça jeans escura, camisa cinza e sapato preto. Sua bolsa de couro com a alça atravessada lhe dava certo charme, sem falar no seu tradicional "balde" de café da Starbucks.

— O que houve? — Quis saber e a louca puxou a cadeira, batendo no estofado.

— Sente-se e venha ouvir as cenas dos capítulos que rolaram neste fim de semana.

O doido imediatamente correu até nós.

— Oh... O pau-verão e o arco do pecado!

Alessandra gargalhou. Ele deu um selinho em cada uma de nós, antes de mandar sem nenhum pudor:

— Conte tudo, gata, desde o momento em que vocês começaram a tirar a roupa.

— São nove horas da manhã de segunda-feira. Onde vocês arrumam tanta energia?

Elc dcu dc ombros, bebendo um gole da bebida.

— E há dia certo pra ser feliz, senão todos os dias? — Sorri emocionada. — E pare de nos enrolar! Desembucha antes que o invocadinho chegue!

Senti-me profundamente abençoada por tê-los em minha vida. Edu estava coberto de razão: há dia certo para ser feliz, senão todos os dias?

— Quero agradecê-los imensamente. Se não fossem as verdades que me dizem... — Balancei a cabeça, à procura das palavras corretas. — Não sei se estou fazendo a coisa certa, mas nunca estive tão feliz!

Eles me olhavam em expectativa, enquanto eu ainda procurava a melhor forma de me expressar. Inspirei profundamente e soltei a bomba de uma vez.

— Eu e Rafael estamos *realmente* namorando. — Alessandra abriu a boca em forma de "O" e Edu praticamente cuspiu seu café. — A *farsa* virou realidade.

— Puta que pariu! — a louca gritou, batendo palmas enquanto Edu largou o copo em cima da mesa, antes de me tirarem da cadeira e me abraçarem apertado.

— Milena tá namorando! Milena tá namorando! — gritaram, pulando por todos os lados. Não aguentei quando bateram a bunda um no outro, e Edu levou as mãos aos joelhos, fazendo gestos obscenos. — Milena tá namorando!

Continuaram o coro, parecendo duas crianças que acabaram de ganhar seus presentes de Natal. Simplesmente não consegui parar de rir.

— Estou tão feliz por você, gata! Se eu soubesse teria dito que lhe daria uma surra antes! — Gargalhei mais ainda.

— Chegou sua hora de ser feliz, minha amiga. Tenho certeza de que Rafael gosta de você mais do que imagina. — Revirei os olhos. Alessandra e seu incurável romantismo!

— Muita calma nessa hora! Confesso que estou um pouco perdida.

— Natural, gata, agora você *realmente* está namorando um homem de verdade, aliás, conta aí! Como é? — perguntou fazendo gestos obscenos com mãos e língua.

— Seu ridículo!

— Mereço saber todos os sórdidos detalhes!

Arqueei a sobrancelha, a fim de instigar o suspense.

— Sentem-se!

Os malucos correram rapidamente para seus lugares. Contei-lhes um pouco sobre a casa de Rafael, nossas conversas e a forma como me tratou.

— Dá pra ver que ele é um *gentleman* só pelo fato de ter aceitado participar de toda essa maluquice — comentou e não pude deixar de concordar.

— Você ficaria louco com a coleção da Nespresso que tem lá. Um armário inteiro de cápsulas coloridas!

— Jesus, Maria e José!

— Até eu tomei um descafeinado.

Eles se entreolharam antes de me encararem como se, de repente, oito cabeças tivessem brotado em mim. *Pois é amigos, bebi café. É isso aí!*

— Jesus, Maria e José!!! — exclamou mais uma vez e não pude deixar de rir. — Delicioso, não é?

— Não é tão ruim. — Dei de ombros.

— Gata, pelo amor de Deus! Você tomou um Nespresso! — Fiz uma careta. Ele estava falando como Rafael.

— Papai do céu, será que o Senhor não pode fazer um clone gay do Rafael, mas com os olhos do doutor César, se possível! — dirigiu-se a Alê. — Você sabe que sou capaz de me perder naqueles olhos sinistros do doutor invocadinho.

Gargalhei.

— Não posso culpá-lo — Alê o defendeu e continuei meu relato, parecendo uma adolescente falando sobre o primeiro namorado.

— Ele preparou um incrível café da manhã! Havia pães, bolo e frios de todos os tipos. Fez um superomelete e havia também iogurtes, cereais e várias frutas.

— Doutor prendado, hein, Edu!

O comentário de Alê fez com que uma lâmpada imaginária se acendesse acima de minha cabeça.

— O mais estranho é que ele sabia *exatamente* do que eu gostava. — Alternei o olhar entre eles, percebendo quando Edu engoliu em seco. — Iogurtes, cereais... *manga*!

Ele pigarreou.

— Acho que preciso trabalhar. — Tentou se levantar, mas o impedi.

— Você não queria os detalhes sórdidos? Eu nem comecei. — Engoliu em seco mais uma vez. — Ainda estou tentando entender como Rafael sabia dessas coisas. Ou ele é vidente ou...

— Sou inocente! — Edu levantou as mãos em sua defesa, contudo, entregando-se imediatamente, me deixando pasma.

— Não acredito que você...

— Fui eu! — Alessandra me cortou. — Rafael obteve essas informações e todas as outras que solicitou através de mim, mas devo lhe dizer que a iniciativa foi *dele*.

— E que diferença isso faz?

Olhou-me incrédula.

— Faz *toda* diferença! Desde o início ele estava tentando te conquistar, só você não viu isso! — *Merda!* — Ele mandava mensagem, nervoso, querendo saber do que você gostava, se acertaria se fizesse determinada coisa... nenhum homem faz isso!

— Não mesmo! — Edu emendou.

Ela continuou, contando sobre o dia em que almoçou com César no Delírio Tropical e encontraram Rafael por acaso.

— Foi nesse dia que eu soube que se conheciam.

— Eles fizeram faculdade juntos.

— Mundo pequeno, não é? — comentou e assenti um tanto assustada. Eram tantas coincidências.

— Quer dizer que vocês fizeram uma espécie de *acordo*? Não acredito nisso...

— Eu disse que cortaria suas bolas caso fizesse algo ruim com você. — Pisquei e Edu interveio.

— Além disso, ele também sabe que sou capaz de me tornar tão macho, alfa e dominante pra acabar com a raça dele, caso faça derramar qualquer lágrima sua que não seja de felicidade.

Fitei meus amigos, sendo invadida por um profundo sentimento de gratidão.

— Era o tempo todo um complô contra mim.

— Complô? Gata, se isso foi um complô, será que vocês poderiam retribuir o favor? Obrigada. De nada!

Gargalhei mais uma vez, e ele insistiu em saber os detalhes sórdidos. Subitamente enrubesci e ele arregalou os olhos.

— Meu Deus! Conta tudo agora!

— Você gosta de doce de leite? —Arqueei a sobrancelha e fazendo gestos obscenos.

Edu abriu a boca quando fomos surpreendidos pela chegada de César.

— Logo agora! — Frustrados, correram para seus lugares enquanto segurei a gargalhada.

Fiz sinal para Edu em sua mesa e peguei uma régua, simulando jogar algo em cima. Sem produzir nenhum som, disse *doce de leite*. "Massageei" o grande objeto, antes de levá-lo à boca, simulando um boquete. Ele arregalou os olhos, pasmo.

— Trinta centímetros??? — perguntou exageradamente, sem produzir nenhum som. Desta vez, não contive a gargalhada.

— Alessandra.

— Doutor.

César seguiu à sua sala, cumprimentando a mim e Edu cordialmente. Em poucos segundos, ouvimos o ramal.

— Sim, doutor César.

A voz da minha amiga soou tão seriamente profissional! Nem parecia aquela garota animada de segundos atrás. Compenetrada, reuniu alguns papéis e se levantou.

— E a segunda-feira começou.

Alessandra passou por mim em silêncio e seguiu à sala de seu chefe, entrando sem bater e fechando a porta sem olhar para trás.

QUARENTA

Milena

A manhã foi atribulada. Analisei novos casos, assinei petições e liguei para dona Paula para conversarmos sobre o processo. Após ter o *habeas corpus* negado, Leandro mantinha-se aparentemente quieto, mas algo me dizia que aprontava das suas.

Aproveitei o espaço sem clientes para ir ao Instituto de Criminalística Carlos Éboli (ICCE) em busca de notícias sobre os resultados da perícia na luva recolhida como prova no caso João Thomaz.

Este era o maior trunfo que eu tinha em mãos para acabar de vez por todas com aquele assassino e seu advogado de merda, afinal a luva foi utilizada por Guilherme na prática do crime e fatalmente continha suas impressões digitais. Entretanto, para minha total impaciência, ainda não havia nenhuma novidade.

Acabei marcando um almoço com os loucos no Delírio Tropical e, após muitas risadas, seguimos de volta para o escritório.

— Milagre o doutor invocadinho te liberar hoje — comentei.

— Milagre nós conseguirmos almoçar juntos em plena segunda-feira! — respondeu-me.

— Parece que este será o nosso dia, já que o doutor César lhe quer nas sextas-feiras, só para ele — Edu disse desafiador quando saímos do elevador.

— O que quer dizer? — indaguei.

— Quero dizer que estou de olho no doutor invocadinho.

Alê revirou os olhos, suplicando que deixássemos César em paz.

Era fim de tarde quando engatávamos um papo para lá de animado. Ainda ríamos bastante com o assunto "pau-verão e o arco do pecado", quando o barulho da porta chamou nossa atenção.

— Não se trabalha mais neste lugar?

Paramos de rir imediatamente quando vimos a figura enfadonha de Laira. O que fazia ali? Cumprimentei-a, tentando ser simpática e ela retribuiu perguntando quem era a *garota* na recepção.

Ergh! Edu tinha razão: ela era realmente in-tra-gá-vel!

Informei que Fernanda era a nova recepcionista e ela arqueou a sobrancelha, se dirigindo com desdém à Alê, que estava ao meu lado.

— Ah... esqueci que você foi promovida.

— Assim como você. Como vai o doutor Ronaldo?

— Não sei se tão bem quanto o doutor César, mas...

Olhei de forma inquisitiva para Edu. Que merda era aquela? Alessandra rosnou, sem papas na língua.

— O que quer dizer exatamente?

— Podemos conversar em particular?

— Podemos conversar aqui — rebateu irritada.

Elas nunca se deram bem. Na verdade, Laira jamais fez questão de se relacionar conosco.

— Estou no horário de trabalho, seja rápida — Alê concluiu seca e Laira a fuzilou com o olhar.

— Não me parece que você esteja trabalhando. — Alternou o olhar entre mim e Edu, e quando abri a boca para lhe dar uma boa resposta, continuou: — Mas, se deseja que eu seja rápida, serei direta e reta então, *Alessandra*.

A vaca deu um passo à frente e imediatamente Edu se posicionou ao lado de Alê.

— Eu *sei* quais são suas intenções com o doutor César, não pense que engoli essa história de "promoção". — Fez sinal com as mãos indicando aspas, antes de lhe apontar o dedo. — Pra *você* foi promoção, afinal você era uma reles assistente. E pra mim?

— Não estou entendendo aonde você quer chegar, mas se você tem dúvidas em relação a isso sugiro que fale diretamente com o doutor César. Não admito joguinhos e meias palavras com meu nome, está ouvindo?

Desta vez foi Alessandra quem lhe apontou o indicador, e eu precisava urgentemente tomar uma atitude antes que ela pegasse qualquer objeto pontiagudo e rasgasse a cara insossa daquela loira aguada.

— Laira, gostaria que fosse mais clara, por favor. — Meu tom foi sério e nada amigável, e ela engoliu em seco. — Algo que precisamos saber? Alguma *acusação* que você queira fazer especificamente?

Ouvimos o barulho da porta, no momento em que a voz de César ecoou pela sala.

— Laira?

— Doutor César! Como vai? — Abriu um largo sorriso. — Vim rever meus amigos.

Achei que fosse vomitar.

— Boqueteira filha da puta! — Edu rosnou de forma que só nós ouvimos.

— Você sempre será bem-vinda — César respondeu com alegria, perguntando pelo amigo.

— Ronaldo está maravilhosamente bem!

— Tenho certeza disso!

— E o senhor? Ah, bobagem minha, nem preciso perguntar! — Movimentou as mãos. — Tenho certeza de que Alessandra está cuidando muito bem do senhor.

— Estou em pânico! — Edu sussurrou e fui obrigada a concordar com ele. Laira era realmente venenosa.

— O senhor não poderia estar em mãos melhores! Só as minhas, é claro!

César trocou algumas palavras com ela, antes de se dirigir a nós. Informou a Alessandra que iria ao Fórum e depois para a ConstruRio, seu mais novo cliente.

— Estarei no celular.

— Sim, senhor — respondeu profissionalmente.

— Acompanharei o senhor, doutor César. Preciso voltar, o trabalho me espera.

Que filha da mãe! Pensei chocada, e quando acreditei que nada mais me surpreenderia, a vaca deliberadamente convidou Alessandra para almoçar e *colocarem as fofocas em dia*.

— Deus nos defenda desta mulher do capeta! — Edu exclamou fazendo o sinal da cruz, assim que eles saíram. — Passarei na igreja da Candelária e trarei água benta para benzer este escritório! Sua mesa principalmente! — apontou para Alê, cujo semblante era de pura preocupação.

— Sinto que terei problemas.

QUARENTA E UM

Milena

Era fim do expediente quando o telefone tocou, fazendo com que meu coração disparasse. Era a segunda ligação recebida naquele dia.

— Olá, namorado!

— Assim está melhor! — Sorri feito idiota. — Gostaria de saber quais são os planos da minha deliciosa namorada para mais tarde.

Hum... deliciosa?

— Hoje é segunda-feira!

— Digamos que eu não seja um namorado convencional.

— Ah... — Rafael revelou que gostaria de jantar comigo naquela noite, me deixando encantada.

— Você gosta de comida tailandesa? — *Opa!* Seria mais uma informação fornecida pelos loucos? — Sei que é dia de semana, não quero atrapalhar sua rotina. Passarei na sua casa com nosso jantar, não se preocupe com nada. Nem com as louças, nem com o vinho, aliás, preocupe-se apenas em estar linda pra mim. Como sempre! Chegarei às nove.

Achei a proposta um tanto inusitada e bastante tentadora. Cedi, é claro. *Digamos que eu não seja um namorado convencional*, ele dissera.

— Até as nove — concordei em expectativa.

A campainha tocou quando o relógio marcou exatamente a hora em que Rafael disse que chegaria. Pontualidade era outra de suas muitas qualidades. Abri a porta, fascinada com o que vi. Ele pediu que eu estivesse linda e foi o que realmente tentei fazer quando optei por um vestido curto, estilo frente única, amarelo.

Contudo, o que vi realmente me deixou sem palavras. Ele vestia uma calça cargo creme com a camisa branca que realçava seu físico perfeito. Sua pele bronzeada em contraste com o claro de sua roupa me deixou excitada ou teria sido seu cheiro inebriante?

— Boa noite.

Sua voz rasgou o ambiente. Senti sua boca na minha, sugando meus lábios, a língua dentro de mim. Foi um beijo rápido, mas urgente, carregado de desejo e *promessas*. Ele trazia algumas sacolas com a inscrição *Nam Thai* e uma garrafa de vinho a qual não me dei o trabalho de olhar o rótulo. Peguei-a de suas mãos, convidando-o a entrar.

Contrariando o que havia pedido, a mesa de jantar estava posta com toalha de linho branco e talheres de prata, tal qual na noite do *open house*.

— Eu disse que não precisava se preocupar.

Dei de ombros, colocando a garrafa no balde com gelo, que estava sobre a mesa. No som, Maria Rita, e na geladeira, a maior surpresa de todas: doce de leite.

— Espero que esteja com fome!

— Morrendo, na verdade! — respondi com sinceridade, enquanto o ajudava com as embalagens. — Que cheiro bom!

Puxou-me em sua direção, colando seus lábios nos meus mais uma vez. Seu beijo, desta vez, foi demorado. Varreu meu rosto, acariciando-me, corpo junto ao meu. Ele já estava duro e me deixando, cada vez mais, desesperada por seu toque.

— Céus! Como senti sua falta ontem à noite! — sussurrou antes de grudar a boca na minha mais uma vez.

Em algum momento me soltou, dando um sorriso torto.

— Vamos comer, você está faminta.

Balancei a cabeça, sem saber ao certo qual fome era maior: a do banquete tailandês à frente ou do melhor banquete de todos: *Rafael*.

Ele abriu as embalagens, fazendo as devidas apresentações, me divertindo.

— De entrada, *Yam Kung Mammnang*! Traduzindo: salada picante de camarão, papaya e... — arqueou a sobrancelha, levando a embalagem ao meu rosto. — Manga!

Gargalhei. Ele poderia ser mais incrível? Levando a embalagem à mesa, abriu a outra com cuidado, antes de começar a me divertir novamente.

— *Gai Himmapon*! — disse em tailandês, mais uma vez, apresentando a embalagem com um floreio. — Frango salteado com castanhas de caju, cenoura, *daikon*, cogumelos, cebolinha e molho de ostras. — Aproximando seu rosto do meu, sussurrou com voz rouca. — Reza a lenda que ostras são extremamente afrodisíacas, doutora.

— Humm... — Molhei os lábios e ele mordeu os dele.

Jesus, Maria e José!

Rafael abriu o vinho, serviu nossas taças e propôs um brinde.

— A nós.

— A nós — respondi extasiada.

O jantar foi divertido. A comida era muito saborosa, um paladar diferente de tudo que eu havia experimentado. Eu não conhecia aquele restaurante e Rafael prontamente se ofereceu para me levar lá. Quis saber como foi o meu dia e acabei contando sobre a conversa com os loucos. Ele enrubesceu.

— Você possui amigos verdadeiros. — Concordei, enfatizando que eles seriam capazes de cortar suas bolas, caso vacilasse comigo. — E eu não sei? Sua amiga me mostrou o quanto é boa em cortes de carne!

Gargalhei ciente sobre a forma peculiar que Alê encontrou para lhe mostrar o quanto éramos amigas.

— Eu sei o quanto você é importante pra eles. O que vocês ainda não sabem é o quanto você é importante *pra mim* — enfatizou as palavras e senti um frio na barriga.

Pegou-me pela mão em direção ao sofá. Nossas taças estavam vazias e ele as colocou no balde, trazendo-o conosco. Deixando-o sobre a mesa de centro, serviu-nos de vinho, antes de sentar-se de frente para mim e acariciar meu cabelo. Meu coração disparou. Havia algo errado?

— O que houve? Parece que quer me dizer alguma coisa.

Deu um sorriso que teve vida curta, antes de tomar um gole da bebida.

— Já me conhece, doutora?

Engoli em seco e ele deixou a taça em cima da mesa, enquanto eu bebia um gole da minha. Delicadamente, tomou-a de minha mão, posicionando ao lado da sua.

— Sua prima foi ao meu escritório hoje — disse com cuidado e o olhei chocada. — Ela chegou de surpresa, eu não sabia que viria.

Eu ainda o olhava num misto de surpresa e raiva. O que aquela vadia foi fazer no escritório do *meu* namorado?

— Não sei se foi a primeira vez que ela entrou naquele prédio, mas certamente foi a última — rosnou com o cenho franzido. — Sua prima não presta, não vale um centavo!

Meus olhos estavam exageradamente abertos e meus lábios tremeram quando imaginei o que *exatamente* Vívian poderia ter feito. Imagens daquela vaca ajoelhada na cama com Leandro a fodendo por trás invadiram minha mente, me deixando totalmente nauseada. Balancei a cabeça, sentindo as mãos de Rafael em meus ombros.

— Eu a expulsei como se fosse um pedaço de carne podre! É exatamente isso que ela é! Pode perguntar a Cris, se quiser — respondeu rapidamente e pisquei várias vezes. *Quem é Cris?*

Ele pareceu ler meus pensamentos quando respondeu que era sua secretária. Balancei a cabeça mais uma vez, completamente confusa.

— O que, hum, o que exatamente aquela vaca foi fazer no seu escritório? — gaguejei sem me preocupar com o fato de tê-la xingado.

Ele me contou *como* Vívian agiu, me deixando aterrorizada e totalmente consumida pela cólera. Ir ao seu escritório com um vestido curto, transparente e *sem calcinha*? Céus! Era o cúmulo do absurdo!

Subitamente me levantei e me pus a andar de um lado para o outro, agitada. Eu só precisava socar alguma coisa, esmagar talvez ou, quem sabe, partir a cara dela em mil pedaços? *Filha da puta!* Eu tremia! A raiva era tanta que senti vontade de chorar, não por me sentir indefesa, mas impotente, por não poder dar na cara daquela vagabunda naquele momento.

Rafael pigarreou.

— Eu sei o que aconteceu entre vocês. — Olhei-o assustada e ele continuou rapidamente: — Quer dizer, ninguém me contou, mas depois do que vi hoje posso imaginar.

Caminhou até mim, segurando meus ombros.

— Todos achavam que eu era seu namorado. — Deu um sorriso torto. — E agora sou mesmo! Ainda assim, ela deu em cima de mim. Isso me causou repulsa! Vocês são primas, ela é sangue do seu sangue!

Balançou a cabeça, como se não acreditasse nas próprias palavras. Tinha a expressão consternada, beirando ao nojo.

— Com base no que ouvi aqui e no jantar na casa de seus pais sobre o tal Leandro, combinadas às atitudes dela, liguei os pontos.

Meu corpo se retesou ao ouvir o nome do filho da puta.

— Eu sinto muito — concluiu, referindo-se à traição dos dois.

Subitamente fui tomada pela raiva. Vívian estava, mais uma vez, tentando interferir na minha felicidade. Fechei os olhos com força.

— Deus permita que eu não possua nenhum objeto cortante quando encontrar aquela vagabunda — pensei alto demais e Rafael segurou meu rosto em suas mãos, forçando-me a encará-lo de volta.

— Estou com você e não há nada nem ninguém no mundo que eu queira mais! Não há outro lugar onde eu queira estar neste momento. — Acariciou-me, pondo uma mecha de cabelo atrás da orelha. — Vívian realmente é uma vagabunda que não me atrai e não me faz sentir nada, além de repulsa. Mas, numa coisa ela está coberta de razão.

Tremi. Em que aquela vaca teria razão? Rafael me apertou contra seu corpo, como se quisesse garantir que eu não pudesse ir embora. Beijou-me a testa, antes de encostar a sua ali.

— Não quero assustá-la, meu anjo. — Pisquei nervosa, e ele roçou o dedo em meus lábios. — Desde o início pensei em você como um anjo de olhos brilhantes.

Acariciou-me com os nós dos dedos.

— Seus olhos foram a primeira coisa que vi naquela noite, na boate, quando você dançou pra mim. — Fez um muxoxo. — Certo, não foi exatamente pra mim, mas um homem pode sonhar.

Eu estava, ao mesmo tempo, fascinada e confusa. Aonde queria chegar? Olhou-me tão profundamente que senti uma vontade absurda de chorar.

— Minha dúvida é se eu me apaixonei por você ali ou depois.

Senti todo o ar faltar em meus pulmões. A sala ficou num silêncio absoluto, ainda que o som estivesse ligado. Tudo ao redor se anulou completamente, havia apenas a voz daquele homem sedutor em minha mente. *Apaixonado? Ele disse apaixonado?* Parecendo ouvir meus pensamentos, me apertou ainda mais, antes de continuar:

— Sim, eu me apaixonei por você. Perdidamente. Sua prima percebeu, seus amigos também e provavelmente os meus. Quem sabe o vizinho ou algum dos meus clientes? O padeiro, o farmacêutico ou o porteiro do meu prédio? Acredito que todos já tenham percebido. — Seus lábios se esticaram num sorriso sacana. — Em relação ao porteiro do *seu* prédio, tenho certeza. Ed não perde uma!

Um riso me escapou, foi inevitável controlar. Rafael continuou, sem deixar de me acariciar:

— Não quero assustá-la, eu mesmo estou apavorado! Sei que estamos nos conhecendo e... — Pareceu perdido, estava claramente nervoso. — Bom, precisamos reconhecer que *nada* em nossa relação foi convencional.

Eu estava entorpecida. Aquele homem estava ali, me dizendo aquelas coisas, e eu não sabia o que dizer ou o que pensar.

— Não quero exigir nada de você. Por outro lado, não posso conviver com isso dentro de mim sem que você saiba. Não há outra explicação para o que sinto, se eu penso em você o tempo todo, quero tê-la ao meu lado o tempo inteiro. Eu sinto sua falta! Céus, você me enfeitiçou! E tudo o que quero é ter você inteira pra mim. Só pra mim.

Sem me dar chance de resposta, Rafael me beijou com sofreguidão. Suas mãos me apertaram e sua língua parecia que me engoliria. Deitou-me no sofá e senti o peso do seu corpo no meu, a ereção em minha virilha, me torturando. Eu não queria pensar, não queria teorizar, só o queria pra mim! Ele e todas aquelas sensações maravilhosas que me fazia sentir. Nunca em minha vida me senti tão desejada e amada.

Segurei seu cabelo com força, apertando-o contra mim. Eu mesma não queria que saísse dali nunca mais. Mordi seu lábio e ele soltou um grunhido, chamando meu nome de forma desesperada. Com urgência, abaixou meu vestido e tomou meus seios em sua boca, cada um deles.

— Temos doce de leite — arfei e ele sorriu.

— Tenho outros planos pra você esta noite, doutora.

Sempre me surpreendendo! Cristo, eu iria enlouquecer! Sua voz sacana me chamando de doutora me deixava cada vez mais excitada.

De joelhos, tirou a camisa e me levantei apenas o suficiente para abrir sua calça. Rapidamente livrou-se das roupas, me mantendo entre suas pernas. Quando fiz menção em tirar o vestido, sua mão forte me impediu.

— Deixe. Quero você assim. — Sua língua em meu joelho fez com que eu revirasse os olhos de tanto desejo. — Eu quero tirar seu vestido com os dentes, doutora.

Puta merda!

Senti a língua em minha coxa e o toque suave de seus dedos em minha pele. Rafael tocou o tecido rendado da minúscula calcinha, na altura do meu clitóris. Arfei.

— Adoro sua coleção de lingeries. Quando vai desfilar pra mim?

— Quando você quiser! — respondi entregue e ele levou a boca aos meus seios mais uma vez.

— Feche os olhos — pediu e prontamente obedeci.

Senti o frio em meu mamilo e o quente de sua língua sorvendo todo o líquido. Delicadamente, derramou vinho em meus seios e os chupou avidamente, me deixando enlouquecida.

— Agora olhe pra mim.

Céus! Ele estava tão perto e tão lindo. Aquele homem existia? Onde estavam minhas barreiras? *Fodam-se as barreiras!* Pensei. Ele me olhava tão intensamente que senti um aperto no peito.

Com um sorriso no canto dos lábios, sorveu o vinho, deixando a taça de lado, antes de invadir minha boca, derramando o líquido em minha garganta num beijo quente. Língua e lábios roçaram meu queixo, pescoço, colo, seios, barriga até o vestido que, conforme prometeu, começou a tirar com os dentes.

Jesus, Maria e José!

Eu não aguentaria por muito tempo! Lenta e torturantemente, Rafael me despiu deixando-me somente com o pequeno tecido que cobria meu sexo. Ajoelhou-se no chão, à minha frente, me cheirando como se fosse um animal.

— Sua boceta é inebriante, doutora.

Céus!

Com os dentes, tirou a calcinha, roçando a língua por minha pele, me fazendo perder os sentidos. Apertei as almofadas com força, tentando controlar o desejo insano que me invadiu.

— Por favor...

— Shh... estou apenas começando, doutora — sussurrou enquanto escorregava o tecido por minha coxa e, sem aviso, sua boca me invadiu.

— Aahh...

Rafael me consumiu com urgência e os sons que reverberavam de sua garganta seriam capazes de enlouquecer qualquer mulher. Embora, completamente entregue, não era *qualquer mulher* que estava ali, e sim Milena Andrade, aquela por quem aquele homem magnífico estava perdidamente apaixonado.

Com força, segurei seu cabelo, puxando-o cada vez mais para mim. Seus dentes cravaram nos lábios e a língua invadiu meu clitóris, me levando à insanidade. Deixando-me consumir pela total luxúria, me perdi em sua boca num orgasmo tão intenso e profundo, que me fez perder as forças. Literalmente.

Beijou-me com fúria. Ele tinha gosto de vinho e sexo, o *meu* gosto na boca sensacional daquele homem perfeito. Com urgência, subiu meu corpo no sofá, esticando a mão para pegar o preservativo, rasgando-o de forma sexy antes de rolá-lo por seu delicioso comprimento.

— Doida para ser fodida, não é, doutora?

— Por você? Sempre — respondi cínica.

Fitou-me por instantes, antes de varrer meu rosto mais uma vez, me beijando loucamente, posicionando minhas mãos acima da cabeça.

— Céus, Milena!

Penetrou-me com delicadeza, olhos nos meus, e juro que naquele momento me partiu em mil pedaços. Impressionante como era intenso! Mordeu o lábio inferior com força, acelerando os movimentos, enquanto apertava, cada vez mais, minhas mãos.

Acompanhei seu ritmo movimentando o quadril, enquanto estocava em mim com mais rapidez. Olhou-me com luxúria dizendo palavras sujas, me deixando mais excitada.

— Eu gosto do seu pau! — disse sem pensar e ele gemeu, apertando minha mandíbula.

— Adoro minha doutora boca suja!

Era impressionante, mas aquele homem me daria mais um orgasmo. Rafael levou a boca à minha mais uma vez, mandando tudo para o quinto dos infernos. Em meio a beijos e gemidos, nos perdemos um no outro até pararmos exaustos e plenamente satisfeitos.

Eu ainda sentia seu peso em mim e a respiração ofegante em meu pescoço. Abracei-o mais apertado que pude, acariciando seu cabelo. Ouvi quando sorriu.

— Isso é bom. — Beijou meus lábios com carinho.

Rafael saiu de dentro de mim me deixando incrivelmente vazia. Com cuidado, tirou o preservativo e caminhou para o banheiro como se vivesse ali. Eu apenas o observava, fascinada.

— Você já tem toalhas doutora, vamos tomar banho — disse do banheiro, arrancando um sorriso meu.

Lavou-me minuciosamente, com carinho e cuidado. Tentei retribuir, mas ele era o mestre ali. Quando acabamos, enrolou a toalha na cintura, enquanto eu vestia o roupão. Em silêncio, caminhou à sala para buscar suas roupas.

— Obrigado por ter aceitado meu convite. Como disse, não quero atrapalhar sua rotina, mas precisava dizer essas coisas a você pessoalmente.

Vestiu a calça e veio até mim, segurando meu rosto em suas mãos.

— Por favor, meu anjo, não perca o seu precioso tempo pensando em sua prima, não vale a pena. Ao invés disso, pense em mim.

Deu-me um beijo casto e se dirigiu ao sofá para pegar a camisa. Ele estava se arrumando, certamente para ir embora. Por que eu me sentia confusa a respeito?

— Espero que tenha gostado da noite. — Dirigiu-se à porta.

Um pouco tonta, acompanhei-o, tocando o aço frio da maçaneta para abri-la, detendo-me por instantes. Droga! Eu queria que ficasse comigo, mesmo não entendendo exatamente o que aquilo poderia significar. Fechei os olhos por instantes e respirei fundo, antes de abri-los e olhá-lo seriamente.

— Por favor, não vá embora.

Rafael pareceu deliciosamente surpreso.

— Você está me pedindo pra dormir aqui?

— Acredite, estou tão ou mais surpresa que você.

— Não tenho roupa, serei obrigado a dormir nu, doutora. — Sorri. — Você *realmente* quer que eu fique com você esta noite?

Esta e todas as outras. Que pensamento foi esse?

— Sim.

Eu ainda apertava a maçaneta com força. Com carinho, Rafael tocou minha mão, levando-a à boca, beijando os nós dos meus dedos. De forma sexy, enganchou o dedo no nó do roupão, me puxando em sua direção.

— Esta noite será muito especial. — Seu tom de promessa me acendeu. — Onde está o doce de leite?

QUARENTA E DOIS

Milena

Na manhã seguinte, não acordei ao som de *Time,* que sempre tocava no despertador do celular, mas com braços fortes me apertando e beijos molhados em meu pescoço. Adoro Pink Floyd, mas tive a certeza de que me sentiria ligeiramente frustrada quando o despertador me acordasse novamente.

Mal virei para o lado, Rafael invadiu minha boca, deitando sobre mim. Senti o peso do seu corpo, a ereção na minha virilha. A madrugada foi intensa, do doce de leite só restou o pote! Mas, isso não o impediu de deixar uma trilha de beijos até lá embaixo e me fazer feliz. Ele estava faminto e fui seu café da manhã. Fizemos amor de forma bruta e serena, forte e suave e, acima de tudo, inesquecível. Tomamos banho juntos e após se vestir, me informou que providenciaria o café.

— Há uma cafeteria na cozinha. — *Mas não da Nespresso.*

— Não bebe café, mas possui uma cafeteira em casa, doutora? — perguntou sacana e revirei os olhos.

— Meus pais bebem café, Alê também, o Edu entorna, e agora você.

— O mundo bebe café, só você que não.

Mostrei-lhe a língua e numa fração de segundos ela já estava em sua boca e a dele na minha, me fazendo enlouquecer.

Terminei de me arrumar, um tanto desnorteada. Em meus pensamentos as lembranças do que fizemos e suas palavras quando revelou seus sentimentos. Seria verdade? Seria este o significado: *apaixonado*? Ou ele estaria de fato *deslumbrado* com tudo isso?

— Por que você precisa teorizar tudo? — indaguei, encarando a mulher refletida no espelho. Contemplei-a por instantes: era linda e finalmente feliz. Absurdamente feliz! Para que teorizar?

Saí do quarto e encontrei a mesa posta na sala: iogurte com cereais, algumas frutas cortadas, suco, café e o cheiro delicioso do misto quente na tostadeira.

— Acho que te atrasei demais hoje.

Eram oito horas da manhã e ele precisaria passar em casa para se arrumar.

Rafael deu de ombros, informando que avisou à secretária que chegaria mais tarde, desculpando-se por não poder me esperar devido à reunião que teria com um cliente importante. Não contive a vontade de beijá-lo. Talvez estivesse baixando a guarda, mas não importava. Ele estava ali, inteiro para mim, sem ressalvas, sem jogos, sem segredos.

Tomamos café da manhã como um casal apaixonado em lua de mel. Incrível como me proporcionou altas gargalhadas já de manhã! Impressionante como era divertido, encantador e totalmente sedutor.

Estávamos na porta aos beijos, esperando o elevador, quando ouvimos alguém pigarrear.

— Desculpem — Odaísa pediu e fiquei vermelha feito um tomate.

Eu tinha avisado ao Ed que ela viria e que não precisaria ser anunciada, mas não imaginava que Rafael pudesse dormir na minha casa.

— Bom dia, meninos.

— Odaísa! Como vai? — cumprimentou-a, se dirigindo a mim cinicamente. — Parece que o elevador chegou, meu amor.

Mais uma vez, e sem pudor algum, sua boca grudou na minha e ele me beijou antes de dizer algo bem sacana em meu ouvido e desaparecer.

— Dona Milena, com todo respeito porque lhe vi nascer, mas que homem é esse, meu Deus? — Abanou-se. — Que pegada! Foi um beijo de novela!

Eu não podia acreditar naquilo!

— Odaísa, vamos entrar! — *Era só o que faltava!*

Ela deu uma boa olhada no apartamento, bem diferente daquele que meus pais moravam. Só a sala deles era do tamanho de todo o espaço de que eu dispunha ali.

— Aconchegante — disse com sinceridade, observando o arco. — Dona Marta disse que a senhora e seu Rafael pintaram isso juntos. Ficou lindo!

Agradeci, sentindo uma comichão ao me lembrar daquela tarde. Foi incrível! *Ontem também*! Pensei me dando conta de que todas as vezes com aquele homem eram inesquecíveis.

— Dona Milena? — Sua voz me tirou dos meus devaneios. — Tudo bem se for desse jeito?

— Ah... desculpe, o que disse?

Deu um sorriso zombeteiro.

— Ah, seu Rafael!

Merda!

Caminhou à cozinha, parando bruscamente ao ver a cafeteira. Fiz uma careta, limitando-me a dizer que Rafael gostava de café.

— O mundo gosta de café!

Você também? Qual era o problema deles, afinal? Serviu-se de uma boa xícara enquanto terminávamos de acertar os detalhes.

— Vou fazer uma cópia da chave pra você, enquanto isso deixarei o Ed avisado.

— O zelador? Ele é tão simpático!

Cerrei os olhos.

— Odaísa, Odaísa...

Naquele dia, cheguei ao escritório após o almoço. Na parte da manhã, após visitar um cliente, estive mais uma vez no ICCE. Infelizmente, ainda não havia qualquer novidade a respeito da perícia e eu não conseguia entender o porquê de tanta demora. *Paciência* era a palavra de ordem.

Estava em minha mesa verificando detalhes de uma petição com Edu, quando uma voz esganiçada e petulante rasgou o ambiente.

— Não há funcionários para receber as pessoas neste escritório?

À nossa frente, em carne e osso, Stella. Mais osso do que carne, devo reconhecer! Vestida num elegante macacão de um ombro só vermelho, que certamente "não falava português", entrou imponente na sala.

— Boa tarde, dona Stella, desculpe. Fernanda passou mal e precisou se ausentar.

Edu pôs-se a explicar e ela o fuzilou com o olhar.

— E *quem* é Fernanda nessa vida?

Ele pigarreou, antes de informar que era a recepcionista.

— Isso não é problema meu! Que fique você na recepção então! — ralhou, movimentando a mão, revelando suas longas unhas vermelhas. Arqueando a sobrancelha perfeita, cuspiu.

— Ou quem sabe a loira pode ficar? — Estalou os dedos, continuando sarcástica. — Ah, sim, você agora é secretária do *meu marido* e não mais uma reles *assistente* — enfatizou a palavra encarando Edu.

— Ainda assim, vocês poderiam ser mais proativos — resmungou se dirigindo à sala do doutor César. — Boa tarde, doutora Milena.

Abri a boca para cumprimentá-la, mas ela já estava longe, não antes de se dirigir à Alê mais uma vez.

— Queridinha, estarei na sala do *meu marido* e não queremos ser incomodados. Aliás, me sirva um café e depois desapareça!

— Dona Stella, o doutor César está em reunião e...

Alessandra tentou falar, e ela parou a poucos centímetros da porta, girando seu corpo esguio lentamente. Tanto eu quanto Edu paramos de respirar.

— Queridinha, deixe-me explicar como as coisas funcionam. — Caminhou em sua direção, ficando rente ao seu rosto. — *EU* sou a *dona* de tudo isso e não preciso pedir permissão ou sequer ser anunciada para entrar na sala do *meu marido*. Fui clara?

A tensão era cortante no ar e pude ver quando minha amiga engoliu em seco. Eu a conhecia muito bem para saber que seu desejo era arrastar a cara maquiada e plastificada de Stella no chão naquele momento. Eu mesma compactuava da mesma vontade.

— Sim, senhora. Desculpe.

De forma arrogante, Stella a olhou de cima a baixo, antes de se dirigir à sala do marido, detendo-se por instantes.

— Seja rápida com o café, detesto esperar!

Petulante, entrou sem bater na porta.

Alê estava trêmula. Seus punhos estavam fechados, decerto tentando controlar a ira e a frustração. Seu cenho estava franzido formando vincos em sua testa e seu rosto estava vermelho, certamente devido à raiva que sentia. Embora não fosse de fazer visitas, não era a primeira vez que Stella aparecia no escritório e o clima era sempre o mesmo: pesado.

— Deixe que eu preparo o café, você só entrega.

Edu prontamente se pôs à disposição, mas ela negou.

— A vaca bebe Nespresso.

E de forma totalmente profissional, deu uma batida na porta, entrando em seguida.

— Filha de novecentas mil putas! — Edu exclamou apontando o dedo do meio para a porta fechada. — Estranho... Stella nunca tratou Laira desta forma.

Andando de um lado para o outro, levou o indicador à boca.

— Pensando bem, a boqueteira esteve aqui e deve ter falado alguma merda pra essa siliconada botulínica, só pode!

— Você acha que... — Não consegui formular a questão. Ele ainda andava de um lado para o outro, enquanto colocava suas ideias malucas para fora, me deixando ligeiramente nervosa.

— Gata, presta atenção. Por que César trocaria a boqueteira por Alessandra? — Abri a boca para responder, mas ele foi mais rápido do que eu. — É claro que nossa amiga é mil e oitocentas vezes melhor do que aquela vaca invejosa, além de ser mais competente, claro, mas você consegue enxergar que algo aí não encaixa? Ela era secretária do César desde que os dinossauros habitavam a Terra e agora, de uma hora pra outra, ele chuta a bunda dela pra sala do doutor Ronaldo, colocando Alessandra no seu lugar?

Ele mordeu o indicador mais uma vez e tentei abrir a boca para falar, mas ele já tinha disparado sua teoria da conspiração.

— O certo seria ter indicado Alê para o doutor Ronaldo e não a boqueteira, mas por que o doutor invocadinho *quis* ficar com nossa amiga, é a pergunta que me faço desde o dia em que ele nos promoveu.

— Vai ver ele sabe que ela é muito mais qualificada do que a Laira e não quis que Ronaldo tivesse uma secretária melhor que a sua — arrisquei.

— Melhor em *todos* os sentidos!

Seu tom ligeiramente perverso me deixou intrigada.

— O que quer dizer, exatamente?

Contornou a mesa, sentando-se ao meu lado novamente.

— Há tempos estou de olho nele, não sei, posso estar enganado... não comentei nada com a Alê pra não criar expectativas, afinal, sabemos o quanto ela é caída por ele e...

— Fala logo, criatura! — pedi impaciente.

— Eu acho que o doutor César requisita *muito* a Alessandra.

— Ela é sua secretária!

— Não, gata, *follow me*! Realiza! Ela precisa almoçar com ele praticamente todos os dias? Precisa acompanhá-lo ao Fórum e a reuniões com clientes? E os eventos? Por que precisam ir juntos? Ela é sua *secretária,* não a esposa!

Pisquei. Nunca tinha pensado daquela forma. Realmente, Alessandra não precisava ficar com César o tempo todo. Edu me encarou por instantes.

— A não ser que seja sua amante!

Engasguei e tive uma crise de tosse.

— Pelo amor de Deus! — exclamei, mas ele me encarou com o olhar impassível.

Ouvimos o barulho da porta e as gargalhadas que vieram da sala do doutor César. Alessandra saiu de cabeça erguida, mas eu a conhecia o suficiente para saber que estava despedaçada. Edu correu em direção ao bebedouro, voltando rapidamente com um copo d'água.

— Beba um pouco.

Ela praticamente virou todo o líquido enquanto a observávamos. Em seguida, entregou-lhe o copo vazio e limpou a boca com as costas da mão.

— O que há entre você e o doutor César? — mandou de uma vez.

— Do que está falando?

Chocada. Foi desta forma que ficou quando ele terminou sua teoria maluca. Ficou pálida e seus olhos ficaram exageradamente abertos. Recuperou o controle da situação, balançando a cabeça antes de começar a falar:

— Vocês realmente acreditam que eu não contaria se existisse algo mais sério entre mim e o César? Por Deus! Vocês são os únicos que sabem da paixão secreta que eu tenho por este homem!

Olhei Edu de esguelha. Merda! Ela tinha razão! Será que ficou sentida com nossa desconfiança?

— Desculpe — ele pediu encolhendo os ombros. — Mas, se não há nada entre vocês, sinceramente não consigo entender! Ele te requisita *o tempo todo*, você mal pode respirar!

Ela revirou os olhos.

— Sou secretária dele!

— Secretária, não escrava! Se bem que se fosse escrava sexual...

— Edu! — repreendi e ele levou as mãos à boca, desculpando-se, fazendo com que eu reprimisse a vontade de rir.

— Deixe-me esclarecer alguns pontos. Eu, Alessandra Mendes, sou secretária do todo poderoso doutor César Monteiro que é *casado* com a também dona deste império, Stella *siliconada* Monteiro. Eles são *casados*, entendem? — Exalou pesadamente. — Sabem por que não mantenho um caso com meu chefe? Por que pra ele sou apenas sua *subordinada*, como qualquer um nesta empresa. Então, podem tirar essas ideias malucas de suas cabecinhas porque isso aqui é a vida real, não um romance de livro!

A porta abriu e gargalhadas ecoaram pela sala.

— Doutor Cupertino, o senhor é fantástico! — Stella surgiu de braços dados com o dono de uma das maiores construtoras do Estado, um vovozinho muito simpático e agradável. — *Realmente* não se trabalha mais nesta empresa!

— Você está enganada, Stella! Além de todo trabalho que fazem, Eduardo e Alessandra sempre me ajudam. Vocês possuem funcionários excepcionais! — respondi cínica, antes de me dirigir aos homens da sala.

— Doutora Milena Andrade, sempre bonita e elegante! — O doutor Cupertino me cumprimentou com dois beijos no rosto, perguntando sobre o caso João Thomaz. — Tenho acompanhado as reportagens pelos jornais.

— Tenho trabalhado arduamente para que a justiça seja feita.

— E será! A doutora é uma exímia advogada!

Agradeci com a certeza de que meu rosto estava corado. César sorria orgulhoso, enquanto Stella encarava Alessandra, que estava em sua mesa supostamente cuidando de alguma papelada. O doutor Cupertino se dirigiu a ela.

— Muito obrigado, mocinha. Você fez o melhor café que tomei na vida! — disse brincalhão e a intragável Stella respondeu inconveniente:

— Ah, por favor, o senhor tomou um Nespresso! Qualquer retardado mental consegue operar aquela máquina!

O homem piscou, certamente surpreso com sua reação. César ficou pálido e Alessandra, impassível. O doutor Cupertino dirigiu o olhar feroz a César e sua voz saiu fria como o aço:

— Se qualquer *retardado mental* é capaz de operar aquela máquina você está aproveitando muito mal sua secretária. — Levou a mão ao bolso do elegante paletó, entregando um cartão a ela. — Ligue-me, caso se canse de operar máquinas para *retardados mentais*. Há vagas mais sérias e certamente mais compatíveis a você na minha empresa.

Stella ficou lívida e minha amiga ensaiou um agradecimento, pegando o cartão com as mãos trêmulas.

— Está cantando minha secretária, doutor Cupertino?

O olhar gélido de César faiscou em sua direção. Edu tinha razão?

— Profissionalmente falando? Sim, estou. É melhor você dar o valor que esta menina merece se não quiser perdê-la para o mercado aí fora. Serei o primeiro da fila!

César engoliu em seco e Stella tinha sangue nos olhos. O doutor Cupertino já estava na porta, quando César se dirigiu a Alê de forma mais branda.

— Vou almoçar e...

Stella pendurou-se em seu pescoço.

— Meu *marido* não retorna hoje, queridinha.

Alessandra aquiesceu e o casal caminhou de braços dados, antes de desaparecem. Eu e Edu corremos em sua direção, mas ela apenas levantou a mão.

— Preciso de um tempo.

Completamente estupefatos, acompanhamos seus duros passos até ao banheiro, ouvindo o estrondo quando bateu a porta com força.

QUARENTA E TRÊS

Rafael

Eram quase duas da tarde quando entrei no elegante edifício do número 89, na Avenida Rio Branco: *Manhattan Tower*, lugar onde meu melhor amigo tinha seu renomado escritório de advocacia. Ocorre que não era ele quem estava prestes a encontrar, e sim a mulher que há tempos vinha me enlouquecendo, como nenhuma outra antes.

Milena Andrade, minha namorada. Pensei com um sorriso bobo, enquanto caminhava pelo saguão em direção à recepção. Eu vestia um terno preto, camisa e gravata da mesma cor. Minha garota gosta e simplesmente adoro fazer suas vontades.

Após a identificação, subi ao vigésimo oitavo andar onde a Monteiros Advogados ocupava todo o espaço e, como de costume, encontrei Fernanda. Cumprimentei-a cordialmente e ela me recebeu educadamente, liberando a entrada.

Entrei no luxuoso escritório contemplando a decoração austera. Paredes claras e móveis escuros, com o piso acarpetado. O local estava cheio e os ânimos pareciam um pouco agitados. Segui à mesa da minha garota, pedindo licença a alguns clientes, na tentativa de conseguir chegar ao meu destino, quando a vi com alguns papéis na mão.

Observei o azul reluzente de sua roupa: um vestido que embora fosse justo, era adequado para o ambiente profissional. Ainda assim, tal visão elevou meus pensamentos para além do horário de trabalho, especificamente para o *happy hour*, se é que me entendem.

Olhei para o outro lado e encontrei um sorridente Edu. Levei o indicador à boca, pedindo que não revelasse minha chegada. Eu queria o elemento surpresa, queria ver sua expressão a me ver ali, na sua frente. Milena estava tão compenetrada que realmente não notou minha presença.

— Aposto que sua lingerie é azul como o vestido — sussurrei em sua orelha, fazendo com que praticamente pulasse de susto. — Rendada ou de seda? Ou talvez... como é mesmo aquele tecido que você usou outro dia? — Levei a mão ao queixo, tentando me lembrar do nome.

Minha garota abriu um largo sorriso, me olhando daquele jeito que me deixava fodido.

— Tule.

— Ah... tule!

Movimentou o rosto de um lado para o outro e de volta para mim.

— O que está fazendo aqui? — sussurrou divertida e me aproximei um pouco mais.

— Não gostou da surpresa?

Fitou-me por instantes, me deixando completamente na merda. Céus! Como conseguia fazer aquilo? Deixar-me louco com um simples olhar?

— Gosto de *todas* as suas surpresas!

Com um sorriso torto, levei a mão ao bolso do paletó, retirando um envelope. Confusa, piscou algumas vezes quando viu o nome do laboratório impresso numa mistura de dourado e azul.

— Será que gostará desta? — perguntei um tanto enigmático.

— O que houve? Você está doente?

— Pelo contrário. — Acariciei seu rosto com paixão.

Olhou-me por instantes, decidindo, finalmente, abrir o maldito exame. Seus lindos olhos percorreram com atenção todas as letras, números e gráficos impressos nas folhas.

— Não precisa ler tudo agora, há muita informação. — Tomei delicadamente os papéis de suas mãos, avançando algumas páginas. — O que realmente quero que veja está aqui.

Milena acompanhou meu indicador, arregalando os olhos, surpresa.

ANTICORPOS ANTI-HIV 1 e 2
Resultado obtido............: Não reagente.

— Agora não precisamos mais daquela coisa, você sabe. Além disso, sei que toma pílula. — Dei de ombros como se mostrar o resultado de um exame contra doenças sexualmente transmissíveis em pleno ambiente de trabalho fosse a coisa mais natural do mundo.

Instintivamente movimentou a cabeça, olhando ao redor. Alguém realmente poderia ter ouvido nossa conversa, não fosse pelo fato de estarem tão entretidos em seus próprios problemas.

— Há outros tipos de exames: sífilis, hepatite, HPV...

— E você veio aqui só para me mostrar isso?

— Na verdade vim pra te ver. O exame foi um pretexto. — Precisei conter a vontade absurda de beijá-la. — Estou morrendo de saudade de você.

Minha namorada mordeu o lábio e precisei elevar o autocontrole à máxima potência. Céus, como eu queria expulsar todos e jogá-la em cima daquela mesa! Ela sorriu, resolvendo entrar no jogo.

— Também tenho exames, vou lhe mostrar.

— Confio em você. Não estaríamos juntos se eu não confiasse.

Fitou-me com ternura e seus lábios se esticaram num lindo sorriso.

— Isso é a justiça quem vai determinar!

Alguém disse alto demais, interrompendo nosso momento e ela fez uma careta.

— Preciso trabalhar.

— Eu sei.

Um pouco relutante, me afastei. Beijei-lhe a testa e caminhei à mesa de Eduardo, deixando-a com seus clientes.

— Doutor Rafael!

Cumprimentei-o com um forte abraço e perguntei sobre César, que estava almoçando. Conversamos trivialidades e aproveitei a oportunidade para abordar um assunto que há tempos me encucava.

— Quer dizer que você estudou com o Tiago?

Ele pareceu um pouco desconfortável, mas assentiu.

— Mundo pequeno, não é? — insisti em busca de detalhes.

— Cursamos faculdade juntos — limitou-se a dizer, reunindo alguns papéis.

Aquilo não era suficiente, eu queria mais. Havia algo estranho naquela história, algo que não se encaixava. Resolvi arriscar.

— Direito.

— Acredito que tenha me ajudado a garantir a vaga aqui na Monteiros. — Assentiu com um sorriso amarelo, parecendo querer se livrar de mim.

Entretanto, não sorri. De fato, o olhava seriamente. Diferente de Léo, seu irmão não era formado em Direito, mas Administração. Sabia que havia algo errado e quando finalmente achei que conseguiria desvendar o mistério, Edu foi salvo por César.

— Doutor Queiroz?

Girei o corpo e o vi ao lado de Alessandra. Quer dizer que foram almoçar juntos? Hum... isso poderia ser bom sinal.

— Que prazer! Embora acredito que eu não seja o motivo pela honra da visita.

— Não seja tão ciumento! — Cumprimentei-o com um forte abraço, me dirigindo a ela também.

Meu amigo me convidou para um café. Assenti, deixando o assunto "Eduardo" para mais tarde.

Assim como todo o escritório, sua sala também mantinha a decoração formal, os móveis escuros, em contraste com as paredes em madeira e o piso imaculadamente branco.

— Diga que já assistiu a um bom filme de sacanagem com Alessandra nesta TV enorme, e não apenas aqueles campeonatos chatos de esqui!

Ficou lívido, dirigindo um olhar nervoso à porta fechada.

— Shh! Você está maluco?

Nesse momento, ouvimos uma batida e ela entrou elegante como sempre. Precisei conter a vontade de gargalhar perante um César nervoso, algo totalmente novo para mim.

— Um programinha desses nessa TV é sempre bem-vindo, não acha? Principalmente no horário de expediente! — ironizei e ele conteve a vontade de rir.

— Açúcar ou adoçante, doutor?

— Se você está falando comigo, dispenso o doutor — respondi e Alessandra corou. Realmente levava o trabalho a sério, era excelente profissional como César dissera. — Puro, por favor.

Assentiu com um leve balançar de cabeça, antes de preparar nossos Nespressos, enquanto eu e seu chefe engatávamos um papo sobre seu mais novo cliente, a ConstruRio.

— O problema é o escrevente que lavra as escrituras, um tal de Alexandre Casanova. Não vou com os cornos dele!

Quando quis saber o motivo, César limitou-se a dizer que o achava um babaca. Alessandra posicionou a elegante xícara para seu chefe e outra para mim. Agradeci e ela meneou a cabeça mais uma vez, antes de se retirar, em silêncio.

— Como estão as coisas? — perguntei assim que saiu.

— Nenhuma mudança até agora.

— Caralho, César!

— Vou me separar da Stella.

Porra! Quase queimei a língua!

— Não será fácil. — Comprimiu os lábios. — Alessandra tem alguém, eu sei. Talvez seja um cara legal, mas quer saber? Foda-se! Eu a quero e vou fazer de tudo para que seja minha.

Agitado, levou a xícara à boca, antes de continuar:

— Mas não acho justo colocá-la na posição de outra. Não a quero como minha amante, a quero como minha mulher!

Uau! Meu amigo estava realmente disposto a sacrificar tudo por ela. Se isso não era amor, não sei o que seria.

— Estou orgulhoso de você — disse com sinceridade. — Você já parou pra pensar que poderá não ser tão fácil assim? E se Stella não aceitar o divórcio?

Encarou-me decidido.

— Não será uma escolha. Não vou pedir o divórcio, vou *comunicar*. Minha decisão está tomada, independente de Alessandra ficar comigo ou não. — Fechou os olhos com força. — Céus! Deus permita que isso não aconteça! Não sei o que faria!

Balançou a cabeça e seu olhar ficou distante. Abriu a boca, mas fechou de novo. Estava confuso e resolvi dar-lhe o tempo de que precisava para ordenar os pensamentos.

— A verdade é que tenho pavor de falar com ela! E se resolver ir embora? Se ficar com raiva de mim? Se eu nunca mais vê-la? Não tenho medo de ficar sozinho, meu pânico é ficar sem ela! — Apertou os lábios, que formaram uma linha fina e retesada. — Se eu tivesse que escolher nunca tocá-la, mas tê-la sempre perto de mim, a me abrir e nunca mais vê-la, escolheria a primeira opção.

— Você pode se abrir e viverem felizes.

Deu um sorriso nervoso.

— Você está apaixonado, vê o mundo colorido!

— Você também está, seu filho da mãe!

— A diferença, meu amigo, é que você é correspondido. Eu não — respondeu amargurado e engoli em seco. Ele teria razão?

— Se você não tentar, nunca saberá.

— Primeiro preciso organizar minha vida e é exatamente o que farei.

Abri um largo sorriso, estendendo a xícara em sua direção.

— Um brinde ao amor, doutor César.

Ele sorriu.

— Vai se foder, seu filho da puta!

QUARENTA E QUATRO

Milena

Finalmente minha vida se acertava e eu me sentia feliz e realizada em vários aspectos. Profissionalmente me consagrava cada vez mais como excelente advogada, embora o processo do caso João Thomaz ainda estivesse em andamento. A justiça era lenta, mas eu estava confiante. Em relação aos outros casos, eram verdadeiros sucessos. "Dinheiro no bolso e clientes satisfeitos", como o doutor César dizia.

Meus pais já haviam se adaptado à minha mudança, embora eu soubesse que sentiam minha falta. Eram comuns suas visitas à minha casa e sempre me sentia orgulhosa quando mamãe me fazia qualquer tipo de elogio doméstico. Saber que superei suas expectativas era maravilhoso.

Outro ponto que me deixou bastante satisfeita foi a chegada da *Kawasaki* Ninja. A moto era perfeita e pilotar aquela belezura com um homem delicioso na garupa poderia ser o sonho de consumo de qualquer mulher.

E por falar neste homem delicioso, meu relacionamento com Rafael era a cereja do bolo, um dos acontecimentos mais importantes da minha vida, tamanha felicidade que me proporcionava.

Impressionante o que me fazia sentir. Após tantos anos com Leandro e seu sexo vazio, finalmente soube o que era ser verdadeiramente *desejada* por alguém. Leandro não era o tipo de homem que gostava de agradar, aliás, só pensava nele! Falando de maneira grosseira ele metia, se saciava e tirava. Simples assim.

Comentei que ejaculação precoce era um problema e o filho da puta ainda dizia que *eu* era frígida! Como pude ser tão estúpida? Na maioria das vezes eu não atingia o clímax, chegando a fingir vários orgasmos, e quando conseguia era por méritos meus, geralmente, pensando em algo bem erótico envolvendo algum ator fenomenal. Devo confessar que Karl Urban sempre habitou meus pensamentos nesses momentos.

Sorri com a lembrança, enquanto vestia o vestido vinho transpassado. O discreto decote ficava perfeitamente disfarçado, mas nada que as mãos ávidas e sedentas de Rafael não pudessem revelar mais tarde. Completei o visual com sandálias pretas e caminhei à sala onde o cheiro do café dominava, indicando que Odaísa já estava por ali.

Cumprimentou-me da cozinha, fazendo com que eu parasse bruscamente, na tentativa de afinar os ouvidos.

— Rosana? — indaguei surpresa e ela abriu um sorriso para lá de animado.

— Não é o máximo? O Ed gravou um pen drive pra mim com todas as músicas que eu gosto!

Como uma deusa você me mantém

A música ecoava pela cozinha enquanto eu tentava entender. *O Ed?* Ofereceu-me a tigela com iogurte e cereais, antes de continuar.

— Ele disse que o celular consome muita bateria, por isso gravou um pen drive cheio dessas músicas maravilhosas! Você nem pode imaginar! Tem Cátia, Biafra, Rosana, Amado Batista, Sérgio Reis, Sidney Magal!

— Uau!

Ela se aproximou de mim, como quem conta um segredo.

— Você acredita que ele gravou aquela do Waldick Soriano?

Eu não fazia a menor ideia da música a que se referia e ela fez um muxoxo.

— Como não conhece? — Quase pedi desculpa. Ela se pôs a cantar. — “Eu não sou cachorro não pra viver tão humilhado. Eu não sou cachorro não para ser tão desprezado”!

Gargalhei com a boca cheia, quase cuspindo o cereal enquanto Rosana gritava no som, fazendo com que eu me lembrasse da Jocasta, aquela personagem da novela Mandala, interpretada por Vera Fisher.

— Você não se importa se eu ouvir música enquanto trabalho, não é?

Devolvi-lhe um sorriso carinhoso. É claro que não me importava!

— Quero que se sinta bem aqui como se sente na casa dos meus pais — “parafraseei” Rafael, lhe dando um abraço apertado. — Quer dizer que o Ed anda gravando músicas pra você?

Ela corou.

— Odaísa! Odaísa!

— Que isso, dona Milena! — Virou-se para a pia, lavando a louça que supus estar limpa. — Eu e o Ed somos amigos, nada de mais...

— Sei... — Perante seu silêncio, resolvi arriscar: — Querida, não há mal nenhum se vocês tiverem um romance. Ele é solteiro, você também, qual é o problema?

Ela colocou a bucha no compartimento próprio, enxaguou o prato e o pôs no escorredor, pegando um pano para secar as mãos, em seguida. Virando-se pra mim, desandou a falar:

— Não há nada acontecendo entre a gente, mas estou desconfiada que... você se lembra daquela história do varal?

Claro que eu lembrava! Enquanto estendia as roupas, o varal arrebentou e ela saiu para comprar outro. Como não sabia onde encontrar uma loja pediu informação ao Ed, que prontamente se ofereceu para consertá-lo.

— Desde esse dia ficamos mais... *íntimos*, quer dizer, sempre achei que ele me olhava diferente, mas a partir desse dia...

Balancei a cabeça, achando tudo muito engraçado. Odaísa e Ed juntos? Ela era uma mulher solitária e Ed uma pessoa encantadora e extremamente engraçada. Eu já imaginava as possibilidades.

— Neste dia conversamos bastante. Eu estava ouvindo música pelo celular e hoje, quando cheguei, ele me deu o pen drive e este rádio. — Apontou o pequeno aparelho com entrada USB em cima da bancada da cozinha.

— O Ed comprou um rádio pra você? — perguntei surpresa e ela ficou vermelha feito um tomate.

— Não! — pigarreou. — Quer dizer, não acredito que seja um rádio novo!

— Parece um super-rádio novo pra mim! — rebati zombeteira, segurando a vontade de rir.

Ela estava visivelmente sem graça e comecei a me sentir culpada por me divertir com a situação. Aproximei-me.

— E você enxerga o Ed diferente?

Ela corou mais uma vez, dando um sorriso tímido.

— Na verdade, acho ele um homão!

Gargalhei no momento em que meu celular tocou.

— Você está chegando?

Era Edu, e pelo tom de voz parecia preocupado. Instintivamente olhei o relógio de pulso. Eu estava no horário.

— Estou em casa ainda, por quê? — Ouvi quando suspirou, hesitando em continuar.

— É melhor você vir o quanto antes. — Fez uma pausa e quase gritei ao telefone. — Leandro entrou com outro pedido de *habeas corpus*.

O quê? O filho da puta estava aprontando mais uma! Despedi-me de Odaísa, e saí em disparada, rumo ao escritório. Assim que cheguei, encontrei Edu ao lado da minha mesa.

— Soube agora pela manhã. Está aí, com todas as informações do processo.

Ele apontou para meu computador. Larguei a bolsa de qualquer jeito e movimentei o mouse. A tela se iluminou, revelando a página do Tribunal de Justiça, a qual deixou logada para mim. Meus olhos logo foram atraídos para o pedido do *habeas corpus*.

— Filho da puta! Durante todo tempo ele ficou quieto demais! Eu devia ter desconfiado.

— E o resultado da perícia?

Abri um sorriso malicioso.

— Saiu ontem. Eles não conseguirão sair dessa. Deu positivo para as impressões digitais.

Edu puxou a cadeira, sentando-se ao meu lado.

— Então por que o nervosismo? Esse *habeas corpus*, tecnicamente, não é ameaça nenhuma.

Franzi o cenho.

— Você disse bem: tecnicamente. O problema é que Leandro é filhinho de papai.

Ele fez uma careta.

— Filhinho do grande e influente doutor Maurício Costa, o desembargador corrupto! E como dizia o saudoso Ruy Barbosa: "Não se deixem enganar pelos cabelos brancos, pois os canalhas também envelhecem."

— Exatamente! Este sim é um senhor canalha! Leandro teve a quem puxar!

— Bom dia!

Elegantemente vestida, Alê entrou na sala e, como de costume, deu um selinho em Edu e um abraço apertado em mim.

— O que houve? Por que estão com essa cara de bunda?

— Leandro entrou com outro pedido de *habeas corpus* — Edu informou e o queixo dela caiu.

— Outra vez?

— Esse filho da puta está aprontando das suas... — pensei alto demais.

Ouvimos o toque do ramal em sua mesa e ela correu para atender a ligação interna.

— Sim, Fernanda? O doutor César só virá na parte da tarde. — Ouviu atentamente. — Mande-o entrar. — Desligou fazendo uma careta.

— Quem deseja falar com César a essa hora da manhã? Saco!

Quando a tal pessoa entrou, tanto eu quanto Edu praticamente paramos de respirar. Alto, moreno e forte. Era tão alto, que precisei levantar o rosto para vê-lo direito. Ou seria seu físico que dava a impressão de ser maior do que realmente era?

— Bom dia, você é Alessandra? — Tirou os óculos escuros, revelando seus lindos olhos claros.

— Em que posso ajudá-lo? — gaguejou e não pude culpá-la. O homem era um deus grego!

— Gata, pelo amor de Deus, o que é isso? — Edu ralhou em meu ouvido.

— Alexandre Casanova, Substituto do Primeiro Ofício de Notas, prazer.

Apresentou-se estendendo a mão para Alê, beijando a sua quando ela retribuiu.

— Puta que pariu! — Edu ainda falava em meu ouvido.

— Soube que o doutor César é o advogado responsável pelos assuntos da ConstruRio. Gostaria de me apresentar para conversarmos sobre os atos que lavraremos no cartório.

— O doutor César não se encontra e...

— Imagino que não, com certeza é um homem muito ocupado — respondeu com um sorriso encantador, passando a mão pelo cabelo ligeiramente batido. — Eu deveria ter ligado, mas vim a um cliente aqui perto e resolvi tentar a sorte.

— Uma pena não ter conseguido.

— Quem disse que não?

— Pu-ta-que-pa-riu!

Cale a boca, Edu! Pensei mantendo os olhos na cena que se desenrolava à frente.

— Deixarei meu contato. — Pôs a mão no bolso do paletó, puxando um cartão.

Foi impressão minha ou ele acariciou levemente sua mão quando ela o pegou? Alessandra estava pálida.

— Qual é o melhor horário para eu encontrar o doutor?

Ela acessou o computador, certamente para ver a agenda de seu chefe.

— Ele está livre hoje, às três da tarde, mas não acredito que o senhor queira voltar...

— Por favor, não me chame de senhor, isso cria um abismo enorme entre nós — interrompeu-a sutilmente. — Estarei de volta às três. Você já sabe como me encontrar. — Deu uma piscadinha, apontando o cartão.

Alexandre foi embora deixando o rastro de seu caro perfume no ar e imediatamente Edu correu até Alê.

— Gata, o que foi isso?

— De onde surgiu esse homem? — perguntei divertida.

— Ele é do cartório onde a ConstruRio faz as escrituras. Veio falar com o César.

— Meu Deus! Será que ele vai frequentar o escritório? — Edu quis saber e o olhei incrédula. — O que é, gata? Imagine uma visão dessas durante o expediente? Onde fica esse cartório? Acho que preciso fazer umas autenticações ou, quem sabe, tentar a sorte e verificar a autenticidade do documento do rapaz.

— Edu!

— Ué? Não posso sonhar?

Balancei a cabeça divertida, antes de comunicar que estava de saída para o Fórum. Imediatamente seu semblante mudou e ele ficou sério, se oferecendo para ir comigo. Como não amá-lo? Garanti-lhe que estava bem, e ele me dirigiu o olhar confiante.

— Vai lá e mostra o teu nome! Acabe com eles, doutora Milena Andrade!

QUARENTA E CINCO

Milena

Saí em disparada do escritório, comunicando à Fernanda que estaria fora durante toda manhã. No elevador, aproveitei para enviar mensagem a Rafael.

Estarei no Fórum nas próximas horas resolvendo alguns assuntos. Bjs.

Ele ficou online no mesmo instante, me respondendo prontamente.

Você está vindo pra cá? Que maravilha!

Sorri feito idiota, caminhando pelo saguão com os saltos estalando pelo piso imaculadamente limpo. Meus passos eram rápidos e precisos. Eu tinha um objetivo e precisava urgentemente alcançá-lo.

Assim que cheguei à rua, fui banhada pela luz do sol. O dia estava lindo e agradável e dei a sorte de encontrar um táxi que deixava um passageiro no edifício. Entrei rapidamente.

— Fórum, por favor — pedi, acessando o celular mais uma vez. Rafael atendeu no primeiro toque.

— Vou vê-la logo pela manhã! Sou um homem de sorte!

— Ou eu sou uma mulher de sorte. — Ouvi quando sorriu. — Mas, infelizmente, minha ida repentina ao Palácio da Justiça não é por uma boa causa.

Imediatamente seu tom mudou para sério e preocupado.

— O que aconteceu, meu anjo?

Senti a bile subir pela garganta.

— Houve outro pedido de *habeas corpus*. É por isso que estou a caminho.

— Esperarei por você, não tenho cliente marcado. Tudo se acertará, acredite.

Fechei os olhos, absorvendo suas palavras. Era impressionante o poder que aquele homem tinha de me trazer serenidade quando parecia que tudo viraria do avesso. Quando desligamos, mantive o aparelho no ouvido, como se ainda pudesse senti-lo, como se ele pudesse controlar minha ira e trazer a tranquilidade de que tanto precisava naquele momento.

— Chegamos, senhorita.

Céus! Por quanto tempo fiquei deste jeito? Pensei, pagando a corrida. Entrei no Fórum, passando por todo o ritual de segurança, depositando bolsa e alguns pertences na bandeja para que pudesse atravessar o detector de metais, antes de seguir em frente. Subi a rampa e finalmente cheguei à Lâmina II, onde ficavam as salas de audiência. Vasculhei o lugar à procura de Rafael, parando bruscamente, sentindo um gosto amargo na boca.

Leandro.

O filho da puta estava a alguns metros, ao telefone. Ele girou a cabeça e abriu um largo sorriso a me ver. *Que nojo!* Pensei, me perguntando como era possível sentir tanta repulsa por quem já quisemos bem. Respirei fundo e caminhei em sua direção a passos firmes e decididos.

— Nos falamos depois, obrigado. Ora, vejam quem veio nos dar o ar da graça! A doutora Milena Andrade! — disse petulante, enquanto desligava, e senti vontade de vomitar.

— Mais um pedido de *habeas corpus*? O que pretende?

— Deixe-me ver... algo do tipo *vencer a causa*? Ou mostrar pra todo mundo que a famosa *doutora* não é tão boa assim?

Aproximei-me de seu rosto.

— Tente a sorte.

Leandro me olhou por instantes, girando a cabeça de lado.

— Você está bonita. — Pisquei. — Sério! Você *realmente* está bonita! Céus!

Ele também estava bonito, na verdade, sempre fora. O mais incrível, porém, é que não me atraía em nada, pelo contrário! Causava-me náuseas! Eu sabia que ali havia uma casca que se apodreceria com facilidade, tal qual seu conteúdo.

— Farei de tudo pra colocar o psicopata do seu cliente na cadeia!

— Pra quê tanto ódio no coração? Tão bonita e tão rancorosa!

— Como você é capaz de defender este homem?

— De acordo com o artigo quinto, inciso 57 da Constituição Federal, abre aspas: "ninguém será considerado culpado até o trânsito em julgado da sentença penal condenatória", fecha aspas — rebateu cínico e senti o ódio crescer dentro de mim.

— Não me venha com conversa fiada! Nós dois sabemos que esse filho da puta é culpado!

Seus olhos faiscaram em minha direção.

— É claro, a doutora usou de seus métodos ilegais para atrair a atenção e a confiança do meu cliente e acha que pode sair livre dessa.

Decerto o psicopata lhe contou sobre minha visitinha. Pensei.

— Você não deveria acreditar num *suposto* assassino, doutor — revidei descarada, enfatizando a palavra.

— E quem disse que foi ele que me contou?

Tremi. Que merda era aquela? Cruzei os braços à frente do corpo, imaginando que estivesse blefando. Não havia qualquer possibilidade de alguém ter escutado a conversa que tive com o crápula quando o visitei na prisão.

— Tanto teatro pra nada, doutora. Você não poderá usar uma letra do que ouviu, no Tribunal. Não adiantou nada ter enganado a segurança e armado o seu circo, queridinha. O seu *espetáculo* só terá você, a palhaça, como público.

Enganado a segurança? Aquele idiota realmente não sabia de nada! Eu não precisava enganar ninguém, possuía *aliados* em muitos lugares. Ainda havia pessoas ansiando por justiça e grande parte dessa gente acreditava piamente que nossas leis não eram tão eficientes assim para garantir isso. Contudo, o que mais me chocou foi o fato de Leandro *saber* de toda verdade sobre aquele homem.

— Deus do céu, você *sabe* que seu cliente é culpado!

— Ah, não seja dramática! Todo mundo morre um dia!

Abri a boca, estarrecida. Foi com aquele homem que passei cinco anos da minha vida e pretendia passar o restante dela?

— Um psicopata tira a vida do próprio filho brusca e violentamente, e você me diz para não ser dramática? — rosnei, por um triz.

Meu corpo tremia e a vontade era de apertar seu pescoço, tal qual o assassino fez com o próprio filho, e gritar *todo mundo morre um dia*!

Não sei exatamente o que houve. Talvez eu tenha partido pra cima dele; ou não. Fiquei "cega" por instantes, lembro somente do rosto pálido de Leandro, o pavor em seus olhos covardes e a boca exageradamente aberta numa caricatura grotesca da pintura "O Grito" de Edvard Munch. Depois, mãos varreram meu rosto, acariciando-me, a voz em meu ouvido me trazendo de volta do transe, ou o que quer que tenha sido aquilo, e me levando ao paraíso.

— Meu amor, que bom te ver aqui!

Rafael. Sim, era ele. Sua boca grudou na minha e senti sua língua por todos os cantos, reivindicando-me, como se o mundo fosse acabar naquele instante, como se seu último desejo fosse morrer me beijando.

Afastou-se apenas o suficiente para que eu pudesse respirar ou seria para *mostrar* que estava ali, ao meu lado? Seus olhos cravaram nos meus, intensamente.

Todo mundo morre um dia.

E eu seria capaz de morrer ali.

QUARENTA E SEIS

Rafael

No momento em que desliguei o telefone, me senti apreensivo. Não gostei do tom de Milena e rapidamente percebi sua agitação quando informou que o babaquinha entrou com mais um pedido de *habeas corpus*.

Eu a aguardava na Lâmina II, em frente à sala de audiência, quando o telefone tocou. Era um cliente importante e o sinal ali era péssimo. Afastei-me em busca de um lugar melhor e, ao voltar, congelei. À minha frente estavam Milena e um homem, que mesmo de costas, soube exatamente quem era.

Ela tinha sangue nos olhos , parecia transtornada! Seus punhos estavam fechados com tanta força que me causou um arrepio macabro. A sensação era de que voaria no pescoço daquele imbecil e eu precisava urgentemente tomar uma atitude. Não poderia permitir jamais que ela perdesse a razão.

Sem pensar duas vezes, caminhei a passos largos para onde estavam e tomei-a em meus braços.

— Meu amor, que bom te ver aqui!

Beijei sua boca numa ânsia desesperada. Eu queria lhe dizer que estava ali e sempre estaria não importaria o momento, a hora ou o lugar. Queria lhe dizer que eu poderia acabar com a raça daquele otário, ainda que não tivesse qualquer dúvida de que ela fosse plenamente capaz de fazer isso sozinha. Mas eu não queria. Não ela! Não com suas lindas e delicadas mãos. Eu queria protegê-la, salvá-la de qualquer coisa que pudesse lhe fazer mal.

Eu a beijei com fúria e desejo, como se não houvesse amanhã, como se não houvesse, sequer, o minuto seguinte! Beijei porque ela era minha garota e nada nem ninguém poderiam ousar lhe fazer mal, e se o tentasse eu atropelaria sem dó nem piedade.

— Você está linda! — Acariciei seu rosto e o calor de sua pele em meus dedos fez com que eu sentisse uma vontade absurda de tê-la em meus braços.

Fitou-me antes de olhar através de mim, para o idiota que estava atrás. Girei o corpo, encontrando o homem que quase destruiu sua vida.

O filho da puta era pintoso: moreno, olhos escuros e todo perfumado. Arrumadinho, vestia um terno caro, com sapatos bem engraxados. Era o típico "Mauricinho", "filhinho do papai". Estava claramente surpreso, alternando o olhar entre mim e ela. Precisei conter a vontade de lhe arrebentar a cara.

— Vejo que está de caso novo.

Que babaca! Petulante tal qual a vagabunda da namorada! Milena ignorou solenemente seu comentário, se dirigindo a mim:

— Preciso resolver um assunto, você está indo embora?

Havia urgência em sua voz. Acariciando-a mais uma vez, disse que esperaria por ela, que sorriu, enlaçando meu pescoço e me beijando a boca. Quando fez menção em sair, o babaca piou mais uma vez.

— Não vai nos apresentar? Não é assim que se tratam os membros da família! — O idiota se dirigiu a mim estendendo a mão a qual não fiz o menor esforço em cumprimentar de volta. — Provavelmente nos veremos bastante, afinal, sou namorado da prima dela. Leandro.

Olhei a mão estendida, antes de encará-lo seriamente. Ele pareceu não se abater.

— Não fique com ciúmes pelo que tivemos no passado! — Petulante, apontou para uma Milena chocada e sutilmente toquei-a pelas costas, trazendo-a para mim. — Nosso caso já passou! Nunca daríamos certo, ela é, como poderei dizer? Muito parada, se é que me entende. Quer dizer, você sabia que fomos noivos, não é?

— Sim e estou tentando entender como ela pôde ter se envolvido com um cara como você! Bom, fazemos algumas idiotices na vida, não é? — Dei de ombros, deixando-a surpresa.

O tal Leandro franziu o cenho e seu olhar faiscou em minha direção.

— Com quem você pensa que está falando, seu babaca? — rosnou, e minha vontade foi de enfiar a cara daquele filho da puta na parede.

— Com o advogadozinho de merda que acha que é alguma coisa. — Dirigi-me à minha namorada: — Estarei aqui esperando por você.

— Contente-se com o resto!

Lentamente, movimentei a cabeça em direção ao imbecil, enquanto ele metralhava.

— Eu a usei até me fartar e deixei o resto para o otário da vez! Pelo visto é você.

Analisei o ambiente. O Fórum estava cheio e às portas das salas, os seguranças estavam a postos. Infelizmente o babaca estava com sorte, não era um bom momento para rachar sua cara ao meio como eu realmente gostaria.

— Frígida! Oca! Ela não te contou que é seca por dentro?

Sua voz medonha ecoou pelo ar, tornando o ambiente pesado. Eu ainda tocava suas costas e senti quando seu corpo se retesou. Ao vê-la, me senti angustiado. Seus lábios tremeram e ela ficou lívida, como se seu sangue estivesse sendo drenado. Parecia que iria desmaiar; seu peito subia e descia, como se fosse difícil respirar. Mais uma vez puxei-a de encontro a mim, acariciando seu braço.

— Infértil! Você sabia?

Chega! Não poderia permitir jamais que aquele idiota completo desestabilizasse a mulher que eu amava. Tentando controlar o animal feroz encurralado em mim, me aproximei daquele ser medonho, passando o braço por seus ombros, como se fosse abraçá-lo. Com a outra mão dei um tapa em seu peito, como se fossemos amigos de longa data.

Foi preciso um autocontrole imenso para não socar seu esterno e jogá-lo longe. Em vez disso, apliquei uma leve pressão com o polegar em sua proeminência laríngea, popularmente conhecida como pomo de adão, ou gogó, como queiram chamar. Ele ficou pálido, abrindo a boca para tentar falar, sem sucesso. Quando arqueou ligeiramente o corpo, minha voz já estava em seu ouvido:

— Escute aqui, Milena é minha namorada, e eu *exijo* que você a trate com respeito, do contrário farei você engolir cada letra do que falar. Ela é minha garota, perfeita pra mim! Estou pouco me fodendo para o que vocês tiveram, o passado pouco me importa e não deveria importar pra você também. Aliás, se eu fosse você, me preocuparia com o presente, especificamente com a vagabunda que você chama de namorada, aquela que lhe abriu as pernas quando você era noivo da Milena, e que agora tentou fazer o mesmo comigo. — O babaca arregalou os olhos, mas continuei metralhando: — A questão é que diferente de você, *eu* sei escolher mulher!

Afrouxei um pouco a pressão e ele abriu a boca, tentando desesperadamente sugar todo o ar que conseguisse, mas logo apertei de novo.

— Ah, sim, antes que eu me esqueça: vá se foder!

Soltei aquele otário e peguei minha garota pela mão, em direção à sala de audiência, enquanto ouvíamos as tosses do imbecil, pelo corredor. Ela ainda estava em choque, não sei se pelas revelações bombásticas daquele otário ou pela forma a qual o tratei.

— Não deixe ninguém te tirar do sério, não permita que nenhum idiota tire a sua paz. Você é Milena Andrade e já ganhou esta guerra! — Segurei seus ombros. — Você é perfeita pra mim. *Perfeita!* Eu sou louco por você! E se lhe resta alguma dúvida sobre isso, me diga que lhe mostrarei o quanto agora mesmo! Estou pouco me fodendo se estamos num local público.

Segurei seu rosto em minhas mãos, trazendo-a para perto de mim.

— Você é minha Milena e sempre será. *Feita* pra mim.

Emocionada, fitou-me antes de levar seus lábios aos meus. Neste momento, todo o barulho e confusão de vozes desapareceram, éramos somente eu e ela. O beijo ficou quente, intenso, e meu pau latejou em resposta. Eu precisava parar ou não responderia por mim.

— Você precisa me ensinar esse golpe.

Sua interrupção me fez sentir, ao mesmo tempo, aliviado e frustrado. Embora precisássemos parar, a verdade era que eu não queria.

— De jeito nenhum, doutora! Você seria capaz de aplicá-lo por aí.

— Como você, sou uma pessoa justa e jamais usaria em quem não merece — respondeu com uma piscadinha e meu pau doeu mais ainda.

— Sei disso — arfei.

— Obrigada. Por tudo.

Olhei-a por instantes. Céus, como eu amava aquela mulher!

— Estou aqui. Sempre estarei.

Milena acariciou-me com paixão. Subitamente uma tristeza profunda a dominou.

— Sobre o que Leandro falou...

— Sobre o que aquele babaca falou, conversaremos depois. Agora você tem um assunto importante pra resolver. Vá, doutora, e saia de lá vitoriosa. Estarei aqui fora, esperando por você. *Estarei em todos os lugares esperando por você. Sempre!*

Seus olhos ficaram úmidos. Senti seus lábios nos meus mais uma vez, antes de seguir em direção à sala, me deixando completamente hipnotizado por sua presença.

Eu a amava. E nada nesse mundo seria capaz de mudar isso.

QUARENTA E SETE

Milena

Toquei o aço frio da maçaneta sentindo os olhos de Rafael cravados em mim. *Estou aqui. Sempre estarei.* Suas palavras giravam em minha mente. Mesmo depois da covardia de Leandro em me expor daquela forma, Rafael continuou provando que me queria ao seu lado, apesar de tudo.

Frígida! Oca! Ela não te contou que é seca por dentro? Não, não contei. Nunca aceitei este fato e sempre senti o gosto amargo cada vez que me lembrava dele. Maldito Leandro! Mais uma vez interferindo na minha vida na tentativa de me afastar da felicidade.

Balancei a cabeça. Rafael estava certo, eu tinha outro assunto importante: vencer mais uma batalha. Precisava me concentrar no processo, afinal, estava prestes a encontrar a juíza. Respirei fundo, pensando na tentativa do idiota de me desestabilizar, mas não daria este gostinho. Jamais!

Resiliência, Milena! Pensei, batendo na porta antes de abri-la.

Encontrei a secretária da magistrada, que me cumprimentou alegremente. Eu sabia que não seria fácil despachar com a doutora sem hora marcada, mas precisava tentar, afinal, costumava ter bons relacionamentos com quem não devia nada a ninguém.

— Mary! Como tem passado? E a vida de casada? — perguntei com sincero interesse. Ela era boa menina e tinha se casado recentemente.

— Maravilhosa!

Aproximei-me de seu rosto, como quem conta um segredo.

— Fale a verdade: a lua de mel é o melhor de tudo, não é?

Ela ficou vermelha feito um tomate. Desandou a rir e eu a acompanhei até ouvirmos o barulho da porta. Meu sorriso sumiu completamente quando Leandro entrou, e a carranca não era nada boa.

— Bom dia, Marielle — cumprimentou seco.

— Doutor. — Alternou o olhar entre mim e ele, certamente prevendo a confusão iminente.

— Gostaria de falar com Vossa Excelentíssima juíza. — Fez uma careta ao levar a mão ao pescoço. — Não tenho hora marcada, mas o assunto é urgente.

Mary ponderou.

— Devo anunciar os dois?

Assenti, e assim que se retirou Leandro cuspiu.

— Escute aqui, o que o seu namoradinho de merda fez comigo é agressão! Eu vou acabar com a vida dele! De vocês dois, na verdade.

Examinei-o por instantes, fazendo de tudo para que não percebesse que quase atingiu seu objetivo de me desestabilizar com seu golpe baixo.

— Você pode tentar indiciá-lo, embora não haja marca em seu pescoço ou sequer impressão digital, além da sua, provavelmente. Quem sabe você não arruma um advogadozinho do seu tipo pra tentar lhe ajudar na causa?

Ele me fuzilou com o olhar.

— Desde quando você aprendeu a ser engraçadinha? Escute bem: eu vou acabar com vocês! Lembre-se deste dia, anote este horário e guarde bem minhas palavras: *eu vou acabar com vocês!*

Abri a boca para rebater sua ameaça, quando Mary retornou.

— A doutora Andreza irá atendê-los, vocês terão apenas cinco minutos.

— São suficientes pra mim, obrigada.

Enquanto agradecia, o idiota se apressou a entrar no gabinete da juíza. Fiz uma careta antes de segui-lo, ouvindo a voz de Mary atrás de mim desejando boa sorte. Eu realmente ia precisar.

— Vossa Excelência, peço clemência, mas a questão é premente e impendente.

Ouvi Leandro dizer e fui obrigada a revirar os olhos perante a tentativa ridícula de impressionar a magistrada com palavras difíceis.

— Bom dia, Vossa Excelência.

Contemplei a mulher elegantemente vestida em uma camisa de seda branca, manga comprida, com detalhes em dourado. Seu cabelo estava preso num coque perfeito e a maquiagem lhe dava um ar austero.

Olhei em volta, para o imponente gabinete. As paredes claras contrastavam com os móveis de madeira escura. Ao lado, uma grande estante repleta de livros, a maioria títulos de Direito. À sua mesa, notebook, alguns papéis e processos, um porta-retratos, cuja foto não era visível por estar virada para o lado oposto. Um pequeno sorriso me escapou ao ver a *biscuit* de uma juíza togada. A doutora era rigorosa, mas tinha senso de humor. Atrás da mesa, as bandeiras do Brasil e do Estado do Rio de Janeiro.

— Senhores, imagino o porquê estão aqui. Sentem-se, por favor — indicou as cadeiras à frente.

Ouvimos a leve batida na porta e Mary entrou trazendo o processo. A doutora Andreza agradeceu e ela girou nos calcanhares, fechando a porta com um baque surdo.

Mal abriu o documento, a voz de Leandro rompeu o silêncio:

— Vossa Excelência poderá observar que foi impetrado o pedido de *habeas corpus* para meu cliente e, por obséquio, gostaria de...

— Doutor — interrompeu-o. — Estamos em pleno século 21 e não vejo necessidade de o senhor se utilizar de expressões arcaicas. Embora eu conheça todas, não tenho paciência para ouvi-las, então se o senhor não se importar, gostaria que fosse um pouco mais *contemporâneo*.

Leandro pigarreou e precisei conter a risada.

— Vossa Excelência, evidentemente eu só pretendia ser cortês...

— O senhor pode ser muito cortês utilizando-se do vocabulário atual. Nossa língua é riquíssima e tenho certeza de que o senhor conseguirá encontrar palavras para se expressar de maneira correta, gentil, educada e elegante.

Se fodeu! Pensei. Leandro engoliu em seco, tocando o pescoço mais uma vez, enquanto a doutora terminava de folhear o processo. Chegando ao final, leu com atenção as últimas páginas e um silêncio desconfortável se instalou na sala. Em alguns momentos, senti o olhar colérico de Leandro em cima de mim, mas não me dei o trabalho de retribuir.

De posse de sua *Montblanc*, a magistrada se pôs a escrever, e percebi como era uma mulher bonita. Alcançou um pequeno carimbo, levando-o à página, antes de fechar o grande processo.

— *O habeas corpus* foi negado.

Senti o alívio tomar conta de mim, no mesmo instante em que Leandro se pôs de pé.

— Data vênia, Vossa Excelência! Meu cliente corre risco de morte dentro daquela prisão! Ele tem recebido ameaças, inclusive por bilhetes escritos com cortes e colagens de revistas! Como...

— Doutor, contenha-se! Eu li o processo ou o senhor acha que fiquei apenas folheando as páginas aleatoriamente? O que me pede é impraticável e abriria precedentes inimagináveis! O senhor já parou pra pensar em quantos pedidos de *habeas corpus* cairiam na minha mesa e na mesa de outros magistrados se este fosse aceito? Todos os presos do país começariam a *receber ameaças.*

— Não estamos falando de todos os presos do país!

— Sim, estamos falando do *seu* cliente, doutor, e minha sentença está dada. O *seu cliente* permanecerá na prisão até ser julgado, e se o senhor realmente acredita que ele seja inocente sugiro que trabalhe em sua defesa e não perca o seu tempo, nem o meu, com assuntos que não existam.

Ele a fuzilou com o olhar durante bom tempo, a magistrada, porém, não desviou.

— Vossa Excelência certamente ouviu a máxima que diz "os juízes se acham deuses".

Ele estava mesmo falando aquilo? A magistrada não se abalou, e quando achei que Leandro não pudesse ser mais desprezível, continuou petulante:

— Os juízes realmente acreditam que são deuses, *doutora*, mas os desembargadores têm certeza. Sabe de uma coisa? Os desembargadores têm razão — concluiu com uma piscadinha arrogante, antes de se retirar.

— Isso é uma ameaça, doutor? — ralhou e ele girou o corpo lentamente, abotoando o elegante paletó.

— Talvez ainda seja apenas um aviso. — Deu de ombros.

— Para mim só há um Deus! — disse, o indicador para o alto. — Da próxima vez que quiser me ameaçar, seja homem e o faça diretamente. Não suporto joguinhos, nem sou mulher de meias palavras. Agora se retire do meu gabinete se não quiser sair daqui preso!

Leandro se dirigiu a mim. Seu cenho estava franzido formando fortes vincos em sua testa, seus lábios formavam uma linha fina e retesada e seus punhos estavam fechados com tamanha força, que seus dedos estavam brancos. Caminhou à saída com passos firmes, batendo a porta.

Eu estava sem palavras. Era inacreditável que tivesse ameaçado a doutora Andreza Villas Boas daquela forma. Sua voz cortou o silêncio, me trazendo de volta à realidade.

— Doutora, extraoficialmente, espero que possua excelentes provas contra seu oponente, caso queira que a justiça seja feita.

— O que Vossa Excelência quer dizer, exatamente?

A magistrada me olhou seriamente.

— Talvez eu seja transferida para outra Comarca ou afastada do caso por qualquer outro motivo.

Meu queixo caiu. Embora tenha enfrentado Leandro, sabia desde o início que sua carreira estava em jogo. Ainda assim, não se intimidou. Certamente ele usaria de todos os seus artifícios para passar por cima de qualquer um, ainda que fosse uma das maiores e mais respeitadas juízas da atualidade. *Os desembargadores têm razão,* dissera, claramente fazendo menção ao seu pai.

— Não posso acreditar que ele fará alguma coisa contra Vossa Excelência! Utilizar-se do poder de seu pai para afastá-la do caso, somente por sua recusa em aceitar o pedido absurdo de *habeas corpus* me parece um tiro no próprio pé.

— Pareceria para qualquer ser inteligente, mas esta não me parece ser uma qualidade que o doutor possua. Além do mais, essa suposta transferência ou afastamento poderiam não ser feitos de imediato.

Pisquei. Ela teria razão?

— Seja como for, Vossa Excelência, não vou permitir.

A doutora Andreza deu um sorriso que teve vida curta.

— Às vezes você me parece um espelho, doutora.

E antes que eu pudesse responder, abriu a porta e desapareceu de seu gabinete.

QUARENTA E OITO

Milena

Abri a porta que dava acesso à sala de espera com as palavras da juíza em minha mente: *Às vezes você me parece um espelho.*

— Acredito que teremos problemas, doutora.

A voz de Mary interrompeu meus pensamentos. Sua expressão não era nada boa e franzi o cenho.

— O doutor Leandro saiu daqui com uma cara péssima, dizendo milhões de desaforos.

— Cão que ladra não morde, fique tranquila — garanti, prometendo a mim mesma que faria de tudo para impedir que qualquer injustiça fosse feita também contra a doutora Andreza.

Saí da sala e meu coração se aqueceu ao ver Rafael no corredor. Sentado no sofá, balançava as pernas, apertando as coxas. Será que viu quando Leandro foi embora?

— Meu anjo!

Seus braços me envolveram me trazendo paz e proteção, como se nada, nem ninguém pudesse me atingir naquele momento. Retribuí beijando sua boca, apertando-o contra mim.

— O *habeas corpus* foi negado — revelei e seu corpo relaxou. Não havia percebido o quanto estava tenso, até aquele momento. — Você o viu passar?

— O idiota? Não.

Sua reação me fez rir. Contei-lhe sobre a ameaça de Leandro à juíza, deixando-o perplexo.

— Que babaca! Quem ele pensa que é?

— Filho do doutor Maurício Costa.

Seu queixo caiu.

— O Desembargador? — referiu-se à forma como era conhecido e assenti. — Aquele filho da mãe que era conselheiro do prefeito? Estou chocado!

— Desembargador, conselheiro do prefeito ou da puta que pariu, não permitirei qualquer tipo de injustiça! — bradei e seus olhos brilharam; orgulhosos, acho.

Instintivamente, movimentei o pescoço de um lado para o outro, na tentativa de aliviar a tensão que se abateu sobre mim.

—Você está travada.

Massageou meu pescoço, me fazendo derreter.

— Hummm... isso é bom...

Aninhei-me e ele respondeu imediatamente, me envolvendo em seus braços, fazendo com que eu relaxasse ainda mais. Seu cheiro inebriante invadiu meus sentidos, me deixando ligeiramente tonta, mas não podia fraquejar, ainda havia um assunto importante pendente. Afastei-me apenas o suficiente para olhá-lo.

— Acredito que eu lhe deva algumas explicações.

— Você não me deve nada além de beijos.

— Estou falando sério. — Procurei pelas palavras. — Não que eu tenha escondido de você, mas não é um assunto que eu saia falando por aí, eu...

— Meu anjo, se desejar, podemos conversar sobre isso, mas somente *se* desejar, do contrário... — Balançou a cabeça em negativa, acariciando meu rosto com os nós dos dedos. — Nada, nem ninguém, será capaz de mudar o que sinto. Eu amo você.

Fitei-o demoradamente, absorvendo suas palavras, e ele me beijou; com fúria, como se quisesse provar cada palavra dita. Como se precisasse! Nunca me senti tão especial, desejada e amada por alguém.

Toquei suas costas por baixo do paletó, mas por cima da camisa; ainda assim, senti cada músculo seu tensionar. Ele gemia em minha boca, emitindo sons primitivos que realçavam seu desejo e aumentavam o meu. Estávamos em um local público, mas quem ligava para isso? Talvez minha razão, se ela tivesse chance de se manifestar naquele momento.

— Você está me matando aqui — sussurrou em minha boca, mordendo meu lábio inferior.

— Você também. Sem contar que está delicioso neste terno claro. Deveria usá-lo mais, gostaria de ter o prazer de tirá-lo muitas vezes.

Ele soltou uma gargalhada que fez a cabeça cair para trás, naturalmente arrancando uma risada minha também. Olhou-me de um jeito que me fez ver a lâmpada imaginária acesa, acima de sua cabeça, como se tivesse sido acometido por uma ideia fantástica. Levou a mão ao bolso do paletó puxando a carteira, abrindo-a e fechando rapidamente, antes de guardá-la de volta com um sorriso malicioso.

— Venha comigo. — Puxou-me pela mão.

— Pra onde?

Rafael não respondeu, apenas seguiu em direção à rampa, subindo para outros andares. Divertida, perguntei mais uma vez e ele deu uma piscadinha.

Jesus, Maria e José!

Subimos a primeira rampa a passos largos, enquanto segurava firme minha mão. Quase precisei correr para acompanhá-lo! Quando chegamos ao andar superior, continuou pela rampa para alçar mais um andar. *Para onde estamos indo, afinal?* Pensei.

Ao chegarmos, enfim, seguiu pelo corredor abarrotado de gente. Pessoas aguardavam sua vez em audiências: advogados, partes, testemunhas, estudantes e curiosos. Era possível reconhecer cada um pelo olhar. Havia também os vendedores ambulantes de café, sanduíches e água.

Rafael ziguezagueou por entre as pessoas, caminhando para outro corredor menos movimentado, em seguida para outro mais vazio ainda. Diminuiu o passo, parando de repente. Tirou a carteira do bolso, revelando uma pequena chave, e antes que eu pudesse dizer qualquer coisa, abriu uma porta qualquer, praticamente me empurrando para dentro do cubículo, trancando-o.

— Esta sala é uma espécie de arquivo morto, quer dizer, não é um arquivo morto especificamente, mas quase ninguém vem aqui.

Olhei em volta, me perguntando como sabia da existência daquele lugar. Mais importante ainda: em *como* tinha a chave dali. Era uma sala pequena e parecia ainda menor tamanha a quantidade de estantes de ferro abarrotadas de processos, como se fosse uma biblioteca desorganizada, além de parcamente iluminada. Rafael me pegou pela mão, contornando-as em direção a um lugar no fundo.

— Uma vez precisei ter acesso a um processo que está aqui, mas levaria tempo pra "desarquivá-lo". — Fez sinal com as mãos indicando aspas. — E eu não tinha esse tempo disponível. Possuo alguns contatos e um deles me deu a cópia da chave, me informando *exatamente* onde estava o documento.

Engoli em seco imaginando que tipo de "contato" seria.

— E por que o seu "contato" — imitei-o com gestos de aspas — não veio buscar o processo quando você deu entrada no pedido?

Ele enrubesceu.

— Não houve entrada no pedido porque, tecnicamente, eu não deveria ter acesso a ele. — Olhei-o surpresa e ele deu de ombros. — Também possuo meus métodos secretos, doutora.

Antes que eu pudesse rebater, senti suas mãos em minha cintura, me imprensando contra a parede.

— O Rodrigo me devia alguns favores, então não foi difícil conseguir a cópia da chave.

Seu olhar quente me invadiu e deliberadamente larguei a bolsa de qualquer jeito no chão. Seu joelho separou minhas pernas no momento em que espalmou a mão em minha coxa, subindo o vestido.

— Adoro sentir sua pele — sussurrou enquanto me tocava, deixando sua marca.

O que eu estava fazendo? Estávamos no Palácio da Justiça do Rio de Janeiro e certamente seríamos presos se fôssemos pegos!

— Rafael...

— Shhh...

Sem me dar qualquer brecha, calou-me grudando a boca na minha. Beijou-me alucinadamente, me tocando por cima do fino tecido da calcinha, me torturando e me enlouquecendo. Abaixou minha roupa, abrindo o sutiã, enquanto eu trabalhava em sua calça, pondo-o para fora, masturbando-o. Rafael estava tão duro, que senti uma vontade absurda de colocá-lo inteiro na boca. Ele voltou à altura do meu clitóris, desta vez, me tocando por dentro da calcinha, enquanto me beijava loucamente. Foi quando ouvimos o barulho da porta.

Ficamos imóveis ouvindo os passos e nossas respirações ofegantes. Será que alguém nos viu entrar? Será que seríamos pegos? Eu estava em pânico! Abaixar os olhos não ajudou em nada, e só me deixou mais apavorada, afinal vê-lo com a calça arriada, de pau duro, com a mão por dentro da minha calcinha em uma sala em pleno Fórum da cidade foi ligeiramente assustador. Além disso, meu vestido estava caído por entre as pernas, sutiã aberto, revelando meus seios nus.

Céus! Nós seríamos presos! Olhei-o completamente horrorizada, mas ele simplesmente me acariciou, movimentando a cabeça como se dissesse que estava tudo bem. Como poderia estar tudo bem? Lentamente, virou o rosto na tentativa inútil de enxergar alguma coisa.

— Consegue ver alguém? — sussurrou e imediatamente estreitei os olhos na tentativa de enxergar algo, sem sucesso. Não dava para ver absolutamente nada, além das estantes abarrotadas de processos. Só sabíamos que havia alguém por causa dos passos.

— Se não conseguimos ver, também não somos vistos — tentou me tranquilizar e automaticamente olhei à frente mais uma vez.

Ouvimos o barulho do isqueiro e imediatamente o cheiro desagradável do cigarro se espalhou. Inacreditável! Quem era o imbecil que entrava numa sala abarrotada de processos para fumar? Então, quando pensei que nada mais pudesse me surpreender, a tão conhecida musiquinha do *Candy Crush* ecoou pelo ambiente. *Ah! Por favor!* Rafael fez uma careta.

— Quem é esse filho da puta? — rosnou.

Eu ainda me sentia apavorada com a situação.

— Pelo menos não é o Procurando Pokémon. Já pensou se vem algum em cima da gente? — Ele estava falando sério? — Ter alguém aqui é problema pra você?

Encarei-o incrédula.

— Você realmente acha que podemos continuar com alguém aqui dentro?

Rafael contornou meus lábios com a língua, fazendo com que eu precisasse conter um gemido.

— Não só acho que podemos, como quero. Você não? — perguntou desafiador e senti a adrenalina correr nas veias.

Olhei à frente, não dava para ver quem estava ali, mas de fato havia alguém. O som do celular e o cheiro do cigarro não deixavam dúvidas. Encostei-me em sua pele e não precisou muito esforço para seu perfume embriagante me invadir, anulando tudo à volta e me deixando entorpecida.

— Quero — respondi decidida.

Rafael acariciou meu rosto com paixão no momento em que nosso "amigo" foi cruelmente derrotado pelo jogo, fazendo com que eu revirasse os olhos.

— Você tem fone de ouvido?

Sim, eu tinha; estava na bolsa e com cuidado, abaixei para pegá-lo. Ele apanhou o celular no bolso do paletó e plugou o fone, antes de abrir o *Spotify* e selecionar rapidamente a música que desejava. Com cuidado, inseriu um fone no meu ouvido e o outro no dele.

— Não anulará totalmente o som, mas acredito que ajudará. Além do mais, quero que preste atenção na letra.

Sério?

— Você quer que eu preste atenção na letra da música enquanto você me fode numa sala ultrassecreta em pleno Fórum do Rio de Janeiro, com alguém prestes a nos dar um flagra? — perguntei divertida e ele aproximou-se do meu rosto.

— Viu como exijo pouco de você, doutora?

Rafael acionou o aplicativo e imediatamente o som de Kings of Leon invadiu meu ouvido com *Sex on fire.*

— Sugestivo. — Arqueei a sobrancelha. Eu estava *muito* excitada.

Fique onde você está deitada,
Não faça barulho.
Eu sei que eles estão assistindo,
Estão assistindo.

De uma só vez, me tocou e me beijou rudemente. Senti sua língua em minha boca, por todos os lados, enquanto seu dedo me torturava. Implacável.

Você! Seu sexo está em chamas!

Sim, eu estava em chamas, mas não era a única ali. Segurei-o com força e comecei a masturbá-lo freneticamente. Não tínhamos muito tempo. Rafael apertou os olhos e abriu a boca num gemido silencioso.

Seus lábios macios estão abertos,
suas juntas estão pálidas,
parece que você está morrendo.

Seu cheiro me envolveu e mordi seu lábio, invadindo sua boca com paixão. Ele retribuiu o beijo, me tocando com mais intensidade. Seus movimentos eram brutos e urgentes.

Quente como uma febre,
ossos tremendo.
Eu poderia apenas provar.

Ele interrompeu o beijo, segurando minha mandíbula com força.

— Como eu queria te provar agora, me enfiar no meio das suas pernas e devorar sua boceta até você desmaiar enlouquecida!

Céus! Mais uma vez me beijou me levando à beira da insanidade, encostando a ereção no meu sexo.

— Assim, doutora?

— Por favor...

— Gosto quando você implora!

Rafael me penetrou de forma bruta, tapando minha boca para abafar meu inevitável gemido. Sem me dar brecha, estocou em mim uma, duas, três... dez vezes! Forte, rápido e duro. *Selvagem.* Mais uma vez, segurou minha mandíbula e despejou palavras sujas, enquanto Kings of Leon gritava em nossos ouvidos que nosso sexo estava em chamas. Não era só nosso sexo, mas o corpo todo! Eu ardia por Rafael e todas as sensações incríveis que me proporcionava naquele momento.

Seus dedos cravaram em minha carne, na minha bunda quando me penetrou mais forte. Seus dentes estavam presos em meus lábios, seu olhar cravado no meu. Era incrível a nossa conexão naquele momento. Apertou-me, aumentando as estocadas até explodirmos juntos num dos maiores orgasmos da minha vida.

Seu sexo está em chamas!

Ofegantes, ficamos em silêncio. Acariciou meu cabelo e beijou-me com paixão. Neste momento, nosso visitante tinha acabado de ser derrotado por mais algumas balinhas ou chocolates, quem sabe? Ouvimos um grunhido, seguido do som da porta sendo aberta e, em seguida, fechada e devidamente trancada. Quem quer que estivesse ali tinha, finalmente, ido embora.

— O que faremos agora? — indaguei.

Com um sorriso torto, afastou-se, me deixando totalmente vazia. Pegou um lenço de linho branco no bolso do paletó e me olhou sedutoramente.

— Vou te tocar mais uma vez.

Sem romper nossa conexão, tocou-me, limpando com carinho e cuidado. Arrumou o vestido, a lingerie e beijou a ponta do meu nariz, antes de limpar a si mesmo e vestir-se. Devolveu o fone para que eu o guardasse na bolsa, enquanto escondia o lenço na mão. Segurando a minha, caminhou pela sala como se não devesse nada a ninguém.

— Não acha melhor verificar se há alguém lá fora?

— Só se você achar que não consegue sair daqui como se tivesse feito algo errado.

Arqueei a sobrancelha antes de enlaçar seu pescoço.

— E quem disse que fizemos algo errado, doutor?

Seus lábios se esticaram num sorriso perverso.

— Ah, doutora... preciso descobrir mais salas secretas escondidas por aí.

QUARENTA E NOVE

Milena

Almocei com Rafael no restaurante do Clube de Engenharia. Além de ser perto do trabalho, o menu era delicioso e o lugar bastante reservado. Conversamos sobre vários assuntos, inclusive sobre o que ocorreu na sala da juíza e de como Leandro a ameaçou.

Embora tenha ficado perplexo, Rafael não acreditava que o idiota pudesse fazer algo contra ela, cuja reputação era ilibada. A questão é que eu conhecia aquele crápula o suficiente para saber que assim como seu pai, não tinha escrúpulos. Tinha certeza de que ele seria plenamente capaz de jogar sujo para conseguir o que queria.

Embora um tanto constrangida, fiz questão de ser franca e lhe contar toda verdade sobre as revelações bizarras de Leandro. De fato, já havia passado da hora, mas aquele era um assunto difícil. A raiva ainda me consumia! O filho da mãe não tinha o direito de ter interferido na minha vida daquela forma.

Comecei me desculpando por não ter lhe contado antes, mas eu não sabia ao certo por onde começar.

— Não há o que se desculpar, meu anjo. Quero que esteja confortável, não precisamos conversar sobre isso se não estiver preparada.

Senti uma vontade absurda de abraçá-lo. Era impressionante a forma como se preocupava comigo.

— Confortável nunca estarei. É um assunto delicado, mas quero dividi-lo com você.

Rafael tocou minha mão com carinho, como se me encorajasse a começar e foi o que fiz.

— Minha menstruação sempre foi complicada. Sentia muitas cólicas a ponto de parar no hospital, mesmo após ingerir um *cocktail* de medicamentos pra dor. Aos quinze anos, fui diagnosticada com um cisto de ovário e precisei operar.

Ele ainda segurava minha mão e acariciou a palma com carinho.

— Achei que fosse ficar livre das dores, mas isso não aconteceu. No mês seguinte, estava na emergência de novo. — Piscou várias vezes, decerto tentando entender como isso seria possível. De fato, ninguém entendeu na época. — Meus pais fizeram de tudo, me levaram a vários especialistas. Ao todo, foram mais de dez opiniões pra tentar resolver meu caso. Naquela época não se falava da doença que tenho e que acabei descobrindo mais tarde, da pior forma possível.

Vi quando seu corpo se retesou, embora fizesse de tudo para aparentar tranquilidade.

— Um dia, já com dezenove anos, tive uma crise muito forte e desmaiei na faculdade. Foi a maior correria! — Calei-me por instantes, recordando que, embora estivesse presente, não foi Leandro quem me socorreu. Ele sequer esteve no hospital, alegando que não podia ver sangue porque passava mal. Céus! Como eu era idiota!

— Como foi? — A voz de Rafael interrompeu meus pensamentos e exalei com força, antes de continuar.

— Cheguei à emergência com uma hemorragia muito forte e uma dor absurda. Desmaiei e voltei várias vezes, tamanha dor que senti. Minha sorte foi o médico que estava no plantão ser especialista na doença da qual sou portadora.

Mediante sua expectativa, fechei os olhos por instantes, antes de continuar.

— Endometriose. A maior causa de dor e infertilidade feminina. Infelizmente, tenho as duas condições.

Mais uma vez senti sua mão na minha.

— Sinto muito, meu anjo. De verdade.

Senti a dor em cada sílaba pronunciada e divaguei, me perguntando como seria se *ele* estivesse presente naquele dia. Balancei a cabeça, antes de continuar meu relato:

— O caso era tão grave, que precisei ser operada às pressas. Não sei se devido à demora em descobrir e tratar o problema ou pela agressividade da doença, mas o fato é que acabei perdendo uma trompa, um ovário e parte do outro. Além de quase ter perdido um rim.

O queixo dele caiu.

— Meu Deus, nunca ouvi falar dessa doença! E você disse que é a principal causa de dor e infertilidade feminina? — indagou perplexo.

— Uma das principais.

Rafael piscou várias vezes, claramente assustado.

— Como você deve ter sofrido!

— Agora estou bem, mas foram anos terríveis sentindo dores diariamente. Desde a cirurgia faço acompanhamento médico. Não sinto mais dores, mas, infelizmente, a possibilidade de ter filhos é quase nula — concluí com um fio de voz.

— Quase? — Pisquei. — Você disse *quase nula*, não nula. Há uma diferença.

— Parte de um ovário. É tudo que eu tenho. As chances de eu engravidar são praticamente remotas!

— Praticamente remota é diferente de remota. — Encarei-o com total perplexidade e mais uma vez, acariciou minha mão, me olhando seriamente. — Graças a Deus você não sente dor. Não suporto a ideia de vê-la sofrer! Sobre fertilidade, você queria filhos?

Senti um aperto no peito, como se uma faca me partisse ao meio. Era o que eu mais desejava, porém...

— Não quero ter falsas esperanças. Encerrei este assunto quando soube...

Subitamente parei de falar, me lembrando de que Leandro não queria filhos. Teria sido isso que fez com que, na época, eu me conformasse com a situação?

— Quero que saiba que não muda nada pra mim. Eu te amo e sempre vou te amar. Você *sabe* disso.

— Você deseja filhos? — perguntei com cautela.

— Muito. Por mim você teria uns cinco! — Arregalei os olhos e ele continuou: — E se você quiser, podemos ter! Seja através do seu *quase nula* ou *praticamente remota* — enfatizou as palavras. — Ou através de inseminação artificial, adoção...

Eu estava surpresa e ele continuou, segurando firme minha mão:

— Estamos juntos e se você quiser, nós teremos. Sei que é cedo pra falarmos sobre isso, mas peço que repense seus desejos. Se realmente for sua vontade, saiba que temos chances.

Tive a ligeira sensação de estar sendo acometida por uma taquicardia, tamanha agitação em meu peito, parecia que meu coração sairia pela boca.

— Não desista. Enquanto isso, seguimos praticando bastante, afinal, treino é treino, jogo é jogo. — Revirei os olhos.

Rafael sentou-se ao meu lado.

— Eu amo você.

Absorvi suas palavras, beijando-o com verdadeiro amor, e sentindo renascer em mim um sentimento que há tempos havia perdido: *esperança*.

CINQUENTA

Milena

Retornei ao escritório e encontrei os loucos na sala. Não poupei palavras para lhes dar a notícia de que o pedido do *habeas corpus* havia sido negado.

— Graças a Deus! — Edu uniu as mãos como se agradecesse em prece, ficando estarrecido quando lhes contei sobre a atitude de Leandro.

— Você está dizendo que ele descaradamente ameaçou a juíza? — Alê perguntou incrédula e assenti.

— Estou em pânico! — Edu levou as mãos ao peito, desabando na cadeira.

— Ele pode tentar, mas terá de passar por cima do meu cadáver! Farei de tudo para impedir qualquer tipo de injustiça!

— Cadáver? Credo, Milena! — Ele fez o sinal da cruz.

Alê quis saber se eu havia almoçado, se mostrando bastante animada quando soube que estive com Rafael.

— Maravilhoso você ter comido o seu pau-verão gata, ops, *com* o seu pau-verão — consertou sarcástico. — Só que perdeu o campeonato de mijo que rolou aqui. Pena que não tivemos as demonstrações dos paus usados na disputa.

— Edu!

— Ai, garota! Que susto! — exclamou afetado, fazendo com que Alê desistisse de censurá-lo.

— Alguém pode me explicar o que houve?

— Gata, o tabelião esteve aqui.

— Substituto!

— Que seja! O fato é que ele esteve aqui e deliberadamente deu em cima da nossa amiga irresistível. Até aí, nenhuma novidade, a questão é que nosso doutor invocadinho se contorceu de ciúme!

— Que o Alexandre está me cantando, é verdade, mas que o César está com ciúme é viagem sua e sinceramente gostaria que parasse com isso.

Edu cruzou os braços à frente do corpo.

— O que estou lhe dizendo é que realmente acredito que o doutor César tenha ficado bastante incomodado com as investidas do doutor Casanova.

— O Alexandre não é doutor e César não está nem um pouco preocupado com quem eu trepo ou deixo de trepar, sabe por quê? Por que ele é *casado* e sou apenas sua secretária, uma simples funcionária!

— Quanta besteira, Alessandra Mendes! Espere aí: você e Casanova estão trepando? E por que eu não soube de nada?

Alê revirou os olhos.

— Não estamos trepando. Ainda! — Arqueou a sobrancelha. — Estou mesmo pensando em ficar de casa nova. — Fez um trocadilho com o nome do escrevente.

— O que quer dizer?

— Quero dizer, minha amiga, que temos um jantar marcado amanhã à noite. — Abrimos a boca, surpresos. — É isso aí, já passou da hora de eu ser realmente feliz. Durante dois anos esperei por um homem que não me considera nada além de sua funcionária. Cansei! Quem sabe minha felicidade não está nesse Casanova?

— E você acredita que se envolvendo com ele conseguirá esquecer o César? — perguntei com cuidado e ela fez um muxoxo.

— Não sei, mas preciso desesperadamente tentar.

— Até porque não é qualquer homem esse Casanova, não é, gata?! — Edu ralhou e revirei os olhos. — Ainda assim, acredito que o doutor César esteja na sua.

— Não, Edu, não está! E realmente gostaria que você parasse com isso, me ajudaria bastante. O César é apaixonado pela esposa, então...

— Fala sério, Alê! — Fui obrigada a interferir. Todos sabiam que a última coisa que havia naquela relação era paixão.

Alessandra exalou com força antes de proferir suas palavras com um fio de voz:

— César e Stella vão ter um filho.

Puta que pariu! Pensei. Edu levou as mãos à boca.

— A vaca está grávida? — perguntou chocado.

— Que eu saiba ainda não, mas estão tentando. Ouvi a conversa naquele dia com o doutor Cupertino, quando entrei na sala pra preparar o café. — Sua voz ficou embargada. — Eu ouvi alto e em bom tom que eles estão tentando ter um filho, sendo assim, estou seguindo minha vida e preciso desesperadamente do apoio de vocês.

Uma lágrima solitária escorreu por sua face.

— Deus sabe o quanto tem sido difícil e o quanto tenho clamado por ajuda para esquecer este homem de vez por todas! Acho que finalmente ouviu minhas preces.

Edu estava mudo e, assim como ele, eu não soube o que dizer. César e Stella estavam tentando ter um filho? Isso parecia impossível!

— Stella pode não estar grávida, mas só o fato de estarem tentando mostra que não vale a pena insistir nesse amor que sinto por ele, se é que algum dia realmente valeu. No fim das contas, acho que foi um grande atraso na minha vida.

— Você nunca deixou de viver por causa dele — tentei argumentar e ela deu um sorriso que não alcançou seus olhos.

— Foi o que repeti quando estive com outro homem, mas era no César que eu pensava. Que vida é essa? — Engoli em seco, não sabia que era deste jeito. — Definitivamente não preciso disso, não sou mulher de migalhas.

Esta era minha amiga! Abracei-a com carinho, sentindo os braços de Edu nos envolver também. Ficamos em silêncio durante um tempo que não sei determinar. Apenas deixamos que toda sua tristeza e frustração fossem derramadas. Quem sabe era disso que precisava? Quem sabe suas lágrimas levassem embora todo seu sofrimento? Era o que realmente desejava e, silenciosamente, fiz uma prece. Minha amiga merecia ser feliz.

— Então estamos todos de casa nova? — Edu quebrou o silêncio, fazendo mais um trocadilho. Seus olhos estavam vermelhos, assim como os meus e principalmente os de nossa amiga, que limpou o rosto com as costas das mãos. — Quero todos os detalhes sórdidos! Nada de mensagem, quero *tetê-à-tête*! Estarei seca de curiosidade sobre a autenticidade do produto cartorário!

Não conseguimos segurar o riso.

— Edu, você é terrível! — bradei.

— Faça o reconhecimento da firma do rapaz, gata, e depois conte tudo pra gente! Ai, meu Deus! Só amanhã à noite? Por que não marcaram logo esta noite, cacete?

— Porque não sou uma mulher fácil, senhor Eduardo Lopes! — rebateu e gargalhamos.

— Sua puta!

CINQUENTA E UM

Milena

Na manhã seguinte, cheguei ao escritório e encontrei Alessandra compenetrada em seus afazeres. Estava elegante num vestido verde, com detalhes transpassados que realçavam suas curvas, deixando-a linda e sexy sem ser vulgar.

— Hum... já está pronta para hoje à noite?

— Bom dia pra você também. Para Casanova tenho algo mais sexy em mente.

Uau! Perguntei sobre Edu e ela franziu o cenho, informando que não havia chegado, o que era estranho. Mostrou-se preocupada, informando que havia ligado para seu celular, mas que estava fora de área. Sugeri que ligasse para casa dele.

— Tentei e também para o celular da dona Shirley: um não atende e o outro também está fora de área.

— E o celular do seu Arthur?

— Não tenho o número — respondeu ligando para Edu mais uma vez.

O número chamado está fora da área de cobertura ou desligado. Ouvi pelo viva-voz e ela quase arremessou o aparelho longe.

— Não é possível! Estou a manhã inteira ligando!

Olhei o relógio em meu pulso que marcava onze horas. Realmente era estranho porque Edu dificilmente se atrasava.

— Será que não foi ao médico ou algo assim?

— Ele não me disse nada, nos falamos ontem à noite antes dele ir a *The Week* — respondeu referindo-se à boate LGBT. — Iríamos juntos, mas não consegui porque tive que acompanhar o César no coquetel da ConstruRio.

Subitamente meu corpo se retesou. *Será que aconteceu algo sério?* Balancei a cabeça na tentativa de afastar este pensamento.

— Ele deve ter chegado tarde e perdido a hora...

— O Edu *nunca* perde a hora por causa de diversão!

Ela tinha razão. Inspirou pesadamente, pegando o celular mais uma vez.

O problema é que não obtivemos notícias até uma da tarde, quando o telefone tocou.

— Dona Shirley! — Ouviu com atenção, ficando pálida de repente, me encarando aterrorizada. — Mas ele está bem? Onde vocês estão?

Meu corpo ficou trêmulo, as pernas fraquejaram e meu coração acelerou de tal forma, que achei que seria arremessado de dentro de mim. O que mais temíamos aconteceu: era realmente algo ruim. O doutor César saiu da sala no momento em que ela desligou.

— O que houve?

Nervosa, corri em sua direção.

— Dona Shirley não soube me dizer, mas Edu sofreu um acidente e está no Miguel Couto — disse se referindo ao hospital do Sistema Único de Saúde.

— Acidente? — A voz grave e imponente de César cortou o ambiente.

Alessandra apertou os olhos, apoiando-se na mesa.

— Eu sabia que tinha acontecido alguma coisa.

Fiquei sem saber o que fazer, estava tão trêmula quanto ela. *Edu sofreu um acidente?* Que tipo de acidente? Subitamente me senti nauseada quando as mais macabras possibilidades invadiram minha mente, me deixando apavorada. Não percebi quando César se aproximou com nossas bolsas.

— Levarei vocês até lá. — Tocou o ombro de Alê e ela piscou algumas vezes, perdida. Não sei se pela atitude de seu chefe ou pela situação em si.

César "voou" com seu *Jaguar*, encurtando a distância entre o Centro e a Gávea. Ainda assim, pareceu levar uma eternidade para chegarmos lá. No caminho, liguei para Rafael, mas seu celular estava desligado, provavelmente por estar em audiência.

— Vou deixá-las aqui na porta enquanto procuro por vaga. — Alê assentiu e ele tocou sutilmente sua mão. — Procure manter a calma, a mãe do Eduardo provavelmente estará muito nervosa e vocês terão de aguentar um pouco, pelo menos até eu chegar.

Abrimos a porta do carro e seguimos rapidamente para o hospital. Havia uma multidão do lado de fora, a qual tivemos que driblar para conseguir, finalmente, entrar. Nossos olhos procuraram avidamente por dona Shirley, mas o lugar estava lotado. Resolvi seguir para a recepção.

— Por favor, gostaria de saber sobre um paciente, Eduardo Lopes, que deu entrada neste...

— A senha! — a mulher me interrompeu e pisquei, afinal, ela não estava atendendo ninguém.

— Só preciso saber onde está um paciente que deu entrada aqui ontem à noite — pedi.

— A senhora tem a senha? — repetiu tal qual uma vitrola e senti vontade de lhe socar a cara.

Um senhor de idade, humilde, usando muletas e sem a perna esquerda se postou ao meu lado. Ele segurava alguns papéis que supus serem a tal senha, exames e receituários. Seu semblante era triste e imediatamente um bolo se formou em minha garganta. Sem dizer nada, a tal mulher pegou os papéis de sua mão e começou a digitar freneticamente no computador, sem ao menos cumprimentá-lo. Abaixei os olhos, saindo de lá imediatamente, à procura de minha amiga quando a vi no meio do salão, perdida.

— Não a vejo! — disse se referindo à dona Shirley. — Seu telefone está desligado.

— Deve ser o sinal — constatei, aspirando pesadamente, quando César chegou. Seus olhos varreram o ambiente e ele logo nos viu .

— Não a encontramos — comuniquei e imediatamente ele olhou em direção à recepção. — Acabei de vir de lá. Não acredito que conseguiremos muita coisa, mas vou procurar pela tal senha.

Quando fiz menção de sair, porém, ouvimos a voz de dona Shirley e corremos em sua direção.

— Como ele está? O que houve?

Foi inevitável não a enchermos de perguntas. Sua aparência era assustadora: cansada, triste e preocupada, como se tivesse ficado acordada a noite inteira. Mas o que me deixou mais assombrada foi o pânico em seus olhos.

— Meu filho foi atendido e os médicos conseguiram conter as feridas, mas ele está cheio de hematomas. Além disso, quebrou as costelas e precisará ficar em observação — respondeu com voz trêmula.

— Dona Shirley, o que houve com ele exatamente? — perguntei com calma e ela engoliu em seco.

— Os médicos disseram que foi briga.

Instintivamente dei um passo para trás. Havia algo errado, Edu não era de se envolver em brigas.

— Meu filho não é de ficar brigando por aí, isso nunca aconteceu — concluiu externando meus pensamentos.

— Assalto, talvez?

A mulher olhou em direção à voz grave e ele estendeu a mão.

— César. — Surpresa, a mulher ofereceu a sua para cumprimentá-lo. — Eu sinto muito pelo que aconteceu com o Eduardo. Estamos aqui para ajudá-los.

Ela o fitou por instantes, certamente surpresa por sua atitude, afinal, nunca poderia imaginar que o doutor César Monteiro viesse pessoalmente ao hospital. Balançou a cabeça, como se procurasse organizar os pensamentos.

— Todos os pertences do meu filho estavam com ele, inclusive carteira e celular.

Isso era realmente estranho e descartava a possibilidade de assalto.

— Onde ele está? — César quis saber e ela exalou com força antes de responder.

— Na enfermaria. O médico disse que ele precisa de observação, mas *sugeriu* que eu o transferisse para um hospital particular. Há muitos pacientes aqui e o pior já passou, mas que se não tiver para onde ir, poderá ficar.

— Então vamos transferi-lo para o HCE! — Alê exclamou, referindo-se ao Hospital Central do Exército.

— Eu... — pigarreou. — Não tenho como pagar as despesas de uma internação — murmurou envergonhada.

— Mas ele não tem cobertura? — indaguei confusa e dona Shirley explicou que quando completou a maioridade, Edu perdeu o direito ao plano de saúde e desde então está descoberto. — Seu Arthur é militar, tenho certeza de que...

— Meu marido não intercederá por meu filho — cortou-me, balançando a cabeça como se não acreditasse nas próprias palavras. — Ele nem está aqui agora!

Alê me olhou perplexa e a mulher concluiu com a voz embargada:

— Não tenho para onde levar meu filho.

Engoli em seco e dirigi um olhar cúmplice a Alê na esperança de que entendesse o que eu iria fazer. É claro que ajudaria meu melhor amigo! No momento em que abri a boca, César se antecipou:

— Fique tranquila, seu filho receberá todo o tratamento de que precisa. — Dirigiu-se à Alê: — Preciso que venha comigo, pois certamente me farão perguntas sobre o Eduardo que não saberei responder.

Minha amiga ficou claramente emocionada e confesso que eu também. Jamais imaginei que César pudesse ter este tipo de atitude.

— Vá ficar com o seu filho — pediu com carinho e, emocionada, dona Shirley o abraçou com gratidão.

— Muito obrigada! Nem sei como lhe agradecer! — Ele se surpreendeu com o gesto, mas retribuiu o abraço. — Não sei como poderei lhe pagar, doutor, mas fique tranquilo que...

— Dona Shirley — interrompeu-a com delicadeza —, a senhora não me deve nada. Faço porque desejo, mas, acima de tudo, porque seu filho merece. Eduardo é um grande homem.

Emocionada, levou as mãos à boca, olhos marejados.

— Vá ficar com seu filho — pediu mais uma vez, antes de se dirigir à Alessandra: — Venha comigo.

CINQUENTA E DOIS

Milena

Acompanhei dona Shirley até o local onde Edu estava e durante o trajeto meu celular tocou. Era Rafael, que ficou assombrado quando lhe contei o que estava acontecendo. Informei que estava com ela a caminho da enfermaria, enquanto César e Alê cuidavam da burocracia necessária para a transferência. Ele ficou surpreso quando ouviu o nome do César e não era o único.

— E você, meu amor, como está?

Soltei um longo suspiro, olhando à frente. Estávamos em um grande corredor com macas por todos os lados e os mais variados tipos de doentes nelas. Alguns, porém, aguardavam atendimento nas cadeiras espalhadas por ali, o que me fez pensar que as macas seriam um "luxo" à parte naquele lugar. Céus! Estávamos falando de pessoas e elas deveriam estar em quartos, sendo tratadas e medicadas, não jogadas em um corredor à sua sorte!

Subitamente começou uma gritaria e pessoas, que supus serem enfermeiros, correram arrastando uma maca com uma mulher grávida contorcendo-se de dor. Abri a boca horrorizada, tamanha quantidade de sangue que havia ali. Parei de respirar por instantes, enquanto passavam por mim dizendo várias coisas. Não consegui entender muito bem, mas juro que ouvi a palavra "tiro".

— Milena? O que houve? Fale comigo! Que gritaria é essa?

A voz de Rafael me trouxe de volta à realidade.

— Estou no inferno. — Ouvi a respiração pesada do outro lado da linha.

— Estou indo pra aí *agora*!

Ao meu lado, em estado de choque, estava dona Shirley. Como ser indiferente perante uma situação daquela? Toquei seu ombro delicadamente, ainda assim, assustou-se. Mantendo os olhos à frente, começou a falar:

— Poderia ser qualquer um naquela maca: eu, você, meu filho que está logo ali. É uma criança que talvez nem consiga nascer. — Com a voz embargada, indicou a barriga da mulher grávida.

Subitamente o menino João me veio à mente, uma criança que foi tirada deste mundo brutalmente. Pensei também no filho que não poderia ter e fechei os olhos, procurando afastar os pensamentos ruins. Eu precisava manter o foco se quisesse ajudar meu amigo, entretanto, não soube o que dizer àquela mãe, pois seus pensamentos eram os meus.

Subitamente a gritaria aumentou e ainda no corredor, vi a impotência dos profissionais diante do corpo estendido na maca. Não restava dúvida. Apesar de seus esforços, quem quer que estivesse ali, não existia mais. Nem ela, nem a vida trazida em seu ventre.

Senti-me asfixiada, nauseada, tonta, como se alguém tivesse sacudido minha cabeça e me largado de repente. Dona Shirley tremia, observando a maca ser retirada. O corredor estava em um silêncio sepulcral ou era eu que não ouvia mais nada?

Não sei por quanto tempo ficamos ali, estáticas, mas quando a gritaria do lugar me trouxe de volta, entendi que precisávamos urgentemente sair de lá.

— Vamos tirar o Edu daqui. — Ela assentiu, pegando minha mão estendida.

Entramos na enfermaria onde havia alguns leitos e pessoas andando de um lado para o outro: médicos, enfermeiros, técnicos. Ela seguiu direto à maca onde estava seu filho e, ao vê-lo, meu corpo se retesou completamente. Edu estava dormindo; em um braço havia um acesso com soro e medicamentos, no outro, um gesso. Vários hematomas eram visíveis em seu corpo, marcas roxas e negras, que me deixaram assustada. Contudo, o mais aterrorizante era seu rosto deformado.

— Meu filho não consegue abrir os olhos e está com dificuldade pra falar. Quebraram-lhe o braço, destruíram o seu rosto e arrancaram o meu coração! Quem poderia ter coragem de fazer uma coisa dessas com um ser humano?

Ela estava em prantos e a abracei, tentando inutilmente cessar sua dor. *Quem poderia ter coragem de fazer uma coisa dessas com um ser humano? Somente outro ser humano.* Pensei, sem nada dizer.

— Vocês não podem ficar aqui!

Uma voz seca rasgou o ar e olhei em direção à pessoa vestida com uma espécie de macacão azul.

— Somos acompanhantes dele — disse educadamente, apontando para Edu, enquanto dona Shirley secava o rosto com as costas da mão.

— Neste hospital não há acompanhantes. Estamos numa enfermaria, não num quarto particular, senhora — cuspiu ríspida.

— Estamos tentando transferi-lo para outro local — respondi de forma branda, mas a égua me cortou duramente.

— Quando o paciente estiver no conforto de um hospital particular vocês o façam companhia. Enquanto estiver aqui, terão de aguardar lá fora.

Qual era o problema dela? Aproximei-me de seu rosto.

— Por favor, tenha um pouco de compaixão por esta mãe! Poderia ser seu filho ou sua mãe neste leito. Talvez você tenha prestado algum tipo de juramento ou não, mas estamos falando de vidas! — A mulher me olhou perplexa, mas antes que pudesse dizer qualquer coisa, concluí seca: — Aguardaremos lá fora, *senhora*.

Conduzi dona Shirley, que parou bruscamente.

— Por favor, cuide do meu filho — suplicou aos prantos, e toquei seu ombro na tentativa de tirá-la daquele lugar.

A mulher engoliu em seco.

— Talvez eu não tenha visto vocês. — Posicionou-se à nossa frente, fechando a cortina que dividia os ambientes. — Quando está fechado não dá pra ver se há alguém aqui dentro, além do paciente.

Dona Shirley a olhou com gratidão, mas a mulher saiu tão rápido que não pude notar sua reação.

Voltamos ao leito e ela segurou a mão do filho, fechando os olhos para fazer uma prece. Imediatamente me pus a rezar com ela. Não sei por quanto tempo ficamos ali, mas quando meu celular vibrou com a ligação de Rafael, decidimos sair para recebê-lo e vermos o andamento da transferência.

Rafael me envolveu em seus braços, apertando com força, e somente após a certeza de que eu estava "bem", dirigiu-se à dona Shirley.

— Eu sinto muito — disse com sinceridade, se apresentando. — O Edu sairá dessa e descobriremos os responsáveis por isso.

— Não sei qual é a dificuldade pra fazer a transferência! — César reclamou sisudo. — A previsão é para o fim do dia!

— Fim do dia??? — Rafael repetiu incrédulo e Alê quis saber sobre Edu.

— Como disse o médico, *estável e em observação* — Dona Shirley respondeu cansada e Rafael pegou o celular no bolso.

— Talvez eu possa ajudar.

Ele apertou uma tecla antes de levar o aparelho à orelha e piscar para mim. Senti-me confiante. Silenciosamente me dizia que tudo seria resolvido.

— Pai! Preciso de um favor. — Afastou-se um pouco, a fim de ter privacidade, retornando instantes depois com um sorriso enigmático. — Qual é o nome completo dele?

— Eduardo Lopes — apressei-me em responder e ele repetiu para o pai.

— Sim, para o Copa D'Or.

Olhei surpresa para César e em seguida para Alê, que me devolveu um sorriso orgulhoso, satisfeito e agradecido. Nosso amigo seria transferido para um dos melhores hospitais do Rio de Janeiro. Dona Shirley estava lívida.

— Foi mais rápido do que eu poderia supor. — Desligou, nos deixando em expectativa. Com um sorriso acolhedor, se portou à dona Shirley. — Meu pai estima melhoras para o Edu e se pôs à disposição para o que a senhora precisar.

— Eu não sei como poderei agradecer tudo que estão fazendo por mim e por meu filho.

— Vocês são queridos e muito especiais para nós — respondi com sinceridade e ela ficou visivelmente emocionada.

— Algo me diz que dentro de instantes a transferência estará concluída — continuou, se dirigindo ao amigo. — Meu pai fez apenas uma ligação, nada de mais, somente pra alguém levantar a porra do rabo da cadeira e fazer seu trabalho.

Envergonhado, levou as mãos à boca, desculpando-se com dona Shirley pelas palavras de baixo calão e, pela primeira vez durante todo esse tempo, ela sorriu.

— Acompanhante do senhor Eduardo Lopes, comparecer à recepção.

A voz ecoou pelo ambiente barulhento e Rafael deu uma piscadinha para dona Shirley no momento em que César tocou seu ombro.

— Estão nos chamando.

Os olhos daquela mãe brilharam de esperança ao seguir à recepção com ele. Em poucas horas, Edu foi transferido para o hospital Copa D'Or, no bairro de Copacabana, onde ficou em um quarto particular e teve uma equipe médica especializada e exclusiva para atendê-lo 24 horas por dia. Passou por outros exames e procedimentos que duraram grande parte da tarde. Infelizmente Rafael não pôde nos acompanhar, pois tinha audiência no Fórum.

Sugerimos à dona Shirley que fosse para casa descansar, já que ficaria com o filho durante toda a noite. De início relutou, mas aquiesceu quando entendeu que precisaria estar disposta para a grande "maratona" que enfrentaria.

— Precisamos ir, a reunião com o doutor Cupertino será daqui a uma hora — Alê informou e César ponderou.

— Fique com seu amigo.

— Mas, a reunião? Todo o planejamento...

— Cuidarei de tudo, não se preocupe. Você me mandou a apresentação? — Ela assentiu. — Ótimo. Onde está seu carro?

— Em casa.

— Mandarei buscá-lo.

Eu observava, admirada. Não sabia que a relação entre eles tinha ficado tão *íntima*. Será que Edu tinha razão em suas suspeitas?

Também não poderia ficar devido a um compromisso inadiável com um cliente no fim do dia, mas acompanharia dona Shirley até sua casa. César mais uma vez nos surpreendeu quando se ofereceu para nos conduzir. Como fez questão de pegar o carro para Alessandra, sugeri que nos levasse à sua casa que eu mesma o deixaria no hospital antes de seguir para o cliente.

Minha amiga me entregou a chave de casa e César se despediu contido, enquanto dona Shirley acariciou o rosto do filho, beijando-lhe a face antes de deixar o quarto, emocionada.

CINQUENTA E TRÊS

Rafael

Estalei os dedos, abri e fechei a mão, sacudindo-a de um lado para o outro. Exagerado, eu sei, mas esta é minha natureza. Cris parecia se divertir com meu tormento, aliás, sempre desconfiei de que fosse sádica. Discípula de Sun Tsu, esqueceram? Exausto, olhei a papelada em cima da mesa, em minha opinião, a cota da semana.

— Vou mandar fazer uma chancela!

— Quer ser advogado, mas não quer assinar, doutor?

— Acho um porre ficar rabiscando um monte de papéis. Só volte no mês que vem! — grunhi entregando o último.

Informei que aproveitaria a manhã livre para passar no hospital, e depois do almoço seguiria para o Fórum. Ela quis saber se Edu ainda estava internado e fiz um muxoxo.

— Ele quebrou as costelas, a recuperação é chata, além disso, houve alteração na pressão, provavelmente devido ao estresse. Milena quer conversar com o médico e não quero deixá-la fazer isso sozinha.

— Faz bem, doutor. E ela, como está?

Soltei um longo suspiro.

— Cansada, assustada, mas, acima de tudo, com a determinação de sempre pra resolver tudo.

— Ela é durona!

— É *minha* durona! Se precisar de mim, estarei no celular. — Abri a porta e dei de cara com Léo.

— Já vai almoçar? Ou vai à cliente?

— Na verdade estou indo ao hospital visitar o Edu.

— O que houve? Acharam uma cenourinha na bunda do seu amiguinho?

Franzi o cenho.

— O Edu foi espancado enquanto saía de uma boate. — Léo ficou lívido. — Está há uma semana internado. Quebraram-lhe o braço, as costelas, além de deixarem uma série de hematomas pelo corpo. Ele passou por cirurgia, e apesar de ter sido brutalmente agredido, não havia nenhuma *cenourinha* na bunda dele.

Foi impossível esconder a raiva em cada sílaba pronunciada. Léo piscou incessantemente.

— Como ele está agora?

— Não sei, estou indo pra lá. — Dei de ombros.

— Vou com você. — Encarei-o perplexo e ele girou a cabeça de um lado para o outro. Cris não estava mais ali, ainda assim, fechou a porta. — Se você não se importar, gostaria de ir com você.

Fitei-o por instantes.

— Não estou entendendo, o cara não era um filho da puta?

— Você disse que ele foi espancado.

— Se ele é um filho da puta, pouco importa, não é? — indaguei firme e ele cambaleou. — A não ser que ele não seja tão filho da puta assim.

Ele engoliu em seco e o olhei seriamente. Era ali ou nunca.

— Sabe o que eu acho? Que o Eduardo não é isso tudo que você pintou como também não acredito que ele fez faculdade com o seu irmão.

Ele me olhou assustado.

— É claro que fez!

— É mesmo? E desde quando o Tiago é formado em Direito? — Arregalou os olhos e continuei metralhando: — Porque foi esse o curso que o Edu me disse que fizeram.

— Ele mentiu!

— A troco de quê, caralho??? Posso saber? — Estalei os dedos, como se me lembrasse de um detalhe importante. — Ah, sim, esqueci que o cara é um *grande filho da puta*! — Encarei-o. — E eu só quero que você me explique por que ficou tão preocupado com um filho da puta que, segundo você, fodeu com a reputação do seu irmão!

Léo estava pálido. Seus olhos estavam exageradamente abertos e seus lábios tremeram.

— Há muita coisa em jogo, você não entenderia. Ninguém, na verdade! — gritou nervoso, caminhando de um lado para o outro.

— Por que não tenta? — perguntei, a cabeça a mil, mas mantendo a calma.

Minha mente fervilhava de ideias e possibilidades. Desde o momento em que conversei com Edu e descobri que de fato ele e Tiago não estudaram juntos, soube que havia algo errado. A questão era por que Léo havia inventado essa história? O que poderia haver por trás disso? Será que Edu conhecia a Elga e sabia dos podres do Léo? Talvez tivesse ameaçado contar tudo a ela.

— Nunca revelei isso pra ninguém.

Sua voz embargada atraiu minha atenção. Fiquei surpreso quando o vi em pé em algum lugar da sala, punhos fechados, corpo trêmulo.

— Quer um café? Um copo d'água? — indaguei preocupado.

— Uma dose dupla de uísque cairia bem.

Pisquei. Ele seguiu para o sofá enquanto, sem analisar minhas atitudes, caminhei até a bancada onde ficavam a cafeteira da Nespresso e algumas bebidas. Peguei a garrafa de James Buchanan's 18 anos e lhe servi uma dose dupla. Quando fiz menção em pegar o gelo, sua voz rasgou o ar.

— Puro.

Segurei o pegador de gelo por instantes digerindo o que tinha ouvido e, embora estivéssemos em pleno expediente de trabalho, cedi. O assunto deveria ser realmente sério. Caminhei até ele entregando-lhe o copo e sentei à sua frente. Léo observou o líquido por instantes, girando o copo. Não interferi, lhe dando o tempo de que precisava. Ele o levou à boca tomando todo o conteúdo de uma só vez, antes de deixar o copo sobre a mesa e começar a falar.

— Você sabe que eu e a Elga namoramos há muito tempo. — Assenti. Eu o conheço há sete anos e eles já estavam juntos há dois. — Ela é uma mulher maravilhosa e não merece as merdas que eu faço.

Remexi-me desconfortavelmente no sofá. Então realmente era algo relacionado a ela?

— No início eu aloprava, pegava geral! Eu era muito novo pra assumir a relação. — Tentou organizar as palavras. — Demorou um ano até eu levá-la a sério. Quando você me conheceu, eu não a sacaneava. O problema é que...

Léo parou de falar, ficando desconfortável de repente. Levou a cabeça às mãos que estavam apoiadas nos joelhos.

— Eu só posso ter sido infectado por um vírus mortal!

Seu comentário me deixou confuso. Parecia desesperado, respirando aceleradamente. Pisquei nervoso, sem saber o que fazer. Será que eu deveria lhe oferecer outra dose? Tentar adivinhar o que aconteceu? Sentar ao seu lado e bater em seu ombro, oferecendo conforto? Ele exalou com força, parecendo retomar o controle.

— Nós curtimos coisas diferentes, gostamos de fazer experiências. Um dia, fomos a uma casa de *swing*, no outro ela contratou uma mulher pra fazermos sexo a três.

Fiquei surpreso. *A Elga?* Ele pareceu ler meus pensamentos quando deu um sorriso torto.

— É, meu amigo, ela gosta dessas coisas e confesso que eu também.

— Certo... você tem o tipo de mulher que é o sonho de consumo da maioria dos homens, ainda assim, fica com outras. Por quê?

Queria entender a lógica e ele grunhiu.

— Eu não fico com outras!

— Você tá de sacanagem? Como...

— Espere eu terminar, aí você tira suas conclusões. — Inspirou profundamente, soltando o ar devagar, como se tomasse coragem para continuar. — O fato é que nunca me senti satisfeito. Quer dizer, eu gostava dela, mas sentia que faltava algo, entende?

Assenti mesmo não entendendo porra nenhuma.

— Um dia revelou que queria ser fodida por dois homens. Não sei explicar, mas fiquei excitado na hora! Naquela tarde marcamos com um garoto de programa que escolhemos na internet, no mesmo site onde escolhíamos as meninas. — Engoliu em seco no momento em que vi uma gota de suor escorrer por sua testa. — Conforme desejava, ela foi fodida por dois homens. O fato é que as coisas esquentaram e... eu e o cara... você sabe...

Precisei me controlar para não abrir a boca e mostrar o quanto estava surpreso. Subitamente as coisas começaram a fazer sentido para mim, meu cérebro parecia trabalhar mais rápido do que as revelações que meu amigo me fazia. Ele estava muito desconfortável, e qualquer reação que pudesse sugerir censura da minha parte poderia fazer com que ele se calasse e fosse embora dali rapidamente. E eu não queria isso! Queria entender o que estava acontecendo e, acima de tudo, ajudá-lo de alguma forma.

— Você e o cara... — disse de forma natural e ele me olhou seriamente. Não desviei, mostrando que poderia confiar em mim.

— Eu fiz sexo com outro homem! Você entende como isso é doentio?!

— Por que doentio? — rebati e ele me olhou incrédulo. — Você me disse que ficou excitado, não vejo o porquê ser doentio! Você não forçou o cara a nada! — Subitamente fui tomado pelo pânico. — Ou forçou?

— É claro que não, Rafael! O que pensa que sou? — bradou se levantando, andando de um lado para o outro.

— Desculpe, cara! É muita informação — defendi, me arrependendo amargamente. — Quer dizer...

— Entendi, não precisa tentar se explicar.

Droga! Não queria que achasse que eu estava constrangido ou julgando-o, porque de fato não estava! Mas era uma situação estranha para mim. O Léo? Inacreditável! Ele sempre pareceu o maior pegador, galinha, cafajeste e mulherengo de todos nós. Ele voltou para o sofá, sentando-se no mesmo lugar.

— Como a Elga reagiu a isso?

— Foi natural pra ela porque foi tudo junto, sabe? — Não, eu não sabia. Na verdade, não fazia a menor ideia de como tudo aquilo poderia acontecer. — Foi literalmente sexo a três.

— Ah... — Remexi-me desconfortavelmente no sofá mais uma vez.

Embora não o julgasse, jamais faria uma coisa daquela. Primeiro porque homens não me atraem de jeito nenhum e segundo porque jamais compartilharia minha mulher com alguém.

— O fato é que me senti muito mais excitado com ele do que com ela — revelou amargurado, com expressão de puro sofrimento. — E você não pode imaginar como me senti a respeito disso.

Léo se calou por instantes e quando voltou a falar parecia mais nervoso do que antes:

— Na semana seguinte fiquei na merda! Aquela porra não saía da minha cabeça! Fomos pra nossa noitada e tentei ficar com a primeira mulher que apareceu. Embora fosse um furacão, não consegui.

Ele esfregou as mãos na calça do terno e me perguntei se não seria apropriado lhe oferecer outra dose de uísque, mas ponderei.

— Saí da boate acompanhado da morena, mas o fato é que eu não queria nada daquilo.

Ele contou que parou em um posto de gasolina para abastecer e, ao sair para passar o cartão, inventou que seu telefone havia tocado.

— Eu inventei a desculpa de que precisava voltar pra casa, mas que a deixaria na sua. Acho que não fui muito convincente porque me disse meia dúzia de desaforos, me mandou à merda e saiu batendo a porta do carro. — Olhei-o surpreso. — Ela achou que eu tinha namorada, disse que não era trouxa... essas coisas.

Sorri.

— As mulheres não são burras, meu amigo.

— Nem um pouco! — respondeu divertido e me senti aliviado por vê-lo relaxar, ainda que por instantes.

— E o que você fez quando saiu dali?

Léo exalou com força.

— Na tarde em que ficamos com o Samuel, ele nos contou sobre a tal Le Boy, uma boate LGBT que fica em Copacabana.

— Samuel?

— Este supostamente é o nome do garoto de programa. Fatalmente deve ser outro, foda-se! — Deu de ombros.

Sorri e ele me acompanhou, até ficar sério de repente.

— Não sei o que foi pior: eu ter ido a essa boate ou ter ido com a esperança de encontrá-lo novamente.

Meu queixo caiu. Literalmente. A sorte foi Léo estar com os olhos fechados.

— Eu não o encontrei, mas, de alguma forma, me senti bem naquele lugar. É impressionante como tem gente bonita, homens e mulheres! — Abriu os olhos e me encarou. — Foi nessa noite que eu conheci o Edu.

Meu queixo caiu de novo, mas desta vez não consegui esconder. Então Léo desandou a falar sem parar. Contou que ele e Edu ficaram juntos naquela noite e em outras também e, quando se deu conta, já estavam juntos há alguns meses.

Meses?

— Eu e o Edu acabamos criando uma espécie de vínculo e, aos poucos, fui percebendo que não era só sexo. Ele compreende toda essa minha confusão. Eu... não sei o que fazer! Gosto da Elga, mas gosto dele também! — Balançou a cabeça, confuso. — Na verdade, acho que gosto das duas coisas!

Porra!

Olhei-o seriamente, dizendo de forma dura:

— Muito escroto de sua parte dizer todas aquelas coisas sobre ele. — Assentiu, abaixando os olhos, envergonhado.

— Você não sabe o quanto estou arrependido, mas fiquei desesperado! Tenho medo de que todos descubram meu envolvimento com ele. Julguei-o mal, o Edu jamais revelaria nosso caso para quem quer que fosse, e me sinto um filho da puta pelo que fiz. Fui baixo! Acho que descontei nele toda raiva que sinto de mim mesmo, como se o culpasse por toda essa merda! Mas a culpa é minha! Tenho pânico de que descubram tudo.

— Culpa de quê? Não há porque sentir raiva de si mesmo.

— Como não? Eu gosto de homens! Você não percebe o quanto isso é doentio? Eu *sou* homem e deveria gostar de mulheres! Na verdade gosto, mas de homens também. Caralho! Nem eu entendo essa porra!

Levantou-se, caminhando de um lado para o outro mais uma vez.

— Todas essas mulheres que eu pegava nas noitadas... quer dizer, algumas eu até gostava, mas outras... — Balançou a mão, perdido em pensamentos. — Eu precisava mostrar pra todo mundo, principalmente pra mim mesmo, que eu era a porra de um garanhão! O fato é que eu não passo de um...

Léo deixou as palavras no ar e sentou-se mais uma vez, levando o rosto às mãos apoiadas nos joelhos, me deixando sem saber como agir.

— Há dias venho ligando para o Edu sem conseguir contato. Cheguei a pensar que tivesse se cansado de tudo e decidido que sou mesmo um babaca, mas agora que você me contou que ele está internado... meu Deus! — disse nervoso, parecendo realmente preocupado. — Eu preciso vê-lo, saber que está bem, ainda que eu chegue lá e ele não queira me ver pintado de ouro! Na verdade, é isso que eu mereço depois de tê-lo tratado daquela maneira e dito aquelas coisas.

Léo revelou que se deu conta do quanto foi injusto com Edu quando finalmente percebeu que ele jamais revelaria o que tinham a ninguém.

— O problema é que sempre me sinto ameaçado, achando que esse meu lado ruim será revelado, aí acabo fazendo merda, como há pouco, quando tive a infelicidade de fazer aquele comentário idiota sobre a cenoura.

Franzi o cenho.

— Realmente foi desnecessário e totalmente injusto! — Aquiesceu com os olhos fechados, mantendo-os assim por longo tempo. — Não há nenhum lado ruim, Léo.

Ele não respondeu. Seu semblante estava fechado e sua expressão, sofrida como se vivesse um grande pesadelo. Ali entendi que o maior problema era aceitar a si mesmo. Entendi que o maior preconceito que sofria vinha de dentro e eu não poderia imaginar sofrimento pior do que este.

— Eu te levo — disse de repente —, mas você precisa saber que Milena estará lá e provavelmente Alessandra também.

— Quero ir — falou determinado e aquiesci, olhando-o seriamente.

— Você precisa resolver essa questão. Precisa conversar seriamente com a Elga e com o Edu.

— Eu sei — respondeu com um fio de voz. — Por favor, me prometa que isso ficará entre nós — pediu e eu o mandei se foder.

— Eu sou seu amigo, caralho!

Léo levantou os ombros, envergonhado, antes de esfregar os olhos com os dedos.

— Cara, estou perdido! Não sei o que fazer, eu não queria ser assim!

Toquei seu ombro.

— Você fala como se fosse uma aberração!

— E não sou?! Eu gosto... — Apertou os lábios e fechou os olhos com força por instantes, concluindo tão baixo que quase não ouvi. — Eu gosto de homens, como isso pode ser uma coisa boa?

— O mal está em não ser justo e leal com alguém, em fazer as pessoas sofrerem. Não faça isso, meu amigo, principalmente com você mesmo. Sua escolha sexual não define quem você é, isso são rótulos idiotas que nossa sociedade hipócrita criou. Eu gosto de mulheres, Milena gosta de homens, e para a minha sorte acabou gostando de mim — disse divertido e ele deu um sorriso que teve vida curta. — Você gosta de mulheres, mas também gosta de homens e no final das contas, somos todos iguais. Entende o que eu digo? *Somos todos iguais*! Não deixe ninguém fazê-lo pensar o contrário, não permita que o rotulem! Do que você gosta ou deixa de gostar diz respeito a você e não te fará melhor ou pior por isso. Você não deve nada a ninguém!

Eu dizia minhas palavras com firmeza e seus olhos ficaram úmidos, estava visivelmente emocionado. Ele travava um conflito consigo mesmo que só o fazia sofrer, e eu sabia que jamais estaria preparado para enfrentar o mundo se não enfrentasse a si mesmo.

— Só tente não deixar ninguém magoado com essa história. Seja *leal* com todos, incluindo você mesmo. *Lealdade.* Isso, sim, define o caráter de alguém.

Léo olhou para o alto, tentando controlar as lágrimas que insistiam em cair.

— Só pra a sua informação: homem também chora.

Ele sorriu e chorou ao mesmo tempo.

— Obrigado, meu amigo. Muito obrigado.

CINQUENTA E QUATRO

Rafael

Levou cerca de meia hora para chegarmos ao hospital Copa D'Or e durante este tempo, aproveitamos para conversarmos mais. Léo ficou muito assustado com a agressão, que foi uma barbárie, e realmente pareceu disposto a acertar tudo.

Passamos pelo processo de identificação e subimos à *Suíte VIP* onde Edu estava internado. Não fosse a cama hospitalar, realmente poderíamos dizer que ele estava em um hotel. As paredes claras em contraste com os móveis em madeira deixavam o ambiente aconchegante. Um grande monitor LCD de 42 polegadas pendia na parede, de frente para um sofá marrom confortável. O quarto possuía uma suíte com todo o aparato hospitalar necessário, ainda assim, poderia ser facilmente confundida com a suíte de um bom hotel cinco estrelas.

Quando bati na porta, meu anjo me recebeu com um largo sorriso, mas sem conseguir esconder a agitação. Beijou-me os lábios e me afastei com cuidado para abrir seu campo de visão. Confusa, piscou várias vezes ao ver o Léo.

— Lembra dele? — inquiri com cautela e ela franziu o cenho.

— Sim, parece que seu irmão estudou com o Edu.

Léo me devolveu um olhar nervoso perante o tom sarcástico, voltando-se para ela.

— E parece que ele conversou com você a respeito.

Minha namorada não se fez de rogada e, arqueando a sobrancelha, assentiu. Léo inspirou profundamente antes de continuar:

— Então você também já sabe que não é do Tiago de quem ele é amigo.

— Pelo visto nem seu!

Porra! Milena não tem papas na língua!

— Amor, o Léo só quer saber como o Edu está...

— Tudo bem, eu mereço. — Dirigiu-se a ela: — Eu sei o quanto vocês se importam com o Edu e, embora não pareça, eu também. Só preciso acertar as coisas.

Léo olhou através dela, para dentro do quarto na tentativa de ver alguma coisa, o problema é que ainda estávamos no hall de entrada.

— Só preciso saber se ele está bem.

A forma como o analisou fez com que eu mesmo me sentisse incomodado.

— Meu amigo foi cruelmente espancado enquanto saía de uma boate, a The Week, você deve conhecer. — Léo tremeu, mas ela continuou de forma dura: — Ele ficou irreconhecível de tanta porrada que levou. Quebraram-lhe o braço e as costelas, teve traumatismo craniano e ficou desacordado durante horas, além disso, sua pressão está oscilando. Você pode imaginar como a mãe dele ficou quando o viu? Como nós que realmente o amamos ficamos?

Léo estava pálido como a morte, e Milena continuou brutal.

— Não! Você não pode saber porque provavelmente está pouco se fodendo pra ele! Embora estável, seu estado ainda é preocupante e continua em observação. Então se você *só precisa saber se ele está bem*, aí está sua resposta!

Porra! Léo me olhou de esguelha, engolindo em seco.

— Você pode não acreditar, mas me preocupo e gostaria de vê-lo. Falar com ele.

Milena o fuzilou com o olhar durante longo tempo, na realidade, tempo demais. Léo, porém, se manteve firme. Em uma fração de segundo, me olhou inquisitiva. Será que pedia minha opinião? Meneei a cabeça e ela o fuzilou mais uma vez. Céus, ela estava me excitando, porra! Girando o corpo de lado, indicou a direção para que ele passasse.

— Obrigado pelo voto de confiança, não vou decepcioná-la.

— Não é a mim que você não deve decepcionar — cuspiu petulante entrando no quarto. Essa doeu!

Léo ficou paralisado assim que avistou Edu na cama. Como das outras vezes em que o visitei, havia hematomas e escoriações por seu corpo e rosto, embora parecessem menores. No braço, um acesso com soro e medicamentos e em seu dedo, um pequeno aparelho parecendo um pregador, com alguns fios no peito, eletrodos acho. Ele estava dormindo e ao lado da cama, um aparelho monitorava alguma coisa que eu não sabia exatamente o que era.

Dona Shirley levantou-se do sofá para nos receber. Estava abatida e muito cansada. Cumprimentei-a com carinho e apresentei Léo dizendo que era amigo de seu filho. Não percebi que Milena falava com Edu, que já estava acordado, olhos vidrados em Léo como quem vê um fantasma.

Puta merda! No mesmo instante questionei se havia sido boa ideia o ter levado lá, enquanto observava nervoso o aparelho que apitava sem parar. Imediatamente duas enfermeiras entraram apressadas. Uma delas mexeu no tal aparelho a outra se dirigiu a Edu para examiná-lo, acho.

— Cento e vinte! Aplicar uma ampola de Diazepan!

Assustado, vi o corre-corre. Uma delas introduziu o tal medicamento no soro, enquanto outra fazia alguns procedimentos nele. Céus, elas eram tão rápidas! Era tão assustador!

— Estabilizando... cento e dez, cento e cinco... — dizia uma enquanto a outra ainda mexia em alguns aparelhos. — Cem...

Milena estava lívida, assim como dona Shirley e subitamente me senti culpado. Merda! Eu não devia ter levado Léo até lá, não antes de avisá-las e questionar ao médico se seria boa ideia. Falando em Léo, suspeitei que logo também precisaria de atendimento. O cara estava branco feito cera!

— Noventa e cinco, pressão arterial doze por oito. Paciente estável.

— Estou bem... — Edu grunhiu parecendo sonado e uma das enfermeiras sorriu.

— É o que o senhor sempre diz — retrucou de forma carinhosa. Ela parecia gostar dele, aliás, quem não gostava de Edu, afinal?

Uma senhora corpulenta, na casa de seus cinquenta anos, nos olhou com cara de poucos amigos.

— Ele está estável, mas ainda em observação. Seguimos com as prescrições médicas, mas *não convém agitá-lo*.

— Sim, senhora — respondi me sentindo cada vez mais culpado.

Elas saíram e me aproximei com cuidado.

— Ainda não posso convidá-lo para um chope.

Edu abriu sorriso.

— Acho que não, macho alfa dominante. Por enquanto.

Fiquei surpreso. *Macho alfa dominante?* Encarei Milena, que deu de ombros, antes de se dirigir a ele, afagando-lhe o cabelo, perguntando como se sentia. Senti um aperto no peito ao vê-la tão apreensiva. Dona Shirley estava ao seu lado, aflita. Céus, que situação!

— Estou surpreso. — A voz fraca interrompeu meus pensamentos e engoli em seco quando percebi que encarava Léo, que gaguejou.

— Só quero saber como você está.

— Muito gentil de sua parte.

Puta merda! Milena me olhou de esguelha.

— Dona Shirley, a senhora parece cansada. Vamos tomar um café. Meu amor, você nos acompanha? — Foi o melhor que pude fazer.

Seus olhos cravaram nos meus antes de se dirigir ao filho de forma inquisitiva. Ele balançou a cabeça.

— Vocês merecem um descanso, mamãe. Léo me fará companhia, afinal, ele parece bastante *preocupado* comigo.

Impressionante a arrogância em seu tom.

— Tem certeza, meu filho?

— Estou bem.

Dona Shirley beijou-lhe a face e Milena lançou um olhar fulminante a Léo antes de irmos embora.

Assim que chegamos ao *Coffee Shop*, localizado no térreo do hospital, solicitei a mesa e fizemos os nossos pedidos: expressos e deliciosos *croissants*.

— Quem é este rapaz?

Dona Shirley quis saber.

— Um amigo — respondi.

— Deve ser alguém importante, meu filho ficou muito abalado quando o viu.

Olhei Milena de soslaio, mas ela deu de ombros. Sim, eu teria que resolver a situação.

— Pelo que pude perceber o Edu ainda está vulnerável, está muito recente e as medicações são fortes. É natural que ele tenha picos de emoções.

Ela meneou a cabeça, mas não me pareceu muito convencida. Milena se dirigiu a ela.

— Dona Shirley, descobrirei quem é o responsável por esta barbárie que fizeram com o Edu e a senhora pode ter certeza de que o filho da mãe pagará caro.

Minha namorada era duro na queda! Estava no caso, intercederia pela defesa de Edu no processo de agressão e, conhecendo-a muito bem, não tinha a menor dúvida de que faria de tudo para colocar os responsáveis atrás das grades.

— Suspeito de crime homofóbico. Conversei com o delegado responsável, que já solicitou as gravações da saída da boate e das câmeras do ponto de ônibus onde Edu estava quando foi agredido.

— Não entendo por que meu filho estava num ponto de ônibus àquela hora da madrugada.

Milena explicou que o celular do Edu estava sem bateria para solicitar um carro pelo aplicativo e não havia táxi disponível, sendo assim, caminhou para o ponto para embarcar no que viesse primeiro: táxi ou ônibus.

— Não pouparei esforços — continuou determinada. — O culpado, seja ele quem for, apodrecerá na cadeia. Eu prometo.

Olhei-a, maravilhado, num misto de respeito e adoração. Era impressionante como conseguia ser tão sensível e tão forte ao mesmo tempo, provocando reações diversas em mim. Sua sensibilidade me emocionava ao passo que sua garra me excitava. Era incrível o poder que aquela mulher exercia sobre mim.

Seus olhos encontraram os meus no momento em que segurei sua mão, apertando-a sutilmente.

— Amo você — disse sem emitir qualquer som.

Comemos em silêncio e dona Shirley devorou dois croissants. Eu sabia que há dias não comia direito devido às preocupações com o filho.

— Mais um?

— Está louco? Sou capaz de explodir!

Embora tenha me retribuído com um sorriso singelo, sua preocupação era evidente. Toquei sua mão com carinho, na tentativa de reconfortá-la.

— Vamos conversar com o médico.

Milena me olhou surpresa e sutilmente me aproximei de seu rosto.

— Se você pensou que eu a deixaria passar por tudo isso sozinha é por que não conhece o namorado que tem.

E com uma piscadinha, peguei as duas pela mão, rumo ao consultório.

CINQUENTA E CINCO

Milena

As semanas passaram devagar, mas finalmente Edu recebeu alta. Após tanto tempo internado, apresentou melhora, embora ainda estivesse em licença médica. A pressão estabilizara e os hematomas estavam melhores, mas devido à fratura das costelas, nada de trabalho por enquanto.

A novidade era o tal Léo que realmente parecia disposto a acertar as coisas. Eu ainda estava de olho nele e Edu também não facilitava. Tive conhecimento de toda história através de Rafael, que estava obstinado a ajudar os dois. Fiquei pasma quando revelou que o cara tinha namorada. Céus! Uma namorada e um caso com Edu?

Após longo dia de trabalho, cheguei à casa esgotada e tudo que eu precisava era de um banho relaxante e um delicioso chá. Mal cheguei ao corredor, o telefone tocou e não fosse a possibilidade de ser Rafael, juro que teria desligado o aparelho. Contrariada, peguei-o e franzi o cenho ao ver o número desconhecido.

— Milena.

— Doutora, não desligue e me escute.

Pisquei confusa quando reconheci a voz aflita da secretária da doutora Andreza do outro lado da linha.

— Mary?

— Shh! Apenas me escute! — ralhou de forma tensa. — Preciso que esteja na Confeitaria Colombo do Forte de Copacabana em quinze minutos. É capaz de fazer isso?

Ela parecia muito nervosa e imediatamente as palavras de Leandro ameaçando a juíza me vieram à mente. Seria possível? Olhei o relógio de pulso. Eram sete da noite e o trânsito deveria estar caótico, mas isso não era mais problema para mim.

— Estarei lá.

— Vá voando se puder!

Sem esperar pela resposta, desligou. Automaticamente peguei chave e capacete e fui embora sem olhar para trás.

O tráfego estava lento a começar pela praia de Botafogo, mas com a Ninja foi possível cortar caminho por entre os carros parados. Entre um e outro, costurei o trânsito cortando a infinidade de automóveis na pista. Geralmente eu dirigia devagar, aproveitando cada minuto, degustando do prazer de sentir o vento no rosto, ainda que de capacete. Mas não naquela noite. Pelo tom de voz da Mary o assunto deveria ser urgente. E sério.

Fiz uma curva à esquerda, entrando na Avenida Lauro Sodré e depois dobrei à direita, passando em frente ao shopping Rio Sul. O fluxo de carros era intenso ali, de forma que fui obrigada a parar.

— Merda! — praguejei, olhando o relógio. Eu tinha menos de dez minutos.

Com habilidade contornei os veículos e segui em direção ao Túnel Novo, chegando rapidamente à Avenida Princesa Isabel, desta vez, sem apreciar a beleza e o encanto da orla, apenas "voando" até a Avenida Atlântica. Acelerando um pouco mais, contornei outros carros e cheguei ao Posto Seis onde ficava o Forte de Copacabana.

Aquele era um lugar encantador. Tomar um chá à beira-mar com toda a vista de uma das praias mais famosas do planeta era simplesmente incrível, mas este não era o programa daquela noite.

Estacionei, tirei o capacete e percorri os olhos pelo lugar, sem saber ao certo o que deveria fazer. Entrei no Forte e segui até a Confeitaria Colombo, onde a vi. Sentada a uma mesa do lado de fora, estava não Mary, mas a doutora Andreza Villas Boas em pessoa!

Caminhei a passos lentos, sem saber exatamente o que pensar. A doutora pediu à sua secretária para me ligar e marcar um encontro secreto às pressas?

— Doutora. — Levantou-se para me cumprimentar, esticando a mão bem cuidada. — Agradeço por ter vindo.

Retribuí o cumprimento admirando a elegante mulher num *tailleur* marrom e joia em pérolas, bem diferente da calça de seda roxa e camisa branca que eu vestia. Sua mão era macia e delicada, mas eu sabia o quão pesada podia ser ao pegar a caneta para proferir uma sentença.

— Sente-se — ordenou e obedeci. — Tomei a liberdade de pedir um chá completo para nós. Espero que não se importe.

Ela parecia nervosa e imediatamente fiquei em alerta.

— Chá está ótimo, Vossa Excelência.

— Sem formalidades, por favor.

— A senhora me chamou de doutora.

Ela sorriu, mas seu sorriso não alcançou os olhos.

— Tem razão, talvez seja o hábito. Ademais, você é uma doutora e tanto! — Encarou-me seriamente, fazendo com que eu me sentisse desconfortável de repente.

O garçom chegou trazendo o chá e fiquei impressionada com a quantidade de comida. Havia iogurtes, cestas de pães, manteiga, mel, geleias, frios, jarra de suco, torradas e bolos. *Uau!* Eu desejava mesmo um chá, mas apenas ele, e não aquela orgia gastronômica que daria seguramente para alimentar três pessoas! Além disso, por estar apreensiva, havia perdido o apetite.

— Vou direto ao assunto, doutora. — Colocou o saquinho com o chá na elegante xícara.

Ela me chamou de doutora de novo? Pensei enquanto passava geleia na torrada.

— Mandei chamá-la para lhe dizer que não sou mais juíza no processo.

O quê? A faca caiu no prato quando a torrada quebrou em minhas mãos. Ela continuou sem se afetar por minha reação:

— Não atuarei mais no Rio de Janeiro, estou indo para o Acre.

— Acre? — perguntei incrédula. — E quem solicitou a transferência da senhora?

Ela deu um sorriso nervoso, mexendo o saquinho do chá.

— Eu mesma. Estou cansada da violência deste lugar.

Olhei-a seriamente.

— Com todo respeito, Vossa Excelência, não subestime minha inteligência.

Ela cortou uma fatia de bolo, pôs no prato e levou um pedaço à boca. Com elegância, tomou um longo gole do chá.

— Não estou subestimando, doutora, mas quanto menos você souber, melhor.

Pisquei.

— A senhora está sendo ameaçada?

— O que você precisa saber é que não estou mais em cena, mas sei quem será o juiz responsável pelo caso, por isso lhe chamei aqui. — Balançou a cabeça como se não acreditasse nas próprias palavras, exalando com ar cansado. — Extraoficialmente? Há muita coisa em jogo, e espero que tenha provas suficientes para colocar este suposto assassino atrás das grades. Pelo que vi, ele parece mesmo ser culpado.

— Eu *sei* que é culpado, só não tenho como provar exatamente. — Olhou-me por instantes e suspirei. — Extraoficialmente? Tenho a confissão do crime com todo o requinte de crueldade, mas infelizmente não tenho como utilizar no processo por se tratar de escuta ilegal.

O queixo da juíza caiu.

— Então são verdades os boatos sobre você! — *Boatos?* — Dizem que você não poupa esforços para que a justiça seja feita.

Ah...

A magistrada quis saber onde estava a gravação e lhe informei que o original estava em um lugar seguro.

— Mas possuo uma cópia — concluí e ela olhou de um lado para o outro, como se quisesse garantir que não havia ninguém à espreita.

— Como disse, foi designado o juiz responsável para o caso. — Limpou a boca com o guardanapo, aumentando mais ainda meu nervosismo. — O doutor Anselmo Nogueira.

Fiquei lívida.

— O amigo do desembargador Maurício Costa — concluiu se referindo ao pai do Leandro.

Parecia que o sangue estava sendo drenado do meu corpo e subitamente me senti tonta. Peguei um pão na cesta na tentativa de levar algum sal à boca. Minha pressão estava despencando e a sensação era de que eu poderia desmaiar a qualquer momento.

— Há outra coisa... — disse desconfortável. — Há rumores de que o MP pegará o caso. Parece que a promotora também é amiga do desembargador.

Respirei fundo olhando à frente. A noite já caía e a brisa era quente e suave. Observei as ondas quebrando na areia e toda a orla de Copacabana. Crianças brincavam, casais apaixonados faziam juras de amor e cachorros corriam livremente como em comerciais de margarina. A vista era fantástica e poderia acalmar qualquer pessoa naquele momento. Menos a mim.

As peças daquele quebra-cabeça maldito começavam a se encaixar. De fato não importava a justiça, mas a vingança pessoal de Leandro. Seu pai, aquele desembargador de merda, decerto mexeu seus pauzinhos afastando a juíza do caso, fazendo com que seu amiguinho fosse designado.

Fechei os olhos por instantes, amaldiçoando a mim mesma. No fundo dona Paula, que não tinha nenhuma relação com toda aquela merda, pagaria o pato, pois fatalmente o assassino de seu único filho sairia inocente da história. E o que dizer da doutora Andreza? Minha promessa de protegê-la não passou de palavras que foram jogadas ao vento. Quase pude vê-las sendo carregadas pelo mar.

— Algo me diz que tudo isso vai muito além do assassinato do menino João, doutora. De fato, estou achando tudo muito *pessoal*.

Fitei-a por instantes, antes de assentir e lhe contar toda a verdade desde o relacionamento com Leandro e sua traição com Vívian, à nossa separação, meu período de luto e o reencontro neste processo.

— Até hoje não sei se é coincidência ele estar neste caso ou se foi tudo premeditado.

Ela piscou várias vezes.

— Tudo isso por causa... Estamos falando de um homicídio, pelo amor de Deus! — repudiou transtornada.

— Esta é minha dor, doutora, porque sei que pessoas inocentes pagarão por um capricho dele, enquanto o culpado por um assassinato estará à solta por aí. Que motivo mais torpe esta vingança!

A doutora ainda balançava a cabeça quando arrisquei perguntar o porquê solicitou a transferência, afinal, não fazia sentido. Ela não respondeu, mas vi a resposta em seus olhos amedrontados.

— A senhora está sendo ameaçada!

Mesmo não sendo uma pergunta, ela aquiesceu me deixando atordoada.

— Eu tenho uma filha, doutora — disse me surpreendendo. — Não sou casada, nunca fui, nem tenho pretensão de ser, mas meu sonho sempre foi ser mãe.

Observei-a por instantes sem piscar. Ela parecia não estar ali, mas revivendo a história que contava.

— Aos vinte e cinco anos fui acometida por um câncer de ovário e precisei retirar todo meu aparelho reprodutor, o que significa dizer que entrei na menopausa quando a maioria das minhas amigas estava gerando um bebê.

Um bolo se formou em minha garganta e um buraco em meu estômago. Se eu sofri com as consequências da endometriose, imagine aquela mulher.

— Eu sinto muito.

Foi o que consegui responder com um fio de voz.

— Eu venci a doença e mergulhei fundo no trabalho, mas o sonho de ser mãe sempre me perseguiu. Finalmente aos quarenta e cinco anos consegui realizá-lo com a adoção da Sherlaine.

Senti um soco no estômago ao ouvir a palavra *adoção* e subitamente um sentimento de vergonha me invadiu. Enquanto aquela mulher usou de toda coragem para conseguir o que mais desejava na vida, ser mãe, eu vivia com minha medíocre covardia, tentando me convencer de que era infértil. *Praticamente remota é diferente de remota*, Rafael dissera. O fato é que me apavorava a ideia do fracasso, de tentar e não conseguir, de não ser capaz, de saber que realmente era como Leandro dissera: *oca por dentro*.

— Mesmo sendo juíza, levou mais de três anos para que eu finalmente conseguisse a Guarda Provisória. Ela tinha um ano quando entrei com o pedido.

Sua voz interrompeu meus pensamentos.

— E eles estão lhe ameaçando para que você perca este direito.

Ela me encarou perplexa.

— Você realmente não sabe quem é essa gente, não é, doutora? — Engoli em seco e ela concluiu brutal: — É a *vida* da minha filha que está em jogo, não a guarda dela!

Meu queixo caiu e senti a bile subir pela garganta.

— Ou eu pedia a transferência para o Acre *espontaneamente* ou poderia dar adeus à vida da minha filha. Foram essas as palavras do senhor desembargador, todo poderoso. O doutorzinho estava coberto de razão quando disse que *os juízes se acham deuses, mas os desembargadores têm certeza.*

A doutora calou-se e um silêncio mortal se instalou entre nós. Nada dos papos animados de início da noite, ou o barulho das ondas do mar, ou mesmo a gritaria das crianças brincando ao redor, sequer as risadas dos turistas. Silêncio absoluto era o que eu ouvia, tal qual um buraco negro.

Como Leandro poderia fazer uma coisa daquelas? *Todo mundo morre um dia*, ele dissera e ali tive a certeza de que sabia que seu cliente era culpado. Seria exatamente por isso que escolheu defendê-lo? Para usar de suas armas contra mim e me fazer carregar a culpa por não conseguir colocar um assassino atrás das grades?

— Espero sinceramente que a justiça seja feita de alguma forma. — Sua voz me trouxe de volta à realidade. — Mas, sinceramente, não vejo esperanças e você não sabe como me sinto impotente neste momento.

Seu rosto tão conservado pela beleza estava, naquele momento, marcado pela angústia.

— Desde o momento em que segurei aquele canudo vazio no dia de minha formatura jurei defender a ordem, a honra e a justiça a qualquer custo, e tenho feito isso durante todos esses anos.

Seus olhos estavam marejados, era visível seu esforço para conter as lágrimas que não saberia dizer se eram de tristeza, raiva ou frustração.

— Mas não posso jamais colocar a vida da minha filha em risco. Eu a amo, ela é tudo pra mim!

Neste momento suas barreiras foram rompidas e as lágrimas caíram. Emocionada, pegou um lenço de linho branco em sua bolsa cara, desculpando-se.

— A senhora não deve se desculpar! Não há nada que possa fazer a não ser proteger sua filha. Algo me diz, inclusive, que a senhora seria afastada de qualquer jeito.

Ela assentiu, ainda enxugando o rosto.

— E se eu abandonasse o caso? — indaguei de repente.

— Você não precisará fazer isso, esqueceu que o MP assumirá? — Ela tinha razão. — Além do mais, por questões de *honra*, acredito que o doutorzinho vá com isso até o fim, você saindo ou não — concluiu mostrando repugnância ao enfatizar a palavra que em nada combinava com aquele filho da puta.

Subitamente me senti cansada. De tudo. Meus ombros pesaram, a cabeça doeu como se um sino tocasse lá dentro e minhas costas pareciam que estavam sendo apunhaladas.

— Durante todos esses anos de profissão, esta é a primeira vez que me sinto de pés e mãos atadas. Sinto muito, doutora.

Assenti, sabendo que embora exausta de tudo, eu não poderia desistir jamais.

— Não é somente o doutorzinho de merda que irá até o fim, Vossa Excelência. A justiça será feita a qualquer custo, nem que eu tenha que dar minha vida por isso! — garanti determinada e ela me olhou por instantes.

Subitamente, guardou o lenço na bolsa.

— Foi um prazer conhecê-la, doutora. A conta está paga. — Abri a boca para questionar, mas ela me deteve, apontando o dedo em riste. — Acabe com esses filhos da puta!

Sem mais nada dizer, caminhou a passos largos, sumindo no meio da multidão.

Foi a última vez que a vi.

CINQUENTA E SEIS

Milena

Passei a noite em claro. Minha mente fervilhava, assim como as células em meu corpo, tamanha a ira que me consumia. Como Leandro podia jogar tão sujo e por um motivo tão baixo? E quando ficou tão mau-caráter? Ou será que sempre foi e nunca percebi? Era o mais provável, certamente. Como pude ser tão estúpida e ingênua por tantos anos?

Minha vontade era enfrentá-lo. Pegá-lo pelo pescoço, lhe dizer muitas verdades e lhe mostrar o quão covarde era, mas eu não podia. Não tinha o direito de colocar a doutora Andreza e sua filha em risco. Estava de pés e mãos atados. O filho da puta estava jogando sujo e a cavalaria era pesada.

Na manhã seguinte, cheguei cedo ao escritório e acreditei ser uma das primeiras a entrar no edifício, além dos funcionários da limpeza. A noite sem dormir rendeu um excelente plano e eu precisava colocá-lo em prática o mais rápido possível, antes que o MP sequer assumisse o caso! "*A publicidade é o princípio que preserva a justiça de corromper-se*", a célebre citação de Ruy Barbosa ainda dominava minha mente.

Entrei no elevador e apertei a bolsa, pensando no pen drive contendo a cópia da gravação com a confissão daquele assassino. O original estava guardado e assegurado no banco, é claro. Senti a adrenalina fluir nas veias ao pensar no "boa noite" de William Bonner antes de soltar a notícia bombástica em primeira mão. Sim, eu apostava alto. Queria o horário nobre!

Entrei na sala e estaquei ao ver Edu em seu lugar. O que fazia ali àquela hora?

— Você deveria estar em casa!

— Bom dia pra você também! Fico lisonjeado que esteja feliz por me ver. Deu pra notar que sentiu muito minha falta.

Revirei os olhos.

— Estou falando sério! O que faz aqui? Você está de licença médica!

— Estou farto de ficar em casa! Além disso, estou bem.

Sua voz falhou no final e imediatamente percebi que havia algo errado. Puxei a cadeira, sentando ao seu lado.

— Tem certeza?

— Às vezes as costelas incomodam um pouco, mas estou ótimo.

Olhei-o por instantes. Sua resposta não havia me convencido.

— Foi aberto o inquérito e estou acompanhando o caso. Logo descobrirei quem foi o filho da puta que fez esta barbárie contra você.

Ele engoliu em seco, largando alguns papéis na mesa de qualquer jeito. Aparentemente havia chegado há tempos e estava trabalhando duro.

— Obrigado, mas gostaria que deixasse de lado. Estou desistindo da queixa.

Fiquei chocada e por impulso, o repreendi:

— Você não pode fazer isso!

— Por que não? Estou cansado, quero encerrar este assunto de vez e seguir minha vida!

Algo me dizia que estava escondendo alguma coisa.

— Você está sendo ameaçado?

Mais um a ser ameaçado não seria novidade tamanha quantidade de pessoas ruins que nos cercavam ultimamente. Ele arregalou os olhos, negando freneticamente, mas nada convincente.

— Você foi vítima de homofobia e isso é crime! Você não pode desistir de tudo agora! Me diz, há alguém te ameaçando? — indaguei enfática e, mais uma vez, ele negou.

— Eu só quero me esquecer de tudo isso... — respondeu agoniado e senti um aperto no peito.

— Edu, fale comigo. — Toquei suas mãos geladas e suadas. — Não como sua advogada, mas como sua amiga.

Ele estremeceu. Parecia invadido pelo pânico e vê-lo sofrer daquele jeito estava acabando comigo.

— Eu quero retirar a queixa e desistir do processo. Podemos arquivar tudo sem deixar vestígios?

Encarei-o seriamente.

— Você *está* sendo ameaçado!

— Não!

— É claro que sim!

Ele exalou com força, parecendo profundamente cansado.

— Se eu te contar tudo, você promete que o processo será arquivado? — pediu aos prantos.

Céus! Quem está fazendo isso com você? Acariciei seu rosto com carinho.

— Não precisa me contar nada pra garantir que o processo seja arquivado. Faremos isso se quiser, mas você foi vítima de um crime cujo responsável precisa ser punido.

Seus olhos ficaram ainda mais assustados e sua expressão sofrida. Subitamente um pensamento me atingiu: seria possível ser o tal Léo?

— Meu Deus, não! Ele tem sido um grande amigo, mais que isso, você sabe; e está realmente arrependido de todo aquele papelão a que se prestou! Ele disse aqueles absurdos, mas nunca faria uma atrocidade dessas, inclusive, está tão empenhado quanto você em descobrir quem está por trás de tudo isso.

Rafael já havia mencionado o fato, inclusive, informando que o tal Leonardo estava disposto a me ajudar no que fosse preciso e que não mediria esforços para garantir que a justiça fosse feita. Edu apertou minha mão, atraindo minha atenção novamente.

— Eu sei quem fez isso comigo. — Meu corpo se retesou. — Não estou sendo ameaçado, apenas quero dar fim em tudo de uma vez e seguir em frente.

— Não faz nenhum sentido pra mim.

— Eu sei, e é por isso que lhe contarei tudo — suspirou pesadamente. — Será mesmo um alívio tirar essa merda de mim!

Mais uma vez, inspirou profundamente, soltando o ar com força, repetindo o processo outras vezes. Apertou os olhos tão forte que seu rosto ficou enrugado, como uma careta em agonia. Balbuciou alguma coisa de repente, um nome. Pisquei várias vezes, me perguntando se tinha entendido direito.

Mediante meu silêncio, abriu os olhos lentamente. Eu o olhava num misto de surpresa e horror, a interrogação estampada em meu rosto, como se solicitasse confirmação do absurdo que tinha acabado de ouvir.

— O coronel — repetiu, balançando a cabeça em afirmação.

Seu pai? Pensei horrorizada.

— Como você... — tentei formular a pergunta, sem sucesso.

— Mamãe me contou tudo.

Assustada, dei-lhe tempo suficiente para que pudesse se recuperar. Céus! Eu mesma precisava deste tempo! Não era segredo que seu Arthur não aceitava a sexualidade do filho, mas quase matá-lo por isso? E onde dona Shirley se encaixava nesta história macabra?

— Aparentemente parece arrependido, mas a mim não importa! — Levou a mão à costela para aliviar a dor, antes de continuar: — Segundo mamãe, ele não queria que tudo isso acontecesse, queria *apenas me dar um susto* — disse com repugnância e subitamente senti vontade de vomitar.

— De forma anônima, contratou uns playboys militares pra me darem uma dura. Eles deveriam me ameaçar e tocar o terror psicológico, mas nunca o que fizeram.

— Como se ameaça não fosse crime! — cuspi. — Como conseguiu contatá-los anonimamente?

— Mamãe não entrou em detalhes e não perguntei. — Deu de ombros. — Estava tão horrorizado!

Fechou os olhos com força, não conseguindo se conter. Sua represa se abriu e vê-lo aos prantos fez com que eu mesma não conseguisse segurar as lágrimas. Abracei-o com toda força e amor que sentia por ele, sendo invadida pelo profundo desejo de que algo muito pior acontecesse com seu pai. E Deus me perdoe pelos pensamentos assassinos que tive naquele momento.

— O que o coronel não sabia, era que a galerinha do mal é totalmente homofóbica. Na verdade, nada mais são do que gays enrustidos que vivem agredindo aos que têm a coragem que eles não possuem em se assumir.

Ele inspirou profundamente, secando o rosto com as costas da mão, antes de continuar.

— Eu apanhei de todas as formas que você nem pode imaginar. Fui molestado, violentado e humilhado, aguentando até onde pude. Eram cinco no total.

Meus lábios tremeram, assim como todo meu corpo. Meu peito doía, o pulmão queimava e a respiração estava entrecortada. Era muito pior do que imaginei!

— Como sua mãe descobriu?

— Ele confessou. Quando soube do meu estado ficou aos prantos, mas apavorado demais para aparecer no hospital. Ocorre que o remorso o corroeu por dias e, finalmente, resolveu se abrir pra ela. — Mais uma vez, secou o rosto com as costas da mão. — Ele nunca mais conseguiu me olhar nos olhos.

Por um momento me senti completamente impotente, sem saber o que dizer ou fazer. Abracei-o mais uma vez, tentando organizar os pensamentos. Que pesadelo meu amigo estava vivendo!

— Sei que é uma situação delicada, mas você *precisa* levar esta queixa adiante — disse com cuidado.

— Não farei isso. Está decidido. Não por ele, mas por ela.

Então Edu me contou algo que me tirou o chão: em sua confissão, seu pai relatou estar profundamente arrependido, e por incrível que pareça, dona Shirley acreditou piamente em suas palavras.

— Não posso culpá-la, ele é toda referência de vida que tem desde os seus quinze anos, quando saiu de casa pra viver com ele e seu autoritarismo. Ele a manipula! São cinquenta anos de obediência a este homem. Como ser de outra forma?

O fato é que, apesar de discordar totalmente de suas atitudes, devido à sua submissão, dona Shirley defendia o marido.

— Ela está arrasada, sem saber o que fazer. Em sua inocência, só queria que ficássemos bem, como se isso fosse possível! — disse com desdém.

— E você também acredita que ele esteja arrependido? — indaguei com cuidado.

— Não sei e não me importo. O coronel Arthur Lopes morreu pra mim. Não interessa se ele queria me ameaçar, me dar uma surra ou me apagar! O fato é que não me aceita como realmente sou e não posso conviver com uma coisa dessas. — Assenti e ele ficou em silêncio por instantes.

Pela primeira vez durante toda conversa, sua voz saiu firme, determinada:

— Estou saindo de casa. Peguei apenas as roupas, vou pernoitar num hotel até encontrar um lugar pra ficar.

Foi quando notei uma grande mochila e algumas sacolas perto da mesa.

— Há algumas vagas aqui no Centro...

— Vaga???

— Sabemos que não tenho grana pra bancar faculdade e apartamento ao mesmo tempo, ainda que seja quarto e sala.

Vaga? Aquela me pareceu a ideia mais estapafúrdia da face da Terra!

— Vou me formar no final do ano, então será por poucos meses.

Eu sabia que não era verdade. Após a faculdade, Edu se matricularia no curso para Comissário de Bordo, inclusive, estava economizando para isso.

— Não acho certo você ficar numa vaga! Onde deixará suas coisas? Onde vai ficar?

— Eu sei me virar, fique tranquila! — Ele estava de sacanagem? — Além disso, não tenho muita coisa. Serão somente roupas e os materiais da faculdade, alguns livros...

— Vaga? — Deu de ombros e concluí determinada. — Você ficará lá em casa.

— De jeito nenhum!

— Isso não foi um pedido, sequer um convite. Você quer uma vaga? Ok, acabou de encontrar uma. Não posso permitir que se instale num cômodo de uma casa qualquer. Pelo menos a mim você conhece. Está decidido.

Ele levou a cabeça às mãos.

— Isso está ficando pior do que imaginei. — Pisquei e ele me fitou com carinho. — É claro que prefiro sua casa a qualquer outra, mas você tem sua vida que, finalmente, está começando a ficar estruturada. Tem um boy magia, macho, alfa e totalmente dominante que, diga-se de passagem, pernoita por lá! É injusto!

— Injusto é o que está acontecendo com você! *Injusto* é seu próprio pai fazer uma barbárie dessas, não acontecer nada com ele, e *você* ter que sair de casa e se foder todo por aí num lugar qualquer! O que não é justo é eu ter lugar pra nós dois e você, que é meu amigo que amo demais não ficar lá.

Minha voz soou alto e a sorte é que ainda estávamos sozinhos no escritório. Meus nervos estavam à flor da pele, estava muito nervosa e emocionada, e ao me ver daquele jeito, Edu não ficou diferente.

— Como acha que conseguirei colocar a cabeça no travesseiro e dormir tranquilamente sabendo que você estará, sabe-se lá onde, rodeado por quem? E em relação ao macho alfa, temos ficado mais na casa dele que na minha. Analisando por este lado, estou mesmo precisando de alguém para tomar conta do apê.

— Deixe de ser cínica! — disse com lágrimas e segurei seu rosto em minhas mãos.

— Nunca deixarei você enfrentar isso sozinho. Quem tem amigos de verdade, *nunca* está só, e você tem a mim.

— Eu te amo tanto!

Meu amigo me abraçou apertado, enquanto libertava toda sua dor através das lágrimas.

— Além disso, como acha que Alê reagiria quando soubesse que você ficaria numa vaga por aí?

— O que seria de mim sem vocês? — disse entre choro e risos. — Mas pagarei por isso.

Revirei os olhos e ele continuou categórico, dizendo ser a condição para que aceitasse minha oferta. Pigarreei.

— Essa questão do aluguel tem sido motivo de discussões entre mim e Rafael. Eu deposito o dinheiro e ele devolve pra minha conta.

Edu deu tapinha na própria testa.

— Claro, gata, você é mulher dele, não tem que pagar aluguel coisíssima nenhuma!

— Namorada! E uma coisa não tem nada a ver com a outra.

— Vai se foder! Pagarei alguma coisa, seja a conta de luz, as compras de mercado ou Odaísa.

— Façamos assim: hoje à noite, comida chinesa, um bom vinho e a gente conversa sobre tudo. Que tal?

Ele fez um muxoxo.

— Não posso beber nada alcoólico por causa dos medicamentos.

— Suco de uva integral!

— Você não vai desistir dessa história, não é?

— Se quiser, posso pedir ajuda à Alessandra... — Arqueei a sobrancelha e ele me abraçou, emocionado.

— Amo vocês!

CINQUENTA E SETE

Milena

Abri a torneira deixando a água gelada escorrer pelos dedos, antes de molhar o rosto na tentativa de me acalmar. Não adiantou. As palavras de Edu giraram em minha cabeça. Como um pai pôde fazer tamanha barbárie contra o próprio filho? Aonde o preconceito e a intolerância nos levam? O ódio cega e é capaz de conduzir ignorantes por caminhos obscuros e injustos.

Fechei os olhos com força ao ser bombardeada pela enxurrada de imagens violentas. *Eu apanhei de todas as formas que você nem pode imaginar. Fui molestado, violentado e humilhado, aguentando até onde pude. Eram cinco no total.* Eu não poderia permitir que seu pai e os cinco covardes que atacaram meu amigo saíssem ilesos daquela história. Quantas vítimas teriam feito? Certamente Edu não foi a única.

O problema é que se Edu queria retirar a queixa, eu nada poderia fazer. Tentei dar crédito para seus argumentos, mas a palavra *medo* me veio à mente. Eu acreditava que sua desistência não tinha nenhuma relação com a mãe, mas com o temor que sentia pelo pai, e o fato de querer "fugir" de casa tão rápido era um perfeito sinal disso. Eu sabia o quanto o coronel era persuasivo.

Ademais, havia o fator psicológico. Embora tentasse esconder, eu sabia que estava abalado, verdadeiramente traumatizado com tudo. Quem não ficaria? Seria preciso convencê-lo a fazer um tratamento e isso também seria tarefa árdua, mas tinha certeza de que Alê me ajudaria.

Falando nela, ao retornar à sala, pude vê-la conversando com ele e sua expressão de horror me fez crer que estava recebendo todas as informações sobre aquela triste história.

Meu celular tocou e corri para atender.

— Meu amor, como você está?

Algo no tom do meu namorado me deixou em alerta. Aquela não havia sido uma simples pergunta corriqueira. Perante meu silêncio, continuou:

— Sinto muito, meu anjo. Acredito que tenha armação nessa história.

Senti todo meu sangue se esvair ao ter a nítida sensação de saber exatamente sobre o que estava falando.

— Acabei de ver na Globo News. O que levou o MP a assumir o caso assim, de repente?

— É pior do que você imagina. A doutora Andreza está fora do caso.

— O quê???

— Pediu transferência para o Acre, quer dizer, foi obrigada a pedir — respondi com desdém.

— Do que está falando?

— Há tanta coisa acontecendo... — disse exasperada, repentinamente me sentindo cansada demais.

— Estou indo pra aí!

— Não precisa, meu amor. Estou bem.

— Você não está nada bem e estou indo agora pra aí. Quer dizer, onde você está realmente?

— Em Nárnia.

— Vou procurar algum armário. — Sorri. Poderia ser simples assim. — Sério, onde você está?

Soltei um longo suspiro e informei que estava no escritório. Rapidamente, lhe contei sobre o encontro de ontem e a história de Edu, sem dar detalhes de nenhum dos acontecimentos.

— A manhã está lotada, se você vier não conseguirei lhe dar atenção, mas gostaria que almoçássemos juntos.

— Aqui no escritório? Posso pedir uma comidinha gostosa pra nós dois. Algo especial que você queira?

— Você.

— Sou todo seu: café da manhã, almoço, janta e as beliscadas durante o dia. Humm, gostei disso!

— O que seria de mim sem você?

— Muita coisa, mas sem nenhuma graça.

— Besta!

— Linda! — Recostei-me na cadeira, com um sorriso bobo. — Duas da tarde está bom? Acha que dá tempo de resolver tudo?

— Estarei aí.

— Não vejo a hora!

Após uma pequena caminhada pela Avenida Rio Branco, cheguei ao RB1 em minutos. Meus saltos estalaram pelo chão de mármore enquanto eu entrava no luxuoso edifício. Após passar por todo o procedimento de identificação e segurança, meu acesso foi liberado à cobertura.

— Doutora Milena, muito prazer!

Contemplei a simpática mulher que fugia do padrão de beleza imposto há anos à nossa sociedade, sabe-se lá por quem. Ainda assim, era muito mais bonita do que eu poderia esperar para a secretária do meu namorado: não era alta, nem magra e o contraste da pele clara com o escuro do cabelo irritantemente bem tratado, combinados ao escuro de seus olhos escondidos atrás dos óculos de aro preto a tornavam ainda mais atraente. Ela estava atrás da mesa de vidro que ficava à frente do elegante painel onde se lia *Queiroz Advogados*, e levantou-se para me cumprimentar. Esticou a mão com suas unhas bem feitas e o ouro de sua aliança reluziu, no momento em que abriu um largo e magnífico sorriso. Retribuí seu cumprimento com alegria.

— Finalmente, Cris! A gente só se fala por telefone. Desculpe por não ter vindo antes.

— Sei como é a vida de vocês advogados, doutora, não se preocupe. — Ajeitou os óculos em seu rosto. — O doutor está ansioso esperando por você, mas, por favor, preserve o meu trabalho e não diga que lhe contei isso.

Gargalhei.

— Você acha mesmo que se livrará dele? — indaguei divertida. Sabia como era competente e no quanto Rafael confiava nela.

Agradeceu-me orgulhosa e um pouco corada, enquanto caminhávamos pelo corredor. No momento em que tocou a maçaneta, seu sorriso ficou mais largo.

— Não lhe ofereço um copo d'água ou qualquer outra coisa porque tudo de que precisa está nesta sala — disse antes de abrir a porta, sem bater.

Como poderia estar tão certa a respeito disso?

Praticamente parei de respirar perante a visão que tive. À minha frente, encostado à elegante mesa de madeira escura, vestido em um terno grafite, camisa branca, colete e gravata prata, estava Rafael. Seus braços estavam cruzados à frente do corpo e seu olhar cravou no meu assim que entrei. Juro que pensei que fosse derreter! Era como se meu corpo se tornasse líquido e escorresse em sua direção, como um rio de encontro ao mar. Seu cheiro inebriante penetrou meus sentidos, arrepiando cada poro de minha pele.

Não fui capaz de nenhuma reação. Não percebi quando Cris fechou a porta, nem que estávamos sozinhos. Não reparei na elegante decoração de sua sala, no carpete cinza em contraste com os móveis em carvalho e no confortável sofá preto em couro. Não percebi a parede revestida, parte em mármore Carrara, parte em madeira escura, ou nas elegantes obras Renascentistas que a decoravam. Também não me atentei para sua confortável e imponente poltrona preta, para a estante repleta de livros ou os objetos dispostos em sua mesa. Só via o homem que caminhava lentamente em minha direção, como se eu fosse sua presa prestes a ser devorada. De fato ansiava por isso.

Senti suas mãos em meu rosto, apertando meu cabelo, no momento em que sua boca reivindicou a minha. Sua língua me invadiu urgente e insana. Faminta. Segurei-o, puxando em minha direção, apertando-o contra meu corpo desejando que entrasse em mim. Que sentimento era aquele? Louco, avassalador, que me consumia cada vez mais?

Minhas costas se chocaram contra a dura madeira da porta e se Cris ouviu, não pude saber. Muito menos Rafael, que me apertou, mordendo meu pescoço, a mão em meu seio, roçando a ereção em mim enquanto gemia em meu ouvido.

— Sou louco por você!

Tantas vezes o ouvi dizer exatamente o que eu sentia, mas não conseguia externar. Que medo estúpido era aquele que travava minha garganta e bloqueava a voz?

— Você me tira do sério. — Cravou seus olhos nos meus. — Mas, se bem lhe conheço, deve estar faminta.

— Por você.

— Ah, Milena, não me tente!

Pegando-me pela mão, me conduziu pela sala e só então pude reparar como era agradável. A enorme janela que ia do chão ao teto, revelava a incrível vista: a Praça Mauá e sua Zona Portuária totalmente revitalizada. O deslumbrante Museu do Amanhã, ícone arquitetônico do Porto Maravilha, com a ponte Rio-Niterói ao fundo eram sensacionais vistos dali. Não pude conter a admiração.

— Incrível, não é?

— Deve ser maravilhoso trabalhar com esta vista.

Rafael assentiu, caminhando em direção à saleta reservada para refeições. Ali uma pequena mesa com confortáveis cadeiras dividia o ambiente com o quadro da Santa Ceia e um elegante vaso com um lindo arranjo de orquídeas. Sorri me lembrando de quando presenteou minha mãe com uma, conquistando de vez sua admiração.

— Filé mignon ao molho funghi, batata *rostie* e brócolis cozido com alho. Espero que goste — apresentou com um floreio, tal qual fez em minha casa com o jantar tailandês.

— Você está brincando? — Salivei.

Ele puxou a cadeira para que eu me sentasse e quando o fiz, roçou a mão em minha nuca, afastando meu cabelo. Passou a língua em minha orelha, me deixando tonta, antes de sentar-se à minha frente e começar a nos servir.

— Conte-me tudo.

— Tem certeza de que deseja falar sobre assuntos tão desagradáveis durante o almoço?

Olhou-me profundamente, mantendo o talher no ar.

— O que realmente desejo com todas as forças do meu ser é você. — *Puta merda!* — Sobre os assuntos desagradáveis, quero que tire tudo aí de dentro o quanto antes. Conheço você, meu anjo, e sei o quanto essa merda está lhe fazendo mal.

Entregou meu prato, e embora todos aqueles assuntos: o afastamento da juíza, a atuação do MP no processo, a revelação de Edu sobre seu pai e sua resistência em retirar a queixa, fossem mais que suficientes para me fazer perder completamente o apetite, ver o suculento filé e seus deliciosos acompanhamentos só me fez lamber os lábios. O cheiro estava sublime.

— Ainda que estejamos em pleno horário de trabalho, tomei a liberdade de pedir meia garrafa de vinho, afinal, esta é uma comida difícil de ser digerida com suco.

Seu comentário me fez sorrir.

— Esta é uma das suas maiores qualidades.

— Pedir vinho em pleno expediente? — perguntou divertido, fazendo com que meu sorriso ficasse mais largo.

— Seu senso de humor. É incrível!

— É fácil quando estamos felizes e realizados. — Acariciou minha mão. — Você me completa.

Você também! As palavras vieram à mente e ali ficaram aprisionadas. Por mais que tentasse, não consegui pronunciá-las. Rafael estendeu a taça, propondo um brinde. Um pouco desajeitada, peguei a minha, levando-a de encontro à dele.

— Por mais almoços executivos como este — disse sedutor.

Cortei um pedaço generoso do filé e levei à boca. Estava suculento e o sabor, divino. Bebi um gole do vinho que também estava delicioso.

— Você acertou em tudo! A comida, o vinho...

— Espere até você ver a sobremesa — sussurrou de maneira irresistível, prendendo a língua nos dentes.

E eu não podia esperar para ver a hora!

CINQUENTA E OITO

Rafael

Sempre desejei que minha namorada almoçasse comigo no escritório e embora fosse algo simples, não conseguíamos encaixar as agendas. Aquela tarde, porém, foi diferente, ainda que o assunto não fosse exatamente o que eu havia imaginado para a ocasião.

Milena me contou tudo, desde a ligação da secretária da doutora Andreza às revelações sobre Edu, me deixando estarrecido com cada uma delas. Era uma atrocidade atrás da outra.

— Desde o início desconfiei de que esse Leandro fosse mau-caráter, pelo visto estou certo — cuspi quando me revelou as armações do crápula.

— O pior é ele saber que defende um assassino e estar pouco se lixando pra isso!

— Anjo, você sabe que não podemos provar nada ainda — ponderei.

— Eu *sei* que aquele psicopata é o assassino!

Encarei-a por instantes, desconfortável, limpando a boca com o guardanapo. Não era a primeira vez que dizia isso e sempre o fazia determinada, beirando a certeza. Procurei uma forma de abordar o assunto, mas ela se antecipou revelando algo bombástico que me fez engasgar com o filé.

—Tenho a confissão deste filho da puta. Com todos os detalhes sórdidos e desumanos, como só um psicopata como aquele tipinho de merda é capaz de fazer!

— E quem te deu isso? — perguntei após me recompor.

Seu sorriso maquiavélico arrepiou os pelos da minha nuca e imediatamente fiquei em alerta. Algo me dizia que as revelações estavam apenas começando.

— Ninguém. *Eu* consegui a confissão daquele idiota.

Meu queixo caiu e ela desandou a falar, revelando, para minha total perplexidade, que o visitou na prisão.

— Cheguei como sua suposta advogada, conquistei sua confiança e mediante um gravador escondido na liga obtive a confissão.

Porra! Embora o assunto fosse sério, fiquei de pau duro na hora! Gravador escondido na liga? Ela estava de sacanagem?

— Não sei como você encara este tipo de atitude. Talvez não seja o método mais correto, mas no país onde a impunidade impera, precisamos trilhar caminhos tortuosos para se chegar à justiça.

— Como eu encaro? Fiquei excitado, porra! — Olhou-me surpresa. — Gravador escondido na liga? Puta que pariu, vou trazê-la para meu escritório!

Milena abriu um largo sorriso pegando sua taça, mas avaliei.

— Você sabe que se arriscou demais fazendo isso, não é? — Deu de ombros e olhei-a fixamente. — Estou orgulhoso pra caralho com sua coragem e não menti quando disse que fiquei excitado, mas me preocupo demais com você! Se algo acontecesse... — Apertei os olhos. — Nem quero imaginar!

Quando os abri, ela me olhava com paixão. Tocou minha mão com carinho, tentando me tranquilizar.

— Estou aqui.

— Eu sei, mas, ainda assim é arriscado, não sabemos quem de fato é este cara. Se ele acabou com a vida do próprio filho, uma criança indefesa, imagino o que seria capaz de fazer com você.

Mais uma vez fechei os olhos quando ideias tenebrosas invadiram minha mente, balançando a cabeça na tentativa de espantá-las.

— O que pretende fazer agora que o MP assumiu o caso?

Milena murchou, subitamente parecendo cansada demais.

— Foi um golpe sujo: ameaçar a juíza e fazer o MP assumir o caso. Céus, estamos falando do Ministério Público! — ralhou indignada. — Eu sei quem será o juiz.

Mediante meu silêncio e expectativa, concluiu:

— O doutor Anselmo Nogueira, conhece?

Eu o conhecia, claro, mas não tinha nenhuma opinião formada sobre ele. Até aquele momento.

— Amiguinho do desembargador Maurício Costa.

Cacete! O pai daquele engomadinho filho da puta! Pensei enquanto procurava por alguma palavra que pudesse tranquilizá-la, sem encontrar.

— Sou Milena Andrade e tenho um plano.

Abri um largo sorriso, tentando conter a excitação. Enlouquecia-me sua força e seu jeito determinado para resolver as coisas.

— Já que não posso usar a gravação em juízo por se tratar de escuta ilegal, pretendo jogar a confissão daquele psicopata na mídia. Estou apenas procurando uma forma segura pra fazer isso. A opinião pública pesa. Quero ver como aquele juizinho de merda vai absolver aquele assassino!

Senti a adrenalina nas veias.

— Posso ajudar. — Seus olhos brilharam ansiosos quando perguntou como eu faria aquilo. — Como sempre, apenas alguns telefonemas. Só preciso da cópia da gravação.

Milena levantou num pulo, voltando mais rápido ainda, entregando o pen drive que pegou na bolsa. Encarei-a perplexo.

— Não sabia que você andava por aí com isso!

— É claro que não! — Revirou os olhos. — Mas saí de casa disposta a foder com a vida deste filho da puta!

Poderia esta mulher me deixar mais excitado?

— Deixe comigo. Isso não pode, jamais, estar vinculado a você.

— Faria isso?

— Qualquer coisa por você!

Minha resposta foi sincera. Não havia nada que eu não fizesse por aquela mulher e esta constatação me deixou ligeiramente assustado. Mais uma vez, seus olhos brilharam quando se aproximou de meu rosto.

— O que seria de mim sem você?

— De novo, muita coisa, mas sem nenhuma graça — repeti como anteriormente e ela mordeu o lábio, dizendo que eu estava coberto de razão.

Preciso dizer que ganhei o dia?

CINQUENTA E NOVE

Milena

Eram quase cinco horas da tarde quando retornei ao escritório, esperançosa. Era incrível como Rafael não media esforços para me ajudar no que fosse preciso. Ao chegar ao edifício, porém, voltei a me sentir tensa ao me deparar com a quantidade obscena de repórteres, certamente esperando por qualquer pronunciamento meu em relação à reviravolta no processo. Respirei fundo e segui em frente, sendo praticamente assaltada por eles.

Doutora, como se sente agora que o MP assumiu o caso?

É sério?

A doutora continuará atuando no processo?

É verdade que a doutora Andreza Villas Boas não é mais juíza nesta ação?

Tremi. Quem era este filho da mãe? Esta informação ainda não tinha sido oficialmente divulgada! Ou eu estava desatualizada?

Doutora, como a mãe do menino João se sente com essas mudanças?

Você acredita que o processo possa ser prejudicado?

É verdade que a senhora está abandonando o caso?

Meu Deus!

Eles me cercaram de tal forma, que não tive alternativa senão respondê-los. Girei o corpo na direção dos milhares de microfones e gravadores como se fizesse isso todos os dias.

— Senhores, cabe ao Ministério Público a defesa da ordem jurídica, do regime democrático e dos interesses sociais e individuais indisponíveis. Isso é garantia constitucional. Era esperado que assumisse o caso, não há nenhuma surpresa neste fato. Continuarei atuando como tenho feito até aqui: lutando todos os dias para o cumprimento da honra, da ordem, da Lei e da justiça. Obrigada.

— Doutora, só mais uma pergunta!

— Doutora, por que a juíza saiu do processo?

— Doutora!

Entrei no prédio com a ajuda dos seguranças. Não sei se eles apareceram devido à confusão ou à minha expressão de "me tirem deste inferno!". O fato é que as perguntas foram jogadas ao vento. Assim que entrei no escritório, fui recebida por César.

— Não conseguimos conter os jornalistas.

— São como urubus em cima da carniça! — respondi.

Conduziu-me à sua sala, me oferecendo um café enquanto fechava a porta.

— Não bebo café, doutor, obrigada. — O homem pareceu surpreso. — Mas aceito um copo d'água, por favor.

O cheiro forte do café invadiu minhas narinas no momento em que pegou sua xícara e me estendeu o copo d'água. Sentou-se à minha frente e solicitou que o pusesse a par de tudo. Ponderei, analisando se não seria o momento de lhe contar toda a história, optando por fazê-lo. Embora tivesse total autonomia em meu trabalho, era sua subordinada e ele parecia disposto a entender o que de fato estava acontecendo com aquele caso.

Contei-lhe tudo, desde meu envolvimento com Leandro, no passado, ao fato de ele estar defendendo um suposto assassino, no presente. Sim, usei "suposto", pois omiti a gravação. Meus métodos de trabalho diziam respeito somente a mim, além disso, apenas os *resultados* interessavam a ele, não os meios para obtê-los.

— Contei-lhe sobre nosso envolvimento para que o senhor entenda que ele está disposto a fazer qualquer coisa para ganhar a causa, independente daquele psico — pigarreei, consertando a tempo —, homem ser culpado ou não.

Foi o melhor que pude fazer.

— Por favor, não me chame de senhor. — Pisquei. — Você está me dizendo que o objetivo deste cara é te derrubar a qualquer custo?

— Aparentemente sim.

O doutor César franziu o cenho de forma que um vinco se formou entre as sobrancelhas. Bebeu um longo gole do café pensativo, antes de continuar:

— Há boatos de que a doutora Andreza não atua mais como juíza do processo.

De fato as notícias correm rápido. Pensei.

— Não é boato. Ela pediu transferência para o Acre.

— E por que ela faria uma coisa dessas? — indagou surpreso e dei de ombros. Jamais poria a vida de sua filha em risco revelando o que sabia.

— No momento estou concentrada no Ministério Público. — Deliberadamente mudei de assunto, informando que pela manhã estivera com a promotora responsável. — A doutora Luciana Vargas é osso duro de roer.

— Você acha que terão problemas?

Encarei-o por instantes, pensando no que responder, afinal, como a doutora Andreza havia alertado, a doutora Luciana era *amiga* do desembargadorzinho.

— Espero que não, afinal, estamos no mesmo barco, remando na mesma direção. — *Tomara!* Pensei.

— Entre e fique à vontade! *Mi casa es tu casa*!

Deixei as sacolas em cima do sofá e Edu fez o mesmo com sua grande mochila.

— Continuo não achando justo! Aqui é o seu canto e não faz sentido tirar sua liberdade deste jeito!

— Shh! Já que é meu canto, quem decide sou eu! — Guardei a chave da Alê na bolsa.

Optei por vir em seu carro para que pudéssemos trazer todas as coisas de Edu. A moto ficou no Centro e César deixou Alessandra em casa. Não sei por que tive a sensação de estar sendo seguida. Quem sabe eram os últimos acontecimentos? Talvez eu achasse que havia algum tipo de conspiração; ou quem sabe estava nervosa com tudo?

— Ainda não sei como poderei agradecer o que fizeram e estão fazendo por mim. Quer dizer, você, Alê, Rafael, doutor César... Céus! Fiquei internado no Copa D'Or! Como poderei retribuir uma coisa dessas?

— Nem tente, César ficaria furioso! Foi de coração. Nós te amamos.

Acariciei seu rosto com carinho e ele me olhou por instantes.

— Muitas vezes as demonstrações de amor vêm justamente de sangues que não são os nossos. Os amigos são a família que escolhemos.

Antes que eu pudesse ter qualquer reação perante seu emocionado comentário, pegou o celular e acessou o aplicativo *iFood.*

— Comida chinesa, hã? Algum restaurante de sua preferência? Faço questão de pedir e não me venha com blá-blá-blá! Deixe que eu pague o jantar, pelo menos!

Enquanto Edu fazia nossos pedidos, providenciei toalhas e roupa de cama limpas para ele, que dormiria na sala. Graças a Deus o sofá-cama era confortável! Arrumei a mesa enquanto ele tomava banho, e antes da comida chegar, tomei o meu. A televisão estava ligada por puro hábito, mas nossa atenção foi atraída assim que o jornal mais famoso da programação brasileira começou.

— *Boa noite. Esta edição começa com grandes revelações sobre o caso João Thomaz. Houve grande reviravolta no processo: o Ministério Público acaba de assumir o caso, em contrapartida, a juíza, doutora Andreza Villas Boas, desistiu.*

Filhos da mãe! Não havia sido exatamente desta forma, mas a mídia era e sempre seria sensacionalista. A âncora continuou:

— *Mas estas não são as principais revelações. Tivemos acesso com exclusividade a uma gravação bombástica onde o réu, Guilherme Thomaz, pai da criança assassinada, confessa o crime.*

Imediatamente parei de respirar. Jamais poderia imaginar que Rafael seria tão rápido. Edu me encarava lívido, a interrogação estampada no rosto. A repórter completou:

— *A gravação começa com o relato de agressão à mãe da criança.*

Houve um corte da jornalista para um fundo preto contendo a legenda da gravação e o rosto de Guilherme numa foto pouco maior que três por quatro na pior imagem que poderia existir dele. Ali se começou a moldar a opinião pública de que estávamos diante de um assassino.

A história é longa e muito divertida. Dar cabo daquele moleque asqueroso foi mais fácil do que roubar doce de criança.

Eu e a vaca da mãe dele começamos a discutir e aquele garoto não calava a porra da boca, ficava berrando, chorando sem parar. Aquilo tava me irritando, sabe? A vaca achou que poderia fugir, me abandonar. Vê se pode? Então tive que mostrar a ela quem mandava ali.

Eu enfiei a porrada nela! Bati com tanta força que nem sei como a idiota conseguiu escapar. Tudo que restou foi aquele moleque berrando sem parar.

Engoli em seco ao escutar o áudio cortado justamente nos momentos em que minha voz seria ouvida ou a palavra “doutora” pronunciada pelo assassino. Quando almocei com Rafael, lhe mostrei a gravação na íntegra e ele me alertou que as partes referidas a mim desapareceriam. Naquele momento eu estava justamente vendo o incrível resultado, cujo serviço certamente foi feito por um grande profissional.

Além disso, o telejornal garantiu que as palavras de baixo calão fossem substituídas por uma espécie de bipe, e as legendas por uma tarja preta. A voz grave do âncora substituiu a daquele infeliz.

— *A gravação segue com a dura confissão do crime com todo o requinte de crueldade com o qual executou.*

— Meu Deus, Milena! Estou chocado!

O filho da puta não calava a porra da boca, então coloquei as luvas e avancei pra cima dele. Não sou idiota pra deixar rastro, né! Bati nele com força e quanto mais eu batia, mais o idiota gritava. Aquilo tava me irritando, cê tá me entendendo? Peguei ele pelo braço e bati a cabeça dele na parede várias vezes, mas não adiantou. Quanto mais eu batia, mais ele gritava!

Foi quando peguei o cinto e descarreguei em cima dele, chutei ele mermo, várias vezes, até jogar sua cabeça no armário de novo. Aí ele calou a boca! Sensacional, né?

A esta altura eu já tinha parado de comer. Quantas vezes tinha ouvido aquela confissão? Ela sempre me desestabilizava e não era a única. Edu tinha deixado o prato de lado, seus lábios tremiam e lágrimas escorriam por seu rosto.

— O que há de errado com esses pais?

Não houve tempo para resposta. A voz do apresentador foi ouvida mais uma vez:

— *É inacreditável a crueldade do caso. Neste momento da gravação, Guilherme revela oficialmente como tirou a vida do próprio filho.*

Eu olhava a TV, perplexa. À minha frente, o âncora e editor-chefe de um dos telejornais mais importantes da televisão brasileira estava visivelmente chocado. A tela voltou a mostrar a foto com o rosto medonho de Guilherme Thomaz e tive a certeza de que ninguém no país conseguiria enxergar nada além de um cruel assassino ao olhar aquela imagem.

Eu peguei o vestido daquela cadela e enrolei no pescoço do garoto até seu rosto ficar roxo e eu ter a certeza que tinha deixado de respirar. Finalmente o silêncio. Foi um momento mágico. A paz reinou.

— *A pergunta que se faz diante de uma atrocidade dessas é como um pai... desculpe* — a jornalista pediu com voz embargada. — *É difícil mostrar imparcialidade diante dessa situação.*

Os apresentadores seguiram enfatizando o desequilíbrio e a frieza emocionais do assassino, justamente quando meu telefone pareceu ganhar vida.

O WhatsApp parecia receber todas as mensagens do universo, além de uma chamada não identificada.

Mostrei a combinação de números a Edu, mas ele deu de ombros. Não tinha a menor ideia de quem poderia ser.

— Milena Andrade.

— Que porra é essa? O que você fez?

Leandro? Pensei, olhando a tela mais uma vez. Após nosso rompimento, excluí seu número e como nunca mais nos falamos não me lembrava de seu contato. Por puro reflexo acionei o aplicativo de gravação de conversa, salvo no celular.

— O que você fez, sua vadia?

— Do que está falando?

— Desta palhaçada que você armou! O que pensa que vai conseguir com este circo?

— Continuo não sabendo do que está falando, doutor, mas caso esteja insinuando que eu possa ter qualquer envolvimento com a gravação que acabou de chocar o país inteiro, sinto muito por desapontá-lo.

— Não se faça de sonsa!!! — gritou tão alto que tive de afastar o aparelho do ouvido. — Eu *sei* que você ludibriou meu cliente e obteve uma gravação dele.

— Você está louco!

— Não tente me enganar! Eu sei que você o iludiu se fazendo de amiguinha e obteve a confissão do crime daquele imbecil. Agora jogou a bomba em rede nacional! — Bingo! O reconhecimento de que ele *sabia* que aquele homem era culpado. — O que é, Milena? Está com medinho porque o MP assumiu o caso e resolveu utilizar sua escuta ilegal?

— Sinceramente não sei do que está falando. Escuta ilegal? Acho que o doutor está assistindo a muito CSI! — completei sarcástica. — Em relação ao MP, em nada muda porque estamos no mesmo barco: trabalhar para que a lei seja cumprida e a justiça, feita.

— Tem certeza, doutora? Acha mesmo que o Ministério Público está interessado na justiça, neste caso?

Tremi.

— O que mais me surpreende é que no fundo você *sabe* que aquele homem é culpado, que realmente matou cruelmente seu filho.

— Que se foda! Quem mandou você defender aquela mãe idiota? Escute aqui, eu vou acabar com sua reputação! Não me interessa o caso, apenas em dar um fim em você! EU *ODEIO* VOCÊ!!!

Mais uma vez precisei afastar o telefone perante seu tom de voz.

— Estamos no Brasil, queridinha, e a única Lei que impera aqui é a do dinheiro! Eu disse que ia acabar com você e com o merda do seu namoradinho! Não pense que esta notícia idiota vai estragar meus planos. Darei um fim em você, custe o que custar! Eu *sempre* tenho uma carta na manga.

A ligação encerrou e, estupefata, cliquei em "salvar". No momento em que Edu abriu a boca para tentar dizer alguma coisa, o celular tocou mais uma vez e o nome "Rafael" apareceu no visor.

— Esta é uma ligação que vale a pena atender! Vou lhe trazer um copo d'água. — Saiu levando os pratos.

— Anjo! Você assistiu ao jornal? — Ouvi sua voz e imediatamente fiquei em alerta. Aparentemente também não contava que seria divulgado tão rápido.

Olhei à frente, tentando conter a sensação de estar sendo observada. Corri à janela, fechando a cortina, seguindo até a porta para trancá-la. E se meu telefone estivesse grampeado?

— Não sei como aquela gravação foi obtida ou por quem, mas estou tão ou mais chocada que os apresentadores do telejornal.

Silêncio. Internamente torci para que Rafael entendesse o que eu estava tentando fazer.

— Por isso estou te ligando, também fiquei chocado. Há mais alguém querendo justiça. — Este homem existia? — Você sabe que o rumo do processo vai mudar, não é? — Assenti no momento em que Edu me estendeu o copo com o líquido gelado, que desceu aos goles por minha garganta.

— O advogado da parte acabou de me ligar. — Ouvi a respiração pesada do outro lado da linha. — Estou preocupada, pois ele insinuou algo sobre o MP estar corrompido.

— Como é?

— Crê em Deus Pai todo poderoso! — Edu exclamou chocado.

— Exatamente!

— Ele pode estar blefando, meu anjo.

Passei a mão na testa, preocupada.

— Preciso ligar para dona Paula.

— Meu telefone ficará ligado. — Abaixando o tom de voz, enfatizou: — Estou aqui, meu amor. Sempre estarei.

Sentindo-me a mulher mais amada do universo, desliguei, acessando o número de dona Paula.

— Acho que só água não será suficiente. Vou fazer um chá pra nós.

Nossa conversa durou longo tempo. Ela estava arrasada. Embora tivesse chegado momentos após o crime ser praticado, ouvir toda a confissão daquele homem havia mexido com todas as suas emoções. Era seu filho, afinal!

Procurei tranquilizá-la, alertando para o fato de a gravação coincidir totalmente com o depoimento prestado por ela no Tribunal.

— Estou com medo, doutora. Quem é essa promotora do Ministério Público? Já estou acostumada com a senhora, *confio* na senhora! E então vem outra pessoa e assume?

— Estamos falando do Ministério Público, fique calma.

— Não estou com bom pressentimento.

Acha mesmo que o Ministério Público está interessado na justiça, neste caso? Estamos no Brasil, queridinha, e a única Lei que impera aqui é a do dinheiro! A voz de Leandro soou nítida em minha mente e engoli em seco. Eu sabia que dinheiro não era problema para ele.

— Tudo será resolvido. Seja lá quem tiver soltado esta bomba na mídia, de alguma forma fez justiça. Aquele homem será condenado pelo crime que cometeu.

— É só o que desejo, doutora.

Conversamos mais um pouco e fiquei mais tranquila por saber que sua amiga de longa data, Geane, estava com ela em sua casa. Desligamos minutos depois.

Ainda que Edu tenha nos feito um delicioso e calmante chá de maçã com camomila, custei a dormir. Acordei de hora em hora, com sonhos desconexos e imagens do sofrimento do menino João, que tanto me atormentaram inúmeras noites após ouvir a confissão. A voz medonha daquele psicopata e sua terrível confissão não saiam da minha cabeça, bem como as ameaças que Leandro fez a mim.

Foram tantos acontecimentos ao mesmo tempo, tanta sujeira, tanta injustiça que, mais uma vez, me senti terrivelmente cansada. Até quando conseguiria me manter em pé? Era tanta coisa! Havia a coação à doutora Andreza que culminou com sua saída abrupta do caso; a entrada "repentina" do MP e a dúvida quanto à idoneidade da promotora; o vazamento da confissão do assassino, cujas consequências, eu sabia, seriam terríveis e irreversíveis; as ameaças de Leandro naquela noite; o caso de Edu.

Eram quase uma da manhã quando peguei o telefone e acessei o WhatsApp para enviar mensagem a Rafael.

Acordado?

Precisando de mim?

Foi sua resposta e sem nenhum esforço, meus lábios se esticaram num sorriso.

Sempre.

Hummm... gosto desta coisa de sempre. O que houve?

Ponderei. O que responderia? Sem me dar conta, meus dedos começaram a digitar a verdade.

Não consigo dormir. É tanta coisa ruim ao mesmo tempo!

Imediatamente o telefone tocou, me assustando. Atendi no primeiro toque.

— Quer que eu vá pra aí?

Deliciei-me com a ideia de tê-lo ali, mas Edu estava na sala e não queria constrangê-lo em sua primeira noite. Ele ainda estava se acostumando com a ideia de ficar comigo.

— Edu está aqui, como você sabe.

— Você não quer que eu vá pra sua casa porque tem um homem dormindo com você e quer que eu aceite isso numa boa? — indagou zombeteiro, me fazendo sorrir.

— Não acho que Edu poria desta forma. — Ele sorriu. — Só estou agitada por tudo que está acontecendo.

— Isso é só o começo, meu anjo. E você deverá ser forte por causa da dona Paula que precisará de você mais do que nunca.

— Amanhã nos encontraremos logo cedo.

— Então é melhor você dormir.

— Está me dispensando, doutor Queiroz?

— Jamais, afinal me ofereci pra ficar aí, mas você me dispensou pra ficar com outro homem — fez um muxoxo.

— Como lhe disse, acredito piamente que Edu discorde da sua maneira de pensar e eu também, principalmente no que se refere ao fato de eu dispensá-lo.

— Hummm... gostando disso. — Sorri. — Boa noite, doutora.

— Boa noite.

— Meu telefone estará ligado, caso mude de ideia.

— Não me tente!

— Farei isso sempre, doutora. Pode apostar!

Desliguei com um sorriso no rosto, embora a sensação de angústia ainda estivesse presente. Algo muito forte me dizia que uma tragédia aconteceria. *Estou cansada e estressada!* Pensei. Precisava dormir. Não há nada que uma boa noite de sono não cure.

— Deus me ajude!

SESSENTA

Milena

Levantei-me num pulo quando *Time* tocou no despertador. Parecia que eu tinha piscado e o dia havia chegado. Tomei banho e vesti saia envelope preta, meia calça e sapatos da mesma cor, e camisa de seda branca. Prendi o cabelo no alto da cabeça em um elegante rabo de cavalo, permitindo que alguns fios caíssem por meu rosto levemente maquiado. No pescoço um singelo colar de pérolas, como os brincos e o anel.

Cheguei à cozinha e encontrei Edu de papo com Odaísa e o cheiro forte do café predominando no ambiente.

— Ele está gamadinho em você.

— Não sei se está *gamadinho*, seu Edu, mas estamos nos conhecendo.

— Hum... e você está gostando do que está *conhecendo*?

Cheguei a tempo de ver Odaísa vermelha feito um tomate, e ao olhar Edu entendi perfeitamente o motivo: ele fazia um gesto bastante obsceno. Contive uma risadinha.

— Opa! Conta tudo! Quer dizer, então, que o "salário" do nosso amigo Ed não é mínimo.

— Seu Edu!

Desta vez não consegui me segurar e soltei uma gargalhada que ecoou por toda a sala.

— Dona Milena?!

— Essa aí é outra que está muito bem servida! Afinal, trinta centímetros são trinta centímetros!

Fiz uma careta e Odaísa abriu a boca em forma de "O". Era só o que faltava! Mudei de assunto, querendo saber se Edu havia dormido bem e seu sorriso aqueceu meu coração.

— Como há muito tempo não dormia. Me senti tão bem aqui!

Abracei-o apertado, mas logo um vinco se formou entre minhas sobrancelhas ao me lembrar do dia que se reservava.

— Não posso demorar. Tenho certeza de que os abutres já estão na porta do Manhathan! — disse com desdém, me referindo aos repórteres que provavelmente àquela hora se encontravam na porta do edifício em que trabalhávamos.

— Coma alguma coisa, dona Milena. Quer que eu faça uma tapioca de queijo? — Odaísa ofereceu carinhosa, mas eu estava sem apetite. — Saco vazio não fica em pé, sabia?

Peguei a maçã na fruteira.

— Isto deve servir. — Dirigi-me à saída e Edu engoliu o café, se despedindo dela.

— Vou com você!

No caminho, liguei para dona Paula que sabiamente passou a noite na casa de Geane que informou haver jornalistas por lá, ávidos por informações. O zelador, entretanto, foi instruído a dizer que ela não estava em casa.

— Não quero dar entrevistas na televisão, dona Milena. Não nasci pra isso! — disse-me ao telefone, na noite anterior.

Chegamos ao Manhathan Tower e como previ o circo estava armado. Repórteres e suas câmeras, gravadores e celulares a postos. Franzi o cenho, entrando na garagem e escapando de todos eles.

— Graças a Deus Alessandra instalou *insulfilm* neste carro!

— Graças ao doutor César, você quer dizer! — Edu bradou, levando a mão ao queixo, pensativo. — Se bem que Deus, doutor César... no fim das contas é tudo a mesma coisa!

Revirei os olhos, estacionando o veículo na vaga demarcada. No momento em que entramos no elevador meu celular tocou e abri a bolsa na tentativa de pegá-lo, sem sucesso. Quando finalmente consegui pegar o aparelho, a porta abriu. Fernanda, que estava ao telefone, desligou assim que nos viu.

— Ela está aqui!

Olhei à frente deparando com expressões assustadas. Além dela, Alessandra e César em pessoa.

— Você já está sabendo? — perguntou com voz grave e balancei a cabeça.

— Sabendo de quê?

— Você assistiu ao jornal ontem, doutora? — Fernanda indagou e assenti, ainda não entendendo o motivo do comboio.

— Os jornalistas estão lá embaixo querendo revelações sobre a gravação bombástica.

— Não é exatamente sobre a gravação que eles querem falar, Edu. — Dirigi um olhar inquisitivo à Alessandra e ela continuou: — O fato de terem vindo com meu carro deu para despistá-los, mas não acredito que arredarão o pé daqui, Mila.

— Do que exatamente vocês estão falando?

Meu celular tocou novamente, desta vez era Rafael. Olhei o aparelho e algo muito forte me disse que o motivo de sua ligação era o mesmo do comitê armado para me recepcionar.

— O que está acontecendo? — repeti e César pigarreou.

— Guilherme Thomaz está morto.

Meu queixo caiu.

— Como??? — Edu praticamente gritou.

— Foi encontrado morto na prisão — Alê completou. — Acabou de ser noticiado e só se fala nisso. Está em todos os telejornais, na internet e já virou *trending topic* no Twitter.

— Estão dizendo que ele se enforcou em sua cela com um lençol, mas o filho da mãe estava no pior estado em que um ser humano pode ser encontrado. O que não está sendo noticiado, mas eu sei, é que deram cabo dele lá dentro. Tudo por causa da gravação noticiada ontem.

Pisquei várias vezes, tentando processar tudo aquilo. O que eu esperava conseguir com a gravação era a *condenação* deste cara, não sua morte. O telefone ainda berrava em minha mão, mas César continuou:

— Você sabe que há uma estranha "lei" entre bandidos no que diz respeito a estupro e crianças. Eles não perdoam estes tipos de crimes — completou com desdém, fazendo sinal com as mãos para indicar aspas.

O telefone parou de tocar por segundos, antes de Rafael ligar novamente. Balancei a cabeça, resolvendo atender a chamada.

— Anjo! Você já está sabendo? — Assenti sem ao menos perguntar a que se referia realmente. — Onde você está?

— Acabei de chegar ao escritório.

— Do que você precisa?

Desaparecer! Pensei.

— Estou bem.

— Isso muda tudo, meu anjo. Acabou o processo, não há vencedores diretos, mas pelo o que está sendo divulgado na mídia, a causa é sua.

— O que exatamente está sendo divulgado?

Ele pigarreou.

— Acho melhor você ligar na Globo News.

Seguimos a passos largos para a sala do César, cuja televisão já estava sintonizada no canal. O circo realmente estava armado.

Após a divulgação da gravação constando a confissão do assassinato do menino João, Guilherme Thomaz, seu pai, foi encontrado morto hoje de manhã em sua cela, enforcado com um lençol. Suspeita-se de suicídio, mas há quem defenda a tese de que o assassino foi morto dentro do complexo penitenciário de Gericinó, em Bangu, onde estava preso preventivamente.

— Meu Deus! — Edu exclamou.

O repórter prosseguiu informando que, devido à sua morte, o processo seria arquivado, e ofereceu explicações minuciosas de como tudo seria feito. Meu estômago embrulhou completamente quando o nome do Leandro foi pronunciado e sua imagem deprimente preencheu a tela.

Eles estavam na entrada do Fórum e enquanto o repórter explicava que a defesa aguardava a liberação do corpo para que fosse feito o atestado de óbito, a fim de dar entrada no pedido de extinção do processo, Leandro o deteve bruscamente.

— Meu cliente morreu injustamente por causa de uma gravação, cuja montagem foi grosseira e totalmente mentirosa e descabida! Uma verdadeira armadilha ardilosa arquitetada por parte da acusação. — Encarou a câmera, fazendo meu sangue gelar. — Você carrega a morte de um inocente nas costas!

Com o indicador em riste, gritou a plenos pulmões, deixando perplexo até mesmo o repórter. Neste momento, porém, algo totalmente inusitado aconteceu: a multidão que ali se encontrava avançou em cima dele, enraivecida.

"Assassino!"; "Doutor que defende bandido é bandido também!"; "Corrupto!"; "Queremos justiça!"; "Justiça! Justiça!".

Petrificada, vi Leandro ser agredido, insultado e escorraçado por todos, a ponto de a reportagem precisar ser interrompida. Enquanto o âncora do telejornal dava explicações a seus telespectadores, a voz de César rasgou o ambiente:

— Você precisará enfrentar os repórteres, Milena. O bom é que a opinião pública está do seu lado, você é a heroína agora. — Arqueou a sobrancelha, orgulhoso.

Entretanto eu não me sentia orgulhosa, pelo contrário! Não era nada disso que eu esperava ou sequer almejava! Não me agradavam os holofotes, nunca quis plateia ou mesmo ferrar com Leandro, embora ele tenha feito minha vida um verdadeiro inferno. A única coisa que sempre desejei foi *justiça*.

Subitamente me lembrei do dia em que estava no Fórum e vi dona Paula. Ela chorava copiosamente com sua amiga Geane porque o assassino de seu único filho continuaria solto, já que o MP havia perdido o prazo para a denúncia. Dona Paula não tinha condições de pagar por um advogado, ainda assim, após ouvir sua história, me ofereci para defendê-la. Não era o dinheiro, mas a *justiça* que eu buscava. Procuro defender, pelo menos, uma causa gratuitamente para que nunca esqueça o porquê escolhi esta profissão.

Respirei fundo e encarei todos que estavam naquela sala. Precisava falar com minha cliente, lhe explicar tudo o que estava acontecendo e oferecer o suporte necessário. Eu tinha um trabalho a fazer e era exatamente o que faria, ainda que tivesse que dar um show na mídia por isso.

— Mãos à obra.

Segui à minha mesa tendo a confiança e a segurança como minhas fiéis companheiras.

SESSENTA E UM

Milena

Decidi que era o momento de enfrentar a imprensa. Fiz um comunicado informando que concederia entrevista aos jornalistas e após longa conversa por telefone com dona Paula, segui à recepção do prédio. Mal saí do edifício, fui cercada por todos eles.

— Doutora! É verdade que o assassino se matou?

— Doutora, qual sua ligação com a gravação noticiada ontem?

— É verdade que a defesa entrará com um processo contra a senhorita?

Céus! Ouvi cada pergunta jogada pela enorme quantidade de repórteres ávidos por qualquer tipo de informação. Deixando de lado todo desconforto por estar diante das câmeras, empinei o nariz confiante.

— Senhores, sinto muito pela morte do senhor Guilherme Thomaz, afinal, tudo o que esta acusação sempre almejou foi *justiça*. Queríamos apenas que ele pagasse pelo crime que cometeu. Quanto à gravação, desconheço a procedência, mas é inquestionável sua veracidade. Contra fatos não há argumentos.

— O processo será arquivado, já que não há mais réu, mas a acusação se sente vitoriosa, não é?

— Senhor, não há nenhum vitorioso aqui, uma vez que nenhum de nós é capaz de trazer o menino João de volta. — *Seu filho da puta!* Pensei, mas não disse, é claro.

— Doutora, há rumores de que a mãe da criança tenha vazado a gravação...

— De onde o senhor tirou esta informação tão descabida? — interrompi-o de forma brusca. — Minha cliente ficou tão surpresa quanto eu no que diz respeito a todas as reviravoltas deste caso.

— Doutora, há rumores de que foi a acusação, ou seja, a senhora, que vazou a confissão.

— Isto foi uma pergunta ou uma afirmação, senhor? — respondi petulante e me dirigi ao próximo jornalista, antes que ele respondesse minha pergunta.

— Doutora, é verdade que a senhora e o advogado de defesa tiveram um caso no passado?

Puta merda! Comecei a achar que enfrentar a imprensa havia sido péssima ideia.

— O que isso tem a ver com o processo?

— Poderia ser uma disputa de egos ao invés de...

— Senhora — cortei-a grosseiramente, tentando identificar seu nome no crachá, sem sucesso —, uma criança de cinco anos foi assassinada! Você realmente está preocupada com algo diferente disso?

— Doutora!

— Doutora!

Ninguém deixou por menos! Fui bombardeada de perguntas durante um tempo que pareceu uma eternidade. Não sabia, mas estava ao vivo em alguns canais de TV e rádio, além da internet. Eu não aguentava mais e justamente quando achei que fosse desfalecer, senti a mão em minha cintura e a voz grave em meus ouvidos.

— Senhores, a doutora precisa ir embora. Os senhores já têm tudo de que precisam? Ótimo!

Era Rafael. Sempre ele, é claro. Sem perceber, apoiei a cabeça em seu ombro, tentando controlar o sino maldito em minha cabeça, que latejava sem parar. A única coisa que eu desejava era desaparecer. Que ideia mais estúpida a minha encarar toda aquela comitiva de uma vez.

— Doutora! Só mais uma pergunta!

Rafael me puxou, me conduzindo para dentro do edifício a passos largos, enquanto os seguranças detinham os repórteres. Apoiei-me no espelho, exausta, assim que entramos no elevador.

— De quem foi essa ideia idiota de falar com os repórteres sozinha?

— Minha, obrigada.

Ele passou a mão pelo cabelo, nervoso.

— Por que fez isso? — Não respondi e ele continuou duro: — Quando você vai entender que não é nenhuma super-heroína e não pode salvar o mundo?

— Isso é problema meu, não é?

— NÃO! — Seu grito me assustou e ele levou a mão aos olhos, esfregando-os com os dedos. — Porra, eu quase enlouqueci quando te vi na televisão! Embora você tenha disfarçado, vi que estava em pânico. Percebi porque te conheço muito bem! Cara... eu vim correndo atrás de você, louco pra te tirar dessa merda e você me diz que essa porra toda é problema seu? Pois saiba que tudo, absolutamente TUDO sobre você me diz respeito, porque eu te amo pra caralho e não sei mais o que fazer para que você entenda isso! Você não está mais sozinha, Milena, e não imagina como me dói saber que você não conta comigo.

Senti como se todos os órgãos se encolhessem dentro de mim. Ele continuou brutal.

— Então, se você realmente acha que pode resolver tudo sozinha, que é a heroína, dona da porra do mundo, tudo bem. Eu devo ser mesmo um otário por achar que você precisa de mim.

A porta do elevador abriu e ele seguiu para a garagem. Fui atrás sem saber o que dizer ou fazer.

— Rafael, espere!

— Pelo quê exatamente? Você dizer que precisa de mim tanto quanto eu preciso de você? Você realmente contar comigo para o que der e vier porque, SIM, faço tudo, TUDO por você! — enfatizou as palavras, totalmente fora de si. Era impressionante a intensidade daquele homem! — Esperar você se doar por inteira pra mim como eu me doo pra você? Eu acho que não...

Seguiu para o carro estacionado, destravando-o com a chave.

— Aonde você vai?

— Embora! A doutora Milena Andrade é tão autossuficiente que não precisa de mim, aliás, de ninguém! Resolve todos os seus problemas sozinha — disse petulante, abrindo a porta do carro.

— Você está sendo infantil!

— Infantil???

Rafael bateu a porta com força, me pegando pelo braço. Meu corpo foi projetado pra trás e minhas costas se chocaram contra a fria lataria do veículo. Seu rosto ficou tão perto do meu que senti uma vontade absurda de beijá-lo. E foi exatamente o que fiz.

Grudei a boca na dele, invadindo-a com a língua. Ele gemeu, tentando se desvencilhar, mas não permiti. Apertei-o, tocando suas costas, mantendo-o firme a mim. Beijei-o de forma urgente e insana, tentando lhe mostrar tudo o que sentia e não conseguia lhe dizer com palavras. Eu sabia o quanto aquele homem me amava e o quanto eu o amava também, e não poderia em hipótese alguma perdê-lo por puro medo besta. Sentir que Rafael escorria por meus dedos me deixou apavorada.

— Me perdoe, por favor. Eu te amo tanto! É um amor tão forte que me assusta! — disse finalmente, deixando-o petrificado. Quanto a mim, estava descontrolada, despejando todo o amor que havia em mim. — Sei que sou fria, me perdoe por isso também. Não achei que pudesse amar alguém como amo você. Hoje entendo como foi fácil passar por aquela separação, mas tenho plena convicção de que não suportarei se você me deixar.

— Eu não vou te deixar!

— Eu não sei! — respondi desesperada.

— Olhe pra mim! — pediu e obedeci. — Veja que quem está na sua frente é um homem de verdade e não o moleque babaca com quem você teve a infelicidade de se relacionar! Se eu pudesse mudar o seu passado esteja certa de que eu o faria, mas não tenho este poder.

Sua mão varreu meu rosto, secando minhas lágrimas.

— A única coisa que posso fazer é garantir nosso presente e se você vier comigo, nosso futuro. Nunca amei alguém antes, Milena.

— Então como pode saber que é amor?

Fitou-me por instantes e um sorriso torto se formou em seus lindos lábios. Mais uma vez senti sua pele na minha quando acariciou meu rosto com amor.

— Você ocupa meus pensamentos assim que abro os olhos e quando vou dormir. O que eu faço durante o dia entre esses dois momentos, bom, não importa, você sempre está lá — arfei e ele continuou determinado.

— Não há qualquer escolha que eu faça que não envolva a sua vontade. Não é mais o que *eu* quero, mas o que será bom para *nós dois*. Entende o que estou dizendo? — Rafael me apertou contra seu corpo, boca grudada na minha. — Não há mais o *eu* e sim *nós*. Nós, Milena! Case-se comigo!

Abri a boca chocada e ele repetiu enfático.

— Case-se comigo!

Pisquei várias vezes, assustada. Ele, entretanto, não desviou. Estava sendo incrivelmente sincero. Senti minha pulsação a mil.

— Nem conheço seus pais.

— É esse o problema? Marcarei um jantar. Resolvido. E então, casa comigo?

— Você está me pedindo em casamento numa garagem, doutor Queiroz? — indaguei divertida e ele fez uma careta engraçada, arrancando uma gargalhada minha.

— *Touchè,* doutora! — Acariciou-me mais uma vez. — Estou falando sério quando digo que não imagino minha vida sem você. Ainda que não tenhamos anos de relacionamento...

— Não temos nem um ano ainda!

— E parece que te conheço por toda a vida. — Acariciou-me com amor. — Hoje sei que não procurei por você, mas *esperei* você chegar. Você foi e sempre será minha.

Olhei-o com paixão, não conseguindo reter a represa em mim. Minhas lágrimas caíram com vontade.

— Amo você. Perdoe-me por demorar tanto tempo pra dizer.

— Ah, meu amor! — Senti sua boca na minha e o abracei com força, beijando-o apaixonadamente.

Aquele era o meu *sim*, e tive a certeza de que Rafael havia entendido.

SESSENTA E DOIS

Milena

Os últimos dias foram turbilhão. Leandro entrou com o pedido de arquivamento do processo e estranhamente "sumiu do mapa". Desapareceu! Houve rumores de que seu pai perdeu apoio político, o que influenciou diretamente em seus negócios – que são escusos, provavelmente. A opinião pública sempre pesou e neste caso não seria diferente.

Quanto aos jornalistas, acreditei que a quantidade deles diminuiria com o passar do tempo, mas o que ocorreu foi justamente o contrário! A sensação era de que brotavam da terra! Ed, inclusive, estava fazendo mágica para despistá-los do prédio, mas não houve jeito: meu "disfarce", o Picanto de Alessandra, foi descoberto.

A sensação de estar sendo seguida continuou dia após dia e não foi loucura minha, afinal, sempre havia os abutres atrás de mim, ávidos por qualquer tipo de informação. Graças a Deus Edu estava comigo todas as manhãs quando íamos para o escritório.

Falando nele, falhei em convencê-lo a não desistir da queixa e o inquérito policial foi arquivado. Infelizmente os culpados não seriam punidos, pelo menos por enquanto. A boa notícia era que meu amigo havia iniciado a análise e o psicólogo ajudava bastante. Minha esperança era de que conseguisse fazê-lo compreender a importância da denúncia, pois agressores como o seu pai e o bando de covardes que o atacaram não poderiam, jamais, ficar soltos por aí.

Entrei com a Ninja no prédio de meus pais e após estacionar, segui para o elevador. Enquanto o aguardava, conversei um pouco com Francisco, o zelador. Como era bom estar naquele lugar! Foi ali que nasci e vivi. Embora estivesse feliz com a casa nova e toda liberdade, estar ali era reconfortante. Eram minhas raízes.

— Filha, que saudade! — Mamãe me recebeu como sempre: exagerada. Até parece que não nos vimos na semana passada!

Abracei-a com carinho, amando e retribuindo todo o seu "exagero". Quanto a papai, fez questão de mostrar o quanto eu continuava sendo sua menininha e sempre seria. Não há nada neste mundo que supere a felicidade de se sentir *amada*.

Mas eu estava nervosa, afinal resolvi, finalmente, contar toda a verdade sobre minha história com Rafael. O fato de ter mentido para eles me corroía diariamente. Embora não tenha sido ideia minha, sustentar aquela mentira durante todo aquele tempo não era justo. Nem leal.

Conversamos sobre alguns assuntos: Edu, o processo do menino João, o sumiço de Leandro.

— Esta é uma questão que me deixa realmente preocupado.

— Não há o que se preocupar, pai. Leandro saiu de cena, certamente devido à imposição do *desembargadorzinho*. — Impossível não notar meu tom sarcástico.

— Não acho que seja isso... — Franziu o cenho e um forte vinco se formou entre suas sobrancelhas. — Cuidado, minha filha, ele é perigoso.

— Não tenho medo dele!

— Eu sei, ainda assim, ele pode lhe fazer mal.

Um arrepio macabro cruzou meu corpo, no momento em que mamãe desandou a falar:

— Credo, Mauro, pare com isso! Você está nos assustando! O que este infeliz pode fazer contra nossa filha?

Papai soltou um longo suspiro, antes de responder que estava apenas tentando ser sensato.

— Neurótico?

— Tudo bem, Marta, não está mais aqui quem falou. — Levantou as mãos em sua defesa, mas o olhar que dirigiu a mim me fez entender que o recado estava dado.

Após o almoço deliciosamente preparado por Odaísa, retornamos à sala. Papai sempre gostava de um digestivo após as refeições e percebi que era o momento para iniciar a conversa. Pigarreei.

— Há um assunto delicado que preciso falar com vocês.

— Ai, meu Deus, você está grávida!

— Marta! Deixe a Milena falar!

— Não estou grávida, mãe! Você sabe que não é tão simples assim!

— E você *sabe* que nunca acreditei nisso! — revidou, trazendo à tona as palavras de Rafael: *Praticamente remota é diferente de remota*. Balancei a cabeça.

— É um assunto delicado que diz respeito a mim e ao Rafael.

Mamãe se remexeu desconfortavelmente no sofá, enquanto papai não esboçou nenhum tipo de reação, me deixando mais nervosa. Ou teria sido o desconforto dela? Abaixei a cabeça, dirigindo o olhar ao chão, tamanha vergonha que sentia.

— Eu menti pra vocês. — Silêncio, e após alguns segundos, resolvi encará-los. — Embora não tenha sido minha ideia, acabei sustentando toda a história.

— Que história? — Mamãe quis saber e suspirei pesadamente.

— Eu e Rafael estamos namorando, mas nem sempre foi assim.

O silêncio mais uma vez se instalou na sala. Eu não sabia exatamente como dizer tudo aquilo.

— Não estou entendendo nada!

— O que Milena está querendo dizer, Marta, é que quando conhecemos Rafael naquela noite em sua casa eles não eram namorados, embora o rapaz já a desejasse. — Olhei-o chocada. Mamãe levou as mãos à boca, demonstrando estar da mesma forma que eu. — Eu percebi — concluiu.

Senti uma dor absurda em meu peito. Então meu pai sempre soube desde o início?

— Desculpe ter mentido durante todo esse tempo, mas não soube o que fazer. Quando dei por mim estava mergulhada nessa história toda.

— É o que a mentira faz, minha querida: nos envolve numa teia macabra de onde não conseguimos sair. Faz muitas vítimas, principalmente quem a sustenta, ainda que a pessoa não perceba isso. Ou se dê conta tarde demais.

Meus olhos encheram d'água e não consegui segurar as lágrimas que vieram. Meu pai, meu herói, sabia o tempo todo que eu estava mentindo para eles.

— Graças a Deus, minha filha, você continua uma péssima mentirosa.

— Por que...

Não consegui terminar a pergunta, mas ele respondeu assim mesmo:

— Agi como se não soubesse de nada? Porque sabia que você tinha um motivo muito sério pra sustentar essa história, e quando chegasse a hora você nos explicaria tudo, exatamente como está fazendo agora.

Fechei os olhos com força e mais uma vez o silêncio se instalou.

— Vergonha. Era esse o motivo — respondi finalmente. — Por ter fracassado, por ter ficado durante tantos anos com um homem e nunca ter percebido que ele me enganava.

— Não foi com um homem que você ficou. Foi com um moleque! Não se culpe, querida, jamais! — papai disse com firmeza, o dedo em riste para mim.

Eu não conseguia parar de chorar e meus lábios tremiam. Continuei, a voz por um fio:

— Alê e Edu inventaram toda essa história porque os loucos acharam que...

— Eles não são loucos, são seus amigos — interrompeu-me. — E a amam de verdade, como nós.

Suas palavras me atingiram em cheio.

— Mesmo não achando certo, não tive como desmentir naquele momento. Depois perdi a coragem, por medo, vergonha. — Sequei o rosto com as costas das mãos. — Realmente me senti fracassada e saber que meus amigos precisaram inventar um namorado pra mim porque eu não tinha capacidade pra fazer aquilo sozinha me pareceu deprimente.

Meu pai deu um sorriso que teve vida curta.

— Você é minha filha e tem capacidade pra fazer tudo que desejar! Não permita que nada nem ninguém tire isso de você.

Fitei papai com amor, sabendo que tinha razão. Contei-lhes toda história desde o momento em que eu e Rafael nos conhecemos e como tudo realmente aconteceu, omitindo, é claro, a história do "arco do pecado". Certos detalhes são, digamos, desnecessários.

— Não entendi uma coisa: se você e Rafael não estavam juntos, por que ele aceitou toda essa loucura, agindo como se fosse seu namorado?

Perante meu silêncio, meu pai respondeu:

— Por que desde o início foi o que ele sempre desejou, Marta! — Olhei-o surpresa, e papai se dirigiu a mim com o dedo em riste mais uma vez. — *Agora* você está com um homem de verdade. Rafael a ama, ainda que não tenha lhe dito isso.

Sorri, secando as lágrimas mais uma vez.

— Ele disse.

Papai balançou a cabeça, orgulhoso.

— Você fez o que tinha de ser feito, querida. Como sempre. Não se culpe por nada.

— Eu menti pra vocês, mãe!

— E agora está aqui contando toda verdade como *sabíamos* que faria. Esta é sua essência, meu amor. — Tocou meu coração, me abraçando em seguida. — Nós amamos você e a única coisa que desejamos nesta vida é te ver feliz!

Senti como se um enorme peso saísse de cima de mim e estiquei o braço para incluir papai naquele abraço.

Eu estava feliz. Aquela era minha família.

SESSENTA E TRÊS

Milena

Fechei o cordão de três voltas de pérolas, combinando com o par de brincos e me olhei no espelho gostando do resultado. A mulher vestida em uma calça jeans clara e blusa preta de um ombro só, cujo cabelo escorria como cascata pelos ombros, sorria feliz, embora estivesse ligeiramente nervosa.

— Não são todos os dias que conhecemos os sogros — sussurrei, calçando a sandália preta para combinar.

Finalizei com a maquiagem leve antes de borrifar algumas gotas do meu habitual 212 Tradicional.

— Uau! Se eu gostasse da fruta te traçaria neste sofá agora mesmo! — Edu exclamou afetado quando cheguei à sala, me fazendo dar a volta num círculo completo.

— Está bom mesmo? Não está muito simples? Será que eu deveria colocar um vestido?

— Gata, está ótimo! Simples e elegante. Vai por mim.

Certo, eu estava nervosa. Conhecer os pais do Leandro foi uma experiência péssima, quase traumática, e fazer comparações naquele momento era inevitável.

— No que esta cabecinha está pensando?

— No passado.

— Deixe o passado em seu lugar: lá atrás — disse tocando minha mão com carinho. — Vai dar tudo certo. Nosso macho alfa e totalmente dominante controlará toda situação.

Neste momento, a campainha tocou e ele sorriu animado.

— Falando nele... — Abriu a porta. — Meu Deus! Mas é *realmente* um macho alfa e totalmente dominante!

Ouvi Rafael gargalhar enquanto o cumprimentava e ao vê-lo achei que meu coração fosse parar de bater. Eu estava no sofá e ele caminhou em minha direção. Vestia uma calça jeans clara e camisa branca com as mangas dobradas até os cotovelos. Seu cabelo estava desalinhado e seu cheiro tomou conta de todo ambiente. Tocou minha mão gentilmente quando me levantou e fechei os olhos inalando seu cheiro.

— Você está linda. Não... você *é* linda!

Não houve tempo para resposta, sua boca grudou na minha e ele me beijou. Não sei por quanto tempo, só sei que senti suas mãos em minhas costas, me apertando, subindo e tocando a pele nua do meu ombro. Apertou-o sutilmente, gemendo em minha boca antes de morder meu lábio, contorná-lo com a língua, para então voltar ao beijo mais uma vez.

Em algum momento Edu pigarreou e nos afastamos.

— Se quiserem vou para o quarto. Ou vocês vão — disse divertido e enrubesci. Rafael pareceu não se afetar.

— Tentador, mas infelizmente temos horário. A não ser que eu ligue para meus pais e diga que nos atrasaremos um pouco.

Ele estava falando sério?

— Vamos embora, doutor Queiroz!

Peguei a bolsa e a sacola da *Lindt* em cima da mesa, uma pequena e deliciosa lembrança para minha sogra. Dica da sensacional Cris, é claro.

Chegamos à casa dos meus sogros, no bairro da Lagoa, rapidamente. Enquanto entrava com o carro pela garagem do luxuoso edifício, Rafael comentou que foi naquele lugar que passou a infância.

— Quando me mudei foi difícil pra dona Daiane entender por que eu estava saindo de um apartamento de quatro quartos para o de um.

Sorri me lembrando da reação de minha própria mãe. Ao chegarmos à cobertura, me senti ligeiramente nervosa. Eu estava prestes a conhecer os pais do homem que amava e que havia me pedido em casamento semanas antes em uma garagem, apesar de não ter mais tocado no assunto.

— Pronta? — Soltei um longo suspiro. Eu não estava nada pronta. — Relaxe. Meus pais não são nenhum bicho de sete cabeças.

— Não sei como devo agir — pensei alto demais, amaldiçoando a mim mesma. A última coisa que gostaria era de parecer infantil.

Rafael tocou meu rosto com carinho, me olhando com amor.

— Aja naturalmente e eles ficarão apaixonados no primeiro olhar.

Aninhei-me em sua mão, em seu afago, ganhando a confiança de que precisava. Ele tocou a campainha e o som da música, antes abafado, ganhou vida pelo corredor quando a porta abriu.

À minha frente, o simpático senhor de quem eu me lembrava muito bem. O doutor Bruno Queiroz que anos antes ministrou uma palestra fantástica de Direito Tributário na faculdade, para deleite de alunas e professoras. De fato, estava mais bonito e charmoso. Ele cumprimentou o filho com um afetuoso abraço, antes de se dirigir a mim.

— Seja bem-vinda, Milena. — Agradeci, cumprimentando-o. — Rafael me disse o quanto você era linda, charmosa e especial, mas não fez jus ao que realmente estou vendo aqui.

Encarei Rafael que parecia lívido. Então ele disse ao pai que eu era *linda, charmosa e especial*? Corei, olhando meu sogro sem jeito e ele retribuiu com uma piscadinha.

— Fique à vontade. Esta é Daiane, minha esposa.

— Muito prazer, dona Daiane — disse entregando a sacola da *Lindt*.

— Muito gentil de sua parte, querida. Obrigada.

Certo. Voltei a ficar *muito* nervosa. Não sabia se a recepção do meu sogro havia sido acalorada demais ou de minha sogra, fria.

Senti a mão de Rafael em minha cintura enquanto me conduzia pelo espaçoso lugar. A sala, enorme, era dividida em dois ambientes, e seguimos justamente para o de estar. Acomodei-me no confortável sofá em "L", contemplando a elegante decoração. O piso em mármore Carrara contrastava com as paredes em tons amadeirados e portas escuras, como a maioria dos móveis. Ao centro, uma pequena mesa negra feita em murano como a luminária que Rafael tinha em sua casa.

Conversamos amenidades até uma simpática e corpulenta senhora de meia-idade entrar na sala trazendo deliciosos canapés, enquanto meu sogro abria o vinho, cujo nome e safra não me preocupei em identificar. Ela cumprimentou Rafael com tanto carinho, que meu coração se aqueceu.

— Sua namorada é linda! — Corei mais uma vez, cumprimentando a animada senhora. — Me chamo Beth, mas seu Rafael só me chama de Bebete desde pequeno.

Ele gargalhou, se dirigindo a mim.

— Sabe aquela música do Jorge Ben? — Divertido, se pôs a cantar: — *Bebete vãobora, pois já está na hora*. Eu cantava pra ela quando me levava pra escola, aí o apelido pegou!

Não contive a gargalhada, recordando quando Ed me contou sobre o fato de Rafael adorar apelidar as pessoas.

— Nunca fui muito bom com nomes.

— Eu sei! Você esqueceu o meu também.

Ele balançou a mão.

— Aquele dia não conta! Eu estava nervoso!

Nervoso?

Dona Daiane quis saber como nos conhecemos e Rafael prontamente respondeu, falando sobre o apartamento no Flamengo. Olhei para o lado e Bebete já tinha saído.

— Espere aí, você mora no apartamento?

Ela não sabia? Olhou na direção do marido, que mantinha um sorriso divertido nos lábios.

— *Você* sabia disso? — Ele deu de ombros. — Você contou ao seu pai, mas não a mim? Eu deveria ter tido uma menina!

— Não é nada disso, Daiane, é só conversa entre rapazes.

— Você já não é mais um rapaz — respondeu fingindo estar profundamente chateada, me divertindo.

— Está vendo como sou tratado em minha própria casa, Milena?

Meu sorriso ficou mais largo e aos poucos fui relaxando. No fim das contas, eles me lembravam meus próprios pais. Meu sogro distribuiu as taças e enlaçou dona Daiane pela cintura, no momento em que propôs o brinde.

— Ao amor.

Fiquei emocionada. Após provar da bebida, meu sogro beijou a testa da esposa com carinho e Rafael abriu um largo sorriso, batendo a taça na minha.

— Ao amor.

Senti-me como se estivesse em minha própria casa. De fato, todo o ambiente me pareceu estranhamente familiar, desde a música que tocava ao fundo, Bossa Nova, que certamente seria a escolha de meu pai, à cumplicidade entre eles. Fisicamente falando, Rafael era todo o pai. Sua mãe esbanjava beleza e elegância em seus 65 anos de idade, cabelo e pele bem tratados.

A conversa fluiu durante longo tempo, vários assuntos foram abordados, inclusive o caso do menino João, e receber o reconhecimento por meu trabalho por um jurista tão conceituado e, além de tudo meu sogro, me deixou profundamente orgulhosa.

Bebete anunciou que o jantar estava servido e seguimos para outro ambiente igualmente elegante e aconchegante, e nos sentamos à mesa de seis lugares. O menu requintado, cordeiro ao molho de hortelã, estava maravilhoso.

Durante o jantar me diverti bastante com histórias engraçadas sobre a infância do levado Rafael, a maioria contada por seu pai. Minha sogra, embora parecesse mais receptiva, ainda me analisava. Pelo menos era essa a sensação que eu tinha.

— Sobremesa? — Dona Daiane ofereceu, me deixando surpresa em seguida. — Você me ajuda, Milena?

— Cla-claro — gaguejei.

O apartamento, que ocupava todo o andar, era enorme e bem dividido e a cozinha não era diferente: ultramoderna e equipada, parecia ter saído de um programa famoso de culinária.

— O cordeiro estava ao seu paladar? — Quis saber, ainda que eu tivesse elogiado, mas antes que eu pudesse responder, concluiu: — Rafael me disse que é um dos seus pratos favoritos.

Pisquei.

— Estava realmente delicioso. Não precisava ter se incomodado tanto.

— Não foi incômodo, querida. Cozinhar sempre foi uma das minhas grandes paixões.

— Foi a senhora quem fez? — indaguei surpresa e ela assentiu, pegando uma travessa em inox. Onde estava Bebete?

— Meu filho também revelou que você adora manga.

— Rafael não deveria ter exigido tanto da senhora.

— Ele só respondeu minhas perguntas. — Deu uma piscadinha, despejando açúcar na travessa.

Ah...

— A senhora quer ajuda?

— De jeito nenhum! Quero apenas conversar.

Sorri de forma nervosa e ela continuou, misturando alguns ingredientes.

— Rafael nunca trouxe alguém a esta casa, sequer nos apresentou uma namorada. Quer dizer, o telefone nunca parou de tocar e a cada dia era uma garota diferente, isso, claro, antes da era do celular.

Remexi-me desconfortavelmente na cadeira, não por causa das mulheres que Rafael teve no passado, mas pelo rumo da conversa que eu não sabia exatamente qual seria.

— Sinceramente cheguei a perder as esperanças de que ele fosse encontrar alguém. Na idade dele, eu e o pai já estávamos casados, mas eram outros tempos, não é?

Sorri sem saber ao certo o que responder. Ela continuou, ainda trabalhando em alguma coisa que eu não sabia o que era.

— Quando ele revelou que nos apresentaria alguém especial, notei a mudança em meu filho, e hoje ao conhecer você enxerguei o motivo. — Enxugou as mãos em um pano, aproximando-se de mim.

— Minha preocupação era que *tipo* de mulher ele traria para nossa casa e para sua vida. Agora lhe conhecendo não há mais com o que me preocupar. Vejo que a demora foi proposital, acredito que ele tenha procurado bastante até encontrar você.

Senti minha pulsação acelerada e agindo por impulso, peguei suas mãos.

— Dona Daiane, eu amo o seu filho. De verdade.

Ela abriu um emocionado sorriso.

— Eu sei. Ainda que tenha acabado de lhe conhecer, *eu sei*. Já estive *deste* lado, mocinha, e meu único desejo é que o amor que você sente seja tão forte como o que eu sinto pelo pai dele.

Suspirei profundamente, tentando controlar a emoção. Não havia nada que eu desejasse mais: um amor como o de meus pais, como o de os pais de Rafael: o amor verdadeiro, como não se via há muito tempo.

— Meu maior desejo é que o *nosso* amor seja assim também.

Minha sogra me abraçou apertado e retribuí seu carinho, me sentindo aliviada.

— Precisamos deixar dois pontos bem claros — disse seriamente, me deixando em expectativa. — Nada de dona Daiane, nem de senhora. Estamos entendidas?

— Sim, senhora! — respondi divertida, levando as mãos à boca. — Obrigada, Daiane.

— Agora venha aprender a receita da sua sobremesa favorita.

SESSENTA E QUATRO

Rafael

Saí da casa de meus pais com o profundo sentimento de gratidão. Era impressionante o rumo que minha vida tomou depois que conheci Milena. Nunca imaginei que pudesse ser assim, mas não restava dúvida, ela era a mulher da minha vida, aquela com quem eu me casaria e viveria o restante dos meus dias e ter a benção de meus pais me deixou infinitamente mais feliz.

Minha maior preocupação, na verdade, era com minha mãe, afinal, tudo era novidade para ela, e eu sabia o quanto dona Daiane era exigente. Por outro lado, é impossível não se apaixonar por Milena. Olhei a mulher ao meu lado e toquei sua coxa, enquanto dirigia.

— Estou louco pra tirar esta armadura! — Ela gargalhou.

— Se quiser tiro a calça agora mesmo, doutor Queiroz.

Arqueei a sobrancelha.

— Não me tente, doutora.

— Duvida?

Não. Eu não duvidava nem um pouco! Abri a boca para responder, quando o celular tocou. Eram dez e meia da noite e pisquei ao reconhecer a combinação de números que apareceu no painel à frente.

— César?

Milena franziu o cenho, mostrando-se tão surpresa quanto eu. Atendi a chamada e, nervoso, ele quis saber onde eu estava.

— Estou no carro com...

— Estou desesperado! Alessandra realmente está com um cara e você não sabe quem é! Eu juro que vou matar aquele *filho da puta*!

Engoli em seco, olhando Milena de soslaio. *Caralho, César!* Agora não dava mais para esconder.

— César, estou com a...

— Alexandre Casanova, aquele escrevente engomadinho do caralho! — interrompeu-me bruscamente, totalmente fora de si.

Juro que vi uma interrogação enorme no lugar do lindo rosto de minha namorada.

— Onde você está? — indaguei, preocupado. Sua voz não era nada boa.

— Em frente ao restaurante que aquele merda a levou. Vou entrar lá!

— Você não vai fazer porra nenhuma! Onde é?

— Antiquarius.

Certo. O cara realmente jogava pesado. Acionei a seta para a esquerda e segui em direção à Rua Aristides Espínola, onde ficava o restaurante.

— Estou a cinco minutos daí. Não faça *nada* até eu chegar, está me ouvindo? — Meu amigo bufou. — E fique invisível, porra! A última coisa que você precisa é ser visto! Estou chegando.

Ele desligou e um silêncio desconfortável se instalou no carro. Merda! Eu precisava conversar com minha namorada a respeito.

— Seu amigo está desesperado porque a secretária está tendo um jantar romântico num restaurante da Zona Sul do Rio de Janeiro. O que foi que eu perdi?

— Então é mesmo um jantar romântico? — perguntei de supetão e ela me olhou pasma. *Merda! Merda! Merda!*

— Que eu saiba não há nada no contrato da Alessandra que impeça jantares românticos fora do horário de trabalho.

Suspirei.

— Não há.

Sua expressão inquisitiva não me deixou alternativa, se não começar a falar:

— César está numa sinuca de bico. Está completamente apaixonado por Alessandra.

— O quê? — Piscou várias vezes, pasma. — Mas ele é casado com a Stella!

— Como lhe disse, meu amigo está enrascado. Desculpe mudar nossos planos, meu anjo, mas não posso permitir que ele faça besteira. Nunca o vi assim.

Milena balançou a cabeça, como se analisasse o que ouvia, ainda parecendo incrédula.

— César apaixonado por Alessandra... — disse mais para si mesma e resolvi ficar em silêncio, lhe dando espaço para entender a situação.

Cheguei rapidamente ao local e vi meu amigo na porta, andando de um lado para o outro. Aparentemente seu significado para a palavra "invisível" era totalmente diferente do meu. Franzi o cenho e parei o carro, abrindo a janela.

— Entre. — Ele fez uma careta ao ver Milena no banco da frente. — César, *agora!*

Sem alternativa, abriu a porta traseira e entrou. Acelerei o mais rápido possível, saindo dali imediatamente.

Entrei na sala, depositando chave e carteira na bancada. César disparou para a varanda, enquanto Milena caminhou lentamente.

— Acho que vou para o quarto, talvez ele queira um pouco de privacidade — sussurrou.

— Você ficará aqui. Não há o que esconder e Alessandra é sua amiga.

Caminhei até César, me assustando com o que vi. Estava acabado.

— Que porra foi aquela? — comecei e ele exalou com força, encarando Milena que estava no canto da sala. — Não há mais o que esconder dela, você revelou tudo e eu tentei lhe avisar que não estava sozinho.

— Pouco importa. — Deu de ombros. — Agora nada mais importa.

Milena me olhou de forma nervosa e movimentei a mão, pedindo que deixasse comigo.

— Cara, o que houve? Quer beber alguma coisa?

— Uísque. Dose dupla. Puro.

Porra! Eu pensava se seria boa ideia, quando Milena se dirigiu ao bar para preparar a bebida. Foda-se! Ele estava em casa, afinal. O silêncio se instalou de forma que o único som ouvido era do gelo tilintando no copo e da bebida sendo despejada. Milena trouxe nossas bebidas, a de César, puro como havia solicitado. Fiquei surpreso quando vi que preparou uma dose para ela também.

César nos surpreendeu quando bebeu todo o conteúdo de uma vez e sem cerimônia caminhou até o bar para preparar outra dose. Caminhou ao sofá, suspirando pesadamente, antes de começar a falar.

— Há tempos desconfiava que Alessandra estivesse saindo com alguém. Ainda assim, ontem, finalmente, decidi que falaria com ela e lhe contaria toda a verdade, lhe diria como me sinto; como ela me preenche e me sufoca ao mesmo tempo, em como não consigo tirá-la de dentro de mim.

Meu amigo falou rapidamente, despejando tudo de uma vez. Levou o copo à boca, sorvendo um longo gole da bebida.

— Então arrumei uma desculpa para trabalharmos até tarde. — Olhou Milena por instantes. — Você, o Edu e todos já tinham ido embora. Não era exatamente o que eu imaginava. Conversar com Alessandra na empresa não é, nem de longe, o que ela merece, mas infelizmente minha situação ainda não me permite fazer diferente.

Minha namorada não piscava, atenta a tudo que ouvia.

— Então abri a porta devagar e caminhei até sua mesa, quando a ouvi falando ao telefone. — César apertou o copo com tanta força, que achei que ele pudesse se partir ao meio. — Percebi que era algum filho da puta e fiquei à espreita ouvindo toda conversa, mas a única coisa que descobri é que o babaca passaria às dez horas na casa dela.

— Solicitei um Uber e às nove e meia estava lá. Vi quando um carro luxuoso estacionou meia hora depois e um homem abriu a porta, mas Alessandra surgiu, me distraindo. — Seus lábios se esticaram num sorriso que teve vida curta. — Ela estava linda! Linda pra outro cara.

Bebeu mais um gole, antes de continuar, amargurado.

— Estava escuro e eu estava longe, por isso não consegui saber quem era o canalha que conduziu *minha* garota pra dentro daquele veículo.

Olhei Milena de forma nervosa, afinal, César estava parecendo um louco obcecado, mas ela parecia estranhamente calma, ouvindo toda a história.

— Só consegui identificá-lo quando chegaram ao restaurante e o idiota entregou as chaves ao manobrista. — Sua expressão era de puro desdém. — Você acredita? Aquele engomadinho, filho da puta, mau-caráter que trabalha naquele cartório de merda!

Remexi-me desconfortavelmente no sofá.

— Você não conhece o cara...

— Eu o conheço muito bem! — interrompeu-me grosseiramente. — Ele faz as escrituras da ConstruRio e eu *sei* que não vale porra nenhuma! Esse cara é um ladrão! Só está com a Alessandra por interesse e não é nela!

Fiquei estarrecido com suas acusações.

— Espere um minuto. Você está insinuando que o fato deste cara estar com Alessandra é porque *você* é o advogado da ConstruRio?

— Não estou insinuando, estou *afirmando*. Estou descobrindo os podres daquela empresa e algo muito forte me diz que este escrevente de merda está metido nisso até o pescoço!

Abri a boca, atônito. Ele suspirou parecendo profundamente cansado.

— De qualquer forma, não importa. Alessandra está envolvida por ele e não há nada que eu possa fazer. Saber que esse cara dá em cima dela me dói, mas o que me destrói de verdade é saber que ela *corresponde*.

— O que você queria que ela fizesse, porra? — Meu amigo me encarou assustado e continuei brutal, com o indicador em riste. — *Você* não fez absolutamente nada para impedir isso, César! Alessandra é uma mulher livre e se você a queria deveria ter feito algo a respeito!

Ele abaixou a cabeça, parecendo miserável e me senti um merda por ser tão duro. O problema é que ele precisava deste sacode.

— Você tem razão. Fui covarde, fui um merda... — Balançou a cabeça, perdido. — Mas vou reverter essa história, vou conquistá-la e trazê-la pra mim, torná-la minha de verdade.

— E como pretende fazer isso?

— A primeira coisa que farei será me separar da Stella, independente de qualquer coisa. Não posso ficar com alguém que não amo. Está decidido.

Certo, não era a primeira vez que eu ouvia aquela história e quando fiz menção em dizer alguma coisa, Milena pigarreou, atraindo nossa atenção.

— Desculpe, mas vocês não estão planejando ter um filho?

Tanto eu quanto meu amigo a encaramos como se ela tivesse oito cabeças. Que merda era aquela?

— De onde você tirou isso? — César perguntou incrédulo e ela engoliu em seco.

— Sua esposa.

Ele fechou os olhos com força, soltando um palavrão baixo.

— Que porra é essa? — indaguei perdido.

César nos contou que Stella repentinamente manifestou o desejo de engravidar, nos deixando surpresos. Não era novidade para ninguém que ela sempre repudiou a ideia de ter filhos.

— Quando vocês se encontraram? — perguntou e Milena pareceu desconfortável.

— Na verdade quem nos contou foi Alessandra, que soube naquele dia em que Stella foi ao escritório.

César soltou outro palavrão, desta vez não tão baixo assim.

— Por favor, não a culpe por ter contado essa história pra mim e o Edu.

— Não estou preocupado com isso e sim com o fato dela achar que eu e Stella vamos ter um filho!

Foi quando uma luz se acendeu acima de minha cabeça.

— Espere um minuto. Por que Alessandra contou essa história a vocês?

Durou um segundo, mas juro que vi receio em seu olhar. Sim, minha namorada cambaleou. Ela bebeu um gole da bebida, o que me fez pensar que estava arquitetando uma resposta convincente.

— Que atire a primeira pedra quem nunca fez uma fofoca no ambiente de trabalho.

Certo, doutora. Muito convincente. Olhei-a por instantes e ela deu de ombros.

— Minha vida está uma merda, mas darei um jeito nisso.

A voz de César atraiu minha atenção. Observei o copo vazio em cima da mesinha de centro e a figura acabada do meu amigo com o rosto enterrado nas mãos.

— Por enquanto, preciso ir pra casa esfriar a cabeça. De qualquer forma, a noite de hoje está perdida e preciso me acostumar com o fato de que a esta hora Alessandra estará... — Fechou os olhos com força. — Nos braços de outro cara.

— Por que não dorme aqui?

Ele deu um sorriso que teve vida curta, agradeceu, mas declinou totalmente de minha oferta, acessando o celular para solicitar o Uber.

— Obrigado mais uma vez — pediu e o mandei se foder.

— Sou seu amigo, caralho! — Abracei-o com força. — Fique firme.

— Doutora Milena...

— Seu segredo estará seguro comigo, César.

Ele respirou aliviado, antes de abrir a porta e desaparecer. No mesmo instante, minha namorada se dirigiu a mim com seus olhos felinos.

— Precisamos conversar.

SESSENTA E CINCO

Rafael

Fiquei surpreso quando minha namorada assumiu a posição defensiva e de ataque ao mesmo tempo. Caminhou em minha direção com os braços cruzados à frente do corpo e seu olhar felino, ligeiramente ameaçador.

— Por que não me contou que César era apaixonado pela Alessandra?

Por que eu deveria contar?

— Porque este é um assunto *dele*, não meu.

Ela engoliu em seco, mas não se deixou abater.

— Ainda assim você deveria ter me contado. — Encarei-a perplexo e ela levantou as mãos em defesa. — Ok, não deveria, mas agora *preciso* que me conte *tudo* o que sabe a respeito desta história.

— E por que exatamente devo fazer isso?

Desta vez fui eu quem cruzou os braços à frente do corpo, não gostando nadinha do rumo daquela conversa. Por que diabos *minha* namorada estava tão interessada nas paixões do meu amigo?

— César é seu amigo, mas Alessandra é minha amiga...

— É minha amiga também — cortei-a ríspido.

— Então mais um motivo pra você contar o que sabe. Talvez tenhamos como ajudá-los.

Ajudá-los? Subitamente me senti idiota por desconfiar do interesse repentino de Milena nos assuntos relacionados ao César, algo absurdo e totalmente infantil de minha parte.

Peguei-a pela mão para conduzi-la ao sofá. Sentei-me ao seu lado e comecei a lhe contar toda a história desde a época em que fizemos faculdade. Em como sempre fomos unidos, do nosso plano de montarmos escritório juntos quando nos formássemos e de como isso caiu por terra quando César começou a namorar Stella.

— Naquela época éramos apenas jovens com altos níveis de testosterona e em alguns de nós elas falavam mais alto, como no César, por exemplo. — Milena arqueou a sobrancelha e balancei a cabeça com as lembranças, sendo totalmente projetado para aquela época. — Todo mundo sabia que Stella era intragável, mas de fato era a mais gostosa do campus. Sempre foi. Vai ver seus peitos e sua bunda não eram tão intragáveis assim na época. — Dei de ombros e Milena revirou os olhos.

— O fato é que ela e César engataram um namoro que, ao contrário do que muitos imaginaram, ficou sério. Não foi interesse, na época ninguém imaginava que Stella era tão endinheirada, não ligamos o sobrenome ao seu pai. Mas quando se casaram, César herdou uma boa grana.

— O escritório, por exemplo. Sei que pertencia ao doutor Ângelo e deixou de ser Barbosa Advogados para se tornar Monteiros Advogados.

Remexi-me desconfortável no sofá, informando que embora o escritório tivesse o sobrenome do César, não era dele e sim da Stella.

— Dá no mesmo, não é?

— Daria se não fossem casados pelo regime da completa separação de bens. — O queixo dela caiu. — Eles também fizeram um contrato pré-nupcial em cartório que, dentre outras coisas, deixa César com uma das mãos na frente e a outra no rabo! — concluí irritado, afinal, não era justo que meu amigo ressuscitasse aquele escritório e saísse pela porta dos fundos.

— Mas por que o César... — Milena não terminou a pergunta e não me dei o trabalho de responder, afinal, também não conseguia entender por que meu amigo fez uma coisa daquela.

O problema não era o regime escolhido para o casamento, mas o fato de todos os louros da vitória ficarem com Stella, que não faz porra nenhuma a não ser compras fúteis e cirurgias plásticas.

— César é apaixonado por Alessandra desde a época em que ela começou a trabalhar no escritório.

— Você está brincando?

— Não estou. E gostaria de entender o súbito interesse de minha namorada nessa história toda.

Milena me analisou, antes de se levantar e caminhar até a varanda. Levou o indicador à boca, andando de um lado para o outro, como sempre fazia quando precisava colocar as ideias em ordem. Subitamente virou-se para mim e suas palavras me atingiram como um morteiro.

— Alessandra é completamente apaixonada pelo César. Desde sempre.

Puta que pariu! Eu devo ter ficado alguns minutos com a boca aberta, processando o que tinha ouvido. Quer dizer que meu amigo era correspondido durante todo esse tempo? Finalmente, saí do meu estado letárgico e franzi o cenho.

— O que há de errado com essas pessoas que não se comunicam, porra?!

— Você vai me prometer que não contará absolutamente nada sobre isso ao César — disse enfática, com o indicador em riste.

Ela estava de sacanagem? Nossos amigos tinham um problema e nós a solução. Era muito simples: só colocar um de frente para o outro e *voilà*!

— Não é tão simples assim. César é *casado* e não é justo que minha amiga seja a outra na vida do único homem a quem amou! Ela merece ser *a única*!

Merda. Ela tinha razão.

— Alessandra realmente ama o César, mas resolveu dar uma chance ao Alexandre. — Pisquei e ela revirou os olhos. — O Casanova, do cartório.

— Ah...

Já disse que sou ruim com nomes. Milena continuou, me dizendo que não acreditava que ele fosse mau-caráter como César havia pintado, que isso estava mais para uma crise de ciúme, pura dor de cotovelo. Fui obrigado a considerar.

— Alexandre sempre foi muito educado e nunca ultrapassou qualquer linha com ela. Há tempos que a vem sondando, mas sempre com respeito.

— Mas se ela ama o César, por que aceitou sair com ele?

Foi uma pergunta idiota, eu sei, mas não pude deixar de fazer.

— Segundo ela, porque precisa recuperar os dois anos que perdeu em sua vida, apaixonada por um homem que nunca a olhou como mulher de verdade.

Foi como se eu levasse um soco na boca do estômago. Passei a mão pelo cabelo, nervoso. Alessandra me ajudou com Milena e eu sentia que precisava retribuir. Não por obrigação, mas por gratidão. Não era só o meu amigo que eu queria ajudar.

— Por enquanto não falaremos nada, nem com ele, nem com ela; não enquanto César estiver casado.

— Enquanto isso Alessandra vai se envolvendo com... como é mesmo o nome do engomadinho? — Revirou os olhos mais uma vez, me dizendo o nome completo do indivíduo. — Casanova, certo. Acho perigoso.

— Quanto a isso, deixe comigo. Por enquanto você cuida do seu amigo.

Suspirei, olhando divertido para ela.

— Que missão, hein!

Minha namorada caminhou em minha direção e seu olhar quente me fez entender que o rumo da conversa seria diferente.

— Por enquanto, tenho outra missão pra você — disse sedutora, colocando minha mão em seu sexo.

— Primeiro precisamos nos livrar desta armadura, doutora.

Milena mordeu o lábio enquanto abria o botão da calça jeans.

— Como dizem por aí, doutor, missão dada é missão cumprida.

SESSENTA E SEIS

Rafael

Lenta e tortuosamente Milena abriu o botão da calça com seu olhar felino me queimando. O tecido escorregou sem dificuldade por suas belas pernas, revelando a pequena calcinha preta rendada. Antes que eu pudesse ter qualquer tipo de reação, seu dedo macio tocou minha pele na altura do botão aberto da camisa, me jogando no sofá.

Caí de qualquer jeito, divertido e excitado ao mesmo tempo; hipnotizado por seu jeito sedutor de tirar a blusa. Gemi ao ver o sutiã sem alça combinando perfeitamente com o pequeno pedaço de pano que cobria seu delicioso sexo que eu ansiava por ter em minha boca.

Ela se ajoelhou na minha frente fazendo com que seu cabelo se movesse com o gesto. Linda! Estupidamente linda! Agarrou meu pau já duro, por cima do tecido.

— Sempre preparado, não é, doutor?

— Sempre pronto pra você — respondi com voz rouca e ela gemeu, abrindo o cinto com urgência.

Dei um pequeno impulso para ajudá-la a tirar o jeans de meu corpo e quando fiz menção em tirar a camisa, ela tocou meu braço, apertando-o sutilmente.

— Pra que tanta pressa?

Abri um largo sorriso, levantando as mãos, me dando por vencido. Eu era todo dela, enfim.

Milena esticou a mão para pegar o controle e ligou o som. O gingado dos instrumentos, seguido pela voz de Djavan cantando "Eu te devoro" ecoou pela sala. Arqueei a sobrancelha.

— Sugestivo, doutora.

— Seu som, não meu.

Sua resposta me fez gargalhar.

Teus sinais me confundem da cabeça aos pés,
mas por dentro eu te devoro.

Ao som de Djavan, Milena se livrou do que restava de sua roupa: o pequeno sutiã e o minúsculo tecido que cobria seu sexo. Grudou seu corpo no meu, aproximando-se de minha boca enquanto abria os botões da camisa.

— Mesmo assim eu te devoro... — sussurrou em meu ouvido, acompanhando a canção, fazendo com que os pelos do meu corpo se eriçassem e meu pau doesse em resposta.

Com a camisa aberta, espalmou a mão macia em meu tórax, deixando que os bicos de seus peitos tocassem minha pele. *Garota, pare com isso!* Pensei. Ela estava sexy pra caralho! E eu louco!

É um milagre
tudo que Deus criou pensando em você
fez a Via-Láctea, fez os dinossauros
sem pensar em nada fez a minha vida
e te deu

— Te deu, Milena. Minha vida é sua, sou todo seu — despejei. Eu estava vendido, entregue, totalmente à mercê daquela mulher.

Ela abriu um largo sorriso e como se me quisesse "recompensar", roçou o corpo no meu e sua língua me invadiu urgente e insana. Feroz. Segurei seu rosto em minhas mãos, apertando-a, reivindicando-a. Gemi em sua boca, trocando de posição e me deitando por cima dela. Sem nenhum pudor, esfreguei meu pau em seu sexo fazendo questão de ser rude. Ela gostou.

Essa é minha garota! Pensei.

Ela me tocou por cima do tecido da *boxer* e se aproveitando do meu momento de vulnerabilidade, voltou a tomar as rédeas da situação. Girou-me, ficando por cima, ajoelhada. Como uma vingança pra lá de deliciosa, roçou seu sexo em mim, fazendo com que meu pau latejasse cada vez mais.

Te devoraria a qualquer preço

Levou o indicador à boca simulando um boquete antes de contornar meu lábio e descer por meu corpo. Senti sua unha bem feita arranhando minha pele, queimando-a, até chegar ao cós da cueca. Sem nenhuma elegância, puxou o tecido libertando minha ereção e seu sorriso sacana me fez acreditar que, como sempre, gostou do que viu.

Com um movimento rápido, pegou um pequeno frasco na mesinha de centro. O que era aquilo? Quando o pegou e o pôs ali? Perante minha surpresa, arqueou a sobrancelha, divertida.

— Relaxe, doutor Queiroz — disse, abrindo o frasco e despejando o conteúdo na palma na mão. — Ou melhor, *não* relaxe.

Senti suas mãos quentes no meu pau, massageando-o com o que pareceu ser algum tipo de óleo. O cheiro era gostoso e a sensação altamente afrodisíaca. Fechei os olhos, tentando controlar a excitação que, àquela altura, estava a mil.

Ela o massageou por toda a extensão, da base à cabeça, aí, inclusive, fazendo movimentos circulares que me deixaram em maus lençóis. Minhas bolas também foram tratadas com carinho e... porra! Aquilo era bom demais!

— Acho que o doutor está relaxando e isso não é nada bom. — Ouvi sua voz e gemi. — Eu o quero bem desperto!

— Não estou relaxando, estou me controlando. Você está me... ah, porra! Você está me matando aqui!

Abri os olhos e ela me devolveu um sorriso diabolicamente sedutor, espalmando as mãos por meu tórax. Senti seu sexo no meu pau quando ela começou a esfregar a boceta. Lentamente.

Eu quero mesmo é viver pra esperar
esperar devorar você.

— Eu quero te devorar inteira! — arfei e ela intensificou os movimentos. — Ah... isso é tortura!

— Nem comecei.

Porra!

Com um sorriso sedutor, levou as mãos ao pescoço tirando o colar de pérolas que usava. *É agora!* Pensei, acreditando que se livraria da peça antes de montar em mim e começar a cavalgar. Mas não. Milena enrolou o grande colar nas mãos, como fazíamos com a antiga brincadeira "cama de gato". De uma à outra, enrolava o colar nas mãos, sem nenhuma pressa, como se estivesse se divertindo. E de fato estava.

— Você sabia que 3500 anos antes de Cristo a pérola era sinônimo de pureza e charme femininos?

— É mesmo? — respondi zombeteiro, tentando entender a brincadeira.

— Há vários mitos envolvendo as pérolas. — Movimentou o grande colar entre as mãos. — Um deles conta que o deus hindu Krishna foi um dos primeiros a descobri-las e presenteou a filha no dia de seu casamento.

— Hum... — gemi quando ela sutilmente esfregou seu sexo em mim mais uma vez.

— Gosto mais deste. Não acredito que as pérolas sejam sinônimo de pureza. Em minha opinião, o mito do deus Krishna faz mais sentido, afinal, casamento está intimamente ligado à lua de mel, que está intimamente ligada ao que vamos fazer agora. Não acha, doutor?

No momento em que fez a pergunta, Milena aumentou a pressão em meu pau, quase me fazendo gozar.

— Acho! — arfei.

— Além disso, Cleópatra também fazia uso das pérolas, sabia?

— Não, não sabia... — gaguejei. A pressão que fazia era cada vez maior e se ela continuasse assim eu não duraria muito tempo.

— Há registros históricos de como Cleópatra fez uso das pérolas, mas eu tenho minha própria teoria. — Debruçou-se sobre mim, encostando a boca na minha. — O doutor gostaria de ouvir?

— Claro... — Minha garganta estava seca. Puta merda, ela estava sexy pra caralho!

Milena deu um sorriso sacana, roçando a unha na minha barba cerrada.

— Há coisas que são melhores quando mostradas, doutor Queiroz.

Dito isso, voltou à posição inicial, roçando meu pau mais uma vez, enquanto deixava o colar cair de suas mãos.

— Acredito que tenha sido mais ou menos assim...

Totalmente estupefato, vi quando ela deliberadamente envolveu meu pau com o colar, fazendo várias camadas, da base à ponta. Com as mãos, começou a movimentá-lo para cima e para baixo e... puta que pariu! Que sensação foi aquela?

— Milena...

— Shh, não vamos desrespeitar a tradição da rainha do Egito!

— Ah...

Seus movimentos ficaram mais intensos.

— Você gosta assim? — indagou apertando meu pau sutilmente, enquanto movimentava o colar para cima e para baixo.

— Se continuar deste jeito eu vou gozar e não quero fazer isso antes de você.

— Eu sei exatamente *quando* você vai gozar.

Caralho!

Perdi a noção do tempo.

Não sei dizer ao certo o quanto durou aquela "tortura". De fato, quando eu estava prestes a perder os sentidos, ela parava e de alguma forma me acalmava, para então voltar a me acender novamente. Foi impressionante o que senti, o prazer que ela me proporcionou e quando realmente achei que "jogaria a toalha", como se diz por aí, ela parou de vez.

Abri os olhos e a vi muito próxima, seu olhar felino cravado no meu e numa ânsia puramente animal, parti pra cima dela. Girei seu corpo, mantendo-a por baixo, mas ao invés de ficar por cima, saí do sofá.

De pé e de forma rude, virei-a de joelhos e abri suas pernas sem nenhuma delicadeza. Enrolei seu cabelo em minha mão, puxando-a pra mim, rosnando em sua orelha.

— Reza a lenda que sua amiga Cleópatra não gostava de homens bonzinhos, doutora.

Enterrei-me nela com força e ela gritou.

— Isso, geme! Você me deixou fodido, sabia? — Penetrei mais forte, puxando mais seu cabelo. — Grite, porra! Eu quero que todo mundo ouça como você é fodida pelo seu homem!

Meti uma, duas, três... dez vezes, insano! Era impressionante o desejo que eu sentia por aquela mulher!

Saí de dentro dela, pegando-a no colo, mantendo-a de frente pra mim. Milena enlaçou as pernas em minha cintura e caminhei em direção à varanda. Grudei minha boca na sua.

— Será que tem alguém acordado a essa hora, doutora?

— Ah...

Meti com força. De novo. E mais uma vez. Milena cravou as unhas em minhas costas, arranhando minha pele. Soltei um grito abafado em seu ouvido quando senti seus dentes em minha carne.

Sem nenhuma sutileza, joguei seu corpo contra a parede, perto do jardim de inverno. Ela se apoiou na bancada onde ficava a pequena fonte de Buda, cuja água seria o único barulho a ser ouvido, não fossem nossos gemidos.

Apertei sua bunda e levei seu mamilo à boca, sugando-o com vontade, mordendo o bico, enquanto, aos poucos a fazia perder os sentidos.

— Você quer gozar, não é?

Em meu íntimo, torci para estar certo, pois sabia que por mais que controlasse, não conseguiria me segurar mais. Minha mão continuava em sua bunda e, com cuidado, introduzi o dedo médio naquele lugar tão delicado e ainda intocado, fazendo-a gemer e implorar para que eu a fodesse mais rápido. Obedeci.

— Me beije, Rafael, por favor, me beije — pediu desesperada.

Imprensei-a na parede, enquanto meu dedo a penetrava mais fundo por trás. Projetei o corpo pra frente, me enterrando totalmente nela no momento em que mordi seu lábio e reivindiquei sua boca com paixão. Como eu amava aquela mulher! Mais que tudo na vida!

Milena gemeu e senti meu pau ser apertado quando se perdeu em mim, no momento em que derramei todo o meu prazer dentro dela, enlouquecido, sentindo suas unhas cravadas em minha pele.

— Tome a sua porra, doutora!

Caralho! Caralho! Eu não conseguia deixar de pensar, ouvindo o barulho da água na fonte e nossas respirações entrecortadas. Ainda com ela em meu colo, acariciei seu rosto, beijando-lhe a boca.

— Há algum outro tipo de joia que a doutora queira me mostrar? — perguntei sacana e ela gargalhou.

— Sempre posso improvisar.

— Tenho certeza disso.

Saí de dentro dela e a coloquei no chão com cuidado. Mais uma vez acariciei sua pele, olhando-a intensamente.

— Você não tem noção do quanto eu te amo, não é? — indaguei perplexo com a intensidade de meus próprios sentimentos.

Milena me acariciou com paixão. Tocou minhas bochechas, olhos, contornou as sobrancelhas, a testa, o nariz, queixo e finalmente meus lábios. Encarou-me com seu mar esverdeado e percebi o quanto estava emocionada.

— Eu o *sinto* em cada gesto seu, em cada palavra. — Acariciou meu cabelo, despenteando-o com seu jeito único de ser, me olhando intensamente. — Eu amo você, Rafael. Muito.

Senti meu coração acelerado como se pudesse saltar do peito.

— Está ouvindo?

Antes que pudesse responder, pus sua mão em meu peito, na altura do coração, e ela me apertou sutilmente. Gemi. Parecia que tinha ligado um interruptor em mim mais uma vez. Distribuiu beijos por minha pele, mordendo-a. Segurei seu cabelo, forçando seu rosto para cima e invadi sua boca com paixão.

Não, nós nunca nos fartaríamos. Aquela noite estava muito longe de terminar.

SESSENTA E SETE

Milena

Cheguei à sala e encontrei Edu cheiroso e lindo numa camisa roxa e calça preta.

— Isso não vai destruir seus pés? — Apontei para o elegante par de sapatos negros e ele enrubesceu, me revelando que eram legítimos *Dolce & Gabbana*.

— Presente de formatura do Léo. — Deu de ombros e assobiei, querendo saber como estavam as coisas entre eles.

— Ele continua com a Elga e comigo. Eu sei dela, mas ela não sabe sobre mim. Fim da história.

Não havia amargura em sua voz, ainda assim, fiquei em dúvida se realmente era feliz naquela situação. Sua história fez com que eu me lembrasse de nossa própria amiga, e vi o quanto *eu* era abençoada por não precisar dividir o homem que amava com ninguém.

Balancei a cabeça, deixando o assunto de lado, afinal, aquele era um dia especial, o dia pelo qual Edu tanto almejou: o da festa de sua formatura. A colação de grau foi durante a semana, mas seria naquele sábado que, conforme suas palavras, "se esbaldaria".

Ed interfonou para avisar que Alessandra estava lá, no momento em que recebi mensagem de Rafael avisando que chegaria em cinco minutos. Seria o tempo de descer e falar com ela.

— Uau! Não sei quem está mais fodástico!

— Você! — respondi olhando seu lindo vestido longo vermelho, transpassado e ligeiramente rodado.

— Aposto que tem um superdecote de puta atrás! — Edu mandou, pegando sua mão e girando-a num círculo completo. — Rá! Não falei?

Gargalhei.

— Vocês estão lindos!

Nossa amiga disse de forma sincera e lhe devolvi um sorriso satisfeito. Realmente a escolha do longo em seda prata, com a echarpe transpassada foi acertada. Ela me abraçou com carinho, antes de dar um selinho em Edu.

— Você acredita que o doutor César aparecerá? — Edu perguntou no momento em que a Evoque encostou.

— Sábado à noite? Não seja ingênuo!

Rafael surgiu lindamente vestido em uma camisa preta e calça jeans escura. Seu perfume exalou pelo ar, me deixando ligeiramente tonta. Enlaçou-me pela cintura e me beijou.

— Se torcermos este casal sairão orgasmos daí.

— Edu! — Tossi.

Rafael gargalhou e lhe desejou parabéns, aproveitando para cumprimentar Alessandra. Depois, entramos em nossos respectivos carros, eu com Rafael e Edu com ela, para irmos embora.

A situação de César e Alessandra era complicada. Meu plano com Rafael de não contarmos nada a eles vingou, mas de alguma forma eles acabaram juntos. Ao que parece, César não aguentou as investidas de Casanova e acabou se declarando, engatando, então, uma espécie de caso secreto. O problema era que ele ainda não tinha se divorciado de Stella e Casanova parecia obstinado a conquistar minha amiga. Que confusão!

— Você acha que César vai aparecer na festa?

Rafael deu um sorriso brincalhão.

— Não sei, mas fiz questão de dizer que o Casanova foi convidado. — Abri a boca, chocada com seu cinismo. Ele deu de ombros. — Ele que resolva suas prioridades!

Preciso dizer que adorei?

— Deixarei meu telefone com você, não cabe nesta microbolsa — informei levantando a *clutch* prata.

— E o que cabe nesta microbolsa?

Molhei os lábios.

— Minha microcalcinha.

— Doutora... doutora...

Em virtude do trânsito que pegamos no caminho, especificamente no bairro de Botafogo, nosso trajeto até a Mansão Carioca, que fica no Alto da Boa Vista, durou pouco mais de uma hora. Quando chegamos o local já bombava e a festa rolava solta.

— Pensei que não fosse vir! — Léo surgiu, abraçando Edu sem se importar com o fato de estarem em local público.

— Pegamos um engarrafamento terrível.

— Noite de sábado. — Deu de ombros, cumprimentando a todos nós.

— Edu, finalmente! — um colega de turma gritou assim que o viu. — Sinto muito, senhores, mas vamos roubá-lo um pouquinho de vocês.

A única coisa que nosso amigo teve tempo foi de enlaçar Léo pelo braço antes de ser literalmente arrastado para o meio da multidão.

— Divirtam-se! — Ouvimos dizer antes de desaparecer.

Dei uma boa olhada em volta. O lugar era enorme e aconchegante, com vários ambientes, cuja decoração era ornamentada em branco e roxo. Ao fundo havia uma pista de dança e um mural enorme com fotos dos formandos nas mais diversas e engraçadas situações. Eu, Rafael e Alê nos divertirmos com muitas delas, inclusive uma em que nosso amigo segurava um grande consolo no maior estilo "Edu". Na imagem, a legenda: "Freud e a fase fálica".

— Imaginem se essa criatura fosse para o consultório! — Alê comentou divertida, abrindo a boca em seguida, pálida, como se tivesse visto um fantasma.

— Boa noite.

Ainda que a música estivesse alta, reconheci a voz de César e olhei Rafael de soslaio.

— Você veio! — Constatou descarado e César pigarreou.

— Este é um momento importante para o Edu, não perderia por nada. Onde ele está?

Rafael deu de ombros.

— Estava aqui agorinha mesmo com o Casanova, mas foram pra lá. — Apontou à frente e Alessandra piscou.

Puta merda, Rafael! O que está fazendo? Pensei.

— Casanova está aqui? — César rosnou.

— Veio com Alessandra, ou melhor, Alessandra veio com ele — Rafael respondeu insolente e César a fuzilou com o olhar.

— Não sabia que viria acompanhada.

— Qual é o problema, meu amigo? Alessandra é uma mulher livre, não é? — César encarou Rafael por instantes antes de apertar os olhos. Céus! Aquilo não estava indo bem.

Alessandra me olhou pasma e sutilmente levantei os ombros. César tocou seu cotovelo no momento em que a música romântica começou a tocar. Já?

— Vai me tirar pra dançar, César? — Alessandra indagou arqueando a sobrancelha.

— Por que, não?

— Você é louco? — perguntei assim que saíram e Rafael deu de ombros.

— Funcionou, não foi? Além do mais, Alessandra é esperta e vai se sair bem dessa.

Balancei a cabeça, divertida.

— E você, doutor? Não vai me tirar pra dançar?

Rafael passou a língua nos lábios, prendendo-a entre os dentes.

— Eu vou é tirar a sua roupa! Embora você esteja linda neste vestido. — Puxou-me, colando meu corpo no seu. — Será que encontramos alguma salinha escondida por aqui?

Hum... Senti uma comichão com sua proposta deliciosamente indecente.

— Digamos que meu namorado seja mestre em encontrar salas secretas.

— E digamos que minha namorada seja mestra em saber usá-las direitinho.

Caminhamos para a pista de dança e em algum momento Léo, Edu e seus colegas de turma se juntaram a nós formando um grande e animado grupo. A música mudou para uma batida no estilo anos 80 e entre muitas doses de *Prosecco* e boa música, a noite seguiu animada.

Fiquei surpresa quando César se dirigiu a Rafael, puxando-o pelo braço.

— Você é um filho da puta! Casanova não está aqui!

Rafael gargalhou, mas César ainda o olhava com cara de poucos amigos.

— Qual é, César! Resolve tua vida, cara! Te falo como amigo. *Por acaso* Casanova não está aqui, porque Edu torce por *você*, não por ele. — César engoliu em seco. — Você ama essa mulher! Dê a chance de serem felizes, porra!

César me olhou por instantes, depois de volta para o amigo, antes de lhe dar um forte abraço e voltar à pista de dança.

— O que há com ele? — indaguei e Rafael fez uma careta, informando que Stella não queria assinar o divórcio.

Meu queixo caiu. Então ele tinha, finalmente, entrado com o pedido? Céus!

— Soube hoje de manhã. A situação está confusa e ele quer proteger a Alessandra. Ninguém sabe sobre o caso deles e César quer manter as coisas desta forma, não quer que ela fique exposta.

Avaliei. Realmente era o melhor a ser feito.

A pista fervia ao melhor som dos anos 80: Paralamas do Sucesso, Capital Inicial, Legião Urbana, RPM, Cazuza. A multidão gritava, animada.

A tua piscina está cheia de ratos
tuas ideias não correspondem aos fatos
o tempo não para!

Estava ficando impossível manter a elegância com todo aquele suor. Àquela altura, os botões de cima da camisa de Rafael estavam abertos, e algumas formandas já tinham abandonado seus sapatos. Dançamos tanto, nos divertirmos tanto, que não vimos a hora passar.

A melodia ficou suave e a voz grave de Cazuza cantou mais uma vez.

Pra que mentir, fingir que perdoou?
Tentar ficar amigos sem rancor?
A emoção acabou
que coincidência é o amor
a nossa música nunca mais tocou.

Rafael me enlaçou pela cintura, sussurrando em meu ouvido:

— Codinome Beija-Flor. Bela música, mas não combina com a gente.

Gargalhei.

— Há muitas músicas que não combinam com a gente.

— Gosto mais das que combinam — sussurrou sedutor.

Apoiei a cabeça em seu peito, sentindo os efeitos do álcool e me deixando embalar pela melodia deliciosa. Ainda estava em seus braços, quando Alessandra surgiu feito um furacão. Seu rosto estava vermelho, seus olhos, raivosos como se tivessem se debulhado em lágrimas.

— Estou indo embora.

Rapidamente fiquei em alerta, tentando acalmá-la e entender o que acontecia. César surgiu no salão, girando o corpo por todos os lados como se procurasse por alguém. Imediatamente as peças se encaixaram em minha mente e olhei Rafael de forma inquisitiva.

— Eu só preciso sair daqui — minha amiga sussurrou, atraindo minha atenção mais uma vez.

— Alessandra! — A voz de César ecoou e ela apertou os olhos.

Aproximou-se, tocando seus ombros, chamando seu nome mais uma vez.

— Não me toque — suplicou e pisquei várias vezes. — Eu só quero ir embora.

Eu não sabia o que estava acontecendo, mas entendi perfeitamente que *precisava* tirar minha amiga dali o mais rápido possível. Encarei Rafael, que pareceu ter a mesma sensação que eu, tamanho nervosismo em que ela se encontrava.

— Anjo, leve Alessandra pra casa — pediu, ignorando solenemente que eu havia bebido. Eu mesma não me dei conta na hora. — Não se preocupem, avisaremos o Edu que vocês foram embora.

Rafael tocou o ombro de César, que tentou revidar.

— Na verdade, eu e Alessandra precisamos...

— O que você e Alessandra precisam neste momento é de tempo e é isso que terão — interrompeu-o, afastando-o dali, no momento em que fiz o mesmo com Alê.

— Vou te tirar daqui — tentei acalmá-la.

— Ligue assim que chegar — Rafael pediu, devolvendo meu celular e me dando um beijo casto.

Alessandra seguiu a passos largos e decididos à saída. Sua urgência em sair dali era visível, como se o ambiente pegasse fogo. Se eu não a acompanhasse a perderia de vista, o que seria péssimo.

Escondi o celular de qualquer jeito entre os seios e seguimos para o estacionamento. Peguei dois copos d'água na bandeja de um garçom que cruzou nosso caminho. Bebi um de golada e entreguei o outro a ela.

— Não quero água!

— Não estou lhe oferecendo. — Foi minha resposta e imediatamente entendeu que deveria bebê-la. — No caminho você me explica que merda é essa.

Ela me entregou a chave de seu carro e rapidamente saí dali. Logo estava na estrada do Alto da Boa Vista.

— Desembucha! — cuspi nada agradável.

Minha amiga exalou com força, antes de começar a falar. Disse o quanto estava cansada de ser "a outra" e que rompeu de vez com César. Meu queixo caiu. Logo agora que ele pediu o divórcio? Abri a boca para falar, mas ela foi mais rápida.

— Cansei! No fundo sempre serei a outra. A verdade é que não importa onde estejamos, fazendo o quê, se a vaca o chamar ele atenderá. Eu nunca, *nunca* serei prioridade em sua vida, sabe por quê? Por que quem é a segunda, nunca será prioridade na vida de ninguém!

— Não é bem assim, ele não te...

— Chega! — gritou tão descontrolada que fui obrigada a olhar em sua direção. — Todos me dando falsas esperanças, mas não quero mais me iludir! *Eu* abri mão de ter um relacionamento com um homem solteiro que talvez me levasse a sério, por causa do César. E aí? Eu sou a outra, Milena! A *outra*! Sou obrigada a dividir o homem que amo com outra mulher! Você pode imaginar o que é isso?

Engoli em seco no momento em que seu telefone tocou. Ao ver o nome dele no visor, deliberadamente encerrou a chamada, desligando o aparelho.

— Com quem passarei o Natal? O Ano Novo? Ou meu aniversário? Você acha que ele estará com quem no dia dos namorados? Não podemos ir juntos ao cinema ou à praia! Que porra de vida é essa?

Apertei os lábios formando uma linha fina e retesada. O que poderia lhe dizer? E se César desistisse do divórcio? Às vezes ele parecia tão inconstante! Olhei-a de soslaio. Estava totalmente descontrolada e quando fiz menção de dizer alguma coisa, ouvimos um barulho ensurdecedor de uma freada abrupta, fazendo com que eu parasse imediatamente "cantando pneu". Tudo aconteceu rápido demais.

Três homens fortemente armados cercaram o veículo, nos rendendo. Por um momento parei de respirar e, por instinto, levantei os braços. Alê fez o mesmo, oferecendo o celular que estava em sua mão, fazendo com que eu me lembrasse do meu escondido no vestido. Os homens avançaram tentando abrir o carro, gritando do lado de fora para que eu destravasse a porta.

Congelei ao ver a quantidade de armas apontadas para nós e os homens berrando freneticamente em pleno Alto da Boa Vista, àquela hora da madrugada. Foi aterrorizante! Sempre vi a violência da minha cidade nos telejornais: assaltos, sequestros relâmpagos, assassinatos. Eu mesma era advogada criminalista, mas jamais pensei que pudesse acontecer justamente *comigo*.

Eu ainda estava estática quando o barulho da porta sendo destravada me trouxe de volta à realidade. Ao que tudo indica, Alessandra conseguiu ter algum tipo de reação. Senti alguém puxar meu braço e imediatamente fui lançada para o banco de trás, minha amiga caiu logo em seguida e entre nós, um homem completamente asqueroso.

— Por favor, levem o que quiser...

Alê tentou dizer, mas sua voz foi silenciada e um capuz negro envolveu seu rosto. Imediatamente, tudo ficou escuro para mim também, não antes de eu sentir algo pegajoso ser grudado em minha boca: uma fita que me silenciou completamente.

Eu estava em estado de choque e o pânico me invadiu quando finalmente entendi o que estava acontecendo: estávamos sendo sequestradas.

Algo áspero envolveu minhas mãos. O aperto foi firme, o nó, bem amarrado.

— Quietinha se quiser ficar viva — a voz assustadora sussurrou em meu ouvido quando o cano duro da arma tocou minha bochecha. Eu estava encapuzada, mas reconheci bem aquele objeto.

Movimentei a cabeça freneticamente, tentando dizer alguma coisa, mas o homem urrou.

— Cala a porra da boca, se não acabo com tua raça aqui mermo, sua piranha!

Eu vou morrer! Pensei.

Desesperada, Alessandra também tentou falar e a gritaria tomou conta daquele ambiente inóspito. Vozes horrendas diziam que iríamos morrer, caso não ficássemos quietas. Queria lhes dizer que poderiam levar o que quisessem: dinheiro, celular, joias, documentos e o carro, mas que nos deixassem ilesas. Contudo, o pavor surgiu mais uma vez quando o seguinte pensamento me invadiu: de que éramos *nós* o objeto desejado, não nossos bens materiais.

Embora estivesse tudo escuro, fechei os olhos com força, não controlando as lágrimas desesperadas. Pensei em Rafael, no quanto deveria tê-lo beijado e abraçado antes de ir embora; em Edu e na despedida que ficou como "recado"; no telefonema de meus pais que não retornei. Pensei em Alessandra e na discussão que teve com o único homem a quem amou e que talvez se tornasse livre para ficar com ela. Pessoas tão queridas e amadas, que provavelmente não veríamos nunca mais.

Queria de alguma forma tocá-la, confortá-la, embora fosse incapaz de fazer isso comigo mesma. Era impossível nos mexermos, estávamos amarradas, amordaçadas e encapuzadas. Além disso, havia um homem entre nós e naquele momento me perguntei o quão cruel poderia ser. Desespero foi o que senti. Tive certeza de que a qualquer momento levaria um tiro ou coisa pior.

Eu precisava tentar controlar o medo, mas para isso, precisava frear minha mente insana dos pensamentos diabólicos que produzia. O problema era *como* fazer aquilo. Os homens não paravam de gritar e pela gíria e a forma de falar, desconfiei serem bandidos do tráfico. Meu medo aumentava cada vez mais, porém, unindo forças que não sei de onde vieram, concentrei-me em ouvir e tentar identificar qualquer coisa que pudesse me ajudar a nos tirar daquela situação maldita.

— Tu é um mané! Acho que foge até de uma barata!

— Não fode, rapá! Vai ficar na vacilação?

— Deixe o cara! Hoje Dente de Leite vai provar que é bom.

Risos, gargalhadas, e o funk tocando no rádio. Senti quando o carro dobrou à esquerda, mas não tinha a menor ideia para onde estávamos indo.

— Tu é sortudo do caralho! Vê o treinamento que tu tá fazeno, rapá! Zé Trabuco? Não é pra qualquer um não, tá ligado?

Zé Trabuco? Deus nos ajude!

— Vou ligar pra Lectér de novo, deu fora de área aquela merda!

— Já é!

— Que porra de nome é esse?

— Eu sei lá que merda é essa! Falaram que é de um cara que come gente.

Meu Deus!

Quem fosse o ser que estivesse falando naquele momento, não conseguiu contato com o tal Lecter, cujo apelido provavelmente se referia a *Hannibal Lecter*, o maior canibal de todos os tempos.

Não sei precisar por quanto tempo rodamos, mas para mim pareceu uma eternidade. Durante o percurso, consegui identificar quem fazias as ligações: Zé Trabuco, que pareceu ser "o chefe". Ele tentou contatar o tal Lecter (chamando-o de Lectér) mais duas vezes, sem sucesso, o que me fez constatar que havia um *Big Boss* na história.

Eram bandidos do Morro do Alemão e o tal Dente de Leite, como o próprio nome sugeria, era novato na missão. De fato, o outro, cujo codinome era "Coringa", fazia um inferno na vida do calouro, honrando seu apelido à altura. O cara era um verdadeiro psicopata!

— Tá chamano! — Ouvi Zé Trabuco. — Lectér, a parada é a seguinte: o serviço era uma encomenda só, aqui tem duas, tá ligado? Duas é mais caro!

Tremi. Encomenda?

— Num sei, tem duas aqui: uma loira e uma morena. Duas é mais caro... sei... qual? Mas isso é serviço extra, tá me entendendo? Tudo tem seu preço, nois pode conversar.

Que papo era aquele?

— Cinquenta por cento a mais no total ou *nois* abandona a carga no meio da estrada, tá ligado? É pegar ou largar.

— E *nois* ainda ficamo com o carro e os pertence porque *nois* não é burro! — Coringa falou baixo e aos risos. Meu sangue gelou quando sussurrou em meu ouvido: — E ainda nos divertimo um pouquinho, né, dona?

Senti a mão na minha perna, por dentro do vestido. *Deus me ajude!* Eu queria vomitar.

— Estamos ricos! — O grito fez com que ele tirasse a mão nojenta de mim. Voltei a respirar, ainda tentando segurar a ânsia do vômito e o pânico. — Mas temos serviço extra: vamos dar cabo da loira!

Senti todo meu sangue se esvair e Alessandra se debateu desesperadamente.

— Quieta, caralho! Se não estouro seus miolos aqui mermo! — Ouvi o tal Coringa. — Deixe comigo, chefe!

— Nada disso! O serviço é do Dente de Leite. É hoje que tu amostra serviço!

— Vai romper o cabacinho! Isso se não se cagar todo e deixar a missão incompreta — Coringa alfinetou.

— Vou é meter no teu rabo! Tu não me conhece, mano! Posso ser novo, mas tô aqui porque quero, tá ligado? Ninguém me obrigou a nada não, seu mané! Se quiser, te mostro agora o quanto sou bom em atirar!

— Parem com essa porra! Vamu se concentrar na missão, a grana é boa, caralho! Dente de Leite vai se livrar da loira, depois a gente segue com o plano, recebe a grana e cai fora!

Pense, Milena! Pense! Minha amiga corria risco de morte e era tudo culpa minha. Ao que parece, a encomenda era *eu*, e ela estava ali de gaiata. O carro parou e o pânico tomou conta de mim. Eu não via nada, mas escutava tudo e sentia as péssimas vibrações.

Alessandra se contorcia desesperadamente, tentando gritar. A porta do carro abriu e tive a sensação de que ela foi projetada para fora. Instintivamente, me agitei também, tentando me mover e o tal Coringa gritou desaforos. Senti seu punho em meu rosto, me deixando tonta por instantes.

Ainda desnorteada pelo soco e com a cabeça doendo, ouvi os gemidos de Alê ao longe, cada vez mais distantes, até desaparecerem de vez. Silêncio. Nada além de minha respiração entrecortada por minutos que pareceram infinitos. Até o rádio foi desligado.

E então, o estalido, o baque seco. Um tiro, depois outro e uma sequência deles. Meu peito queimou. Foi uma dor lancinante como se um punhal fosse cravado em mim e me cortasse de ponta a outra. Eu queria gritar, mas não tinha voz. Era como se o grito estivesse preso na alma.

— Feito. Alguém quer conferir o material ou será que *nois* pode acabar com essa viadagem? Quero receber a grana duma vez e cair fora geral!

— Você deixou o corpo lá?

— Coé, mermão! Tá achando que sou o quê, caralho?! Coringa se liga, eu nasci no tráfico mermão, então, se você quiser ver a cara deformada da gostosinha, fica à vontade, tá ligado? É só descer a vala que vai encontrar a vaca lá embaixo. Enquanto isso, Zé Trabuco e eu vamos receber a grana, né, Zé?

Minha amiga morta. Alê está morta!

A dor que senti foi absurda! Houve outra discussão, mas não ouvi nada, só pensei em Alê. Em algum momento o carro ganhou velocidade e em segundos saímos dali, deixando grande parte de mim para trás.

SESSENTA E OITO

Rafael

Com dificuldade, peguei César pelo braço na tentativa de tirá-lo dali. O problema era que ele estava muito nervoso e agitado, insistindo em ir atrás de Alessandra.

— Dê-lhe um tempo pra pensar! Ela quer ir embora, ficar longe de você, porra!

Seu estado de pânico fez com que eu me arrependesse de ter sido tão duro.

— Eu não a quero longe de mim!

— Que tal a gente ir lá fora e você me contar o que está acontecendo?

A conversa foi longa e ele me contou tudo, estava realmente lascado. Stella não queria assinar o divórcio de jeito nenhum, por outro lado, ele não conseguia controlar o ciúme em relação a Casanova. Ele tentou avisar a Alessandra que havia entrado com o pedido de divórcio, contudo, tarde demais, estavam no auge da discussão e ela saiu como um furacão, deixando-o sozinho.

— Ela disse tanta coisa pra mim, tantas verdades. — Abaixou a cabeça, derrotado.

— E o que você fez? O que disse?

— Eu tentei falar sobre o divórcio, mas ela estava descontrolada!

Olhei-o seriamente.

— Cara, vocês *precisam* se comunicar, não pode deixá-la fora de tudo! Esse seu instinto protetor está indo longe demais. Ao contrário do que você pensa, Alessandra não é uma mulher indefesa, mas forte, que acaba tirando as próprias conclusões. Como acabamos de ver, isso é péssimo!

Meu amigo apertou os olhos, parecendo miserável.

— Eu...

— Onde estão as meninas? — Edu surgiu com Léo a tiracolo e tive a impressão de que estava ligeiramente "alto".

César engoliu em seco e ele repetiu a pergunta insistentemente. Olhei-o seriamente como quem dissesse "vamos conversar sobre isso depois!". Não adiantou e franzi o cenho.

— Alessandra teve um contratempo e Milena a levou pra casa — disse, me surpreendendo com o fato de não ter recebido nenhum contato dela ainda.

Imediatamente tirei o telefone do bolso, enquanto Edu continuou a falar:

— Que contratempo? Ela está passando mal?

Não tinha nenhuma chamada ou mensagem. Pisquei. Havia passado um bom tempo desde que saíram.

— Será que beberam tanto quanto nós, Lééééo?

Caralho! Era só o que faltava para completar a noite: Edu bêbado! Disquei o número, mas chamou até cair na caixa postal. Sem saber por que, senti um arrepio macabro, tentando mais uma vez. Edu ainda nos metralhava com perguntas e César acabou revelando que brigaram.

— Quer dizer, ela brigou comigo e foi embora me deixando desesperado.

— Não atende! — pensei alto demais e eles me olharam confusos.

— Quem não atende? — Léo quis saber.

— Milena ficou de avisar quando chegasse à casa da Alê, mas até agora nada. Não consigo contato.

Imediatamente César ligou para Alessandra.

— Fora de área.

— Provavelmente ela desligou porque sabia que você iria ligar — Edu mandou e César franziu o cenho. Quanto a mim, continuei tentando, sem sucesso.

— Milena deve estar longe do celular e como só deixa o aparelho no silencioso... — Edu arriscou, soluçando.

Senti-me estranhamente tenso. Por que não me avisou? Não fazia sentido!

— Há quanto tempo elas saíram?

— Há mais de uma hora — respondi, discando de novo, e a expressão que Léo fez me deixou mais preocupado.

— Merda!

— Vou ligar pra casa dela. — César discou o número da casa de Alessandra, estendendo o aparelho a Edu. — Acho melhor você falar. Consegue fazer isso?

Edu pegou o celular encarando César com cara de poucos amigos. Realmente deveria estar bem alto para fazer este tipo de coisa.

— Tia! Alê está por aí? Ah... — Olhou-me com certo desespero ou eu que estava nervoso demais? De qualquer forma, minhas pernas fraquejaram e em minha cabeça, uma pontada como se um raio a atravessasse de ponta a outra. — Não, não, está tudo bem, achei que estava ligando pro celular dela, desculpe. Acho que estou um pouco alto...

Edu desandou a falar de novo, desta vez dando desculpas esfarrapadas para dona Ana. Afastei-me, abrindo o restante dos botões da camisa, em busca de ar, tentando ligar mais uma vez.

— Não estou com bom pressentimento. Alessandra estava muito nervosa quando saiu daqui.

César aproximou-se, estalando os dedos, quando um pensamento me atingiu: Milena bebeu. Desesperado, disquei o número mais uma vez, deixando chamar até cair na caixa postal. Realmente algo estava *muito* errado.

— Elas não estão em casa — Edu informou o que já sabíamos.

— Será que foram pra casa da Milena? — Léo arriscou.

— Seja como for, já era pra ela ter ligado. — Tentei mais uma vez. — Não atende!

Como se tivesse sido acometido por uma grande ideia, César perguntou como foram embora e sua reação à minha resposta me deixou perplexo.

— Vou rastrear o carro dela.

— Você vai o quê? Não me diga que instalou um rastreador no carro da sua namorada para vigiá-la?

Edu abriu a boca, chocado.

— Quem me dera se Alessandra fosse minha namorada, Rafael!

— Se você não fosse casado ela seria! — Edu rebateu, me deixando perplexo. Certo, ele realmente estava bem alto, pois não se desculpou pela ousadia com o chefe.

César inspirou pesadamente, parecendo muito cansado.

— Não foi pra vigiá-la, mas por questão de segurança. — Acessou um aplicativo no celular.

Subitamente, ficou lívido, deixando o aparelho cair no chão.

— O que houve? — Edu quis saber, mas não esperei pela resposta.

Rapidamente peguei o telefone, vendo o ponto vermelho piscante.

— Avenida Brasil? — indaguei assustado, me dando conta da realidade que foi imediatamente externada por meu amigo.

— Elas *nunca* iriam pra lá! Algo muito ruim aconteceu!

— Pelo amor de Deus, precisamos chamar a polícia!

— A polícia não vai resolver, Edu! Precisamos resgatá-las agora mesmo! — César gritou nervoso.

— Sozinhos não conseguiremos fazer absolutamente nada! — rebati.

— O que sugere então? Que eu fique aqui parado enquanto o carro da mulher que eu amo está em algum lugar da Avenida Brasil, para onde ela *nunca* iria?

Fechei os punhos com força, quando as mais macabras situações passaram por minha cabeça. Encarei-o seriamente.

— Não é somente a mulher que você ama que está naquele carro! Aliás, diga-se de passagem, elas só estão lá por sua culpa!

— Rapazes, por favor, esta é uma discussão inútil! — Léo ponderou e César abaixou a cabeça, arrasado. *Merda!* Passei a mão pelo cabelo. O que eu estava fazendo?

— Desculpe, cara... — pedi, tocando seu ombro.

— Você tem razão, eu...

— Não tenho razão porra nenhuma! Falei merda porque estou nervoso pra caralho! Na verdade, estou apavorado como nunca estive! — Toquei seu ombro mais uma vez. — Tudo que mais amamos está naquele carro. É pra lá que iremos e sei exatamente quem poderá nos ajudar.

SESSENTA E NOVE

Milena

Não sei precisar por quanto tempo rodamos pela estrada ou onde quer que estivéssemos. Durante o trajeto trocamos de veículo, provavelmente para despistar quem tentasse nos encontrar, e foi preciso um esforço subumano de minha parte para controlar o desespero. Pensei em Alê mais uma vez. Minha fiel companheira para qualquer situação, a irmã que eu não tive... morta!

Senti uma vontade absurda de gritar, mas não consegui. Não por estar amordaçada, mas pelo fato de o grito estar preso, engasgado em mim. Como poderia viver sem ela? Céus, como doía! Subitamente o carro parou. A porta abriu e senti um puxão em meu braço.

— Vem logo, sua vadia! Anda!

Era de Dente de Leite, que àquela altura já tinha deixado de ser iniciante no mundo do crime. Lembrei-me de que foi aquele homem cruel que deu fim à vida da minha melhor amiga, matando grande parte de mim também.

Eu não enxergava absolutamente nada, mas sentia os dedos do crápula apertando meu braço com força, enquanto me levava para algum lugar. Parecia que estávamos no meio do mato, estava muito frio ali. Foi quando me lembrei de que usava um vestido de festa sexy, com um celular escondido entre os seios. Imediatamente fui invadida pelo pânico. O que fariam comigo?

Ouvi vozes quando a grama molhada em meus pés foi substituída por um piso, que pelo barulho do salto me pareceu ser de cimento. Uma porta foi aberta e em segundos fui projetada para frente. O colchonete não era macio, mas não era tão duro quando o chão.

— Deixe comigo! — Ouvi a voz do Coringa e senti um arrepio macabro.

— Temos que devolver a mercadoria viva.

— Coé, mermão! Vai cuidar da tua vida, caralho! Só porque tu matou a loirinha tá se achano, moleque?! Tu vai ter que matar uns vinte pra começar a falar comigo, tá ligado? Agora vaza!

Eu vou morrer! Comecei a tremer quando formas macabras de como isso poderia acontecer passaram por minha cabeça. Coringa não era o chefe, mas parecia ser o mais cruel deles.

Ouvi quando a porta foi fechada e senti o hálito fétido, ainda que estivesse encapuzada. Dedos pegajosos tocaram meu braço, me acariciando de forma repugnante. Mais uma vez senti vontade de vomitar, me controlando ao máximo para não fazê-lo. Não poderia jamais irritar aquele homem.

— Tão gostosa! A gente vai se divertir bastante, dona.

Um, dois, três, quatro... Comecei a contar na tentativa de controlar o pânico. Ele continuou com seus dedos repulsivos.

— A dona é cheirosa, hein!

Cinco, seis, sete... Deus me ajude!

Dedos apertaram minha cabeça com força e senti o toque áspero em minha pele no momento em que o capuz foi bruscamente retirado. Apertei os olhos quando a luz fria me invadiu, mas voltei a abri-los rapidamente, explorando o lugar. Eu estava em um pequeno quadrado. Havia sujeira por todo o lado e a única "mobília" era o pequeno colchonete onde eu estava. Não havia janela. Encarei o homem que me olhava com lascívia. Era mais assustador do que qualquer coisa!

Ele era albino, estrábico e grande. *Muito grande*. Mas, o que me assustou foi a quantidade de rabiscos em sua cabeça raspada à máquina zero: caveiras de todo tipo tatuadas em sua pele. Havia outras por seu corpo também. Seu olhar era inexpressivo.

— É... a gente *realmente* vai se divertir bastante, dona! — rosnou com seus dentes podres e prendi a respiração quando tocou minha perna. — Vamos tirar isso aqui!

No momento em que arrancou a echarpe, a interrogação ficou estampada em seu rosto. Tremi.

— Que porra é essa?

Em um segundo enfiou a mão no decote, puxando o celular. Olhou-me com tanta cólera que tive certeza de que me mataria naquele momento. Tocou no aparelho furiosamente, mas a tela estava apagada, certamente por falta de bateria.

— Que merda é essa aqui? Por que tá gritando, caralho? — Zé Trabuco entrou no cubículo, irritado. Reconheci-o pela voz e ao vê-lo fiquei mais apavorada do que estava. Coringa estendeu o telefone em sua direção.

— Mas que porra???

— Tá desligado, só não sei desde quando — Coringa informou.

Se eu achava que aquele homem era o pior deles, mudei de ideia no exato momento em que o tal Zé Trabuco me encarou. Era alto, corpulento e seu rosto, a personificação do mal. Ele arrancou o telefone da mão de seu comparsa, apontando-o para mim.

— Quando acabou a porra da bateria, sua filha da puta? E não mente porque tenho como saber!

Fiquei apavorada. *Pense, Milena! Pense!* Balancei a cabeça, balbuciando alguma coisa, mas por estar amordaçada, soou inteligível. O monstro arrancou a fita da minha boca com violência. Gritei.

— Responde, sua piranha, se não acabo com a tua raça! — Apertou meu pescoço.

Olhei de relance para a porta e vi um garoto esmirrado, devia ter uns 16 anos. Sua pele era escura e ele era alto. No momento em que o encarei, Dente de Leite baixou os olhos para o chão. Sua voz invadiu minha mente: *Temos que devolver a mercadoria viva*, ele havia dito. Zé Trabuco estava blefando! *Pense, Milena!* Comecei a tossir desesperadamente, sufocada.

— Responde, piranha!

— Des... — tossi mais uma vez, tentando ignorar a dor que sentia por ele me apertar com tanta força. — Desde a festa. Ia carregar o aparelho no carro, mas fomos abordadas por vocês — menti.

Zé soltou-me com tanta brutalidade, que bati a cabeça na parede. A dor foi aguda, lancinante, mas infinitamente menor daquela em meu peito. Minha amiga não estava mais entre nós.

Os homens discutiram, mas não me dei o trabalho de tentar entender. Estava em pânico! Novamente mirei a porta, contudo, Dente de Leite não estava mais ali. Eu não sabia que lugar era aquele e muito menos quem eram aquelas pessoas. Só havia uma certeza: quando o mandante chegasse, eu não sairia viva dali.

SETENTA

Rafael

Com a mão trêmula, acessei a agenda e disquei o número. Cris atendeu no primeiro toque.

— Doutor Rafael?

— Preciso falar com o André — supliquei, sem ao menos perguntar como ela estava.

Ouvi um ruído, como se ela tivesse movido o aparelho de lugar, então, sua voz soou séria.

—Está tudo bem?

— Por favor, Cris, me diga que ele está aí!

Não houve resposta, apenas outro ruído, antes da voz sonada de seu marido.

— Rafael? O que houve?

— Minha namorada... — engasguei. — Sumiu. Estava com uma amiga e o carro delas está na Avenida Brasil, nós rastreamos e...

—Espere aí! Vocês quem? Rastrearam um carro?

— Só preciso encontrá-la, pelo amor de Deus! — implorei, desesperado, mal conseguindo me manter em pé.

— Vamos pelo começo. Preciso que você respire e me conte exatamente o que aconteceu — pediu, desperto.

Levei alguns minutos para atualizá-lo. Comandante do BOPE – Batalhão de Operações Especiais, André Koyama era marido da Cris e a única pessoa que poderia nos ajudar. Há tempos atuava no Grupo de Resgate e Retomada, mais conhecido como GRR, e eu *sabia* que o cara era bom, afinal, Cris era prova viva disso.

— Minha experiência me diz que elas não estão no carro.

Tremi.

— Como assim?

— É muito provável que o veículo tenha sido abandonado no local, mas vou reunir parte da equipe agora e...

— Vou com vocês! — interrompi-o de forma brusca.

— É claro que não! Você é um civil...

— Um civil cuja mulher provavelmente foi sequestrada — cuspi sentindo o gosto amargo em cada sílaba pronunciada. — Então, irei. Com ou sem sua equipe, embora eu prefira a primeira opção.

Houve um silêncio desconfortável até que eu o ouvisse de novo.

— Onde você está?

Meia hora depois, encontramos o comandante Koyama e sua equipe do lado de fora da Mansão. Ao todo eram cinco homens, contando com ele. Como conseguiu reunir o grupo àquela hora da madrugada, eu não saberia dizer.

— Céus! — exclamou assim que me viu. Eu realmente estava péssimo. Deu uma batida de leve em meu ombro. — Fique tranquilo, vamos trazê-las de volta.

De alguma forma seu gesto me deu esperanças. Ele cumprimentou Léo e o apresentei a Edu e César que, sem perder tempo, lhe mostrou o celular.

— O carro dela está aqui.

Koyama observou a tela, aproximando um ponto específico na imagem.

— Bangu — disse um dos soldados, identificado como Ferraz.

Koyama assentiu, me olhando seriamente.

— Vocês irão *atrás* de nós. Não nos ultrapassem *em hipótese alguma*. Fui claro?

Mal respondi e o soldado Ferraz se postou ao meu lado.

— Onde está o seu carro, senhor?

Encarei Koyama e ele deu de ombros.

— Minhas regras. Vamos embora.

Entramos na Evoque eu, César, Edu, Léo e o soldado Ferraz, que veio ao meu lado, no banco do carona.

— O senhor está bem pra dirigir? — indagou e fiquei sem saber a que se referia exatamente, afinal eu havia bebido.

— Devido às circunstâncias, bem não estou, mas tenho condições para fazer isso.

Dei partida, seguindo o Caveirão. Durante o percurso, eles trocaram mensagens pelo rádio e Koyama ficou o tempo todo em contato. César passou a placa do carro da Alessandra, além de fornecermos outros detalhes, por exemplo, a hora em que saíram da festa.

Em algum momento vi a placa "Avenida Brasil" e meu corpo se retesou. No fundo algo me dizia que Koyama estava certo: encontraríamos apenas o carro vazio. Balancei a cabeça na tentativa de espantar este pensamento diabólico antes que o descontrole emocional tomasse conta de mim.

— Mais à frente.

A voz de Koyama estalou no rádio e continuei seguindo o Caveirão durante meia hora, mais ou menos, até ele acionar a seta e pegar uma das saídas. Subitamente parou em uma rua escura e todos saíram do carro.

— Vocês ficarão aqui até darmos o sinal — ordenou, me olhando seriamente. — *De jeito nenhum* saiam deste local até eu ordenar. Fui claro?

Encarei-o por instantes. Eu sabia que havia quebrado todas as regras quando acionou sua equipe e misturou civis em busca de um veículo abandonado, como sabia também que fez tudo isso por sua esposa, já que trabalhava para mim, e também por nossa amizade. Além do mais, ele tinha razão: eram nossas vidas que estavam em jogo. Se algo desse errado poderíamos morrer.

— O carro está na esquina daquela rua — disse baixo, apontando à frente. Ferraz lhes dará cobertura.

— Ele não irá com vocês? — Edu perguntou surpreso.

— E o senhor realmente acredita que os deixarei sozinhos neste lugar? — respondeu cobrindo o rosto com um pano negro, de forma que só seus olhos ficaram de fora. Dirigindo-se a Ferraz, ordenou: — Ao meu sinal.

— Sim, senhor.

Atordoado, vi os quatro homens se afastarem em fila indiana, armas em punho, como se estivessem numa operação de guerra. Àquela hora não havia ninguém na rua e seu aspecto abandonado me causou arrepios. Estávamos todos calados e apavorados – os civis, claro. Por instinto, fechei os olhos e comecei a rezar, pedindo a Deus para aquele pesadelo acabar.

Subitamente o rádio estalou e a voz de Koyama soou fantasmagórica.

— Limpo.

Imediatamente Ferraz nos escoltou pela rua escura. César entrou em desespero assim que viu o carro de Alessandra e devo confessar, eu também. Não era necessário qualquer treinamento para saber que o veículo estava realmente abandonado. Foi aterrorizante ver que era o único objeto concreto naquele terreno baldio, no meio do nada.

Levei as mãos à cabeça, apavorado. Onde estava Milena? Onde estava a minha mulher?

— Podemos rastrear os celulares pra descobrirmos o último paradeiro, mas eles podem ter sido abandonados pelo caminho também.

O agente Nunes se dirigiu a Koyama e mesmo com a possibilidade de não dar certo, ele considerou, se dirigindo a mim e ao César.

— Minha pergunta soará estranha. — Olhei-o em expectativa. — Vocês sabem as senhas delas? Do telefone, do e-mail...

Pisquei várias vezes.

— Isso seria algo pessoal, não?

— Acredite, meu amigo, saber as senhas dos parceiros é mais comum do que se imagina!

Balancei a cabeça, perdido. É claro que eu não tinha a senha da Milena. César, tão pouco, da Alessandra.

— Então teremos de entrar com o pedido de quebra de sigilo e rastreamento dos números, mas, pra isso, precisamos do BO.

Senti meu sangue se esvair. Boletim de Ocorrência?

— Meu Deus! — Edu desabou.

A realidade, finalmente, pareceu se abater em nós. Em seu desespero, Edu precisou ser amparado por Léo. César estava mudo, olhando fixamente para o carro, enquanto os soldados o revistavam em busca de evidências.

Quanto a mim, tudo ficou em absoluto silêncio e pareceu que as coisas aconteciam em câmera lenta. Vi Edu gesticular com Léo e lágrimas desesperadas caírem de seu rosto; soldados de um lado para o outro, um deles inseriu a bolsa de Alessandra num saco transparente. No meio disso tudo, um César letárgico. Onde estava Milena? Onde estava a mulher que eu amava?

Senti algo em meu ombro e, subitamente, tudo voltou: a voz de Edu em pânico, Léo ao celular, o barulho dos rádios em meio à comunicação, e a confusão no veículo.

— Rafael.

Pela primeira vez naquela noite, Koyama pareceu afetado pela situação.

— Preciso que me acompanhem à delegacia.

Senti-me perdido, sem saber o que fazer! Encarei César por instantes, tão confuso quanto eu. O aperto de Koyama ficou mais forte, atraindo minha atenção.

— Vamos trazê-las de volta.

Por Deus! Era só o que eu desejava.

SETENTA E UM

Milena

Abri os olhos assustada. Estava em um colchonete duro, naquele ambiente inóspito, parcamente iluminado pela luz fria da lâmpada pendurada num fio que cortava o pequeno cômodo de ponta a outra.

O lugar estava gelado e eu estava sozinha. Ao longe, vozes que reconheci bem: os bandidos que me sequestraram e mataram minha amiga. Senti uma dor lancinante em meu peito ao me lembrar de Alê. Naquela manhã falamos ao telefone, depois estivemos juntas quando foi à minha casa buscar Edu e, finalmente, na festa. Jamais pensei que aquele dia seria nosso último. A vida é tão efêmera.

Subitamente a porta abriu, iluminando o ambiente. Parei de respirar quando Coringa se materializou na minha frente. Olhei através dele e pude identificar um cômodo parecido com uma espécie de sala e, através da janela, pude ver que já era dia. Balancei a cabeça confusa.

— Onde estou? Quem são vocês?

— Shh — Coringa levou o indicador à boca. — Pra que tanta pergunta se a dona não estará viva pra ouvir as respostas?

Gargalhou e tremi. O homem chegou perto e pude sentir seu hálito fétido. Tocou minha coxa, por dentro do vestido e me afastei, chegando para o lado.

— Não adianta fugir, você não tem pra onde ir! — Gargalhou mais uma vez. — Seremos só eu e você.

Sua mão apertou minha carne até doer. Gritei.

— O que pensa que está fazendo?

Coringa tirou a mão rapidamente e por segundos, respirei aliviada. Mirei a porta no momento em que Dente de Leite entrou.

— Coé, mermão, vai ficar de vacilação? Mete o pé que o papo aqui é reto, tá ligado?

— Você ouviu o Zé, a carga tem que ser entregue viva.

— Vai se foder!

Enquanto discutiam, vi de relance a porta aberta. Não sei se movida pela coragem ou pura imprudência, corri. Mal cheguei perto do sofá, mãos fortes me seguraram, apertando o meu braço e me jogando no chão. A voz que urrou no meu ouvido foi aterrorizante:

— O que tá fazendo, filha da puta? Quer morrer, vadia?

Era Zé Trabuco. De onde surgiu? Mais uma vez senti a mão em meu pescoço, apertando com força.

— Eu juro que vou acabar com a tua raça, vagabunda!

Tossi desesperadamente, sem ar e tudo começou a ficar embaçado.

— Zé!

Ouvi gritos ao longe, vozes dizendo palavras inteligíveis e outras identificáveis: "carga", "viva" e "Lectér". De repente, o ar invadiu meus pulmões e inspirei, tentando sugar todo oxigênio disponível.

Senti um puxão em meu braço e fui arrastada de volta ao cubículo. Parecia que o tal Lecter, o mandante, havia chegado. Fui jogada de qualquer maneira no colchonete. Desesperada, fiquei na posição fetal, com as mãos nos ouvidos, rezando para sair daquele pesadelo. Tremi quando senti a presença de alguém ao meu lado.

— Por favor...

— Ora, ora... não sabia que ver você suplicando seria tão reconfortante!

Parei de respirar. Não podia ser! Olhei à frente, completamente chocada. Então Lecter era...

— Surpresa, querida. Eu disse que sempre fui *mais* que você. Agora acredita?

Puta que pariu!

SETENTA E DOIS

Rafael

Eram onze da manhã. Estávamos virados, passamos a madrugada na delegacia prestando depoimento e respirando burocracia. Embora eu e César estivéssemos de frente, Edu não arredou o pé. Aquele que deveria ser um dia de alegria para ele, se transformou em um verdadeiro pesadelo. Ainda bem que Léo fez questão de apoiá-lo o tempo todo. Estávamos desolados.

Koyama se aproximou estendendo nossos telefones.

— Seus celulares estão carregados. O mais estranho é que ninguém ligou.

— O que quer dizer? — indagou César, nervoso.

— Em breve alguém entrará em contato, estejam preparados.

Observei o celular cem por cento carregado em minha mão. Instintivamente abri o WhatsApp e vi a última visualização de Milena: nove horas da noite anterior, horário em que enviei mensagem avisando que estava chegando à sua casa para buscá-la. Um bolo se formou em minha garganta e um nó em meu peito. Onde ela estaria? Como estaria?

— Outra coisa. — A voz de Koyama atraiu nossa atenção. — Vocês precisam avisar as famílias.

Fechei os olhos por instantes, pensando em dona Marta e seu Mauro. Como poderia dizer uma coisa daquelas a eles?

— Deixe que eu falo com dona Ana.

— Não, Edu. Faremos isso juntos — César pediu discando o número e oferecendo o aparelho a ele. — Diga a ela que estamos indo pra sua casa.

Edu se afastou e me dirigi a César. Precisava garantir que ele daria conta de tudo sozinho.

— Nunca estive num momento tão difícil. — Engoli em seco, sabendo exatamente como era a sensação. — Às vezes sinto que vou fraquejar, mas Alessandra precisa de mim e saber disso me dá forças pra continuar.

Meu amigo fechou os olhos e eu mesmo precisei controlar meu pânico. Tocando seu ombro, garanti que juntos traríamos nossas mulheres de volta sãs e salvas. Sua expressão duvidosa me fez repetir aquelas palavras mentalmente na tentativa de acreditar nelas.

— Dona Ana não está em casa, aliás, tomei a liberdade de ligar para o celular — informou devolvendo o aparelho a César. — Como se por uma coincidência sinistra, está na casa dos pais da Milena.

César piscou várias vezes, dizendo que Alessandra havia comentado sobre um suposto almoço que aconteceria. Não nos restava alternativa se não irmos para lá.

— Iremos todos. Se alguém fizer contato, estaremos preparados.

Edu pareceu inquieto, certamente pensando se seria boa ideia chegar à casa dos pais de Milena com o BOPE a tiracolo. Koyama pareceu ler nossos pensamentos.

— Esperaremos do lado de fora até vocês conversarem com as famílias. No caminho passarei as orientações, caso recebam qualquer tipo de contato.

Não levamos muito tempo para chegarmos à casa dos meus sogros e assim que seu Mauro nos viu, sua expressão mudou de surpreso para preocupado. *Merda!* Olhei para a sala e assim que vi dona Ana tive a ideia de cumprimentar a todos da forma mais acalorada possível, na tentativa de amenizar a situação. A verdade era que eu não sabia por onde começar. Estava preocupado se César conseguiria dar conta, quando percebi que eu mesmo não seria capaz de fazê-lo.

Cumprimentei minha sogra com carinho, antes de me dirigir a dona Ana, que franziu o cenho.

— E você é quem?

Congelei. Como assim quem eu era?

— O namorado da Milena, você não se lembra? Você o conheceu naquele jantar que fizemos quando ela se mudou.

Marta se adiantou e ela apertou os olhos, como se puxasse pela memória. Subitamente abriu um sorriso brincalhão, estendendo a mão.

— Mas é claro! Como eu poderia esquecer?

Pisquei. Havia algo errado? Ou era somente uma brincadeira e eu estava pilhado demais para entender?

— Falando nisso, onde está minha sobrinha? — Sem me dar chance de resposta, se dirigiu a César. — E este bonitão? Quem é?

— Desculpem... eu... — Subitamente me senti sufocado.

Edu tomou a frente, apresentando César e Léo a todos e um silêncio desconfortável se instalou.

— O que está acontecendo?

Seu Mauro indagou no momento em que meu celular tocou. Dirigi um olhar nervoso a César, que não pensou duas vezes. Tomou o aparelho de minha mão e correu à porta, abrindo-a e revelando os agentes do BOPE.

— Meu Deus, o que é isso? O que está acontecendo?

Dona Marta perguntou nervosa e Edu não viu outra saída se não revelar a história do sequestro. Ela ficou lívida e a confusão se instalou.

Enquanto Léo dava detalhes sobre a situação, Koyama entrou com os três soldados no apartamento. De forma rápida e profissional, um deles colocou o "Guardião" – a maleta ultratecnológica, usada extraoficialmente para grampos – em cima da mesa e a abriu, dando o sinal para o soldado Cruz, que me entregou o telefone para que eu atendesse a chamada.

Infelizmente, era um cliente, cujo número não foi identificado por mim. Ele queria detalhes sobre o andamento de seu processo, mesmo sendo domingo. Fiquei irritado e quando pensei em despachá-lo, Koyama fez sinal para que eu o enrolasse.

— É um cliente! — sussurrei, afastando o aparelho para que a pessoa do outro lado da linha não ouvisse. Ele deu de ombros.

— Não importa, atenda! — ordenou.

Enrolei a pessoa por mais ou menos três minutos, quando o soldado Nunes levantou o polegar. Era a deixa para eu encerrar a chamada.

— Por favor, ligue para o escritório amanhã e fale com minha secretária. — Desliguei, sem fazer questão de ser educado, quase arremessando o celular na parede.

Eu nem sabia quem exatamente era o cara, mas a voz grave de Nunes soou pelo apartamento fornecendo todos os detalhes: nome, telefone e localização. Fiquei pasmo! O tal "Guardião" era mesmo infalível!

— Pelo amor de Deus, onde está nossa filha?

A voz chorosa de dona Marta atraiu nossa atenção. Olhei à frente e deparei com uma cena deprimente: dona Ana, atônita, era amparada por uma nervosa Odaísa; meu sogro segurava sua esposa que estava prestes a ter uma síncope; e no meio de tudo isso, Edu e César desolados. Nem mesmo Léo parecia imune. Levei as mãos à cabeça, tentando me agarrar ao último fio de sanidade que me restava, quando ouvi a voz de Koyama.

— Temos plena capacidade de rastreá-los, senhor. Aguardamos apenas o contato que provavelmente acontecerá em breve. — Meu sogro piscou, confuso e ele estendeu a mão. — Comandante Koyama do Batalhão de Operações Especiais. Esta é parte de minha equipe e estamos aqui para trazer sua filha e sua sobrinha de volta. Sãs e salvas.

Meu sogro quis saber como tudo aconteceu e César pigarreou.

— Alessandra e Milena saíram mais cedo da festa. Acreditamos que elas tenham sido interceptadas no cami...

— Por que elas saíram mais cedo? — Seu Mauro interrompeu, me fuzilando com o olhar. — E por que você não estava com minha filha?

Engoli em seco, mas antes que pudesse responder, César se adiantou.

— A culpa foi minha. Eu e Alessandra... — Olhou de soslaio para dona Ana, e de novo para meu sogro. — Tivemos uma pequena discussão e ela quis embora. Milena acabou ajudando a sair da festa e...

— Com todo respeito, senhor, a culpa não foi sua — desta vez foi Koyama quem interrompeu, e César balançou a cabeça, desolado.

— É claro que é! Se elas não tivessem saído de lá...

Ele não conseguiu terminar a frase, tomado pelo desespero. Meu sogro caminhou até ele, pondo a mão em seu ombro.

— O comandante tem razão: a culpa não foi sua. Vocês jovens tendem a discutir demais. —Dirigindo-se a Koyama com os olhos vermelhos, suplicou: — Por favor, traga-as de volta.

— Esta é nossa missão, senhor. E ela será cumprida.

— Como alguém pode ter coragem de fazer isso com nossas meninas?

Dona Marta indagou, desolada, abraçada a uma apática dona Ana. A expressão de Koyama me fez pensar que se deparavam com coisas deste tipo todos os dias. Senti-me completamente angustiado.

— Meu Deus! — A voz de Edu atraiu nossa atenção. — Lembrei de uma coisa, mas...

— O quê?

Koyama se adiantou, mas ele pareceu relutante.

— Não quero acusar ninguém, até porque não tenho provas, mas...

— Pelo amor de Deus, Edu! — desta vez fui eu quem o cortou e ele engoliu em seco, se dirigindo exclusivamente a mim.

— Você se lembra da noite em que a gravação contendo a confissão de Guilherme Thomaz foi ao ar? — Assenti. Como não lembrar?

Ele revelou que antes da minha ligação, Milena recebeu o telefonema de Leandro, segundo ele, em tom totalmente ameaçador.

— Ela gravou a conversa e salvou uma cópia no notebook. Não estou acusando ninguém, mas acredito...

— O problema é que provavelmente ninguém tem a senha do notebook dela — Koyama constatou e Edu arqueou a sobrancelha.

— Então... o note dela não tem senha.

SETENTA E TRÊS

Milena

Eu ainda olhava pasma a criatura à frente; a incredulidade sendo substituída pela consternação.

— Deixe-nos a sós! — enxotou-os, movimentando a mão, sem tirar os olhos coléricos de mim.

A porta foi fechada e sua silhueta, iluminada pela luz da lâmpada que balançava acima de sua cabeça, ficou ainda mais assustadora.

— Como você é patética! Aliás, eu sempre soube!

— Como você... — engasguei. —, como você pode ter arquitetado tudo isso sendo...

— Sua prima? — Aproximou-se de mim. — Eu *odeio* você! Sempre odiei!

— Nós crescemos como irmãs!

Vívian afastou-se, soltando uma gargalhada macabra. Balançou o longo cabelo e seu característico perfume doce se espalhou pelo ar, embrulhando meu estômago completamente.

— Sempre tão emotiva! — disse petulante. Apertando meu pescoço, rosnou. — Mas você não me engana, sua vaca! Sempre foi sonsa! — Soltou-me bruscamente e comecei a tossir.

— Você sempre se achou mais do que eu.

— Isso não é verdade! Eu a considerava minha amiga até você me apunhalar pelas costas me traindo com meu próprio noivo! Você pode imaginar como me senti?

Outra gargalhada, mais assustadora que a anterior.

— Como você é burra, garota! Acha mesmo que aquela foi a primeira vez?

Meu queixo caiu e ela continuou metralhando.

— Eu estive na cama de todos os seus supostos namoradinhos de adolescência, inclusive daqueles que não te comiam porque você ainda era virgem na época — ralhou com ar vitorioso, me deixando nauseada. — Você nunca se perguntou por que não teve amizades duradouras? Porque *eu* fiz a cabeça de todas, jogando-as contra você. Eu! A única que não consegui foi aquela loira oxigenada; foi a única amiguinha que lhe restou.

Levou o indicador à boca, simulando estar confusa.

— Oh... na verdade, nem a ela você tem porque sua amiguinha teve os miolos estourados, não é mesmo?

Abri a boca angustiada, mas o grito ficou preso na garganta. Senti a pressão em meus olhos e comecei a chorar copiosamente.

— Isso! Agora você *sabe* o que é sofrimento.

Desde crianças, Alessandra nunca gostou da Vívian e sempre me disse que ela não valia nada.

— Você sempre teve tudo. TUDO! E eu? Nada! Você teve pai, eu não! Amigos, uma família estruturada, dinheiro, os melhores brinquedos, as melhores roupas, as melhores viagens, estudou nos melhores colégios... TUDO seu era melhor! E eu? Sua mãe, aquela sonsa, idiota como você, te ama, faz tudo por você. E a minha? Tenho certeza que Virgínia me tolera. Pelo menos fui mais esperta que ela: consegui garfar o Leandro, coisa que ela não conseguiu com o idiota do seu pai!

Abri a boca, sem conseguir dizer uma palavra.

— Ah, sim, querida, a história se repete. A diferença é que *comigo* ela teve sucesso. Seu pai é como esse tal de Rafael: um imbecil! Não sabe o que é verdadeiramente bom. Sim, porque *eu* sou infinitamente *melhor* que você! Leandro é um cara inteligente, afinal...

— Tia Virgínia...

— Ah, por favor, garota, sem drama! Vai dizer que não sabia? — Cruzou os braços à frente do corpo, balançando a cabeça. — Você e sua mãe realmente são patéticas! É claro que mamãe abriu as pernas pro tio Mauro! Literalmente! Mas, o filho da puta não quis saber dela. Diferente do Leandro, que me comeu nos mais variados lugares que você nem pode imaginar, inclusive no banheiro da sua casa, no dia daquele noivado de merda!

Mesmo não sentindo absolutamente nada por ele, aquilo me feriu. Na minha casa? No dia do nosso noivado?

— É, queridinha, eu disse que sou muito melhor que você. Leandro me ama, sabia? Faz tudo por mim! É só eu pedir, é só eu fazer assim — estalou os dedos —, e ele vem feito um cachorrinho. Ele não é lá essas coisas na cama, mas faz tudo que eu mando. Isso é amor!

Fechei os olhos com força quando a decepção começou a ser substituída pela raiva. Vívian continuou vomitando absurdos enquanto o ódio crescia dentro de mim.

— Você é digna de pena! — disse de repente e ela me devolveu um olhar vazio, totalmente desprovido de qualquer emoção.

— Pena? Quem não vai sair viva daqui é você, meu bem.

Tremi e ela abriu um largo sorriso.

— Agora *todos* saberão o que é sofrer. Tenho certeza que Rafael correrá atrás de mim quando você tiver ido pro inferno, mas quer saber? Não tenho interesse. — Deu de ombros, pegando um espelho na bolsa, acertando a maquiagem. Fechando-o, encarou-me de volta. — Eu sou linda, não acha, *priminha*?

Quando Vívian tinha enlouquecido? Será que sempre foi assim e nunca percebemos? *Pense, Milena!* Eu precisava arrumar um jeito de sair viva daquela situação.

— Por que Lecter?

— Estava passando na televisão quando contratei esses idiotas. — Deu de ombros mais uma vez, referindo-se aos bandidos. — Achei que seria um nome assustador, embora esses ignorantes provavelmente não saibam a que se refere. Nem dizer o nome corretamente esses retardados conseguem!

— Vamos acabar logo com isso. Quanto você quer? Podemos ligar...

— VOCÊ NÃO ENTENDEU! — gritou descontrolada. — Não há recompensa maior do que acabar contigo! E ela virá quando eles fizerem com você o que fizeram com a idiota da sua amiguinha! Quem sabe vocês não se encontram no quinto dos infernos?

Olhei-a em desespero, em busca de algo que me dissesse que estava blefando, que estivesse apenas querendo me assustar, mas não encontrei nada além do ódio e da vontade louca de se ver livre de mim.

— O que eu fiz pra você me odiar tanto?

Vívian me encarou por longo tempo, antes de responder:

— Você é feliz. Sempre foi. Eu não. Agora, finalmente, isso vai mudar.

— Você sempre foi tratada com amor e carinho por todos nós! Meu pai sempre te tratou como filha!

— Mentira! *Filha* ele só teve você! Quanto a mim, sempre recebi migalhas! Tudo era pra você! TUDO!

Ela levantou da cadeira e começou a andar de um lado para o outro.

— Você não sabe o que é crescer sem um pai, ver a infinidade de homens frequentar sua casa e se perguntar se algum deles poderia ter te trazido ao mundo. De qualquer maneira, nenhum deles parecia se importar com isso.

Vívian retornou, ficando rente ao meu rosto.

— Você nunca vai saber como é a dor de crescer órfã, mas seu paizinho de merda conhecerá a dor de perder uma filha!

Nesse momento, a porta abriu e ela se virou, totalmente fora de si.

— Não ordenei que nenhum filho da puta entrasse agora!

Zé Trabuco surgiu com uma arma enorme em punho, destravando-a.

— E quem disse que a dona manda em alguma coisa?

Completamente estarrecida, vi Vívian ser rendida e amarrada por Coringa. Ele a jogou ao meu lado, enquanto Zé sentava na cadeira à nossa frente, a que antes fora usada por ela.

— Agora sim, vamos falar com o *Chefe* — disse assustador, batendo no próprio peito.

Deus me ajude!

SETENTA E QUATRO

Rafael

Levou apenas alguns minutos para chegarmos à casa de Milena. Edu abriu a porta e enquanto todos se instalavam na sala, olhei em volta, me sentindo sufocado, em meu peito, um aperto sem fim. Estava em choque, só queria minha mulher de volta.

Sem perceber, caminhei sem rumo. Passei os dedos pelo amarelo do arco que pintamos, recordando os momentos em que ela esteve em meus braços, e acariciei seu lindo rosto nas fotos dos inúmeros porta-retratos distribuídos por ali. Fechei os olhos e inalei profundamente, sentindo seu cheiro inebriante. Mas nada disso a trouxe de volta. Era tão desesperador!

Edu voltou do quarto com o notebook e após ligá-lo, acessou a pasta "Caso Thomaz", revelando vários documentos.

— Aqui está — disse acessando um arquivo de áudio e imediatamente a voz medonha daquele crápula foi ouvida.

— *O que você fez, sua vadia?*

— *Do que está falando?*

— *Desta palhaçada que você armou! O que pensa que vai conseguir com este circo?*

— *Continuo não sabendo do que está falando, doutor, mas caso esteja insinuando que eu tenha qualquer envolvimento com a gravação que acabou de chocar o país inteiro, sinto muito por desapontá-lo.*

— *Não se faça de sonsa!!! Eu sei que você ludibriou meu cliente e obteve uma gravação dele.*

—*Você está louco!*

— Não tente me enganar! Eu sei que você o iludiu se fazendo de amiguinha e obteve a confissão do crime daquele imbecil. Agora jogou a bomba em rede nacional! O que é, Milena? Está com medinho porque o MP assumiu o caso e resolveu utilizar sua escuta ilegal?

— Sinceramente não sei do que está falando. Escuta ilegal? Acho que o doutor está assistindo a muito CSI! Em relação ao MP, em nada muda porque estamos no mesmo barco: trabalhar para que a lei seja cumprida e a justiça, feita.

— Tem certeza, doutora? Acha mesmo que o Ministério Público está interessado na justiça, neste caso?

Que filho da puta! Pensei transtornado.

— O que mais me surpreende é que no fundo você sabe que aquele homem é culpado, que realmente matou cruelmente seu filho.

— Que se foda! Quem mandou você defender aquela mãe idiota? Escute aqui, eu vou acabar com sua reputação, doutora! Não me interessa o caso, apenas em dar um fim em você! Eu tenho ódio de você!!! Estamos no Brasil, queridinha, e a única Lei que impera aqui é a do dinheiro! Eu disse que ia acabar com você e com o merda do seu namoradinho! Não pense que esta notícia idiota vai estragar meus planos. Darei um fim em você, custe o que custar! Eu sempre tenho uma carta na manga.

A gravação chegou ao fim e eu apertava a cadeira com tanta força, que meus dedos ficaram brancos. *Eu disse que ia acabar com você e com o merda do seu namoradinho!* Aí estava a ameaça clara. Passei a mão pelo cabelo, desolado. Queria que fosse eu no lugar dela.

Koyama solicitou a Edu que fizesse uma cópia da gravação, o que ele atendeu prontamente. Assim que recebeu o pen drive, o comandante entregou ao soldado Cruz, ordenando que tomasse as devidas providências.

— Agora só nos resta aguardar.

— Não podemos ficar aqui parados! — Dona Marta suplicou.

— Senhora, não há nada que possamos fazer, por enquanto, além de esperar. Já solicitamos a quebra do sigilo dos telefones, mas infelizmente isso leva tempo.

— Quanto tempo? Até que os bandidos resolvam matar nossas meninas?

Koyama engoliu em seco e meu sogro amparou a esposa.

— Querida, os agentes do BOPE estão fazendo o possível para encontrar...

— Nós precisamos do impossível, Mauro! É nossa filha, é nossa menininha! Nossa sobrinha! — respondeu aos prantos.

Eu sabia que não havia nada que pudesse ser feito. Não tínhamos a senha dos telefones para tentar rastreá-los extraoficialmente e o fato de eles estarem desligados também atrapalhava. O carro, embora localizado, foi em local diverso de onde elas realmente estavam. Só nos restava esperar e rezar por algum contanto telefônico.

Observei César, eu conhecia meu amigo muito bem para saber que sua mente analítica buscava por soluções naquele momento, mas que também não encontrava.

Estávamos impotentes, de pés e mãos atados.

SETENTA E CINCO

Milena

Zé Trabuco fazia jus ao nome de guerra ao apoiar o enorme fuzil nas pernas. Ele dirigiu o olhar assustador a mim, antes se dirigir à Vívian com desdém.

— Só uma vagabunda como você pra acreditar que realmente manda em alguma merda, né?

Coringa, que estava ao seu lado, mostrou os dentes podres quando deu seu sorrisinho medonho.

— Vou perguntar uma vez só: cadê minha grana?

Vívian tremeu, me deixando mais apavorada.

— Responde, filha da puta! — Coringa gritou, puxando seu cabelo e ela gaguejou, dizendo que alguém estava trazendo.

— Tá pensando que sou idiota, sua vadia?

A voz aterrorizante de Zé soou como um trovão. Fiquei lívida quando engatou a enorme arma e apontou para a testa dela. *Vamos morrer!* Pensei apavorada.

Vívian gritou desesperadamente, dizendo que os cem mil estavam a caminho e que ela precisava apenas fazer a ligação. *Cem mil?* Um buraco se formou em meu estômago quando entendi que aquele não era um plano só dela. *Ligação?* É claro que ela não tinha cem mil para pagar pelo fim da minha vida, mas Leandro sim. *Darei um fim em você, custe o que custar!* Ele havia dito.

O grito agudo me trouxe de volta à cena macabra que se desenrolava: Coringa havia lhe dado uma coronhada, enquanto Dente de Leite, a mando de Zé Trabuco, pegava o celular em sua bolsa esquecida em algum canto.

— Ligue. Agora — ordenou. — Qualquer gracinha, estouro seus miolos.

O telefone estava no viva-voz e Leandro atendeu no terceiro toque. Sua voz me causou náuseas.

— O que foi, Vívian? — disse sem qualquer emoção, mas foi Zé Trabuco quem respondeu:

— Aqui quem fala é o *Chefe*, estou com a encomenda e com sua garota. A parada é a seguinte, mermão, duzentos mil pela carga.

Silêncio. Instantes depois, respondeu incrivelmente calmo:

— Hum... não foi esse o combinado.

— Tô mudando o combinado, tá ligado?

— E eu pouco me fodendo pra isso!

Zé franziu o cenho, pegando o aparelho da mão de Coringa. Andando de um lado para o outro, urrou.

— E o que você me diz se eu meter o pau no cu da sua mulher? — Silêncio. — E se eu estourar os miolos dela? Você estará pouco se fodendo pra isso também? Hein?

Ele estava transtornado e Coringa parecia se divertir com a situação. Dentre de Leite, estava quieto num canto, e baixou os olhos quando me viu.

— Sinceramente? Não estou nem aí! — A voz de Leandro soou pelo alto-falante e encarei Vívian, horrorizada. — É até um favor que você me faz, ela é chata pra caralho! Ninguém mandou a burra ir pra aí.

A expressão de Vívian foi de incredulidade à profunda decepção em questão de segundos, enquanto Leandro continuou vomitando coisas terríveis sobre ela, sobre o quanto era pegajosa, insuportavelmente carente e se achava esperta demais.

— Em relação à sua grana, pode esquecer! — continuou com uma risada macabra. — Bandido por bandido, os do alto escalão são infinitamente melhores, *mermão*!

Completamente transtornado, Zé caminhou em nossa direção, pegando Vívian pelo braço com violência e seus gritos ecoaram por todo o ambiente. Ele a jogou contra a parede do outro lado do quarto, antes de voltar ao celular.

— Escute, seu cuzão!

Completamente aterrorizada, vi Zé Trabuco desferir um soco em Vívian. E outro. E mais um. Houve uma sequência deles, enquanto seus berros desesperados e sofridos ecoavam pelo cubículo, e Coringa gargalhava, se deliciando com a situação.

— Você quer mesmo saber o que acho desta pegajosa, chata do caralho, gritando sem parar? Tô pouco me fodendo! *Cuzão!*

A voz de Leandro soou com total desprezo e, horrorizada, vi Vívian caída, praticamente inconsciente. No momento em que seu olhar cruzou o meu, senti pena. Desespero, frustração, medo e decepção foram alguns sentimentos que minha prima provavelmente sentia naquele momento. Arrependimento? Não sei dizer.

Devido ao ódio mortal que nutriu por mim, Vívian escolheu viver sua vida em função de provocar minha total infelicidade. Sinceramente, não consigo imaginar forma de alguém se sentir mais miserável.

Se eu senti ódio por ela? Não. Absolutamente. Ela vivia conforme sua natureza. Assim como eu.

— Eu vou acabar com você, seu filho da puta! Vou pro inferno pra te encontrar, mas antes... — Engatou a arma e parei de respirar quando apontou para ela. — Diga adeus ao seu *príncipe* de merda, dona!

Foi a última coisa que disse antes de puxar o gatilho e abrir um buraco em sua testa.

Era a segunda morte que eu via em... quê? Vinte e quatro horas? Ou menos? Perdi a noção do tempo naquele lugar, na verdade, a noção de tudo. A única certeza era de que seriam os últimos momentos da minha vida, pois certamente não sairia viva dali.

Eu ainda ouvia vozes ao longe, gritos e as palavras mais absurdas e assustadoras possíveis, mas as únicas coisas que meus olhos aterrorizados viam eram sangue por todo o lado, o corpo sem vida e o que havia sobrado do rosto de Vívian. Ali eu soube que jamais me recuperaria de toda a experiência macabra que estava vivendo. Primeiro, Alessandra, minha irmã de coração, morta. E então, Vívian, que embora fosse sangue do meu sangue, o único sentimento que nutriu por mim durante toda sua curta vida foi *ódio*. Ódio este que nos levou àquela situação e a fez pagar o preço com a própria vida.

— Sua vagabunda!

— Ela tá em choque, Zé! — Identifiquei a voz de Dente de Leite e olhei à frente para o outro que me sacudia.

— Espero que seu *príncipe* seja realmente encantado — Zé rosnou petulante, estendendo meu celular já carregado. — A senha.

Senti-me profundamente cansada. Esgotada, na verdade. Sua voz macabra ecoou em meus ouvidos mais uma vez, quando, aos berros, ordenou que eu revelasse a senha para desbloquear o aparelho.

— Arco amarelo.

Zé Trabuco digitou a senha e acessou a área "Favoritos".

— Rafael?

— Por favor... — implorei.

Ele deu um sorriso petulante, clicando no contato.

— Vamos ver se a dona é tão importante assim.

SETENTA E SEIS

Rafael

— Aqui está. — Edu estendeu uma xícara fumegante. — Fiz o café mais forte que consegui.

Retribuí com um sorriso que teve vida curta. Ainda estávamos no apê e até aquele momento, nenhum contato foi feito.

Cris ligou e se colocou à disposição, inclusive para resolver todos os assuntos referentes ao escritório, pelo tempo que fosse necessário.

— Queria que não fosse preciso — respondi perdido.

— Doutor, elas serão salvas, vocês estão em excelentes mãos. Sou prova viva e o senhor sabe disso.

Sim, eu sabia. Há cinco anos Cris e sua irmã gêmea sofreram um sequestro relâmpago enquanto saíam de um caixa eletrônico na Zona Norte. Foram rendidas por bandidos fortemente armados que as mantiveram em cativeiro por uma semana, quando finalmente foram salvas pelo BOPE, cuja operação foi comandada por Koyama. Foi assim que se conheceram e eu sempre fazia piadas a respeito do relacionamento explosivo deles. Porém, não naquele dia.

Tomei mais um gole da bebida que desceu amarga. Após ingerirem um calmante, minha sogra e dona Ana descansavam no quarto de Milena, enquanto meu sogro conversava com os agentes do BOPE. Léo ajudava Edu com o café e César se mantinha sentado no sofá fitando o nada.

Subitamente, meu telefone tocou e dei um pulo da cadeira, olhando de forma nervosa para Koyama. Era o número de Milena.

— São eles. Faça exatamente como te expliquei. Estou aqui com você.

Assenti, clicando com os dedos trêmulos no botão do viva-voz.

— Alô.

— Rafael?

A voz assustadora entoou do outro lado da linha e Koyama balançou a cabeça me encorajando.

— Quem deseja?

— Alguém que está com algo seu.

César se postou à minha frente e respirei fundo, tentando levar o plano adiante, mas apavorado demais com a possibilidade daquele filho da puta desligar.

— Onde está a minha mulher?

— Por enquanto tá viva, mas vai depender de você, do quanto ela é importante, tá ligado?

Fechei o punho com força.

— Por favor, não faça nada com elas. Diga o que deseja! — pedi desesperado e um silêncio perturbador se formou, me deixando apavorado.

Ainda estávamos em chamada. Eu estava por um fio, César, contudo, explodiu:

— Onde ela está? — urrou apavorado e foi rapidamente "escoltado" por Ferraz, que o levou para a cozinha. Koyama movimentou a mão, pedindo calma.

— Que porra é essa? Quem tá aí, caralho?

Fiquei lívido.

— Pelo amor de Deus, só quero a minha mulher! — supliquei.

— Sou eu, César, namorado da Alessandra. Por favor, não faça nada com elas, eu imploro! — Koyama assumiu. — Diga o que desejam que providenciaremos imediatamente, mas pelo amor de Deus não faça nada com nossas mulheres!

Nunes, que operava o Guardião, fez sinal para que ele enrolasse mais, até que conseguisse fazer a triangulação e rastrear a chamada.

— As garotas ainda estão vivas e vai depender de vocês se vão continuar ou não, mermão.

— O que quiserem.

— Como é mermo teu nome?

— César.

— César. A parada é a seguinte, cem mil por cada uma.

Desesperado, levei as mãos à cabeça. Era domingo e não conseguiria sacar aquela quantia antes da segunda-feira. Koyama ainda negociava com o filho da puta, enquanto eu pensava em várias alternativas para conseguir pegar o dinheiro de uma vez e trazermos Milena e Alessandra de volta sãs e salvas.

Finalmente Nunes levantou o polegar. A ligação havia sido rastreada e ele preparava os dados. Koyama enrolou um pouco mais, perguntando como fariam para entregar o dinheiro.

— Aguarde meu contato às nove da noite. Por enquanto, arrume minha grana.

A ligação ficou muda e ele correu em direção a Nunes. Imediatamente eu e César nos posicionamos ao lado deles.

— O cativeiro fica em Santa Cruz. — Nunes abriu a foto do satélite no notebook, tocando em um ponto específico. — Aqui.

Concentrado, Koyama analisou a imagem: um barraco caindo aos pedaços, no meio do nada.

— Vou acionar o restante da equipe. Faremos a intervenção hoje à noite — ordenou.

— Iremos com vocês.

Ele olhou gravemente para César.

— Com todo respeito, você só pode estar de sacanagem.

César engoliu em seco.

— Estou desesperado! Sei que me exaltei, mas não acontecerá de novo. Pelo amor de Deus, deixe-nos ir com vocês.

— Koyama — supliquei.

Ele franziu o cenho antes de soltar um palavrão baixo.

— Somente os dois e vocês ficarão *dentro* do Caveirão. — Olhando-me seriamente, concluiu: — É o máximo que posso fazer.

Soltei o ar que nem percebi que prendia e olhei para César, confiante.

— Preciso de um mapa da área agora! Ferraz, contate a equipe. Vamos trazer essas garotas de volta!

SETENTA E SETE

Milena

Apavorada, olhei ao redor. Parecia que eu estava em um filme de terror, tamanha a quantidade de sangue e sujeira por todos os lados. Mas aquilo não era um filme e sim a dura realidade. Eu estava nas mãos de bandidos do tráfico, cujo serviço foi encomendado por Leandro. Alessandra e Vívian estavam mortas. Logo eu seria a próxima.

Falando em Vívian, seu corpo – ou o que restou dele, não estava mais ali. Quando o levaram? Para onde? Eu estava à deriva, sem saber absolutamente nada. Ao contrário da forma em que ligou para Leandro, Zé falou com Rafael da sala, não me permitindo acesso à conversa. Desde que saíram, fiquei sozinha naquele lugar aterrorizante.

A porta abriu de repente e Dente de Leite entrou, fechando-a e caminhando em minha direção. Por impulso, tentei me afastar, sem ter como me mover ou para onde ir. Ajoelhou-se à minha frente e colocou um pedaço de pão na minha boca.

— Coma.

Encostou um copo d'água em minha boca e bebi com goles rápidos.

— Por que você faz isso? — Ele piscou várias vezes. — Digo, por que se mistura com essa gente? Você me alimenta, mas matou minha amiga.

Minha voz falhou e ele me encarou seriamente. Abriu a boca para responder, quando ouvimos um barulho ensurdecedor. Vozes e gritos vindos da sala me deixaram em pânico. A porta abriu com um estrondo e Coringa surgiu com a pistola em punho, apontando para mim. No momento em que puxou o gatilho, Dente de Leite se postou à minha frente, levando o tiro certeiro que tirou sua vida.

Tomada por uma histeria absurda, comecei a gritar, olhando o sangue espirrar em minha roupa. Outros tiros foram disparados e Coringa tombou na porta. Imediatamente quatro homens de preto, encapuzados e armados até os dentes, entraram no cubículo. Um deles se dirigiu a mim e comecei a gritar, me debatendo desesperadamente.

— Estou aqui para protegê-la! — gritou em meio ao barulho ensurdecedor que vinha de fora. — Sou o comandante Koyama, do BOPE. A senhorita está salva. Onde está sua amiga?

Pisquei atordoada. *BOPE?*

— Onde está sua amiga? — repetiu me desamarrando, e totalmente descontrolada, me pus a chorar.

— Limpo!

— Limpo!

Vozes disseram e mais uma vez, o comandante se dirigiu a mim.

— Senhorita, sua amiga, onde está? Preciso que me diga.

Balancei a cabeça, tentando responder que Alessandra estava morta, quando um deles entrou correndo.

— Comandante, temos baixa de vítima. Fuzil.

O homem pareceu transtornado.

— Tirem-na daqui — ordenou, se referindo a mim. — Agora!

A sequência que seguiu foi um borrão, como se tudo acontecesse em câmera lenta. Fui escoltada por dois agentes do BOPE enquanto presenciava uma cena de horror. No chão, os corpos de Dente e Leite e Coringa, além do de Vívian, na sala. Em um canto, Zé Trabuco estava amarrado, com o rosto ensanguentado e sendo interrogado por dois agentes do BOPE, além daquele que estava comigo e parecia ser o chefe da operação.

Lá fora havia uma ambulância e um grande veículo preto, quase imperceptível na noite. Eu o conhecia bem: o Caveirão. A porta abriu e mais um agente surgiu, além de pessoas vestidas de branco, que supus serem médicos, que saíram da ambulância. Mas não eram eles que eu via, e sim... Rafael? Seria alucinação?

Meu Deus! Rafael???

— Meu amor!

Suas palavras pareceram vir do fundo da garganta quando correu em minha direção e me tomou em seus braços sem se preocupar com meu estado deplorável: suja, machucada e devastada. Tudo que fez foi me abraçar forte e me mostrar que aquele maldito pesadelo havia acabado, que eu estava salva e que ele estava ali para me proteger de qualquer coisa. E finalmente após tanto tempo me senti realmente protegida.

— Achei que nunca mais veria você! Eu te amo tanto, meu amor! Tanto! — Apertou-me, ao mesmo tempo em que me afastou apenas o suficiente para inspecionar meu corpo. — Meu Deus, o que fizeram com você?

Rafael ficou em estado de choque ao ver tanto sangue em minha roupa e, de alguma forma, consegui explicar que aquele sangue não era meu. As pessoas de branco se aproximaram, dizendo que eu precisava ser examinada, quando um grito desesperado rasgou o ambiente.

— Cadê Alessandra? Onde ela está?

Deparei-me com César descontrolado e fiquei desolada. Perante meu pânico, Rafael pareceu entender tudo e levou as mãos à cabeça, dirigindo um olhar nervoso ao amigo.

— Milena... — César gaguejou com os olhos transbordando. — Cadê a Alessandra?

Comecei a soluçar e ele deixou-se cair de joelhos, levando o rosto às mãos. Soltou um grito agudo, sofrido, desesperado, e mediante sua agonia ajoelhei-me ao seu lado, abraçando-o. Rafael se juntou a nós.

Não sei precisar por quanto tempo ficamos ali, mas em algum momento o comandante do BOPE se dirigiu a nós.

— Sinto muito por sua amiga — disse a mim, mas olhando para César.

— Eles a mataram antes de chegarmos aqui.

De alguma forma, consegui dizer e o comandante franziu o cenho.

— Então, ela... — apontou para o barraco.

— Vívian. Ela e Leandro planejaram tudo. — Rafael ficou estupefato. — Mas ele mesmo deu a ordem para matá-la.

Transtornado, César se levantou num pulo.

— Onde ele está? Onde esse filho da puta mora? — urrou fora de si. Segurou meu braço com força e o olhei assustada.

— Onde???

— Senhor, a justiça será...

— A justiça não trará minha Alessandra de volta, comandante! Mas *eu* vou garantir que esse filho da puta sofra as consequências! Vou atrás dele nem que seja no inferno! Depois, se a justiça quiser me condenar por isso, foda-se!

O agente engoliu em seco e tentou argumentar, dizendo que não valeria a pena destruir sua vida tentando fazer justiça com as próprias mãos.

— Vida? Que vida??? Minha vida acabou no momento em que Alessandra saiu daquela festa. Se eu não tivesse...

Sua voz falhou e ele caiu de joelhos mais uma vez, e foi desesperador vê-lo daquele jeito. Como nossa vida pôde ter mudado do dia para a noite? O que fizemos para merecer viver aquele inferno?

Recebi os primeiros socorros, antes de seguirmos para o Instituto Médico Legal, onde passei por uma série de exames, incluindo o Corpo de Delito; depois seguimos à delegacia para prestar depoimento. Eu estava exausta! No caminho, Rafael ligou para meus pais e é impossível descrever o que senti ao ouvir suas vozes. Minha mãe me bombardeou de perguntas e não pude me sentir mais agradecida por isso. Não via a hora de chegar à casa, abraçá-los e nunca mais soltá-los.

Rafael conversou com papai e muito emocionado, lhe contou sobre a tragédia que aconteceu com Alessandra.

— Estamos desolados — ouvi-o dizer.

Não ouvi o que papai falou, mas pela resposta de Rafael, presumo que tenha sido algo sobre César.

— Transtornado.

Rafael informou ainda que me ofereceria suporte na delegacia e papai ficou encarregado de dar a notícia sobre Alessandra a todos que estavam em minha casa, inclusive minha tia. Por sugestão de Koyama, Rafael não mencionou o nome de Vívian, a fim de que a investigação não fosse prejudicada.

O tempo em que fiquei no IML e na DP foi longo e cansativo, os procedimentos duraram horas. Meu telefone e o de Vívian foram apreendidos como evidências, Zé Trabuco foi preso em flagrante, quanto a Leandro, foi expedido um Mandado de Prisão Preventiva.

Em um tom apático e olhar inexpressivo, César informou que iria embora. Parecia atuar no piloto automático.

— Fique conosco — Rafael pediu, mas ele negou, dizendo que precisava ir embora. — Stella ligou várias vezes, mas não atendi. Preciso... resolver algumas coisas... — concluiu perdido.

César me abraçou com carinho e sem conseguir se segurar, chorou feito um menino. Era inacreditável que Alessandra não estivesse entre nós. Assim que saiu, o comandante do BOPE se aproximou e lhe estendi a mão.

— Obrigada por salvar minha vida.

Ele deu um sorriso que teve vida curta, enquanto retribuía o comprimento.

— Só fizemos o nosso trabalho — respondeu se referindo à equipe. — Infelizmente não conseguimos chegar a tempo de salvar sua amiga.

Abaixei os olhos, sentindo uma profunda tristeza, sabendo que jamais me recuperaria daquela perda. Mãos envolveram minha cintura e não foi preciso olhar para saber que era Rafael. Reconheci seu toque e me aninhei em seu peito, sentindo o cansaço absurdo se apoderar de mim.

— Converse com a Cris, ajudará bastante.

Pisquei confusa e Rafael revelou que eles eram casados.

— Eu a salvei de um sequestro há cinco anos, mas infelizmente não cheguei a tempo de salvar sua irmã — disse com pesar, calando-se por instantes.

Mais uma vez Rafael interveio, dizendo que Cris tinha uma irmã gêmea e que foram sequestradas quando saíam de um caixa eletrônico. Mesmo após todo aquele tempo, ela ainda fazia terapia e ajudava muitas pessoas a superarem este trauma.

Fiquei chocada. *Cris?* Pensei. Nunca imaginaria, ela era uma mulher tão alegre! A voz de Koyama me trouxe de volta à realidade quando se dirigiu a Rafael gravemente.

— Fique de olho nele, não permita que faça qualquer besteira. — É claro que se referia a César. Com olhar sombrio, concluiu: — Conseguimos arrancar algumas confissões do elemento enquanto estávamos no cativeiro. Eu e minha equipe ficaremos muito felizes em conhecer esse tal de Leandro.

Sem esperar pela resposta, desapareceu no meio da escuridão, rumo ao Caveirão.

SETENTA E OITO

Rafael

Era inacreditável que Milena estivesse em meus braços depois de tudo que passamos. No táxi, apertei-a com força, como se precisasse garantir que ela nunca mais fosse embora.

— Eu te amo demais! — Segurei seu rosto em minhas mãos. — Durante esses dias vivi o maior pesadelo da minha vida. Nunca mais quero você longe de mim.

Não dei tempo para que respondesse, assaltando sua boca. Beijei-a como se o mundo fosse acabar naquele instante, sem me preocupar com o taxista. Eu gemia em sua boca, não por tesão, mas por desespero. Só de pensar na possibilidade de ficar longe dela me deixava angustiado.

— Eu amo você — repeti.

Emocionada, Milena segurou meu rosto, me olhando profundamente com aquelas hipnotizantes esmeraldas, antes de encostar a testa na minha e beijar todo o meu rosto, como se quisesse marcá-lo: testa, olhos, nariz, bochechas, queixo, e por fim, meus lábios.

— Saber que você estava à minha procura me manteve viva. *Você* foi o meu foco e a minha força, foi o amor que sinto por você e a esperança de poder te reencontrar que me mantiveram forte em meio àquele inferno. Sem você não sou nada!

Completamente emocionado, não fiz nenhum esforço para impedir que as lágrimas caíssem. Eram muitas, na verdade: alívio, gratidão, amor... Abracei-a, mantendo-a ali durante todo o trajeto.

Assim que entramos em sua casa, embora fosse madrugada, fomos recebidos por todos. O encontro com seus pais foi emocionante, impossível de se traduzir com palavras. O amor incondicional entre eles é algo divino. E o que dizer sobre Edu? Mal teve tempo de digerir seu trauma e ali estava, destroçado pela tragédia que aconteceu com Alessandra e pleno de amor pelo retorno de Milena.

Emocionada, dona Ana a abraçou e aquele foi um momento delicado para todos nós. Meus pensamentos vagaram, fazendo com que eu me lembrasse de César. Eu não poderia sequer pensar em passar por uma situação como a dele. O que eu faria da minha vida se Milena não estivesse aqui para vivê-la comigo?

Seu Mauro se aproximou. Parecia ter envelhecido uns dez anos.

— Graças a Deus minha menininha está em casa, mas Alessandra — engasgou. — O que aconteceu foi uma tragédia! O que será da Ana? De nós? — Engoli em seco e ele apontou para as mulheres na sala. — Preciso reunir forças para tomar conta de todas elas.

— O senhor não está sozinho. Somos uma família.

Completamente emocionado, meu sogro me abraçou apertado, batendo em minhas costas.

— Somos uma família — repetiu.

Exalei com força, refletindo se deveria abrir o jogo com ele, optando por fazê-lo. Discretamente toquei seu ombro, conduzindo-o à cozinha, a fim de termos privacidade.

— Há algo que o senhor precisa saber. — Olhou-me em expectativa. — Pelo amor de Deus, isso ainda não está sendo revelado para não prejudicar as investigações.

Seu corpo se retesou e passei a mão pelo cabelo, nervoso.

— O sequestro delas não foi acidente, foi encomendado.

Ele ficou lívido, apoiando-se na bancada. Seus olhos me fitaram e tudo que vi foi pura cólera.

— Leandro — rosnou, me deixando surpreso.

— Como...

— Eu sei? — interrompeu-me. — Sempre acreditei que aquele crápula seria capaz de fazer alguma sujeira. Só não achei que fosse tão longe. Meu Deus!

— Foi expedido o mandado de prisão preventiva e dentro de algumas horas este filho da puta estará preso — sussurrei, com receio de ser ouvido. — Outra questão que precisaremos estar preparados.

Meu sogro piscou confuso e lhe expliquei que pelo fato de o pai do crápula ser uma figura pública e influente, fatalmente a notícia da prisão cairia na mídia.

— E é provável que a imprensa venha atrás da Milena.

Ele franziu o cenho e um forte vinco se formou entre suas sobrancelhas. Apesar de ser uma mulher forte, sabíamos o quanto estava emocionalmente destruída por todo o horror que passou, e a última coisa que precisava era de um bando de fotógrafos e jornalistas seguindo os seus passos.

Fitei-o por instantes, sem saber como prosseguir.

— Há outro detalhe: Vívian. Ela também está envolvida. — Ele ficou estarrecido. — Quer dizer, estava. Ela não sobreviveu.

— Por Deus...

Em instantes, contei-lhe todo o ocorrido: o fato de Leandro e Vívian terem negociado com traficantes do morro do Alemão e o motim que os bandidos fizeram contra eles, culminando na morte dela.

— Foi o próprio Leandro que deu a ordem para matá-la quando o tal Zé Trabuco dobrou a recompensa pra duzentos mil reais pelas duas.

— Duzentos...

Ele não conseguiu terminar a frase e levou a mão à testa suada, me fazendo questionar se eu deveria ter lhe dito aquilo tudo àquela hora. Dei-lhe tempo para se recompor, antes de continuar com cuidado.

— Alguém precisa avisar a mãe dela.

— Virgínia que se foda! — rosnou, balançando a cabeça em seguida, como se reconsiderasse. — Farei isso.

— Faremos juntos. — Olhou-me surpreso e dei um sorriso torto. — Já lhe disse que somos uma família.

SETENTA E NOVE

Alessandra

Era o fim da minha vida! Não havia completado 30 anos e aquele seria o meu último suspiro. É impressionante o que acontece neste momento, como tudo passa como um filme em nossa cabeça, na velocidade da luz.

Pensei em minha mãe e senti um aperto no peito. Neste mundo ingrato, éramos somente nós duas. Quem cuidaria dela? Quem teria paciência com seus esquecimentos, cada vez mais frequentes, devido à maldita doença que se instalou em seu cérebro, deixando-a confusa e acabando aos poucos com sua alegria e espontaneidade tão características? Meus únicos amigos, certamente, mas isso não era tarefa deles.

Pensei em Milena, minha amiga e irmã de coração, que após uma vida tão sofrida estava prestes a ter a felicidade ceifada novamente. O que aconteceria com ela? O que aqueles bandidos fariam? Será que sobreviveria? Provavelmente não. Senti uma dor lancinante ao pensar nela sozinha naquele carro com aqueles monstros.

Edu? Quem poderia protegê-lo de um pai doente e perigoso? Para mim não havia motivo que justificasse a violência que praticou contra o próprio filho, a não ser um: *maldade*. Por mais que tentassem me convencer do contrário.

E César? Meu peito queimou. O único a quem amei, o único a quem dediquei minha curta vida. Seus olhos azuis invadiram minha alma, suplicantes. *Eu amo você, por favor, entenda! Preciso que confie em mim, que tenha fé em mim!*

Não. Eu não tive. *César...*

A figura assustadora ainda estava na minha frente, com a arma em punho. Eu estava ajoelhada, amordaçada e com as mãos amarradas atrás das costas.

Eu não via o carro. Estávamos em curva e ele havia me levado para o outro lado. Subitamente, o garoto franzino caminhou em minha direção a passos largos, me deixando apavorada. Antes que eu pudesse raciocinar, puxou a fita de minha boca com violência.

— Por favor... — supliquei. — Por favor...

Rapidamente, segurou meu braço e pisquei confusa quando senti que me desamarrava.

— Não consigo fazer isso, mas eles sim. — Jogou a corda longe. — Foge! Desaparece!

Em um segundo meu cérebro trabalhou num único comando: correr. O mais rápido que pude, girei e corri. Ouvi o primeiro disparo e entrei em pânico, acreditando piamente que levaria um tiro pelas costas. Tropecei em alguma coisa, escorregando vala abaixo.

Vários tiros foram disparados e pude jurar que um deles atingiu minha perna, tamanha a dor dilacerante que senti. Eu ainda caía e por reflexo levei as mãos ao rosto, na tentativa de protegê-lo. Em algum momento parei, estacando em algum lugar. Minha perna e minha cabeça latejavam e minhas mãos estavam banhadas de sangue. Pensei em minha amiga sozinha naquele carro com três assassinos. Não tive chance de pedir por sua vida. Que tipo de amiga eu era?

Que tipo de amiga você é, Alessandra, que não a protegeu? Nem a ela, nem a Edu?

Que tipo de mulher você é que não deu uma chance ao único homem a quem amou?

Minha cabeça doía e tentei abrir os olhos, em vão. Era o fim.

Senti algo em meu braço e tentei abrir os olhos. A claridade me envolveu, fazendo com que eles ardessem e os fechei novamente. Algo ainda me tocava, então, mais uma vez, os abri. Dei um grito e por reflexo, espantei o bicho peçonhento que estava em mim. Tentei me levantar, mas fui impedida pela dor excruciante.

Observei em volta, não havia nada além de mato. *Onde estou?* Pensei desesperada, quando as cenas voltaram à minha mente.

Foge! Desaparece!

Olhei para mim mesma e o vermelho do vestido se misturou ao do sangue em minha pele. Em minha coxa havia um pequeno graveto que se eu tirasse certamente sangraria muito mais. Inspirei profundamente, tentando me mexer: primeiro os pés, depois a perna (que doeu absurdamente), a outra e por fim, todo o corpo. Constatei que não havia nada quebrado, mas era provável eu ter torcido o tornozelo, além do graveto enterrado na coxa direita e vários arranhões pelo corpo.

Com dificuldade, rasguei pedaços do vestido, amarrando-o em alguns lugares na tentativa de estancar as hemorragias. Eu precisava sair dali e procurar por socorro, se quisesse sobreviver.

Se eu estivesse com meu celular...

Levei algum tempo para conseguir caminhar, mancando. Busquei uma forma de sair daquela mata, mas tudo que consegui foi andar em círculos durante horas. Qualquer passo era dilacerante e o pânico aumentou quando constatei que a manhã deveria ter passado, pois o sol estava acima da cabeça. Eu tinha pouco tempo até o anoitecer.

Eu precisava pensar, traçar uma tática para sair daquele lugar. O problema era que estava fraca demais até para planejar alguma coisa. Meu corpo doía, a cabeça latejava, além da sede absurda que eu sentia.

Havia uma árvore ao meu lado e decidi que aquele seria o "marco zero". Com a ajuda de uma pequena pedra, escrevi no tronco a palavra "César" envolto em um coração. Permiti-me alguns instantes acariciando seu nome. Eu faria de tudo para encontrá-lo novamente, nem que fosse por segundos.

Unindo forças das quais não possuía caminhei, sinalizando outras árvores apenas com o nome dele todas as vezes em que fazia uma curva. Não sei precisar por quanto tempo andei. A dor que eu sentia era excruciante, a perna vacilava e os tombos eram inevitáveis. Eu estava com fome, sede, e a fadiga me dominou completamente. Olhei para os lados, não enxergando nada que pudesse sugerir algum progresso. De fato, parecia mesmo que eu não saía do lugar.

Em algum momento, fui vencida pelo cansaço extremo, e de repente tudo ficou escuro.

Desabei.

— Será que tá morta?

— Tem muito sangue aí.

Tentei abrir os olhos quando vozes penetraram meus ouvidos, mas não consegui. Parecia que eu estava presa em um pesadelo. Talvez as vozes fossem mesmo um sonho macabro.

— Vamos chamar mainha.

— Tu vai deixar ela sozinha aqui?

— Eu é que não fico aqui sozinho! Tu fica?

Por favor, não me deixem... Pensei, mas as vozes se calaram no momento em que fui engolida mais uma vez pela escuridão.

Senti algo frio em minha testa e úmido na boca. Tinha um gosto amargo, mas não tive forças para rejeitar.

Vozes femininas.

Frio. Muito frio. Eu tremia e as vozes não se calavam.

— Ela não acorda.

— Não seria melhor chamar um médico?

— Que médico?

— Você acha que suas ervas vão curá-la?

Escutei uma canção ao longe, era uma voz feminina incrivelmente afinada. Seria um anjo? Teria eu morrido?

Abri os olhos devagar. O lugar era incrivelmente pequeno e eu estava no chão, deitada numa espécie de palha.

Um menino franzino me observou assustado. Devia ter uns doze anos e parecia me estudar.

— Ela acordou!

Uma senhora corpulenta se aproximou, me analisando. Seus lábios se esticaram num sorriso terno e acolhedor.

— Como se sente?

Tentei falar, mas minha boca estava seca. Olhei para baixo, para meu corpo e constatei várias bandagens: nos braços, nas mãos e pernas, e em meu tornozelo havia uma tala. O vestido vermelho fora substituído por uma camisa branca e um short azul claro, parecendo pertencerem a um homem.

— Você estava muito ferida. Sorte sua os meninos terem te encontrado.

A senhora começou a falar, me colocando recostada em uma espécie de almofada, antes de levar uma cuia à minha boca.

— Mais um dia e você não teria sobrevivido.

Fiz uma careta ao sentir o gosto amargo e balancei a cabeça mostrando que não queria aquilo.

— Não estou te oferecendo, mocinha. Não faça pirraça e trate de beber tudinho, se quiser continuar viva.

Fechei os olhos e bebi todo o conteúdo. Céus, era pior que boldo!

— Obrigada por me ajudar — consegui dizer, finalmente, olhando através da janela.

Lá fora o sol raiava e a paisagem não se parecia em nada com que eu pudesse reconhecer.

— Onde estou?

A senhora observou por instantes, antes de responder que eu estava em sua casa. Perante meu silêncio, concluiu:

— Na favela de Acari.

Pisquei várias vezes quando *flashes* invadiram minha mente. Meu carro cercado por bandidos fortemente armados, eu ajoelhada com um garoto apontando uma arma para minha cabeça, sua voz dizendo "Foge! Desaparece!" e eu caindo num matagal sem fim.

— Há quanto tempo estou aqui?

— Pouco mais de duas semanas.

— Meu Deus! — exclamei atordoada, quando um pensamento me atingiu.

— Milena! — Senti uma dor lancinante ao pensar em minha amiga sendo levada pelos bandidos. — Preciso chamar a polícia.

A senhora calmamente pôs a cuia de lado, antes de me entregar um copo d'água.

— Nada de polícia por aqui, menina. — Engoli em seco e ela continuou: — Mas se tem alguém que você possa ligar pra te buscar, posso passar o local certo onde poderão te encontrar.

— Por favor — implorei.

Eu só precisava sair dali e tentar salvar minha amiga.

OITENTA

Rafael

Apoiei o paletó do terno no ombro e entrei no *Manhattan Tower* sem precisar ser anunciado. Milena me esperava e assim que me viu, correu ao meu encontro. Apesar de ter sido liberada para ficar em casa durante o tempo que precisasse, preferiu trabalhar e, conforme suas palavras, *ocupar a cabeça.*

Ela estava linda num vestido verde e molhei os lábios ao ver suas pernas torneadas envoltas pela meia-calça transparente, imaginando que tipo de lingerie usava naquele dia. Apertei-a contra mim, sentindo seu aroma inebriante.

— Meu anjo.

Beijei-lhe a boca, sem me importar com o ambiente de trabalho. Eu não cansava de reverenciá-la o tempo todo. Fitei-a por instantes e foi impossível não notar a profunda tristeza em seus olhos. Ela ainda se recuperava e eu sabia que o processo era longo.

Perguntei sobre Edu e ela deu de ombros, informando que provavelmente estava na sala de algum advogado da empresa. Contemplou a mesa de Alessandra e por reflexo a acompanhei.

— Está tudo em seu devido lugar, cada papel, cada anotação. César ordenou que ninguém tocasse ali. Acho que fez uma espécie de santuário.

Algumas semanas se passaram desde a tragédia que nos abateu, e as buscas pelo corpo de Alessandra continuavam. Em vista da capacidade de discernimento de dona Ana estar prejudicada, César tomou à frente de todas as decisões, inclusive de seu tratamento.

Notei o quanto minha namorada estava emocionada e quando fiz menção em lhe dizer alguma coisa, informou que precisava ir ao banheiro.

— Te vejo em cinco minutos. César está na sala, caso queira dar um oi.

Eu sabia que estava fugindo, que iria chorar; como sabia também que eu *precisava* lhe dar este tempo, ainda que meu coração sangrasse por isso. Acariciei seu rosto.

— Eu amo você.

Seus dedos contornaram meus lábios, antes de me beijar docemente.

— Eu amo você — repetiu, antes de seguir para o toalete.

Inspirei profundamente, antes de observar mais uma vez o local onde Alessandra costumava ficar. Um bolo se formou em minha garganta e caminhei a passos lentos para a sala do meu amigo, dando uma leve batida na porta. Instantes depois, uma voz grave e até mesmo fantasmagórica ecoou lá de dentro, ordenando que eu entrasse.

Engoli em seco assim que vi a figura solitária no imponente escritório. César estava ainda mais magro, de fato, deveria ter perdido uns cinco quilos naquelas semanas. A barba por fazer lhe dava um tom mais relaxado, e o terno nada impecável mostrava que sua aparência era a última coisa que importava.

— Rafael — disse sem nenhuma emoção. Parecia operar no piloto automático.

Ensaiei um cumprimento enquanto me aproximava de sua mesa que tal qual a de Alessandra, parecia intocada. Sentei à sua frente e perguntei como se sentia. Ele deu de ombros.

— Quer um café?

— Vou almoçar com Milena. Gostaria de vir conosco?

— Alessandra não está aqui pra fazer meu café, não está mais aqui pra me contagiar com sua risada estonteante, não está aqui pra dar sentido a tudo — continuou como se não me ouvisse e não pude culpá-lo. Eu sabia que não conseguiria suportar uma situação daquelas.

— Venha almoçar conosco — pedi mais uma vez, mas ele negou.

Observei-o por instantes. Há quantas noites não dormia? Será que estava se alimentando? Provavelmente não. Pensei em dizer alguma coisa, mas seu celular tocou. Ele dirigiu o olhar ao aparelho, ignorando-o completamente.

— Não vai atender? — indaguei.

— É um número desconhecido.

— Pode ser um novo cliente.

— Foda-se!

Exalei com força, antes de dizer que ele deveria reagir.

— É fácil falar — respondeu com um sorriso amargo e me senti culpado. Ele tinha razão.

O telefone tocou até a ligação cair. Em seguida, tocou novamente.

— Quer que eu atenda? — Ele não respondeu. — Por que veio trabalhar? Por que ficar aqui o dia inteiro, sentado, sem fazer nada?

Meu amigo mirou as próprias mãos por longo tempo, enquanto o telefone ainda berrava em cima da mesa. Inspirou profundamente antes de começar a falar:

— Não sei para onde ir, o que vestir, o que comer, o que falar... — Seus olhos se encheram d'água e um buraco se abriu em meu estômago. — Todo sentido de minha existência estava naquela mulher. Estou desesperado! Não sei o que fazer!

O telefone parou de tocar e um silêncio sepulcral se instalou na sala. Eu estava mudo, sem saber o que dizer para aliviar a dor do meu melhor amigo. Subitamente, o telefone de mesa tocou, assustando-nos. César olhou o aparelho, pálido.

— O que foi? — Quis saber.

— É a linha interna! — Dei de ombros e ele concluiu: — A linha que eu usava com a Alessandra.

Pisquei várias vezes e ele informou que, embora o ramal recebesse ligação externa, somente *ela* possuía o número. Engoli em seco e, por reflexo, pedi que atendesse a chamada. Com as mãos trêmulas, ele pegou o aparelho.

— César. — Ficou lívido, dirigindo-se a mim. — Alessandra?

Meu queixo caiu.

— Alessandra??? Meu amor, é você? Meu Deus! Como... Você está bem? Onde você está?

Ele a bombardeou de perguntas, me deixando totalmente agitado. Nervoso, pegou um papel e anotou um endereço, largando-o na mesa, enquanto continuava a enchê-la de questionamentos.

Peguei a anotação e ao ler fui tomado pelo pânico. *Favela de Acari?* Pensei, me perguntando se não seria uma cilada. Imediatamente peguei meu celular. Koyama atendeu no primeiro toque.

— Você fez bem em ligar. Acionarei a equipe e partiremos pra aí agora! — respondeu após minha breve explanação.

— Alessandra está viva! — César gritou emocionado, desligando o telefone. — Estou indo buscá-la!

— Koyama está vindo pra cá — informei, acionando o viva voz.

— César, estamos indo pra aí agora. Vamos resgatar Alessandra juntos.

— Não é um resgate, ela está salva! Ficou desacordada, perdida na mata por alguns dias até ser encontrada por dois garotos e levada a uma senhora que tomou conta dela...

— César, por favor, espere! Estamos indo...

— Espere? Minha mulher está viva, porra! VIVA! Vou esperar o quê?

— Pode ser uma armadilha — falei com cuidado, não queria assustá-lo.

— Rafael, *eu* conversei com ela!

Eu compreendia perfeitamente sua reação, afinal, Alessandra estava viva! Por outro lado, a desconfiança de Koyama fazia sentido: realmente poderia ser uma armadilha. Balancei a cabeça, amaldiçoando a mim mesmo pelo que diria, mas não houve outro jeito.

— E como pretende buscá-la na favela de Acari? Com seu Jaguar?

César piscou várias vezes, atordoado. *Merda! Merda! Merda!*

— Só lhe peço vinte minutos — a voz de Koyama soou suplicante pelo viva-voz. César balançou a cabeça, perdido, e encerrei a chamada.

— Estamos esperando por vocês, Koyama.

Amaldiçoei a mim mesmo por ter falado com ele daquela forma.

— Alessandra está viva, iremos buscá-la, mas, por favor, entenda que não podemos fazer isso sozinhos.

— E chegaremos com o *BOPE* em plena favela?

Franzi o cenho. Eu não tinha pensado nisso.

— Vinte minutos — pedi. — Tenho certeza de que Koyama tem um plano.

Milena conversava com Edu, que já tinha voltado. Ao vê-lo, fui tomado por um profundo sentimento de preocupação, ele estava tão ou mais abatido que nós. Sua calça jeans folgada e a camisa sobrando mostravam o quanto havia emagrecido. Entretanto, o fato de estarem juntos era bom, pois eu poderia dar a incrível notícia aos dois ao mesmo tempo.

Aproximei-me de forma enigmática, dizendo à Milena que teríamos de mudar nossos planos em relação ao almoço. Perante sua expressão confusa, acariciei seu rosto, antes de dirigir um olhar confiante a Edu, que estava ao seu lado.

— Alessandra está viva.

Ambos levaram as mãos à boca, ao mesmo tempo surpresos e emocionados, no momento em que César saiu eufórico da sala, gritando aos quatro cantos todos os detalhes da ligação. Milena deixou-se cair no chão, chorando copiosamente.

— Minha amiga está viva! Meu Deus, obrigada!

Senti todos os órgãos se esmagarem dentro de mim ao ver aquela cena: minha mulher, no chão, entregue. Era como se toda dor fosse substituída pelo alívio e pela alegria de saber que a melhor amiga estava, enfim, viva. Edu se juntou a ela e vê-los daquela forma, abraçados, me deixou completamente paralisado. Senti meus olhos úmidos e quando dei por mim, estava chorando com eles.

César se juntou a nós e fizemos uma prece em agradecimento e não sei precisar por quanto tempo durou. Desde que todo aquele pesadelo começou, foram dias aterrorizantes para todos nós, e receber a notícia de que Alessandra estava viva era simplesmente um milagre.

Quando Milena e Edu manifestaram a vontade de irem conosco, ponderei.

— Acredito que vocês devam falar com dona Ana.

Após breve reflexão, Milena aquiesceu e lhe informei sobre a chegada de Koyama.

— Precisamos prepará-la, não sabemos como reagirá à notícia — constatou.

Fernanda entrou na sala, anunciando a chegada de Koyama, que nos surpreendeu ao vir sozinho e à paisana. Franzi o cenho. Onde estava a equipe? Ele cumprimentou a todos e antes que alguém fizesse qualquer tipo de pergunta, se adiantou:

— Fiquem tranquilos. Eu tenho um plano. — E olhando diretamente para César, concluiu: — Vamos trazer sua garota de volta.

No SUV, Koyama assumiu a direção e me sentei ao seu lado, no banco do carona. César foi atrás. O trajeto até a favela de Acari foi feito num silêncio tenso, ressalvando o momento em que o agente nos contou seu plano de ação.

— Este carro é blindado e será com ele que entraremos na favela. Embora a equipe já esteja a postos em lugares estratégicos, irei na frente pra fazer o reconhecimento do local. — Olhando seriamente pelo retrovisor, ordenou: — Só saia deste carro ao meu comando.

César bufou.

— Você está à paisana!

— Não é a roupa que faz um soldado do BOPE, senhor. — César engoliu em seco e ele continuou tentando não parecer tão rude: — Além disso, estou de colete. Sem contar que, com todo respeito, sou o único capaz de proteger sua namorada e a todos que estão neste carro, incluindo a mim mesmo.

Meu amigo ensaiou um pedido de desculpas. Estava claramente nervoso.

— Nunca passei por este tipo de situação, comandante. Estou prestes... — Sua voz falhou e ele esfregou as mãos suadas na calça. — Eu só quero minha mulher de volta.

Eu sabia exatamente como se sentia, vivi este inferno semanas atrás quando fomos àquele maldito cativeiro. Um frio percorreu minha espinha ao me lembrar dos momentos aterrorizantes enquanto Milena esteve desaparecida. Balancei a cabeça tentando espantar os pensamentos malditos e a incrível vontade de ligar para ela e ouvir sua voz.

A cada segundo eu precisava controlar a vontade de estar sempre com ela, literalmente ao seu lado. Precisava, desesperadamente, controlar o sentimento de pânico que me invadia ao pensar que algo ruim pudesse acontecer com ela novamente. Eu acreditava que deveria estar ao seu lado sempre para protegê-la. Girei o corpo e lancei um olhar encorajador ao meu amigo.

— Em alguns minutos Alessandra estará neste carro.

César ficou emocionado e esticou a mão para fazermos nosso cumprimento de infância: punhos fechados de encontro ao outro, selando um pacto. Depois, fiz outra prece. Não sabíamos o que encontraríamos pela frente e precisávamos de toda proteção do mundo.

Chegamos à Avenida Brasil e minutos depois, estávamos na entrada da favela de Acari. Engoli em seco, olhando César através do espelho. Ele estava com os olhos fechados. Estaria também em prece?

Koyama acionou um botão e o rádio estalou.

— Cruz, atualizações.

— A princípio tudo limpo, comandante. O local está calmo, mas nada do alvo.

— Estamos entrando.

— Entendido.

Ele dirigia compenetrado, acompanhando o GPS acoplado no carro. Certamente aquele não era um veículo comum, tamanha a infinidade de comandos no painel. Subitamente parou, pegando óculos escuros e boné.

— Não saiam daqui — ordenou.

Koyama saiu do carro, cumprimentando despretensiosamente um homem que logo viríamos a reconhecer. Era o agente Cruz, também à paisana.

— Olá — saudou-nos, assumindo a direção e estacionando logo à frente, como se fizesse aquilo todos os dias.

Koyama atravessou a rua em direção ao bar em frente e Cruz desligou o carro, informando que aquele era o ponto de encontro.

— Há vários agentes espalhados. Estão vendo aquele cidadão lendo jornal ali na esquina? — apontou para o jovem vestido com a camisa do Legião Urbana. — Um dos nossos.

César me olhou nervoso e fiquei sem saber como agir. O rádio estalou e a voz metálica nos disse tudo que queríamos ouvir.

— Senhor, venha buscar a sua garota.

OITENTA E UM

César

Venha buscar a sua garota.* A frase ecoou ciclicamente em minha cabeça e saí do carro tão rápido que Rafael quase não conseguiu me acompanhar. A distância era curta, o local era logo em frente. As ruas eram muito estreitas naquele lugar.

Fiquei paralisado assim que olhei para dentro do bar. Vestida com uma roupa totalmente diferente daquela em que usava na última vez que a vi, Alessandra estava acompanhada de uma senhora corpulenta. Havia ataduras em seus braços e pernas, uma espécie de tala em seu pé direito, além de um curativo em sua testa. Meu estômago se encolheu ao vê-la tão machucada, e a suspeita de que estava pior quando foi encontrada me deixou apavorado.

Nossos olhos se encontraram e não sei dizer o que senti naquele momento: alívio? Gratidão? Amor? Ela levou as mãos à boca, trêmula, e não fiz outra coisa senão correr ao seu encontro.

Apertei-a contra mim. Finalmente a mulher que eu amava estava em meus braços. Afastei-a somente o suficiente para inspecioná-la e me certificar de que estava bem, para então sufocá-la de novo com meu abraço.

— Eu tive tanto medo! — sussurrou. — Medo de não te ver nunca mais. Me perdoe, por favor, César!

Segurei seu rosto em minhas mãos. Céus! Como amava aquela mulher! O que ela estava dizendo? *Eu* era o culpado por tudo!

— Você não teve culpa de nada, meu amor. Eu te amo tanto! Prometa que nunca mais sairá de perto de mim! — pedi desesperado.

— Desculpe, senhor, mas precisamos ir embora. — Koyama se aproximou profissionalmente.

Assenti, afinal, ele tinha razão. Contudo, antes de sair lhe pedi dois minutos e junto com Alessandra, caminhei até a senhora que conversava com Rafael.

— Nunca desista disso!

Cheguei a tempo de lhe ouvir dizer e flagrar a expressão confusa de meu amigo. Antes que ele pudesse responder, porém, ela deliberadamente se dirigiu a mim.

— Então você é o famoso César?

— Famoso?

— A menina não falava em outra coisa enquanto esteve desacordada. — Apontou para Alessandra. — Quer dizer, *César* e *Milena*. Eram as únicas palavras que dizia.

Fitei Alessandra com paixão, antes de esticar a mão em direção à senhora.

— Muito obrigado por ter cuidado daquilo que tenho de mais importante na vida.

— E o senhor não acha que já passou da hora de realmente lutar por isso? — Retribuiu o cumprimento e engoli em seco. Alessandra abriu a boca, pasma. — Não, a menina não disse nada, nem mesmo enquanto dormia, mas não preciso fazer perguntas para encontrar respostas.

Ainda segurando minha mão, a estranha senhora fechou os olhos por segundos, antes de pousar a mão de Alessandra na minha.

— O caminho será difícil, mas vocês só precisam acreditar um no outro. — Contemplou-nos de forma enigmática. — Vão em paz.

— Há algo que eu possa fazer pela senhora como retribuição? — indaguei um pouco confuso, quando se afastou.

Ela girou o corpo e me devolveu um olhar tranquilizador.

— A recompensa para quem pratica o bem, é o bem em si. O senhor não me deve nada.

Dito isso, desapareceu por entre as vielas.

Koyama nos escoltou rapidamente em direção ao SUV, dispensando a equipe. Ele e Rafael foram na frente, enquanto eu e Alessandra, atrás. Eu não conseguia parar de abraçá-la, beijá-la, acariciá-la e indagar se estava bem. Não foi diferente de quando resgatamos Milena, e naquele momento descobri exatamente como meu amigo se sentiu ao tê-la de volta em seus braços.

Falando em Milena, lembrei do quanto deveria estar nervosa, assim como Edu. De fato, a própria Alessandra ansiava por falar com a amiga desde o momento em que ligou e lhe garanti que ela estava salva.

Tirei o celular do bolso, quando Rafael estendeu o dele.

— Vi que você estava um tanto ocupado e tomei a liberdade de fazer a ligação — disse brincalhão, estendendo o aparelho a ela. — Há algumas pessoas querendo falar com você.

Não consegui conter a emoção quando Alessandra atendeu a chamada. Do outro lado da linha, no viva-voz, Milena, Edu e sua mãe. A conversa foi longa e emocionada até chegarmos à sua casa.

— Não sei como retribuir tudo que fizeram por nós — disse a Koyama e ele deu um sorriso reconfortante.

— Não foi nada de mais, senhor. Apenas o nosso trabalho. — Dirigiu um olhar emocionado à Alessandra. — Graças a Deus, desta vez todas ficaram sãs e salvas.

Senti um aperto no peito, pois sei que se referia à cunhada que não havia sobrevivido ao sequestro. Imaginei o sofrimento de Cris ao perder a irmã, pois eu mesmo vivi este inferno quando acreditei que nunca mais veria Alessandra. Instintivamente a puxei em minha direção, apertando-a contra mim, na tentativa tola e infantil de não permitir que nada, nem ninguém a tirasse de mim.

Após combinarmos de irmos à delegacia no dia seguinte para prestarmos depoimento, o comandante partiu.

Se a conversa por telefone foi emocionante, vê-los pessoalmente foi indescritível. Alessandra, Milena, seus pais, dona Ana e Edu no meio da sala, entre choros e risos. Eu mal conseguia me manter em pé! Sentia-me exausto, como se um peso de mil toneladas saísse de cima de mim. Rafael aproximou-se, me dando um forte abraço.

— Graças a Deus nosso mundo está completo — disse emocionado.

Aquiesci e as palavras da enigmática senhora invadiram meus pensamentos: *E o senhor não acha que já passou da hora de realmente lutar por isso?* Ela tinha razão. Alessandra era a minha garota, era *ela* que dava sentido à minha vida. E eu lutaria até o fim dos meus dias para mantê-la ao meu lado.

OITENTA E DOIS

Rafael

Eu e meu sogro levantamos do sofá quando Milena e sua mãe chegaram à sala. Sentia-me estranhamente agitado e não era somente pelo fato de irmos ao cemitério. É claro que enterros nunca foram agradáveis, mas o nervosismo que eu sentia ia além.

Talvez fosse pelo fato de o funeral ser da mulher responsável pela tragédia que quase ceifou as vidas de Milena e Alessandra, tragédia esta que ainda tentavam se recuperar. Ou quem sabe, seria o fato de minha sogra ter decidido no último minuto que iria ao sepultamento da sobrinha?

Olhar para Marta me deixou um pouco confuso, pois era a única que não vestia preto, mas vermelho. Não que cores tivessem algum significado para mim, mas, de certa forma, me soou estranho naquele momento. Talvez eu estivesse cansado demais. Peguei minha namorada pela mão, dirigindo um olhar tenso ao meu sogro que apenas meneou a cabeça como se dissesse "tudo sob controle".

O trajeto até o cemitério São João Batista, no bairro de Botafogo, foi rápido. No carro, *Tocata y Fuga*, de Bach, cuja escolha partiu de minha sogra. Sempre fui grande apreciador do compositor, mas achei a escolha um tanto fúnebre para a ocasião. Teria sido exatamente esta a intenção dela?

Em virtude de não ter ninguém no enterro de Vívian além de sua mãe, não houve velório. Seguimos direto para o local onde seu corpo, ou o que restou dele, seria sepultado. Marta parou bruscamente ao ver a irmã ajoelhada, enquanto o caixão descia à sepultura. Foi uma cena macabra e deprimente, ainda que se tratasse daquelas malditas mulheres.

Marta caminhou a passos lentos até Virgínia e Milena me dirigiu um olhar preocupado. Mauro ainda tocava o ombro da esposa, acompanhando-a, protegendo-a, e eu fazia o mesmo com Milena.

— Deve ser uma dor terrível.

A voz cortante e gélida de Marta quebrou o silêncio. Virgínia se levantou, girando o corpo lentamente.

— Achei que ninguém viesse. — Olhou de forma nervosa para Milena. — Como se sente?

Milena não respondeu, mas senti quando seu corpo se retesou.

— Como *você* se sente, Virgínia? — minha sogra cuspiu, livrando-se da proteção do marido e se aproximando dela.

— Despedaçada.

— Oh... então você é capaz de ter sentimentos? Ou tudo isso é mais uma de suas mentiras?

Virgínia abriu a boca chocada e meu sogro interveio.

— Querida, deixe...

— Não me toque, Mauro! Durante todos esses anos estive calada, agora vou falar e todos terão de me ouvir. — Dirigindo o olhar vazio à irmã, concluiu: — Inclusive você.

O coveiro, que até então estava calado, abriu a boca, fechando-a novamente, optando por se manter quieto.

— Você é minha irmã, a única família que eu tive quando nossos pais morreram. Éramos somente nós duas e *você* deveria ter cuidado de mim! Mas fui eu quem abriu mão da infância pra cuidar de você e de todas as suas irresponsabilidades!

Olhei Milena, preocupado, mas ela não piscava atenta à cena que se desenrolava. Não sei se foi impressão minha, mas ela parecia gostar do que via.

— Você deu em cima do meu marido! Como pôde fazer uma coisa dessas? — Virgínia abriu a boca, trêmula. — As pessoas me fazem de idiota até eu descobrir. E durante todos esses anos você me apunhalou pelas costas, minha própria irmã!

Virgínia levou as mãos à cabeça de forma afetada.

— Pelo amor de Deus, estou passando pelo pior momento da minha vida. Você não sabe o que é a dor de perder uma filha.

— Graças a Deus eu não sei! Porque essa vagabunda — apontou para o caixão, nos deixando perplexos —, fez de tudo para garantir que eu passasse pelo que *você* está passando agora!

Marta caminhou com o indicador em riste, deixando-a chocada demais para ter qualquer tipo de reação.

— Minha filha está salva, mas eu juro que se algo acontecesse com ela eu iria até o inferno e acabaria com a raça de vocês. Pode acreditar, até o diabo teria medo de mim!

Completamente aterrorizados, vimos Marta arrastar Virgínia pelo cabelo, antes de desferir um forte tapa em seu rosto, fazendo com que ela caísse ajoelhada no chão. O coveiro ficou horrorizado e meu sogro tentou intervir mais uma vez.

— Marta...

— Deixe, papai! — Olhei Milena, incrédulo. — Deixe!

Marta encarou a irmã com desdém.

— Você é uma pilantra, filha da puta! Te ver assim ajoelhada é patético. — Virgínia enxugou o rosto com as costas da mão. Tinha a expressão colérica. — Você não presta e a vagabunda da sua filha prestava menos ainda. Deus me perdoe por isso, mas o diabo que a carregue! E te leve junto!

Completamente estupefato, vi Marta chutar a irmã, fazendo com que ela caísse na cova. O coveiro levou as mãos à cabeça, em desespero. O correto seria eu tomar uma atitude, mas não consegui me mover, Mauro tão pouco.

— Vá para o quinto dos infernos, sua maldita!

Enquanto Virgínia gritava apavorada lá embaixo, Marta ajeitou a echarpe antes de girar nos calcanhares e passar por nós como se tivesse acabado de contemplar uma obra de arte no Louvre.

— Essa é minha mãe!

As palavras de Milena me tiraram do meu estágio letárgico e vendo-as se afastarem, me dirigi a um apático Mauro.

— Leve-as para o carro e deixe que eu limpo esta bagunça.

Atordoado, meu sogro as seguiu, enquanto me dirigi ao coveiro que, de forma constrangedora, tentava ajudar Virgínia a sair do buraco.

— Senhor — pigarreei, puxando-o para o lado a fim de que ela não nos ouvisse, e seus gritos ecoaram ao vento. — Eis o que aconteceu numa tarde tranquila de trabalho duro: uma senhora *visivelmente perturbada*, num acesso terrível de loucura, se atirou ao caixão da única filha que estava sendo enterrada.

O homem me olhou consternado, mas antes que pudesse tecer qualquer comentário, abri a carteira lhe entregando algumas notas de cem reais.

— Que situação triste! O estágio de insanidade desta senhora é tão absurdo, que provavelmente dirá que a irmã a empurrou na cova. Veja que blasfêmia! Irmãs não fazem este tipo de coisa, não é mesmo? — Dei um tapinha em suas costas e ele engoliu em seco, vendo o bolo de notas nas mãos.

— Verdade, senhor — respondeu por fim, colocando o dinheiro no bolso.

Guardei a carteira e caminhei a passos largos para o carro, sentindo um orgulho danado por fazer parte daquela família.

OITENTA E TRÊS

Rafael

E o final do ano chegou. Milena e Alessandra estavam em terapia e eu e César, mais protetores do que nunca. Julguem-nos, mas só nós sabemos o inferno que passamos. Proteger nossas mulheres era tudo que conseguíamos fazer.

Impressionante como minha garota era forte. Sempre foi, na verdade. Era incrível a forma como respondia ao tratamento. É claro que ainda estava impressionada, mas sua recuperação era evidente. Cris teve papel fundamental nisso: além de ter indicado o analista, as conversas entre elas, incluindo Alessandra, eram muito produtivas. Como passou pelo mesmo trauma, a troca de experiências foi crucial para o desenvolvimento delas. Seu apoio fez toda diferença em nossas vidas.

Edu também estava em tratamento, e ter começado o curso para comissário de bordo ajudou bastante. Porém, o mais impressionante foi a reviravolta em sua vida. Seu pai, através de um instrumento público feito em cartório, doou todos os bens que possuía para ele, além de quitar o curso e lhe transferir uma quantia considerável em dinheiro.

Seu Arthur também foi à delegacia e confessou ter sido o mandante do crime contra o próprio filho, inclusive fornecendo os nomes e todas as informações necessárias sobre os praticantes da barbárie. Embora ocupasse um alto cargo militar, não quis nenhum privilégio ou regalia, dizendo que merecia ser condenado pelo crime que cometeu. Edu, porém, continuou no apartamento do Flamengo. Segundo ele, sua antiga casa não era lugar de boas lembranças, pelo menos por enquanto.

Milena passava uma temporada em minha casa. O que ela não imaginava era que esta seria uma temporada sem fim, pois em breve seria a senhora Queiroz. Sim, eu a pediria em casamento e não seria em uma garagem! Desta vez seria com toda pompa, do jeito que ela realmente merecia e minha mente trabalhava incessantemente nisso.

Dei uma leve batida na porta, antes de abri-la, parando antes mesmo de entrar no quarto. De frente para o espelho, com um vestido longo verde-escuro, de gala, com detalhes que brilhavam e um decote que me deixou em maus lençóis, estava a mulher da minha vida.

Caminhei em sua direção a passos lentos, como se ela fosse uma presa pronta para ser devorada por mim e enlacei-a pela cintura, sentindo a pele nua de suas costas. Beijei-lhe a boca, sentindo seu perfume inebriante.

— Eu amo você — contemplei-a com amor.

Ela me retribuiu com seu lindo sorriso, dizendo o quanto me amava também. Fitei-a por instantes, admirando seu lindo rosto. Seu cabelo estava preso no alto da cabeça, em seu pescoço, pulso e orelhas, joias em ouro, diamantes e esmeralda que a presenteei especificamente para aquela noite. O que ela não sabia, era que o anel que comporia aquele conjunto estava em meu bolso.

Subitamente seu olhar ficou quente e ela ajeitou minha gravata borboleta.

— Meu namorado deveria usar *smoking* mais vezes. — Precisei conter a vontade de lhe corrigir, mas ela estava certa: eu *ainda* era somente seu namorado. *Por enquanto.* — Você ficou lindo vestido assim, mas prefiro sem nada.

Gemi, apertando-a ainda mais contra mim.

— Doutora, não me tente! — Ela mordeu o lábio e precisei reunir forças vindas do centro da Terra para tirá-la daquele quarto. — Nosso carro chegou.

O motorista nos cumprimentou antes de nos conduzir ao *Audi*, tomar seu assento e seguir em frente. O trajeto foi agradável; a noite de sábado era sempre agitada no verão. Enquanto acariciava a palma de sua mão, observei as pessoas na orla, caminhando, correndo, bebendo água de coco. Era lindo ver a cidade enfeitada com luzes e árvores de Natal. Ela se recostou em meu ombro e beijei-lhe o topo da cabeça, pensando no quanto era feliz ao seu lado e no quanto ainda seria. Sim, eu estava nervoso e daquela vez não negaria.

O motorista fez uma curva à esquerda para pegarmos o caminho para a orla de Copacabana. O cenário era tão lindo quanto o Leblon, mas infinitamente mais cheio. A cidade estava lotada de turistas e o clima era animado e quente, como o verão deve ser.

Chegamos ao Copacabana Palace e fomos recepcionados pelo *hostess*, que nos conduziu a um dos salões nobres, o *Antigo Cassino*, onde acontecia a festa de Bodas de Ouro dos meus pais. Observamos, maravilhados, o salão que ficava de frente para a incrível escadaria em mármore Carrara. Imponente e intimista, com colunas de mármore e um pé direito medindo quatorze metros, ocupava dois dos salões mais importantes do hotel: O *Cristal* e o *Palm*.

Senti um orgulho danado de minha secretária ao ver o ambiente, afinal, Cris não exagerou quando disse ter escolhido o que havia de melhor em todo o Rio de Janeiro para cuidar das Bodas de Ouro dos meus pais. A decoração era toda em branco e dourado, com orquídeas por todos os lados. Parecia que todo o ambiente estiva coberto de ouro! O grande, elegante e pesado lustre de cristal era a cereja do bolo e fazia jus ao nome de um dos salões. A iluminação misturada às plantas e às pequenas palmeiras dava um ar totalmente requintado e aconchegante.

— Filho!

Olhei à frente e vi meu coroa elegantemente vestido em seu *smoking*. Abri um largo e divertido sorriso ao perceber que ainda estava nervoso.

— Você não vai relaxar, pai?

— Sua mãe está emocionadíssima e muito orgulhosa. Nossa, eu estou! Foi mais do que eu esperava. Nem sei como poderei agradecer a Cris — disse comovido, cumprimentando Milena e informando que seus pais haviam chegado.

Seguimos à mesa previamente reservada a nós, meus pais e meus sogros. Ao nosso lado, respectivamente, as mesas reservadas a César, Alê e sua mãe; e a Edu. Pisquei ao ver quatro cadeiras e não três. A mesa reservada à família de Cris e Koyama ficava em frente à nossa.

Cumprimentei meus sogros gentilmente, antes de dar um beijo em minha amada mãe.

— Daqui a cinquenta anos será o nosso — cochichei em seu ouvido, apontando a cabeça para Milena. Dona Daiane me devolveu um afetuoso sorriso, segurando meu rosto em suas mãos.

— Estou tão orgulhosa de você, filho.

— Vocês são exemplos pra mim — disse emocionado, referindo-me a ela e meu pai.

César me cumprimentou com um forte abraço e aquele olhar cúmplice do amigo que *sabe* que você tem um plano secreto. É claro que ele sabia! Aliás, todos ali sabiam, com exceção de Milena, é claro. Seria uma surpresa e tanto! Não queria, de jeito nenhum, decepcioná-la.

Alessandra estava elegante em um vestido de gala azul, e meu amigo possessivo não soltava a sua mão. Dona Ana avaliou por instantes, me deixando apreensivo, quando, finalmente, abriu um largo sorriso para me cumprimentar.

— Querido, como está? — Abracei-a com carinho e ela se dirigiu à Milena, divertida. — Isso tudo nesse *smoking*, hein! Você e minha filha estão bem arrumadas!

Se eu fiquei sem jeito, César ficou roxo. Aparentemente não havia se acostumado com o jeito despojado da sogra. Alessandra revirou os olhos, divertida. Era maravilhoso ver dona Ana bem, ela que há alguns meses foi diagnosticada com uma das mais perigosas doenças degenerativas do cérebro: o Alzheimer.

Abri a boca, surpreso. Edu chegava com sua mãe, Léo e... Elga? Milena abraçou o amigo carinhosamente e o olhar que dirigiu a mim me fez crer que aquilo não era novidade para ela.

— Como vai, querido macho alfa e totalmente dominante?

— Não sou eu que estou duplamente acompanhado — respondi divertido e Edu deu um tapinha na própria testa.

— *Touchè,* doutor. Já conhece a Elga, presumo.

Olhei a exótica mulata à frente, antes de cumprimentá-la com carinho. Elga era uma mulher bonita e de personalidade forte.

— Doutor Rafael, sempre tão elegante. Você deve ser a famosa Milena.

— Famosa?

— Léo me falou sobre a mulher que conquistou o coração de Rafael e Edu não poupa elogios a você, então, sim, você é muito famosa. Prazer, Elga.

Lancei um olhar inquisitivo a Léo, que solenemente deu de ombros, enquanto Elga cumprimentava Alessandra e César, e eu falava com dona Shirley.

— Como tem passado?

Eu sabia que ainda estava abalada pelos últimos acontecimentos.

— Levando um dia de cada vez. Meu filho está feliz é isso que importa.

Toquei seu ombro, na tentativa de confortá-la e após conversarmos mais um pouco, voltei a atenção a Edu.

— Então... vocês...

— Somos um trio.

— Ah...

Como seria isso? Será que Edu se relacionava com Léo e com a Elga *ao mesmo tempo*?

— Não somos exatamente um trio, Edu, afinal, você não quer saber de mim — Elga respondeu divertida, me deixando confuso.

— Edu é exclusivamente homo, eu e Léo somos bi.

— Ah... — Sim, eu não conseguia responder outra coisa, a não ser um “ah...”.

— Na verdade estamos à procura de uma quarta pessoa, de preferência que seja homo como Edu, mas que goste de mulheres.

— Ah...

— O doutor já ouviu falar sobre poliamor? — Edu indagou e assenti. — É isso aí!

Encarei Léo que, divertido, deu de ombros.

— Eu sou o cara!

— Besta! — Elga deu um tapinha em seu ombro, enquanto Edu apertou o seu nariz.

Milena e Alessandra pareciam se divertir com a situação, enquanto César apertava a namorada contra si.

Assim que ocupamos nossos lugares, fomos servidos de champanhes e canapés deliciosos. Aproximei-me do ouvido de minha garota, mas antes que dissesse qualquer coisa, ela me surpreendeu.

— Se vai beijar minha orelha esteja preparado para tirar meu vestido e beijar todo o corpo, doutor Queiroz.

Porra! Sua sobrancelha arqueada e seu olhar quente mostraram que ela não estava de brincadeira.

— Sou capaz de fazer isso, doutora.

Milena me puxou pela gravata borboleta e sem qualquer pudor, beijou-me a boca. Aquela foi a sensação que desejei sentir por toda minha vida.

— Queria me perguntar alguma coisa? — indagou muito próxima de mim, me fazendo esquecer completamente o que era.

— Nossa, como eu amo você! — disse de supetão, antes de tomar sua boca mais uma vez.

Céus! Precisávamos nos controlar! Estávamos num local público, porra!

— Permita que eu me concentre em algo que não seja você, doutora. Os convidados foram chegando, à medida que comíamos e bebíamos tudo a que tínhamos direito. O ritmo dos garçons era frenético, eles realmente eram bons no que faziam. Eu e César engatamos um papo sobre Marcelão, que no mês anterior havia se mudado de vez para o Canadá.

— Ele é louco de ficar naquele frio!

— É um país de primeiro mundo! — rebateu.

— Foda-se! É frio pra caralho!

César fez um muxoxo dizendo que nosso vôlei ficaria defasado, no momento em que Cris e Koyama chegaram.

— Ou não...

Milena saudou-a, abraçando-a com carinho, enquanto eu e César cumprimentávamos Koyama com um forte abraço.

— Lá no BOPE se aprende como jogar vôlei de praia ou só tem esportes pra mulherzinha? — indaguei zombeteiro.

— Se isso for um convite pra jogar naquela rede de boiola que tem no Posto 11, posso tentar alguma coisa.

Gargalhamos, combinando para o próximo fim de semana. Subitamente ficou sério e discretamente nos colocou a par das novidades.

— Leandro será transferido para Bangu I — disse de forma enigmática. — Por ter nível superior completo, não estará na mesma ala que Zé Trabuco, mas não estará longe. Ouvi dizer que as notícias correm rápido naquele lugar.

— O que quer dizer? — indaguei, sentindo a adrenalina percorrer meu corpo.

— Exatamente o que estou dizendo — concluiu cínico, quando dona Ana se aproximou.

— Vejam quem chegou! O herói!

Mais um que ela deixou roxo aquela noite.

— Por favor, só fiz o meu trabalho, dona Ana.

— As meninas estão bem servidas mesmo, hein! Você também é bonitão, garoto!

O que há de mais vermelho do que um tomate maduro? O rosto de Koyama após a declaração explícita de dona Ana!

Animados, nos esbaldamos na pista de dança ao som de músicas dos anos 50, 60 e 70. Quando tocou Little Richard e seu *Tutti Frutti*, girei minha garota por todos os lados e ainda que a música estivesse alta e o salão lotado, o único som que ouvi foi o de sua gargalhada deliciosa. Foi música para meus ouvidos e jurei fazer de tudo para que pudesse ouvir aquele sompara o resto de nossas vidas. Sem conseguir me conter, puxei-a de encontro a mim, acariciando-a.

— Farei de tudo para deixá-la feliz todos os dias.

Fitou-me por instantes, me deixando completamente perdido em seu olhar.

— Você já faz.

Sem me dar chance de resposta, beijou-me a boca, enquanto eu a apertava contra mim, girando nossos corpos como se fossemos um, numa dança única. A voz de Elvis Presley invadiu nossos ouvidos com *I can't help falling in love with you*. Mais apropriado, impossível.

Apertei-a ainda mais, acariciando a pele nua de suas costas, enquanto cantava junto com o Rei.

Homens sábios dizem
Que só os tolos se apaixonam
Mas eu não consigo evitar me apaixonar por você.

Beijei seus lábios docemente, antes de encostar minha testa na dela e continuar a cantar.

Pegue minha mão
Tome minha vida inteira também.
Porque eu não consigo evitar
De me apaixonar por você.

— Eu amo você — disse pela milésima vez. Eu não me cansava!

Dançamos como dois apaixonados pelo salão, até meus olhos serem atraídos para o casal dançando perto de nós: era Léo e Elga. Subitamente, um pensamento esquisito me atingiu.

— Como seria se dançassem os três? Qual seria a ordem?

— Não tem ordem!

— Claro que tem! Léo ficaria no meio, de costas para Edu e de frente para a Elga.

Milena revirou os olhos.

— Rafael, você é terrível! — Gargalhou e fiz uma anotação mental para nunca perder o bom humor, para que sempre conseguisse arrancar risadas deliciosas como aquela.

— Meu filho, será que você pode me ajudar um minuto?

Meu velho se aproximou, um tanto nervoso. Dirigindo-se à Milena, desculpou-se por me tirar dali repentinamente.

— Imagine! Está tudo bem?

Ele pigarreou, dizendo que estava tudo sob controle.

Ai, pai, eu disse descrição, porra!

Milena arqueou a sobrancelha e antes que começasse a desconfiar de algo, ensaiei uma desculpa, dizendo que voltaria em alguns minutos.

— Essa é a forma mais discreta que o doutor Bruno Queiroz consegue ter?

Meu pai deu de ombrose seguimos para os fundos do salão. Ali, escondido pela elegante cortina dourada, ficava um palco.

A banda já estava a postos e após cumprimentarmos os três músicos vestidos em seus *smokings*, nos juntamos a eles no maior estilo *Rat Pack*. Papai assumiu o microfone e fiquei ao seu lado com a gaita na mão.

— Nervoso? — indaguei e sua resposta me deixou emocionado.

— Mesmo após cinquenta anos.

Ele movimentou a cabeça, dando o sinal para que a cortina fosse aberta. Ver a expressão surpresa dos convidados e a expressão de choque de minha namorada foi divertido.

— Gostaria da atenção de todos, por favor — a voz do meu pai ecoou pelo microfone. — Todos vocês presentes nesta noite são muito especiais em nossas vidas. Na minha e de minha amada esposa, Daiane.

Meus olhos buscaram os de Milena e ficamos presos um no outro, enquanto meu pai seguia com seu discurso.

— Há alguns anos, conheci esta linda mulher em uma festa, mas vocês não vão acreditar: ela não me deu a menor bola e eu sei o quanto isso pode parecer absurdo!

Risos foram ouvidos e por uma fração de segundos, desviei os olhos de Milena somente para ver mamãe revirar os seus. Eu já conhecia aquela história, já tinha ouvido muitas e muitas vezes, mas nunca me cansaria.

— Ainda que eu tivesse algumas "possibilidades", — Divertido, papai fez sinal com as mãos indicando aspas. — era *ela* quem eu queria. E vocês podem entender perfeitamente o motivo, não é? Vejam o quanto é linda!

Sim, este era o momento em que mamãe ficava roxa. Dei um pequeno sorriso e Milena me acompanhou, movimentando os lábios silenciosamente para mim.

— Você teve a quem puxar.

Dei uma piscadinha. Era a mais pura verdade.

— Finalmente, depois de um ano cortejando esta mulher, ela cedeu aos meus encantos. Vocês sabem qual foi a primeira coisa que eu disse quando nos conhecemos? "Prazer, sou Bruno, o homem da sua vida". Ela só não me deu um tapa porque sempre foi educada demais.

Mais risos ecoaram pela plateia.

— Quando nos casamos, eu disse outra coisa a ela...

Papai cravou seus olhos em mamãe, que estava para lá de emocionada. Silenciosamente, seus lábios repetiram junto com papai, suas palavras.

— Daqui a cinquenta anos estaremos num salão repleto das pessoas as quais amaremos e que farão parte de nossas vidas. Mostraremos a elas que não importa o que a vida nos dê: quando se tem amor, temos e podemos tudo. Daqui a cinquenta anos estaremos lá para renovar os votos que estamos fazendo agora, porque nosso amor é infinito e uma vida só não será suficiente para vivermos tudo plenamente.

Não foi só minha mãe que repetiu silenciosamente as palavras de papai. Eu também o fiz. Milena estava emocionada demais, seus olhos brilhavam, úmidos.

— Eu amo você. Sempre vou amar.

No momento em que papai encerrou seu discurso, a banda "Rat Pack" começou a tocar aquela que sempre foi a canção deles: *Fly me to the moon*, de Frank Sinatra.

Leve-me para a lua e
Deixe-me brincar entre as estrelas
Deixe-me ver como é a primavera

Em Júpiter e Marte
Em outras palavras, segure minha mão
Em outras palavras, amor, me beije
Encha meu coração com música e
Deixe-me cantar sempre mais,
Você é tudo que almejo
Tudo que eu venero e adoro
Em outras palavras, por favor, seja sincera
Em outras palavras, eu amo você.

O som do sax foi substituído pela minha gaita e toquei a plenos pulmões, arrancando aplausos da plateia. Quando encerramos a apresentação, fomos ovacionados, mas todos eram nossos amigos, não é?

Meus sogros conduziram minha mãe ao palco, onde papai beijou-a com amor. Comovido, caminhei até eles e tirei a pequena caixinha do bolso, tomando o devido cuidado para não trocar os estojos, e entreguei a ele. Emocionado, meu velho trocou as alianças, substituindo a de ouro puro que os acompanhou desde o início, por aquela com diamantes e o pequeno rubi reluzente.

— Eu amo você, Daiane.

Impossível descrever o que senti naquele momento ao ver meus pais, após tantos anos juntos, unidos por um amor tão forte. Lembrei-me do dia em que me procurou para falar sobre as bodas, e foi com suas palavras em mente que comecei meu discurso.

Falei do quanto estava orgulhoso por fazer parte daquela família, do quanto me sentia abençoado por Deus ter me presenteado com os melhores pais que alguém poderia ter no mundo. Do quanto era feliz e agradecido pela vida que tinha e pelos valores que me ensinaram.

— Eu sei o que você sentiu quando foi esnobado por mamãe, pai — disse divertido e pelo canto do olho vi Milena se remexer na cadeira. — Afinal, eu fui esnobado também. Bom, pelo menos, não precisei esperar por um ano!

— Outros tempos, meu filho.

Gargalhadas ecoaram da plateia.

— Que fique registrado que eu esperaria de todo jeito.

Milena cravou seus olhos em mim e ficamos presos no outro mais uma vez. Subitamente as palavras da corpulenta senhora que salvou a vida da Alê invadiram minha mente: *Nunca desista disso!* Dissera se referindo ao fato de Milena supostamente não poder ter filhos. Eu desejava filhos, mas, acima de tudo, amava aquela mulher.

Com os olhos úmidos, continuei abrindo o meu coração.

— Um dia, pai, você me disse uma coisa e suas palavras ficaram em minha mente durante longo tempo. Finalmente elas fizeram todo sentido pra mim; finalmente entendi e gostaria de pedir licença para reproduzi-las agora de forma um tanto adaptada, eu diria.

Papai abriu um emocionado sorriso, enquanto eu tirava a outra caixa do bolso, me ajoelhando.

— Milena, meu desejo é que não contemos o tempo, apenas o vivamos. Juntos. Que não sejam cinquenta anos ou cem vivendo uma vida ao seu lado, mas que *você* seja a minha própria vida, como já é. — Ela levou as mãos à boca, emocionada. — Que cada dia comigo seja diferente do outro e mesmo com os problemas que surgirão, desejo que cada novo dia seja uma agradável surpresa e uma benção, como são os dias em que vivo com você. Eu te amo incondicionalmente. Casa comigo?

Gritos e aplausos foram ouvidos da plateia. Alessandra e Cris a conduziram até a entrada do palco. Vê-la subir a pequena escada e se aproximar de mim, acelerou meu coração de tal forma, que achei que fosse saltar do peito. Ela parou à minha frente, ajoelhando-se e segurando meu rosto em suas mãos.

— Mil vezes sim.

Antes que eu pudesse ter qualquer tipo de reação, beijou minha boca, molhando meu rosto com suas lágrimas.

Em algum momento, coloquei a aliança em seu dedo e ela no meu. Eu estava tão nervoso! Queria que tudo fosse perfeito para ela! Senti sua boca na minha mais uma vez e os gritos ecoando pelo salão. Acho que estava anestesiado, sei lá! Mas de uma coisa tenho certeza: eu era o homem mais feliz do mundo!

OITENTA E QUATRO

Milena

Ele fez mesmo o pedido? Eu não podia acreditar!

— Desta vez não foi numa garagem — Rafael sussurrou em meu ouvido, parecendo ler meus pensamentos.

— Aceito de todas as formas.

Olhou-me com paixão, encostando sua testa na minha.

— Eu sei que sim, mas você merece tudo!

Sua boca grudou na minha mais uma vez em um beijo intenso, até sermos carinhosamente interrompidos. Meu pai, emocionado, me abraçou apertado.

— Estou muito orgulhoso de você, minha menininha.

Fitei-o com amor, sendo invadida por uma enxurrada de sentimentos. Mamãe me envolveu em seus braços, me apertando tão forte que achei que fosse me partir ao meio.

— Sou reflexo de vocês. Obrigada por me tornarem o que sou. — Tentei em vão controlar as lágrimas.

Papai deu um tapinha no ombro do meu noivo.

— Certas ocasiões merecem um bom charuto. — Pegando meu sogro pelo braço, concluiu: — Tenho três no bolso.

— Opa! — Seu Bruno reagiu, animado e Daiane revirou os olhos, divertida.

Nas horas seguintes, eu, Rafael e meus sogros fomos abraçados por todos. A felicidade era contagiante, assim como a música tocada pela banda, que nos presenteava com a canção de Glenn Miller, *In the Mood.*

Quando voltamos à pista de dança, meu noivo me enlaçou pela cintura mais uma vez e dançamos inúmeras canções. Eu não conseguia deixar de admirar meu anular direito.

— É linda!

Emocionada, contemplei a aliança de ouro cravejada de diamantes com a pequena pedra verde.

— Esmeralda. Como os seus olhos. — Rafael me fitou com amor. — *Pra você guardei o amor que nunca soube dar. Pra você guardei o amor que sempre quis mostrar. Pra você guardei o amor que aprendi vendo os meus pais, o amor que tive e recebi e hoje posso dar livre e feliz.* Ana Cañas, imortalizado na voz de Nando Reis.

Eu conhecia essa música, mas ela nunca teve tanto significado para mim como naquele momento.

— Eu amo você, doutor Queiroz.

Rafael me retribuiu com o seu lindo sorriso, antes de me beijar novamente. Um beijo molhado, intenso, repleto de amor; de entrega, que revelou tudo que sentia por mim.— Nunca me canso de você. — Arqueei a sobrancelha e ele molhou os lábios. — Ah, doutora, não faça essa cara. Estamos num local público.

— Hum... será que temos alguma salinha secreta por aí?

Seu semblante mudou de divertido para enigmático em questão de segundos.

— Será?

Não tive tempo para responder. Quando dei por mim, estávamos caminhando por entre os convidados, para fora salão.

— Aonde vamos? — indaguei ansiosa e ele retribuiu com uma piscadinha.

Do lado de fora, me conduziu ao elevador, que parecia nos aguardar. Dentro do elegante quadrado, selecionou o último botão enquanto tirava um pequeno cartão do bolso.

— A chave da salinha secreta.

Abri a boca em um grande e redondo "O".

— Não me diga que você tem um supercontato aqui também?

Sua cabeça pendeu para trás quando soltou uma gargalhada deliciosa.

— Ah, doutora... o que eu faço com você?

Ouvimos o bipe anunciando a chegada. Pegando minha mão, me conduziu pelo elegante corredor, através do tapete vermelho. Ao final dele havia uma porta de madeira trabalhada, onde Rafael inseriu a chave, abrindo-a imediatamente.

Abri a boca, maravilhada, contemplando a suíte presidencial de um dos hotéis mais famosos da cidade e toda a vista da praia de Copacabana.

— A ideia era trazê-la aqui somente quando a festa acabasse. — Divertiu-se perante minha surpresa. — Oh, sim, doutora, não voltaremos para casa hoje.

Olhei o quarto enorme. A decoração em tons amarelados misturados ao branco e ao marrom tornava o ambiente incrivelmente aconchegante. Havia um grande sofá e uma elegante mesa transparente com cadeiras confortáveis e capacidade para quatro lugares, além de outra mesa, de centro, em um felpudo tapete amarelo. Parecia que realmente estávamos em um ambiente de salas de estar e jantar. À nossa volta, orquídeas das mais variadas cores e tipos, que desconfiei serem um toque especial de meu noivo.

Rafael me conduziu pela cintura pelo gigantesco quarto, me deixando sem palavras. Nas janelas, pesadas cortinas em tons amarelo, dourado e branco, como aquelas que vimos em grandes teatros. No teto, um imponente lustre de cristal.

— Uau! — Não me contive.

De um lado, havia um pequeno sofá com deliciosas almofadas e duas aconchegantes poltronas *bergères*. No extremo oposto, uma grande cama de dossel, com lençóis de fio egípcio e travesseiros macios, entre duas mesas de cabeceira em carvalho.

Fitei-o com amor.

— Eu amo você.

Sem esperar por sua reação, beijei-o apaixonadamente e um filme se passou em minha cabeça quando meus lábios tocaram os dele. O momento em que o vi pela primeira vez no apartamento e a forma como me atingiu. Quando me deu carona e nosso bate-papo, a troca de e-mails e quando nos encontramos na Confeitaria Colombo.

Lembrei-me de quando me ajudou no apê e do momento em que pintamos o "arco do pecado". A primeira vez em que fizemos amor e em como me senti desejada. O dia do *open house*, quando embarcou na loucura de Alê e Edu.

Lembrei-me do nosso primeiro jantar, da primeira vez que me levou à sua casa e do jantar na casa de meus pais, quando cantou para mim. Quando me pediu em namoro e abriu seu coração sem pedir nada em troca, nem mesmo que eu retribuísse ao seu sentimento.

Nossa aventura na sala escondida do Fórum, e seu apoio quando soube que eu poderia ser infértil. *Praticamente remota é diferente de remota*, sua voz dominou minha mente mais uma vez. Lembrei-me dos momentos difíceis e aterrorizantes que passei nos últimos meses, dos quais eu ainda tentava me recuperar, e em como aquele homem foi minha força, minha vontade, minha esperança e determinação para continuar viva.

Em como ele sempre esteve ao meu lado.

Aquele era o homem da minha vida, o homem que me pediu em casamento e para quem, com todo o meu amor, eu disse *sim*.

— Sim! — arfei. — Eu te amo tanto!

— Milena!

Rafael me deitou na cama e seus olhos marejados cravaram nos meus, antes de me beijar mais uma vez. Abriu meu vestido, libertando-o de meu corpo como se estivesse hipnotizado. Soltou um gemido ao ver o pequeno tecido que cobria meu sexo. Era da mesma cor do vestido e combinava perfeitamente com nossas alianças.

— Minha mulher. Em breve você será a senhora Queiroz.

Divertida, arqueei a sobrancelha.

— Nem casamos e o doutor já quer partir para a lua de mel?

Meu noivo passou a língua nos lábios, prendendo-a entre os dentes.

— Não fui eu quem sugeriu a salinha, doutora.

— Ops!

Levantei as mãos em sinal de rendição e ele abriu um delicioso sorriso.

— De todo jeito sou réu confesso. Desejo que todos os dias sejam lua de mel para nós dois.

Sem esperar por minha reação, sua boca saqueou a minha num beijo urgente, pressionando seu corpo contra o meu. Sentir sua ereção foi o bastante para mim e de forma insana, comecei a despi-lo sem me preocupar com o fato de que ele usaria aquela roupa novamente. Em instantes ficou nu, contemplando com olhos luxuriosos o tecido rendado que cobria meu sexo.

Senti seu toque em minha pele, subindo pela coxa, envolvendo minha calcinha. Tocou-me com o dedo na altura do clitóris, fazendo com que eu apertasse o lençol macio, ouvindo as palavras sujas que despejou em meu ouvido.

Seu longo dedo contornou o tecido, antes de me tocar por dentro da calcinha. Senti-o dentro de mim no momento em que sua língua quente rodeou meu umbigo.

— Molhada, excitada, deliciosa, doutora.

Sedutoramente, tirou minha calcinha com os dentes, passando-a por minhas pernas, antes de levá-la ao rosto e inalar profundamente.

— Minha mulher — disse antes de jogar o tecido longe e deitar sobre mim.

Seu peso sob o meu e a forma como reivindicou cada parte do meu corpo me deixou extasiada. Eu era dele e Rafael ficou em mim por longo tempo, tocando cada pedaço meu, arrepiando todos os poros de minha pele, me preenchendo com seu amor e sua devoção.

Apertei-o, sentindo todos os músculos de suas costas, acariciando seu cabelo, enquanto dizia o quanto era essencial em minha vida. Sentir a barba cerrada provocou risadas minhas.

Sedutor, mergulhou em mim mais uma vez, provocando um turbilhão de sensações.

Em algum momento, virei o jogo, ficando por cima. Segurei seus pulsos com força, levando-os acima da cabeça.

— Agora será do meu jeito, doutor Queiroz.

Ele gemeu.

Beijei sua boca, antes de descer por seu tórax e abdome perfeitos, até chegar àquilo por que realmente ansiava: seu pau. Sem aviso, coloquei-o inteiro na boca e ele arfou.

— Vire pra mim, meu anjo. Quero você na minha boca também.

Uau! Isso que é reciprocidade!

Ainda em cima, posicionei meu traseiro em seu rosto e o som que reverberou de sua garganta me acendeu mais ainda. Sem aviso, sua boca me invadiu.

Ficamos ali durante longo tempo e é claro que me arrancou o primeiro orgasmo daquela noite. Ficou de joelhos e me virou para si, assaltando minha boca com urgência. Senti as mãos em meu cabelo, apertando com força.

— De que jeito a doutora quer ser fodida? — repetiu tal qual nossa primeira vez.

Mordi o lábio, excitada demais.

— Do seu, doutor Queiroz. É do *seu* jeito que eu gosto.

Seus olhos brilharam e ele me colocou ajoelhada, traseiro para o alto. Desferiu um forte tapa, antes de puxar meu cabelo mais uma vez. Rudemente, rosnou em meu ouvido inúmeras obscenidades, apertando minha mandíbula.

— Senhora Queiroz, hora de ser fodida!

Rafael me penetrou com força, de forma primitiva como eu gostava. Gritei, me sentindo extasiada. Uma, duas, três... dez vezes estocou em mim, apertando minha pele, enrolando meu cabelo em sua mão.

— Goze pra mim de novo, senhora Queiroz.

Senti todos os músculos tensionarem e a pressão forte em meu ventre quando explodi mais uma vez. Rafael me apertou contra si, beijando minhas costas até eu perder completamente as forças.

— Cansada, doutora?

— Nunca! — Enlacei-o pelo pescoço, beijando-lhe a boca. — Eu te amo.

Seus olhos ficaram úmidos mais uma vez. Afagou meu cabelo, acariciou meu rosto com os nós dos dedos e beijou-me a boca docemente. De forma gentil, me deitou, ficando por cima, sem tirar seus lábios dos meus.

Olhando-me profundamente, me penetrou. Com delicadeza, paixão e amor. Entrelaçou sua mão na minha, estabelecendo uma conexão; com a outra, tocou meu rosto, traçando meus lábios com o dedo.

Fechou os olhos com força, repetindo o quanto me amava e o quanto estava feliz por me ter em sua vida. Emocionada, o abracei com força quando acelerou os movimentos.

Eu sabia que estava perto.

Com as pernas, o enlacei pela cintura, apertando-o contra mim no momento em que o senti inchar, e quando ouvi seu gemido revelando que iria gozar, contraí os músculos vaginais, prendendo-o mais ainda.

Rafael gritou, clamando meu nome e dizendo palavras desconexas. Quanto mais se derramava em mim, mais eu o apertava.

— Céus! O que foi isso? — perguntou após se recuperar. — Que magia foi essa, doutora?

Soltei uma gargalhada.

— Acho que você vai se cansar de ouvir, mas eu amo você — sussurrou.

— Nunca me cansarei de ouvir!

— E eu nunca de dizer!

— Eu nunca de dizer também!

— E eu nunca de ouvir também!

Revirei os olhos.

— Estamos parecendo dois idiotas!

Ele fez uma careta engraçada e explodi em outra gargalhada.

— Este é o som que mais amo ouvir, senhora Queiroz.

— Espere um minuto, ainda não sou a senhora Queiroz!

— Quem disse? Você *sempre* foi só não sabíamos ainda. — Fitei-o com amor. — E se a doutora se refere à papelada, tudo bem, amanhã iremos ao cartório.

— Amanhã é domingo!

— Ergh! Na segunda, então.

— Sinto muito, doutor, mas o processo demora trinta dias — rebati zombeteira e ele fingiu estar chocado.

— Céus! Você não é advogada criminalista, mulher? Ok, pedirei dispensa de prazo para o processo!

Gargalhei.

— Com base em quê, doutor? Posso saber?

— Por acaso a doutora está querendo desistir? — Arqueou a sobrancelha e o enlacei pelo pescoço.

— Jamais! — Sorriu. — Mas continuo curiosa sobre o embasamento que o doutor usará em relação à dispensa do prazo.

Ele levou a mão ao queixo, pensativo.

— Hum... a lei prevê o pedido de dispensa quando ocorrer motivo urgente que justifique a imediata celebração do casamento.

— E o motivo urgente seria?

Fitou-me com paixão.

— Não posso viver um segundo longe de você. Isso é motivo suficiente pra mim.

O tiro foi à queima-roupa, sem qualquer chance de defesa. E no fundo, falava também sobre mim. Rafael encostou a testa na minha.

— Quero que nunca se esqueça deste dia, pois daqui a cinquenta anos estaremos de volta, exatamente neste quarto, nesta mesma cama. E será aqui que repetirei o quanto amo você.

Era possível amar alguém tanto assim? Eu que acreditei que viveria e morreria sozinha e eis que surge este homem, vindo não sei de onde para mostrar o quanto eu estava enganada. Beijei-o com todo o amor que sentia.

— Segundo *round*? — indagou de repente e arregalei os olhos, surpresa.

— Embora sua proposta seja incrivelmente tentadora, doutor Queiroz, há a festa dos seus pais nos aguardando lá embaixo.

Meu noivo passou a língua nos lábios, prendendo-a nos dentes.

— Doutora, a *senhora Queiroz* está muito enganada. A festa é nossa e ela acontecerá dentro deste quarto. Aqui e agora.

EPÍLOGO

Rafael

O brilho da esmeralda reluziu em seu dedo quando Milena tocou o aço frio da maçaneta. Não foi neste momento que me dei conta do quanto tremia, de fato já havia percebido como estava nervosa desde o momento em que nos encontramos. Será que ela notou que, assim como ela, eu também estava tenso?

Senti uma vontade absurda de abraçá-la e tentar lhe confortar, mas a porta abriu, e ali, naquela madeira que se movia lentamente, vi uma placa. Era austera e um tanto intimidadora, eu diria:

Clínica especializada em Reprodução Humana.

Engoli em seco. Minha garota, que não recua mediante qualquer desafio, já estava na recepção. Cheguei a tempo de vê-la entregar seu documento, enquanto eu olhava ao redor, procurando me inteirar do ambiente. Deparei com alguns casais e todos tinham o mesmo tipo de olhar: uma mistura de pânico e algo parecido com esperança. *É, meus amigos, estamos no mesmo barco.*

O ambiente era espaçoso e confortável. Havia um corredor na diagonal com algumas portas indicando os consultórios médicos. Não demorou até ouvirmos a voz vinda da recepção:

— *Milena Andrade, consultório um, por favor.*

Sua expressão assustada partiu meu coração; era como se ela me dissesse: "É agora!". Balancei a cabeça sutilmente, tocando suas mãos.

— Estou aqui com você, estamos juntos nisso.

Eu estava apavorado! Não pela consulta em si, mas pelo que Milena pudesse estar sentindo. Quisera ser *eu* no lugar dela, *eu* a ter de lidar com tudo , afinal, não era a mim que o fantasma da suposta infertilidade rondava, e eu sabia o quanto era doloroso para ela. — Eu amo você!

— Eu sei. Eu também te amo. — Acariciou-me o rosto. — Está tudo bem. Vamos fazer isso juntos.

— Juntos — repeti. — Sempre!

Minha garota segurou firme minha mão e seguimos para o consultório de número um, onde havia mais uma placa na porta que, desta vez, não me pareceu tão intimidadora assim, ainda que fosse maior do que a primeira.

Doutora Clarissa Albuquerque.

Ginecologia, Obstetrícia e Reprodução Humana.

— Sejam bem-vindos!

A mulher vestia um jaleco imaculadamente branco e devia ter uns quarenta e "muitos" anos, quase cinquenta, eu poderia arriscar. Seu semblante era calmo e sereno, e seu aperto de mão como pude notar em seguida, firme.

— Este é meu noivo, Rafael.

— Doutora — cumprimentei um tanto sem jeito. Era a primeira vez que eu entrava em um consultório ginecológico.

O ambiente era asséptico e arejado. Havia um pequeno e confortável sofá num tom esverdeado ao lado de um grande vaso com orquídeas e uma mesa com algumas revistas repletas de bebês nas capas. No lado oposto, módulos com alguns enfeites e livros, cujos títulos não me preocupei em decifrar. Em sua mesa de vidro, à nossa frente, havia um laptop, porta-retratos e outros itens e, atrás dela, uma porta que estava fechada.

— Em que posso ajudá-los?

Milena se remexeu desconfortavelmente na cadeira. Em seu colo, a sacola contendo os inúmeros exames onde, mais uma vez, vi reluzir o brilho esverdeado em seu dedo, cuja mão apertava o plástico com força. Cristo, ela estava *muito* nervosa! Resolvi tomar à frente.

— Ficamos sabendo que a senhora é especialista em reprodução humana.

— É mesmo? E quem lhe contou isso?

— A senhora foi indicada pelo doutor Cláudio...

— Ah, sim, o Cláudio! — A doutora interrompeu Milena, recostando-se na cadeira com um sorriso enigmático. — Ele cisma em dizer que sou *especialista em reprodução humana.*

— E não é? Ele nos contou que a senhora é uma das melhores! — continuei nervoso e seu sorriso ficou mais largo, me deixando ligeiramente confuso. Será que estávamos no lugar errado?

— Geralmente há sempre essa confusão, então, permita que eu esclareça alguns pontos.

Ela apoiou os cotovelos na mesa, aproximando-se de nós, e com seu sorriso reconfortante, continuou.

— Sou especialista em *pessoas*. A reprodução humana é consequência. Eu trato o ser humano antes de qualquer situação. Por que estou dizendo isso? Meu objetivo será cuidar de *vocês* como *pessoas*. A reprodução humana, que imagino ser o que lhes trouxe até aqui, será consequência.

Meus olhos estavam úmidos, assim como os de minha garota. Apertei sua mão, reconfortando-a, e sem conseguir me conter, trouxe-a para junto de mim, beijando-lhe o topo da cabeça. Não restava qualquer dúvida: estávamos no lugar certo! Sentimentos de tranquilidade, confiança e esperança me inundaram plenamente.

— Já que estamos esclarecidos, mãos à obra! — A doutora exclamou. — Vou lhes fazer perguntas, algumas serão bem íntimas, portanto, não se acanhem.

Milena arregalou os olhos e um riso me escapou.

— Intimidade é algo a que estamos bastante acostumados, doutora.

Os olhos de minha garota passaram de abertos para exageradamente abertos, me divertindo cada vez mais.

— Amo você — disse sem reproduzir nenhum som e meu anjo retribuiu.

Durante longo tempo, fomos bombardeados de perguntas, e sim, algumas foram bem íntimas. A doutora Clarissa fez uma verdadeira anamnese, até que uma de suas perguntas nos surpreendeu.

— Há quanto tempo vocês estão tentando engravidar pelo método natural?

— Como assim? — Milena perguntou de supetão e a doutora deu de ombros.

— Método natural, você sabe, você deita e ele parte pra cima, ou não precisa ser necessariamente deitado...

Precisei controlar a incrível vontade de rir. A doutora Clarissa tinha razão: ela era especialista em *pessoas*. Embora estivéssemos há algum tempo em seu consultório e ela tivesse, em vários momentos, tentado "quebrar o gelo", falar sobre a própria fertilidade era um assunto delicado, ainda mais quando se estava na berlinda, que era exatamente onde Milena se encontrava.

— Doutora, a possibilidade de eu ter filhos naturalmente é remota e...

— Quase remota! — interrompi e ela me olhou incrédula. — Você me disse *quase remota*.

— É praticamente a mesma coisa!

— Nada disso! Remota é diferente de *quase* remota, assim como *praticamente* a mesma coisa é diferente de a mesma coisa!

Ela revirou os olhos.

— Seu noivo tem razão.

— Rá! *Touchè my love!* — Apertei sua bochecha.

— Esperem um pouco. Vocês *nunca* tentaram engravidar pelas vias naturais?

— Não — respondemos em uníssimo e precisei controlar a maldita vontade de lhe dizer que, por enquanto, estávamos nos treinos sem partir para os jogos propriamente ditos.

— Doutora, eu só tenho parte de um ovário, então, as chances de eu engravidar são *praticamente* remotas! — enfatizou a palavra, arqueando a sobrancelha em minha direção.

— Parafraseando o seu noivo, *praticamente remota é diferente de remota.* Venha, vou lhe examinar.

Após ver a doutora enfiar alguns objetos estranhos em minha mulher, nos preparamos para voltarmos ao local onde estávamos.

— Você está bem? — indaguei preocupado enquanto seguíamos pelo pequeno corredor, e Milena apenas sorriu, dizendo que aquilo tudo era normal.

— Normal? Ela enfiou um troço maior do que minha mão dentro de você!

Ela se virou, se aproximando do meu rosto. Mordendo o lábio, sussurrou.

— Você vive enfiando uma coisa infinitamente maior que sua mão dentro de mim e eu não reclamo. Aliás, acho sensacional!

Céus!

Enquanto ela se dirigia à sala, ajeitei a calça procurando esconder a coisa infinitamente maior do que minha mão, com um sorriso idiota nos lábios. Sim, nós homens somos totalmente infantis.

A doutora Clarissa solicitou uma série de exames não só à Milena, mas a mim também. Enquanto entregava os papéis, sua voz soou determinada.

— Assim que trouxerem os resultados desses exames, é bem provável que eu suspenda seu anticoncepcional. Devido à endometriose, acho prudente esperar, pois não sabemos em que grau se encontra no momento.

— Enquanto isso, continuamos com os treinos!

Levantei os ombros como quem pede desculpas e Milena revirou os olhos mais uma vez. A esta altura, ela já estava mais relaxada, diria até *confiante*, o que me deixou profundamente feliz.

— É como sempre digo aos casais que vêm ao meu consultório: os treinos não podem parar! — A médica respondeu zombeteira, ficando séria em seguida. — Tenham sempre uma coisa em mente: independente do método, seja natural ou artificial, *nunca* encarem o fato de tentarem ter um filho como uma tarefa ou uma prova a qual precisam passar, e sim como uma *escolha* de vocês. Entendam que isso está à frente e não acima de vocês, ou seja, apenas a um passo, por maior que ele seja.

Seus olhos brilhavam. Ali não estava "apenas" a médica, mas um ser humano disposto a ajudar outros a realizarem o sonho da maternidade. Seu olhar determinado cravou em Milena.

— E você, mocinha, vamos trocar a palavra remota por *possível.* O primeiro passo é *acreditar.*

Os lábios de minha garota tremeram. O movimento foi sutil, imperceptível, mas eu percebi. Eu a conheço do dedo do pé ao fio de cabelo; conheço cada poro, cada célula sua; e sou capaz de ouvir, ainda que distante, as batidas ritmadas de seu coração. Conheço-a porque ela é minha e foi feita única e exclusivamente para mim.

Apertei sua coxa sutilmente e mesmo por cima do vestido , sei o quanto meu toque a afetou.

— Eu nunca duvidei — sussurrei, acariciando seu rosto e uma lágrima lhe escapou.

Algo muito forte aqui dentro me faz *acreditar* que conseguiremos vencer. Esperança? Confiança? Amor? Ou um pouco de cada? Alguns poderiam dizer que sou ingênuo, afinal, como Milena mesma diz, "apenas parte de um ovário". Eu não faltei às aulas de Biologia, e sei o quanto isso dificulta as coisas, mas, querem saber? Eu acredito. De verdade, *acredito*!

E no fundo algo me diz que não estou errado.

FIM